coleção fábula

jacob & wilhelm
grimm

contos maravilhosos infantis & domésticos

tomo I [1812] e tomo II [1815]

tradução
christine röhrig

posfácio
marcus mazzari

editora 34

"O canto junto à lareira ou perto do forno
de lenha na cozinha, o lugar ao pé da escada,
os feriados que ainda se festejam, os pastos
e as florestas em seu silêncio, e sobretudo
a fantasia—são essas as cercas vivas
que protegeram essas histórias e levaram
a tradição de uma época à outra."

—jacob & wilhelm grimm

antes de começar

christine röhrig

Esta edição reproduz a totalidade das histórias da tradição popular que os irmãos Jacob e Wilhelm Grimm recolheram no início do século XIX e incluíram na primeira edição dos *Contos maravilhosos infantis e domésticos*, publicada em dois volumes, entre 1812 e 1815.

Desde os anos de formação, vividos na atmosfera do romantismo, os irmãos interessavam-se pelas origens da poesia alemã. Daí para o entusiasmo pela narrativa oral, o passo não foi grande. Trabalhando com diligência, reuniram um conjunto rico de contos maravilhosos, sobretudo na região de Hessen, onde viviam. Em boa parte dos casos, seus informantes eram mulheres, com maior ou menor cultura letrada, sempre dotadas de grande verve e memória, como Dorothea Viehmann (a quem devemos quarenta dessas histórias) ou as irmãs Hassenpflug.

Como escreveram no prefácio à primeira edição, lançaram-se a essa empreitada movidos também pelo temor de que essas histórias — essas poucas "espigas" que haviam conseguido sobreviver às "tempestades" — pudessem se perder. Para os irmãos Grimm, tratava-se de preservar para o futuro essas "sementes" de poesia, capazes de nos libertar, por alguns instantes, das "mazelas" que nos circundam e do "poder" que nos ameaça.

E, falando em mazelas e poderes, vale lembrar que muitas dessas histórias contam justamente aventuras de personagens que, por meio da astúcia, tentam se libertar de forças superiores e criaturas pavorosas. Daí, imagino eu, o duradouro encanto que ainda hoje exercem sobre crianças e adultos — deixando-se de lado, é claro, um ou outro conto em que persistem terríveis preconceitos de época. Daí também, tenho certeza, o fascínio que exerceram sobre mim, quando as ouvi pela primeira vez, lidas em voz alta por minha avó e minha mãe.

I.

p.9

II.

p.349

sumário

tomo I.

1.

o rei sapo ou o henrique de ferro

Era uma vez a filha de um rei que entrou no bosque e sentou-se à beira de um poço de água fresca. Ela se divertia jogando uma bola de ouro, seu brinquedo predileto, para o alto e pegando-a no ar. Numa das vezes, ela arremessou a bola alto demais e estendeu as mãos com os dedos dobrados para apanhá-la, mas a bola escapou, quicando no chão ao seu lado, e acabou rolando para dentro do poço.

Assustada, a filha do rei tentou avistar a bola, mas o poço era tão fundo que não se via o chão. Então ela começou a chorar muito e a se lamentar: "Ai, ai, eu daria tudo para ter minha bola de volta: minhas roupas, minhas pedras preciosas, minhas pérolas e tudo que eu possuísse no mundo". Enquanto ela se queixava, um sapo espichou a cabeça para fora da água e disse: "Filha do rei, por que você se lamenta deste jeito?". "Ai, seu sapo asqueroso, você poderia me ajudar tanto! Minha bola de ouro caiu no fundo do poço", disse ela. O sapo então disse: "Suas pérolas, suas pedras preciosas e seus trajes não me interessam, mas, se você me aceitar como seu companheiro e permitir que eu me sente ao seu lado e coma de seu pratinho dourado, que eu durma na sua caminha, e se me tratar bem e me amar, trarei sua bola de volta". "Mas que conversa é essa, a desse sapo imbecil?", pensou a filha do rei; "ele não consegue sair de dentro da água, mas talvez ele possa buscar minha bola, então simplesmente vou dizer sim". E assim o fez: "Por mim, primeiro busque minha bola de ouro, e tudo está prometido". O sapo afundou a cabeça na água, mergulhou fundo e, sem demora, voltou à superfície com a bola de ouro na boca, arremessando-a para fora do poço. Ao rever sua bola de ouro, a princesa foi correndo pegá-la, e estava tão feliz em tê-la novamente nas mãos que não pensou mais em nada, a não ser em voltar para casa. O sapo gritou, chamando: "Espere, filha do rei, me leve com você, como prometeu". Mas ela não lhe deu ouvidos.

No dia seguinte, a princesa estava sentada à mesa quando ouviu alguma coisa subindo a escadaria de mármore, splesh, splash! splesh, splash! Logo em seguida, ouviu baterem na porta e alguém chamando: "Filha mais nova do rei, abra a porta!". Ela foi correndo abrir a porta e lá estava o sapo, de quem já tinha se esquecido. Muito assustada, ela bateu a porta afobada e voltou a sentar-se à mesa. O rei, porém, percebeu seu coração disparado e perguntou: "Você está com medo de quê?". "Tem um sapo asqueroso ali fora", disse ela, "ele tirou minha bola de ouro do poço e em troca eu prometi ser sua companheira, mas eu jamais imaginei que ele pudesse sair da água, só que agora ele está ali na porta e quer entrar." Em seguida, o sapo bateu na porta uma segunda vez e chamou:

"Filha mais nova do rei,
abra a porta,
não se lembra do que disse
ontem
à beira do poço de água fria?
Filha mais nova do rei,
abra a porta."

O rei então disse: "O que você prometeu, tem de cumprir. Vá abrir a porta para o sapo". Ela obedeceu e o sapo entrou aos pulos, seguindo seus passos até a cadeira. Quando ela voltou a se sentar, ele pediu: "Agora me coloque em uma cadeira ao seu lado". A filha do rei não queria, mas o rei a obrigou a fazê-lo. Quando estava sentado, o sapo disse: "Agora me passe o seu prato dourado, quero comer junto com você". Também isso ela teve de fazer. Depois de satisfeito, o sapo disse: "Agora estou cansado e quero dormir, me leve ao seu aposento, prepare sua caminha para que possamos deitar". Ao ouvir tais palavras, a filha do rei ficou apavorada, pois tinha nojo do sapo frio, não tinha coragem de tocá-lo, e agora ele queria dormir na cama dela. Ela começou a chorar e se recusou. Furioso, o rei ordenou que ela cumprisse o que havia prometido e não o desonrasse. Não tinha jeito, ela tinha de satisfazer a vontade do pai, mas sentia imensa raiva em seu coração. Pegando o sapo com dois dedos, levou-o ao seu quarto, deitou-se na cama e, em vez de colocá-lo ao lado dela, atirou-o contra a parede, ploft. "Pronto, agora você vai me deixar em paz, sapo asqueroso!"

Mas o sapo não morreu e antes de cair se transformou num belo e jovem príncipe. Este, sim, era seu querido companheiro e, cumprindo a promessa, os dois adormeceram felizes lado a lado. Na manhã seguinte, uma esplêndida carruagem com oito cavalos encilhados, espanada e brilhando feito ouro aguardava do lado de fora, conduzida por Henrique, o criado do príncipe, que, de tanto sofrimento por ver seu amo transformado em sapo, amarrara três correntes de ferro no peito para que seu coração não explodisse de tristeza. O príncipe embarcou com a filha do rei na carruagem e o fiel criado levantou-se atrás deles e conduziu-os para casa. Depois de terem percorrido um trecho, o príncipe ouviu um tremendo estrondo atrás de si, e ao voltar-se, gritou: "Henrique, a carruagem está arrebentando!".

"Não, senhor, não é a carruagem, não.
São as correntes do meu coração,
que ficou sofrendo
por vê-lo preso ao poço
transformado em sapo."

O príncipe ouviu o estrondo uma vez mais e outra ainda, e pensou que a carruagem estivesse se partindo, mas eram apenas as correntes do coração do fiel Henrique se soltando porque seu patrão agora estava salvo e feliz.

2.

gato e rato em sociedade

Um gato e um rato resolveram fazer uma sociedade e morar juntos. Preocupados com o inverno, compraram um pote de toucinho e, por não conhecerem lugar melhor e mais seguro, guardaram-no na igreja, debaixo do altar, devendo ali ficar até o dia em que precisassem dele. Um dia, o gato sentiu muita vontade de comer o toucinho e procurou o rato, dizendo: “Escute, ratinho, fui convidado por uma prima para ser padrinho de seu filhote malhado, devo segurá-lo durante o batizado e por isso hoje vou ter de deixar você sozinho cuidando da casa”. “Sim, sim”, disse o rato, “pode ir, e se comer alguma coisa gostosa pense em mim. Eu bem que ia gostar de beber uma gotinha do doce vinho batismal.” O gato, porém, foi correndo até a igreja e comeu a pele do toucinho, depois foi passear pela cidade e só voltou para casa à noite. “Você deve ter se divertido bastante, não é? Qual é o nome do filhote?”, perguntou o rato. “Tirapele”, respondeu o gato. “Tirapele? Que nome mais esquisito, nunca ouvi igual.”

Pouco tempo depois, o gato voltou a desejar comer toucinho e procurou o rato, dizendo: “Fui novamente convidado para ser padrinho, o filhote tem um anel branco em volta do corpo, não posso recusar, você tem de me fazer esse favor e cuidar sozinho do nosso negócio”. O rato concordou, mas o gato foi correndo para a igreja e comeu metade do pote de toucinho. Quando ele chegou em casa, o rato perguntou: "Com que nome seu afilhado foi batizado?". "Atéomeio." "Atéomeio? Não diga! Jamais ouvi esse nome, certamente não consta no livro de registros."

Mas o pote de toucinho não saía da cabeça do gato: "Fui convidado para ser padrinho pela terceira vez, o filhote é preto e só suas patinhas são brancas, de resto nenhum pelo branco em todo o corpo, coisa que só acontece uma vez em alguns anos. Você vai deixar eu sair, não vai?". "Tirapele, Atéomeio são nomes curiosos que me fazem pensar, mas pode ir, sim." O rato trabalhou e arrumou tudo, enquanto o gato devorava o que restava do pote de toucinho. Quando voltou gordo e satisfeito para casa à noite, o rato perguntou: "Como se chama o terceiro filhote?". "Atéofim." "Atéofim! Este é o nome mais estranho de todos. Atéofim? O que significa isso? Jamais vi esse nome impresso em lugar algum!", disse o rato, balançando a cabeça e indo dormir.

Ninguém convidou o gato para ser padrinho uma quarta vez, mas o inverno se aproximava rapidamente. Como não encontrou mais nada para comer, o rato chamou o gato e disse: "Venha, vamos buscar nossa provisão que escondemos na igreja, embaixo do altar". Ao chegarem lá, encontraram o pote vazio. "Ah!", exclamou o rato, "você comeu tudo quando saiu para ser padrinho, primeiro comeu a pele, depois até o meio e depois..." "Quieto", disse o gato, "se você disser mais uma palavra, eu como você." "Até o fim", o pobre rato estava dizendo quando, num salto, o gato deu o bote e o engoliu.

3.

a protegida de maria

Próximo a uma grande floresta, vivia um lenhador com sua mulher e sua única filha, uma menina de três anos. Eles eram tão pobres que não tinham o pão de cada dia e não sabiam o que dar de comer a ela. Preocupado, o lenhador saiu para trabalhar na floresta e, enquanto cortava a lenha, uma bela mulher com uma coroa de estrelas ao redor da cabeça surgiu de repente à sua frente e disse: "Eu sou a Virgem Maria, a mãe do menino Jesus, traga-me sua filha que eu a levarei comigo, serei sua mãe e cuidarei dela". O lenhador obedeceu, foi buscar a filha e entregou-a à Virgem Maria, que a levou com ela para o céu. Ali ela passava bem, comia pão doce e tomava leite com açúcar; seus trajes eram de ouro e os anjinhos brincavam com ela. Viveu assim catorze anos no céu, até que, um dia, a Virgem Maria precisou fazer uma grande viagem, chamou a menina e disse: "Querida criança, eu vou lhe entregar as chaves que dão acesso às treze portas do reino celeste. Doze delas você pode abrir e observar, mas a décima terceira, que se abre com essa pequena chave aqui, não". A menina prometeu obedecer e, assim que a Virgem saiu, a cada dia ela passou a abrir uma porta para conhecer as habitações do céu. Em cada uma delas havia um apóstolo e tudo brilhava ao redor e com um esplendor jamais visto em toda a sua vida. Quando as doze portas já tinham sido abertas, restava ainda a proibida. Durante muito tempo ela resistiu à curiosidade, mas finalmente acabou cedendo e abriu a décima terceira porta. E, quando a porta se abriu, ela viu a Santíssima Trindade sentada entre fogo e brilho. Ela tocou o brilho de leve com o dedo, que imediatamente se tingiu de ouro. Mais do que depressa, tratou de fechar a porta e saiu correndo dali. Seu coração batia disparado e não queria mais parar. Depois de alguns dias, a Virgem retornou de viagem e pediu as chaves do céu para a menina. Assim que a menina devolveu as chaves, a Virgem olhou para ela e perguntou: "Você abriu a décima terceira porta?". "Não", respondeu a menina. Então a Virgem colocou a mão no coração da menina, que batia e batia disparado, e percebeu que ela tinha desobedecido a sua ordem e tinha aberto a porta: "Tem certeza de que você não a abriu?". "Não", respondeu a menina negando novamente, mas a Virgem viu o dedo dourado com que ela tocara o fogo celeste e, tendo a certeza de que ela era culpada, disse: "Você não obedeceu e mentiu para mim, não é mais digna de viver no céu".

Em seguida, a menina caiu em sono muito, muito profundo e quando acordou estava na Terra, deitada debaixo de uma imensa árvore cercada por vegetação tão densa que a impedia de sair dali, e sua boca também estava trancada de modo que ela não conseguia falar palavra alguma. Na árvore, havia uma caverna onde ela se abrigava da chuva e da tempestade e onde dormia à noite. Alimentava-se de raízes e de frutas silvestres que colhia onde podia alcançar. No outono, recolhia raízes e folhas que guardava na caverna e, quando nevava ou geava, se abrigava ali. Como suas roupas também ficaram rotas e caíram de seu corpo, ela se cobria com folhas. Quando o sol voltava a esquentar, ela saía e se sentava diante da árvore e seus cabelos cobriam todo o seu corpo, como um manto.

Certa vez, na primavera, quando ela estava sentada em frente à árvore, alguém forçou para atravessar a cerca de plantas. Era o rei, que estava caçando na floresta e se desviara do caminho. Ele ficou surpreso ao encontrar uma menina tão bela sozinha na floresta e perguntou se ela não queria ir com ele para o castelo. Como ela não podia responder, fez que sim com a cabeça, e então o rei colocou a menina em seu cavalo e levou-a para casa. Logo se apaixonou por ela e fez dela sua mulher. Passado um ano, a rainha deu à luz um belo príncipe. Naquela noite, a Virgem Maria surgiu para ela e disse: "Agora fale a verdade, confesse que abriu a porta proibida e eu vou devolver sua fala, sem a qual você não consegue ser completamente feliz, mas, se você for teimosa e não admitir, levarei seu filho comigo". A rainha, porém, continuou teimando que não abrira a porta. Então a Virgem Maria tomou-lhe a criança e desapareceu com ela. Na manhã seguinte, depois que a criança desaparecera, correu o boato de que a rainha muda era devoradora de gente e tinha comido o próprio filho. Passado um ano, a rainha deu novamente à luz um príncipe, e a Virgem Maria surgiu para ela e lhe pediu que dissesse a verdade, senão ela também iria perder esse filho. Mas, como a rainha insistia em afirmar que não abrira a porta proibida, a Virgem tomou dela a criança e partiu. Chegada a manhã, ao notarem a falta da criança, os conselheiros do rei acusaram a rainha de ser devoradora de gente e pressionaram-no a condená-la por seus atos impiedosos. Mas, por amar muito a rainha, o rei não aceitou e recusou-se a acreditar. No terceiro ano, a rainha deu à luz uma princesa. A Virgem Maria voltou a aparecer, levou-a consigo para o céu e mostrou a ela seus dois filhos mais velhos, que brincavam com o globo terrestre. Então a Virgem voltou a pedir que a rainha admitisse seu erro e não insistisse na mentira, mas a rainha, impassível, manteve o que havia afirmado. A Virgem então foi embora, levando com ela a filha caçula.

O rei não conseguia mais deter seus conselheiros, que afirmavam ter certeza de que a rainha era devoradora de gente, e, uma vez que ela era muda e não podia se defender, estava condenada a morrer queimada na fogueira. Quando ela já estava amarrada à pira e as labaredas se erguiam ao seu redor, seu coração se emocionou e ela pensou: "Ah, mesmo que eu tenha de morrer, antes eu gostaria de confessar à Virgem Maria que eu abri a porta proibida do céu, e que fui má em negar!". E, no instante em que ela acabou de pensar isso, o céu se abriu e a Virgem Maria desceu com um filho em cada lado e carregando sua filha mais nova no colo. O fogo apagou de repente e a Virgem lhe disse: "Como você quis confessar a verdade, sua culpa está perdoada". Em seguida, entregou-lhe as crianças, destravou a língua da rainha e concedeu-lhe uma vida feliz.

4.

bom jogo de boliche e de cartas

Era uma vez um velho rei cuja filha era a virgem mais linda do mundo. Um dia o rei mandou anunciar: “Quem vigiar meu velho castelo durante três noites deverá receber a mão da princesa em casamento”. Um jovem de origem pobre pensou: “Quero arriscar minha vida, não tenho mesmo nada a perder e tenho muito a ganhar, não há nem o que pensar!”. Assim, ele se apresentou ao rei, oferecendo-se para vigiar o castelo por três noites. “Você pode escolher algumas coisas que queira levar para o castelo, mas não pode ser nada vivo”, disse o rei. “Então vou querer levar uma bancada, uma faca de trinchar, um torno e fogo.”

O rei mandou levar tudo o que ele pediu para o velho castelo. Assim que escureceu, o jovem entrou no castelo. No início tudo estava calmo, então ele acendeu o fogo, colocou a bancada e a faca de trinchar ao seu lado e se sentou no torno. Mas, por volta da meia-noite, começou a ouvir um ruído, primeiro de leve e depois cada vez mais alto, tlec! tlec! Opa! Que aborrecimento! Depois de um breve silêncio, uma perna caiu pela chaminé, bem na frente do rapaz. “Epa, uma é pouco!”, gritou o jovem. Então o ruído recomeçou e outra perna caiu pela chaminé. Depois outra e mais outra, até somarem nove. “Agora basta. São boas para jogar boliche, mas ainda faltam as bolas!" Então se ouviu um enorme barulho e em seguida duas cabeças caíram pela chaminé. O jovem pegou as cabeças e começou a arredondá-las no torno: "Para que vocês rolem bem!". Em seguida, aparou as pernas e enfileirou-as como pinos de boliche. "Pronto, agora vai ser divertido!"

Nesse momento, surgiram dois grandes gatos pretos. Eles rodearam o fogo e gritaram: "Miau! Estamos com muito frio! Muito frio!". "Mas que gritaria é esta, seus tontos, sentem-se junto ao fogo e se aqueçam!" Sentados perto do fogo, os gatos disseram: "Camarada! Queremos jogar cartas". "Sim", respondeu o jovem, "mas me mostrem suas patas. Suas unhas estão muito longas, melhor eu cortá-las primeiro." Com isso ele segurou os gatos pelo cangote e colocou-os na bancada, onde os prendeu com parafusos e os matou. Depois arrastou os gatos para fora e os atirou num laguinho atrás do castelo. Quando pensou ter sossego e quis sentar-se à beira do fogo para se esquentar, apareceram muitos gatos pretos e cachorros, que saíam de todos os cantos aos montes, mais e mais, tantos que ele não sabia mais como se proteger. Em meio a uma gritaria, os animais pisotearam sua fogueira e espalharam a brasa até o fogo se apagar. Então ele agarrou a faca e bradou, erguendo-a: "Fora daqui, ralé!". Muitos animais saíram correndo. Os que ficaram ele matou e também jogou no lago. Em seguida, voltou a acender o fogo com uma brasa que ainda estava acesa e se aqueceu.

Depois de aquecido, ele sentiu sono e se deitou numa cama grande que havia no canto. E, quando estava quase adormecendo, a cama começou a se mover e a rodar por todo o castelo. "Que ótimo, está cada vez melhor!", disse ele. Então, a cama começou a ir tão rápido como se estivesse sendo puxada por seis cavalos, passando por portas e escadas. "Eia! Eia!", ele dizia, e então virou a cama de pernas para o ar e saltou para fora, jogando os cobertores e os travesseiros para o alto: "Que monte na cama quem tiver vontade!". Depois deitou-se perto do fogo e dormiu até o dia clarear.

Na manhã seguinte, o rei foi para o castelo e, ao ver o jovem dormindo ao pé do fogo, pensou que ele estivesse morto e lamentou a perda. Nesse instante, o rapaz acordou e, quando viu o rei, levantou-se. O rei quis saber como ele passara a noite e ele respondeu: "Muito bem, uma já foi, as outras duas também logo vão passar". As duas outras noites transcorreram do mesmo modo, mas ele já sabia como lidar com as coisas e, no quarto dia, recebeu a mão da bela princesa.

5.

o lobo e os sete cabritinhos

Uma cabra era mãe de sete cabritinhos que ela amava muito e mantinha protegidos do lobo.* Certo dia, ao ter de sair para buscar alimento, ela reuniu todos e disse: "Crianças queridas, tenho de sair para buscar comida, tomem cuidado com o lobo e não o deixem entrar. Prestem muita atenção, porque ele costuma se disfarçar, mas é possível reconhecê-lo por sua voz rouca e sua pata preta. Tomem muito cuidado, porque, se ele entrar em casa, vai devorar todos vocês". Assim que ela saiu, o lobo se pôs diante da porta e chamou: "Crianças queridas, abram a porta para sua mãe, eu trouxe muitas coisas boas". Mas os sete cabritinhos disseram: "Você não é a nossa mãe, a voz dela é fina e meiga, a sua voz é rouca, você é o lobo, não vamos abrir a porta". O lobo então foi até o armazém e comprou um grande pedaço de giz, que ele comeu para afinar a voz. Depois voltou à porta dos sete cabritinhos e chamou com voz fina: "Crianças queridas, abram a porta! Sua mãe trouxe uma coisa para cada um de vocês". Acontece que ele havia apoiado a pata na janela e, ao avistarem a

* Jean de La Fontaine também reuniu este conto em sua coletânea, com algumas pequenas diferenças no enredo. [N. A.]

pata, os sete cabritinhos responderam: “Você não é a nossa mãe, ela não tem a pata preta como a sua. Você é o lobo e não vamos abrir a porta”. O lobo então foi até o padeiro e pediu: “Padeiro, cubra minha pata com sua massa fresca”. Assim que isso foi feito, o lobo foi até o moleiro e pediu: “Moleiro, cubra minha pata com sua farinha branca”. O moleiro não aceitou fazer isso, mas o lobo ameaçou: “Se não fizer o que estou mandando, eu te devoro”. Então o moleiro obedeceu.

O lobo voltou à casa dos cabritinhos e bateu à porta, dizendo: “Crianças queridas, abram a porta para sua mãe, eu trouxe um presente para cada um de vocês”. Os sete cabritinhos pediram para ver a pata e, ao verem que era branca como neve e que a voz era fina, acreditaram ser sua mãe e abriram a porta, deixando o lobo entrar. Assim que reconheceram o lobo, correram o mais rápido que podiam para se esconder. Um entrou debaixo da mesa, o segundo se enfiou na cama, o terceiro no forno, o quarto na cozinha, o quinto no armário, o sexto embaixo de uma enorme tigela e o sétimo entrou no relógio de parede. Mas o lobo encontrou e engoliu todos, menos o mais novo, que se escondera no relógio.

Depois de satisfeito, o lobo partiu. Logo em seguida, a cabra chegou. Que tristeza! O lobo tinha vindo e devorado suas amadas crianças. Ela pensou que todos estivessem mortos, quando o mais novo saltou do relógio da parede e contou-lhe como a desgraça acontecera.

O lobo, por sua vez, de tanto comer, deitou-se ao sol num gramado verde e caiu em sono profundo. A velha cabra ficou pensando se não haveria um jeito de ainda salvar seus filhotes, então chamou o filho menor e disse: “Vá buscar linha, agulha e tesoura e venha comigo”. Não demorou para encontrarem o lobo roncando no gramado. “Olhe o lobo asqueroso deitado ali, depois de devorar os meus seis filhotes no lanche das quatro. Me passe a tesoura”, disse ela, e observou o lobo de todos os lados. Será que ainda estão vivos na barriga dele?, pensou e se pôs a abrir a barriga do lobo com a tesoura. Os seis cabritinhos que ele engolira por inteiro, na gula, saltaram alegres para fora. Ela então logo mandou que eles lhe trouxessem pedras bem grandes e as colocou na barriga do lobo. Depois costuraram para fechar e saíram correndo para se esconder atrás de uma moita.

Quando o lobo acordou, sentiu-se muito pesado e disse: "Na minha barriga tem um tum tum tum danado! Um tum tum tum esquisito dentro da minha barriga! Que será isso? Eu só comi seis cabritinhos". Então ele pensou em beber um pouco de água para ver se melhorava e foi procurar um poço. Mas, quando se debruçou para beber, não conseguiu conter as pesadas pedras e caiu na água. Ao verem o que tinha acontecido com o lobo, os sete cabritinhos se aproximaram correndo e, de tão alegres, dançaram festejando em volta do poço.

6.

o rouxinol e a cobra-cega

Era uma vez um rouxinol e uma cobra-cega. Cada qual só tinha um olho e durante muito tempo viveram juntos na mesma casa, em paz e harmonia. Um dia, o rouxinol foi convidado para um casamento e procurou a cobra-cega, dizendo: "Fui convidado para um casamento e não gostaria de aparecer por lá com um olho só. Será que você pode me emprestar o seu? Eu o devolvo amanhã". E a cobra-cega fez a gentileza de emprestar.

No outro dia, porém, quando o rouxinol voltou para casa, estava gostando tanto de ter dois olhos e de enxergar dos dois lados da cabeça que não quis devolver o olho emprestado para a pobre cobra-cega. A cobra-cega então jurou vingança ao rouxinol, aos seus filhos, e aos filhos de seus filhos. O rouxinol então disse:

"Não faz mal, pode tentar
Farei meu ninho na tília
Tão alto, tão alto, tão alto
Que você não vai alcançar."

Desde aquele dia, todos os rouxinóis têm dois olhos e as cobras-cegas, nenhum. Mas, embaixo de toda árvore em que um rouxinol faz seu ninho, há uma cobra-cega morando na moita, e ela sempre tenta subir ao ninho para furar ou sugar os ovos de seu inimigo.

7.

as moedas furtadas

Um pai de família almoçava com sua mulher, os filhos e um amigo que estava de visita. Quando o relógio bateu meio-dia, a porta se abriu e o visitante viu entrar na sala uma menina muito pálida, toda vestida de branco como a neve; ela não olhou para ele e não disse uma palavra sequer, mas foi direto para a sala ao lado. Não demorou a passar de volta e sair calada. Nos dois dias seguintes, a mesma menina voltou a aparecer. O visitante então perguntou ao pai quem era aquela linda criança que entrava na sala todo dia ao meio-dia. O pai respondeu que não fazia ideia e que jamais a tinha visto. No dia seguinte, quando o relógio bateu doze horas e a criança voltou a entrar, o visitante a mostrou ao pai, mas ele não viu nada, e a mãe e as crianças também não. O visitante então levantou e abriu um pouco a porta para olhar. Lá estava a criança pálida sentada no chão, arranhando avidamente as frestas do assoalho com os dedos e cavando, mas ela desapareceu assim que viu o estranho. O visitante contou o que havia visto e descreveu a menina em detalhes. A mãe então a reconheceu e disse: “É a minha querida filha, que morreu há quatro semanas”. Então eles levantaram as tábuas do piso e embaixo havia duas moedas que a menina deveria ter dado a um pobre, mas, em vez disso, enfiara na fresta do piso para um dia comprar biscoitos. Agora ela não conseguia descansar em paz em seu túmulo e todo dia, na hora do almoço, ia procurar as moedas. A família então deu as moedas a um pobre e depois disso a menina nunca mais apareceu.

8.

a mão com a faca

Era uma vez uma menina que tinha três irmãos. A mãe gostava mais dos irmãos do que dela e a tratava muito mal. Ela tinha de trabalhar duro, sair todos os dias bem cedo, para cavar em chão de terra batida e colher turfa, que usavam para acender o forno e assim cozinhar e para a calefação. Para que ela fizesse o árduo serviço, deram-lhe uma velha faca, cega e sem ponta.

Mas a menina era amiga de um elfo que era apaixonado por ela e morava numa colina perto da casa de sua mãe. Toda vez que a menina passava pela colina, ele estendia a mão para fora da rocha e lhe entregava uma faca bem afiada, que tinha uma potência extraordinária, capaz de cortar qualquer coisa. Com essa faca, ela conseguia cortar bem rápido a quantidade de turfa necessária e voltava feliz para casa. Na volta, ela batia duas vezes na rocha e a mãe aparecia para receber a faca de volta.

Mas, quando a mãe percebeu que ela estava trazendo a turfa tão rápido e com muita facilidade, disse para os irmãos que desconfiava que alguém a estivesse ajudando, pois do contrário não seria possível. Então os irmãos foram atrás dela e, quando viram a menina recebendo a faca mágica, trataram de arrancá-la dela à força. No caminho de volta, bateram na rocha igual sua irmã sempre fazia e, quando o bom elfo estendeu a mão, eles deceparam-na com sua própria faca. O elfo recolheu o braço ensanguentado e, pensando que a amada o tinha traído e cortado seu braço de propósito, nunca mais foi visto.

9.

os doze irmãos

Era uma vez um rei que tinha doze filhos homens e que não gostaria de ter uma menina. Assim, ele disse para a rainha: "Se a décima terceira criança que você trouxer ao mundo for menina, vou mandar matar os outros doze. Mas, se for mais um menino, todos deverão viver e conviver". A rainha tentou dissuadi-lo de todas as maneiras, mas o rei não quis saber e repetiu: "Se for como eu falei, todos deverão morrer; prefiro cortar eu mesmo a cabeça deles a ver uma menina entre eles".

A rainha ficou muito triste porque amava muito os filhos e não sabia o que fazer para salvá-los. Finalmente, decidiu procurar o filho mais novo, que era seu xodó, e contou a ele o que o rei havia decidido. "Querido filho, fuja com seus onze irmãos para a floresta e não volte para casa. Um de vocês deve ficar vigiando a torre do alto de uma árvore. Se eu tiver um menino, vou içar uma bandeira branca, mas se for menina aparecerá uma bandeira vermelha e, neste caso, fujam mundo afora e que o bom Deus os proteja. Todas as noites irei levantar e rezar por vocês. Pedirei a Deus que não sintam frio no inverno e que sempre tenham um fogo para aquecê-los e que no verão encontrem um lugar fresco para repousar na floresta."

Assim, a rainha abençoou seus filhos e eles partiram para a floresta. Sempre ficavam de olho na torre do castelo e se revezavam na vigília, no alto de um enorme carvalho. Não demorou muito tempo e uma bandeira foi içada. Mas não era a branca e sim a temida vermelha, cor de sangue, que os condenava à morte. Ao avistá-la, os rapazes ficaram furiosos e disseram, indignados: "Devemos perder a vida por causa de uma menina!". Então, juntos, fizeram o juramento de continuar morando na floresta e ficar bem atentos, pois se uma menina aparecesse iriam matá-la sem dó.

Assim, encontraram uma caverna na parte mais escura da floresta, onde resolveram morar. Todas as manhãs, onze saíam para caçar e um tinha de ficar em casa para arrumar tudo e cozinhar. Mas qualquer menina que cruzasse o caminho deles era morta sem compaixão, e assim se passaram muitos anos.

A irmã que ficou em casa cresceu como filha única. Certo dia, quando no castelo estavam lavando roupa, a princesa encontrou doze camisas masculinas entre a roupa suja. "De quem são essas camisas?", perguntou a princesa, "elas são pequenas demais para serem de meu pai." A lavadeira então lhe contou que ela tinha tido doze irmãos que haviam partido secretamente, ninguém sabia para onde, porque o rei iria mandar matá-los, e era a esses irmãos que pertenciam as camisas. A irmã ficou surpresa de nunca ter chegado aos seus ouvidos alguma coisa a respeito dos doze irmãos e, à tarde, enquanto a roupa estava quarando no gramado, lembrou-se das palavras da lavadeira, pegou as doze camisas e entrou na floresta em que viviam os irmãos.

Logo ela chegou justamente à caverna em que os irmãos moravam. Onze estavam fora caçando e apenas um ficara em casa para cozinhar. Ao avistar a menina, capturou-a rapidamente e pegou sua espada, ordenando: "Ajoelhe-se, pois seu sangue vermelho deverá jorrar neste instante". Mas a menina implorou: "Senhor, por favor, me deixe viver, eu ficarei morando aqui só para servi-los honestamente. Vou cozinhar para vocês e cuidar da casa". Era bem o irmão mais novo que estava lá e, não resistindo à beleza da menina, sentiu compaixão e deixou-a com vida. Quando os onze irmãos chegaram à casa, estranharam a presença da menina viva ali, e o irmão explicou: "Queridos irmãos, essa menina apareceu na caverna e, quando eu estava prestes a matá-la, ela pediu tanto pela vida, dizendo que cuidaria da nossa casa e da nossa comida, que eu permiti que ela vivesse". Pensando nas vantagens de tê-la em casa e felizes por poderem sair os doze para caçar, os irmãos aceitaram. Então a menina mostrou-lhes as doze camisas e disse que ela era a irmã deles. Ao saberem disso, todos ficaram muito contentes e aliviados por não a ter matado.

A irmã assumiu as tarefas domésticas e, enquanto os irmãos iam à caça, ela juntava lenha e ervas, fazia o fogo, arrumava as camas, esticando os lençóis brancos e limpos sobre elas, fazendo tudo com muito gosto. Certo dia, ela acabou o serviço mais cedo e resolveu dar uma volta pela floresta. Chegou a um lugar onde havia doze lindos lírios brancos em flor e gostou tanto deles que resolveu colhê-los todos. Mal tinha acabado de colher, uma velha senhora surgiu e disse: "Ai, minha filha, por que não deixou os lírios em pé? São seus doze irmãos, que agora se transformaram em corvos e estão perdidos para sempre!". A menina começou a chorar e perguntou se não havia um jeito de salvá-los. "Não, não há nenhum outro jeito nesse mundo a não ser um único, mas que é tão difícil que você não vai conseguir salvá-los. Você teria de ficar totalmente calada por doze longos anos. Se você falar uma única palavra sequer, ainda que falte apenas uma hora para completar o prazo, tudo terá sido em vão e nesse mesmo instante seus irmãos cairão mortos."

A irmã sentou-se no alto de uma árvore da floresta e pôs-se a fiar com a intenção de passar doze anos calada para salvar os irmãos. Mas aconteceu que um rei que estava caçando passou pela árvore e seu cachorro parou bem em frente dela e começou a latir. O rei olhou para o alto e, de tão encantado que ficou com a beleza da princesa, perguntou se ela aceitava se casar com ele. Sem dizer nenhuma palavra, ela acenou com a cabeça. O rei então subiu na árvore para ajudá-la a descer, sentou-a em seu cavalo e levou-a para seu castelo, onde um majestoso casamento foi celebrado. Mas a princesa não falava nenhuma palavra nunca e o rei pensava que ela fosse muda. Teriam vivido felizes assim, não fosse pela mãe do rei, que começou a maldizer a rainha. "Não passa de uma menina mendiga que você trouxe sabe-se lá de onde e que faz as piores coisas às suas costas." Como a rainha não podia se defender, o rei deixou-se influenciar pela mãe e acabou acreditando nela e condenando a rainha à morte. Preparou-se então no pátio uma grande fogueira em que ela deveria ser queimada. Quando ela já estava entre as chamas e suas roupas já estavam começando a pegar fogo, expirou-se o último minuto dos doze anos de silêncio. Nesse instante, ouviu-se um barulho e doze corvos surgiram no ar e depois pousaram. Assim que tocaram o chão, eles se transformaram em doze belos príncipes e rapidamente trataram de retirar a irmã da fogueira. Foi então que ela pronunciou sua primeira palavra e contou ao rei tudo o que havia acontecido e como ela tivera de salvar os doze irmãos, e todos ficaram satisfeitos que tudo acabara tão bem.

O que fazer com a velha malvada? Ela foi colocada num barril cheio de óleo e repleto de cobras venenosas, tendo de morrer uma morte horrível.

10.

bando de esfarrapados

A galinha disse ao frango: "As nozes estão maduras, é bom a gente subir logo a montanha para colhê-las e nos fartarmos, antes que o esquilo leve todas embora". "Sim, vamos desfrutar juntos dessas delícias", respondeu o frango. Juntos se puseram a caminho e, como o dia estava claro, foram ficando ali até anoitecer. Agora, eu não sei bem se foi por terem se empanturrado ou se foi um ímpeto de coragem, fato é que resolveram não voltar a pé para casa, e a galinha teve de construir uma carroça com as cascas das nozes. Quando a carroça ficou pronta, o frango embarcou e disse para a galinha: "Agora só falta você se encilhar na frente". "Não", respondeu a galinha, "prefiro ir a pé para casa a ser amarrada à frente da carroça. Não foi isso que combinamos. Quero ser o carroceiro e me sentar bem no banco, mas puxar eu não vou, de jeito nenhum."

Enquanto estavam discutindo, uma pata passou e disse, grasnando: "Oh, cambada de ladrões! Quem foi que deixou vocês subirem na minha montanha de nozes? Quero que tenham uma tremenda dor de barriga!". Depois partiu para cima da galinha, mas a galinha não era preguiçosa e enfrentou a pata com firmeza até conseguir fincar o esporão nela, permanecendo assim até a pata pedir perdão, e, como castigo, se deixar encilhar na carroça. A galinha então se sentou no banco e conduziu a carroça puxada pela pata a galope. “Pata, corra o mais que puder!”, gritava. Depois de terem percorrido um trecho, encontraram dois pedestres, um alfinete e uma agulha de costura. Eles fizeram sinal para pararem e, como logo cairia a noite, pediram para levá-los também, porque seria difícil seguirem a pé, já que havia muita sujeira espalhada pela rua. Explicaram que tinham se atrasado tomando cerveja na frente do portão do alfaiate. Como eram magros e não ocupavam muito espaço, a galinha permitiu que subissem, mas eles tiveram de prometer que não pisariam em seus pés. Tarde da noite chegaram a uma hospedaria e, como não queriam prosseguir na escuridão e a pata não se aguentava mais em pé e cambaleava de um lado para o outro, resolveram entrar. O dono, pensando não se tratar de seres distintos, primeiro recusou, alegando que a casa já estava cheia. Mas, depois de ouvir que poderia ficar com o ovo que a galinha havia botado durante a viagem e também com a pata, que botava um ovo por dia, acabou aceitando hospedá-los. Assim, desfrutaram do bom e do melhor e se recuperaram da viagem. Na manhã seguinte, quando ainda não alvorecera e todos estavam dormindo, a galinha acordou o frango, pegou o ovo, abriu-o com o bico e ambos o comeram e jogaram as cascas no fogão a lenha. Depois foram até a agulha, que ainda dormia, e espetaram-na na almofada da poltrona; o alfinete, na toalha de rosto do dono da pensão, e fugiram, pernas para que te quero. A pata, que preferira dormir no pátio, ao ouvir que partiam, logo encontrou um riacho e saiu nadando rio abaixo com mais velocidade do que quando estava puxando a carroça. Algumas horas depois, o dono acordou e, ao enxugar o rosto com a toalha, feriu-se com o alfinete. Depois foi até a cozinha e quis acender o cachimbo, mas, ao se aproximar do fogão, as cascas de ovo saltaram em seus olhos. “Esta manhã tudo está acertando a minha cabeça!”, disse. Então ele se sentou aborrecido em sua poltrona de vovô e ui!, eis que se espetou gravemente com a agulha e não foi na cabeça. Furioso, logo suspeitou dos hóspedes que tinham vindo à noite, mas, quando foi atrás, eles já estavam longe. Então ele fez a promessa de nunca mais hospedar esfarrapados que consomem muito, não pagam e, ainda por cima, em vez de agradecerem, aprontam malvadezas.

11.

irmãozinho e irmãzinha

O irmãozinho pegou a mão da irmãzinha e disse: "Desde que nossa mãe morreu, nunca mais passamos bem. Apanhamos todos os dias da madrasta e, se chegamos perto, ela chuta a gente para longe. Ela também não nos dá nada para comer além de migalhas de pão velho. O cachorro debaixo da mesa vive melhor que a gente porque para ele, às vezes, ela até joga uma coisa boa. Que Deus tenha misericórdia! Se nossa mãe soubesse! Venha, vamos embora daqui". Partiram juntos e chegaram a uma enorme floresta e, de tão tristes e cansados que estavam, sentaram-se no oco de uma árvore, dispostos a ali morrer de fome.

Eles adormeceram juntos e, quando acordaram pela manhã, o sol já estava alto e os raios quentes atravessavam a árvore. Passou um tempo, e o irmão disse: "Irmã, estou com muita sede. Se eu soubesse de uma bica por aqui eu iria lá beber água. Parece até que estou ouvindo um murmúrio". "Mas do que adianta?", respondeu a irmã, "para que você quer beber, se nós pretendemos morrer?" Mas o irmãozinho levantou-se calado e, já que ele estava sempre segurando sua irmã pela mão, ela teve de acompanhá-lo. Mas a madrasta malvada era uma bruxa e, ao ver as duas crianças partirem, seguiu-as e fez surgir uma fonte de água entre as pedras, perto da árvore onde se abrigavam, para atraí-las com seu murmúrio e estimulá-las a beber. Quem, porém, bebesse daquela água, seria transformado num corço. Não demoraram a encontrar a fonte e, ao ver a água cristalina correndo brilhante sobre a pedra, o desejo do irmão só aumentou e ele quis beber da água. Mas a irmã estava com medo e percebeu que a fonte murmurava: "Quem beber dessa água vai virar um corço; quem beber dessa água vai virar um corço!". Ela pedia ao irmão que não bebesse, mas ele dizia: "Não estou ouvindo nada além do murmúrio doce da água. Me deixe beber!". Então ele se debruçou e bebeu, e assim que a primeira gota tocou em seus lábios, um corço estava deitado junto à fonte.

A irmã chorou e chorou, mas a bruxa estava muito brava por não ter conseguido fazer com que ela bebesse também. Depois de ter chorado durante três dias, ela se levantou e começou a juntar papiro na floresta para tecer uma corda. Depois a amarrou no pescoço do corço e levou-o consigo. Então foi à procura de um abrigo e, quando o encontrou, encheu-o de musgo e capim, fazendo um canto bem macio para ele. De manhã ela saía em busca de capim fresco e colhia o mais belo que houvesse; ele o comia de sua mão. O corço passava o dia brincando feliz, saltitando nas colinas ao redor. Mas à noite, cansada, ela deitava a cabeça em seu lombo, que lhe servia de travesseiro, e dormia. E, se o irmão ao menos tivesse sua forma humana, a vida daquele jeito seria muito boa.

Viveram assim durante muitos anos na floresta. Certo dia, o rei estava caçando e se perdeu no caminho. Então encontrou a menina com seu corço na floresta e ficou admirado com a beleza dela. Levou-a com ele em seu cavalo, e o corço os acompanhava correndo ao lado, puxado pela corda. No palácio, a irmã foi tratada com todas as honras e servida por lindas virgens, mas ela mesma era a mais bela de todas. Nunca perdia o corço de vista e sempre o tratava muito bem. A rainha logo morreu. Ela então se casou com o rei e passaram a viver muito felizes.

A madrasta, porém, ficou sabendo da sorte que a pobre menina encontrara. Pensou que havia tempos que ela fora comida pelos animais da floresta, mas eles não lhe tinham feito mal algum, e agora ela era a rainha de seu reino. A bruxa estava tão furiosa que não pensava em outra coisa senão em como estragar a sorte da rainha. Depois de um ano, a rainha deu à luz um bonito príncipe. Nesse dia, o rei estava fora em uma caçada e, assumindo a forma de uma camareira, a bruxa apareceu nos aposentos da rainha, que estava fraca. "Seu banho está pronto", disse ela, "vai lhe fazer bem, vai fortalecê-la, venha antes que a água esfrie." Assim que a rainha entrou no banho, trancou a porta e, deixando uma fogueira diabólica atrás de si, fez com que a bela rainha morresse sufocada. A bruxa tinha uma filha legítima, a quem deu a aparência externa da rainha e a fez deitar na cama no lugar da rainha. À noite, o rei entrou no quarto, mas não sabia que se tratava de uma falsa mulher. Então, tarde da noite, a babá viu a verdadeira rainha entrar no quarto, ir até o berço, pegar seu bebê e colocá-lo em seu peito para amamentá-lo. Depois ela ajeitou a caminha, colocou-o de volta e o cobriu. Em seguida, foi até o canto onde o corço dormia e o acariciou. Assim ela voltava todas as noites e partia sem dizer uma única palavra.

Certo dia, ela veio e disse:

"Como está meu bebê? Como está meu corço?
Agora só voltarei duas vezes ainda, depois nunca mais."

Fez tudo como nas noites anteriores, mas a babá acordou o rei e contou-lhe o que vira. Na noite seguinte, o rei ficou de vigília e então também ele viu a rainha entrar e dizer:

"Como está meu bebê? Como está meu corço?
Agora, só voltarei mais uma vez, e depois nunca mais."

Mas o rei não teve coragem de falar com ela. Na noite seguinte, ele ficou de vigília novamente e viu a rainha entrar e dizer:

> "Como está meu bebê? Como está meu corço?
> Esta é a última vez que venho, e depois nunca mais."

Então o rei não se conteve e correu para abraçá-la, e assim que ele a tocou ela voltou a ter vida e a ficar viçosa e corada. A falsa rainha foi levada à floresta, onde foi comida pelos animais selvagens, e a madrasta foi queimada na fogueira. Assim que o fogo a consumiu, o corço se transformou e o irmãozinho e a irmãzinha voltaram a ficar juntos e viveram felizes pelo resto da vida.

12.

rapunzel

Era uma vez um homem e uma mulher que havia muito desejavam ter filhos, mas nunca tinham conseguido. Desta vez, finalmente, a mulher estava com esperanças. Na casa dos fundos em que moravam, havia uma pequena janela por onde podiam ver o jardim de uma fada, repleto de flores e de ervas de todos os tipos, mas ninguém podia ousar entrar ali. Um dia, a mulher estava diante da janela olhando para baixo quando avistou um canteiro repleto de lindos rapôncios e sentiu muito desejo por eles. Mas, sabendo que não era possível comer nenhum sequer, acabou passando mal e desmaiando. Assustado, o marido perguntou o que causara aquele mal-estar e ela respondeu: "Ai, se eu não comer um desses rapôncios do jardim dos fundos da nossa casa, vou morrer". O marido, que a amava muito, pensou que, custasse o que custasse, ele iria conseguir alguns para ela, e à noite pulou a cerca alta e arrancou, apressado, um punhado de rapôncios e os levou para a mulher. Ela logo fez uma salada com eles e a comeu com apetite voraz. Mas acontece que gostou tanto, mas tanto, que no dia seguinte ela sentiu o triplo de desejo de comê-los. Vendo que não teria sossego, o homem entrou novamente no jardim, mas levou um susto enorme ao topar com a fada, que logo o repreendeu, indagando como ousara invadir o jardim dela para roubar. Ele se desculpou o melhor que pôde, alegando a gravidez de sua mulher e que era perigoso negar alguma coisa a ela, até que a fada disse: "Está bem, então, eu vou deixar você levar quantos rapôncios quiser, contanto que me entregue a criança que a sua mulher carrega com ela". Apavorado, o homem concordou, e, assim que a mulher deu à luz uma menina, a fada apareceu, deu-lhe o nome de Rapunzel e levou-a embora consigo.

Rapunzel tornou-se a mais linda criança sob o sol, mas, ao completar doze anos, a fada a trancou numa torre muito alta que não tinha nem porta nem escada, apenas uma janelinha bem no alto. Toda vez que a fada queria subir, ficava lá embaixo e chamava:

"Rapunzel, Rapunzel!
Jogue os seus cabelos."

Rapunzel tinha cabelos maravilhosos, finos como ouro trançado, e, quando a fada chamava, ela os soltava, enroscava-os num gancho da janela e a cabeleira caía de uma altura de vinte metros e a fada subia por eles.

Um dia, um jovem príncipe passeava pela floresta onde ficava a torre e avistou a bela Rapunzel no alto, à janela; ouviu-a cantar com voz tão doce que ficou completamente apaixonado por ela. Como não encontrou nenhuma porta de acesso à torre e não havia escada que alcançasse tão alto, ficou desesperado, mas mesmo assim ia todos os dias à floresta, até que um dia avistou a fada chamando:

"Rapunzel, Rapunzel!
Jogue os seus cabelos."

Foi então que ele viu com que escada se podia subir à torre. Ele memorizou bem as palavras que deveriam ser ditas e no dia seguinte, quando estava escuro, foi até a torre e disse:

"Rapunzel, Rapunzel!
Jogue os seus cabelos."

Ela soltou os cabelos e quando chegaram lá embaixo o príncipe se segurou neles e foi puxado para cima.

De início Rapunzel levou um susto, mas não demorou a gostar tanto do príncipe que combinou que viesse visitá-la todos os dias e ela o puxaria para cima. Assim viveram alegres e a fada não percebeu nada por um bom tempo, até que um dia Rapunzel disse a ela: "Sabe, senhora Gothel, as minhas roupas estão tão apertadas que não estão querendo servir mais em mim". "Ah, menina maldita, o que sou obrigada a ouvir", disse a fada, fora de si, vendo que havia sido enganada. Então ela agarrou os lindos cabelos de Rapunzel, deu-lhe algumas palmadas com a mão esquerda e com a direita apanhou a tesoura e rip, rip, rip, os cabelos estavam cortados. Depois baniu Rapunzel para um deserto onde ela passou apuros e onde, depois de um tempo, deu à luz gêmeos, um menino e uma menina.

Mas, na noite do mesmo dia em que baniu Rapunzel, a fada prendeu os cabelos cortados ao gancho da janela e quando o príncipe chamou:

"Rapunzel, Rapunzel!
Jogue os seus cabelos."

ela lançou os cabelos. Qual não foi a surpresa do príncipe ao chegar no alto da torre e, em vez de sua querida Rapunzel, encontrar a fada. "Maldito príncipe, saiba que perdeu Rapunzel para sempre!"

O príncipe ficou tão desesperado que no mesmo instante se jogou da torre. Apesar de sobreviver à queda, ele perdeu os dois olhos. Triste, vagou pela floresta e não comia nada além de capim e raízes, e não fazia nada além de chorar. Alguns anos se passaram até que chegou ao deserto em que

Rapunzel vivia uma vida miserável com seus dois filhos. Ele ouviu uma voz que lhe parecia familiar e, no mesmo instante, ela o reconheceu e foi correndo abraçá-lo. Duas de suas lágrimas caíram sobre os olhos dele, que voltaram a ficar claros, e o príncipe voltou a enxergar como antigamente.

13.

os três homenzinhos na floresta

Um homem perdera a mulher e estava indeciso se deveria se casar de novo. Finalmente tirou a bota, que estava com a sola furada, chamou sua única filha e disse: "Pegue essa bota aí no chão e pendure-a naquele prego grande ali, depois coloque água dentro dela. Se a água ficar retida, voltarei a me casar, mas se escorrer pelo furo vou continuar solteiro". A menina fez o que ele mandou, mas a água tapou o buraco e a bota ficou cheia até a boca. Depois de verificar pessoalmente, o homem concluiu que deveria se casar de novo, e casou-se com uma viúva. A viúva trouxe uma filha de seu primeiro casamento para morar com eles e, ao ver que a enteada era bonita e amada por todos e a própria filha era feia, ele sentiu inveja e passou a deixá-la para trás em tudo e a pensar em como atormentá-la cada vez mais.

Certa vez, no inverno, quando a neve estava alta, a madrasta costurou um vestido de papel para a menina e, quando o vestido ficou pronto, chamou-a e disse: "Estou com vontade de comer morangos. Vista este vestido, vá até a floresta e leve este cesto. E é bom você não voltar para casa enquanto o cesto não estiver cheio!". A menina chorou amargamente e disse: "No inverno não crescem morangos na floresta e, ainda que crescessem, estariam cobertos pela neve, seria impossível encontrá-los. Lá fora faz tanto frio que até a respiração congela. Como posso sair com esse vestido de papel, que o vento atravessa e os espinhos rasgam arrancando-o do meu corpo?". "Não fale mais nenhuma palavra", disse a madrasta, "e vá agora até a floresta e colha os morangos." Mas, em seu ódio invejoso, sua verdadeira intenção era que a menina congelasse do lado de fora e jamais retornasse à casa, por isso também havia feito o fino vestido de papel. Como a menina era obediente, pôs o vestido e entrou na floresta, onde não havia nada além de neve e em parte alguma se via um talinho verde sequer. Foi seguindo adiante e, no meio da floresta, encontrou uma casinha onde havia três homenzinhos que olhavam para fora. Ela os cumprimentou e, por acharem-na tão educada, eles perguntaram o que ela buscava na floresta vestida no inverno com aquele vestido de papel fino. "Ai!", respondeu a menina, "tenho de colher morangos e não posso voltar para casa enquanto não encher o cesto." Os três homenzinhos então disseram: "Vá atrás da nossa casa e afaste a neve, você encontrará um monte deles que cresceram protegidos". A menina agradeceu e fez o que eles disseram. Enquanto ela varria a neve e colhia os morangos, os três homenzinhos conversaram entre si. "O que devemos dar a ela como recompensa por ser tão boazinha e bela?" O primeiro disse: "Eu vou presenteá-la com mais beleza ainda". O outro disse: "Meu presente será que caiam moedas de ouro de sua boca toda vez que ela falar". E o terceiro: "Meu presente será que apareça um rei e ele se case com ela". Assim que a menina entrou na casa, eles lhe deram seus presentes e, quando ela quis agradecer, moedas de ouro caíram de sua boca. Então ela voltou para casa e a madrasta ficou surpresa ao ver os morangos, e ficou então mais surpresa ainda ao ver as moedas que caíam de sua boca. Não demorou muito para que um rei surgisse e a tornasse sua esposa.

A madrasta quis que sua filha também tivesse a mesma sorte. Então costurou um belo traje de pele para a filha e mandou-a ir até a floresta e pedir um presente para os três homenzinhos. Mas os homenzinhos viram que seu coração era mau e, em vez de presenteá-la com coisas boas, só lhe deram coisas ruins. O primeiro presente foi que ela congelasse em seu traje de pele como se estivesse usando um vestido de papel; o segundo, que ela ficasse mais feia a cada dia que passasse; e o terceiro, que morresse uma morte horrível. Tremendo de frio, ela voltou para casa e contou à mãe o que encontrara. Ao ver que se tratava dos presentes dos três homenzinhos, a mãe passou a pensar somente em vingança. Procurou então sua enteada, a rainha, e, mostrando-se amiga e gentil, foi muito bem recebida, logo ganhando uma casa própria. Pouco tempo depois, a rainha deu à luz um príncipe, e quando estava sozinha à noite, doente e fraca, a malvada mulher e sua filha tiraram-na da cama e atiraram-na no rio. Na manhã seguinte, contaram ao rei que a rainha morrera durante a noite.

À noite, o ajudante de cozinha viu uma pata nadando pelo rego cozinha adentro. Ela perguntou:

> "O que fazem minhas visitas?"

Ele respondeu:

> "Dormem sono profundo."
> "O que faz o meu filhinho?"
> "Dorme embaladinho."

Então a pata subiu e, assumindo a forma de rainha, deu de mamar e cuidou da criança, cobriu-a no berço e, ao amanhecer, atravessou nadando a cozinha, em forma de pata. Assim ela voltou na noite seguinte e, na terceira noite, disse ao rapaz da cozinha: "Procure o rei e diga que ele deve girar a espada três vezes sobre mim na soleira da porta". O rapaz correu até o rei e, assim que este fez girar sua espada três vezes, a rainha surgiu viva diante dele. A falsidade da madrasta e de sua filha foi revelada nesse dia, e elas foram levadas à floresta para serem devoradas pelos animais selvagens.

14.

a maldita fiação do linho

Há muito, muito tempo, vivia um rei e não havia nada no mundo de que ele gostasse mais do que rocas fiando linho. A rainha e suas filhas tinham de passar o dia todo fiando, porque ele ficava muito bravo se não ouvisse o barulho das rodas da roca rangendo. Certa vez, ele teve de viajar e antes de partir entregou à rainha uma enorme caixa com meadas de linho e disse: "Deve estar todo fiado até a minha volta". As princesas ficaram tristes e choraram, lamentando-se: "Se tivermos de fiar todo esse linho, teremos de ficar sentadas o dia inteiro sem poder levantar". Mas a rainha disse: "Acalmem-se, eu vou ajudá-las". Nas redondezas, viviam três moças muito feias. A primeira tinha um lábio inferior tão grande que ultrapassava o queixo. A segunda tinha o dedo indicador da mão direita tão longo e grosso que daria para fazer outros três dedos dele. E a terceira tinha um pé chato, gordo e espraiado que media metade de uma tábua de cozinha. A rainha mandou chamar as moças e, no dia em que o rei deveria voltar, acomodou as três lado a lado num quarto, entregou-lhes três rocas e mandou que fiassem. Ela também as instruiu dizendo o que cada uma deveria responder ao rei quando ele perguntasse. Quando o rei chegou, ouviu o barulho das rocas de longe e, satisfeito, quis elogiar as filhas. Mas, ao chegar ao quarto e ver as três feiosas ali sentadas fiando, primeiro levou um susto e em seguida se aproximou e perguntou à primeira por que ela tinha o lábio tão grande. Ela então respondeu: “De lamber, de lamber!”. Depois perguntou para a segunda de onde vinha o dedo enorme: “De torcer e laçar o fio!”, respondeu ela, enquanto dava algumas voltas no dedo com o fio. Finalmente ele quis saber da terceira a razão daquele pé tão inchado. “De pisar, de pisar”, respondeu ela. Ao ouvir tais respostas, o rei ordenou à rainha e às princesas que nunca mais tocassem numa roca e, assim, elas se viram livres do sofrimento.

15.

joão e maria

Diante de uma grande floresta vivia um lenhador que não tinha nada para mastigar nem para lascar e mal conseguia o pão diário para alimentar a esposa e os dois filhos, João e Maria. Certo dia, ele não conseguiu arranjar nem isso e não sabia o que fazer para sair daquele apuro. À noite, ao se revirar preocupado de um lado a outro na cama, a mulher disse: "Ouça, marido, amanhã bem cedinho dê um pão às duas crianças e leve-as para o meio da floresta, onde a mata for mais espessa. Faça uma fogueira e vá embora deixando-as ali, porque não podemos mais alimentá-las". "Não, mulher", disse ele, "não posso entregar meus próprios filhos queridos para serem devorados pelos animais selvagens da floresta." "Se você não fizer isso, morreremos todos de fome", disse a mulher, e não o deixou em paz até ele dizer sim.

Por sentirem fome, as duas crianças também estavam acordadas e ouviram tudo o que a mãe disse ao pai. Maria logo começou a chorar, pensando no que iria acontecer a ela, mas João disse: "Calma, fique quieta que eu vou dar um jeito". Então ele levantou-se da cama, vestiu o casaco, abriu a porta e saiu de mansinho. A lua brilhava clara e as pedras brancas no chão luziam como lamparinas. João encheu o casaco com tantas pedras quanto couberam em seus bolsos e voltou para dentro de casa. "Acalme-se, Maria, e durma sossegada", disse à irmã, voltou a se deitar na cama e adormeceu.

De manhã cedo, antes de o sol nascer, a mãe acordou os dois: "Acordem, crianças, nós vamos à floresta, tomem aqui um pedaço de pão, mas aconselho guardá-lo até a hora do almoço". Maria colocou o pão no avental, porque o casaco de João estava cheio de pedras, e os dois se puseram a caminho da floresta. Depois de terem caminhado um pouco, João parou e olhou para trás, em direção a sua casa, e pouco adiante fez isso novamente. O pai perguntou: "João, por que você está olhando para trás e parando? Preste atenção e nos acompanhe". "Ah, pai, estou olhando para o meu gatinho branco, que está sentado no telhado e quer se despedir de mim." "Que tolo você é, não é o seu gatinho, é o sol da manhã que está batendo na chaminé", retrucou a mãe. Mas João não estava parando para olhar nenhum gatinho, e sim para jogar uma das pedras que levava em seu bolso no caminho atrás de si.

Ao chegarem ao meio da floresta, o pai disse: "Crianças, agora juntem madeira porque eu vou acender uma fogueira para espantar o frio". João e Maria recolheram gravetos até formarem um pequeno monte, então atearam fogo e, assim que a chama levantou, a mãe disse: "Agora deitem perto do fogo e durmam enquanto nós vamos cortar a lenha da floresta. Esperem até voltarmos para buscá-los".

João e Maria ficaram sentados junto ao fogo até a hora do almoço, quando então comeram seu pedacinho de pão. Depois esperaram até anoitecer, mas ninguém apareceu para buscá-los. Quando a noite caiu, Maria começou a chorar, mas João disse: "Espere mais um pouco até a lua aparecer". E, quando a lua surgiu no céu, João pegou Maria pela mão e juntos seguiram o rastro luminoso das pedras, que pareciam moedas recém-forjadas, indicando o caminho. Andaram a noite inteira e, quando amanheceu, chegaram à casa paterna. O pai ficou muito contente ao rever os filhos, porque ele não tinha gostado nem um pouco de abandoná-los sozinhos, e a mãe fingiu alegria, mas no fundo estava brava.

Não passou muito tempo para que voltasse a faltar o pão na casa, e uma noite João e Maria ouviram a mãe dizer ao pai: "As crianças conseguiram encontrar o caminho de volta uma vez e eu aceitei, mas agora não temos nada para comer, além da metade de um pãozinho. Amanhã você deve levá-las mais fundo na floresta para que não encontrem o caminho de volta, senão não poderemos nos salvar". O marido sentiu o coração apertado e pensou que seria melhor dividir o último bocado com os filhos, mas, como da primeira vez, acabou cedendo. João e Maria ouviram a conversa dos pais. João levantou-se da cama pensando em recolher as pedrinhas, mas, ao chegar à porta, viu que a mãe a havia trancado. Mesmo assim ele consolou Maria, dizendo: "Durma bem, Maria, o bom Deus vai nos ajudar".

De manhãzinha eles receberam um pedacinho de pão, menor que o de antes. No caminho, João tratou de despedaçar o pão no bolso do casaco e, de quando em quando, parava para jogar uma migalha no chão. "Mas, João, por que você sempre para e fica olhando para trás? Ande logo." "Ah, eu estava olhando a minha pombinha acocorada no telhado querendo se despedir." "Mas que tolo, não é sua pombinha, é o sol da manhã batendo na chaminé", retrucou a mãe. E João despedaçou seu pão e saiu jogando as migalhas pelo caminho.

A mãe levou-os ainda bem mais fundo na floresta, num lugar em que jamais tinham estado antes em suas vidas. Ali novamente deveriam dormir junto ao fogo e os pais iriam buscá-los ao anoitecer. Ao meio-dia, Maria dividiu seu pedaço de pão com João, porque ele jogara o dele pelo caminho. Passou meio-dia, passou a tarde e ninguém apareceu para buscar as crianças. João consolou Maria, dizendo: "Espere a lua aparecer no céu, aí eu vou conseguir ver as migalhas que espalhei pelo chão, que vão apontar o caminho de volta até a nossa casa". A lua surgiu, mas quando eles procuraram pelas migalhas, elas tinham desaparecido, porque tinham sido comidas pelos milhares de pássaros que habitavam a floresta. João pensou que conseguiria encontrar o caminho de volta e saiu levando Maria pela mão, mas eles logo se perderam mais ainda na selva e, depois de terem andando a noite inteira e um dia inteiro, acabaram adormecendo, exaustos. Andaram ainda um dia mais, mas não conseguiam sair da floresta e estavam muito famintos por não terem nada para comer além de umas poucas amoras silvestres que estavam pelo chão.

No terceiro dia, eles andaram até o meio-dia e aí chegaram a uma casinha toda feita de pão, coberta com bolo e cujas janelas eram de açúcar bem branco. "Vamos parar aqui e comer bem", disse João. "Eu vou comer do telhado. Coma você das janelas, Maria, são bem docinhas, você vai gostar." João já tinha se servido de um bom pedaço do telhado e Maria, depois de ter comido algumas vidraças redondas, estava justamente quebrando mais um pedaço quando ouviram uma voz fina vinda de dentro:

"Crec crec, isca isca!
Quem minha casinha petisca?"

João e Maria levaram tamanho susto que deixaram cair o que tinham nas mãos e logo em seguida viram uma velhinha bem franzina saindo pela porta. Ela balançou a cabeça e disse: "Oi, crianças, como vieram parar aqui? Entrem comigo que irão passar bem". Então ela pegou os dois pelas mãos e levou-os para dentro da casa. Lá, serviu-lhes boa comida. Leite e panquecas doces, maçãs e nozes e depois preparou duas belas caminhas, em que João e Maria se deitaram pensando estarem no céu.

Mas a velha era uma bruxa má que armava emboscadas para crianças e havia construído aquela casinha de pão apenas para atraí-las. Quando capturava uma, matava-a, cozinhava e a comia como se fosse dia de festa. Ela ficou muito feliz quando João e Maria apareceram. De manhã bem cedo, levantou-se, foi até a caminha deles e, ao ver os dois dormindo um sono tranquilo, ficou feliz e pensou que seriam um belo banquete. Então prendeu João num pequeno engradado e quando ele acordou se viu cercado por uma grade, como se fosse um frango, podendo dar apenas alguns passos. Depois a bruxa sacudiu Maria, dizendo: "Levante-se, preguiçosa. Vá apanhar água e cozinhar alguma coisa boa para o seu irmão, que está preso no galinheiro, porque quero engordá-lo e, quando estiver bem gordo, vou devorá-lo. Até lá, você deve alimentá-lo". Assustada, Maria chorou, mas teve de fazer o que a bruxa estava mandando. Todos os dias a melhor comida era preparada para João, para que ele engordasse, e Maria não recebia nada além das cascas. Todos os dias, a velha vinha e dizia: "João, espiche o dedo para que eu possa sentir se você está engordando bem". Mas João estendia um ossinho e ela ficava admirada de que ele não engordava.

Depois de quatro semanas, ela disse, certa noite: "Corra e traga água porque amanhã vou matar e cozinhar o seu irmão, esteja ele gordo ou não; nesse meio-tempo vou fazer a massa e depois também podemos colocá-la para assar". Com o coração apertado, Maria trouxe a água em que João deveria ser cozido. De manhã cedinho ela teve de levantar-se, acender o fogo e pendurar o caldeirão com a água. "Preste atenção enquanto a água ferve; enquanto isso vou acender o forno e colocar o pão para assar", disse a bruxa. Parada no meio da cozinha, Maria chorava lágrimas sangrentas e pensava que teria sido melhor se eles tivessem sido devorados pelos animais da floresta. Ao menos teríamos morrido juntos e não teríamos sofrido tanto, e eu não precisaria ferver a água para cozinhar o meu querido irmão. Meu bom Deus, salvai a nós, pobres crianças.

Então a velha chamou Maria: "Maria, venha cá junto ao forno". Quando Maria se aproximou, ela disse: "Olhe lá dentro e veja se o pão já está moreninho e assado, meus olhos são fracos, não consigo enxergar tão longe, e se você também não conseguir, sente-se na tábua que eu empurro você para ver lá dentro, de perto". Mas, na verdade, quando Maria estivesse dentro do forno, a bruxa queria fechar a porta e assá-la para comê-la também. Era essa a sua verdadeira intenção e foi para isso que ela chamou Maria. Mas Deus inspirou Maria, que disse: "Eu não sei bem como fazer, me mostre primeiro, sente-se na tábua que eu a empurro". E a velha sentou-se na tábua, e, por ser bem levinha, Maria a empurrou o mais longe que podia e em seguida fechou a porta rapidamente e colocou a trava de ferro. A velha começou a gritar e a se lamentar dentro do forno quente, mas Maria fugiu correndo dali e a bruxa acabou morrendo queimada.

Maria correu até onde estava João, abriu a porta, ele saltou para fora e eles se beijaram e pularam de alegria. A casa estava repleta de pedras preciosas e de pérolas, e as crianças encheram os bolsos e encontraram o caminho de volta para casa. O pai ficou muito feliz ao revê-las; não tivera nenhum dia de alegria desde que as crianças partiram, e agora era um homem rico. A mãe, porém, havia morrido.

16.

senhor dito e feito

Durante muito tempo, Dito e Feito tinha sido soldado, mas, como a guerra havia chegado ao fim e não restava mais nada a fazer, a não ser a mesma coisa todos os dias, ele se despediu com a intenção de servir de criado a um grande senhor.* Ali haveria trajes ornados com ouro, muito a fazer e sempre uma novidade. Assim, ele se pôs a caminho e, ao chegar a um castelo, viu um senhor passeando pelo jardim. Dito e Feito não pensou muito para abordar o senhor vigorosamente: "Meu senhor, busco trabalhar para um nobre. Caso o senhor mesmo seja Sua Majestade, tanto melhor, pois, sendo curto e grosso, eu conheço e sei de tudo, conforme mandar". O nobre disse: "Certo, meu filho, então agora diga: de que eu gostaria neste momento?". Sem responder, Dito e Feito saiu correndo e voltou trazendo um cachimbo e tabaco. "Bom, meu filho, você será meu criado, mas antes sua tarefa será trazer a princesa Nomini, a mais bela deste mundo, pois quero torná-la minha esposa." "Pois não", respondeu Dito e Feito, "isso para mim é coisa pequena, basta que Sua Majestade me arrume uma

* Este conto também está presente nas seguintes coletâneas: *Maasähbuch*, do rabino Charuna, na do italiano Giovanni Francesco Straparda [1480-1557] e na da francesa Baronesa d'Aulnoy [1650-1705]. [N. A.]

carruagem atrelada a seis cavalos, um cocheiro, batedores, corredores, criados, cozinheiro e toda uma propriedade, além de trajes nobres para mim, e todos devem obedecer às minhas ordens." Então partiram, o criado dentro da carruagem, em direção ao palácio em que morava a bela princesa. Depois de percorrerem a alameda, atravessaram um campo e logo chegaram a uma grande floresta repleta de milhares de pássaros, com um canto incrível que invadia maravilhosamente o ar azul. "Parem! Parem!", gritou Dito e Feito, "não incomodem os pássaros! Estão glorificando seu criador e querem me servir novamente, virem à esquerda." Então o cocheiro teve de fazer a volta para contornar toda a floresta. Não demorou muito para chegarem a um grande campo em que havia milhares de milhões de corvos gritando por comida de maneira ensurdecedora. "Parem! Parem!", gritou Dito e Feito, "desatrele um dos cavalos e mate-o com a espada, para que seja devorado pelos corvos. Por mim, eles não deverão passar fome." Depois de alimentar os corvos, seguiram viagem até se aproximarem de uma poça d'água em que havia um peixe se lamentando: "Pelo amor de Deus! Não tenho alimento neste charco imundo, leve-me até a água corrente e um dia eu lhes retribuirei o favor". Antes que ele acabasse de se explicar, Dito e Feito já havia gritado: "Parem! Parem! Cozinheiro, coloque-o em seu avental e, cocheiro, siga até encontrar água corrente".

O próprio Dito e Feito desceu para colocar na água o peixe, que balançava o rabo de alegria. Depois, Dito e Feito ordenou: "Apresse os cavalos para que cheguemos ao nosso destino ainda antes de anoitecer". Ao chegarem à residência real, ele logo se dirigiu à melhor estalagem, e, pensando tratar-se de um rei desconhecido, o dono e todo o pessoal saíram para recebê-lo da melhor maneira, mas na verdade era apenas um criado. Dito e Feito logo se deixou anunciar no palácio, procurando ser amável e perguntando pela princesa. "Meu filho", disse o rei, "muitos pretendentes já foram rejeitados, porque nenhum conseguiu cumprir as exigências que impus para que recebessem a mão da minha filha em casamento." "Pois não", disse Dito e Feito, "que Sua Majestade me dê uma incumbência, então." O rei respondeu: "Mandei semear um quarto das sementes de papoula; se você me trouxer todas as sementes de volta, sem deixar faltar nenhuma, a mão da princesa será do seu senhor". Fácil!, pensou Dito e Feito, isso para mim não é nada. Em seguida pegou um medidor, um saco e estendeu panos bem brancos ao lado do campo semeado. Não demorou e os pássaros que cantavam na floresta e não tinham sido incomodados surgiram e recolheram semente após semente, deixando-as sobre os panos brancos. Quando haviam recolhido todas, Dito e Feito, pensando que a mão da princesa já era sua, despejou-as no saco, colocou o medidor debaixo do braço e procurou o rei para apresentar as sementes recolhidas. Mas o rei emendou: "Mais uma coisa, meu filho, minha filha perdeu um anel de ouro e você deve recuperá-lo antes de receber a mão dela". Dito e Feito não se incomodou: "Pode deixar, Sua Majestade, basta que me mostre a água e a ponte em que caiu que eu logo o trarei de volta". Ao ser conduzido ao local, olhou para baixo e logo o peixe que ele tinha recolhido durante a viagem espichou a cabeça fora d'água e disse: "Espere um instante, eu vou mergulhar. O anel está preso na nadadeira de uma baleia, eu vou buscá-lo". Não demorou para que ele voltasse e o jogasse na terra. Dito e Feito levou o anel até o rei, mas este disse: "Agora mais uma coisa, na floresta vive um unicórnio que já provocou muitos danos. Se você puder matá-lo, não restará mais tarefa alguma". Dito e Feito também não se preocupou muito com essa tarefa e logo se dirigiu à floresta. Ali encontrou os corvos que ele um dia alimentara, que lhe disseram: "Tenha um pouquinho de paciência porque o unicórnio está dormindo agora, protegendo o olho bom. Quando ele se virar, nós podemos furá-lo, aí ele ficará cego, sairá correndo furioso de encontro às árvores e ficará preso pelo seu corno, e então você poderá matá-lo facilmente". Não demorou para que o animal se virasse algumas vezes durante o sono até deitar-se do outro lado. Os corvos voaram para baixo e picaram seu olho saudável. Ao sentir a dor, o animal levantou-se num salto e correu errando pela floresta, até acabar espetado num enorme carvalho. Dito e Feito aproveitou para atacá-lo e cortar sua cabeça, levando-a em seguida ao rei. Este não pôde mais negar a mão de sua filha e entregou-a a Dito e Feito, que, assim como veio, foi embora levando a amável princesa em sua carruagem para entregá-la a seu patrão. Depois de ser muito bem recebido e o casamento ter se realizado com toda a pompa e circunstância, Dito e Feito tornou-se primeiro-ministro.

Quem naquele condado ouviu falar dessa história também desejou para si a mesma sorte. Uma quis ser dama de companhia; a outra, camareira; um sonhou em ser camareiro; o outro, cozinheiro, e assim por diante.

17.

a serpente branca

Todos os dias, na hora do almoço, uma tigela tampada era levada à mesa do rei.* Ele se servia dela apenas quando todos tivessem saído, e em todo o reino ninguém sabia que alimento ela continha. Um dos servos ficou curioso para saber o que havia ali dentro e, quando certo dia o rei ordenou que ele retirasse a tigela, não se conteve, levou a tigela para o seu quarto e lá abriu a tampa. Dentro havia uma serpente branca. No instante em que a viu, o servo também sentiu vontade de comê-la e então cortou um pedaço e comeu. Mal encostou a carne da cobra em seus lábios, ele passou a entender a linguagem dos animais e ouviu o que os pássaros estavam conversando em frente à janela.

No mesmo dia, um dos anéis mais belos da rainha desapareceu e as suspeitas recaíram sobre ele. O rei disse que, se o servo não encontrasse o ladrão até o dia seguinte, seria ele o acusado e castigado pelo furto. Entristecido, o servo caminhou de um lado a outro no jardim do castelo, onde dois patos descansavam à beira do lago. Ao passar por eles, ouviu

---

*Aprender a língua dos animais é tema frequente nos contos. A maneira mais recorrente de aprendê-la é comendo o coração de um dragão ou uma serpente branca. [N. A.]

os patos conversando: "Estou com dor de barriga porque engoli um anel que a rainha perdeu".

Ele pegou o pato e levou-o ao cozinheiro, dizendo: "Abata-o, já está bem gordo". E, assim que o cozinheiro cortou o pescoço e limpou os miúdos, encontrou o anel dentro de sua barriga. O servo levou o anel ao rei, que ficou admirado e feliz e, por sentir remorso de ter acusado injustamente seu criado, disse: "Peça o que quiser e escolha qualquer posto em meu reino". Mas o jovem e belo criado estava magoado e, recusando qualquer oferta, quis partir dali. Pediu apenas um cavalo e algum dinheiro para poder sair mundo afora, e foi prontamente atendido.

Ele partiu a cavalo no dia seguinte e chegou a um lago, onde encontrou três peixes presos em uma vara. Os peixes lamentavam-se dizendo que morreriam em breve caso não fossem logo devolvidos à água. O jovem saltou do cavalo, tirou-os da vara e colocou-os na água. Agradecidos, os peixes disseram: "Vamos nos lembrar disso e retribuir o favor". Ele seguiu cavalgando e, pouco tempo depois, ouviu o rei das formigas gritando: "Suma daqui com esse animal gigante, vai acabar com todos nós com essas patas largas!". Ele olhou para o chão e viu que seu cavalo havia pisado em um formigueiro. Rapidamente desviou o cavalo, e o rei das formigas disse, agradecido: "Vamos nos lembrar disso e retribuir o favor". Em seguida, ele chegou a uma floresta em que os corvos estavam despejando seus filhotes do ninho, alegando que já estavam crescidinhos e que podiam se alimentar sozinhos. Os filhotes gritavam no chão, dizendo que morreriam de fome e que suas asas ainda eram muito pequenas, que ainda não podiam voar e buscar alimento. O jovem então apeou, puxou a espada e matou o cavalo, deixando que os filhotes se aproximassem aos pulinhos e se fartassem de comida. "Vamos nos lembrar disso e retribuir o favor."

Ele continuou andando até chegar a uma cidade onde estavam anunciando que quem quisesse se casar com a princesa deveria cumprir as tarefas que ela exigisse, mas, caso falhasse, perderia a vida. Como diversos príncipes já haviam tentado e morrido, ninguém mais tinha coragem de se candidatar. Assim, a princesa voltou a fazer o anúncio. O jovem decidiu arriscar e candidatou-se como pretendente. Então ele foi levado ao mar e ali jogaram um anel na água, que ele deveria trazer de volta e, caso saísse da água sem o anel, seria jogado de volta ao mar e condenado a morrer afogado. Mas, assim que chegou à rebentação, apareceram os peixes que ele salvara, e o peixe do meio levava uma concha na boca, que ele colocou aos seus pés e dentro da qual estava o anel. O jovem ficou muito feliz e levou o anel ao rei para receber a mão da princesa. Mas, quando a princesa ouviu que ele não era príncipe, rejeitou-o e mandou espalhar dez sacos de sementes no gramado, dizendo que ele teria de recolher todas as sementes, sem deixar faltar nenhuma, antes do amanhecer. Então apareceu o rei das formigas que o jovem havia poupado, acompanhado de todas as suas formigas; elas recolheram as sementes durante a noite e, antes que o sol nascesse, tinham recolhido todas e levaram os sacos para ele. Quando a princesa viu os sacos, ficou admirada, e então o jovem lhe foi apresentado. Por ser bonito, ele agradou à princesa, mas ainda assim ela fez mais uma exigência. Ele deveria colher uma maçã da árvore da vida. Enquanto ele refletia como iria executar tal tarefa, surgiu um dos corvos que ele alimentara com a carne de seu cavalo, trazendo a maçã no bico. Assim, tornou-se o marido da princesa e, quando o pai dela morreu, passou a ser o rei daquele país.

18.

a viagem de palha, brasa e feijão

Palha, Brasa e Feijão se reuniram para fazer uma grande viagem. Já haviam passado por muitos países, quando chegaram a um rio que não tinha uma ponte sequer que pudessem atravessar.* Finalmente, Palha teve a ideia de deitar-se no leito do rio para que os outros atravessassem sobre ela. Brasa deveria atravessar primeiro e, depois, Feijão. Brasa então subiu em Palha e foi caminhando bem devagar, seguida pelo cambaleante Feijão. Mas, quando Brasa estava na metade do caminho, Palha pegou fogo e partiu-se ao meio. Brasa então caiu na água e morreu afogada. Palha saiu flutuando partida ao meio, e Feijão, que havia ficado um pouco para trás, foi escorregando e acabou caindo na água. Por sorte, sabia nadar um pouquinho. Mesmo assim, Feijão engoliu tanta água que acabou estourando, chegando à margem nesse estado. Por acaso um alfaiate estava ali sentado, descansando de uma caminhada. Como levava consigo agulha e linha, tratou de fazer o remendo em Feijão. Desde aquele dia, todos os feijões têm uma costura.

---

* A exemplo deste conto e dos de número 23, 43 e 80, é possível que as fábulas também aconteçam com plantas, e não apenas com animais e humanos. [N.A.]

Segundo outra versão, Feijão atravessou primeiro e, chegando feliz à outra margem, ficou assistindo à travessia de Brasa. No meio do caminho, Brasa queimou Palha e caiu na água chiando. Ao ver o que tinha acontecido, Feijão estourou de tanto rir. O alfaiate sentado à margem o costurou, mas naquele momento só tinha linha preta, e é por isso que todos os feijões têm uma marca preta de costura.

19.

o pescador e sua mulher

Era uma vez um pescador que vivia com sua mulher numa velha pocilga à beira-mar. Todos os dias o pescador saía para pescar.* E pescava e pescava.

Certo dia, estava sentado com sua vara, pescando e olhando para a água translúcida, quando de repente o anzol deu uma forte fisgada e foi ao fundo. Ao recolhê-lo, ele puxou um grande linguado, que lhe disse: "Escute aqui, pescador, deixe-me viver, eu não sou um peixe de verdade, sou um príncipe encantado. De que adianta me matar? Você não ia gostar de me comer. Ponha-me de volta na água e me deixe sair nadando". "Bem", disse o homem, "você não precisa gastar tantas palavras. Um peixe que fala eu deixaria sair nadando de qualquer maneira." Quando o pescador devolveu o peixe à água, este logo foi ao fundo, deixando um longo rastro de sangue atrás de si.

O pescador então voltou para casa, e sua mulher perguntou: "Não pescou nada hoje, homem?". "Não, só um peixe que

* Todos os contos deste tomo foram publicados no chamado "alto alemão" ["Hochdeutsch"], exceto "O pescador e sua mulher", "O pé de zimbro" e "A pera não quer cair", que estão em dialeto. Os dois primeiros foram registrados em "Plattdeutsch", um dialeto do norte da Alemanha e ao leste dos Países Baixos; já o terceiro provém da Suíça e foi mantido tal como captado. [N. E.]

disse ser um príncipe encantado, então eu o devolvi à água", respondeu o pescador. "Mas você não pediu nada?", perguntou a mulher. "Não", respondeu o homem, "pedir o quê?". "Ai, mas é tão ruim morar nesta pocilga nojenta e fedida. Você podia ter pedido uma cabana. Volte lá e o chame. Peça-lhe uma pequena cabana, ele não vai negar isso, tenho certeza." "Mas de que adianta voltar lá?", disse o pescador. "Ora, você o teria pescado, mas deixou que ele saísse nadando com vida, ele há de retribuir, tenho certeza. Ande, volte já!", ordenou a mulher. O homem não estava com muita vontade de ir, mas, como não queria contrariar a mulher, acabou voltando para o mar. Ao chegar lá, a água estava bem verde e amarelada, mas calma, então ele se pôs diante dela e disse:

"Ó, águas, águas deste mundo,
Avisem o peixe lá do fundo
É que minha mulher, Isa,
Está dizendo que precisa..."

O peixe logo apareceu e perguntou: "Então? De que sua mulher precisa?". "Bem, é que eu pesquei você e minha mulher disse que eu deveria ter pedido algo em troca. Ela não quer mais morar na pocilga, ela gostaria de ter uma cabana." "Pode voltar para casa, que ela já tem a cabana."

Quando o pescador voltou para casa, não encontrou mais a mulher dentro de uma pocilga, e sim sentada diante de uma pequena cabana. Ela o puxou pela mão e disse: "Venha, entre. Veja como ficou melhor". E eles entraram, e na cabana havia um pequeno átrio e uma bela sala e um quarto com uma cama para cada um e cozinha e sala de jantar, e tudo limpo e bem arrumado, guarnecido com móveis e louças e tudo o mais. Atrás da cabana, havia um pequeno quintal com galinhas e patos e um jardim com uma pequena horta com verduras e um pomar. "Viu? Não é muito bom?", indagou a mulher. "É, sim, e aqui viveremos felizes e satisfeitos", respondeu o pescador. “Vamos ver”, disse a mulher. Então eles comeram e foram se deitar.

Tudo ia muito bem até que, passados oito ou catorze dias, a mulher disse: “Escute, homem, a cabana é muito apertada e o quintal e o jardim são estreitos demais. O peixe bem que podia ter dado uma casa maior. Eu gostaria de morar num castelo de pedra. Procure o peixe e diga para ele nos dar um castelo”. “Mas o que é isso, mulher? A cabana já é boa demais, o que vamos fazer num castelo?”, respondeu o homem. “O que é isso coisa nenhuma”, retrucou a mulher, “vá atrás do peixe, que ele pode muito bem fazer isso por nós.” “Não, mulher”, respondeu o homem, “o peixe já nos deu a cabana, não quero voltar lá, ele pode se aborrecer.” “Vá de uma vez, homem”, insistiu ela, “ele pode muito bem fazer isso por nós. Vá, ande!” O coração do homem pesou muito ao pensar que não era certo pedir, mas ele acabou cedendo.

Quando chegou junto ao mar, a cor da água estava violeta, azul-escura, cinza. Nem um pouco esverdeada e amarelada, mas estava calma. Então ele se pôs diante dela e disse:

“Ó, águas, águas deste mundo,
Avisem o peixe lá do fundo
É que minha mulher, Isa,
Está dizendo que precisa...”

O peixe apareceu e perguntou: “Então? De que sua mulher precisa agora?”. “Bem”, disse o pescador meio entristecido, “ela agora está querendo morar num castelo de pedra.” “Pode voltar para casa, que ela já está diante da porta do castelo”, respondeu o peixe.

Quando o homem voltou, a mulher estava diante da porta de um grande palácio: “Venha, entre”, disse ela. Então eles entraram juntos, e no castelo havia um grande corredor com piso de mármore e muitos criados que iam abrindo as enormes portas, e paredes forradas com belas tapeçarias, e nos quartos diversas cadeiras e mesas douradas e luminárias de cristal pendiam do teto, tapetes belíssimos em todas as salas e aposentos e, nas mesas, o melhor vinho. E atrás, do lado de fora, também havia um pátio com cavalos e um curral e carroças e também um jardim maravilhoso com as flores mais belas e árvores frutíferas e um bosque com cervos, corças e coelhos e com tudo que se possa desejar. "Então, não é lindo?", perguntou a mulher. "É, sim, e assim deve ficar. E agora vamos viver satisfeitos neste belo palácio", respondeu o pescador. "Vamos ver. Deixe passar uma noite", disse a mulher. E, assim, foram dormir.

Na manhã seguinte, a mulher acordou cedo. Mal amanhecera e ela deu uma cotovelada no marido, dizendo: "Levante, homem, e olhe pela janela! Nós podemos nos tornar reis desta região. Vá até o peixe e diga que eu quero ser rei". "Mas o que é isso, mulher? Ser rei para quê?" "Vá lá e diga que eu quero ser rei." Desolado por sua mulher querer ser rei, o homem foi procurar o peixe. Quando chegou junto ao mar, a água estava preta acinzentada e fermentava por dentro, fedendo a podre. Então, ele se pôs diante dela e disse:

"Ó, águas, águas deste mundo,
Avisem o peixe lá do fundo
É que a minha mulher, Isa,
Está dizendo que precisa..."

O peixe apareceu e perguntou: "De que sua mulher precisa agora?". "Bem", disse o pescador meio entristecido, "ela agora está querendo ser rei." "Pode voltar para casa, que ela já é", respondeu o peixe.

O pescador voltou e encontrou sentinelas diante da porta e muitos soldados com trompas e trombetas. Sua mulher estava sentada num trono elevado, feito de ouro e diamantes, e na cabeça levava uma coroa dourada e na mão um cetro, de puro ouro e pedras preciosas, e de cada lado havia seis donzelas em fila, cada uma delas uma cabeça mais baixa que a outra. Ele então ficou diante da mulher e disse: "Então, mulher, agora você é rei?". "Sim", respondeu ela, "agora sou rei." Então ele olhou para ela e depois de contemplá-la por um tempo disse: "Que beleza que você agora é rei! Não vamos desejar mais nada, não é?". "Não, marido", disse ela irrequieta, "o tempo não passa, não aguento mais. Procure o peixe. Sou rei, mas quero ser imperador!" "Mas por que você quer ser imperador, mulher?" "Vá procurar o peixe, marido, e diga que eu quero ser imperador!" "Não posso pedir isso ao peixe. Ele não pode realizar esse desejo. Só há um imperador no mundo. O peixe não pode e pronto." "Sou rei e você é meu marido, vá imediatamente. Ande!" O marido então obedeceu, mas no caminho pensou: "Isso não vai acabar bem, querer ser imperador é um abuso, o peixe vai acabar se cansando disso". Quando ele chegou ao mar, as águas estavam pretas como a noite e muito densas, e pareciam ferver, pois bolhas enormes subiam e estouravam e um vento forte soprava, deixando o mar revolto. Assombrado, o homem disse:

"Ó, águas, águas deste mundo,
Avisem o peixe lá do fundo
É que a minha mulher, Isa,
Está dizendo que precisa..."

O peixe apareceu e perguntou: "De que sua mulher precisa agora?". "Bem", disse o pescador meio entristecido, "ela agora está querendo ser imperador." "Pode voltar para casa, que ela já é", respondeu o peixe.

O homem voltou para casa e encontrou a mulher sentada em um trono muito elevado, todo de ouro e diamantes, e na cabeça ela usava uma imponente coroa de ouro cravejada de brilhantes e pedras preciosas. Numa das mãos segurava um cetro e na outra o globo imperial. Em ambos os lados do trono, guardas estavam enfileirados por ordem de altura, sempre um menor que o outro, do gigantesco até o menor dos anões, que não passava da altura de um dedo. Diante dela havia príncipes e duques. O pescador se aproximou dela timidamente e perguntou: “Então, mulher, agora você é imperador?”. “Sim, sou imperador.” Ele se aproximou, olhou para ela durante um tempo e disse, satisfeito: “Que bom que você se tornou imperador”. “Marido, o que está fazendo ainda parado aí? Ande, eu quero me tornar papa ainda hoje! Procure o peixe agora mesmo!”, ordenou ela. “Ah, mulher, o que você quer mais? Papa não vai dar. Só é possível se tornar papa na cristandade.” “Marido, eu quero ser papa. Ande, procure o peixe agora que eu quero me tornar o papa ainda hoje.” “Não, mulher, não posso pedir isso a ele. Isso não vai acabar bem, é pedir demais, o peixe não pode transformá-la em papa.” “Mas que conversa mole é essa? Ele pode me tornar imperador, mas não papa? Vá procurá-lo imediatamente, eu sou imperador e você é apenas meu marido. Quer fazer o favor de ir imediatamente?” Apavorado, ele obedeceu, mas não estava se sentindo nada bem, seu corpo tremia e os joelhos e as pernas fraquejavam. Um vendaval varreu a terra, envergando as árvores e empurrando as nuvens. O céu estava escuro mesmo antes de anoitecer. Então uma chuva desabou sobre a praia. Ao longe, ele avistou navios que atiravam pedindo socorro e dançavam e saltavam nas ondas. No meio do céu ainda restava uma pequena mancha azulada, mas dos lados parecia estar se armando um grande temporal. Deprimido pelo medo, ele disse:

“Ó, águas, águas deste mundo,
Avisem o peixe lá do fundo
É que a minha mulher, Isa,
Está dizendo que precisa...”

O peixe apareceu e perguntou: “De que sua mulher precisa agora?”. “Bem”, disse o pescador meio entristecido, “ela agora está querendo ser papa." "Pode voltar para casa, que ela já é", respondeu o peixe.

Quando o pescador voltou, encontrou a mulher vestida de ouro dos pés à cabeça e sentada num trono muito alto, com três coroas de ouro na cabeça e muitos sacerdotes e clérigos ao redor dela. Dos dois lados estendiam-se fileiras de velas, ordenadas por tamanho. As duas mais altas tinham a altura de uma torre e as menores não chegavam ao tamanho de uma vela comum. "Então, mulher, agora você é papa." "Sim, sou papa." Ele se aproximou, olhou para ela e disse: "Que bom que você se tornou papa, e agora que é papa vai ficar satisfeita, não é? Não pode ser nada acima disso". "Vou pensar nisso", disse a mulher. Depois os dois foram se deitar, mas ela não estava satisfeita e sua ganância não a deixava pegar no sono, ela não parava de pensar no que ser ainda. Quando amanheceu e ela viu o vermelho da alvorada, sentou-se na cama e pensou: "Bem que eu podia mandar o Sol e a Lua se moverem!". Então, cutucou o marido nas costelas com uma cotovelada e disse: "Marido, acorde! Vá até o peixe e diga a ele que quero ser como o bom Deus!". O marido, que ainda estava meio dormindo, levou um susto tão grande que caiu da cama. "O que você disse?" "Marido", falou ela, "se eu não puder fazer o Sol e a Lua se moverem e só puder ficar assistindo, não vou descansar nem um minuto. Quero ser o bom Deus." "Não", disse ele caindo de joelhos aos seus pés. "O peixe não pode fazer isso. Imperador e papa, ele ainda pode atender. Eu lhe peço que se conforme e continue sendo papa." Nesse momento a mulher foi tomada pela ira, e disse gritando: "Eu não aguento mais! Vá imediatamente!".

Rapidamente o marido enfiou as calças e partiu correndo, movido pelo medo. Lá fora, a tempestade soprava violenta. As casas e as árvores eram varridas pelo vento, as montanhas estremeciam e as rochas rolavam, despencando no mar. O céu estava completamente preto e era riscado por raios e trovões, no mar se erguiam ondas pretas enormes, do tamanho de torres de igreja, como se fossem montanhas, e na crista havia espuma branca. O pescador então gritou, sem conseguir ouvir a própria voz:

> "Ó, águas, águas deste mundo,
> Avisem o peixe lá do fundo
> É que a minha mulher, Isa,
> Está dizendo que precisa..."

O peixe apareceu e perguntou: "De que sua mulher precisa agora?". "Bem", disse o pescador meio entristecido, "ela agora está querendo ser Deus." "Pode voltar para casa, que ela está na velha pocilga", respondeu o peixe. E é lá que os dois moram até hoje.

20.

o alfaiate valente

i. Numa cidadezinha chamada Romandia, um alfaiate costurava sentado a uma mesa. Sobre a mesa, havia uma maçã madura em que um bando de moscas pousara, como costuma acontecer no verão. Enfurecido, o alfaiate puxou um pedaço de pano e com ele investiu sobre a maçã. Ao puxar o pano de volta, viu que tinha acertado e matado sete moscas. Ao ver as moscas de pernas para o ar, o alfaiate teve a ideia de costurar para si um cinturão e bordar nele em letras douradas a seguinte frase: "Acertei sete num só golpe". Depois de feito isso, amarrou o cinturão à cintura e pôs-se a caminhar por ruas e vielas. Ao lerem o que estava escrito no cinturão, as pessoas pensavam que ele tivesse matado sete homens de uma vez, e por isso o temiam muito. O preguiçoso alfaiate então ousou invadir os jardins do castelo de um rei famoso na região. Cansado, deitou-se na grama e adormeceu. Quando os criados do rei o encontraram e leram a inscrição do cinturão, indagaram, admirados, o que aquele guerreiro valente estaria procurando em seu reino em tempos de paz. Concluíram que só podia se tratar de alguém muito importante. Depois de confabularem entre si, foram até o rei e sugeriram que seria muito útil manter um herói daquele porte em suas terras. A ideia agradou ao rei.

Quando o alfaiate acordou, o rei ofereceu-lhe permanência no castelo, no comando da cavalaria real. Mas não demorou para que os cavaleiros do rei ficassem incomodados. Temiam muito o alfaiate e achavam que ele seria capaz de matar sete deles num só golpe por qualquer coisinha que não fosse de seu agrado. Assim, reuniram-se e, juntos, pediram ao rei que dispensasse todos eles. Ao ouvir que todos os seus fiéis servidores queriam abandoná-lo por causa de um só homem, o rei ficou muito triste. Antes jamais tivesse encontrado esse homem, pensou. Não ousava dispensá-lo, pois temia ser morto juntamente com todo o povo, e ainda por cima seu reino poderia ser tomado por guerreiros. Depois de muito tempo buscando uma solução, o rei teve uma ideia. Mandou chamar o suposto comandante de cavalaria (que ninguém julgava ser um simples alfaiate) e disse que, uma vez que ele era um grande guerreiro, precisava de sua ajuda. Contou-lhe que nas florestas de seu reino moravam dois gigantes que viviam assustando a população e provocando grandes estragos, roubando, matando e ateando fogo, e que era impossível combatê-los com armas ou com outra coisa qualquer, porque eles destruíam tudo. Disse que, se o alfaiate conseguisse acabar com aqueles gigantes, em troca lhe daria a mão de sua filha e metade de seu reino. Também colocou cem de seus melhores cavaleiros à disposição do alfaiate para acompanhá-lo à floresta. Nada mau! A mão da princesa e a metade de um reino, pensou o alfaiate, e respondeu: "Está certo! Vou vencer esses gigantes e para isso não preciso da ajuda dos valentes cavaleiros". Assim, o alfaiate partiu, deixando os cem cavaleiros aguardando na entrada da floresta. Olhando atento para todos os lados, andou, andou, até que finalmente encontrou os gigantes dormindo debaixo de uma árvore. Eles roncavam tão forte que os galhos tremiam e estalavam como numa tempestade. O alfaiate então logo encheu a frente de sua camisa com pedras e trepou na árvore debaixo da qual os gigantes dormiam. Lá do alto, começou a atirar pedras em um deles. Jogou tantas até que ele acordasse enraivecido e perguntasse ao companheiro por que estava batendo nele. "Não estou batendo em você", respondeu o outro gigante, virando-se de lado e voltando a roncar. Então o alfaiate atirou uma pedra bem pontuda no peito do outro gigante. Este se levantou num salto e disse, com voz estrondosa: "Por que você está me atacando?". Ao que o outro respondeu, aos brados: "Você está sonhando!". Assim, começaram a brigar até que, de tão exaustos, pegaram no sono outra vez. Aí o alfaiate voltou a atacar, atirando uma pedra das grandes no primeiro. Este se levantou e, com toda a força, atacou seu amigo, que devolveu na mesma moeda. Em sua cólera, arrancaram árvores inteiras e com elas bateram tanto um no outro que ambos desabaram, caindo mortos no chão. Por sorte não arrancaram a árvore em que estava o alfaiate. Antes de voltar ao castelo, ele ainda acertou alguns golpes nos gigantes com sua espada. Depois foi até os cavaleiros que estavam na entrada da floresta e anunciou que sua missão estava cumprida. "Os gigantes estão mortos e você não está ferido?", perguntaram os cavaleiros, incrédulos. "Vocês podem comprovar com seus próprios olhos!", respondeu o alfaiate, conduzindo-os até a floresta. Assustados, eles viram que a terra estava totalmente revolvida e as árvores arrancadas, espalhadas pelo chão. Ficaram imaginando o tamanho da força do herói e relataram ao rei o grande feito do alfaiate. Então o alfaiate cobrou do rei a recompensa prometida. O rei, arrependido de ter prometido a mão da filha a um desconhecido, disse-lhe: "Ainda não há paz na floresta, pois mora ali um unicórnio que atrapalha muito a vida das pessoas e dos peixes. Se você domá-lo, eu darei a mão de minha filha em casamento". O alfaiate aceitou mais esse desafio e novamente dispensou os cavaleiros, mandando-os aguardar na entrada da floresta. Depois de passar um tempo caminhando, foi avistado pelo unicórnio, que, em fúria, galopou em sua direção para atacá-lo com o corno em riste. Vendo-o em disparada, o alfaiate esperou até que o animal chegasse bem perto dele para, no último instante, saltar atrás de uma árvore. O unicórnio corria tanto que não conseguiu parar a tempo de evitar que seu corno ficasse enterrado no tronco da árvore de modo a quase atravessá-la. Com o unicórnio preso na árvore, o alfaiate só precisou laçar a corda que trazia ao redor do pescoço para então amarrá-lo à árvore. Quando o rei ficou sabendo de sua vitória sobre o unicórnio, ficou muito triste e não sabia o que fazer para evitar dar a filha em casamento. Então se esquivou e disse: "Ainda não reina a paz em minha floresta. Há um porco selvagem que está devastando tudo. Meus caçadores deverão ajudá-lo na captura. Assim que concluir mais essa tarefa, iremos celebrar seu casamento com minha filha". O alfaiate então se embrenhou na floresta, deixando os caçadores à espera. Assim que o porco selvagem o farejou, saiu correndo em sua direção com a boca espumando, os dentes aguçados, pronto a atacar o alfaiate e derrubá-lo ao chão. O alfaiate olhou ao redor e, por sorte, avistou uma capela abandonada. Ele então entrou correndo pela porta e, num salto, saiu pela janela. O porco entrou na capela atrás dele, mas o alfaiate deu a volta por fora e fechou a porta. Dessa maneira o animal feroz, pesado demais para fugir pela janela, foi capturado. Depois o alfaiate chamou os caçadores para que vissem a presa com os próprios olhos. Querendo ou não, dessa vez o rei teve de cumprir a promessa e entregar a filha ao alfaiate. Se soubesse que na verdade era um alfaiate, teria preferido enforcá-lo. Muito preocupado, o rei teve de entregar a filha a um desconhecido. Assim, celebrou-se o casamento com muita pompa e pouca alegria, e o alfaiate passou a ser rei da metade de um reino. Passado algum tempo, a jovem rainha escutou o marido falar enquanto dormia: "Rapaz, costure direito o meu sobretudo e cirza a minha calça, senão vou dar com a fita métrica nas suas orelhas!". Então ela descobriu que seu marido e senhor não passava de um simples alfaiate. Assim, no dia seguinte, queixou-se para o pai e pediu-lhe que a libertasse do marido. Essa notícia partiu o coração do rei. Como pudera entregar a única filha a um alfaiate? Então o rei consolou a filha e mandou que naquela noite, quando fosse dormir, ela deixasse a porta de seus aposentos aberta. Assim que ele adormecesse, seus criados iriam amarrá-lo e colocá-lo num barco, levando-o para bem longe dali. A filha alegrou-se com a ideia. Mas o escudeiro do rei, que tinha ouvido tudo e que gostava do alfaiate, contou a ele o plano traiçoeiro. Ouvindo isso, o alfaiate agradeceu ao escudeiro e disse que sabia bem o que fazer. Quando chegou a hora de dormir, deitou-se com a esposa e, passado pouco tempo, fingiu que tinha pegado num sono profundo. A mulher então se levantou de mansinho e abriu a porta do quarto. Aí o alfaiate começou a falar bem alto: "Rapaz, costure direito o meu sobretudo e cirza a minha calça, senão vou dar com a fita métrica nas suas orelhas! Já acertei sete de uma vez, matei dois gigantes, domei um unicórnio e capturei um porco selvagem. Acaso deveria temer aqueles que estão parados à frente da porta do meu quarto?". Ao ouvirem tais palavras, os criados puseram-se a correr dali em disparada, como se o diabo os perseguisse. Como ninguém ousou se aproximar do alfaiate valente, ele continuou sendo rei por toda a vida.

ii. Numa manhã de verão, um alfaiate estava sentado em sua mesa, diante da janela, quando uma vendedora ambulante passou gritando: "Geleia doce! Geleia doce da boa!". O alfaiate pôs a cabeça para fora da janela e convidou a vendedora: "Suba aqui, senhora. Vou comprar bastante geleia!". Quando a mulher subiu, ele encheu todos os potes que tinha, comprando mais de meio quilo. Depois cortou o pão, passou geleia e colocou-o ao seu lado na mesa. Está com uma cara muito boa, mas vou terminar de costurar esta camisa antes de comer. Começou a costurar e, de tão alegre, dava pontos grandes. Enquanto isso, o cheiro do doce alcançou as moscas, que chegaram aos bandos e pousaram sobre o pão. “Mas quem foi que as convidou?”, disse o alfaiate, espantando-as dali. Não demorou muito e lá estavam elas, ainda mais numerosas, novamente sobre seu pão. Irritado, agarrou um pano e bateu com ele no pão: “Vocês vão ver só!”. Depois de puxar o pano, foi verificar quantas havia acertado e contou vinte e nove moscas mortas. “Mas você é muito bom!”, disse orgulhoso de seu feito e, entusiasmado, costurou para si um cinturão com a inscrição: “Vinte e nove num só golpe!”. Agora, quero explorar o mundo!, pensou o alfaiate, e prendeu o cinturão na cintura. Depois vasculhou a casa para ver se achava algo que valesse a pena levar junto e achou um pedaço de queijo velho, que guardou no bolso. No caminho, encontrou um passarinho e também o guardou no bolso. Depois o pequeno alfaiate escalou uma montanha e quando chegou ao cume avistou um gigante sentado no topo. Então ele conversou com o gigante: “Camarada, como vai? Está contemplando o mundo do alto? Também quero me aventurar nesse mundo”. O gigante olhou para o alfaiate com desprezo: “Você não passa de um sujeito miserável!”. O alfaiate desabotoou o casaco e mostrou o cinturão ao gigante. “Agora você pode ver o tipo de homem com quem está lidando.” Este leu as palavras: “Vinte e nove num só golpe!”. Pensando que se tratava de pessoas, o gigante começou a respeitar um pouco mais o alfaiate, mas ainda assim quis testá-lo. Pegou uma pedra e apertou-a com tanta força que ela chegou a verter água. “Aposto que você não é tão forte como eu.” “Se for só isso”, disse o alfaiate, “também sei fazer.” Então ele enfiou a mão no bolso, tirou o queijo e apertou-o até escorrer o caldo. “Melhor que você, não fui?”, provocou. Admirado, o gigante pegou uma pedra e lançou-a tão alto que ela mal podia ser vista a olho nu. “Quero ver você fazer isso, então”, disse o gigante. “Foi muito bom”, disse o alfaiate, “mas a pedra acabou caindo no chão. Eu vou lançar uma que não voltará jamais." Então ele pegou o passarinho do bolso e jogou-o para o alto. O pássaro saiu voando até desaparecer. "O que achou disso?" O gigante ficou surpreso e eles resolveram seguir juntos. Quando passaram por uma cerejeira, o gigante agarrou a copa carregada de frutas maduras e envergou-a, pedindo para o alfaiate segurá-la enquanto ele comia. Mas o alfaiate era muito fraco e, sem conseguir resistir à força da árvore, foi puxado para o alto. "Mas o que é isso?", perguntou o gigante. "Não consegue aguentar esse frágil arbusto?". "Acha mesmo que é difícil para um homem que acertou vinte e nove num só golpe?", respondeu o alfaiate e perguntou: "Sabe por que fiz isso? Lá embaixo os caçadores estão atirando no arbusto, então saltei rápido por cima da árvore. Acho que você não consegue saltar, consegue?". Depois dessa, o gigante passou a acreditar que ninguém no mundo seria capaz de superar o alfaiate em força e astúcia.

[FALTA O RESTO]*

---

* Nos contos "O alfaiate valente, "O ovo de ouro", "A sogra" e "Fragmentos" aparece a marcação [Falta o resto] ou [Fragmento], como se a narrativa ainda precisasse ser desenvolvida por completo. [N. E.]

21.

a gata borralheira

Era uma vez um homem rico que viveu feliz com sua mulher por muito tempo e juntos tiveram uma única filha. Um dia a mulher adoeceu e, quando sentiu o fim se aproximar, chamou a filha e disse: "Querida criança, vou ter de deixá-la, mas quando eu estiver no céu, sempre olharei por você. Plante uma árvore sobre o meu túmulo e, toda vez que desejar alguma coisa, balance a árvore e seu desejo será atendido, e quando estiver em perigo mandarei ajuda do céu. Continue boa e piedosa". Dito isto, fechou os olhos e morreu. A menina chorou e plantou a árvore sobre o túmulo da sua mãe, mas não precisou regá-la porque suas lágrimas já bastavam.

A neve cobriu o túmulo com um manto branco e, quando o sol voltou a brilhar e a árvore ficou verde pela segunda vez, seu pai se casou novamente. Mas a madrasta já tinha duas filhas de seu primeiro marido, bonitas de aparência, mas orgulhosas, pretensiosas e más de coração. Depois do casamento, as três foram morar na mesma casa e a vida se tornou dura para a pobre criança. "O que é que esta menina inútil e desagradável está fazendo aqui? Vá para a cozinha, que lá é seu lugar!", disse a madrasta, e acrescentou: "Ela será nossa criada e terá de ganhar o pão com seu trabalho diário". Então, suas irmãs postiças lhe tiraram os lindos vestidos e nela colocaram um vestido muito velho e cinzento, dizendo: “Este está ótimo para você!”. E assim, debochando, mandaram-na para a cozinha. E, a partir desse dia, a menina passou a trabalhar arduamente, desde o nascer do sol: buscava água, acendia o fogão, cozinhava, lavava a roupa. As irmãs ainda faziam de tudo para atormentá-la, sempre zombando dela; jogavam ervilhas e lentilhas no meio das cinzas, obrigando-a a passar o dia separando os grãos. À noite, extenuada pelo trabalho, ela não tinha uma cama para descansar. Deitava-se perto da chaminé, junto às cinzas do borralho. E, como estava sempre suja por ficar dormindo nas cinzas e na poeira, deram a ela o apelido de Gata Borralheira.

Passado algum tempo, o rei mandou anunciar que daria um baile, que duraria três dias, com toda a pompa, e seu filho, o príncipe herdeiro, deveria escolher sua futura esposa. As duas irmãs orgulhosas foram convidadas para o baile, e imediatamente chamaram a Gata Borralheira e disseram: “Penteie nossos cabelos, lustre e afivele nossos sapatos, pois nós vamos ao baile do príncipe”. A Gata Borralheira se esforçou muito e as arrumou o melhor que podia, enquanto as irmãs não paravam de debochar. “Você também não quer ir ao baile?”, perguntavam. “Quero, sim, mas como poderei ir se não tenho roupa para sair?” “Não”, disse a mais velha, “eu não quero que você vá e seja vista por todos, nós sentiríamos vergonha quando as pessoas descobrissem que você é nossa irmã. Seu lugar é na cozinha. Tome aí uma bacia de lentilhas; quando voltarmos, quero que estejam selecionadas, e ai de você se restar um grão estragado no meio. O castigo virá a galope.”

Com isso partiram e a menina ficou parada junto à porta até perdê-las de vista. Depois voltou triste para a cozinha e espalhou as lentilhas no fogão. Ao ver a enorme quantidade de grãos, ela disse, suspirando: “Preciso escolhê-las até meia-noite e não posso pregar o olho, ainda que meus olhos ardam. Ai, se minha mãe soubesse!”. Depois se ajoelhou nas cinzas para começar a trabalhar, quando duas pombas brancas entraram pela janela voando e pousaram ao lado do monte de lentilhas. Elas acenaram com a cabeça, dizendo: "Gata Borralheira, você quer nossa ajuda para escolher as lentilhas?". "Quero, sim", respondeu ela,

"As ruins no lixinho,
As boas no potinho."

E bica, bica! bica, bica!, e logo as pombas se puseram a comer as lentilhas ruins, deixando apenas as boas. Passados quinze minutos, todas estavam selecionadas, não restando nenhuma estragada, e ela as colocou todas no pote. Depois, as pombas perguntaram: "Se quiser ver suas irmãs dançando com o príncipe, suba no pombal". A menina seguiu as pombas, escalou até o último degrau e conseguiu avistar o salão e as irmãs dançando com o príncipe. Tudo brilhava e reluzia diante de seus olhos. Depois de ter se fartado de olhar, desceu e, sentindo o coração apertado, deitou-se junto às cinzas e pegou no sono.

Na manhã seguinte, as duas irmãs entraram na cozinha e ficaram enraivecidas ao ver que ela havia conseguido selecionar todas as lentilhas, pois bem que queriam brigar com ela e, já que não podiam, começaram com provocações, dizendo: "Sabe, o baile foi maravilhoso, o príncipe mais belo do mundo nos conduziu na dança pelo salão e uma de nós irá se tornar sua esposa". "Sim", disse Gata Borralheira, "eu vi as luzes cintilando, deve ter sido lindo." "Como? Como você viu?", perguntou a mais velha. "Do alto do pombal." Ao ouvir isso, a irmã sentiu tamanha inveja que mandou derrubar o pombal no mesmo instante.

A Gata Borralheira precisou pentear e arrumar as duas irmãs novamente. Quando estava escovando o cabelo da irmã mais nova, que ainda tinha um pouco de compaixão no coração, ela disse à Gata Borralheira: "Quando escurecer você pode ir até lá para olhar de fora, pela janela". "Não", disse a mais velha, "isso só vai deixá-la preguiçosa. Tome aqui um saco cheio de favas. Separe as boas das ruins e não tenha preguiça. Se amanhã não estiverem bem separadas, vou jogá-las no meio das cinzas e você terá de passar fome até tirar todas de lá."

Triste, Gata Borralheira sentou-se diante das favas e pôs-se a trabalhar. Não demorou para que as pombas voassem cozinha adentro oferecendo ajuda. "Gata Borralheira, você aceita nossa ajuda para separar as favas?" "Sim, respondeu ela,

"As ruins no lixinho,
As boas no potinho."

E bica, bica! bica, bica!, e fizeram o trabalho tão rapidamente que parecia haver doze mãos trabalhando. Quando terminaram, perguntaram a ela: "Gata Borralheira, você também quer ir ao baile e dançar?". "Meu Deus, como eu poderia ir com a minha roupa puída?", disse ela. "Vá até a arvorezinha no túmulo de sua mãe e deseje para si roupas novas. Mas você tem de voltar antes da meia-noite." A menina então foi até o túmulo e, sacudindo a árvore, pediu:

"Árvore querida, por favor, balance
E roupas belas me lance."

Mal acabara de falar e um lindo vestido prateado, pérolas, meias de seda com presilhas prateadas, sapatos prateados e demais acessórios surgiram à sua frente. Ela levou tudo para casa e, depois de tomar banho e se vestir, parecia uma rosa que o orvalho banhara. E diante da porta uma carruagem já a aguardava, com seis cavalos negros encilhados e cocheiros em trajes azuis e prateados, que a colocaram dentro da carruagem e a levaram a galope ao castelo do rei.

Ao ver a carruagem parar diante da porta, o príncipe ficou fascinado e pensou que tivesse chegado uma princesa desconhecida. Então ele desceu pessoalmente a escadaria, tomou-a pela mão e conduziu-a ao salão. E, quando os milhares de luzes incidiram sobre ela, mostrou-se tão linda que todos a admiraram, e as irmãs, que também lá estavam, ficaram muito aborrecidas por haver alguém mais bela que elas, mas não lhes passou pela cabeça tratar-se de Gata Borralheira, que deveria estar em casa deitada nas cinzas. Durante toda a noite, o príncipe ficou ao seu lado e não permitiu que mais ninguém dançasse com ela. Ele pensou: "Tenho de escolher uma esposa, e não quero ninguém além dela". Tanto tempo vivendo na tristeza e em meio às cinzas, agora ela estava vivendo em esplendor e felicidade. Mas, quando se aproximou da meia-noite, ela fez uma reverência para se despedir e, por mais que o príncipe implorasse e implorasse, não cedeu aos seus pedidos para que ficasse. O príncipe a conduziu até a carruagem, que já a esperava do lado de fora, e assim como viera, cheia de esplendor, ela partiu.

Ao chegar em casa, foi até a árvore no túmulo de sua mãe e disse:

"Árvore querida, por favor, balance
E meus trajes aqui embaixo alcance."

A árvore então recolheu as roupas e ela vestiu seus trapos e voltou para casa. Depois de empoeirar o rosto com cinzas, deitou-se junto à chaminé e foi dormir.

Quando as irmãs acordaram, estavam mal-humoradas e caladas. A Gata Borralheira perguntou: "Vocês se divertiram muito ontem?". "Não, o príncipe dançou a noite toda com uma princesa que ninguém conhecia ou sabia de onde veio." "Será que era a que foi numa carruagem puxada por seis cavalos pretos?", perguntou a Gata Borralheira. "Como é que você sabe disso?", indagaram as irmãs. "Eu estava na porta de casa e vi quando ela passou." "Estava caçando o que na porta? De agora em diante, atenha-se ao seu trabalho", disse a mais velha, olhando feio para Gata Borralheira.

Ela teve de ajudar as irmãs a se vestirem pela terceira vez e, como recompensa, elas lhe deixaram ervilhas para selecionar. "E não ouse fugir do trabalho, entendeu?", ainda gritou a mais velha ao sair. Com o coração batendo forte, a menina pensou: "Tomara que minhas pombas não me deixem na mão". Mas as pombas apareceram como no dia anterior e disseram: "Gata Borralheira, você quer nossa ajuda para escolher as ervilhas?". "Sim", ela respondeu,

"As ruins no lixinho,
As boas no potinho."

As pombas então tiraram as ervilhas estragadas do monte e logo terminaram o serviço. Então disseram: "Gata Borralheira, balance a arvorezinha, que ela lhe dará roupas ainda mais belas, e vá para o baile, mas cuide para voltar antes da meia-noite".

Gata Borralheira correu para junto da árvore:

"Árvore querida, por favor, balance
E roupas belas me lance."

Da árvore caiu um vestido ainda mais lindo que o anterior, todo de ouro e pedras preciosas e meias com bordados em dourado e sapatos dourados. E, quando ela o vestiu, brilhava tanto que parecia o sol do meio-dia. Diante da porta, a carruagem a aguardava com seis cavalos brancos com longos penachos brancos na cabeça e os cocheiros vestiam trajes vermelhos e dourados. O príncipe já a aguardava na escadaria quando ela chegou, e conduziu-a ao salão. E, se na noite anterior todos haviam se encantado com sua beleza, nesta mais ainda, e as irmãs ficaram num canto, pálidas de inveja, e se soubessem que aquela era a Gata Borralheira, que dormia nas cinzas, teriam morrido de inveja.

Mas o príncipe queria saber quem era a estranha princesa, de onde vinha e para onde iria, e colocou pessoas de vigia na rua para não a perderem de vista quando fosse embora. E, para que ela não pudesse descer as escadas correndo tão rápido, ele mandou passar piche nos degraus. A Gata Borralheira dançou e dançou com o príncipe e estava se divertindo tanto que acabou se esquecendo da meia-noite. De repente, quando estava no meio da dança, ouviu o badalar dos sinos e lembrou-se das palavras das pombas. Apressada, tratou de ir embora e desceu a escadaria correndo. Mas, por causa do piche, um de seus sapatos dourados ficou preso, e Gata Borralheira estava com tanto medo que nem pensou em recolhê-lo. Ao chegar no último degrau, bateu meia-noite e a carruagem desapareceu, e lá estava ela de volta em seus trapos manchados de cinzas no meio da rua escura. O príncipe correu atrás dela tentando alcançá-la e encontrou o sapato preso na escadaria. Ele desgrudou o sapato do chão, guardou-o e quando chegou lá embaixo tudo havia desaparecido. Os vigias que ficaram pelas ruas retornaram, alegando não terem visto nada.

Aliviada por não ter acontecido o pior, Gata Borralheira voltou para casa, acendeu sua lamparina opaca, pendurou-a na chaminé e deitou-se no carvão para dormir. Não demorou muito para que as duas irmãs aparecessem, gritando: “Levante e acenda a luz para nós”. Gata Borralheira bocejou, fingindo estar dormindo há tempo. Enquanto ela acendia a luz, ouviu uma irmã falando para a outra: “Sabe Deus quem é essa desejada princesa. Que esteja morta e enterrada! O príncipe dançou só com ela, e quando ela foi embora, ele não quis mais ficar e a festa acabou”. “Era como se todas as luzes tivessem se apagado de uma vez”, disse a outra. Gata Borralheira sabia bem quem era a princesa, mas não disse nem uma palavrinha sequer.

O príncipe, por sua vez, pensou: “Já que nada deu certo, agora o sapato é que vai nos ajudar a encontrar a noiva”. Então, mandou seus mensageiros difundirem por todo o reino que se casaria com aquela que conseguisse calçar o precioso sapato. Muitas tentaram calçá-lo, mas para todas o sapato era apertado demais, parecendo que elas precisariam usar os dois sapatinhos em um pé em vez de um só. Até que chegou a vez de as irmãs calçarem. Elas estavam felizes porque tinham pés bonitos e pequenos e acreditavam que os sapatos serviriam e nada poderia dar errado; se ao menos o príncipe tivesse ido diretamente a elas, teriam se poupado de muito trabalho. Quando o príncipe chegou na casa delas, a mãe disse secretamente: "Ouçam, tomem aqui essa faca e, se o sapato não servir, cortem um pedaço do pé. Vai doer um pouquinho, mas não faz mal porque passa logo e uma de vocês irá se tornar rainha". Assim, a mais velha foi para o quarto e experimentou o sapato. A ponta do pé entrava, mas o calcanhar era grande demais. Então ela cortou um pedaço do calcanhar até conseguir enfiar o pé no sapato. Quando o príncipe viu que o sapato servia, declarou que ela era a noiva dele e a levou até a carruagem. Mas, ao chegar no portão, as duas pombas brancas estavam sentadas sobre ele dizendo:

"Olhe bem, rapaz!
A verdadeira ficou para trás,
O sapato ficou apertado,
Está todo ensanguentado!"

O príncipe olhou para baixo, viu que do sapato brotava sangue e, percebendo que tinha sido enganado, levou a falsa noiva de volta para casa. A mãe então disse para a segunda filha: "Pegue o sapato e, se ele ficar apertado, é melhor cortar a parte dos dedos". A filha levou o sapato para o quarto e, ao ver que seu pé era grande demais, cerrou os dentes e cortou fora um pedaço bem grande do dedão. Depois calçou o sapato rapidamente. Pensando ser ela a verdadeira noiva, o príncipe a levou até a carruagem. Mas, ao passarem pelo portão, as duas pombas disseram:

"Olhe bem, rapaz!
A verdadeira ficou para trás,
O sapato ficou apertado,
Está todo ensanguentado!"

O príncipe olhou para baixo e viu que as meias brancas estavam se tingindo de vermelho e o sangue estava subindo. Ele então a levou de volta e disse para a mãe: "Esta não é a noiva certa. Não há mais uma filha na casa?". "Não", respondeu a mãe, "apenas uma Gata Borralheira esfarrapada que está lá embaixo sentada sobre as cinzas, esse sapato não pode lhe servir." A madrasta não queria mandar chamar Gata Borralheira, mas o príncipe fez questão. Então ela foi chamada e, ao ficar sabendo que era o príncipe, lavou rapidamente o rosto e as mãos, que ficaram limpos e frescos. Ao entrar na sala, fez uma reverência e o príncipe lhe entregou o sapato, dizendo: "Experimente. Se ele servir, você será a minha mulher". Ela tirou o pé esquerdo do pesado tamanco que o calçava e enfiou-o no sapato dourado. Serviu tão bem que parecia ter sido feito sob medida. E, quando ela se ergueu, o príncipe olhou para seu rosto e, reconhecendo a bela princesa, exclamou: "Esta é a verdadeira noiva". A madrasta e as duas irmãs vaidosas se assustaram e empalideceram, mas o príncipe levou Gata Borralheira até sua carruagem, e quando passaram pelo portão os dois pombos disseram:

"Olhe bem, rapaz!
A verdadeira não ficou para trás,
O sapato não ficou apertado
E não está ensanguentado!"

22.

quando crianças brincaram de açougueiro

i. Numa cidade chamada Franecker, situada nos Países Baixos, um grupo de meninas e meninos, entre cinco e seis anos, estava brincando. Decidiram que um menino deveria ser o açougueiro, outro, o cozinheiro e um terceiro menino, o leitão. Uma menina seria a cozinheira, a outra seria a assistente de cozinha. A assistente de cozinha deveria recolher o sangue do leitão numa vasilha para depois fazer salsichas. O açougueiro então se aproximou do menino que era para ser o leitão, derrubou-o no chão, cortou sua goela com uma faca, e a assistente recolheu o sangue na vasilha. Um senhor que por acaso passava por ali viu a desgraça e levou o menino açougueiro à autoridade máxima, que imediatamente mandou reunir todo o conselho. Estavam todos discutindo o assunto e não sabiam o que fazer com o menino, pois sabiam que a agressão tinha sido causada numa brincadeira de crianças. Um entre eles, um velhinho de cabelos brancos, aconselhou ao juiz pegar uma maçã bem vermelhinha e colocá-la numa das mãos e, na outra, uma moeda reluzente. Então ele deveria chamar a criança e estender ao mesmo tempo ambas as mãos em sua direção: se ela apanhasse a maçã, seria considerada inocente, mas se pegasse a moeda deveria ser condenada à morte. O conselho foi seguido e, sorrindo, a criança pegou a maçã, sendo liberada de qualquer castigo.

ii. Certa vez, os filhos viram o pai matando um porco. À tarde, quando estavam brincando, uma criança disse à outra: "Você vai ser o leitão e eu, o açougueiro". Em seguida ela pegou uma faca e espetou-a na garganta do irmãozinho. A mãe, que estava dando banho no bebê lá em cima, ouviu a gritaria das crianças, correu para ver o que era, puxou a faca do pescoço do filho e, em meio a sua raiva, fincou-a no coração do que brincava de açougueiro. Depois correu para a banheira para ver o bebê, mas ele tinha se afogado. A mulher ficou tão desesperada que, invadida pelo medo e não se deixando consolar pelos empregados, acabou se enforcando. Quando o marido voltou do campo e viu o que havia acontecido, ficou tão deprimido que morreu pouco tempo depois.

23.

o camundongo, o passarinho e a linguiça

Era uma vez um camundongo, um passarinho e uma linguiça que moravam juntos e tinham uma sociedade. Eles conviviam em paz e harmonia e a cada dia ficavam mais prósperos. O trabalho do passarinho era voar todos os dias até a floresta e trazer lenha. O camundongo devia carregar a água, acender o fogo e pôr a mesa, e quem cozinhava era a linguiça.

Mas quem está bem sempre procura novidades! Então, certo dia, o passarinho encontrou um pássaro e comentou sua boa condição de vida, mostrando-se orgulhoso. Mas o outro pássaro disse que ele não passava de um pobre explorado, pois, enquanto os outros ficavam em casa, ele tinha de sair para trabalhar. Porque o camundongo, depois de carregar a água e acender o fogo, podia descansar até chegar a hora de pôr a mesa. A linguiça apenas ficava junto ao fogão, olhando se a comida estava cozinhando bem, e quando chegava a hora da refeição ela se esfregava umas quatro vezes no caldo ou na verdura e então tudo ficava bem temperado, salgado e pronto. Quando o passarinho chegava carregando a pesada carga, os outros, bem descansados, comiam bem e iam dormir satisfeitos até a manhã seguinte, e a vida era bela.

No dia seguinte, o passarinho não quis mais sair para buscar lenha, alegando estar cansado de ser o empregado, que os outros o tinham feito de bobo e que seria preciso dividir melhor as tarefas de cada um para que ninguém fosse prejudicado. Por mais que a linguiça e o camundongo implorassem, o passarinho não cedeu e fez com que fosse tirado na sorte o trabalho que caberia a cada um. Assim, a linguiça passou a ter de carregar a lenha, o camundongo tornou-se o cozinheiro e o passarinho ficou incumbido de buscar a água.

O que aconteceu? A linguiça partiu para a floresta, o passarinho acendeu o fogo, o camundongo pôs a panela no fogão e ficaram esperando a linguiça voltar trazendo lenha para o dia seguinte. Mas a linguiça demorou tanto para voltar que os outros pensaram que tinha acontecido alguma desgraça. O passarinho resolveu ir atrás dela e logo encontrou um cachorro pelo caminho que tinha flagrado a pobre linguiça pegando lenha e por isso a prendera e a matara. O passarinho se queixou para o cachorro, mas de nada adiantou, porque o cachorro disse que encontrara cartas falsas* com a linguiça e que ele teria direito à vida dela.

Entristecido, o passarinho levou lenha para casa e contou o que viu e ouviu. Apesar de muito abalados, eles resolveram continuar morando juntos e dividindo as tarefas. O passarinho pôs a mesa e o camundongo quis assar a comida no forno e fazer como fazia a linguiça, esfregar-se no caldo e na verdura para temperar, mas acabou queimando o pelo e a pele e morreu.

Quando o passarinho chegou em casa e quis se servir de comida, viu que não havia cozinheiro. Desconcertado, jogou a lenha e saiu de um lado a outro, chamando e procurando o cozinheiro, mas não conseguiu encontrá-lo. Sem querer, a lenha acabou pegando fogo e o passarinho correu para buscar água. Jogou o balde no poço, e ao tentar puxar o balde, caiu com ele e acabou se afogando.

---

* Apesar de incerto, o significado de "cartas falsas" neste conto sugere uma documentação que existia na época, permitindo que as pessoas viajassem de feudo em feudo. [N. E.]

24.

a senhora holle

Era uma vez uma viúva que tinha duas filhas, uma bonita e aplicada, a outra, feia e preguiçosa. Acontece que a viúva gostava mais da feia e preguiçosa, e a outra tinha de fazer todo o trabalho, sendo a própria Gata Borralheira da casa. Certo dia, a menina foi tirar água no poço, debruçou-se demais para puxar o balde e acabou caindo no fundo. Quando acordou e recuperou os sentidos, estava num lindo gramado com milhares de flores e o sol brilhava. Caminhou pelo gramado até se deparar com um forno repleto de pães. O pão gritou: "Me tire daqui, me tire daqui, senão vou queimar, já estou assando faz tempo!". A menina prontamente tirou o pão do forno e continuou caminhando até encontrar uma árvore carregada de maçãs, que pediu a ela: "Ei! Me sacuda! Me sacuda! Minhas maçãs estão todas maduras!". Então ela sacudiu a árvore e as maçãs caíram como chuva, e ela não parou de sacudir até não restar mais nenhuma fruta na árvore. Depois seguiu adiante e acabou chegando numa casa onde morava uma velhinha dentuça que estava à porta. Temendo os dentes grandes da velhinha, ela quis fugir dali, mas a velha chamou: "Não tenha medo, boa menina, fique comigo, e se fizer o serviço direitinho você vai ser recompensada. Só tem de cuidar muito bem da minha cama e sacudir muito bem o cobertor para que as penas voem, porque aí neva na terra.* Eu sou a senhora Holle".** Como a velha falou com carinho, a menina concordou e começou a trabalhar. Cuidava de tudo do jeito que a velha gostava, e também sacudia o cobertor com força, e em troca levava uma vida tranquila. Nunca ouvia palavras duras, e comia carne assada ou cozida diariamente. Viveu assim durante um tempo com a senhora Holle, quando começou a sentir tristeza em seu coração e, ainda que ali fosse mil vezes melhor do que sua casa, ela sentia saudades. Então, disse à velha: "Sinto saudades de casa e, apesar de passar muito bem aqui, não posso ficar por mais tempo". A senhora Holle disse: "Você está certa e, como me serviu com tanta lealdade, vou levá-la para cima pessoalmente". Então conduziu a menina pela mão até um enorme portão, que se abriu. Assim que a menina passou por ele, uma pesada chuva de ouro caiu sobre ela e todo o ouro se prendeu em sua roupa, e ela ficou dourada dos pés a cabeça. "Isso é para você, por ter sido tão aplicada e dedicada", disse a senhora Holle. Então o portão se fechou e ela voltou para a casa da mãe, e por estar coberta de ouro foi bem recebida.

Quando a mãe ficou sabendo como ela havia chegado a tamanha riqueza, logo desejou a mesma sorte para a outra filha e tratou de fazer com que esta caísse no poço. A menina acordou no belo gramado e seguiu o mesmo caminho da irmã. Caminhou até se deparar com o forno repleto de pães. O pão gritou de novo: "Me tire daqui, me tire daqui, senão vou queimar, já estou assando faz tempo!", mas a menina se negou, dizendo: "Não estou com a mínima vontade de me sujar!", e foi embora. Logo chegou à macieira, que pediu: "Ei! Me sacuda! Me sacuda! Minhas maçãs estão to-

---

* Por essa razão, quando neva em Hessen se diz que a senhora Holle está arrumando a cama. [N. A.]

** Em alemão, as palavras *Hölle* e *Höhle* significam, respectivamente, "inferno" e "caverna". [N. E.]

das maduras!". E a menina respondeu: "Nem pensar. Não quero nenhuma maçã caindo na minha cabeça", e foi embora. Quando chegou à casa da senhora Holle, ela não sentiu medo, porque já tinha ouvido falar de seus dentes grandes, e logo se ofereceu para trabalhar. No primeiro dia, ela se esforçou e fez tudo que a senhora Holle pediu, e quando a senhora Holle dizia alguma coisa, ela pensava no ouro que iria ganhar. Mas no segundo dia ela já começou a preguiçar, no terceiro, mais ainda, e nem quis levantar cedo da cama, e arrumou muito mal a cama da senhora Holle, nem chegou a sacudir o cobertor para que as penas voassem. Um tempo se passou e a senhora Holle se cansou e acabou dispensando a menina preguiçosa do serviço. A feiosa ficou bem satisfeita, pensando que agora viria a tal chuva de ouro. Então a senhora Holle também a levou até o portão, mas quando ela o atravessou não foi uma chuva de ouro que caiu sobre a cabeça dela, e sim um enorme caldeirão de piche. "Este é o pagamento pelos seus serviços", disse a senhora Holle e bateu a porta. A menina voltou para casa toda coberta de piche e não conseguiu removê-lo enquanto viveu.

25.

os três corvos

Era uma vez uma mãe que tinha três filhos. Num domingo, os filhos resolveram jogar cartas na igreja. Quando a missa acabou e a mãe ficou sabendo o que os filhos haviam feito, ela os amaldiçoou e os acusou de ateus. No mesmo instante, os três se transformaram em corvos e partiram voando.

Mas os três irmãos tinham uma irmãzinha que os amava muito e que lamentou tanto o fato de eles terem sido expulsos que não sossegou enquanto não saiu à procura deles. Para a longa viagem, ela não levou nada consigo além de um banquinho, em que se sentava para descansar, e o tempo todo só se alimentou de maçãs e de peras silvestres. Mas ela não encontrava os três corvos. Apenas uma vez eles passaram voando sobre sua cabeça, e um deles deixou cair um anel, que ela reconheceu como um presente que certa vez dera ao irmão mais novo.

Mesmo assim, ela continuou e foi longe, longe, até o fim do mundo, e então chegou ao sol, mas este era quente demais e devorava criancinhas. Então, ela foi até a lua, mas a lua era fria demais e muito má, e quando percebeu a presença da menina disse: "Sinto cheiro, sinto cheiro de carne humana!". A menina tratou de fugir dali rapidamente e então encontrou as estrelas. Estas eram boazinhas e a trataram bem. Todas estavam sentadas num banquinho e a estrela da manhã se levantou e deu a ela uma fíbula, dizendo: "Sem esta fíbula você não consegue entrar na montanha de vidro, e é na montanha de vidro que estão seus irmãos!". Ela pegou a fíbula, embrulhou-a num pano e andou até chegar à montanha de vidro, mas o portão estava trancado. Quando ela quis pegar a fíbula, percebeu que a havia perdido. Sem saber o que fazer, apanhou uma faca e com ela cortou fora o dedo mindinho, enfiou-o na fechadura e abriu o portão, satisfeita. Então apareceu um anão, que perguntou: "Minha filha, o que quer aqui?". "Estou procurando meus irmãos, os três corvos", respondeu ela. "Os senhores corvos ainda não chegaram, se quiser esperar aqui dentro, pode entrar", respondeu o anão, e trouxe três pratinhos e três copinhos, e a irmã comeu um pouquinho de cada prato e bebeu um golinho de cada copo, e deixou cair o anel no último copo. De repente, ela ouviu uma revoada no ar e sentiu uma forte ventania, e então o anão disse: "Os senhores corvos estão voltando para casa". E os corvos começaram a indagar: "Quem comeu do meu prato?". "Quem bebeu do meu copo?" Mas, quando o terceiro corvo foi beber, encontrou o anel e viu que a irmã os tinha encontrado. Eles a reconheceram pelo anel e todos foram libertados e voltaram felizes para casa.

26.

chapeuzinho vermelho

Era uma vez uma menina que era querida por todos — bastava olhar para ela para gostar dela. Mas quem mais a amava era sua avó, que fazia de tudo para agradá-la. Um dia, a avó deu a ela um chapeuzinho de veludo vermelho, e a menina gostou tanto que nunca mais quis usar outro, e por isso foi apelidada de Chapeuzinho Vermelho. Certa vez, a mãe disse a ela: "Pegue esta fatia de bolo e a garrafa de vinho e leve até a casa da vovó, que está fraca e doente. Ela vai gostar. Seja boazinha e mande lembranças a ela. Ande direitinho e não desvie do caminho, senão você vai cair e quebrar a garrafa, e sua avó ficará sem nada".

Chapeuzinho prometeu fazer tudo como a mãe mandou. Acontece que a avó morava na floresta, a meia hora de distância do vilarejo. Ao chegar à floresta, Chapeuzinho encontrou o lobo, mas não tinha ideia de que se tratava de um animal perigoso e não teve medo. "Bom dia, Chapeuzinho Vermelho." "Bom dia, lobo!" "Para onde vai tão cedo, Chapeuzinho Vermelho?" "Para a casa da minha avó." "O que está levando em seu avental?" "A vovó está doente e fraca, então vou levar para ela um bolo que fizemos ontem e vinho. Isso deve deixá-la mais forte." "Chapeuzinho, onde mora a sua avó?" "A uns quinze minutos daqui. A casa fica embaixo dos três carvalhos, e em volta há arbustos, você logo vai reconhecer", respondeu Chapeuzinho. O lobo pensou: "Esse é um delicioso bocado para mim. O que vou fazer para consegui-lo?". Então, disse para Chapeuzinho: "Olhe aqui, Chapeuzinho, você não viu as lindas flores que existem na floresta. Por que não dá uma olhada por aí? Acho que você nem está ouvindo o lindo canto dos passarinhos. Está andando como se estivesse na vila indo para a escola. É tão divertido passear pela floresta".

Chapeuzinho levantou os olhos e, quando viu os raios de sol atravessando as árvores e as lindas flores que cresciam por todo lado, pensou: "E se eu levasse um ramalhete de flores para minha avó? Ela ia gostar muito e ainda é cedo, não vai demorar". Assim, entrou na floresta e se pôs a colher flores. E, sempre que colhia uma, logo via outra mais bonita logo adiante, e assim, de flor em flor, foi entrando cada vez mais fundo na mata. O lobo, por sua vez, correu diretamente para a casa da avó e bateu na porta. "Quem é?" "Chapeuzinho Vermelho. Estou trazendo bolo e vinho para você. Abra a porta." "É só virar a maçaneta", respondeu a avó, "estou tão fraca que não consigo levantar." O lobo girou a maçaneta e a porta se abriu. Então ele entrou, foi direto até a cama e devorou a avó. Depois vestiu as roupas dela, colocou a touca na cabeça, deitou-se na cama e fechou o cortinado.

Chapeuzinho andou por muito tempo colhendo flores e só parou quando não cabia mais nenhuma em suas mãos. Depois foi para a casa da avó. Estranhou que a porta estivesse aberta e quando entrou achou tudo tão esquisito que pensou: "Ai, meu Deus, por que estou com essa sensação estranha de medo? Eu sempre gosto tanto de estar na casa da vovó". Então foi até a cama, abriu o cortinado e lá estava a avó com a touca enfiada na cabeça, cobrindo o rosto, com um aspecto estranho. "Oi, vovó! Mas que orelhas grandes você tem!" "É para te ouvir melhor." "Vovó, mas que olhos grandes você tem!" "É para te ver melhor." "Vovó, mas que mãos grandes você tem." "É para te agarrar melhor!" "Mas, vovó, que terrível boca enorme é essa?" "É para te comer melhor." E com isso o lobo saltou da cama, pulou sobre a pobre Chapeuzinho e a engoliu.

Depois de ter saciado o apetite, o lobo voltou para a cama, adormeceu e começou a roncar, fazendo um barulho fenomenal. Um caçador, que naquele momento estava passando em frente à casa, ouviu o barulho e pensou: "Como pode uma velhinha roncar desse jeito? Melhor verificar". Então ele entrou na casa e, ao chegar à cama, deparou-se com o lobo, a quem procurava havia tempo. Ele deve ter comido a avó, pensou, e talvez ainda seja possível salvá-la, por isso é melhor não atirar. Então, buscou a tesoura e cortou a barriga do lobo. Assim que deu os primeiros cortes, avistou o chapeuzinho vermelho brilhando, e depois de mais uns cortes a menina saltou para fora dizendo: "Nossa, que susto. Estava tão escuro na barriga do lobo". Logo depois, a avó também saiu com vida. Chapeuzinho correu para buscar pedras bem pesadas, que eles colocaram na barriga do lobo, e, quando ele acordou e quis ir embora, as pedras pesaram tanto que acabou caindo morto.

Os três ficaram muito felizes. O caçador tirou a pele do lobo, a avó comeu o bolo e bebeu o vinho que a neta levara, e Chapeuzinho Vermelho, que estava feliz por ter escapado, prometeu a si mesma: "De agora em diante, não vou mais sair do caminho nem entrar na floresta sozinha, quando a minha mãe não deixar".

Também se conta que, quando Chapeuzinho Vermelho foi novamente levar bolo para a avó, outro lobo falou com ela e tentou fazer com que se desviasse do caminho. Mas Chapeuzinho Vermelho se cuidou, seguiu seu caminho sem se desviar e contou à avó que havia encontrado um lobo, que ele a havia cumprimentado, mas que olhara para ela com olhos malvados. "Se eu não estivesse na estrada aberta, ele teria me devorado." "Venha", disse a avó, "vamos trancar a casa para que ele não possa entrar." Não demorou para que o lobo chegasse e batesse na porta, chamando: "Abra, vovó, é Chapeuzinho Vermelho, eu trouxe bolo". As duas ficaram bem quietas e não abriram a porta. Enfurecido, o lobo rondou a casa muitas vezes e finalmente saltou no telhado, pensando em esperar até que Chapeuzinho Vermelho voltasse para casa à noite e então devorá-la na escuridão. Mas a avó percebeu a intenção dele. Diante da casa, havia um grande cocho de pedra e ela disse à neta: "Vá buscar o balde, Chapeuzinho Vermelho. Ontem cozinhei salsichas. Jogue a água na qual eu cozinhei as salsichas no cocho". A menina carregou a água até encher o cocho. O lobo sentiu o cheiro de salsicha e espichou tanto o pescoço atrás do cheiro que perdeu o equilíbrio, começou a escorregar do telhado e acabou caindo no cocho e se afogando. Chapeuzinho Vermelho voltou alegre e confiante para casa.

27.

a morte e o pastor de gansos

Certa vez, um pastor estava caminhando à margem de um grande rio de águas impetuosas, cuidando de um bando de gansos brancos. A morte surgiu das águas e o pobre pastor quis saber de onde ela vinha e para onde estava indo. A morte disse que vinha da água e que queria sair deste mundo. O pobre pastor de gansos perguntou: "E como se faz para sair deste mundo?". A morte respondeu que era necessário atravessar a água para se chegar ao outro mundo, que ficava no além. O pastor disse que estava cansado da vida e pediu que a morte o levasse. Ela respondeu que ainda não era a hora e que tinha mais o que fazer. Porém, não muito longe dali, morava um homem mesquinho que passava a noite em casa pensando em como juntar mais ouro e riquezas, e este a morte levou, empurrando-o nas águas caudalosas. Como ele não sabia nadar, foi ao fundo antes de alcançar a outra margem. Seus cachorros e gatos, que foram atrás dele, também entraram na água e morreram afogados. Alguns dias depois, a morte também procurou o pastor de gansos e encontrou-o cantando alegremente. Então ela lhe perguntou: "Quer atravessar agora?". Ele aceitou e atravessou sem problemas com seus gansos brancos, que se transformaram todos em ovelhas brancas. O pastor observou a bela paisagem e ouviu que os pastores dali se tornavam reis, e, enquanto estava olhando ao redor, surgiram os pastores Abraão, Isaac e Jacó, que colocaram uma coroa real em sua cabeça e o levaram ao castelo dos pastores, onde ele se encontra até hoje.

28.

o osso que canta

Um porco selvagem estava causando muitos estragos em toda a região. Ninguém tinha coragem de entrar na floresta onde ele vivia, e quem ousou tentar capturá-lo acabou morrendo dilacerado por suas presas ferozes. O rei, então, mandou anunciar que daria a mão da filha em casamento a quem matasse o porco selvagem. Naquele reino, viviam três irmãos — o mais velho era astuto e inteligente, o do meio não tinha nada demais e o caçula era inocente e tolo. Interessados em casar com a princesa, estavam dispostos a matar o porco selvagem.

Os dois mais velhos seguiram juntos, mas o mais novo foi sozinho. Quando ele entrou na floresta, um pequeno homem com uma lança preta nas mãos apareceu à sua frente e lhe disse: "Pegue esta lança e ataque o porco com ela, sem medo. Você vai matá-lo facilmente". E foi o que aconteceu. Com a lança, ele acertou o porco, que caiu morto no chão. Então, ele colocou o animal nas costas e seguiu feliz para casa. No caminho, passou por uma casa em que estavam os dois irmãos mais velhos, divertindo-se enquanto bebiam vinho. Quando viram o irmão passando com o porco nas costas, eles o chamaram: "Entre, venha beber conosco. Você deve estar cansado". O tolo inocente não viu nada de mau nisso e entrou. Então, contou-lhes como matara o porco selvagem com a lança preta e como estava feliz com sua sorte. À noite, eles voltaram juntos para casa e os dois mais velhos o atacaram. Deixaram que caminhasse à frente e, ao chegarem à ponte na entrada da cidade, mataram-no e enterraram-no debaixo da ponte. Em seguida, o mais velho pegou o porco e levou-o ao rei, dizendo que tinha sido ele quem o matara, e assim recebeu a mão da princesa.

Demorou muitos anos, mas a verdade se revelou. Um dia, um pastor estava passando pela ponte, quando avistou um ossinho na areia, sob a margem do rio. E, por ser o ossinho tão branco e limpinho, pensou em usá-lo para fazer um bocal, e desceu da ponte para pegá-lo. Fez então um bocal para seu berrante. E, quando foi soprar, o ossinho começou a cantar sozinho:

"Oh, amigo pastorzinho,
Você sopra o meu ossinho:
Os meus irmãos me mataram
E aqui embaixo me enterraram,
Roubaram o porco que eu matei
Só para casar com a filha do rei."

O pastor então levou o osso até o rei e o osso cantou novamente as mesmas palavras. Ao ouvir aquilo, o rei imediatamente mandou cavar debaixo da ponte e não demorou para que encontrassem o esqueleto. Os dois irmãos cruéis confessaram o crime e foram atirados na água. Os ossos do irmão assassinado foram levados ao cemitério e colocados num belo túmulo.

29.

o diabo e seus três fios de cabelo dourado

Um lenhador estava cortando lenha diante do castelo do rei, e do alto de sua janela a princesa o observava. Na hora do almoço, ele sentou-se na sombra para descansar; nesse instante, a princesa viu que ele era muito bonito e, apaixonada, mandou chamá-lo. Ao ver como a princesa era bela, ele também se apaixonou por ela. Estavam enamorados, mas logo chegou aos ouvidos do rei que a princesa estava gostando de um lenhador. Ao saber disso, o rei procurou a filha e disse: "Você bem sabe que seu noivo será aquele que trouxer os três fios de cabelo dourado da cabeça do Diabo, seja ele príncipe ou lenhador". Mas, como até então nenhum príncipe tinha tido tamanha coragem para conseguir tal feito, o rei pensava que um simples lenhador não o conseguiria jamais. A princesa ficou muito triste, porque muitos príncipes já haviam morrido tentando pegar os três fios de cabelo dourado do Diabo. Mas, como não via saída, contou ao lenhador o que seu pai dissera. O lenhador não se abalou e disse: "Eu vou conseguir. Seja fiel a mim até eu voltar. Partirei amanhã de manhã".

No dia seguinte, o lenhador partiu ao encontro do Diabo e chegou a uma cidade grande. Na entrada da cidade, o guarda lhe perguntou de qual ofício entendia e o que sabia fazer. "Tudo", respondeu ele. "Se sabe tudo, então cure nossa princesa, que nenhum médico no mundo conseguiu curar." "Quando eu voltar", respondeu ele. Então seguiu adiante e, quando chegou à outra cidade, também lhe perguntaram o que sabia fazer. "Tudo", disse ele. "Então responda: por que nosso belo poço do mercado secou?", perguntou o guarda. "Quando eu voltar", respondeu, e seguiu viagem. Então encontrou uma figueira que estava secando, e ao lado dela um homem perguntou o que ele sabia fazer. "Tudo", respondeu. "Então responda: por que a figueira está morrendo e parou de dar frutos?" "Quando eu voltar", respondeu o lenhador. Continuou andando e chegou a um rio em que havia um barqueiro, que o levou à outra margem e perguntou o que ele sabia fazer. "Tudo", respondeu. "Então me diga quando serei substituído e outro virá atravessar as pessoas para o outro lado." "Quando eu voltar."

Logo adiante, o lenhador chegou à entrada do inferno. Estava escuro e sinistro, mas o Diabo não se encontrava em casa, apenas a mulher dele. O lenhador então se dirigiu a ela e disse: "Bom dia, senhora Diabo, eu vim até aqui para pegar os três fios de cabelo dourado que estão na cabeça do seu marido. Também quero saber por que uma princesa não consegue se curar, por que um poço fundo do mercado secou, por que uma figueira parou de dar frutos e por que o barqueiro não pode parar de trabalhar". A mulher levou um susto e respondeu: "Se o Diabo voltar e encontrar você aqui, vai devorá-lo, e os três fios dourados, então, você jamais vai conseguir. Mas você é tão jovem e, como estou com pena de você, vou ver se consigo salvá-lo". Assim, ela mandou o lenhador se esconder embaixo da cama, e, mal ele havia se deitado lá por um tempinho, o Diabo chegou em casa. Ele então começou a tirar a roupa, cumprimentou a mulher e perguntou a ela se estava tudo bem. Depois disse, desconfiado: "Estou sentindo, estou sentindo cheiro de carne humana, aí tem coisa!". "Mas o que você acha que está cheirando?", disse a mulher. "Que cheiro é esse que está sentindo? Você está resfriado e seu nariz sempre fica impregnado de cheiro de carne humana. Não vá me desarrumar a casa, acabei de varrer tudo." "Só quero ficar quietinho, estou cansado hoje, mas acho que você está me negando esse bocado."

O Diabo então se deitou na cama e mandou que a mulher também se deitasse, ao seu lado. Não demorou a pegar no sono e começou primeiro a soprar, depois a roncar baixinho, e logo o ronco ficou tão forte que as vidraças tremiam. Quando a mulher viu que ele estava dormindo pesado, agarrou um dos fios dourados, arrancou-o e jogou-o embaixo da cama para o lenhador. O Diabo acordou, gritando: "Mas o que você está querendo, mulher? Por que está arrancando meu cabelo?". "Ai, sabe, eu tive um pesadelo e fiquei com muito medo", respondeu ela. "Mas o que você estava sonhando?" "Eu sonhei com uma princesa que estava morrendo de uma doença que médico algum conseguia curar." "E por que não tiram a rã branca que está debaixo da cama dela?", e com isso ele virou para o outro lado e voltou a dormir. Quando ouviu seu ronco, a mulher arrancou o segundo fio de cabelo dele e o jogou debaixo da cama. O Diabo se levantou num salto: "Mas o que é isso? Está ficando louca? Não para de arrancar meu cabelo!". "Ai, meu marido, eu sonhei que estava em frente a um grande poço do mercado, as pessoas se lamentavam porque não havia água e me pediam ajuda, e quando olhei para dentro era tão fundo que senti uma tremenda tontura, então tentei me segurar e por isso me agarrei ao seu cabelo", respondeu a mulher. "Bastava você dizer a eles para tirarem a pedra branca que está no fundo, agora me deixe em paz com esses seus sonhos." Então ele se deitou e voltou a roncar como antes. A mulher então pensou: "Você tem de arriscar uma vez mais", e, num ímpeto de coragem, arrancou o terceiro fio de cabelo dourado do marido e o jogou embaixo da cama. O Diabo acordou furioso e já estava pronto para fazer uma maldade, quando a mulher o acalmou e o beijou, dizendo: "São os sonhos ruins! Um homem me mostrava uma figueira que estava secando e se queixava de que ela não dava mais frutas, então eu quis sacudir a árvore, para ver se caía alguma fruta, e segurei no seu cabelo". "Sacudir a árvore teria sido à toa, porque tem um rato que fica roendo suas raízes e, enquanto não o capturarem, ela estará perdida. Se o rato for morto, a árvore voltará a ficar verde e carregada de frutas. Agora, pare de me atormentar com esses seus sonhos. Eu quero dormir, e se você me acordar mais uma vez, eu vou dar uma bofetada na sua orelha." A mulher temia a ira do Diabo, mas o pobre lenhador ainda precisava saber de uma coisa que só o Diabo sabia. Então, ela cutucou o nariz do marido e puxou-o para cima. O Diabo saltou da cama feito louco e deu-lhe uma bofetada tão forte na orelha que esta chegou a estalar. A mulher começou a chorar e disse: "Quer que eu caia na água? Um barqueiro me atravessou pela correnteza do rio, e quando chegamos à outra margem o barco bateu, fiquei com medo de cair e tentei me segurar no tronco onde a corrente estava presa, aí sem querer agarrei o seu nariz". "Por que você não prestou atenção? Ele faz isso sempre." "O barqueiro se queixou para mim de que estava cansado porque ninguém vinha substituí-lo no trabalho e que seu trabalho não tinha fim." "Ele precisa parar a primeira pessoa que quiser atravessar, entregar-lhe o remo nas mãos e dizer a ela que o entregue ao próximo que vier, assim terá ajuda e será liberado do trabalho. Mas os seus sonhos são curiosos, porque o que acontece com o barqueiro é verdade, e todo o resto também. Agora, trate de não me acordar mais, porque senão eu não sei do que sou capaz de fazer com você. Já deve estar quase amanhecendo e eu ainda quero dormir."

Depois que o lenhador ouviu tudo e o Diabo voltou a roncar, ele agradeceu à senhora Diabo e partiu. Quando encontrou o barqueiro, este logo lhe pediu a resposta. Então o lenhador disse: "Antes me leve à outra margem". Ao chegarem do outro lado, ele explicou: "Você tem de entregar o remo ao primeiro que aparecer querendo atravessar, e este deve fazer o trabalho até que outra pessoa apareça para rendê--lo". Depois disso, ele encontrou o homem da figueira que não dava frutos e disse-lhe: "Mate o rato branco que está roendo as raízes e ela voltará a dar frutas como antes". "O que quer como recompensa?", perguntou o homem. "Um regimento de infantaria", respondeu o lenhador. Mal ele terminou a frase, um regimento já marchava atrás dele. Assim vai indo muito bem, pensou o lenhador, que logo chegou ao poço que havia secado e disse: "Tirem a pedra branca que está no fundo". Então um homem desceu até o fundo e tirou a pedra. Assim que ele retornou, o poço voltou a se encher até a boca com água muito límpida. "O que quer como recompensa?", perguntou o prefeito. "Um regimento de cavalaria", respondeu ele. E, quando o lenhador passou pela entrada da cidade, um regimento de cavalaria já estava galopando atrás dele. Então ele chegou à outra cidade, onde a princesa estava doente e desenganada pelos médicos. "Basta matarem a rã branca que está escondida debaixo da cama dela". Assim que tiraram a rã, a princesa começou a melhorar e logo estava recuperada e corada. "O que quer como recompensa?", perguntou o rei. "Quatro carroças carregadas de ouro", respondeu o lenhador.

Finalmente o lenhador voltou para casa, seguido por seus regimentos de infantaria e de cavalaria e com quatro carroças carregadas de ouro, e levando consigo ainda os três fios de cabelo dourado. Mandou que todos aguardassem em frente ao portão de entrada do castelo, mas, se ele desse um sinal, deveriam entrar rapidamente. Então procurou sua amada princesa, entregou os três fios de cabelo do Diabo ao rei e pediu a ele que cumprisse sua promessa e lhe entregasse a mão da filha. O rei ficou muito surpreso e alegou que os três fios certamente tinham seu valor, mas teria de repensar se entregava a princesa. Ao ouvir isso, o lenhador foi até a janela e assobiou. Imediatamente, os regimentos de infantaria e de cavalaria e as quatro carroças com o ouro marcharam adiante e se apresentaram. “Senhor rei”, disse o lenhador, “olhe aqui, estes são os homens que eu trouxe comigo e aquela é a minha riqueza, nas carroças carregadas de ouro. Não gostaria de me entregar a mão da princesa?” O rei ficou surpreso e disse: “Sim, de coração”. Assim, os dois se casaram e viveram felizes.

Por isso, quem não teme o Diabo pode arrancar-lhe os cabelos e conquistar o mundo.

30.

piolhinho e pulguinha

Um piolhinho e uma pulguinha viviam juntos numa casa e preparavam cerveja numa casca de ovo. Um dia o piolhinho caiu dentro da casca e se queimou. A pulguinha começou a gritar bem alto e então a portinha da casa disse:

"Por que você está gritando, pulguinha?"
"Porque o piolhinho se queimou."

A portinha começou a ranger. Então a vassourinha perguntou:

"Por que está rangendo, portinha?"
"E não é para ranger?
Se o piolhinho se queimou
e a pulguinha está chorando?"

Então, a pequena vassoura saiu varrendo feito louca. Logo em seguida, passou um carrinho e perguntou:

"Por que está varrendo desse jeito, vassourinha?"
"E não é para varrer?
Se o piolhinho se queimou,

a pulguinha está chorando
e a portinha está rangendo?”

O carrinho então respondeu: “Se é assim, vou sair correndo”, e saiu em disparada. O lixo por quem o carrinho passou correndo perguntou:

“Por que corre assim, carrinho?”
“E não é para correr?
Se o piolhinho se queimou,
a pulguinha está chorando,
e a portinha está rangendo
e a vassourinha está varrendo?”

O lixinho então respondeu que iria começar a pegar fogo e de fato começou. A arvorezinha perto dele perguntou:

“Lixinho, por que está pegando fogo?”
“E não é para pegar fogo?
Se o piolhinho se queimou,
a pulguinha está chorando,
e a portinha está rangendo,
e a vassourinha está varrendo
e o carrinho está correndo?”

Ouvindo isso, a arvorezinha disse que iria se sacudir e logo se pôs a sacudir as folhas velhas. Ao ver isso a menina com o jarrinho d’água perguntou:

“Arvorezinha, por que está se sacudindo?”
“E não é para sacudir?
Se o piolhinho se queimou,
a pulguinha está chorando,
e a portinha está rangendo,
e a vassourinha está varrendo,

e o carrinho está correndo
e o lixinho pegou fogo?"

A menina então disse que nesse caso quebraria o jarrinho d'água, e o fez. Então, o pequeno poço perguntou:

"Menina, por que está quebrando o jarrinho d'água?"
"E não é para quebrar o meu jarrinho?
Se o piolhinho se queimou,
a pulguinha está chorando,
e a portinha está rangendo,
e a vassourinha está varrendo,
e o carrinho está correndo,
e o lixinho pegou fogo
e a arvorezinha está se sacudindo?"

"Ei", disse o pequeno poço, "então vou começar a transbordar", e começou a transbordar e a jorrar tanta água que todos acabaram se afogando juntos: a menina, a arvorezinha, o lixinho, o carrinho, a vassourinha, a portinha, a pulguinha e o piolhinho.

31.

a moça sem mãos

Certa vez, um moleiro, que de tão pobre não possuía nada além de seu moinho e de uma grande macieira que ficava atrás dele, foi buscar lenha na floresta. Ali ele encontrou um velho, que lhe perguntou por que estava sofrendo tanto e prometeu torná-lo rico. Em troca, o velho pediu que o moleiro lhe desse o que havia atrás de seu moinho, que ele iria buscar dali a três anos. O moleiro pensou que atrás de seu moinho havia apenas a macieira, então aceitou a proposta e a deu para o homem. Quando ele chegou em casa, sua mulher disse: "Marido, de onde vem tanta riqueza que apareceu aqui de repente, em caixas e baús, enchendo toda a nossa casa?". "Vem de um velho da floresta. Em troca, dei a ele o que havia atrás do moinho", disse o moleiro. "Ai, ai, marido", disse a mulher, assustada, "isso é muito grave. O velho era o Diabo e ele estava pensando na nossa filha, que estava parada atrás do moinho, varrendo o jardim."

Passados três anos, o Diabo apareceu logo cedo para buscar a filha do moleiro, que era bela e devota. Mas, como ela havia feito um círculo de giz ao seu redor e se banhado com água pura, o Diabo ficou impedido de se aproximar, e então, enfurecido, disse ao moleiro: "Tire essa água de banho daqui para que ela não possa mais se lavar e para que eu tenha poder sobre ela!". Temendo, o moleiro obedeceu. No dia seguinte, o Diabo voltou, mas a menina havia chorado, derramado as lágrimas sobre as mãos e se lavado com as lágrimas, e estava bem pura. Novamente o Diabo não pôde se aproximar e, bastante enraivecido, disse ao moleiro: "Decepe as mãos dela para que eu possa ter alguma coisa". Mas o moleiro ficou horrorizado, e respondeu que não poderia cortar as mãos da amada filha e que não faria isso de jeito nenhum. "Se é assim, se você se negar, eu virei buscá-lo!", disse o Diabo. O moleiro ficou apavorado e, em seu pavor, acabou prometendo ao Diabo fazer o que ele havia mandado. Então procurou a filha e disse: "Filha querida, o Diabo vem me buscar se eu não cortar as suas mãos, e eu prometi a ele que o faria. Peço que você me perdoe por isso". "Pai", respondeu ela, "faça comigo o que quiser", e estendeu as duas mãos para que o pai as decepasse. O Diabo então voltou pela terceira vez, mas a menina tinha chorado tanto em cima dos toquinhos que haviam sido suas mãos que se purificou inteira, e ele acabou perdendo o direito de buscá-la.

Por ter recebido tantas riquezas em troca da menina, o moleiro prometeu que iria sustentá-la por toda a vida com o que houvesse de bom e de melhor, mas ela não queria mais ficar ali. "Quero ir embora, pessoas misericordiosas certamente me darão tudo o que preciso para viver." A menina pediu apenas que amarrassem as duas mãos às suas costas. Assim que o sol nasceu, ela partiu e caminhou, caminhou o dia inteiro até o anoitecer, até que chegou ao jardim de um rei. Na cerca viva havia uma fresta por onde conseguiu passar. Logo adiante encontrou uma árvore frutífera, que sacudiu com o corpo, e quando as maçãs caíram no chão ela se abaixou e as pegou com os dentes e as comeu. Sobreviveu dessa maneira por dois dias, mas no terceiro apareceram os guardas do rei e eles a levaram para a prisão. Na manhã seguinte, ela foi conduzida até o rei e depois seria banida do reino. Ao vê-la, o filho do rei disse: "Ela bem que poderia cuidar das galinhas no quintal, não acham?".

Então, ela passou um tempo cuidando das galinhas enquanto era observada pelo filho do rei e acabou conquistando o coração dele. Chegou finalmente o dia em que ele deveria se casar. Enviados iriam vasculhar o mundo em busca de uma candidata bonita. "Não precisam procurar tão longe", disse o príncipe, "eu conheço uma que está bem perto." O rei pensou, pensou, mas não conhecia nenhuma moça possível que fosse rica e bela. "Por acaso você está pensando em se casar com a menina que cuida das galinhas no nosso quintal?" O filho disse que sim e explicou que jamais aceitaria outra, obrigando o rei a concordar. Pouco tempo depois, o rei faleceu e o filho o sucedeu no trono, vivendo feliz com a esposa.

Mas, certo dia, o rei teve de partir para a guerra, e durante sua ausência, a rainha deu à luz uma bela criança. Assim que a criança nasceu, ela mandou um mensageiro com uma carta que continha a boa notícia, para entregá-la a seu marido. No meio do caminho, o mensageiro parou para descansar, deitou-se à beira de um riacho e adormeceu. Então surgiu o Diabo, que sempre tentava prejudicá-la, e trocou a carta por outra, na qual estava escrito que a rainha tinha dado à luz uma aberração.* Ao ler a carta, o rei ficou muito triste, mas escreveu em resposta que deveriam cuidar bem da rainha e da criança até sua volta. O mensageiro voltou levando a mensagem e, enquanto dormia no mesmo lugar de antes, o Diabo apareceu e trocou a carta por outra, que mandava que a rainha e a criança fossem banidas do reino. Por mais que as pessoas estivessem tristes e chorassem, foram obrigadas a banir a rainha. Esta então disse: "Não vim aqui para me tornar rainha, não tenho sorte e também não peço por ela, amarrem minha criança e as minhas mãos às minhas

* No original, a palavra usada é *Wechselbalg* que significa literalmente "criança trocada", fazendo referência à crença de que espíritos maus trocavam algumas crianças por "aberrações". Também aparece na terceira parte do conto "Os gnomos". [N. E.]

costas e eu partirei pelo mundo". Ao anoitecer, ela encontrou um poço no meio de uma densa floresta, no qual estava sentado um velho bondoso. "Seja misericordioso", pediu, "e segure a criança em meu peito até ela terminar de mamar." O homem atendeu o pedido e disse: "Ali adiante há uma árvore com tronco bem grosso. Vá até lá e passe seus braços cortados por ela três vezes!". Assim que ela o fez, suas mãos voltaram ao lugar. Depois ele lhe mostrou uma casa e disse: "Você pode morar nela, mas não saia e não abra a porta para ninguém que não peça que você o faça em nome de Deus por três vezes".

Quando o rei voltou ao castelo e viu que havia sido enganado, tratou de procurar a rainha e partiu, acompanhado de um único criado. Depois de uma longa viagem, eles se perderam à noite na mesma floresta em que morava a rainha, mas o rei não sabia que estava tão perto dela. Caminharam e então o criado avistou uma luz ao longe, e disse: "Deus seja louvado, poderemos descansar ali". "De jeito nenhum", respondeu o rei, "não quero perder tempo descansando, quero continuar procurando a minha amada mulher, antes disso não descansarei." Mas o criado pediu tanto e se queixou tanto de cansaço que o rei sentiu pena e acabou concordando. Ao chegarem à casa, a lua estava brilhando e eles viram a rainha à janela. "Deve ser a nossa rainha, é igual a ela", disse o criado, "mas estou vendo que esta tem mãos, então não pode ser ela." O criado pediu à mulher que os abrigasse, mas ela negou porque ele não pedira em nome de Deus. Ele já estava indo embora para procurar outro lugar para descansar quando o rei foi até a porta e pediu: "Deixe-me entrar, em nome de Deus!". "Não posso deixar ninguém entrar antes que peça três vezes em nome de Deus!" Depois que o rei voltou a pedir duas vezes mais, ela abriu a porta e seu filho se aproximou saltitante e conduziu-o até sua mãe. Imediatamente, o rei reconheceu a mulher e, na manhã seguinte, todos viajaram juntos de volta para sua terra. Assim que saíram da casa, esta desapareceu atrás deles.

32.

o esperto joão

i. A mãe de João pergunta: "Aonde vai, João?". João responde: "Na casa da Maria". "Se cuide, João." "Pode deixar. Adeus, mãe." João chega à casa de Maria: "Olá, Maria". "Olá, João. O que está trazendo de bom?" "Não trago nada, só vim buscar."

Maria dá uma agulha a João e João diz: "Adeus, Maria". "Adeus, João." João pega a agulha, coloca-a em sua carroça de palha e volta para casa."Boa noite, mãe." "Boa noite, João. Onde esteve?" "Na Maria." "O que deu a ela?" "Nada, ela que me deu." "O que foi que ela lhe deu?" "Uma agulha." "Onde está a agulha, João?" "Enfiei na carroça de palha." "Mas que tolo, você tinha de prendê-la na manga." "Agora já foi; da próxima vez, faço melhor."

"Aonde vai, João?" João responde: "Na casa da Maria". "Se cuide, João." "Pode deixar. Adeus, mãe." João chega à casa de Maria: "Olá, Maria". "Olá, João. O que está trazendo de bom?" "Não trago nada, vim buscar."

Maria dá uma faca a João. "Adeus, Maria." "Adeus, João." João pega a faca, enfia-a na manga e volta para casa. "Boa noite, mãe." "Boa noite, João. Onde esteve?" "Na Maria." "O que deu a ela?" "Nada, ela que me deu." "O que foi que ela lhe deu?" "Uma faca." "Onde está a faca, João?" "Enfiei na manga."

"Mas que tolo, você tinha de colocá-la no bolso." "Agora já foi; da próxima vez, faço melhor."

"Aonde vai, João?" João responde: "Na casa da Maria". "Se cuide, João." "Pode deixar. Adeus, mãe." João chega à casa de Maria: "Olá, Maria". "Olá, João. O que está trazendo de bom?" "Não trago nada, vim buscar."

Maria dá um cabritinho a João. "Adeus, Maria." "Adeus, João." João pega o cabrito, amarra suas pernas, enfia-o no bolso e volta para casa. Quando chega em casa, o cabritinho havia se sufocado. "Boa noite, mãe." "Boa noite, João. Onde esteve?" "Na Maria." "O que deu a ela?" "Nada, ela que me deu." "O que foi que ela lhe deu?" "Um cabritinho." "Onde está o cabritinho, João?" "Guardei no bolso." "Mas que tolo, você tinha de amarrá-lo numa corda." "Agora já foi; da próxima vez, faço melhor."

"Aonde vai, João?" João responde: "Na casa da Maria". "Se cuide, João." "Pode deixar. Adeus, mãe." João chega à casa de Maria: "Olá, Maria". "Olá, João. O que está trazendo de bom?" "Não trago nada, vim buscar."

Maria dá um pedaço de toucinho a João. "Adeus, Maria." "Adeus, João." João pega o toucinho, amarra-o numa corda e o arrasta atrás de si. Os cachorros o seguem e comem o toucinho, e quando João chega em casa a corda está sem nada. "Boa noite, mãe." "Boa noite, João. Onde esteve?" "Na Maria." "O que deu a ela?" "Nada, ela que me deu." "O que foi que ela lhe deu?" "Um toucinho." "Onde está o toucinho, João?" "Amarrei na corda, mas quando cheguei aqui, tinha sumido." "Mas que tolo, você tinha de carregá-lo na cabeça." "Agora já foi, da próxima vez faço melhor."

"Aonde vai, João?" João responde: "Na casa da Maria". "Se cuide, João." "Pode deixar. Adeus, mãe." João chega à casa de Maria: "Olá, Maria". "Olá, João. O que está trazendo de bom?" "Não trago nada, vim buscar."

Maria dá um bezerro a João. "Adeus, Maria." "Adeus, João." João pega o bezerro e o põe na cabeça. O bezerro pisoteia o rosto dele. “Boa noite, mãe.” “Boa noite, João. Onde esteve?” “Na Maria.” “O que deu a ela?” “Nada, ela que me deu.” “O que foi que ela lhe deu?” “Um bezerro.” “Onde está o bezerro, João?” “Coloquei-o na cabeça e ele pisoteou a minha cara.” “Mas que tolo, você tinha de trazê-lo amarrado em uma corda e depois prendê-lo no estábulo.” “Agora já foi; da próxima vez, faço melhor.”

“Aonde vai, João?” João responde: “Na casa da Maria”. “Se cuide, João.” “Pode deixar. Adeus, mãe.” João chega à casa de Maria: “Olá, Maria”. “Olá, João. O que está trazendo de bom?” “Não trago nada, vim buscar.”

Maria diz: “Quero ir com você”. João amarra Maria na corda e a leva até o estábulo. Prende-a lá dentro. “Boa noite, mãe.” “Boa noite, João. Onde esteve?” “Na Maria.” “O que deu a ela?” “Nada, ela que me deu.” “O que foi que ela lhe deu?” “Ela veio junto.” “Onde está Maria, João?” “Trouxe-a puxando pela corda e a prendi no estábulo, coloquei capim na frente.” “Mas que tolo, você tinha de lançar bons olhos para ela.” “Agora já foi; da próxima vez, faço melhor.”

João vai ao estábulo, arranca os olhos dos bezerros e ovelhas e lança-os na cara de Maria. Maria fica brava, se solta e foge. Foi-se a noiva de João.

ii. No vale de Gesling morava uma rica viúva que tinha um único filho que não era muito bom da cabeça: era o mais parvo entre todos os habitantes daquele vale. Certa vez, o tal rapaz conheceu a filha de um homem distinto e respeitado na cidade de Saarbrücken, que era uma virgem bela, bem-apessoada e inteligente. O louco apaixonou-se perdidamente e pediu que a mãe o ajudasse a se casar com ela, do contrário arrebentaria o fogão, a janela e poria abaixo toda a casa. A mãe bem sabia da loucura do filho e, se lhe permitisse cortejá-la e lhe desse uma propriedade, daria tudo errado, tamanho jumento que ele era. Ainda que os pais da moça fossem pessoas distintas, eram muito pobres e em sua pobreza não teriam condições de sustentá-la, de modo que o cortejo teria alguma chance de dar certo. Como a mãe temia que a moça não aceitasse, por seu filho ser um sujeito grosso e desajeitado, empenhou-se em ensinar a ele boas maneiras para que pudesse tratá-la com educação e gentileza. Quando o bronco foi falar pela primeira vez com a moça, ela presenteou-o com um belo par de luvas feitas de couro bem macio. O tonto vestiu as luvas e foi para casa. No caminho começou uma chuva forte, mas ele continuou com as luvas, sem se importar se elas se molhavam ou não. Mas, quando quis atravessar uma pinguela, ele escorregou e caiu na água e no barro, e voltou para casa todo lambuzado, as luvas completamente estragadas. O rapaz então se queixou à mãe, e sua boa e velha mãe disse que ele deveria ter embrulhado as luvas num lenço e guardado junto ao peito. Pouco depois, o tonto voltou a visitar a moça. Ela perguntou pelas luvas e ele contou o que havia acontecido. Ela riu, percebeu o primeiro lapso de sua inteligência e lhe deu um gavião. Ele pegou o gavião e no caminho de casa se lembrou do conselho da mãe. Então enforcou o gavião, embrulhou-o no lenço e o guardou junto ao peito. Ao chegar em casa quis mostrar o belo pássaro à mãe e puxou-o do peito. A mãe o repreendeu novamente, dizendo que ele deveria ter levado o gavião no dedo. Pela terceira vez o paspalho foi encontrar a moça, ela perguntou como estava o pássaro e ele contou o acontecido. Ao que ela pensou: "Esse rapaz é um perfeito idiota". E, percebendo que ele não era merecedor de nada belo e asseado, deu-lhe um arado, que ele deveria usar para semear. Tomando o que a mãe dissera ao pé da letra, ele levou o arado nas mãos para casa. A mãe não gostou nem um pouco e disse que ele deveria ter amarrado o arado a um cavalo e o arrastado para casa. Por fim, a moça acabou percebendo que a crisma e o batizado haviam sido em vão, já que não havia nem prudência nem inteligência no rapaz, e, querendo se livrar dele, deu-lhe um pedaço de toucinho, colocando-o junto a seu peito. Ele bem que gostou, mas na volta achou que perderia o toucinho, então o prendeu a uma corda e amarrou no rabo de um cavalo. Depois montou no cavalo e rumou para casa. Mas os cachorros foram atrás dele, arrancaram o toucinho do rabo do cavalo e o comeram. Ele chegou em casa sem o toucinho. Por causa da pouca astúcia do filho, a mãe, temendo que o casamento não se realizasse, foi à casa dos pais da moça para conversar e acertar a data. Antes de partir, ela recomendou a ele com toda a seriedade que arrumasse a casa e não fizesse bagunça, já que havia ali uma gansa que estava chocando. Assim que a mãe saiu, o filho foi até o porão e começou a encher a cara de vinho. De tanto beber, acabou deixando o barril aberto e o vinho vazou, esparramando-se pelo chão. O espertalhão então pegou um saco de farinha e o espalhou sobre o vinho derramado, para que a mãe não percebesse quando voltasse. Depois subiu correndo e entrou na casa fazendo barulho. A gansa, que estava chocando os ovos, se assustou e gritou: "Guigui! Guigui!". O tonto ficou aterrorizado, pensando que a gansa estivesse dizendo "Eu vou contar, vou contar!", e teve receio que ela contasse o que ele aprontara no porão. Então pegou a gansa e torceu seu pescoço. Com medo que também os ovos se perdessem — e aí, sim, ele estaria perdido —, pensou numa maneira de chocá-los, mas logo concluiu que nada do que fizesse funcionaria, pois para isso lhe faltavam as penas. Então teve a ideia de tirar a roupa, besuntar-se com mel, coisa que vira a mãe fazendo certo dia, e em seguida rasgou um travesseiro, despejou as penas sobre a cama e rolou sobre elas. Depois sentou-se como um ganso sobre os ovos e ali ficou esperando, bem quietinho para não assustar a cria. Enquanto o sabichão chocava, a mãe voltou para casa e bateu à porta. O tonto, sentado sobre os ovos, não respondeu. Ela bateu novamente e ele gritou: "Guigui! Guigui!", pensando que, já que estava chocando pequenos gansinhos (ou pequenos tolinhos), também não conhecia outra língua. A mãe insistiu tanto em bater na porta que ele resolveu deixar o ninho para abri-la. Ao vê--lo, a mãe pensou que estivesse diante do Diabo em pessoa e, quando perguntou o que havia acontecido, ele começou a contar tudo, na ordem em que tinham se dado os acontecimentos. Como a noiva tinha ficado de lhes fazer uma visita mais tarde, a mãe, temerosa, disse que perdoaria o imbecil e pediu-lhe que se contivesse, porque a noiva estava prestes a chegar, e que ele deveria então recebê-la bem, ser gentil e, educadamente, lançar bons olhos nos olhos dela. O tonto concordou, dizendo que faria o que a mãe estava pedindo; limpou as penas do corpo, arrumou-se e foi até o estábulo, onde arrancou os olhos de todas as ovelhas e guardou-os junto ao peito. Assim que a noiva chegou, ele lançou todos os olhos nos olhos dela, pensando estar agradando. Envergonhada por ser tratada de maneira tão devassa e por ele a ter sujado, a boa moça percebeu que a indelicadeza do idiota o tornava imprestável para todas as coisas e decidiu desfazer o compromisso e voltar para casa. Assim, o tolo permaneceu tolo e está até hoje chocando os ovos da gansa. Fico preocupado, porque quando os ovos eclodirem, talvez nasça um monte de tolinhos. Que Deus nos livre desse mal.

33.

o gato de botas

Um moleiro tinha três filhos, um moinho, um burro e um gato. O trabalho dos filhos era moer, o do burro era trazer o grão e levar a farinha embora, e o do gato era caçar os ratos. Quando o moleiro morreu, os três filhos dividiram a herança; o mais velho ficou com o moinho, o segundo com o burro e, por não sobrar outra coisa, o terceiro ficou com o gato. Entristecido, o caçula pensou: "Eu fiquei com a pior parte. Meu irmão mais velho pode moer, o do meio pode montar no burro, e eu vou fazer o que com um gato? Vou mandar fazer umas luvas da pele dele e acabar logo com isso". "Preste atenção", disse o gato, que tinha entendido tudo, "você não precisa me matar para fazer umas luvas vagabundas com a minha pele. É só mandar fazer um par de botas para mim, para que eu possa sair e estar entre as pessoas, e logo você será recompensado." O filho do moleiro ficou surpreso ao ouvir o gato falar, mas, como o sapateiro estava passando por ali bem naquele momento, convidou o rapaz para entrar e encomendou um par de botas sob medida para o gato. Quando ficaram prontas, o gato as calçou, pegou um saco, encheu seu fundo com grãos de milho, amarrou nele um cordão, de modo que desse para puxar e fechá-lo, depois o jogou nas costas e saiu pela porta, andando sobre duas patas, como se fosse um ser humano.

Naquele tempo, vivia na região um rei que adorava comer perdizes, mas seu desejo não era nada fácil de satisfazer. O bosque estava cheio delas, mas eram tão assustadiças que nenhum caçador conseguia capturá-las. O gato sabia disso e pensou num jeito de conseguir. Ao chegar no bosque, ele abriu o saco e espalhou bem os grãos dentro dele, mas esticou o cordão pelo gramado e o escondeu atrás de uma moita. Ele também se escondeu atrás da moita e lá ficou, à espreita. Logo as perdizes apareceram e, uma após a outra, saltaram para dentro do saco para bicar os grãos. Quando havia uma boa quantidade de perdizes no saco, o gato puxou o cordão e correu para torcer o pescoço delas. Depois jogou o saco nas costas e seguiu diretamente para o castelo do rei. O guarda gritou: "Alto lá! Aonde vai?". "Encontrar o rei", respondeu o gato, de modo curto e grosso. "Está louco? Um gato encontrar o rei?" "Deixe-o passar", disse outro guarda, "o rei costuma se sentir entediado e talvez o gato possa diverti--lo um pouco com seu ronronado e seu delírio." Ao se postar diante do rei, o gato fez uma reverência e disse: "Meu senhor, o conde", e complementou dizendo um longo e distinto nome, "manda saudá-lo e entregar-lhe estas perdizes que ele acabou de caçar no laço". O rei se surpreendeu com as belas e gordas perdizes e, não se contendo de alegria, mandou dar ao gato tanto ouro de seu cofre quanto ele desse conta de carregar em seu saco. "Leve isso ao seu amo e agradeça imensamente pelo belo presente."

O pobre filho do moleiro, por sua vez, estava sentado diante da janela de casa, a cabeça entre as mãos, pensando que tinha gasto seu último tostão nas botas do gato, e no que este poderia lhe trazer em troca que fizesse valer a pena. Nesse momento, o gato entrou, tirou o saco das costas e o desamarrou, jogando o ouro diante do moleiro: "Isto é pelas botas; o rei também manda saudá-lo e agradecer imensamente". O moleiro ficou muito satisfeito com a riqueza, mesmo sem ainda entender bem o que havia acontecido. Enquanto tirava as botas, o gato lhe explicou tudo e depois disse: "Agora você até tem dinheiro suficiente, mas não deve parar por aí; amanhã vou voltar a calçar as botas e você vai ficar mais rico ainda; eu também disse ao rei que você é conde". Conforme dissera, no dia seguinte o gato calçou as botas, saiu para caçar e levou ao rei uma boa presa. Assim fez, dia após dia, e todos os dias o gato levava ouro para casa e era tão querido pelo rei que podia entrar, sair e circular livremente pelo castelo o quanto desejasse. Certa vez, estava se aquecendo junto ao fogão na cozinha do rei, quando entrou o cocheiro, esbravejando: "Quero que o rei e a princesa sejam enforcados! Eu estava querendo ir à taberna, beber e jogar cartas, e agora eles inventaram de passear ao redor do lago". Quando o gato ouviu isso, foi rápido para casa e disse a seu dono: "Se quiser virar conde e ficar rico, venha comigo até o lago e se banhe nele". Sem saber o que dizer e muito menos o que pensar, o moleiro seguiu-o até o lago, tirou a roupa e pulou pelado na água. O gato então tirou as peças de roupa dali e as escondeu. Mal tinha feito isso, o rei apareceu. Imediatamente, o gato começou a se lamentar terrivelmente: "Ai, majestade! Meu patrão estava se banhando no lago e aí apareceu um ladrão e roubou as roupas dele, que estavam ali na margem, e agora o conde está na água e não pode sair, e se ficar ali por muito tempo vai acabar pegando um resfriado e morrendo". Ao ouvir isso, o rei mandou parar o carro e ordenou a um de seus empregados que voltasse ao castelo para buscar algumas de suas roupas. O conde vestiu os esplêndidos trajes e, como o rei lhe era agradecido por achar que ele havia lhe dado as perdizes de presente, insistiu para que também subisse na carroça. A princesa também não achou nada ruim, afinal o conde era jovem e belo e bem que lhe agradou.

O gato, porém, saiu correndo na frente e chegou a um grande prado em que mais de cem pessoas juntavam feno. "De quem é este pasto?", perguntou. "Do grande feiticeiro." "Prestem atenção. O rei vai passar por aqui e, quando ele perguntar de quem é este pasto, respondam que é do conde. Se não o fizerem, serão todos mortos." Então o gato seguiu mais adiante e chegou a um campo de milho, tão imenso que ninguém conseguia vê-lo por inteiro, onde havia duzentas pessoas colhendo espigas. "De quem é este milharal, pessoal?" "Do feiticeiro." "Prestem atenção. O rei vai passar por aqui logo mais e, quando ele perguntar de quem é o milharal, respondam que é do conde. Se não o fizerem, todos serão mortos." Finalmente, o gato chegou numa enorme floresta em que havia mais de trezentas pessoas derrubando carvalhos gigantes e cortando lenha. "De quem é esta floresta, pessoal?" "Do feiticeiro." "Prestem atenção. O rei vai passar por aqui logo mais e, quando ele perguntar de quem é a floresta, respondam que é do conde. Se não o fizerem, serão todos mortos." O gato seguiu adiante e as pessoas ficaram olhando para ele preocupadas; como sua aparência era muito estranha, calçando botas e andando como uma pessoa, elas ficaram com medo dele. Não demorou para que o gato chegasse ao castelo do feiticeiro, onde logo entrou audaciosamente e se pôs diante dele. O feiticeiro olhou-o com desprezo e perguntou-lhe o que queria. O gato fez uma reverência e disse: "Ouvi dizer que você pode se transformar no animal que quiser. Ainda se for num cachorro, uma raposa ou um lobo, eu até posso acreditar, mas num elefante me parece completamente impossível, e é por isso que vim pessoalmente, para ver com meus próprios olhos". O feiticeiro disse, orgulhoso: "Isso para mim não é nada", e num instante estava transformado em elefante. "Nossa, é muita coisa. Mas e num leão?" "Também é fácil", disse o feiticeiro, e lá estava um leão diante do gato. Este se fez de assustado e gritou: "Inacreditável, fenomenal, nem em sonho isso me passaria pela cabeça. Mas agora eu queria ver se você consegue se transformar num animal pequeno, como um rato. Certamente você sabe mais que qualquer feiticeiro no mundo, mas sei que isso seria demais até mesmo para alguém como você". O feiticeiro ficou muito lisonjeado com as doces palavras do gato e disse: "Posso, sim, querido gatinho, isso eu também sei", e lá estava ele em forma de rato correndo pelo salão. O gato então se pôs a caçá-lo e num salto o capturou e o devorou.

Enquanto isso, o rei seguia com o conde e a princesa em seu passeio e chegou ao grande prado. "De quem é este feno?", perguntou. "Do senhor conde", responderam todos conforme o gato havia mandado. "Mas o senhor possui um belo pedaço de terra, conde", disse o rei. Então, passaram pela plantação de milho. "De quem é este milharal, pessoal?" "Do senhor conde." "Nossa, conde! Boas terras, belas plantações!" Então, chegaram à floresta: "Pessoal, de quem é toda esta lenha?". "Do senhor conde." Mais surpreso ainda, o rei disse: "O senhor deve ser um homem muito rico, senhor conde, temo não possuir uma floresta tão esplêndida." Finalmente chegaram ao castelo e o gato, que já aguardava na escadaria, saltou assim que ouviu o carro parar, abriu a porta e disse: "Senhor rei, seja bem-vindo ao castelo do meu amo, o conde, que se sentirá feliz pelo resto da vida com esta enorme honra". O rei desceu e ficou impressionado com a maravilhosa construção, que era quase maior e mais bela que seu próprio palácio. Já o conde conduziu a princesa escadaria acima até o salão, que cintilava com ouro e pedras preciosas.

Neste dia, a princesa foi prometida em casamento ao conde, e quando o rei morreu ele se tornou rei e o gato de botas virou primeiro-ministro.

34.

a trina do joão

A Trina do João era preguiçosa e não queria fazer nada. Ela ficava pensando: "O que vou fazer? Comer, dormir ou trabalhar? Ah, primeiro vou comer". Depois de encher a barriga de comida ela voltava a pensar: "O que faço agora? Trabalho ou durmo? Ah, primeiro vou dormir um pouquinho". Então ela se deitava e dormia, e quando acordava já era noite e não dava mais para sair para trabalhar. Certo dia, João voltou para casa no meio da tarde e encontrou Trina dormindo no quarto. Ele então pegou a faca e cortou a saia dela até a altura dos joelhos. Trina acordou e pensou: "Agora vou trabalhar". Mas, quando saiu de casa, percebeu que sua saia estava curta demais e levou um susto; ficou confusa se ela era mesmo a Trina, e pensou: "Sou eu ou não sou eu?". Mas ela não sabia o que responder e ficou ali por algum tempo na dúvida, até que pensou: "Melhor voltar para casa e perguntar se sou eu, eles lá hão de saber". Então, voltou para casa, bateu na janela e chamou: "A Trina do João está aí?". Os outros responderam o que achavam: "Sim, ela está no quarto, dormindo". "Quer dizer então que não sou eu", disse Trina e partiu alegremente para a vila e não voltou mais, e João se viu livre de Trina.

35.

o pardal e seus quatro filhotes

Um pardal habitava um ninho de andorinha com seus quatro filhotes, e quando estes estavam ganhando penas, uns meninos malvados destruíram o ninho. Mas, ao serem pegos por uma lufada de vento, os filhotes se salvaram e saíram voando. Então o pai ficou preocupado, porque seus filhos tinham ganhado o mundo e ele não pudera avisá-los de todos os perigos, e ainda não lhes havia transmitido bons ensinamentos.

No outono, muitos pardais se reúnem num campo de trigo, e foi ali que o pai reencontrou os filhos e, feliz, os levou de volta para casa. "Ah, meus filhos, como passei o verão preocupado com vocês por terem saído voando no vento sem terem recebido os meus ensinamentos. Ouçam minhas palavras, sigam o pai de vocês e prestem bem atenção, porque pássaros pequenos sempre têm de enfrentar grandes dificuldades!", disse ele, e em seguida perguntou ao filho mais velho onde este passara o verão e como tinha se alimentado. "Eu fiquei pelos jardins e caçava lagartas e minhocas enquanto as cerejas ainda não estavam maduras." "Ah, filho", disse o pai, "as sementes do gramado até que não são ruins, mas ali há um grande perigo e daqui para a frente você precisa estar atento, especialmente quando houver pessoas no jardim com longas varas verdes, ocas por dentro e com um furinho na ponta." "Sei, pai, quando tiver uma folhinha verde colada com cera no buraquinho, não é?", disse o filho. "Onde foi que você viu isso?", perguntou o pai. "No jardim de um comerciante", respondeu o filho. "Oh, meu filho", disse o pai, "comerciantes são pessoas ligeiras e, se você esteve entre os mundanos, deve ter aprendido muito de malícia, fique esperto e faça bom uso dela e não confie demais em ninguém."

Em seguida, o pai perguntou ao outro filho: "E você, por onde andou?". "Pela corte", respondeu o filho. "Esses lugares não são apropriados para pardais e passarinhos ingênuos porque ali há muito ouro, veludo, seda, armas, armaduras, aves de rapina, comerciantes e eslovacos; é melhor ficar perto do estábulo, onde se fica sabendo das novidades ou dos mexericos. Assim, em boa paz, a sorte poderá lhe conceder um grãozinho diariamente", disse o pai. "Sim, pai", disse o filho, "mas quando os meninos do estábulo fazem suas armadilhas com malhas e laços e as escondem no meio da palha, alguns passarinhos também acabam sendo capturados." "Onde foi que você viu isso?", o pai quis saber. "Na corte, com os meninos da estrebaria." "Oh, meu filho, esses rapazes da corte são malvados, mas, se você esteve na corte e andou entre eles e não deixou nenhuma pena por lá, vai saber se virar muito bem nesse mundo, mas sempre olhe ao redor e para o alto. Os lobos também comem os filhotes espertos."

O pai então chamou o terceiro filho: "Por onde é que você tentou a sorte?". "Nas estradas e rodovias com sorte eu consegui algum grãozinho e uma cevadinha." "Sim, essa é uma ótima alimentação", disse o pai, "mas fique atento às oportunidades e não se canse de olhar para o alto, especialmente quando alguém se agachar para recolher uma pedra, trate de sair rápido dali." "Verdade", disse o filho, "mas e se alguém passasse antes levando um tijolo ou pedrinha junto ao peito ou no bolso?" "Onde foi que você viu isso?" "Os mineradores, meu pai, quando viajam, costumam levar pedrinhas e tijolos consigo." "Mineradores, trabalhadores e pessoas desse tipo, se você esteve entre os filhos dos mineradores certamente viu e aprendeu alguma coisa. Siga sempre em frente, mas mantenha o olho bem aberto. Tem muito pardal que morreu por causa do espírito da montanha e de um menino esperto."

Finalmente, o pai chamou o quarto filho: "E você, meu caçula, que sempre foi o mais indefeso e o mais fraco, fique comigo, o mundo está repleto de pássaros grosseiros e maus, de bicos curvados e garras longas, sempre de olho e dispostos a devorar os passarinhos. Fique junto aos seus, e coma as aranhazinhas e lagartinhas das árvores e casas, assim você passará bem por muito tempo". "Sabe, querido pai, quem se alimenta sem prejudicar ninguém vai longe, porque nenhuma ave de rapina, águia, gavião ou falcão, vai lhe fazer mal quando se está buscando seu justo alimento de cada dia e se agradece toda noite e todo dia ao bom Deus, criador e mantenedor de todos os pássaros da aldeia e da floresta, que também tem ouvidos para os gritos e preces dos filhotes de corvo, porque, não fosse pela vontade Dele, nenhum pardal ou floco cairia na terra." "Onde foi que você aprendeu isso?" O filho então respondeu: "Quando o grande vendaval me arrancou para longe de você, fui parar numa igreja, onde passei o verão recolhendo as moscas e aranhas das janelas e ouvindo essas palavras nos sermões, e o pai de todos os pardais me alimentou durante todo o verão e me protegeu de toda desgraça e dos pássaros ferozes". "Fé! Meu bom filho, você se abrigou na igreja e ajudou a livrá-la de aranhas e de moscas que zumbiam; gorjeie a Deus como os pequenos corvos e obedeça ao eterno Criador, certamente você vai passar bem sempre, ainda que o mundo inteiro esteja repleto de pássaros selvagens ferozes. Quem se entrega a Deus numa prece, silencia, sofre, espera, reza, precisa de ajuda, faz e acontece. Preserve sempre a fé, a consciência limpa e pura Que Deus sempre irá protegê-lo e trazer a cura."

36.

"serve-te, mesinha", burro de ouro e porrete dentro do saco

i. Era uma vez um sapateiro que tinha três filhos e uma cabra. Os filhos deviam ajudar no trabalho e a cabra tinha de alimentá-los com leite. Para que ela recebesse boa comida todos os dias, os filhos se revezavam em levá-la ao pasto. O mais velho a levou ao jardim da igreja e deixou que ela saltasse por ali e pastasse à vontade. Ao anoitecer, quando pensou em voltar para casa, perguntou: "Cabra, você está satisfeita?", e ela respondeu:

"Está tão cheia a minha barriguinha,
Não cabe mais nenhuma folhinha. Mé! Mé!"

"Então vamos voltar para casa", disse o rapaz, e levou a cabra até o estábulo e ali a amarrou. Quando o velho sapateiro perguntou ao filho se a cabra havia comido o suficiente, ele respondeu: "Ela não aguenta nem mais uma folhinha". Querendo verificar pessoalmente se era verdade, o pai foi até o estábulo e perguntou: "Cabra, você ficou satisfeita?", e ela respondeu:

"Satisfeita coisa nenhuma!
Só fiquei saltando sepultura
E não encontrei folhinha alguma! Mé! Mé!"

Ao ouvir isso, o sapateiro ficou furioso, pensando que o filho o tivesse enganado. Levantou-se, pegou o porrete que estava dependurado na parede e o surrou, expulsando-o de casa. No dia seguinte, o segundo filho teve de levar a cabra ao pasto, então conduziu-a a um lugar repleto de ervas boas e ela comeu todas. Ao anoitecer ele perguntou: "Cabra, você está satisfeita?", e ela respondeu:

"Está tão cheia a minha barriguinha,
Não cabe mais nenhuma folhinha. Mé! Mé!"

"Então, vamos voltar para casa", disse o rapaz, e levou a cabra até o estábulo e disse ao velho que ela estava muito satisfeita. O pai procurou a cabra novamente e perguntou: "Cabra, você ficou satisfeita?", e ela respondeu:

"Satisfeita coisa nenhuma!
Só fiquei saltando sepultura
E não encontrei folhinha alguma! Mé! Mé!"

O sapateiro ficou furioso e surrou também o segundo filho, expulsando-o de casa. Finalmente o terceiro filho teve de levar a cabra ao pasto. Querendo se prevenir, procurou o melhor alimento que havia e ela comeu tudo, não deixando sobrar nada. Ao anoitecer ele perguntou: "Cabra, você está satisfeita?", e ela respondeu:

"Está tão cheia a minha barriguinha,
Não cabe mais nenhuma folhinha. Mé! Mé!"

"Então vamos voltar para casa", disse o rapaz, e levou a cabra até o estábulo e assegurou ao pai que ela estava muito satisfeita. O pai, porém, procurou a cabra novamente e perguntou: "Cabra, você ficou satisfeita?", e ela respondeu:

"Satisfeita coisa nenhuma!
Só fiquei saltando sepultura
E não encontrei folhinha alguma! Mé! Mé!"

Assim, o pai também surrou e expulsou o terceiro filho de casa.

O sapateiro então resolveu levar pessoalmente a cabra para pastar, amarrou-a numa corda e conduziu-a a um lugar onde havia as melhores ervas. A cabra se fartou de comer o dia inteiro. Ao anoitecer ele perguntou: "Cabra, você está satisfeita?", e ela respondeu:

"Está tão cheia a minha barriguinha,
Não cabe mais nenhuma folhinha. Mé! Mé!"

"Então vamos voltar para casa", disse o sapateiro, e levou a cabra até o estábulo. Quando acabou de amarrá-la, ele perguntou novamente: "Cabra, você realmente ficou satisfeita?", e ela respondeu:

"Satisfeita coisa nenhuma!
Só fiquei saltando sepultura
E não encontrei folhinha alguma! Mé! Mé!"

Quando o sapateiro ouviu isso, percebeu que havia expulsado os três filhos de casa injustamente e ficou tão furioso com a cabra malvada que buscou sua lâmina de barbear, raspou todo o pelo da cabeça dela e a expulsou a chicotadas.

O filho mais velho tornara-se aprendiz de marceneiro e, ao concluir o aprendizado, quis sair pelo mundo afora. Seu mestre então deu-lhe uma mesinha mágica. Ele só precisava dizer: "Serve-te, mesinha!", que ela ficava coberta por uma toalha branca, e sobre ela havia prato, faca e garfo de prata, um copo de cristal cheio de vinho tinto e as mais belas travessas com uma comida deliciosa. Com isso, ele saiu alegre andando pelo mundo e, onde quer que chegasse, fosse campo, floresta ou hospedaria, bastava colocar sua mesa no chão e dizer: "Serve-te, mesinha", para surgir a mais deliciosa refeição à sua frente. Certa vez, o rapaz chegou a uma hospedaria em que todos os hóspedes estavam reunidos para jantar, e lhe perguntaram se ele gostaria de comer com eles. Ele respondeu que não, mas convidou a todos para comerem com ele. Então colocou a mesinha no meio da sala e disse: "Serve-te, mesinha!", e no mesmo instante as mais preciosas comidas estavam servidas, e toda vez que a travessa ficava vazia era logo substituída por outra cheia e todos os hóspedes foram muito bem tratados. Ao ver aquilo, o dono da hospedaria pensou que poderia ficar rico se possuísse uma mesinha daquelas. Então à noite, depois que o marceneiro desconhecido encostou sua mesinha no canto e adormeceu, ele buscou uma mesa idêntica àquela e a colocou no lugar da verdadeira. Quando o rapaz acordou pela manhã, pegou a mesinha do canto e colocou-a nas costas, sem perceber que havia sido trocada. Então ele voltou para casa e disse ao pai: "Não precisa se preocupar com mais nada, eu tenho uma mesinha mágica, assim poderemos viver todos os dias na abundância". O pai ficou feliz e convidou os parentes para comemorar. Quando estavam todos reunidos, o filho colocou a mesinha no meio da sala e disse: "Serve-te, mesinha!". Mas a mesinha continuou vazia como antes e, envergonhado, o rapaz percebeu que ela havia sido trocada. Os parentes foram embora sem beber ou comer nada, e pai e filho tiveram de pôr a mão na massa e trabalhar.

O segundo filho tinha encontrado um moleiro que o aceitou como aprendiz e, quando se formou, o moleiro presenteou-o com o burro Briclebrit. Toda vez que se dizia: "Briclebrit!", o burro expelia moedas de ouro pela frente e por trás. Com seu burro, o rapaz foi parar na mesma hospedaria em que haviam roubado a mesinha do irmão. Ele deixou-se servir como um príncipe e, quando chegou a conta, foi até o estábulo e disse ao burro: "Briclebrit!", e logo caíram no chão mais moedas de ouro do que ele poderia precisar. Mas o dono da hospedaria viu isso acontecer e à noite levantou da cama, desamarrou o burro de ouro e colocou seu próprio burro no lugar. Pela manhã, o rapaz partiu com este burro, sem saber que havia sido enganado. Ao chegar em casa, ele disse ao pai: "Viva feliz e bem, pois eu tenho o burro Briclebrit e todo o ouro que desejar". O pai voltou a convidar todos os parentes e então estendeu uma toalha branca no chão da sala, buscou o burro na cocheira, colocou-o sobre a toalha e disse: "Briclebrit". Mas nada aconteceu e nenhuma moeda apareceu. Envergonhado, o filho percebeu que havia sido enganado e eles tiveram de voltar ao trabalho para conseguir seu sustento.

O terceiro filho aprendeu o ofício de torneiro e, na despedida, ganhou de seu instrutor um saco com um porrete. Toda vez que ele dissesse: "Porrete, saia do saco!", o porrete pulava e, dançando entre as pessoas, começava a bater em quem estivesse pela frente, sem dó. O rapaz ficara sabendo que os irmãos haviam perdido seus tesouros numa hospedaria, então foi até lá e falou em voz alta que seus irmãos haviam ganhado uma mesinha mágica e o burro Briclebrit, mas que o que ele levava dentro do saco era muito mais especial e de maior valor. O hospedeiro ficou curioso e, pensando que tudo que é bom vem triplamente, tramou roubar mais esse tesouro durante a noite. O torneiro, porém, havia guardado o saco debaixo do travesseiro e, assim que o hospedeiro o puxou, ele disse: "Porrete, saia do saco", e o porrete saiu dançando e batendo tanto no hospedeiro que este prometeu devolver a mesinha e o burro na mesma hora. Assim, o filho caçula voltou para casa e entregou todas as coisas ao pai e viveu com seus irmãos alegre e feliz.

A cabra, por sua vez, havia se escondido numa toca de raposa. Quando esta voltou e olhou para dentro da toca, deparou com um par de olhos grandes e em brasa. Então ela correu de susto e, ao encontrar o urso no caminho, este lhe perguntou: "Irmã raposa, que cara é essa?". "Um animal assustador com terríveis olhos de fogo está na minha toca." "Pode deixar que vou tirá-lo de lá para você", disse o urso, e foi até a toca. Mas quando ele chegou lá e viu os olhos flamejantes também sentiu medo e fugiu correndo. Então surgiu uma abelha, que perguntou: "Mas que cara de pavor é essa, urso?". "É que tem um animal feroz dentro da toca da raposa que não conseguimos espantar de lá." A abelha então disse: "Sou pequena e ninguém repara muito em mim, mas talvez eu possa ajudar vocês". Então a abelha voou até a toca da raposa e picou a cabra bem no meio da cabeça chata raspada, fazendo com que esta saltasse de dor e fugisse dali em disparada gritando: "Mé! Mé!", e até hoje ninguém sabe de seu paradeiro.

ii. Um alfaiate tinha três filhos, que queria despachar pelo mundo para que aprendessem uma profissão. Para não saírem de mãos abanando, deu a cada um deles uma panqueca e algumas moedas. O mais velho partiu e no caminho encontrou um homenzinho que morava numa casca de noz, mas que era muito rico. Este disse ao rapaz: "Se você conduzir o meu rebanho à montanha e cuidar dele, vou dar-lhe um bom presente. Mas preste atenção ao passar por uma casa ao pé da montanha, ali é sempre bem animado, ouve-se som de música tocando e alvoroço de dança; se você entrar ali uma só vez, nosso trato está desfeito". O filho do alfaiate aceitou a proposta e tangeu o rebanho até a montanha, cuidou bem dele e se manteve sempre afastado da casa. Certa vez, porém, num domingo, ele ouviu a grande animação que vinha lá de dentro, pensou que uma vez só era como se fosse nenhuma e entrou, dançou e se divertiu. Quando saiu de lá, já era noite e o rebanho havia sumido. Com o coração apertado, ele procurou o patrão e contou-lhe o que acontecera. O homenzinho da casca de noz ficou furioso, mas, como o rapaz havia trabalhado bem por tanto tempo e também admitira seu erro, deu a ele uma mesinha que se servia por si só.

O filho do alfaiate ficou muito satisfeito com o presente e resolveu voltar para a casa do pai. No caminho, passou por uma hospedaria, onde solicitou um quarto especial, dispensou a comida e se trancou. O dono da hospedaria ficou curioso pensando no que o estranho hóspede estaria tramando, subiu a escada pé ante pé, espiou pelo buraco da fechadura e o viu colocar uma mesinha diante de si e dizer: "Serve-te, mesinha!", e, no mesmo instante, a melhor das comidas e das bebidas estava servida à mesa. O hospedeiro pensou que a mesinha seria muito mais útil para ele e à noite, quando o rapaz dormia um sono profundo, entrou no quarto e trocou-a por outra idêntica. Na manhã seguinte, o filho do alfaiate partiu, sem perceber que havia sido ludibriado. Ao chegar em casa, contou ao pai sobre sua sorte e este, de tão feliz, logo quis testar a maravilha. Mas, mesmo dizendo todas as palavras, "Serve-te, mesinha!", seu ato foi em vão e não funcionou; a mesinha ficou vazia e o jovem alfaiate percebeu que havia sido roubado.

Então o segundo filho recebeu sua panqueca e suas moedas, com a tarefa de sair pelo mundo e fazer melhor. Encontrou o homenzinho da casca de noz e trabalhou para ele com dedicação por um longo tempo, mas ao final também se desviou de seu caminho e entrou na casa, onde se divertiu e dançou e acabou perdendo o rebanho. Então ele foi mandado embora, mas o homenzinho lhe deu um burro. Quando ele dizia:

"Se sacuda, e se sacuda novamente,
Jogue ouro por detrás e pela frente!",

chovia ouro por todos os lados. O filho do alfaiate partiu satisfeito para casa, mas na hospedaria o hospedeiro trocou seu burro por outro, e, quando ele chegou à casa paterna e quis tornar o pai um homem rico, nada deu certo e a sorte o abandonou.

Finalmente, o terceiro filho partiu mundo afora com sua provisão e prometeu fazer melhor. Ele trabalhou para o homem da casca de noz e, para não cair na tentação de entrar na casa perigosa, entupiu os ouvidos com algodão. Passado um ano, ele devolveu ao velho o rebanho completo, sem faltar nenhum animal. O homenzinho lhe disse: "Tenho de lhe fazer um pagamento especial. Tome esta mochila. Dentro dela há um porrete e, assim que você disser: "Porrete, saia da mochila", ele salta daqui e sai dando paulada em quem estiver na frente". Com isso, o filho do alfaiate se pôs a caminho de casa e passou pela hospedaria em que os dois irmãos tiveram seus presentes roubados. Ele jogou a mochila na mesa e contou sobre seus irmãos: "Um possuía uma mesa que se põe sozinha; o outro, um burro que expele ouro. É tudo muito bom, mas nada se compara ao que eu tenho dentro da sacola, não há dinheiro no mundo que possa pagar por isso". O hospedeiro ficou muito curioso e com esperança de conseguir mais este tesouro. Quando anoiteceu, o filho do alfaiate se deitou na palha e colocou a mochila embaixo da cabeça. O hospedeiro ficou acordado esperando, e quando achou que o alfaiate estava dormindo profundamente, buscou outra mochila e quis puxar a que estava sob a cabeça do alfaiate. Este, porém, estava acordado e, ao perceber a mão do hospedeiro, gritou: "Porrete, saia da mochila!". Então o porrete saltou de lá e bateu tanto no hospedeiro que este se pôs de joelhos implorando muito por misericórdia. Mas o filho do alfaiate não deixou o porrete sossegar até que o ladrão devolvesse a mesinha e o burro roubados. Assim, seguiu com as três peças mágicas para casa e eles viveram uma vida na riqueza e felizes, e o pai disse: "Minhas panquecas e moedas não foram gastas à toa!".

37.

a toalha, a mochila de exército, o chapéu canhoneiro e a corneta

Era uma vez três irmãos da região de Schwarzenfels, de origem muito pobre, que resolveram viajar para a Espanha. No caminho, encontraram uma montanha cercada de prata por todos os lados. O irmão mais velho logo se serviu, pegando tanto quanto podia carregar, e voltou para casa com o seu butim. Os outros dois seguiram viagem e logo chegaram a outra montanha, em que não se via nada que não fosse ouro puro. Um disse para o outro: "O que vamos fazer?", e o segundo irmão pegou tanto ouro quanto podia carregar e voltou para casa. O terceiro irmão, no entanto, queria tentar ainda mais a sorte e decidiu seguir viagem. Após três dias, encontrou-se em meio a uma imensa floresta. Cansado, com fome e com sede, não conseguia mais sair dali. Subiu então numa árvore enorme para ver os limites da mata, mas não viu nada além das copas das árvores. Então, desejou apenas poder saciar uma última vez a sua fome e aplacar a sua sede e desceu da árvore. Ao chegar lá embaixo, encontrou uma mesa coberta de iguarias. Feliz da vida, aproximou-se da mesa e se fartou. Quando tinha terminado, seguiu viagem levando consigo a toalha da mesa, e, sempre que tinha fome ou sede, bastava estendê-la e tudo o que ele desejava surgia sobre ela. Após um dia de viagem, deparou-se com um carvoeiro que estava queimando carvão e cozinhando batatas. O carvoeiro o convidou a cear, mas ele disse, agradecido: "Não quero comer da sua comida, mas quero convidá-lo a compartilhar da minha", ao que o carvoeiro respondeu: "Como isso seria possível? Você não tem comida consigo". "Isso não tem importância, sente-se aqui", e então estendeu a toalha, e lá estava tudo que se pudesse desejar. O carvoeiro comeu com apetite e, terminada a refeição, tendo ele gostado imensamente da toalha, propôs: "Façamos uma troca: pela toalha eu lhe dou uma velha mochila de soldado; sempre que bater nela com a mão, sairão de dentro um cabo e seis soldados armados até os dentes; eles não me servem de nada na floresta, mas a toalha me seria de grande utilidade". A troca foi efetuada; o carvoeiro ficou com a toalha e o homem de Schwarzenfels seguiu em frente, levando a mochila consigo. Mal tinha andado algum tempo, resolveu bater com a mão na mochila, de onde começaram a sair os guerreiros. "O que deseja, meu senhor?" "Quero que se ponham em marcha e busquem a minha toalha, que deixei com o carvoeiro." Os soldados se puseram a caminho e logo lhe trouxeram a toalha de volta. À noite, ele encontrou ainda outro carvoeiro, que também o convidou a compartilhar a refeição, constituída de batatas sem banha. Mas o homem de Schwarzenfels estendeu sua toalha e convidou o carvoeiro a cear com ele, pois havia de tudo que se quisesse comer. Terminada a refeição, também esse carvoeiro propôs um acordo: ele daria em troca da toalha um chapéu que, quando era rodado, começava a disparar canhões como se houvesse toda uma bateria ali presente. Mal tinha andado um trecho, o homem de Schwarzenfels bateu com a mão novamente sobre a velha mochila e dela fez sair o cabo com os seis soldados, que logo se puseram a caminho para recuperar a toalha. Então ele se embrenhou mais na floresta e, ao cair da noite, encontrou um terceiro carvoeiro, que, a exemplo dos demais, também o convidou a compartilhar uma refeição, composta por batatas frias. Seguiu-se proposta semelhante, e o carvoeiro acabou ficando com a toalha em troca de uma corneta que, ao ser tocada, fazia ruir todas as cidades e todos os vilarejos, assim como todas as fortalezas. O carvoeiro, no entanto, não ficou em posse da toalha por mais tempo que os outros, pois o cabo e seus seis soldados logo voltaram para resgatá-la. Agora que tinha juntado tudo, o homem de Schwarzenfels resolveu voltar para casa e visitar os irmãos. Estes tinham enriquecido em consequência de todo o ouro e toda a prata que haviam reunido e, quando ele chegou, com as vestes em frangalhos, não queriam reconhecer que se tratava do irmão. Logo ele bateu com a mão sobre sua mochila e fez sair de dentro dela cento e cinquenta homens armados, que se puseram a surrar os irmãos. Todo o vilarejo veio para ajudar, mas as pessoas nada puderam fazer. Notificou-se então o rei, que enviou um comando militar para prender os soldados. Mas o homem de Schwarzenfels bateu com força sobre a mochila, fazendo perfilar infantaria e cavalaria, que logo fizeram com que as tropas do rei batessem em retirada. No dia seguinte, o rei enviou ainda mais soldados para que finalmente derrotassem o velho homem. Mas ele bateu em sua mochila tantas vezes quantas foram necessárias para juntar todo um exército; então, girou o chapéu um par de vezes, fazendo disparar os canhões, e o inimigo foi vencido e posto para correr. A paz foi então selada, ele foi nomeado vice-rei e lhe foi prometida a mão da princesa em casamento.

A princesa não se conformava com o fato de desposar esse homem velho. Tudo o que queria era se livrar dele, e então passava o dia investigando para tentar descobrir a origem de seu poder; e ele era tão fiel que revelou seu segredo a ela. Ela então o enganou, conseguiu lhe tomar a mochila e depois o repudiou. Quando de dentro da mochila saíram os soldados marchando contra ele, ele percebeu que seu reino estava perdido. Mas o homem ainda tinha seu chapéu, que girou, fazendo disparar os canhões e aniquilando o inimigo. A paz foi restaurada. No entanto, ele se deixou ludibriar de novo e, dessa vez, a princesa lhe tomou o chapéu. E, quando então o inimigo o confrontou, não lhe restava senão sua corneta. Ao fazê-la soar, não tardou para que fossem aniquilados vilarejos, cidades e todas as fortalezas. Ele então se tornou rei e, sozinho, reinou até morrer.

38.

dona raposa

i. Era uma vez um velho raposo que tinha nove rabos. Querendo saber se sua mulher era fiel, ele se deitou estirado debaixo de um banco e lá ficou, fingindo-se de morto. Dona Raposa então subiu e se trancou no quarto, enquanto sua empregada, a gata, ficou cozinhando, sentada ao fogão. Quando a notícia da morte do velho raposo se espalhou, bateram à porta:

> "O que faz a gata solteira?
> Dorme ou está acordada?"

Quando a gata abriu a porta, deparou-se com um jovem raposo.

> "Durmo nada, estou acordada
> Cozinhando manteiga e cevada,
> O senhor está servido?"
> "Não, muito obrigado, como está Dona Raposa?"
> "Está no quarto
> Lamentando o fato,
> Os olhos vermelhos de tanto chorar
> A morte do Seu Raposo, que não vai voltar."

"Diga a ela que um raposo jovem passou por aqui querendo lhe fazer a corte!"

A gata subiu a escada, cloc, cloc, cloc, e bateu na porta, toc, toc, toc:

"Dona Raposa, está aí?"
"Sim, minha gata, estou aqui!"
"Lá fora tem um pretendente."

Dona Raposa pergunta:

"Gatinha querida, a cara dele é decente?
Também tem nove rabos esvoaçantes como meu saudoso marido?"
"Não, não, ele tem apenas um rabo."
"Então não quero nada com ele."

A gata desceu e mandou o pretendente embora. Pouco depois, outro raposo, com dois rabos, bateu à porta para cortejar a raposa como o primeiro, e tudo se desenrolou da mesma maneira. Depois vieram outros e cada vez com um rabo a mais que o anterior, até que finalmente se apresentou um pretendente com nove rabos. Então a raposa disse para a gata:

"Abra o portão e a porta agora
E varra o velho raposo para fora!"

Quando ela já estava para se casar, o velho raposo apareceu, bateu em toda a ralé e a expulsou de sua casa e enxotou Dona Raposa para longe.

ii. O velho raposo morreu e um pretendente, um lobo, bate à porta dizendo:

"Bom dia, dona gatinha,
por que está sozinha?
O que anda fazendo de bom?"

Gata: "Cozinho leite, pão e toucinho,
não quer experimentar um bocadinho?"
Lobo: "Obrigado, Dona Raposa está em casa?"
Gata: "No quarto, subindo a escada,
chorando desesperada,
lamentando as cartas que o destino lhe deu,
pois o velho raposo morreu."
Lobo: "Peça a ela para descer, se acaso se interessar
e com outro homem quiser se casar."

A gata largou o que estava fazendo e subiu a escada correndo, rodou o rabo diante do grande salão, bateu na porta com os cinco anéis da mão:

"Dona Raposa, se acaso a senhora se interessar
e com outro quiser se casar,
lá embaixo tem um pretendente."
Dona Raposa: "O senhor veste calças vermelhas
e costuma apontar as orelhas?"
Gata: "Não."
Dona Raposa: "Então ele não serve para mim."

O lobo então é dispensado e logo em seguida se apresenta um cachorro, que também é dispensado, e o mesmo acontece com um cervo, um coelho, um urso, um leão e todos os animais da floresta. A todos eles sempre falta alguma coisa que o velho raposo tinha, e a gata é obrigada a mandá-los embora. Até que finalmente um jovem raposo se apresenta.

Dona Raposa: "Ele veste calças vermelhas
e aponta bem as orelhas?"
Gata: "Sim."
Dona Raposa: "Peça para subir imediatamente.
Varra bem o ambiente
e jogue janela abaixo o velho raposo!

Caçava bons ratos, mas era guloso,
comia o bicho inteiro sozinho,
não deixava nenhum restinho."

Assim, o casamento é celebrado com muita dança e, se ainda não pararam, continuam dançando até hoje.

39.

os gnomos

i. o sapateiro para quem trabalharam

Um sapateiro havia ficado tão pobre que não lhe sobrara nada além de couro suficiente para fazer um único par de sapatos. À noite, ele cortou o couro e foi dormir, pensando em acabar o trabalho no dia seguinte. Mas, quando se levantou e foi pegar no batente, encontrou os dois sapatos prontos e bem-acabados sobre sua mesa. Não demorou também para que aparecesse um comprador, que lhe pagou tão bem que com o dinheiro deu para comprar couro para fazer dois pares de sapatos, que ele tratou de cortar à noite, e quando quis trabalhar neles na manhã seguinte lá estavam novamente prontos e bem-acabados, e com o dinheiro da venda ele pôde comprar couro para quatro pares, que na manhã seguinte também estavam prontos. Assim foram correndo as coisas, e o quanto o sapateiro cortasse à noite, tantos pares encontrava prontos pela manhã, e não demorou para ele voltar a ser um homem bem de vida.

Certa noite, pouco antes do Natal, ele quis se deitar, deixou novamente bastante couro cortado e disse para a mulher: "Vamos ficar acordados uma noite para ver quem faz o trabalho para nós?". Assim, deixaram uma luz acesa e se esconderam num canto atrás dos casacos que estavam dependurados.

À meia-noite, dois homenzinhos bonitinhos e nus surgiram, sentaram-se à mesa e trataram de dar conta do trabalho, e o faziam com tamanha velocidade que o sapateiro, de tão surpreso, não conseguia tirar os olhos deles. Só pararam quando todo o serviço estava pronto, então saíram num salto bem antes de amanhecer.

A mulher, porém, disse ao marido: "Os homenzinhos nos tornaram ricos, temos de demonstrar nossa gratidão; tenho pena deles, andando por aí sem roupa e passando frio. Vou costurar camisas, camisetas e calças para eles, e vou tricotar meias; faça você também um par de pequenos sapatos para cada um". O marido ficou satisfeito e, quando tudo estava pronto, arrumaram as roupas no lugar e se esconderam para ver o que os homenzinhos fariam. Como de costume, à meia-noite os pequenos apareceram. Ao verem as roupas ali pareceram muito alegres e na maior velocidade se vestiram, e quando estavam prontos começaram a saltitar, a pular e a dançar, e assim saíram dançando porta afora e nunca mais voltaram.

ii. a empregada madrinha

Uma pobre empregada, muito trabalhadeira e asseada, todos os dias juntava a sujeira num grande monte em frente à porta. Certa manhã, ela encontrou uma carta sobre o monte e, como não sabia ler, levou-a ao seu patrão. Tratava-se de um convite dos gnomos para que ela fosse madrinha e segurasse uma criança durante o batizado. Depois de a persuadirem de que não era bom declinar um convite desses, a menina refletiu e acabou dizendo sim. Então três gnomos foram buscá-la e a levaram a uma montanha oca. Ali tudo era mínimo, mas tão delicado e vistoso — impossível descrever. A mãe da criança estava deitada numa cama de ébano enfeitada com botões de pérolas, com cobertas douradas; o berço era de marfim, e a banheira, de ouro. Depois do batizado, a menina quis partir, mas os gnomos pediram-lhe que ficasse lá com eles por três dias. A moça passou os três dias se divertindo e, quando finalmente quis ir embora, os gnomos encheram seus bolsos de ouro e a conduziram até a saída da montanha. E, ao chegar em casa, ela percebeu que, em vez de três dias, tinha passado um ano inteiro na montanha.

iii. a mulher que teve a criança trocada

Uma mãe teve seu bebê tirado do berço por gnomos, que em seu lugar deixaram uma aberração com uma cabeça enorme e olhos inexpressivos e que não queria beber nem comer nada. Desesperada, a mulher procurou a vizinha e lhe pediu conselhos. Esta lhe disse que deveria levar a aberração à cozinha, colocá-la sobre o fogão, acender o fogo e pôr água para ferver em duas cascas de ovos. Isso faria a aberração rir e, quando risse, ela desapareceria. A mulher fez tudo como lhe foi dito e, quando estava prestes a pôr as cascas cheias de água no fogo, o monstro falou:

> "Sou mais velho que
> a floresta do Reno,
> mas nunca vi alguém cozinhar em casca de ovo!"

Então ele riu muito e, enquanto estava rindo, apareceram vários gnomos, que trouxeram a verdadeira criança, colocaram-na junto ao fogão e levaram embora a aberração.

40.

o noivo bandido

Era uma vez uma princesa que estava prometida a um príncipe, que pediu diversas vezes para que ela fosse visitá-lo em seu castelo. Como o caminho atravessava uma densa floresta, ela sempre se recusara, por medo de se perder. Se o medo era esse, disse o príncipe, ele a ajudaria: prenderia uma fitinha em cada árvore, para que ela não perdesse o rumo. Ela ficou adiando a visita durante algum tempo, como se no íntimo estivesse preocupada com algo, mas finalmente não encontrou mais desculpas e, certo dia, pôs-se a caminho. Andou de manhã até a noite por uma floresta muito, muito grande, e por fim chegou a uma enorme casa. Tudo estava silencioso, apenas uma velha senhora encontrava-se sentada em frente à porta. "Pode me dizer, senhora, se aqui vive meu noivo, o príncipe?" "Que bom, minha jovem", respondeu a senhora, "que você chegou quando o príncipe não está em casa; eu tive de puxar água para encher um grande tacho. Eles querem matar e cozinhar você para depois comê-la."

Nisso, o príncipe voltou para casa em companhia de seus comparsas meliantes, após a prática de um roubo. A velha senhora, compadecendo-se da juventude e da beleza da noiva, disse a ela: "Rápido, antes que alguém perceba, desça para o porão e esconda-se lá, atrás do grande barril!". Mal a princesa sumiu, os comparsas bandidos também desceram ao porão, levando prisioneira uma velha senhora. A princesa pôde ver que era sua avó, pois do canto em que estava conseguia enxergar tudo o que se passava, sem ser notada. Os bandidos pegaram a velha senhora, mataram-na e depois arrancaram todos os seus anéis, um após o outro. Só o anel do dedo anular não saía, então um dos meliantes empunhou uma machadinha e, de um golpe, amputou o dedo, que, rodopiando no ar, veio a cair justamente atrás do barril, no colo da princesa. Depois de procurar o dedo por muito tempo e sem sucesso, um deles finalmente disse: "Vocês já procuraram atrás do grande barril?". "Vamos deixar para continuar a busca à luz do dia", disse outro, "amanhã cedo procuramos, aí certamente logo estaremos com o anel."

Em seguida, os bandidos se deitaram no porão para dormir e, quando enfim estavam dormindo e roncando, a noiva saiu detrás do barril. Lá estavam eles todos, deitados enfileirados, dormindo e roncando. Ela teria de passar por cima de cada um para alcançar a porta. Com toda a cautela, sempre apavorada, foi saindo, pondo os pés nos espaços que havia entre eles, sempre com medo de acordá-los, mas por sorte isso não aconteceu. Quando por fim saiu pela porta e alcançou novamente a floresta, ela pôs-se a seguir as fitinhas, à luz da lua, que estava bastante clara, até que afinal conseguiu voltar para casa.

A princesa então contou ao pai tudo o que lhe havia sucedido. Este logo deu ordens para que todo um regimento cercasse o castelo, assim que o noivo chegasse. Isso foi feito, e o noivo chegou no mesmo dia e foi logo perguntando por que ela não tinha ido visitá-lo no dia anterior, conforme prometera. Ela então disse: "Eu tive um pesadelo horrível. Sonhei que chegava a uma casa e que havia uma velha senhora em frente à porta, que me disse: 'Que bom para você, minha menina, que tenha chegado agora, enquanto não há ninguém em casa, preciso lhe contar uma coisa. Eu tive de carregar água para encher um grande tacho, dentro dele queriam matar e cozinhar você, para depois comê-la'. E enquanto ela ainda estava falando os bandidos voltaram para casa. A velha então me disse que eu descesse rapidamente para o porão e me escondesse atrás do grande barril antes que alguém percebesse. Mal eu tinha me escondido, os bandidos também desceram a escada do porão, arrastando uma velha senhora atrás deles e acabando por matá-la. Assim que deram cabo da velha senhora, começaram a lhe arrancar os anéis dos dedos, um por um. Como o anel do dedo anular não saía, um dos bandidos, empunhando uma machadinha, deu um golpe no dedo, amputando-o. O dedo rodopiou no ar e caiu justamente atrás do barril, onde eu estava, no meu colo. E aqui está ele!". Com essas palavras, ela tirou subitamente o dedo do bolso.

Ao ver e ouvir isso, o noivo empalideceu de susto e tentou fugir, pulando pela janela. Lá embaixo, no entanto, havia guardas, que o prenderam juntamente com o bando todo. Assim, todos foram executados por causa de seus atos criminosos.

41.

o senhor korbes

Certa vez, uma galinha e um frango resolveram viajar juntos; a galinha construiu uma bela carroça com quatro rodas vermelhas, atrelou-a a quatro ratinhos e então ela e o frango embarcaram e partiram. No caminho, encontraram um gato, que perguntou a eles: "Para onde estão indo?", e o frango respondeu:

> "Estamos indo
> até a casa do seu Korbes."

O gato então pediu: "Me levem com vocês". Ao que a galinha respondeu:

> "Com prazer, sente-se atrás para não cair pela frente:
> tome cuidado
> para não sujar as rodinhas vermelhas do nosso carro.
> As rodinhas chiam!
> Os ratinhos assobiam!
> Estamos indo
> até a casa do seu Korbes."

Assim, um após o outro, uma pedra de moer, um ovo, uma pata, um alfinete e uma agulha de costura subiram na carroça, mas quando chegaram à casa do senhor Korbes ele não estava. Os ratinhos levaram o carro até o galpão dos fundos, a galinha e o frango voaram até um poleiro, o gato deitou-se na lareira, a pata entrou na pia, o alfinete acomodou-se na almofada da poltrona, a agulha de costura no travesseiro da cama, a pedra de moer se deitou no alto da porta, e o ovo se embrulhou na toalha. Quando o senhor Korbes chegou, foi até a lareira para acender o fogo, e aí o gato deu um salto e encheu a cara dele de cinzas. Ele então correu até a cozinha para se lavar e, ao chegar à pia, a pata espirrou água na cara dele, e quando ele quis se enxugar, o ovo rolou pela toalha, partiu-se em dois e grudou nos olhos dele. Pensando em se acalmar, ele sentou-se na poltrona e então foi espetado pelo alfinete. Ficou tão irritado que resolveu ir para cama e, ao deitar a cabeça no travesseiro, foi espetado pela agulha. Ele então ficou tão bravo e furioso que quis correr para fora de casa, mas quando chegou à porta a pedra de moer saltou do alto e o matou.

42.

o padrinho

Um homem pobre tinha muitos filhos e já havia convidado todo mundo para ser padrinho. Quando mais um filho nasceu, ele não sabia mais a quem convidar e assim, entristecido, se deitou e adormeceu. Então sonhou que deveria ir até o portão e convidar a primeira pessoa que encontrasse para apadrinhar a criança. Assim fez e convidou o primeiro que encontrou a ser padrinho da criança, e o homem lhe entregou um copinho com água, dizendo: "Com isso você pode curar todos os doentes em cuja cabeceira a morte estiver, mas se ela estiver aos pés o doente deverá morrer". Então, quando o filho do rei adoeceu e a morte estava à sua cabeceira, ele o curou com a água; e quando o filho do rei adoeceu uma segunda vez ele também o curou, porque a morte estava novamente ao lado da cabeceira; mas na terceira vez que o filho do rei adoeceu, a morte estava aos seus pés e ele assim teve de morrer.

Então o homem foi procurar o padrinho para contar o ocorrido e, ao subir o primeiro lance da escadaria, encontrou uma pá e uma vassoura, que se lançavam uma contra a outra. Perguntou a elas onde o padrinho morava e a vassoura respondeu: "Um lance acima". Ao subir o segundo lance da escada, viu um monte de dedos mortos espalhados pelo chão.

Então perguntou novamente onde o padrinho morava. "Um lance acima." No terceiro lance da escada havia uma pilha de cabeças mortas, que repetiram: "Um andar acima". No quarto lance da escadaria, ele topou com peixes que estavam fritando, cozinhando e assando a si próprios sobre o fogo. Estes também disseram: "Um lance acima". No quinto lance de escada, o homem encontrou uma sala, olhou pelo buraco da fechadura e viu o padrinho com um par de chifres enormes, e, assim que ele entrou, o padrinho os escondeu rapidamente na cama e os cobriu. O homem então disse: "Caro padrinho, quando cheguei ao primeiro lance da escadaria, vi uma pá brigando com uma vassoura". "Mas como você é ingênuo", respondeu o padrinho, "era apenas o casal de criados conversando." "Na segunda escada, vi dedos mortos espalhados no chão." "Ai, mas que tolo, eram raízes de salsifis." "Na terceira havia uma pilha de cabeças de defuntos." "Mas que homem bobo, eram cabeças de repolho." "Na quarta, vi muitos peixes na panela que estavam fritando e cozinhando a si mesmos." Assim que ele disse isso, os peixes entraram na sala carregando uns aos outros. "E, na quinta escada, olhei pelo buraco da fechadura e vi que o senhor tem chifres bem, bem longos." "Que nada, isso não é verdade."

43.

estranha hospitalidade

Um chouriço e uma linguiça de fígado eram amigos e um dia o chouriço a convidou para ir à casa dele. Na hora da refeição, a linguiça, animada, foi à casa do chouriço, mas ao chegar à porta de entrada avistou diversas coisas estranhas em cada um dos degraus da escada, coisas sempre diferentes, como uma pá e uma vassoura se estapeando, depois um macaco com uma enorme ferida na cabeça e outras coisas desse tipo.

A linguiça ficou muito assustada e abatida com o que viu, mas resolveu deixar para lá e decidiu entrar na casa, sendo muito bem recebida pelo chouriço. Ela tentou se informar a respeito das coisas estranhas que estavam do lado de fora na escadaria, mas o chouriço fingiu não ouvir, ou fez parecer que não valia a pena falar nisso, ou até falou alguma coisa sobre a pá e a vassoura, como: "Deve ter sido a minha criada que encontrou alguém e ficou de prosa na escada", e logo foi desviando do assunto.

Em seguida, o chouriço saiu, dizendo que precisava ir à cozinha para ver como andava o almoço, se tudo estava sendo bem preparado e se nada estava sendo desperdiçado. Enquanto isso, a linguiça ficou na sala andando de um lado para o outro, pensando nas coisas estranhas que acabara de ver, quando entrou alguém, não sei dizer quem, e disse:

"Estou lhe avisando, linguiça, você está na toca sangrenta de um assassino, trate de dar o fora daqui se tem amor à vida". A linguiça não pensou duas vezes, saiu de fininho pela porta e correu o quanto pôde, e não parou enquanto não alcançou o meio da rua. Então, olhou para trás e viu o chouriço na janela do sótão com uma faca muito, muito longa, que reluzia parecendo recém-afiada, com a qual ameaçou a linguiça, gritando: "Se eu te pegasse, eu te devoraria!".

44.

madrinha morte

Era uma vez um homem pobre que já tinha doze filhos. Quando nasceu o décimo terceiro, ele não sabia mais o que fazer e, em desespero, fugiu para a floresta. Lá encontrou Deus, que lhe disse: "Tenho pena de você, meu pobre homem, quero batizar o seu filho e cuidar para que nada lhe falte, assim ele será feliz". O homem então respondeu: "Eu não o quero como padrinho, você dá tudo aos ricos e deixa os pobres passando fome". Dito isso, deixou Deus ali parado e seguiu em frente. Um pouco mais adiante, encontrou a Morte, que também lhe disse: "Quero ser a madrinha de batismo do seu filho; se ele me tiver como amiga, nada lhe faltará, quero fazer dele um médico". O homem respondeu: "Isso me agrada, você não faz distinção, leva tanto os ricos quanto os pobres; amanhã é domingo, a criança será batizada, basta que você apareça na hora certa".

Na manhã seguinte, a Morte apareceu junto à pia batismal e batizou a criança. Depois que o menino cresceu, ela voltou a aparecer e, levando o afilhado consigo para a floresta, disse: "Agora você será médico; basta prestar atenção quando for chamado para atender um doente. Se me vir parada na cabeceira deste, isso não significará nada, basta fazer com que ele cheire dessa garrafa e, quando você lhe untar os pés com a poção, ele logo ficará bom; mas, se eu estiver parada aos pés do doente, é o fim, isso significa que eu quero levá-lo e que você não deve se atrever a começar um tratamento". Com isso, a Morte entregou a garrafa ao afilhado e este se tornou um médico famoso. Bastava ver um doente e já podia logo dizer se ele ficaria bom ou se morreria. Certa vez, foi chamado para atender o rei, que estava muito mal. Assim que chegou, o médico viu a Morte parada aos pés do rei, portanto sua garrafa não serviria para nada. No entanto, ele resolveu enganar a Morte e inverteu a posição do rei na cama, de modo que ela agora estava à sua cabeceira. Deu certo e o rei se curou. Mas, quando o médico voltou para casa, a Morte o aguardava com uma expressão feia no rosto e lhe disse, enfurecida: "Se você se atrever a me enganar mais uma vez, torço o seu pescoço". Pouco tempo depois, a linda filha do rei adoeceu e não havia no mundo quem conseguisse fazer com que melhorasse. O rei chorava dia e noite. Finalmente, mandou anunciar que aquele que conseguisse curar a princesa receberia a mão dela em casamento. Então, o médico chegou e viu a Morte parada aos pés da doente. Mas, completamente desconcertado pela beleza da princesa, esqueceu-se da advertência da Morte, trocou-a de posição na cama, fez com que ela cheirasse da garrafa medicinal e untou-lhe a sola dos pés com a poção. Mal chegou em casa, lá estava a Morte, com uma cara horripilante. Ela então o agarrou e o carregou para uma caverna subterrânea em que queimavam milhares de velas. "Está vendo?", disse a Morte, "essas velas todas são as pessoas vivas, e esta aqui, cuja chama está bem fraca e logo se apagará, é a sua vida; é bom você se cuidar!"

45.

as andanças do pequeno polegar

Um alfaiate tinha um filho que nasceu tão pequeno que não passava do tamanho de um polegar, e por isso chamava-se Pequeno Polegar. Mas ele era muito corajoso e um dia disse ao pai: “Pai, preciso viajar”. “Certo, meu filho”, disse o velho, e pegou uma agulha de cerzir, prendeu nela um punho de resina e a entregou a ele, dizendo: “Agora você tem uma espada para levar na viagem”. O pequeno alfaiate saiu pelo mundo e primeiro chegou à casa de um alfaiate, onde começou a trabalhar, mas a comida não estava lhe agradando. “Senhora patroa”, disse ele, “se não me der uma comida melhor, amanhã cedo vou escrever com giz na sua porta: ‘Batata demais, carne de menos, senhor rei da batata, adeus!’.” “O que é que você está querendo, seu saltitante insignificante?”, disse a mulher e, raivosa, agarrou o pano de prato para bater nele. Mas o meu alfaiatezinho correu para se esconder debaixo do dedal e depois ainda olhou para fora, mostrando a língua para ela. A mulher levantou o dedal, mas o Pequeno Polegar saltou e se escondeu entre os panos de prato, e, quando ela remexeu neles para ver se o encontrava, ele se enfiou na fresta da mesa e gritou, espichando a cabeça: “Ei! Ei! Patroa!”, e toda vez que ela queria acertá-lo, ele saltava dentro da gaveta. Mas, finalmente, ela o apanhou e o expulsou de casa.

O alfaiatezinho seguiu caminhando até chegar a uma grande floresta, onde deu com um bando de ladrões que estavam planejando roubar o tesouro do rei. Ao verem o alfaiatezinho, os ladrões pensaram que ele poderia ser bastante útil, então disseram-lhe que ele parecia ser um rapaz esforçado e que deveria seguir com eles para entrar na sala do tesouro e jogar as moedas para o lado de fora. Ele aceitou, foi até a sala do tesouro e procurou uma fenda na porta. Por sorte, não demorou a encontrar um buraco e, quando estava prestes a entrar, o sentinela disse ao colega: "Mas que aranha nojenta é essa? Vou esmagá-la com o pé". "Não, deixe-a em paz, ela não lhe fez nada", disse o outro. Assim, o Pequeno Polegar entrou na sala do tesouro, foi até a janela diante da qual os ladrões estavam esperando e começou a jogar uma moeda após a outra para eles. Quando o rei foi vistoriar seu tesouro, faltava muito dinheiro, mas ninguém conseguiu entender quem o havia roubado, porque todas as fechaduras estavam bem trancadas. O rei reforçou a guarda e, quando os vigias ouviram um tilintar de moedas, entraram correndo para pegar o ladrão. O alfaiatezinho foi para um canto, escondeu-se debaixo de uma moeda e gritou: "Estou aqui!". Os vigias correram até lá, mas ao chegarem ele já estava em outro canto, gritando: "Estou aqui!". Os vigias correram de volta, mas ele saltou para outro canto e gritou: "Estou aqui!". Assim ele os fez de palhaços e levou adiante essa correria até que os vigias acabaram indo embora, vencidos pelo cansaço. Pequeno Polegar então continuou jogando as moedas pela janela, uma após a outra, e sentou-se em cima da última e com ela voou pela janela. Os ladrões o elogiaram muito, dividiram o roubo entre eles e, se ele quisesse, o teriam tornado o chefe do bando. Mas o alfaiatezinho não pôde pegar nada além de uma moeda, por não conseguir carregar mais peso que isso.

Assim, ele voltou a pôr o pé na estrada e, como seu ofício não estava rendendo muito, começou a trabalhar como criado numa estalagem. Mas as criadas não o suportavam e queriam lhe dar uma lição, porque, sem que elas percebessem, ele via tudo o que elas faziam escondido e depois contava ao patrão. Então, certa vez, quando passeava no gramado que uma delas estava cortando, Pequeno Polegar foi ceifado com o capim e jogado no cocho das vacas, sendo logo engolido pela vaca preta, junto com a grama. Agora ele estava preso dentro da vaca e, à noite, ouviu alguém dizer que ela seria abatida. Como sua vida estava correndo perigo, gritou: "Estou aqui!". "Aqui onde?" "Na vaca preta." Mas não deu para entender o que ele disse e a vaca foi abatida. Felizmente, nenhum golpe o acertou e ele foi parar no meio da carne de fazer linguiça. Quando esta estava prestes a ser picada, ele gritou: "Não espete muito fundo! Não espete muito fundo! Eu estou aqui no meio!". O barulho ali era tamanho que ninguém ouviu o que ele disse. Mesmo assim, ele conseguiu escapar rápido por entre as lâminas de triturar sem ser atingido por nenhuma delas, mas não escapou de ficar no meio da carne moída e acabou preso dentro do recheio de uma linguiça. Ela foi pendurada em cima da chaminé para ser defumada e ele teve de ficar dentro dela até o inverno, quando a linguiça seria comida. Quando seu alojamento foi aberto com a faca, ele saltou e fugiu correndo.

O alfaiatezinho retomou suas andanças, mas acabou cruzando o caminho de uma raposa, que logo o abocanhou. "Senhora raposa", ele gritou, "estou aqui, me deixe sair." "É verdade que você não dá nem para o cheiro, então não vou engolir você apenas se o seu pai me der todas as galinhas que tiver no galinheiro." Trato feito, a raposa foi levada até a casa do pai, onde recebeu todas as galinhas que lá havia. E Pequeno Polegar deu ao pai a moeda de ouro que conseguira em suas andanças.

"Mas por que a raposa ganhou todas as pobres galinhas?" "Mas que tolice, um pai há de preferir o filho às galinhas, não acha?"

46.

o pássaro do bruxo fichter

Era uma vez um bruxo que era ladrão e que saía pedindo esmola de casa em casa, fingindo ser um homem pobre. Um dia, uma menina atendeu à porta e lhe deu um pedaço de pão. Bastou ele encostar o dedo na garota para que ela entrasse em seu manto. Ele levou a menina para sua casa, onde tudo era muito bonito, e deu-lhe tudo o que ela desejava. Passado um tempo, o bruxo lhe disse: "Tenho de viajar para resolver alguns negócios. Tome aqui este ovo, que você deve guardar com cuidado e sempre carregar junto com você, e também esta chave, mas não entre na sala que ela abre, senão poderá pagar com a vida". Mas, assim que ele saiu, a garota foi até a sala proibida, destrancou-a com a chave e, assim que entrou, avistou um grande tanque bem no meio da sala e, dentro dele, muitas pessoas mortas e mutiladas. Ela levou um susto tão grande que deixou o ovo, que estava em sua mão, cair lá dentro. Rapidamente o pegou e limpou o sangue, mas a mancha sempre voltava a aparecer e não havia meio de acabar com ela, por mais que o esfregasse, raspasse ou polisse. Quando o homem voltou, pediu-lhe o ovo e a chave e, examinando ambos, percebeu que ela entrara na sala sanguinária. "Você não obedeceu às minhas ordens", disse, enfurecido, "agora vai entrar na sala, querendo ou não." Dito isso, levou a menina até a sala, picou-a em pedaços e jogou-a no tanque com os outros corpos. Passado algum tempo, o homem voltou a pedir esmolas e capturou a segunda filha daquela casa. Com ela aconteceu o mesmo: ela também abriu a porta proibida, deixou cair o ovo no sangue e acabou sendo picada em pedaços e jogada no tanque. Então o bruxo desejou a terceira filha e também a capturou em seu manto, levou-a para casa e, antes de partir, deu-lhe o ovo e a chave. Acontece que a terceira irmã era esperta e astuta e, antes de entrar na sala misteriosa, guardou o ovo e o trancou; e, ao ver as irmãs no tanque de sangue, tratou de reunir todas as partes, arrumando cabeça, tronco, braços e pernas. Nesse mesmo instante, os membros começaram a se mexer e a se colar, e logo as duas irmãs voltaram a viver. Ela então levou as duas para fora e as escondeu; e, quando o homem voltou e encontrou o ovo sem manchas de sangue, pediu a mão dela em casamento. Ela disse sim, mas antes, ele teria de levar um cesto cheio de ouro à casa dos pais dela, enquanto ela tomaria as providências para o casamento. Então, ela colocou as irmãs dentro do cesto, cobriu-as com ouro, falou para trazerem socorro de casa e disse a ele: “Leve o cesto, mas não pare no caminho para descansar, porque eu vou ficar espiando no meu espelhinho encantado e vou saber se você o fizer”. Ele colocou o cesto nas costas e partiu, mas o cesto pesava tanto e a pressão era tão insuportável que ele pensou em descansar um pouco; porém logo uma voz gritou de dentro do cesto: “Estou vendo que você está descansando, siga imediatamente”. Pensando ter ouvido a voz de sua noiva, ele se pôs em pé e seguiu adiante, e, toda vez que tentava descansar um pouco, a voz mandava que continuasse, e ele seguia em frente. Enquanto isso, a noiva, em casa, pegou uma cabeça do tanque, enfeitou-a com uma joia e a colocou no buraco da janela do sótão. Em seguida, convidou os amigos do bruxo para o casamento e depois se enfiou num barril de mel, fez um corte no colchão de penas e rolou nelas, de modo que ficou irreconhecível para todos, de tão fantástica que parecia, e então saiu e seguiu pela trilha. Não demorou a encontrar um grupo de convidados, que lhe perguntou:

"De onde vens, pássaro de Fichter?"
"Venho da casa do seu Fitze Fichter."
"E a noiva, onde foi parar?"
"Varreu a casa toda sem descansar
e agora está na janela do sótão para tomar ar."

Logo em seguida ela encontrou o noivo, que estava regressando.

"De onde vens, pássaro de Fichter?"
"Venho da casa do seu Fitze Fichter."
"E a noiva, onde está?"
"Varreu a casa toda sem descansar
e agora está na janela do sótão para tomar ar."

O noivo olhou para o alto e, ao ver a cabeça morta arrumada, pensou ser sua noiva e a cumprimentou. E, quando ele e seus amigos já estavam todos dentro da casa, chegou o socorro que as irmãs haviam mandado. Eles trancaram a casa e atearam fogo nela e, como ninguém conseguiu sair, todos morreram queimados.

47.

o pé de zimbro

Muito tempo atrás, há cerca de dois mil anos, vivia um homem rico cuja mulher era bela e devota; e o casal se amava muito, mas não tinha filhos. Como queriam muito tê-los, a mulher rezava noite e dia para ganhá-los, mas, por mais que quisessem, eles não vinham. Em frente à casa havia um jardim em que crescia um pé de zimbro. Num dia de inverno, a mulher estava debaixo da árvore descascando uma maçã e, ao descascá-la, cortou o dedo e o sangue pingou na neve. "Ai", disse ela suspirando fundo e, ao ver o sangue na neve, pensou, desejosa: "Como eu queria ter um bebê vermelho como o sangue e branco como a neve". Assim que disse isso, ela sentiu uma alegria em seu coração, como se fosse acontecer alguma coisa, e em seguida foi para casa. Passado um mês, a neve foi embora; depois de dois meses tudo ficou verde e depois de três meses as flores brotaram da terra. Passados quatro meses, as árvores ficaram frondosas e os galhos verdes se entrelaçaram todos. Os pássaros cantavam tanto que todo o bosque ressoava e as flores caíam das árvores, e assim passou-se o quinto mês, e ela ficava sempre junto ao pé de zimbro, que exalava um perfume delicioso, então seu coração saltou de alegria e ela caiu de joelhos no chão sem poder se conter. E, quando o sexto mês se passou, as frutas ficaram grandes e fortes e ela ficou bem calma. No sétimo mês, ela colheu as frutas do pé de zimbro e as comeu com muita vontade, e então ficou triste e doente. O oitavo mês se passou, ela chamou o marido e disse, chorando: "Se eu morrer, me enterre debaixo do pé de zimbro". Então ela se sentiu mais tranquila e ficou alegre até que se passasse o nono mês, quando nasceu um bebê branco como a neve e corado como sangue, e ao vê-lo ela ficou tão feliz que morreu.

O marido a enterrou debaixo do pé de zimbro e chorou muito. Assim foi por um tempo, até que as lágrimas começaram a atenuar-se e, depois de chorar mais um pouco, ele parou e casou-se novamente.

Ele teve uma filha com a segunda mulher, e o bebê da primeira era um menino vermelho como sangue e branco como a neve. Quando a mulher olhava para a própria filha, sentia afeto; já quando olhava para o menino, sentia um aperto no coração, como se ele sempre fosse ficar em seu caminho, e não parava de pensar em como deixar a fortuna para a filha, até que o ódio tomou conta dela e ela então começou a tratar o menino muito mal, empurrando-o para lá e para cá, arrastando-o daqui e beliscando ali, de modo que a pobre criança sempre sentia muito medo. Quando voltava da escola, ele não tinha um só minuto de sossego.

Certa vez, quando a mulher estava em um quarto do andar de cima, a pequena filha subiu atrás dela e pediu: "Mamãe, me dá uma maçã?". "Sim, minha filha", disse a mulher, entregando-lhe uma suculenta maçã que tirou de dentro de um baú. A tampa do baú era grande e pesada e tinha uma fechadura de ferro muito afiada. "Mamãe, meu irmão também vai ganhar uma maçã?", perguntou a menina. A pergunta deixou a mulher muito irritada, mas ela se conteve e disse: "Vai, sim, quando ele voltar da escola". E, quando ela viu pela janela que o menino estava voltando da escola, foi como se fosse invadida pelo Diabo, então tirou a maçã da filha e disse: "Você não vai ganhar a maçã antes do seu irmão". E jogou a maçã de volta no baú e fechou a tampa. Nisso, o menino surgiu à porta e o Diabo a fez ser simpática com ele e ela disse, fitando-o com olhos raivosos: "Meu filho, quer uma maçã?". "Mãe", disse o menino, "mas que cara assustadora! Sim, eu quero uma maçã." E como se estivesse seguindo ordens de alguém, ela disse: "Venha comigo", e abriu a pesada tampa do baú. "Pegue uma maçã aqui de dentro!" Quando o pequeno se curvou sobre o baú, o Diabo a aconselhou e pum! Ela bateu a tampa, decepando a cabeça do menino, que rolou entre as maçãs. Aterrorizada, a mulher pensou: "Se eu pudesse me livrar da culpa!". Então ela desceu até o quarto dela, tirou um lenço branco da última gaveta da cômoda, pegou a cabeça do menino do baú e a colocou de volta no pescoço, amarrando-a com o lenço de tal modo que não dava para perceber nada, então sentou o menino numa cadeira em frente à porta e colocou uma maçã na mão dele.

Pouco tempo depois, a menina Marlene procurou a mãe, que estava na cozinha mexendo numa panela com água quente junto ao fogão. "Mamãe", disse a pequena Marlene, "meu irmão está sentado na frente da porta e está muito pálido, segurando uma maçã. Eu pedi a ele para me dar a maçã, mas ele não respondeu. Senti um frio na barriga." "Volte lá e, se ele não responder, dê um tapa na orelha dele." Marlene então voltou e pediu ao irmão: "Irmão, me dê a maçã". Mas, como ele continuava calado, sem se mexer, ela deu-lhe um tapa na orelha, que fez com que a cabeça dele rolasse pelo chão. Chorando e gritando, ela correu até a mãe: "Ai, mamãe, cortei a cabeça do meu irmão fora", e chorava, chorava tanto que não conseguia parar. "Marlene", disse a mãe, "o que foi que você fez? Mas fique quietinha e não conte para ninguém. Agora não tem mais jeito, é melhor eu cozinhá-lo para que ninguém perceba." Assim, a mulher cortou o menino em pedacinhos, meteu-o na panela de água fervendo e fez dele um cozido. Marlene ficou a seu lado e não parava de chorar, e caíram tantas lágrimas dentro da panela que nem foi preciso adicionar sal.

Pouco depois o pai chegou em casa e, sentando-se à mesa, perguntou: "Onde é que está o meu filho?". A mulher então colocou uma tigela bem grande de cozido na mesa, mas a pequena Marlene não conseguia parar de chorar. Então o pai perguntou novamente: "Onde é que está o meu filho?". "Ah, ele foi viajar, foi visitar os parentes da mãe. Queria passar um tempo com eles." "Mas foi lá fazer o quê? Nem se despediu de mim!" "Pois ele queria tanto ir e me pediu para passar seis semanas com os parentes. Mas ele está em boas mãos." "Não sei, estou triste. Não é certo, ele podia ter se despedido de mim." Dito isso, começou a comer e perguntou: "Marlene, por que está chorando? Seu irmão vai voltar logo. Mas como essa comida está saborosa, mulher! Me sirva mais, por favor". E, quanto mais ele comia, mais queria comer. "Me sirva mais, não vou deixar sobrar nada, sinto como se tudo me pertencesse." E foi comendo, comendo e jogando os ossos debaixo da mesa até que não restasse mais nada. A pequena Marlene, porém, foi a até sua cômoda, tirou seu melhor lenço de seda da última gaveta e embrulhou nele todos os ossinhos que recolheu debaixo da mesa; depois saiu chorando lágrimas de sangue e o colocou na grama verde, embaixo da árvore de zimbro, e assim que colocou os ossos se sentiu muito aliviada e parou de chorar. Então, a árvore começou a balançar e os galhos se abriram e tornaram a se fechar, como se estivessem batendo palmas de alegria. Ao mesmo tempo, uma névoa se desprendeu da árvore e no meio da névoa subiu um fogo, e do fogo saiu voando um lindo pássaro que, cantando um lindo canto, voou cada vez mais alto e, quando desapareceu, a árvore voltou a ser o que era e o lenço com os ossos havia desaparecido. A pequena Marlene sentiu-se muito leve e alegre, parecia até que seu irmão ainda estava vivo. Então ela voltou feliz e despreocupada para casa, sentou-se à mesa e comeu. O pássaro, por sua vez, voou até a casa de um ourives e começou a cantar:

"Minha mãe me matou,
meu pai me comeu.

Minha irmã me recolheu,
meus ossinhos embrulhou,
embaixo do pé de zimbro guardou.
Piu, piu, piu, que lindo pássaro eu sou."

O ourives estava em sua oficina fazendo uma corrente de ouro quando ouviu o pássaro cantando, pousado em seu telhado, e gostou muito do que ouviu. Então ele se levantou e, ao passar pela soleira da porta, perdeu um pé de seu chinelo. Assim como estava, com um chinelo num dos pés e uma meia no outro, foi até o meio da rua, de avental, em uma das mãos a corrente de ouro e na outra o alicate. O sol brilhava claro, iluminando a rua, e ele disse ao pássaro: "Como você canta bem. Cante de novo a canção". "Não", respondeu o pássaro, "só repito o canto se me der algo em troca. Se me der a corrente de ouro, canto novamente." "Tome", disse o ourives, "tome aqui a corrente, cante novamente." O pássaro pegou a corrente de ouro com a garra direita, sentou-se diante do ourives e cantou:

"Minha mãe me matou,
meu pai me comeu.
Minha irmã me recolheu,
meus ossinhos embrulhou,
embaixo do pé de zimbro guardou.
Piu, piu, piu, que lindo pássaro eu sou."

Depois voou até a casa de um sapateiro e, pousado no telhado, cantou:

"Minha mãe me matou,
meu pai me comeu.
Minha irmã me recolheu,
meus ossinhos embrulhou,
embaixo do pé de zimbro guardou.
Piu, piu, piu, que lindo pássaro eu sou."

O sapateiro ouviu o canto, saiu de casa em mangas de camisa e, olhando para cima, teve de proteger os olhos com a mão para que o sol não o cegasse: "Pássaro, como você canta bem!", disse o homem, e chamou a mulher: "Mulher, venha aqui fora ver o pássaro. Ouça como ele sabe cantar bem". E chamou também a filha e as crianças, os amigos, aprendizes e empregados, e eles vieram todos correndo para a rua para ver o pássaro, que era belo, com penas vermelhas, verdes e douradas em volta do pescoço e os olhos que brilhavam feito estrelas em sua cabeça. "Pássaro", disse o sapateiro, "cante de novo a canção." "Não", respondeu o pássaro, "só repito o canto se me der algo em troca." "Mulher", disse o sapateiro, "vá lá em casa até o sótão buscar na prateleira de cima um par de sapatinhos vermelhos e traga-os aqui." A mulher foi e buscou os sapatos. "Tome", disse o sapateiro, "agora cante novamente." O pássaro pegou os sapatos com a garra esquerda, voltou novamente até o telhado e cantou:

"Minha mãe me matou,
meu pai me comeu.
Minha irmã me recolheu,
meus ossinhos embrulhou,
embaixo do pé de zimbro guardou.
Piu, piu, piu, que lindo pássaro eu sou."

E depois de cantar toda a canção, saiu voando. Com a corrente de ouro na garra direita e os sapatos na esquerda, ele voou até chegar a um moinho, e o moinho rodava: clip, clap, clip, clap, clip, clap, e ali vinte homens trabalhavam talhando uma pedra: tec, tec, tec, tec, tec. E o moinho rodava clip, clap, clip, clap, clip, clap. O pássaro pousou numa tília que crescia em frente ao moinho e cantou:

"Minha mãe me matou..."

Então um dos homens parou de trabalhar.

"meu pai me comeu..."

Outros dois pararam de trabalhar.

"Minha irmã me recolheu..."

E outros quatro pararam de trabalhar.

"meus ossinhos embrulhou..."

Agora apenas oito trabalhavam.

"embaixo do pé de zimbro..."

Somente cinco ainda trabalhavam.

"guardou..."

Agora só um.

"Piu, piu, piu, que lindo pássaro eu sou."

E o último que ouvira ainda o finzinho também parou de trabalhar e disse: "Pássaro, como você canta bem! Cante de novo a canção toda!". "Não", respondeu o pássaro, "só repito o canto se me der a pedra de moinho." "Se ela fosse só minha eu daria." "Se ele cantar de novo, poderá levar a pedra", disseram os outros. Então o pássaro se aproximou e os vinte moleiros ergueram a pedra para o alto: "E um, e dois, e três, e já!". O pássaro enfiou o pescoço pelo buraco vestindo a pedra como uma gola, saiu voando até a árvore e cantou:

"Minha mãe me matou,
meu pai me comeu.
Minha irmã me recolheu,
meus ossinhos embrulhou,
embaixo do pé de zimbro guardou.
Piu, piu, piu, que lindo pássaro eu sou."

E depois de cantar toda a canção, abriu as asas e saiu voando para bem longe com a corrente de ouro na garra direita, os sapatinhos vermelhos na esquerda e a pedra em torno do pescoço, até a casa de seu pai.

O pai, a mãe e a pequena Marlene estavam sentados à mesa, e o pai disse: "Estou me sentindo tão leve, tão bem". "Eu, não", disse a mãe, "estou angustiada, tão angustiada, como se uma terrível tempestade estivesse se aproximando." Já a pequena Marlene chorava e chorava sem parar. Então o pássaro apareceu e, ao pousar no telhado, o pai disse: "Como me sinto bem! O sol está brilhando, é como se eu fosse rever um velho amigo!". "Não. Eu estou sentindo muito medo, meus dentes estão batendo, como se fogo corresse em minhas veias." E ela abriu rapidamente seu vestido para conseguir pegar ar. A pequena Marlene, porém, chorava sentada num canto e seu avental, que segurava nos olhos, ficou todo encharcado. O pássaro pousou na árvore de zimbro e começou a cantar:

"Minha mãe me matou..."

Desesperada, a mulher tampou os ouvidos e apertou os olhos, não querendo ver nem ouvir nada, mas era como se houvesse a mais gélida tempestade em seus ouvidos, e seus olhos ardiam e piscavam como raios.

"meu pai me comeu..."

"O que é isso, mulher, é uma ave linda, que está cantando tão bem, e o sol está tão quentinho e há um aroma de canela", disse o pai.

"Minha irmã me recolheu..."

A pequena Marlene colocou a cabeça no colo e não parava de chorar, mas seu pai disse: "Vou lá fora, quero ver o pássaro de perto". "Não, não vá", retrucou a mulher, "sinto como se a casa toda estivesse balançando e pegando fogo." Mas o marido saiu mesmo assim e foi olhar o pássaro de perto.

"meus ossinhos embrulhou,
embaixo do pé de zimbro guardou,.
Piu, piu, piu, que lindo pássaro eu sou."

Então, o pássaro soltou a corrente de ouro, que caiu ao redor do pescoço do pai e serviu-lhe como se tivesse sido feita sob medida. O pai entrou em casa feliz e disse: "Vejam que pássaro maravilhoso, ele me deu um lindo colar e é muito belo". A mulher, porém, estava tão apavorada que caiu estatelada no meio da sala e a touca caiu de sua cabeça.

O pássaro começou a cantar novamente:

"Minha mãe me matou..."

"Ai, eu queria estar mil palmos abaixo da terra para não ter de ouvir isso!"

"meu pai me comeu..."

A mulher caiu feito morta no chão.

"Minha irmã me recolheu..."

"Sabe de uma coisa?", disse a irmã, "eu também quero ir lá fora ver se o pássaro tem algum presente para mim." E saiu.

"meus ossinhos embrulhou..."

Então o pássaro deixou cair os sapatinhos.

"embaixo do pé de zimbro guardou.
Piu, piu, piu, que lindo pássaro eu sou."

Então a menina se sentiu leve e feliz. Calçou os sapatos vermelhos novos e, dançando, entrou em casa saltitante.

"Eu estava tão triste quando saí e agora me sinto tão bem. Esse é realmente um pássaro maravilhoso, me deu esse par de sapatos vermelhos!" "Não!", gritou a mulher, e se levantou num salto com os cabelos em pé como se fossem chamas, "tenho a impressão de que o mundo vai acabar. Vou sair para ver se melhoro." Assim que ela passou pela porta, poft!, o pássaro jogou a pedra do moinho em sua cabeça, que ficou completamente esmagada. O pai e a pequena Marlene ouviram o barulho e foram ver o que era. Então viram uma névoa, e chamas e fogo subindo, e quando ela se dispersou lá estava o irmão, que pegou o pai e a irmã pela mão e os três entraram felizes em casa e sentaram-se à mesa para comer.

48.

o velho sultão

Um camponês tinha um cão fiel que ficara muito velho e não conseguia caçar mais nada. O camponês disse à mulher: "Vou sacrificar o Sultão com um tiro, ele já não nos serve mais para nada", mas a mulher respondeu: "Não faça isso, deixe o fiel animal viver e descansar e vamos garantir seu sustento, porque ele nos serviu durante muitos anos". E o marido retrucou: "Você não está muito certa da cabeça, o que vamos fazer com esse animal? Ele não tem mais um dente na boca e nenhum ladrão tem medo dele. Se ele nos serviu, foi por causa da fome e porque ganhava boa comida em troca. Amanhã será o último dia dele e ponto final". O cachorro ouvira toda a conversa do homem com a mulher e, à noite, foi procurar seu bom amigo, o lobo, a quem contou todas as aflições, dizendo que seu dono pretendia matá-lo a tiros no dia seguinte. "Não se preocupe", disse o lobo, "vou lhe dar um bom conselho: amanhã, o seu dono e a mulher vão sair bem cedinho para cortar feno e vão levar o bebê com eles; enquanto trabalham, eles o deitam ao lado da sebe, então você se deita ao lado dele como se fosse vigiá-lo. Nessa hora eu vou aparecer e pegar o bebê; você tem de correr atrás de mim o mais rápido que puder e tirá-lo de mim. Assim, vão pensar que você o salvou e aí você será reconhecido pelo feito, e eles não deixarão lhe faltar nada durante toda a sua vida." O cão adorou a ideia e tudo foi feito conforme o combinado; o lobo correu por um trecho levando a criança, deixou-a cair e o cachorro a levou de volta a seu dono. O camponês gritou em alto e bom som: "Já que o velho Sultão salvou o nosso querido bebê do ataque do lobo, ele deverá viver e ser alimentado pelo resto da vida. Mulher, vá para casa e cozinhe para ele um bom mingau fortificante, que ele pode engolir bem, e dê a ele o meu travesseiro para usar de cama enquanto viver". Assim, de repente, o cão passou a ter tudo que poderia desejar. Alegre porque o plano tinha dado certo, o lobo o procurou e disse: "Você também não vai me negar uma ajuda se eu quiser roubar uma ovelha gordinha do seu dono, não é?". Mas Sultão continuava fiel e contou ao dono o que o lobo estava tramando, e quando este veio atrás do bom bocado, seu pelo foi penteado a pauladas. O lobo ficou muito furioso e saiu xingando Sultão, dizendo que ele era mau-caráter, e o desafiou a acertar as contas.

Combinaram de se encontrar diante da floresta e cada qual deveria levar um representante. O lobo foi o primeiro a chegar, trazendo consigo um porco selvagem; já o cão, como não conseguiu ninguém além de um gato manco, finalmente acabou indo com ele ao encontro. Quando o lobo e o porco selvagem avistaram os dois vindo lá de longe e viram que o gato se aproximava aos pulos, acharam que ele estivesse recolhendo pedras e ficaram com medo. O porco se escondeu entre as folhas no chão e o lobo trepou na árvore. Quando os adversários finalmente chegaram, ficaram surpresos de não encontrar ninguém no lugar combinado. Porém o porco, que estava escondido entre as folhas, apontou as orelhas e, assim que o gato viu algo se mexendo, saltou nele mordendo e arranhando. Aos gritos, o porco tratou de se levantar e correr dali, e ainda se virou e disse: "Lá em cima, na árvore, lá está o devedor". Então chegou o dia em que o lobo encolheu o rabo e, se quisesse descer da árvore, teria de fazer as pazes primeiro.

49.

os seis cisnes

Era uma vez um rei que, ao caçar na floresta, perdeu-se a ponto de não encontrar mais a saída. Finalmente, encontrou uma bruxa, a quem pediu ajuda para voltar para casa. A bruxa respondeu que isso jamais aconteceria, que ele ficaria na floresta para sempre e perderia a vida. Mas havia uma coisa que poderia salvá-lo: casar-se com a filha dela. O rei gostava muito de viver e, cheio de temor, concordou com a proposta. A bruxa então trouxe a filha. Ela era jovem e bonita, mas ele não conseguiu olhar para ela sem sentir medo e um horror secreto. No entanto, ele queria manter a sua promessa. A velha então lhes indicou o caminho de volta e, uma vez em casa, o rei se casou com a jovem. O rei, porém, tinha outros sete filhos da primeira esposa, seis meninos e uma menina, e, como temesse que a madrasta pudesse lhes fazer mal, levou-os a um castelo que possuía em meio a uma floresta. O lugar era tão escondido que ninguém conhecia o caminho até lá, e nem ele mesmo o teria encontrado, se não estivesse com um novelo de linha que lhe fora dado por uma sábia mulher. Quando ele arremessava o novelo à sua frente, este se desenrolava, indicando o caminho. Como o rei amava muito os filhos, ele os visitava com frequência. A rainha, curiosa, quis saber o que tanto o rei fazia sozinho na floresta. Então interrogou os serviçais e descobriu todo o segredo. Cheia de astúcia, ela conseguiu se apoderar do novelo e, munida de sete pequenas camisas de linho, embrenhou-se na floresta. O novelo lhe mostrou o caminho. Quando os seis pequenos príncipes a viram chegar, ao longe, ficaram exultantes, acreditando que se tratava do pai, que vinha visitá-los, e correram na direção dela. Ela então jogou uma camisa de linho sobre cada um deles e, mal a vestimenta atingiu o corpo dos príncipes, eles se transformaram em cisnes, que, alçando voo, desapareceram no céu. Achando que tinha se livrado de todos os enteados, ela voltou para casa. Dessa maneira, a menina, que tinha ficado em seus aposentos, foi salva. No dia seguinte, o rei chegou ao castelo da floresta e a jovem lhe contou o que sucedera, mostrando-lhe as penas que haviam caído no chão. O rei ficou horrorizado, mas não poderia imaginar que fora a rainha que cometera um ato tão desprezível. Como estava preocupado que a princesa também pudesse ser raptada, ele quis levá-la consigo para casa. Ela, no entanto, com medo da madrasta, pediu que ele a deixasse só mais uma noite no castelo da floresta. Nessa noite, no entanto, ela fugiu e foi parar bem no meio da floresta.

Depois de ter andado o dia todo, ao anoitecer, chegou a uma cabana. Entrou na cabana, onde encontrou um cômodo com seis pequenas camas. Como estivesse muito cansada, resolveu deitar-se debaixo de uma das camas para passar a noite. Ao pôr do sol, seis cisnes entraram voando pela janela, pousaram no chão e começaram a assoprar uns aos outros até que as penas se desprendessem, caindo como se fossem um manto e revelando seis jovens: seus seis irmãos. Ela saiu de seu esconderijo e os irmãos ficaram felizes e ao mesmo tempo preocupados ao vê-la: "Você não pode ficar aqui", disseram, "esta cabana serve de refúgio a bandidos; sempre que voltam de seus assaltos, eles se abrigam aqui. Todas as noites, no entanto, durante um quarto de hora, nós conseguimos eliminar totalmente nossas penas de cisne e, durante esse período, recuperamos a forma humana. Depois disso, tudo se acaba novamente. Se você quer nos libertar, deve, em seis anos, costurar seis pequenos camisões com pétalas de crisântemos; durante esse tempo, você não pode nem falar nem rir, senão todo o trabalho estará perdido". E, tendo dito isso, o quarto de hora havia decorrido e eles se transformaram novamente em cisnes.

Na manhã seguinte, a jovem se pôs a colher crisântemos, depois subiu em uma alta árvore, onde começou a costurar as pétalas; ela não pronunciava uma única palavra nem sorria, concentrando-se totalmente em seu trabalho. Certo dia, o rei a quem pertenciam aquelas terras foi caçar na floresta, e seus caçadores chegaram à árvore na qual ela se encontrava. Eles a chamaram para que descesse. Como não podia responder, ela pensou em apaziguá-los com presentes. Primeiro, jogou para baixo seu cordão de ouro. Mas eles continuaram insistindo. Ela então jogou seu cinto, mas, como isso tampouco ajudasse, jogou suas ligas e, finalmente, tudo aquilo de que podia abrir mão, não ficando com nada no corpo exceto seu camisolão. Os caçadores, porém, sem se dar por satisfeitos, subiram na árvore, tiraram a jovem de lá à força e levaram-na até o rei. Este ficou maravilhado com sua beleza, envolveu-a com seu manto e fez com que ela se sentasse à sua frente sobre o cavalo, levando-a consigo para seu castelo. Embora a jovem ficasse o tempo todo muda, ele a amava de todo o coração e resolveu desposá-la. A mãe do rei, no entanto, ficou furiosa com isso e falava mal dela: que ninguém sabia de onde a plebeia tinha vindo, e que ela não era digna do rei. Quando ela deu à luz o primeiro príncipe, a sogra raptou o menino, besuntou a boca da nora de sangue e disse ao rei que ela havia devorado o próprio filho e que era uma bruxa. O rei, no entanto, cujo amor pela mulher era imenso, não acreditou na história. Tempos depois, quando ela deu à luz o segundo príncipe, a sogra herege cometeu a mesma fraude e a acusou novamente perante o rei. Como a esposa não podia falar e ficava o tempo todo sentada, muda, sempre costurando os seis camisões, nada podia salvá-la, e ela foi condenada à morte na fogueira. Chegou o dia em que a sentença seria cumprida. Tratava-se justamente do último dia dos seis anos, e ela conseguira terminar os seis camisões exceto um, no qual ficou faltando a manga esquerda. Ao ser conduzida para a fogueira, levou consigo os seis camisões. Quando ela se encontrava no alto da paliçada e o fogo estava para ser ateado, viu seis cisnes singrando os céus, aproximando-se cada vez mais dela. Então ela atirou para o alto os camisões e, mal as peças atingiram os cisnes, as penas deles se desprenderam, fazendo com que seus seis irmãos, cheios de vigor, se materializassem à sua frente. Só ao sexto irmão faltava o braço esquerdo. No lugar do braço, ele tinha uma asa de cisne sobre as costas. Ela finalmente conseguiu falar de novo e denunciou os atos da sogra maléfica, que foi buscada e queimada na fogueira em vez dela. E ela viveu feliz por muito tempo, ao lado do rei e de seus seis irmãos.

50.

a bela adormecida*

Era uma vez um rei e uma rainha que não conseguiam ter filhos, embora muito o desejassem. Certa vez, a rainha estava tomando banho na banheira quando um caranguejo saltou de dentro da água para o chão e disse: "Seu desejo em breve será realizado e você dará à luz uma menina". Isso realmente ocorreu e o rei ficou tão feliz com o nascimento da princesa que mandou preparar uma grande festa, convidando também as fadas que habitavam o seu país. No total, havia treze fadas, mas, como só tivesse doze pratos de ouro, ele não pôde convidar uma delas. As fadas convidadas compareceram à festa e, no final, presentearam a criança: a primeira delas concedeu-lhe virtudes; a segunda, beleza; e assim se deu com as demais, que lhe desejaram tudo o que havia de mais maravilhoso para desejar. Quando a décima primeira acabou de pronunciar seu presente, a décima terceira, furiosa por não ter sido convidada, entrou no recinto e bradou: "Pelo fato de não terem me convidado eu lhes digo que sua filha, ao completar quinze anos, irá espetar o dedo

* No original o nome da personagem é "Dornröschen", cuja tradução literal seria "Rosinha com espinho". [N. T.]

numa roca de fiar e cairá morta". Os reis ficaram aterrorizados, mas a décima segunda fada, que ainda não havia pronunciado seu desejo, disse: "Mas não será uma morte de fato, ela apenas cairá em sono profundo e assim permanecerá por cem anos".

O rei ainda tinha esperanças de salvar sua filha amada e ordenou que, em todo o reino, todas as rocas de fiar fossem removidas. A princesa cresceu e se tornou uma jovem de admirável beleza. Certa vez, ao completar quinze anos, ela ficou sozinha no castelo, pois o rei e a rainha haviam saído. Ela então foi passear por todos os cômodos até que finalmente chegou a uma velha torre. Uma escada íngreme levava ao topo e ela, curiosa, escalou os degraus, chegando a uma pequena porta, em que havia uma chave amarela. Ela então virou a chave na fechadura e chegou a uma pequena sala, em que uma velha senhora fiava linho. Ela gostou da velha senhora e brincou com ela, dizendo que também queria tentar fiar, e então tirou a roca de suas mãos. Mal havia tocado a roca, ela se espetou, caindo imediatamente num sono profundo. Naquele momento, o rei voltava para casa com todo o seu séquito e então tudo começou a adormecer: os cavalos no estábulo, as pombas no telhado, os cães no pátio, as moscas nas paredes; até o fogo, que crepitava no fogão, ficou em silêncio e adormeceu; e o assado parou de assar; e o cozinheiro soltou o ajudante de cozinha, cujos cabelos estava prestes a puxar; e a criada deixou cair a galinha que estava depenando e adormeceu; e em torno do castelo formou-se uma densa sebe de espinhos que foi ficando cada vez maior, até que já não se via nenhum traço do castelo por trás dela.

Príncipes que tinham ouvido falar da linda princesa chegavam para libertá-la, mas não conseguiam penetrar a sebe; era como se os espinhos segurassem forte, como se fossem mãos unidas, e eles ficavam presos neles e acabavam morrendo ali de forma lamentável. Isso durou muitos e muitos anos. Certo dia, a caravana do filho de um rei cruzava essas terras, quando um velho das redondezas contou ao príncipe que, segundo se dizia, por detrás da densa sebe de espinhos havia um castelo, e que ali dormia uma linda princesa e todo seu séquito real; o avô do velho lhe dissera que muitos outros príncipes haviam tentado penetrar a sebe, mas que tinham ficado presos nos espinhos, e acabaram morrendo espetados. “Isso não me apavora”, disse o filho do rei, “eu quero atravessar a sebe e libertar a bela princesa adormecida.” Ele então foi até lá e, quando se aproximou da sebe de espinhos, estes se transformaram em flores que iam se afastando umas das outras, dando passagem ao príncipe e cerrando-se novamente em espinhos atrás dele. Finalmente, ele alcançou o castelo. No pátio, dormiam os cavalos e os cães de caça malhados, e os pombos estavam sobre os telhados com as cabeças enfiadas nas asas. Dentro do castelo, dormiam as moscas nas paredes, o fogo na cozinha, o cozinheiro e a criada; o príncipe então continuou andando e encontrou todo o séquito real, que também dormia; e, mais adiante, o rei e a rainha. O silêncio era tão profundo que se podia ouvir a própria respiração. Finalmente, ele chegou à velha torre na qual a linda princesa dormia. O filho do rei ficou tão admirado com a beleza da jovem que se debruçou sobre ela e a beijou. Nesse momento, ela acordou; e também o rei e a rainha, e todo o séquito real, e os cavalos e os cães, e os pombos no telhado, e as moscas nas paredes; e o fogo se ergueu, começou a crepitar e terminou de cozinhar a comida; o assado continuou a assar; o cozinheiro deu uma palmada no ajudante de cozinha e a criada terminou de depenar a galinha. Então foi festejado o casamento da Bela Adormecida com o príncipe e eles viveram felizes até seu fim.

51.

pássaro achado

Era uma vez um caçador que entrou numa floresta para caçar e ouviu um choro, como se fosse de uma criança; ele foi atrás do choro até chegar a uma árvore bem alta, em que havia uma criancinha na copa e embaixo dormia uma mulher. Quando a mulher adormeceu debaixo da árvore, uma ave avistou o bebê no colo dela, voou em sua direção, o raptou com o bico e o colocou no alto da árvore.

O caçador subiu na árvore, pegou a criança e pensou: "Vou levá-la comigo e criá-la junto com a minha filha Leninha". Então levou o bebê embora com ele e as duas crianças cresceram juntas; a que foi encontrada, como havia sido achada em cima de uma árvore e roubada por um pássaro, foi chamada de Pássaro Achado. Pássaro Achado e Leninha gostavam tanto, mas tanto, um do outro, que quando um não estava perto, o outro ficava triste.

O caçador tinha uma velha cozinheira, que certa noite pegou dois baldes e começou a buscar água, indo muitas vezes até o poço, até que Leninha perguntou: "Escute aqui, por que está carregando tanta água?". "Se você não contar a ninguém, eu conto", disse a cozinheira. Leninha disse que não contaria a ninguém e a cozinheira revelou: "Amanhã de manhã, quando o seu pai estiver caçando, vou colocar toda essa água para ferver, e quando ela estiver borbulhando vou jogar o Pássaro Achado dentro e cozinhá-lo".

Na manhã seguinte, o caçador saiu bem cedo para caçar, deixando as crianças ainda na cama. Então Leninha disse ao irmão: "Se você não sair do meu lado, eu também não vou sair do seu!", e Pássaro Achado respondeu: "Nunca, jamais". Leninha então disse: "Vou lhe contar uma coisa. Ontem à noite a cozinheira estava carregando muitos baldes de água para dentro de casa, e quando eu perguntei por que ela estava fazendo isso ela disse que me contaria se eu não contasse a ninguém, e eu disse que não contaria de modo algum, então ela disse que de manhã, quando nosso pai estivesse caçando, ela iria ferver a água no caldeirão e cozinhar você dentro. Temos de levantar agora mesmo, vestir a roupa e fugir juntos daqui".

E as duas crianças se levantaram, vestiram as roupas rapidamente e saíram. Quando a água estava fervendo no caldeirão, a cozinheira foi até o quarto atrás de Pássaro Achado para cozinhá-lo, mas ao se aproximar das camas viu que as duas crianças haviam fugido e, alarmada, ela disse para si mesma: "O que vou fazer se o caçador voltar e as crianças não estiverem aqui? Vou correr para encontrá-las".

Então a cozinheira mandou três criados correrem atrás das crianças. Elas estavam adiante na floresta e, quando viram que eles estavam se aproximando, Leninha disse para Pássaro Achado: "Se você não sair do meu lado, eu também não vou sair do seu!", e Pássaro Achado respondeu: "Nunca, jamais". Leninha então disse: "Você vai virar uma roseira e eu, uma rosa!". Quando os criados chegaram à floresta, não havia nada além de uma roseira com uma rosa e nem sinal das crianças. Então eles disseram que não havia nada a fazer ali, voltaram para casa e contaram para a mulher que não tinham encontrado nada nesse mundo a não ser uma roseira com uma rosa. A velha cozinheira lhes deu uma bronca e disse: "Mas que imbecis, vocês tinham de cortar o pé da roseira em duas partes, colher a rosa e trazer aqui para mim, andem, vão agora mesmo fazer isso!". Assim, eles tiveram de sair uma segunda vez para procurar as crianças. Elas, porém, viram os criados vindo de longe e Leninha disse: "Pássaro Achado, se você não sair do meu lado, eu também não vou sair do seu!", e Pássaro Achado respondeu: "Nunca, jamais". "Então você vai virar uma igreja e eu, a coroa dentro dela!" E, quando os três criados chegaram, não encontraram nada além de uma igreja com uma coroa em seu interior. Discutiram então entre si: "Não tem nada para ver aqui, vamos voltar para casa!". Ao chegarem em casa, a cozinheira lhes perguntou se haviam encontrado alguma coisa e, quando eles responderam que não encontraram nada a não ser uma igreja e dentro dela uma coroa, ela disse, furiosa: "Imbecis, por que não destruíram a igreja e trouxeram a coroa para casa?". Então a velha cozinheira decidiu sair ela mesma com os criados atrás das crianças. Mas elas viram os criados vindo de longe e a criada mancando atrás deles e Leninha disse: "Pássaro Achado, se você não sair do meu lado, eu também não vou sair do seu!", e Pássaro Achado respondeu: "Nunca, jamais". Então Leninha declarou: "Você vai virar um lago e eu, um pato nadando nele". A cozinheira chegou perto das crianças e, quando viu o lago, deitou-se na margem para beber toda a água e secá-lo. Nessa hora, o pato veio nadando bem rápido em sua direção, agarrou sua cabeça com o bico e a puxou para dentro da água até que a velha bruxa se afogou. As crianças voltaram para casa juntas e estavam muito alegres e, se ainda não morreram, estão vivas até hoje.

52.

rei bico-de-tordo

Era uma vez um rei que tinha uma filha muito linda, mas tão orgulhosa que dispensava um pretendente atrás do outro e ainda os ridicularizava. Certa vez, o rei ofereceu uma grande festa, convidou todos os homens que estavam disponíveis para casar e enfileirou-os de acordo com sua categoria e posição social, primeiro os reis, depois os grão-duques, os príncipes, os condes, os barões e por último os nobres; então, a princesa foi conduzida pelas fileiras, mas a cada um ela tinha uma objeção a fazer. Zombou especialmente de um rei bondoso que estava entre os primeiros da fila e que tinha o queixo torto de nascença, dizendo: "Este tem um queixo que mais parece o bico de um tordo", e desde esse dia ele passou a ser chamado de Bico-de-Tordo. Ao ver que a filha não fazia nada além de zombar dos pretendentes, o rei ficou tão enraivecido que jurou que a obrigaria a se casar com o primeiro mendigo que aparecesse à sua porta.

Certo dia, um músico ambulante começou a cantar debaixo da janela. O rei mandou chamá-lo imediatamente e, por mais sujo que ele estivesse, ela foi obrigada a aceitá-lo como noivo e o rei logo chamou um padre, que celebrou o casamento. Quando a cerimônia terminou, o rei disse à filha: "Agora você não precisa mais ficar morando no castelo, é melhor ir embora com seu marido".

O mendigo então partiu com a filha do rei. No caminho, passaram por uma grande floresta e ela perguntou ao mendigo:

"Nossa, a quem pertence esta linda floresta?"
"Ao rei Bico-de-Tordo.
Se tivesse aceitado se casar com ele, seria sua!"
"Como sou infeliz, por que não fiz um acordo
e não me casei com o rei Bico-de-Tordo?"

Pouco depois, passaram por uma campina e ela perguntou:

"De quem é esta bela campina verde?"
"Do rei Bico-de-Tordo.
Se tivesse aceitado se casar com ele, seria sua!"
"Como sou infeliz, por que não fiz um acordo
e não me casei com o rei Bico-de-Tordo?"

Afinal passaram por uma cidade e ela perguntou:

"Mas de quem é esta bela e grande cidade?"
"Do rei Bico-de-Tordo.
Se tivesse aceitado se casar com ele, seria sua!"
"Como sou infeliz, por que não fiz acordo
e não me casei com o rei Bico-de-Tordo?"

O músico ambulante começou a ficar muito irritado por ela estar sempre desejando outro marido e nem ligar para ele. Finalmente, chegaram a uma pequena casa.

"Meu Deus, que casinha,
de quem será esta casinha minúscula e horrível?"

O mendigo respondeu: "Esta é a nossa casa, onde vamos viver, e trate de ir logo acendendo o fogo e pondo a água para cozinhar o meu jantar, que estou muito cansado". Acontece que a filha do rei não entendia nada de cozinha e o marido foi obrigado a ajudá-la para que saísse algo razoável dali, e depois de comer deitaram-se na cama para dormir. Mas no dia seguinte ele teve de levantar-se bem cedinho para trabalhar e durante alguns dias não passaram nada bem, até que o marido finalmente disse: "Mulher, não dá mais, não podemos mais ficar consumindo sem ganhar nada, você deve trabalhar trançando cestos". Então ele saiu e cortou ramos do vime, e ela devia começar a trançar, mas as folhas eram duras demais e feriram as mãos dela. "Estou vendo que você não sabe fazer isso", disse o homem, "é melhor fiar na roca, que vai dar mais certo." Ela então se sentou e começou a fiar, mas seus dedos eram tão delicados que logo os duros fios cortaram fundo sua pele, fazendo escorrer sangue. "Você não presta para fazer trabalho algum mesmo", disse o marido, irritado, "quero abrir um comércio de potes e panelas e você vai vender a mercadoria na feira." Da primeira vez, tudo correu bem, as pessoas pagaram com prazer pelos potes da bela mulher, pagaram o que ela cobrava, muitos até chegaram a pagar e ainda acabaram nem levando os potes, deixando-os para ela. Quando tudo foi vendido, o marido comprou uma grande quantidade de novas panelas e potes e a despachou para a feira com a mercadoria, esperando faturar um bom dinheiro; porém um cavaleiro embriagado passou no meio das panelas, fazendo com que se estilhaçassem em mil pedaços. Sentindo muito medo, a filha do rei passou o dia criando coragem para voltar para casa, e quando finalmente voltou o marido tinha ido embora.

Assim, ela viveu por um tempo em meio à pobreza, passando muita necessidade, até que um homem a convidou para acompanhá-lo a um casamento. Como pretendia pegar o que conseguisse das sobras do banquete para poder se alimentar durante algum tempo, ela vestiu sua capa e debaixo dela escondeu um pote, além de uma grande bolsa de couro. No casamento, tudo era do bom e do melhor, e ela logo tratou de encher seu pote de sopa e sua bolsa com restos de comida.

Quando quis ir embora, um dos convidados a tirou para dançar; ela tentou recusar e quis fugir, em vão, porque ele a puxou com força. Então o pote acabou caindo e a sopa escorreu pelo chão, e os restos de comida caíram da bolsa. Quando os convidados viram, houve uma gargalhada geral e todos debocharam. De tanta vergonha, ela preferia estar enterrada mil pés debaixo da terra, e então correu até a porta para fugir dali. Mas na escadaria foi alcançada por um homem e conduzida de volta, e quando olhou para ele viu que era o rei Bico-de-Tordo, que disse: "Eu e o mendigo somos a mesma pessoa e o cavaleiro que quebrou suas panelas também era eu. Tudo isso foi para lhe ensinar uma lição e castigá-la, porque você zombou de mim, mas agora deverá ser celebrado o nosso casamento". Então chegaram o pai dela e toda a sua corte, ela foi vestida com belos trajes dignos de sua nobreza e realizou-se a festa do seu casamento com o rei Bico-de-Tordo.

53.

branca de neve

Num certo dia de inverno, flocos de neve caíam como penas do céu e uma bela rainha costurava à janela, cujo batente era de ébano preto. Enquanto estava costurando, levantou o rosto para ver a neve e acabou espetando o dedo com a agulha e três gotas de sangue caíram na neve. Como o vermelho combinava tão bem com o branco, ela pensou: "Quem me dera ter uma filha branca como a neve, vermelha como o sangue e negra como esse batente da janela". Pouco tempo depois ela deu à luz uma menina, branca como a neve, vermelha como o sangue e preta como o ébano, e que por isso foi chamada de Branca de Neve.

A rainha era a mais bela mulher do país e muito orgulhosa de sua beleza, e todas as manhãs ela se punha diante de seu espelho e perguntava:

"Espelho, espelho meu,
existe no mundo alguém mais bela do que eu?"

E o espelho sempre respondia:

"Vós, minha rainha, sois a mais bela entre as mulheres do reino."

Assim, ela tinha certeza de que não havia no mundo alguém mais bonita do que ela. Mas Branca de Neve foi crescendo, e aos sete anos de idade sua beleza era tamanha que superava até mesmo a da rainha, e quando esta perguntou ao espelho:

> "Espelho, espelho meu,
> existe no mundo alguém mais bela do que eu?"

O espelho respondeu:

> "Vós, minha rainha, sois a mais bela por aqui,
> mas Branca de Neve é mil vezes mais bonita!"

Ao ouvir tais palavras do espelho, a rainha ficou pálida de inveja e, a partir desse momento, passou a odiar Branca de Neve; quando olhava para ela e pensava que, por sua culpa, já não seria a mulher mais bela da Terra, sentia seu coração revirar. Atormentada pela inveja, ela chamou um caçador e disse a ele: "Leve Branca de Neve para longe na floresta e mate-a ali; e, para provar que cumpriu minhas ordens, traga-me seu pulmão e seu fígado, que eu vou cozinhar no sal e comer". O caçador levou a menina embora e, quando quis sacar sua faca para matá-la, ela começou a chorar e implorou que a deixasse viver, prometendo que jamais voltaria para casa e se embrenharia ainda mais fundo na floresta. O caçador sentiu pena por ela ser tão bela e pensou: "Os animais selvagens logo irão devorá-la mesmo, e eu me sinto aliviado por não precisar matá-la". E, como justo naquele instante estava passando por ali um pequeno porco selvagem, ele o matou, tirou dele pulmão e fígado e os apresentou à rainha como prova. A rainha logo os cozinhou no sal e os comeu, pensando estar comendo o pulmão e o fígado de Branca de Neve.

Mas Branca de Neve vagava sozinha pela floresta e passou o dia correndo assustada por pedras pontudas e plantas espinhosas. Quando estava quase anoitecendo, ela encontrou uma pequena cabana. Ali moravam sete anões, mas eles estavam fora, trabalhando nas montanhas. Branca de Neve resolveu entrar e viu que lá dentro era tudo muito pequeno, mas muito arrumado e limpo: havia uma mesinha com sete pratinhos, sete colherinhas, sete faquinhas e garfinhos, sete copinhos e sete caminhas junto à parede, uma ao lado da outra, bem arrumadas. Como Branca de Neve estava faminta e com muita sede, comeu um pouquinho da verdura e do pão de cada prato e tomou um golinho de vinho de cada uma das tacinhas; e, como estava muito cansada, quis deitar para dormir um pouco. Ela experimentou seis camas, uma depois da outra, mas não conseguiu se ajeitar em nenhuma delas até se deitar na sétima, onde acabou adormecendo.

Quando a noite caiu, os sete anões voltaram do trabalho e, assim que acenderam as sete lamparinas, perceberam que alguém havia entrado na casa deles. Então, o primeiro disse: "Quem é que se sentou na minha cadeirinha?". O segundo: "Quem é que comeu do meu pratinho?". O terceiro: "Quem pegou o meu pãozinho?". O quarto: "Quem comeu da minha verdurinha?". O quinto: "Quem usou o meu garfinho?". O sexto: "Quem cortou com a minha faquinha?". O sétimo: "Quem bebeu da minha tacinha?". Depois o primeiro olhou ao redor de si e disse: "Quem pisou na minha caminha?". O segundo: "Opa, alguém também se deitou na minha!", e assim foi até o sétimo, que, ao olhar para sua caminha, encontrou Branca de Neve deitada, dormindo. Todos os anões vieram correndo, gritaram surpresos, foram logo buscar as lamparinas e ficaram olhando Branca de Neve. "Meu Deus! Meu Deus!", exclamaram todos. "Como ela é bonita!" Ficaram muito alegres e deixaram que ela continuasse dormindo na caminha. O sétimo anão dormiu na cama dos companheiros, uma hora em cada cama, e assim a noite logo passou. Quando finalmente Branca de Neve acordou, perguntaram-lhe quem era e como fora parar ali. Ela então contou a eles que sua mãe queria matá-la, mas que o caçador a presenteara com a vida, e como passara o dia correndo até chegar à casa deles. Os anões sentiram muita pena e disseram: "Se você quiser cuidar da nossa casa e cozinhar, costurar, arrumar as camas, lavar e cerzir e também arrumar e limpar tudo direitinho, pode morar com a gente que nada lhe faltará. Nós voltamos para casa à noite, então até lá a comida tem de estar pronta, mas passamos o dia escavando ouro na mina e você estará sozinha. Cuidado com a rainha e não deixe ninguém entrar".

A rainha, porém, pensando ser de novo a mais bela da região, perguntou ao espelho de manhã:

"Espelho, espelho meu,
existe no mundo alguém mais bela do que eu?"

Mas o espelho respondeu novamente:

"Vós, minha rainha, sois a mais bela por aqui,
mas Branca de Neve, atrás das sete montanhas, é mil vezes mais bonita!"

Ao ouvir isso a rainha levou um susto e logo percebeu que havia sido enganada, que o caçador não tinha matado a menina. Como atrás das sete montanhas não havia ninguém além dos sete anões, ela logo deduziu que Branca de Neve tinha sido salva por eles e passou a fazer um novo plano para matá-la, porque não descansaria enquanto o espelho não dissesse que era ela a mais bela de toda a região. Como não confiasse em mais ninguém, resolveu ela mesma se vestir de vendedora ambulante, pintar o rosto para que ninguém a reconhecesse e ir até a casa dos anões. Ela bateu na porta e chamou: "Abram, abram, sou a velha da mercearia e trago ótima mercadoria". Branca de Neve olhou pela janela e perguntou: "O que tem aí?". "Cordões, minha querida", disse a velha puxando um trançado de seda amarela, vermelha e azul, “quer ficar com este?” “Nossa, quero, sim”, disse Branca de Neve, pensando que ela bem que podia convidar a boa velha para entrar, já que parecia ser tão honesta. Então, decidiu abrir a tramela da porta e adquirir o cordão. “Mas como sua roupa está mal atada”, disse a velha, “deixe-me amarrar melhor.” Branca de Neve se pôs diante da velha, esta pegou o cordão e começou a apertar, apertar e a apertar, tão forte que ela parou de respirar e despencou morta no chão. Em seguida, a velha foi embora, satisfeita.

Pouco tempo depois, anoiteceu e os sete anões voltaram para casa, levando o maior susto ao encontrar sua querida Branca de Neve estirada no chão, como se tivesse morrido. Eles a ergueram e perceberam que seus laços estavam muito apertados, então cortaram o cordão em dois, ela respirou e estava novamente viva. “Não pode ter sido ninguém mais além da rainha que pretendia tirar a sua vida, cuide-se e não deixe ninguém entrar.”

A rainha, porém, perguntou ao espelho:

“Espelho, espelho meu,
existe no mundo alguém mais bela do que eu?”

E o espelho respondeu novamente:

“Vós, minha rainha, sois a mais bela por aqui,
mas Branca de Neve, que vive com os sete anões, é mil vezes mais bonita!”

A rainha ficou tão espantada ao saber que Branca de Neve havia sobrevivido que todo o seu sangue correu para o coração. Depois disso, passou o dia e a noite pensando em como dar cabo dela; acabou envenenando um pente e se pôs novamente a caminho, transformada em outra pessoa. Bateu à porta e Branca de Neve logo disse: “Não posso deixar ninguém entrar”. A velha então sacou o pente, e ao vê-lo brilhando, e como se tratava de outra pessoa, Branca de Neve acabou abrindo a porta e comprando o pente. "Venha, deixe-me pentear o seu cabelo", disse a vendedora, mas, assim que o pente foi fincado em sua cabeça, Branca de Neve caiu morta no chão. "Agora você vai ficar aí deitada", disse a rainha com o coração aliviado e partiu. Mas os anões chegaram a tempo e, vendo o que havia acontecido, tiraram o pente envenenado do cabelo dela e, no mesmo instante, Branca de Neve abriu os olhos, voltando a viver; ela então prometeu aos anões que nunca mais deixaria um estranho entrar na casa.

A rainha, porém, se pôs diante do espelho e perguntou:

"Espelho, espelho meu,
existe no mundo alguém mais bela do que eu?"

E o espelho respondeu novamente:

"Vós, minha rainha, sois a mais bela por aqui,
mas Branca de Neve, que vive com os sete anões, é mil vezes mais bonita!"

Ao ouvir isso de novo, a rainha tremeu e tiritou de ódio: "Branca de Neve tem de morrer, ainda que me custe a vida!". Em seguida, foi ao seu aposento secreto onde ninguém podia entrar e preparou uma maçã, muito, mas muito envenenada, que por fora tinha um aspecto tão apetitoso e avermelhado que quem a olhasse logo sentiria muita vontade de comê-la. Depois se vestiu de camponesa, foi à casa dos anões e bateu na porta. Branca de Neve olhou e disse: "Não posso deixar ninguém entrar, os anões proibiram terminantemente". "Se não quiser, paciência", disse a camponesa, "não posso forçá-la a fazer isso e vou vender minhas maçãs facilmente em outro lugar, mas tome aqui uma de presente, para você provar." "Não, também não posso aceitar presente algum, os anões não querem." "Você deve estar com medo, então vou partir a maçã em dois e comer esta metade, e esta outra, vermelhinha, deixo para você." Ela havia preparado a maçã de tal modo que somente a parte vermelha tinha sido envenenada. Ao ver a própria camponesa comendo da maçã, Branca de Neve não conseguiu resistir, acabou pegando a outra metade pela janela e deu uma mordida; mas, mal estava com um pedaço na boca, caiu morta no chão.

A rainha foi para casa feliz e perguntou ao espelho:

"Espelho, espelho meu,
existe no mundo alguém mais bela do que eu?"

E o espelho respondeu:

"Vós, minha rainha, sois a mais bela entre as mulheres do reino."

"Enfim eu tenho paz", disse ela, "agora que voltei a ser a mulher mais bonita do reino, e desta vez Branca de Neve vai permanecer morta."

À noite os anõezinhos voltaram da mina e encontraram sua querida Branca de Neve estirada no chão, morta. Eles desataram seus cordões e vasculharam seu cabelo atrás de alguma coisa envenenada, tudo em vão, pois nada que fizeram a trouxe de volta à vida. Eles a deitaram numa maca, sentaram-se, os sete, ao seu redor e choraram, choraram durante três dias, depois pensaram em enterrá-la, mas viram que sua aparência era tão boa, ela nem parecia morta, e que suas faces ainda estavam bem vermelhas. Então mandaram fazer um caixão de vidro, colocaram-na dentro dele de modo que pudessem olhar para ela, depois escreveram nele seu nome e ascendência com letras douradas, e todo dia um deles ficava em casa velando-a.

Assim, Branca de Neve passou muito tempo no caixão e não se decompunha; permanecia branca como a neve, vermelha como sangue e, se pudesse abrir os olhinhos, estes certamente seriam tão pretos como ébano, pois ela estava ali como se estivesse dormindo. Um dia, um jovem príncipe passou pela casa dos anões e, querendo pernoitar, entrou na sala. Ao ver Branca de Neve no caixão de vidro, no qual incidia a luz das sete lamparinas dos anões, ele não conseguia se fartar de sua beleza e, ao ler a inscrição em ouro, notou que se tratava da filha de um rei. Pediu que os anões lhe vendessem o caixão com a Branca de Neve, mas eles não aceitaram por ouro nenhum no mundo. Então ele pediu que eles lhe dessem o caixão de presente, porque não poderia viver sem olhar para ela, e queria cuidar dela e honrá-la como a coisa mais amada no mundo. Os anõezinhos se comoveram e lhe deram o caixão com Branca de Neve. O príncipe fez com que o caixão fosse levado ao seu castelo e colocado no salão, onde passava o dia sentado sem conseguir desviar o olhar dela; se tivesse de sair e não pudesse ficar olhando para Branca de Neve ele ficava triste, e não conseguia comer nada se o caixão não estivesse do seu lado. Os criados, porém, que toda hora tinham de levar o caixão de um lugar a outro, não estavam nada satisfeitos, e um deles abriu a tampa, ergueu Branca de Neve e disse: "Passamos o dia sofrendo, por uma menina morta!", e com isso deu um tapa nas costas dela. Nesse instante, o pedaço de maçã podre que ela havia mordido saltou de sua garganta e Branca de Neve estava viva outra vez. Então, ela foi até o príncipe, que, de tanta felicidade ao vê-la, nem sabia o que fazer, e alegres os dois sentaram-se à mesa para comer.

O casamento foi acertado para o dia seguinte e a mãe desalmada de Branca de Neve também foi convidada para a festa. Ao procurar o espelho pela manhã e perguntar:

"Espelho, espelho meu,
existe no mundo alguém mais bela do que eu?",

o espelho respondeu:

"Vós, minha rainha, sois a mais bela por aqui,
mas a jovem rainha é mil vezes mais bonita!"

Ao ouvir tais palavras, a rainha levou um susto e sentiu tanto, mas tanto pavor que não conseguia nem descrevê-lo. Mas, invejosa, não resistiu à tentação de ver a jovem rainha no casamento e, ao chegar, descobriu que era Branca de Neve. Então, colocaram pantufas de ferro no fogo e, quando estavam em brasa, a rainha foi obrigada a calçá-las e a dançar, e seus pés foram terrivelmente queimados e ela só poderia parar de dançar quando caísse morta.

54.

joão bobo

Era uma vez um rei que vivia feliz em companhia de sua única filha. Certo dia, no entanto, a princesa deu à luz um filho, sem que ninguém soubesse quem era o pai. O rei ficou longo tempo sem saber o que fazer até que decidiu que a princesa compareceria à igreja com a criança, que esta levaria nas mãos um limão, e que a pessoa a quem ela entregasse o limão seria declarada seu pai e marido da princesa. Isso se deu, mas não sem que antes o rei tivesse ordenado que ninguém, a não ser belos jovens, teria permissão para comparecer à igreja. Contudo, havia na cidade um rapazinho franzino, meio torto e corcunda, que não era lá muito inteligente e por isso tinha o apelido de João Bobo, que se espremeu por entre o público e conseguiu entrar despercebido na igreja. Quando chegou a hora em que a criança entregaria o limão a alguém, ela escolheu justamente João Bobo. A princesa ficou assustada e o rei se mostrou indignado, a tal ponto que mandou enfiar a princesa e o filho dela, além de João Bobo, em um barril e lançá-los ao mar. O barril então flutuou e navegou, e quando estavam sozinhos no mar a princesa se lamentou, dizendo: "Seu moleque asqueroso, corcunda e intrometido, você é responsável pela minha desgraça. Por que se enfiou na igreja? Você não tem nada a ver com a criança". "Tenho, sim", disse João Bobo, "pois certa vez desejei que você tivesse um filho, e tudo aquilo que eu desejo se torna realidade." "Se isso é verdade", disse a princesa, "por que não deseja que tenhamos algo para comer?" "Isso eu também posso fazer", disse João Bobo, e desejou uma vasilha cheia de batatas; a princesa esperava algo melhor, mas, como estivesse com fome, comeu as batatas com ele. Depois que estavam satisfeitos, João Bobo disse: "Agora vou desejar que tenhamos um lindo navio!", e, mal disse isso, eles se encontravam a bordo de um magnífico navio em que havia tudo que se poderia querer em grande abundância. O timoneiro conduziu o navio para terra e, quando todos haviam desembarcado, João Bobo disse: "Agora quero que haja ali um castelo!", e um maravilhoso castelo se materializou, e serviçais em trajes adornados com ouro vieram ao encontro deles e levaram a princesa e a criança para dentro. Quando se encontravam todos no meio do salão, João Bobo disse: "Agora desejo que eu seja transformado em um jovem e inteligente príncipe!". Então sua corcunda desapareceu e ele subitamente ficou bonito, perfeito e simpático, e a princesa ficou tão encantada que se casou com ele.

Assim viveram felizes por um longo tempo, até que certo dia o velho rei, que passeava a cavalo pela região, perdeu-se e foi dar justamente no castelo em que eles moravam. Ele ficou muito surpreso, pois nunca tinha visto tal castelo naquelas redondezas. A princesa imediatamente reconheceu o pai, mas ele não se deu conta de que se tratava da filha; afinal, pensava que ela havia muito se afogara no mar. Ela o recebeu com toda a pompa e, quando ele se preparava para voltar para seu próprio castelo, ela sorrateiramente enfiou um cálice de ouro em seu bornal. Depois que o rei se pusera a caminho, ela enviou uns cavaleiros em seu encalço para que o examinassem, a fim de verificar se não havia roubado o cálice de ouro. Como acharam o objeto com ele, levaram-no de volta ao castelo e à presença da princesa. O rei jurou para a princesa que não tinha roubado o objeto e que não tinha ideia de como ele fora parar em seu bornal. Ela disse: “Por isso, é preciso que tenhamos muito cuidado para não ir logo declarando alguém culpado”, e revelou-lhe que ela era sua filha. O rei ficou exultante e eles viveram todos juntos, felizes; e, após a morte do pai da princesa, João Bobo se tornou rei.

55.

rumpelstilzchen

Era uma vez um moleiro que era pobre, mas tinha uma filha linda. Aconteceu de um dia ele encontrar o rei, e então lhe disse: "Tenho uma filha que sabe transformar palha em ouro". O rei mandou trazer a filha do moleiro na mesma hora e ordenou que durante a noite ela transformasse em ouro toda a palha que enchia um quarto; se ela não o fizesse, deveria morrer. Ela foi trancada no quarto e começou a chorar porque não tinha ideia de como transformar palha em ouro. Então de repente um homenzinho surgiu à sua frente e disse: "O que você me dá em troca se eu transformar tudo em ouro?". Ela tirou o colar e o entregou ao homenzinho e ele fez o que prometeu. Na manhã seguinte, o rei encontrou o quarto repleto de ouro, mas seu coração só ficou mais ganancioso e ele mandou prender a filha do moleiro num quarto ainda maior, cheio de palha, que ela também deveria transformar em ouro. O homenzinho apareceu novamente, ela deu-lhe o anel de sua mão e ele transformou toda a palha em ouro. Mas na terceira noite o rei mandou prendê-la num terceiro quarto, maior que os dois anteriores, repleto de palha de cima a baixo, e disse: "Se você conseguir, irá tornar-se minha esposa". Então o homenzinho veio e disse: "Vou fazer uma vez mais, mas você tem de prometer que vai me entregar o primeiro filho que tiver com o rei". No apuro, ela prometeu; e, quando o rei viu também essa palha transformada em ouro, casou-se com a linda filha do moleiro.

Pouco tempo depois, a rainha deu à luz e o homenzinho apareceu para buscar a criança prometida. A rainha implorou o quanto pôde e ofereceu todas as suas riquezas ao homenzinho se ele a deixasse ficar com a criança, mas de nada adiantou. Finalmente o homenzinho disse: "Vou voltar em três dias para buscar a criança, mas, se você acertar o meu nome, pode ficar com ela".

A rainha passou o primeiro e o segundo dia quebrando a cabeça, esforçando-se para saber o nome do homenzinho, mas não conseguia se lembrar e ficou muito triste. No terceiro dia, o rei voltou da caçada e contou a ela que duas noites antes, quando estava caçando bem no fundo da floresta escura, vira um homenzinho ridículo saltando numa só perna em frente a uma casinha, gritando:

> "Hoje vou assar, amanhã preparar,
> depois de amanhã, vou lá buscar o filho da rainha.
> Ai, que bom que não contei a ninguém
> que meu nome é Rumpelstilzchen!"

Ao ouvir isso a rainha ficou muito feliz e, quando o homenzinho ameaçador apareceu, ele perguntou: "Senhora rainha, qual é o meu nome?". "Será Conrado?" "Não." "Será Henrique?" "Não." "Então acaso se chama Rumpelstilzchen?" "Foi o Diabo que lhe contou!", gritou o homenzinho, que, enfurecido, saiu correndo e nunca mais voltou.

56.

o amado rolando

Era uma vez uma mãe que só gostava de sua filha legítima e odiava a enteada, que era mil vezes mais bonita e melhor que a outra. Certa ocasião, a enteada estava com um lindo avental, o que encheu de inveja sua meia-irmã. Esta então pediu à mãe que desse um jeito de conseguir o avental para ela. A mãe disse: "Fique tranquila, minha querida filha, você o terá; já faz tempo que a sua meia-irmã merece morrer. Hoje à noite, deite-se na metade de trás da cama e empurre-a bem para a frente. Quando ela estiver profundamente adormecida, eu entrarei no quarto e, de um golpe, deceparei a cabeça dela". A meia-irmã, no entanto, estava parada num canto e ouviu toda a conversa. Ela deixou que a irmã malvada fosse para a cama primeiro, para que se deitasse atrás, mas, quando esta adormeceu, mudou-a para a frente, deitando-se ela mesma bem atrás. Quando a madrasta entrou sorrateiramente no quarto de madrugada, tateou para ver se havia alguém dormindo na parte da frente da cama, agarrou o machado com ambas as mãos e, erguendo-o, decepou a cabeça da própria filha.

Quando ela saiu, a jovem se levantou e foi falar com seu Amado Rolando. Batendo à porta deste, clamou: "Escute, precisamos ir embora, a madrasta matou a própria filha achando que era eu. Quando raiar o dia e ela perceber o que fez, estarei perdida. Peguei a varinha mágica dela, isso vai nos ajudar". O Amado Rolando então se levantou, mas, antes de irem embora, pegaram a cabeça da morta e espalharam três gotas de sangue: uma em frente à cama, outra na cozinha, e a terceira, na escada. Em seguida, fugiram. Ao acordar pela manhã, a madrasta chamou a filha: "Venha, você agora terá o avental". Mas a filha não apareceu. "Onde você está?" "Aqui em cima, varrendo a escada", disse uma das gotas de sangue. Ela então subiu, mas não viu ninguém na escada. "Afinal, onde você está?" "Estou aqui, na cozinha, aquecendo-me junto do fogo!", respondeu a segunda gota de sangue. Ela foi à cozinha, mas lá também não viu ninguém. "Pare com isso, onde você está?" "Ah, estou aqui na cama, dormindo!" A madrasta correu para o quarto e, quando chegou perto da cama, viu ali a própria filha, banhada no próprio sangue. Assustada e percebendo que fora enganada, ela ficou furiosa. Como era uma bruxa, conseguia enxergar bem longe e viu a enteada junto com seu Amado fugindo a toda pressa, e eles já estavam bem longe. Ela então calçou suas botas de léguas e saiu ao encalço deles, alcançando-os rapidamente. A jovem, que sabia pela varinha de condão que estavam sendo seguidos, transformou-se num lago, e seu Amado Rolando, num pato, que nadava nele. Quando a madrasta chegou no lago, sentou-se na beirada e procurou atrair o pato jogando-lhe migalhas, mas seus esforços foram em vão e, ao cair da noite, ela voltou frustrada para casa. Os dois então reassumiram sua forma humana e seguiram em frente. Bastou raiar o dia, no entanto, para que começassem a ser novamente perseguidos pela bruxa. A jovem então se transformou em uma linda flor que floria em meio a uma sebe de espinhos, e transformou o Amado Rolando num tocador de violino. Quando a velha chegou, perguntou ao violinista se podia colher a flor. "Pode, sim", respondeu ele, "mas vou ficar tocando enquanto isso". A bruxa então rastejou para dentro da sebe e estendeu a mão para pegar a flor. Nisso, o violonista começou a tocar, e ela se viu irresistivelmente compelida a dançar, a dançar sem parar, e os espinhos lhe arrancaram as vestes do corpo e a picaram por tanto tempo até que ela caiu toda ensanguentada e morreu.

Ambos, agora, estavam livres. Rolando então disse à jovem: "Agora vou para casa de meu pai para começar os preparativos do casamento". "E eu vou me transformar em uma rocha vermelha e fico aqui, esperando até você voltar." E lá estava ela, em forma de uma pedra vermelha, esperando um longo tempo pelo seu Amado, que nunca voltava e pelo jeito tinha se esquecido dela. Quando ela viu que ele não voltaria mais, ficou muito triste e transformou-se em uma flor, pensando que em breve alguém pisaria nela. Mas um pastor encontrou a flor e, tendo se encantado por ela, levou-a para casa e a guardou num baú. A partir daquele momento, coisas fantásticas começaram a acontecer na casa do pastor: quando ele acordava de manhã, tudo estava feito na casa, o chão estava varrido, o pó fora tirado, e o fogo estava aceso; quando voltava para casa à tarde, a comida estava pronta e a mesa, posta. Ele não conseguia atinar o que estava acontecendo, afinal nunca vira ninguém em casa. Ainda que isso tudo lhe agradasse, ele não podia evitar de sentir um certo medo. Ao falar sobre isso com uma sábia mulher, esta lhe disse que se tratava de magia; ele deveria observar logo pela manhã se algo se movia no recinto e, ao primeiro sinal de qualquer movimento, deveria jogar um pano branco por cima. Ele assim fez e, na manhã seguinte, viu o baú se abrindo e a flor saindo de dentro dele. O pastor então deu um salto e jogou um pano sobre o baú. A metamorfose se desfez, e a linda jovem, que fora esquecida por seu Amado Rolando, estava na sua frente. O pastor quis se casar com ela, mas a jovem se recusou, dizendo que queria apenas servi-lo e cuidar da casa dele. Pouco tempo depois, ela ficou sabendo que Rolando estava de casamento marcado com outra moça.

Numa ocasião dessas, segundo uma velha tradição do lugar, todos os habitantes deveriam cantar. A leal jovem também teve de comparecer, mas evitou cantar até o fim, quando foi obrigada a fazê-lo. Quando ela começou a cantar, Rolando imediatamente a reconheceu e, levantando-se de um salto, declarou que aquela era sua legítima noiva, que ele não queria nenhuma outra. Eles então se casaram, pondo fim ao sofrimento e dando início à sua felicidade.

57.

o pássaro de ouro

Certo rei possuía uma propriedade em cujo jardim havia uma árvore que dava maçãs de ouro. Assim que amadureciam, as maçãs eram contadas, mas, passada a primeira noite, já estava faltando uma maçã, o que deixou o rei furioso a ponto de mandar o jardineiro ficar de vigia a noite toda debaixo da árvore. O jardineiro mandou seu filho mais velho tomar conta da árvore, mas à meia-noite ele adormeceu e na manhã seguinte novamente faltava uma maçã. O jardineiro então mandou que o segundo filho vigiasse, mas este também adormeceu à meia-noite em ponto, e de manhã mais uma maçã estava faltando. Então o terceiro filho quis vigiar; de início, o jardineiro não concordou, mas por fim acabou cedendo, e o filho se deitou debaixo da árvore e vigiou e vigiou, e quando bateu meia-noite ouviu-se um farfalhar no ar e um pássaro surgiu voando, e todo ele era do mais puro ouro, e quando ele quis apanhar uma maçã com seu bico o filho do jardineiro percebeu e mais do que depressa disparou uma flecha em sua direção. A flecha, porém, não fez mal algum ao pássaro, exceto pelo fato de que ele perdeu uma pena de ouro, o que fez com que saísse voando rapidamente dali. Na manhã seguinte, a pena de ouro foi levada ao rei, que logo reuniu seu conselho. E a opinião unânime do conselho foi que a pena, sozinha, valia mais do que todo o reino. Então o rei disse: "De nada me adianta uma única pena; eu quero, e preciso, ter o pássaro inteiro".

Então o filho mais velho do jardineiro se pôs à procura do pássaro, certo de que iria encontrá-lo. Depois de ter caminhado um trecho, ele chegou a uma floresta. Ali, encontrou uma raposa e logo puxou a espingarda, apontando para ela. Então, a raposa disse: "Não atire em mim, eu vou lhe dar um bom conselho. Eu já sei para onde você quer ir, está à procura do pássaro de ouro, e hoje à noite você vai chegar a uma aldeia onde há duas hospedarias, uma em frente à outra, uma delas é bem iluminada e animada, nesta não entre, mas entre na outra, a que lhe parecerá ruim!". O filho, porém, pensou: "Desde quando um animal pode me dar um bom conselho?". Então pegou a espingarda e puxou o gatilho, mas não acertou a raposa, que recolheu o rabo às costas e correu rápido para dentro da mata. O filho mais velho seguiu viagem e à noite chegou à aldeia em que ficavam as duas hospedarias. Numa delas as pessoas cantavam e bebiam e a outra tinha um aspecto pobre e desolado. "Mas eu seria mesmo um completo idiota se entrasse nessa hospedaria medonha e deixasse a bela de lado!", pensou ele, entrando pela porta da hospedaria animada, onde se divertiu a valer e se esqueceu do pássaro e de casa.

O tempo foi passando e, como o filho mais velho não voltava nunca, o segundo se pôs a caminho e o mesmo aconteceu com ele: encontrou a raposa, recebeu o bom conselho e, quando chegou às duas hospedarias, seu irmão mais velho, que estava à janela de onde havia muita animação, chamou-o para entrar, de modo que ele não pôde resistir, entrou e se divertiu.

O tempo passou e o caçula também quis sair mundo afora, mas o pai custou a permitir, porque o amava muito e temia que algo de ruim lhe acontecesse e que ele não voltasse. Finalmente, depois de não dar um minuto de sossego ao pai, este autorizou o filho a partir e na entrada da floresta ele encontrou a raposa, que lhe deu o bom conselho. Mas ele era bondoso e deixou que ela vivesse, então a raposa disse: "Suba na minha cauda que vai mais rápido", e ao montar nela a raposa começou a disparar, saltando pau e pedra tão rápido que os cabelos dele chegaram a assobiar ao vento.

Ao chegarem à aldeia, o filho desceu e seguiu o conselho da raposa; sem se voltar para os lados, entrou na hospedaria pobre, onde passou uma noite tranquila. Na manhã seguinte, a raposa estava novamente em seu caminho e disse: "Ali adiante você encontrará um castelo, na frente do qual todo um regimento de soldados está deitado, todos dormindo e roncando. Não ligue para eles e siga direto para o castelo, e lá dentro você vai chegar a um aposento. Ali, o pássaro dourado estará dentro de uma gaiola de madeira, e ao lado haverá uma linda gaiola de ouro, mas não o tire da gaiola ruim para colocá-lo na boa, senão coisas ruins acontecerão". Dito isso, a raposa esticou a cauda e o filho sentou-se nela, e atravessaram pau e pedra tão rápido que os cabelos dele assobiavam.

Diante do castelo, tudo aconteceu como previsto. Ele entrou na sala em que estava o pássaro dourado na gaiola de madeira, ao lado da gaiola dourada, e as três maçãs de ouro estavam espalhadas pelo chão. Então ele pensou: "Seria lamentável deixar este lindo pássaro numa gaiola tão estragada", e abriu a portinhola, pegou-o e colocou-o na gaiola de ouro. Nesse instante, o pássaro começou a gritar tão alto que acordou todos os soldados, que, por sua vez, prenderam o filho e o levaram diante do rei. Na manhã seguinte, ele foi levado ao tribunal, confessou tudo e foi condenado à morte. Mas o rei estava disposto a deixá-lo com vida se ele lhe trouxesse o cavalo de ouro que corria na velocidade do vento, e em troca ainda ganharia o pássaro de ouro.

Abatido, ele se pôs a caminho suspirando e, de repente, lá estava a raposa à sua frente, dizendo: "Viu só o que aconteceu porque você não me deu ouvidos? Mas eu vou lhe dar mais um conselho de como conseguir pegar o cavalo de ouro, se quiser ouvir. Você terá de seguir em frente até chegar ao castelo onde está o cavalo, na cocheira. Diante da cocheira estarão dormindo e roncando os servos que limpam os estábulos, e você poderá tranquilamente conduzir o cavalo para fora, mas coloque nele a sela de madeira e de couro, e não a sela dourada que está pendurada ao lado". Dito isso, a raposa esticou a cauda, o filho sentou-se nela e atravessaram pau e pedra tão rápido que os cabelos dele assobiavam.

Tudo aconteceu conforme o previsto. Os servos dormiam e roncavam, e seguravam selas douradas nas mãos. E, quando o filho viu o cavalo de ouro, sentiu pena de colocar nele a sela velha. "É vergonhoso, ele merece a sela boa." E, quando quis tirar a sela boa do servo, este acordou e os outros também, e aconteceu de ele ser jogado na prisão. Na manhã seguinte, ele foi novamente condenado à morte, mas seria poupado e ganharia o pássaro e o cavalo se trouxesse a maravilhosa princesa.

Entristecido, o filho do jardineiro se pôs a caminho e não demorou para a velha raposa aparecer: "Por que você não me ouviu? Agora você estaria com o pássaro e o cavalo, mas vou aconselhá-lo mais uma vez. Siga em frente e à noite você chegará a um castelo, e à meia-noite a princesa estará se banhando no balneário. Entre ali e lhe dê um beijo e depois disso poderá levá-la embora, mas não permita que ela se despeça dos pais antes de partir". A raposa esticou a cauda e atravessaram pau e pedra tão rápido que os cabelos dele chegaram a assobiar.

Ao chegar ao castelo, tudo se deu conforme previsto: à noite o filho beijou a princesa no balneário e ela desejou partir com ele, mas pediu-lhe, em meio a muitas lágrimas, que antes ele lhe desse permissão para se despedir do pai. De início ele recusou, mas ela chorava muito e implorava caída aos seus pés, até que ele cedeu. Porém, mal ela encontrou o pai, este e todos os outros acordaram e o jovem voltou a ser preso.

O rei disse: "Não terás a minha filha, a não ser que dentro de oito dias você derrube a montanha que se ergue diante da minha janela e impede que eu veja o horizonte". Essa montanha era tão alta, mas tão alta, que o mundo todo não teria dado conta de derrubá-la. Passados sete dias de trabalho árduo e percebendo o pouco que este havia rendido, ele ficou muito preocupado, mas na noite do sétimo dia a raposa apareceu e disse: "Deite-se para dormir que eu vou concluir o trabalho para você". Quando o filho acordou na manhã seguinte, o morro tinha desaparecido e ele, alegre, procurou o rei, dizendo-lhe que o morro havia sido removido e que deveria entregar-lhe a princesa. O rei teve de cumprir o prometido e os dois partiram, mas a raposa apareceu e disse: "Agora devemos ter os três, a princesa, o cavalo e o pássaro". "Sim, se você pudesse fazer isso, mas é muito difícil", disse o jovem. "Se você me ouvir, vai dar certo", respondeu a raposa. "Quando encontrar o rei que quer a maravilhosa princesa, diga: 'Aqui está ela'. Isso provocará nele uma alegria dos infernos. Depois monte no cavalo que eles têm de entregar a você e estenda a mão para se despedir, deixando a princesa por último, e quando passar por ela puxe-a para cima do cavalo e meta as esporas nele."

Tudo aconteceu assim. A raposa então prosseguiu: "Agora, quando chegarmos ao castelo onde está o pássaro, vou aguardar com a princesa do lado de fora e você vai entrar a cavalo e dizer: 'Estão vendo que é este o cavalo verdadeiro'. Eles trarão o pássaro, mas não apeie e diga que quer ver se de fato se trata do pássaro verdadeiro, e assim que lhe entregarem o pássaro você sai em disparada".

Tudo correu muito bem, e, depois de pegar o pássaro, ele voltou a montar a princesa no cavalo e continuaram cavalgando, até chegarem a uma grande floresta. A raposa apareceu e pediu que ele atirasse nela e lhe decepasse a cabeça e as patas, mas o jovem recusou-se a fazê-lo. "Então, ao menos quero lhe dar um bom conselho: tome cuidado com duas coisas: não compre carne de forca e não se sente à beira de nenhum poço!" "Se for só isso, será fácil", pensou o jovem.

Então, ele partiu com a princesa até finalmente chegar à aldeia em que seus irmãos haviam ficado. Ali estava havendo grande alvoroço e uma gritaria, e quando ele perguntou o que se passava ficou sabendo que dois homens seriam enforcados. Ao se aproximar mais, viu que eram seus dois irmãos, que tinham dado vários golpes e posto tudo a perder. "Será que não tem como livrá-los da morte?" "Não, a não ser que empenhe o seu dinheiro nos safados e compre a liberdade deles." Sem pensar muito, o filho foi logo pagando o valor que estavam cobrando e seus irmãos foram libertados e seguiram viagem com ele.

Ao chegarem à floresta, onde haviam encontrado a raposa pela primeira vez, tudo estava alegre e agradável e os irmãos disseram: "Vamos descansar um pouquinho aqui no poço, para comer e beber!", e ele disse: "Sim". Distraído com a conversa, acabou se esquecendo e sentou-se na beira do poço sem antever nada de ruim. Então, os irmãos vieram por trás e o empurraram poço abaixo, roubaram a princesa, o cavalo e o pássaro e voltaram para sua terra, onde foram até o rei e disseram: "Conseguimos todas essas coisas para o senhor". Então, tudo foi só alegria, mas o cavalo não comia, o pássaro não cantava e a princesa só chorava.

O irmão caçula encontrava-se no fundo do poço, que por sorte estava seco, e, ainda que ele não tivesse quebrado nada, não havia jeito de sair dali. Então, a velha raposa voltou a aparecer e brigou com ele, dizendo que, se ele tivesse lhe dado ouvidos, nada daquilo teria acontecido, mas: "Não posso deixar de ajudar você a sair daí. Pegue a minha cauda e segure firme". Nesse momento, a raposa o puxou e, assim que ele saiu do poço, ela disse: "Seus irmãos puseram vigias na floresta que têm ordem de matá-lo se você cruzar a fronteira". Então, o jovem vestiu as roupas de um mendigo e foi incógnito até o palácio do rei; e mal ele chegou, o cavalo passou a comer, o pássaro voltou a cantar e a princesa parou de chorar. Ele procurou o rei e revelou-lhe o que seus irmãos tinham feito e todo o acontecido. Os irmãos foram presos e executados e ele recebeu a mão da princesa e, depois que o rei morreu, o reino.

Muito tempo depois o jovem voltou à floresta e encontrou a velha raposa, que lhe implorou que a matasse e cortasse sua cabeça e suas patas. Ele acabou fazendo o que ela pediu e no mesmo instante a raposa se transformou num homem que era irmão da rainha e que finalmente tinha se livrado do encantamento.

58.

o fiel padrinho pardal

Era uma vez uma corça que tinha dado à luz um pequeno corço e convidou o raposo para ser padrinho. O raposo convidou o pardal e o pardal pensou em convidar também o cachorro, seu grande amigo. Mas o cachorro tinha sido amarrado a uma corda pelo dono por ter voltado para casa bêbado de um casamento. O pardal achou que isso não era problema e resolveu bicar e bicar a corda até que ela se rompesse e o cachorro estivesse livre. Então eles seguiram juntos para a casa do padrinho, divertiram-se a valer e lá encontraram tudo do bom e do melhor. O cachorro, porém, se descuidou e voltou a encher a cara de vinho. Quando o levantaram, sua cabeça estava tão pesada que ele mal podia se sustentar sobre as pernas. Ainda assim, conseguiu seguir para casa cambaleante por um trecho, mas acabou tombando estatelado no meio da rua, onde ficou deitado. Naquele momento, um carroceiro passava por ali e estava prestes a atropelar o cachorro. "Não faça isso, carroceiro", gritou o pardal, "pode lhe custar a vida!" Mas o carroceiro não lhe deu ouvidos, estalou o chicote e tocou os cavalos para cima do cachorro, fazendo com que as rodas da carroça quebrassem suas pernas. O raposo e o pardal levaram o cachorro para casa e, ao vê-lo, o dono exclamou: "Mas ele está morto!", e o entregou ao carroceiro para ser enterrado. Pensando em aproveitar a pele, o carroceiro colocou-o na carroça e partiu. Mas o pardal se aproximou dele voando e disse: "Carroceiro, isso vai lhe custar a vida! Carroceiro, isso vai lhe custar a vida!". Depois pousou na cabeça de um dos cavalos e voltou a gritar: "Carroceiro, isso vai lhe custar a vida!". Irritado com o passarinho, que o estava fazendo de palhaço, o carroceiro pegou a picareta, tomou embalo e a lançou em direção ao pardal, mas este levantou voo e ele acabou acertando a cabeça de seu cavalo, que caiu morto ao chão. O carroceiro teve de abandoná-lo e seguir com os dois outros cavalos. Então o pardal voltou a aparecer, pousou na cabeça do outro cavalo e gritou: "Carroceiro, isso vai lhe custar a vida!". O carroceiro correu dizendo: "Agora eu pego você!", e, desferindo novo golpe, acertou novamente só o cavalo, que ficou para trás, morto. Ainda restava um cavalo. O pardal não esperou muito tempo para pousar em sua cabeça e gritar: "Carroceiro, isso vai lhe custar a vida!". O carroceiro estava tão furioso que logo saiu dando golpes com a picareta; e, como agora os três cavalos estivessem mortos, teve de deixar a carroça parada. Foi para casa com raiva e furioso e sentou-se junto ao fogão. Mas o pardal, que voara atrás dele, pousou na janela e gritou: "Carroceiro, isso vai lhe custar a vida!". O carroceiro pegou a picareta e a arremessou em direção à janela, mas não acertou o pardal. O passarinho então voou para dentro, sentou-se no fogão e gritou: "Carroceiro, isso vai lhe custar a vida!". Enfurecido e cego de ódio, o carroceiro arrebentou todo o fogão com a picareta e, como o pardal voava de um canto a outro, saiu arrebentando louça, espelhinho, cadeiras, bancos, mesa e no final até as paredes da casa. Finalmente acabou conseguindo pegar o passarinho: "Peguei você!", colocou-o na boca e o engoliu. O pardal, porém, começou a bater as asas na barriga do carroceiro, subiu voando até a boca dele e gritou: "Carroceiro, isso ainda vai lhe custar a vida!". O carroceiro então entregou a picareta à mulher, dizendo: "Mulher, mate o passarinho na minha boca!". A mulher errou o golpe e acabou acertando a cabeça do marido, que caiu morto ao chão, mas o pardal conseguiu se salvar e saiu voando para longe.

59.

o príncipe cisne

Era uma vez uma jovem que se encontrava em meio a uma enorme floresta quando um cisne se aproximou dela. Ele carregava um novelo de linha e lhe disse: "Eu não sou um cisne, mas um príncipe enfeitiçado; você pode me libertar se desenrolar o novelo de linha, cuja ponta eu carregarei ao sair voando. Mas tome cuidado para não deixar o fio arrebentar, pois isso me impedirá de chegar ao meu reino e não serei libertado. Mas se você conseguir desenrolar totalmente o novelo, será minha noiva". A jovem segurou o novelo e o cisne alçou voo, enquanto a linha se desenrolava com facilidade. Ela desenrolou e desenrolou o dia inteiro. Quando ao anoitecer já se podia vislumbrar a outra ponta do fio, este, por azar, enroscou-se num arbusto de espinhos e se rompeu. A jovem ficou muito triste e chorou. Já estava anoitecendo e o vento soprava tão forte na floresta que ela ficou com medo e se pôs a correr o mais que podia. Depois de um longo tempo correndo, ela viu uma luz tênue ao longe e seguiu em sua direção, deparando-se com uma casa, em cuja porta bateu. Uma vovozinha abriu a porta e ficou surpresa por encontrar uma jovem ali. "Ai... ai... minha criança, de onde você está vindo tão tarde da noite?" "Peço-lhe que me dê abrigo esta noite, eu me perdi na floresta, e também peço um pedaço de pão", disse a jovem. "Tem um problema", disse a velhinha, "eu faria gosto em atender o seu pedido, mas meu marido é um devorador de gente, se ele a achar aqui vai devorá-la sem dó nem piedade. Mas, se ficar lá fora, você será devorada pelos animais selvagens; deixe-me ver o que posso fazer." Ela então permitiu que a jovem entrasse, deu-lhe um pouco de pão e a escondeu debaixo da cama. O devorador de gente costumava chegar em casa pouco antes da meia-noite, quando o sol já tinha se posto totalmente, e saía bem cedo pela manhã, antes de o sol nascer. Não tardou para que ele entrasse em casa: "Sinto um forte cheiro de carne humana!", disse, e começou a esquadrinhar o recinto até encontrar a jovem debaixo da cama e puxá-la para fora. "Que petisco gostoso!" Sua mulher então implorou e implorou até ele concordar em deixar a jovem viva durante a noite, para devorá-la somente no café da manhã. Antes de o sol nascer, a velhinha acordou a jovem: "Apresse-se a sair, antes que meu marido acorde. Tome, leve de presente esta pequena roca de fiar dourada, guarde-a com devoção. Eu me chamo Sol". A jovem foi embora e ao cair da noite chegou a uma casa; ali, tudo era igual à noite anterior, e a segunda velhinha na despedida lhe entregou um fuso dourado, dizendo: "Eu me chamo Lua". Na terceira noite ela chegou a uma terceira casa, e ali a velhinha deu a ela uma bobina dourada, dizendo: "Eu me chamo Estrela. Embora o fio não tenha sido desenrolado até o fim, o príncipe Cisne conseguiu chegar ao seu reino, onde se tornou rei, casou-se e está morando num castelo esplendoroso no alto da Montanha de Vidro. Ao cair da noite você chegará ao castelo, mas ele está protegido por um dragão e um leão. Leve este pão e este toucinho para sossegá-los". E foi o que aconteceu. A jovem atirou o pão e o toucinho aos bichos famintos, que a deixaram passar. Ao chegar ao portão do castelo, no entanto, as sentinelas a impediram de entrar. Ela então se sentou em frente ao portão e começou a fiar em sua pequena roca de ouro. A rainha, que lá do alto a observava, gostou da linda roca, desceu e disse à jovem que a queria. A jovem respondeu que ela poderia ficar com a roca, contanto que permitisse que ela passasse uma noite ao lado dos aposentos do rei. A rainha concordou e a jovem foi levada para cima. Tudo o que era falado naquele recinto podia ser ouvido nos aposentos do rei. Quando era noite e o rei já estava deitado, ela se pôs a cantar:

> "Será que o rei Cisne
> já não se lembra de sua prometida Juliana
> que viajou debaixo do Sol, da Lua e das Estrelas,
> que passou pelo Leão e pelo Dragão?
> Será que o rei Cisne não vai acordar?"

Mas o rei não a ouviu cantar, pois a ardilosa rainha, que temia a jovem, dera a ele uma poção para dormir, e ele dormia um sono tão profundo que não a teria ouvido nem que ela estivesse à sua frente. Na manhã seguinte, a jovem teve de deixar o castelo e ficou novamente em frente ao portão. Ali, ela se sentou e se pôs a fiar com seu fuso. Este também agradou à rainha, e a jovem prometeu que ela o teria sob a condição de que pudesse passar mais uma noite ao lado dos aposentos do rei. Quando isso ocorreu, ela cantou novamente:

> "Será que o rei Cisne
> já não se lembra de sua prometida Juliana
> que viajou debaixo do Sol, da Lua e das Estrelas,
> que passou pelo Leão e pelo Dragão?
> Será que o rei Cisne não vai acordar?"

Mas o rei dormia profundamente por conta da poção que a rainha lhe dera, e a jovem, assim, perdeu também seu fuso. Na terceira manhã, ela se sentou em frente ao portão com sua bobina dourada e começou a enovelar. A rainha quis também essa preciosidade e prometeu à jovem que ela podia passar mais aquela noite ao lado dos aposentos do rei. Mas a jovem, que percebera a tramoia da rainha, combinou com o serviçal do rei que nessa noite ele lhe serviria outra bebida. Quando ela se encontrava novamente no recinto ao lado dos aposentos do rei, cantou mais uma vez:

"Será que o rei Cisne
já não se lembra de sua prometida Juliana
que viajou debaixo do Sol, da Lua e das Estrelas,
que passou pelo Leão e pelo Dragão?
Será que o rei Cisne não vai acordar?"

O rei então acordou. Ao ouvir a voz da jovem, reconheceu-a imediatamente e perguntou à rainha: "Quando perdemos uma chave e tornamos a achá-la, ficamos com a chave antiga ou com a que foi fabricada?". A rainha respondeu: "Sem dúvida com a antiga". "Então você não pode continuar sendo minha esposa, pois eu reencontrei a minha primeira noiva." Na manhã seguinte, a rainha teve de voltar para a casa de seu pai, e o rei se casou com sua noiva verdadeira, e viveram juntos, felizes, até morrer.

60.

o ovo de ouro

Era uma vez dois irmãos vassoureiros muito pobres, que ainda tinham uma irmãzinha para cuidar. A situação deles era de penúria. Todos os dias iam à floresta para apanhar galhos secos, e quando terminavam de atar as vassouras, a irmãzinha saía para vendê-las. Certa vez, na floresta, quando o mais jovem subiu numa árvore para quebrar alguns galhos, deparou-se com um ninho, dentro do qual havia um pequeno passarinho de cor escura. Algo brilhava por entre as penas de sua asa e, como o passarinho não saiu voando nem ficou assustado, o jovem levantou a asa e, para sua surpresa, encontrou um ovo de ouro. Ele então pegou o ovo e desceu da árvore. Os dois irmãos se alegraram com o achado e o levaram a um ourives, que lhes assegurou tratar-se do mais fino ouro e lhes deu bastante dinheiro por ele. Na manhã seguinte, eles foram novamente à floresta e voltaram a encontrar um ovo de ouro, que o pequeno pássaro deixou que tirassem dele sem esboçar nenhuma reação, como da primeira vez. Isso se repetiu por algum tempo. Toda manhã, eles apanhavam um ovo de ouro e logo ficaram ricos. Certa manhã, no entanto, o pássaro disse: "Agora não porei mais ovos, mas vocês devem me levar ao ourives, isso lhes trará sorte". Os jovens vassoureiros fizeram o que o passarinho dissera. Quando o pássaro se encontrava sozinho com o ourives, cantou:

"Quem meu pequeno coração comer
em breve rei deverá ser;
quem meu pequeno fígado comer;
toda manhã uma bolsa de ouro irá receber!"

Ao ouvir isso, o ourives chamou os dois jovens e lhes disse: "Deixem-me ficar com o passarinho e eu me casarei com a irmã de vocês". Os dois logo concordaram, e os preparativos para o casamento foram feitos. Mas o ourives disse aos jovens: "No dia do casamento, quero comer o passarinho; vocês dois deverão assá-lo no espeto, tomando cuidado para não estragar a carne, e trazê-lo para mim quando ele estiver bem assado". Na verdade, o ourives queria comer o coração e o fígado do pássaro. Quando os dois irmãos o estavam assando no espeto e quiseram virá-lo para assar do outro lado, um pedacinho se desprendeu. "Ah, isso eu quero experimentar", disse um deles, e comeu o pedaço. Logo caiu mais um pedacinho de dentro do pássaro. "Este é para mim", disse o outro irmão, e deliciou-se. Ocorre que eles haviam comido justamente o coração e o fígado, e não tinham nem ideia do tipo de sorte que teriam.

Quando o pássaro estava totalmente assado, eles o levaram à mesa do casamento. O ourives cortou o assado ao meio, querendo mais que depressa abocanhar o coração e o fígado, mas ambos não estavam lá. Ele então ficou possesso e bradou: "Quem foi que comeu o coração e o fígado do passarinho?". "Provavelmente fomos nós", disseram os irmãos, "caíram uns pedacinhos do assado quando o virávamos e nós os comemos." "Vocês ficaram com o coração e o fígado, pois podem ficar também com a irmã de vocês!", e, não contendo sua fúria, enxotou todos de lá.

[FRAGMENTO]

61.

o alfaiate que ficou rico rapidamente

Era uma vez um alfaiate muito pobre, que atravessou a campina no inverno para visitar o irmão. No meio do caminho ele encontrou um sabiá congelado e disse a si mesmo: "Reza a lenda que o alfaiate deve levar para casa tudo aquilo que for maior que um piolho!". Assim, ele ergueu o pássaro e o enfiou em sua mochila. Ao chegar à casa do irmão e espiando pela janela para ver se havia alguém em casa, viu um clérigo gorducho sentado à mesa com sua cunhada, e sobre a mesa havia um assado e uma garrafa de vinho. Nisso, bateram à porta; era seu irmão voltando para casa. O alfaiate então viu a cunhada esconder apressadamente o clérigo dentro de um baú, pôr o assado no forno e ocultar o vinho dentro da cama. Então o próprio alfaiate entrou na casa, cumprimentou o irmão e a cunhada e sentou-se sobre o baú no qual se encontrava o clérigo. O irmão disse: "Mulher, estou com fome, não há nada para comer?". "Não", disse a mulher, "sinto muito, mas hoje não há nada." O alfaiate então retirou o sabiá da mochila, ao que seu irmão indagou: "O que você faz com esse sabiá congelado, meu irmão?". "Ah, ele vale muito dinheiro, ele consegue fazer profecias." O alfaiate então aproximou o sabiá do ouvido e disse: "Ele está dizendo que no forno há uma tigela com um assado". O irmão então abriu o forno e encontrou o assado. "O que mais o sabiá está dizendo?" "Que na cama está escondida uma garrafa de vinho." O irmão também encontrou o vinho. "Ei, eu quero ficar com esse sabiá, venda-o para mim." "Pode ficar com ele se, em troca, me der o baú sobre o qual estou sentado." O irmão já ia concordando, quando a mulher disse: "Não, isso não, eu adoro esse baú, não me desfaço dele por nada". O homem então disse: "Não seja boba, mulher, de que lhe serve esse velho baú?", e entregou-o ao irmão em troca do sabiá.

O alfaiate colocou o baú em um carrinho de mão e foi-se embora com ele. Durante a viagem, ficava dizendo: "Vou pegar esse baú e jogá-lo no rio, vou pegar esse baú e jogá-lo no rio!". O clérigo finalmente se mexeu lá dentro e disse: "O senhor sabe muito bem o que contém o baú, deixe-me sair que lhe dou cinquenta moedas de prata". "Está bem, por esse valor eu o deixo sair", e então libertou o clérigo e foi para casa com o dinheiro. A vizinhança, surpresa, perguntou de onde ele tirara tanto dinheiro, mas ele respondeu: "Vou dizer uma coisa, as peles de animais estão sendo compradas a preços altos, então eu abati a minha velha vaca e obtive todo esse dinheiro pela pele". As pessoas do vilarejo, querendo lucrar também com essa demanda, puseram-se a cortar o pescoço de todos os seus bois, vacas e ovelhas. Ao levarem as peles à cidade, no entanto, receberam um valor ínfimo por elas, em virtude do excesso de oferta. Furiosos por causa do prejuízo, os camponeses jogaram sujeira e tudo quanto era coisa nojenta na frente da casa do alfaiate. Mas ele recolheu toda a sujeira, colocou-a dentro do baú e pôs-se a caminho da cidade. Lá chegando, perguntou ao taberneiro se ele faria o favor de guardar o baú por algum tempo, que este continha objetos muito valiosos e que não estaria seguro em sua casa. O taberneiro concordou em guardar o baú. Tempos depois, o alfaiate voltou à hospedaria, pediu o baú de volta e o abriu, para ver se tudo ainda estava lá dentro. Mas, como ele estava cheio de sujeira, o alfaiate fingiu estar furioso e xingou o taberneiro de tudo quanto foi nome, ameaçando dar queixa dele. O taberneiro, com medo do escândalo e temendo pela sua boa reputação, calou o alfaiate oferecendo-lhe cem moedas de prata a título de compensação.

Os camponeses, enraivecidos pelo fato de que tudo o que faziam de ruim para o alfaiate retornava a ele em forma de lucro, apossaram-se do baú, enfiaram o alfaiate à força lá dentro, lançaram o baú no rio e deixaram que fosse levado pela correnteza. O alfaiate ficou calado por algum tempo até estar longe do vilarejo, e então se pôs a gritar: "Não, não vou fazer isso, não vou fazer isso, ainda que possa ser algo que todo homem desejaria". Ao ouvir a gritaria, um pastor de ovelhas perguntou: "Mas o que é que você não quer fazer?". "Ah", disse o alfaiate, "tem aí um rei totalmente doido, que insiste que quem descer a corredeira dentro deste baú terá de se casar com a sua linda e única filha, mas eu não vou fazer isso, não vou fazer isso, ainda que possa ser algo que todo homem desejaria". "Escute, não dá para pôr outra pessoa aí no baú para ficar com a filha do rei?" "Ah, sim, isso também é possível." "Então eu fico dentro do baú em seu lugar." O alfaiate então saltou de dentro do baú e o pastor tomou seu lugar. O alfaiate fechou o baú, que logo afundou, levando consigo o pastor. O alfaiate então se apossou do rebanho do pastor e o tocou para sua casa.

Os camponeses se perguntaram como era possível que ele tivesse conseguido voltar, e ainda por cima com um rebanho de ovelhas. O alfaiate relatou: "Eu fui afundando, afundando, afundando, e quando cheguei bem lá embaixo deparei-me com este rebanho, que então retirei de lá ao voltar à superfície". Os camponeses do vilarejo, querendo também arrebanhar algumas ovelhas naquele lugar, puseram-se todos juntos a caminho do rio. Nesse dia, o céu estava totalmente azul e coberto de pequenas nuvens brancas. Os camponeses bradaram: "Já estamos vendo os carneiros no fundo do rio!". O prefeito então disse: "Deixem que eu mergulhe primeiro para dar uma olhada e, se tudo der certo, chamo vocês". Quando ele se jogou na água, produziu-se um ruído que os camponeses confundiram com um chamado do prefeito, então todos se jogaram na água atrás dele e afundaram. Assim, o vilarejo inteiro passou a pertencer ao alfaiate.

62.

barba-azul

Um homem vivia na floresta e tinha três filhos e uma bela filha. Um dia, uma carruagem dourada puxada por seis cavalos e com muitos cavalariços se aproximou, parou diante da casa, e um rei desembarcou e pediu ao homem que lhe entregasse sua filha em casamento. Sentindo-se feliz com a sorte grande da filha, o homem logo disse "Sim". Também, não havia do que se queixar de um pretendente desses, exceto pelo fato de ter uma barba completamente azul, de modo que, toda vez que se olhava para ele, era impossível evitar levar um pequeno susto. No começo, a menina também se assustou com isso e teve receio de se casar com ele, mas, de tanto o pai insistir, acabou aceitando. Como estava com muito medo, antes de partir ela procurou os três irmãos a sós e disse a eles: "Queridos irmãos, se me ouvirem gritar, estejam onde estiverem, deixem tudo como está e venham logo me acudir". Os três irmãos prometeram a ela que o fariam e a beijaram: "Fique tranquila, querida irmã, quando ouvirmos a sua voz, montaremos nos nossos cavalos e logo estaremos ao seu lado". Então a menina subiu na carruagem e partiu com Barba-Azul. Ao chegarem ao castelo, ela achou tudo maravilhoso, e bastava desejar alguma coisa para que esta se tornasse realidade. E eles viveriam bem felizes se ela pudesse se acostumar à barba azul do rei, mas sempre que olhava para ela, no seu íntimo, sentia-se muito assustada. Passado algum tempo, ele disse: "Tenho de fazer uma grande viagem, por isso vou deixar todas as chaves do castelo com você. Pode abrir e olhar tudo em todos os lugares, apenas a proíbo de entrar nesta pequena sala, que se abre com esta chave de ouro. Se abri-la, sua vida estará arruinada". Ela pegou as chaves e prometeu obedecer; e, assim que ele saiu, ela começou a abrir uma porta atrás da outra e viu tantas riquezas e preciosidades que chegou a pensar que ali estivessem reunidos os tesouros do mundo inteiro. Não restava mais nada para ver além da sala proibida e, como a chave era de ouro, ela achou que ali talvez estivesse guardado o tesouro mais valioso do castelo. A curiosidade passou a torturá-la e talvez ela preferisse não ter visto os outros quartos, se em troca soubesse o que havia neste. Por algum tempo conseguiu resistir à vontade, mas o sentimento foi tão forte que ela acabou pegando a chave e indo até a sala proibida. "Quem é que vai ver se eu abri?", disse para si mesma, "vou só dar uma espiadinha." Então virou a chave e, assim que a porta se abriu, uma correnteza de sangue jorrou em sua direção e ela viu mulheres mortas penduradas pelas paredes, de algumas das quais só restava o esqueleto. Levou tamanho susto que logo bateu a porta, mas a chave caiu de sua mão e foi parar no meio do sangue. Ela tratou de pegá-la, mas quando quis limpá-la não conseguiu, porque toda vez que a limpava de um lado o sangue voltava a aparecer do outro. Passou o dia inteiro sentada esfregando a chave, tentou de tudo, mas de nada adiantou, pois as manchas de sangue eram impossíveis de se remover. Finalmente, quando anoiteceu, ela colocou a chave no meio de um monte de palha, para que o sangue fosse absorvido durante a noite. Barba-Azul voltou no dia seguinte e a primeira coisa que fez foi lhe pedir as chaves. Com o coração batendo forte, ela lhe entregou as outras, na esperança de que ele não desse pela falta da chave de ouro. Ele, porém, contou todas e, em seguida, olhou bem para ela e disse: “Onde está a chave da sala secreta?”. Corada como sangue, ela respondeu: “Está lá em cima, eu a separei das outras, amanhã eu procuro”. “Vá agora mesmo, querida mulher, vou precisar dela ainda hoje.” “Ai, eu vou confessar a você, eu a perdi no meio da palha, tenho de procurá-la primeiro.” “Perdeu coisa nenhuma”, disse Barba-Azul, furioso, “você a colocou ali para ver se as manchas de sangue saíam, porque desobedeceu às minhas ordens e entrou na sala, mas agora você vai ter de entrar lá, querendo ou não.” Então ela foi obrigada a buscar a chave, que ainda estava toda cheia de sangue. “Agora, prepare-se, porque você vai morrer ainda hoje”, disse Barba-Azul, e buscou uma faca grande e a arrastou pelo corredor. “Permita que eu faça a minha oração antes de morrer”, pediu ela. “Pode ir, mas se apresse, não tenho muito tempo para esperar.” Então ela subiu correndo a escada e gritou bem alto pela janela: “Irmãos, queridos irmãos, venham me acudir!”. Os irmãos estavam na floresta tomando vinho fresco, quando o mais novo disse: “Tenho a impressão de que ouvi a voz da nossa irmã. Andem, precisamos socorrê-la!”, e então eles montaram em seus cavalos e galoparam na velocidade de uma ventania. A irmã, por sua vez, ainda estava de joelhos, morrendo de medo, quando Barba-Azul a chamou lá de baixo: “Vai demorar muito?”, e ela o ouviu afiar a faca no primeiro degrau da escada. Ela olhou para fora, mas não conseguiu ver nada a não ser uma nuvem de poeira ao longe, como se uma manada se aproximasse em disparada. Assim, gritou uma vez mais: “Irmãos, queridos irmãos! Venham me socorrer!”, e seu medo crescia e ficava cada vez maior. Barba-Azul então gritou: “Se você não vier logo, eu vou buscá-la. Minha faca já está afiada!”. Nesse momento, ela olhou de novo pela janela e avistou os três irmãos cavalgando pelo campo, como se fossem pássaros voando pelo ar; apavorada, ela gritou uma terceira vez, com todas as suas forças: “Irmãos, queridos irmãos! Venham me socorrer!", e o mais novo já estava tão perto que ela pôde ouvir sua voz: "Aguente firme, querida irmã, só mais um instante e estaremos com você!". Mas Barba-Azul gritou lá de baixo: "Agora chega de oração, não quero esperar mais, se você não vier eu vou buscá-la!". "Ah, deixe-me só rezar pelos meus três irmãos queridos." Mas ele não lhe deu ouvidos e subiu, depois arrastou-a escada abaixo, e já estava agarrando seus cabelos e prestes a puxar a faca para espetar seu coração, quando os três irmãos arrombaram a porta, entraram, arrancaram a faca das mãos dele e depois puxaram suas espadas e o abateram. Depois Barba-Azul foi pendurado na sala ensanguentada junto com as mulheres que ele havia matado, e os irmãos levaram a amada irmã para casa com todas as riquezas de Barba-Azul, que agora pertenciam a ela.

63.

crianças douradas

Era uma vez um homem e uma mulher tão pobres que não possuíam nada além de uma cabana. O homem era pescador e, certa vez, estava junto à água e, quando puxou a rede, viu que pescara um peixe dourado. O peixe então disse: "Se você me jogar de volta na água, sua cabana se transformará num suntuoso palácio, com um armário repleto de cozidos e assados, o quanto desejar, dentro dele. Mas você não pode contar a ninguém no mundo de onde vem a sua sorte, senão perderá tudo". O pescador devolveu o peixe à água e, quando chegou em casa, onde antes estava a cabana agora havia um enorme castelo e dentro dele estava sua mulher, numa pomposa sala. O homem gostou muito do que viu, mas também apreciaria comer alguma coisa. "Mulher, me dê algo para comer, porque estou morrendo de fome", disse ele. Mas a mulher respondeu: "Não há nada, não encontro nada neste castelo gigante". "Vá até o armário", disse ele, e quando ela abriu o armário encontrou bolos, carnes, frutas, vinho. Coração, o que deseja? Surpresa, a mulher perguntou: "Marido, me diga: de onde vem toda essa riqueza?". "Não posso revelar, porque, se eu o fizer, nossa sorte desaparecerá." Mas isso só aguçou ainda mais a curiosidade da mulher. Ela não parava de perguntar ao marido e de atormentá-lo, noite e dia, até que ele finalmente revelou que tudo aquilo viera a eles por causa de um peixe dourado. Mas, mal acabou de falar, o castelo e as riquezas desapareceram, e lá estavam eles de volta à velha cabana.

O homem retomou seu ofício de pescador e pescou o peixe dourado pela segunda vez. Em troca da liberdade, o peixe prometeu novamente o belo castelo e um armário repleto de cozidos e assados, mas com a mesma condição: não revelar o segredo. O homem aguentou por algum tempo, mas, depois de sua mulher atormentá-lo muito, acabou revelando o segredo e no mesmo instante se viram novamente na miserável cabana. O homem saiu novamente para pescar e pescou o peixe dourado pela terceira vez: "Escute", disse o peixe, "leve-me com você para casa e me corte em seis pedaços. Dê dois deles à sua mulher, dois ao seu cavalo e plante dois na terra. Então você será abençoado e sua mulher dará à luz dois filhos de ouro, o cavalo vai ter dois potros dourados e da terra irão brotar dois lírios dourados." O homem obedeceu e a profecia se realizou. Nasceram duas crianças de ouro, que, quando cresceram, disseram: "Pai, queremos seguir mundo afora, vamos cavalgar nos cavalos dourados e vocês ficarão sabendo pelos lírios dourados como estamos passando: se estiverem frescos, significa que estamos com saúde, se estiverem murchos, significa que estamos doentes, e se estiverem tombados, significa que estamos mortos". Com isso, eles partiram e chegaram a uma hospedaria onde havia muita gente. Quando todos viram as duas crianças douradas montadas nos cavalos dourados, começaram a debochar. Eles ficaram bravos, e um deles, envergonhado, voltou para casa a galope, enquanto o outro seguiu adiante. Ele então chegou a uma floresta e as pessoas que ali estavam disseram que ele não conseguiria passar, pois a floresta fora tomada por moleques arruaceiros que iriam maltratá-lo. A criança dourada, porém, não se intimidou e disse: "Eu preciso e quero passar!". Então pegou peles de urso e com elas se cobriu e a seu cavalo, de modo que não se via mais nada dourado, e assim cavalgou floresta adentro. Não demorou a escutar alguém dizendo, de dentro da mata: “Tem um aqui!”. Mas outro disse: “Deixe passar, o que vamos fazer com um caçador de peles de urso, tão pobre e desprovido, parecendo até um rato de igreja?”. Assim, ele passou alegre pelos moleques e chegou a um vilarejo, onde viu uma menina tão linda que não acreditou haver mais bonita no mundo e pediu a mão dela em casamento, e a menina aceitou, dizendo que lhe seria fiel por toda a vida. Os dois se casaram e estavam bem felizes, até que o pai dela voltou para casa e, ao ver que a filha se casara com um caçador de peles de urso, pois ele ainda vestia a pele de urso, ficou furioso e quis matar o noivo. Mas a filha implorou tanto quanto pôde: ela gostava muito dele, e no fim das contas ele era seu marido, e por fim o pai acabou se acalmando. No dia seguinte, ele se levantou cedo e quis ver o genro mais uma vez, então viu um lindo homem dourado deitado na cama. Este sonhou que tinha de sair à caça de um cervo maravilhoso e assim que acordou quis logo partir, mas sua mulher pediu que ficasse, pois temia por ele. Ele, porém, respondeu: “Preciso e quero ir”. Com isso, levantou-se e entrou na floresta, e logo um orgulhoso cervo estava à sua frente, exatamente como no seu sonho, mas quando ele quis atirar, o cervo fugiu. O homem dourado correu atrás dele e o perseguiu saltando valas e atravessando moitas sem se cansar o dia inteiro, mas o cervo acabou escapando e ele então se viu diante da casa de uma bruxa. Ele então chamou e perguntou se ela não havia visto um cervo, e ela respondeu “Sim”, mas o cachorrinho da bruxa começou a latir sem parar; muito irritado com o latido, ele fez menção de atirar no cachorrinho, mas assim que a bruxa viu isso, transformou o homem dourado numa pedra de moinho, e nesse mesmo instante o lírio dourado na casa dele tombou. Quando o irmão, que estava em casa, se deu conta disso, montou em seu cavalo dourado e saiu em disparada. Ao chegar à casa da bruxa, ameaçou-a de morte caso ela não devolvesse a seu irmão sua forma natural. A bruxa viu-se obrigada a obedecer e os dois irmãos voltaram cavalgando; um seguiu para a casa da mulher, e o outro, para a casa do pai. O lírio voltou a se erguer e, se os dois não tombaram ainda, estão em pé até hoje.

64.

tolinho

i. a pomba branca

Diante do palácio de um rei havia uma pereira esplendorosa, que todos os anos ficava carregada de frutas. Mas, toda vez que as frutas amadureciam, elas eram colhidas durante a noite e ninguém sabia por quem. O rei tinha três filhos, dos quais o caçula era considerado muito ingênuo e por isso era chamado de Tolinho. O rei ordenou que o filho mais velho vigiasse debaixo da árvore todas as noites, durante um ano, para descobrirem quem era o ladrão. Foi o que ele fez, e toda noite vigiava a árvore, que floresceu e ficou carregada de frutas, e quando estas começaram a amadurecer ele passou a vigiar com mais empenho ainda, até que afinal ficaram completamente maduras e deveriam ser colhidas no dia seguinte. Na última noite, porém, o filho foi tomado por um sono incontrolável e acabou adormecendo. Quando acordou, todas as peras tinham desaparecido e só sobraram as folhas na árvore. O rei então mandou o filho do meio vigiar durante um ano, mas ele não foi capaz de fazer melhor e não conseguiu lutar contra o sono, e pela manhã todas as peras tinham sido colhidas. Finalmente o rei mandou Tolinho vigiar por um ano, e todos do reino debocharam do rapaz. Mas Tolinho vigiou e, na última noite, lutou contra o sono e viu uma pomba branca se aproximar voando e colher uma pera após outra e depois levá-las embora. E, quando ela partiu com a última pera, ele se levantou e a seguiu. Mas a pomba voou para o alto de uma grande montanha e desapareceu de repente numa fenda da rocha. Tolinho olhou ao redor e, ao ver um homenzinho grisalho a seu lado, disse a ele: "Que Deus o abençoe". "Deus acaba de me abençoar com essas suas palavras", respondeu o homenzinho, "porque elas me libertaram. Agora, siga descendo a rocha e encontrará sua sorte." Tolinho entrou na fenda da rocha, na qual havia muitos degraus que o conduziram para baixo, e quando chegou lá embaixo viu a pomba branca toda enrolada por teias de aranha, encasulada. Ao avistá-lo, a pomba se desvencilhou dos fios e, quando o último deles se partiu, surgiu na frente de Tolinho uma bela princesa, que ele também havia libertado. Ela se tornou sua esposa e ele, um rico rei que reinou em sua região com sabedoria.

ii. a abelha rainha

Dois filhos de um rei partiram em busca de aventura e suas vidas se tornaram selvagens e confusas a ponto de eles não voltarem mais para casa. O mais novo, Tolinho, saiu à procura dos irmãos e, quando os encontrou, os dois debocharam dele e duvidaram de sua capacidade de viajar pelo mundo, por ser muito ingênuo; afinal eles próprios, tão mais espertos que eram, não deram conta. Então eles seguiram juntos e toparam com um formigueiro. Os dois mais velhos quiseram revolvê-lo para ver como as formigas, tomadas pelo medo, correriam desorientadas, carregando seus ovos. Mas Tolinho disse: "Deixem as formigas em paz, não quero que vocês as incomodem". Então seguiram adiante e chegaram a um lago em que havia muitos, muitos patos nadando. Os dois irmãos quiseram caçar alguns para assá-los, mas Tolinho novamente interferiu: "Deixem os patos em paz, não quero que vocês os matem". Por fim, eles encontraram uma colmeia de abelhas com tanto mel que chegava a escorrer pelo tronco. Os dois irmãos quiseram tocar fogo debaixo da árvore para que as abelhas sufocassem e eles pudessem tirar o mel. Mas Tolinho novamente os deteve, dizendo: "Deixem as abelhas em paz, não quero que vocês as queimem". Então os três irmãos chegaram a um castelo em cujos estábulos havia cavalos petrificados e não se via ninguém em parte alguma; eles percorreram todos os salões até chegarem a uma porta que ficava bem nos fundos e que tinha três fechaduras, com uma pequena janela no meio dela, por onde era possível ver um quarto. Ali dentro eles avistaram um homenzinho grisalho sentado a uma mesa e o chamaram uma vez, duas vezes, mas ele não lhes deu ouvidos. Finalmente eles chamaram uma terceira vez e o homenzinho se levantou e foi até a porta. Não falou uma palavra, mas os pegou e os conduziu até uma mesa fartamente servida e, depois que os três irmãos se fartaram, levou cada um deles até um dormitório. Pela manhã, o homenzinho foi até o aposento do mais velho, acenou para que ele o acompanhasse e o levou até um quadro de pedra em que estavam escritas três tarefas pelas quais o castelo seria libertado. A primeira: na floresta, embaixo do musgo, estavam as mil pérolas da princesa; elas deviam ser apanhadas antes do pôr do sol, e não podia faltar nenhuma, senão aquele que estava realizando a tarefa viraria pedra. O príncipe saiu e passou o dia inteiro procurando as pérolas, mas ao anoitecer só havia encontrado cem, e por isso foi transformado em pedra. No dia seguinte, o segundo irmão lançou-se na aventura, mas, assim como o mais velho, foi transformado em pedra, porque não encontrara mais que duzentas pérolas. Por fim, chegou a vez de Tolinho e ele saiu vasculhando o musgo, mas estava difícil de encontrar as pérolas. Ele estava progredindo muito lentamente, então sentou-se numa pedra e começou a chorar. E, quando estava ali sentado, surgiu o rei das formigas, que ele certa vez salvara, acompanhado de cinco mil formigas, e não demorou muito para que elas encontrassem todas as pérolas e as juntassem em um monte. Já a segunda tarefa consistia em pegar a chave do dormitório da princesa, que estava no fundo do lago. Assim que Tolinho chegou ao lago, os patos que ele um dia salvara vieram nadando, mergulharam fundo e trouxeram a chave. A terceira tarefa, porém, era a mais difícil: das três filhas adormecidas do rei, a mais nova e mais querida deveria ser escolhida. Mas elas eram idênticas, sendo impossível distingui-las, a não ser pelo fato de a mais velha ter comido um torrão de açúcar, a segunda, uma colher de xarope, e a mais nova, uma colher cheia de mel, e só pelo hábito era possível reconhecer qual delas havia comido mel. Então a abelha rainha que Tolinho salvara do fogo apareceu, provou os lábios das três e por fim pousou nos lábios daquela que havia comido mel. Assim, o príncipe pôde reconhecer a princesa certa e todo o feitiço se desfez; todos despertaram do sono, quem tinha se transformado em pedra voltou à forma normal, e Tolinho se casou com a mais nova e mais querida das princesas e, depois que o pai morreu, tornou-se rei. E seus dois irmãos se casaram com as duas outras irmãs.

iii. as três penas

Era uma vez um rei que despachou os três filhos mundo afora, e aquele que trouxesse a linha de linho mais fina herdaria seu reino depois que ele morresse. Para que soubessem que direção tomar, ele se pôs diante do castelo e soprou três penas no ar, cujo voo os filhos deveriam seguir. Uma delas voou para o Ocidente e foi seguida pelo irmão mais velho; a outra voou para o Oriente e foi seguida pelo irmão do meio; já a terceira caiu numa pedra, não longe do palácio, e o terceiro príncipe, Tolinho, teve de ficar por ali mesmo, e os outros zombaram dele, dizendo: "Tente encontrar a linha de linho na pedra". Tolinho sentou-se na pedra e começou a chorar e a se balançar para lá e para cá, e a pedra se deslocou, revelando, embaixo dela, uma placa de mármore com uma argola de puxar.

Tolinho a ergueu e deparou com uma escada, pela qual ele desceu e chegou numa caverna subterrânea, onde encontrou uma menina sentada fiando linho. Ela perguntou por que seus olhos estavam tão vermelhos de chorar e ele se queixou de sua sorte, contando que deveria procurar o fio mais fino de linho, mas que não poderia sair dali atrás dele. Então a menina lhe entregou sua linha, que era a mais fina do mundo, e mandou que ele a levasse para o pai. Quando Tolinho voltou, muito tempo havia se passado e seus irmãos tinham acabado de retornar, certos de terem trazido a mais fina das linhas. Quando cada um mostrou a sua, porém, ficou claro que Tolinho é que tinha a mais fina de todas as linhas e seria o herdeiro do trono. Mas os irmãos não se deram por satisfeitos e exigiram que o pai impusesse nova condição. O rei, então, exigiu o mais belo tapete e de novo soprou três penas no ar. E novamente a terceira caiu sobre a pedra, e Tolinho não pôde se afastar dali, enquanto os irmãos seguiram para o Oriente e para o Ocidente. Ele ergueu a pedra, desceu pela escada e encontrou a menina tecendo um maravilhoso tapete nas cores mais vibrantes. Quando ela terminou, disse a ele: "Este foi tecido para você, leve-o para cima, ninguém no mundo terá um tapete mais belo do que este". Ele levou o tapete para o pai e novamente venceu os irmãos, que haviam trazido os mais belos tapetes de todos os países. Mas de novo os irmãos acabaram convencendo o rei e este determinou que quem quisesse herdar o reino teria de trazer a mulher mais bela. As penas foram sopradas mais uma vez e de novo a de Tolinho foi parar na pedra. Ele então desceu e se queixou para a menina de que novamente o pai havia lhe dado uma tarefa muito difícil, mas ela disse que iria ajudá-lo e mandou que seguisse adiante na caverna, que ali ele encontraria a mais bela mulher da Terra. Tolinho seguiu em frente e chegou a uma câmara onde tudo reluzia e refletia ouro e diamantes, mas, em vez de encontrar uma bela mulher, deparou com um sapo asqueroso, sentado bem no meio do aposento. O sapo disse: "Abrace-me e mergulhe!". Tolinho, porém, se recusou, e o sapo repetiu uma segunda e uma terceira vez: "Abrace-me e mergulhe!". Então Tolinho abraçou o sapo, levou-o para cima até um lago, mergulhou com ele e, mal haviam encostado na água, a mais bela das mulheres estava em seus braços. Eles saíram do lago e Tolinho a levou até o pai, e ela era mil vezes mais bela que as mulheres que os irmãos haviam trazido. Novamente o reino iria pertencer a Tolinho, mas os dois irmãos reclamaram e exigiram que recebesse o privilégio aquele cuja mulher conseguisse alcançar o anel que estava preso no alto da sala. O rei acabou concordando. A mulher do mais velho mal conseguiu saltar até a metade da altura, a do segundo irmão saltou um pouco mais alto, mas a mulher do mais novo saltou até tocar o anel. Finalmente, eles se viram obrigados a aceitar que Tolinho herdaria o reino depois da morte do pai e, quando este morreu, ele se tornou rei e reinou por muito tempo com sabedoria.

iv. o ganso de ouro

Era uma vez um homem que tinha três filhos, mas o caçula era tolinho. Um dia o mais velho disse: "Pai, quero entrar na floresta para cortar lenha". "Deixe disso", respondeu o pai, "você vai acabar voltando para casa com um braço enfaixado." Mas o filho não quis saber e, pensando que já sabia se cuidar, meteu um pedaço de bolo no bolso e partiu. Na floresta, ele encontrou um velhinho de cabelo grisalho, que pediu: "Me dê um pedaço do bolo do seu bolso, porque estou com muita fome". Mas o filho esperto respondeu: "Por que eu lhe daria o meu bolo e ficaria sem nada para mim? Saia do meu caminho!", e foi embora com seu machado. Ele começou a golpear uma árvore, mas não demorou a errar o golpe e a fazer um corte no braço com o machado, o que o obrigou a voltar para casa e a deixar-se enfaixar. Mas isso tinha sido provocado pelo velhinho.

Depois, o segundo filho entrou na floresta e o velhinho também lhe pediu um pedaço de bolo. Ele também negou e por isso acabou fazendo um corte na perna, tendo de voltar carregado para casa. Finalmente, chegou a vez de Tolinho, e o velhinho falou com ele como fizera com os outros, pedindo um pedaço do bolo. “Fique com ele todo”, disse Tolinho e o entregou ao homem. Este, então, disse: “Corte essa árvore e você encontrará algo”. Tolinho fez o que o velhinho falou e, assim que a árvore caiu, viu que havia um ganso de ouro sentado debaixo dela. Ele o levou consigo e entrou numa hospedaria para pernoitar, mas não ficou no quarto coletivo e sim num quarto pequeno, individual, onde colocou o ganso. Ao verem o ganso, as filhas do hospedeiro ficaram muito curiosas e com vontade de pegar uma pena dele. Então a mais velha disse: “Vou subir e, se eu não voltar logo, vocês venham atrás de mim”. Ela subiu até o quarto e, assim que tocou uma pena do ganso, ficou presa nela. Como estava demorando a descer, a segunda filha foi atrás dela e, ao ver o ganso, não resistiu ao desejo de arrancar-lhe uma pena. A mais velha aconselhou a irmã o quanto pôde que não o fizesse, mas de nada adiantou, pois ela tocou o ganso e também ficou presa na pena. Depois de esperar por muito tempo, a terceira filha finalmente resolveu subir e as outras imploraram para que ela não chegasse perto do ganso, mas ela não deu ouvidos e, só pensando em ter uma pena, também acabou presa. Na manhã seguinte, Tolinho pôs o ganso debaixo do braço e partiu, e as três meninas, grudadas nele, tiveram de segui-lo. Ao passar pelo campo, encontraram um padre, que repreendeu: “Credo, meninas descaradas, não têm vergonha de correr atrás desse jovem assim, escancaradamente?”, e com isso puxou uma delas pela mão querendo detê-la, mas assim que a tocou também acabou preso e também teve de seguir atrás das três. Não demorou e encontraram o sacristão, que perguntou: “Olá, padre! Aonde vai com tanta pressa? Hoje ainda tem um batizado!”, correu na direção do padre e, ao tocá-lo na manga, também ficou preso. Quando os cinco seguiam caminhando um atrás do outro, surgiram dois camponeses voltando da colheita com seus ancinhos. O padre os chamou, pedindo que os libertassem, mas mal encostaram nele e os camponeses também ficaram presos, e agora eram sete seguindo atrás de Tolinho com seu ganso.

Então ele chegou a uma cidade onde vivia um rei que tinha uma filha tão séria que ninguém conseguia fazê-la rir. Por essa razão, ele mandara circular um decreto que dizia que quem a levasse a rir deveria se casar com ela. Ao ouvir isso, Tolinho se apresentou com seu ganso e sua comitiva, e quando viu tal desfile ela começou a rir muito alto e só a muito custo conseguiu parar. Ele a pediu em casamento, mas o rei fez diversas exigências e disse que, antes, ele teria de trazer um homem que fosse capaz de beber todo o vinho de uma adega. Então Tolinho voltou à floresta e, no local onde havia cortado a árvore, encontrou um homem sentado, com um semblante muito triste, e perguntou-lhe por que estava deprimido. “Sabe, eu estou com muita sede e não há bebida que chegue, acabei de esvaziar um barril de vinho, mas o que é uma gota numa pedra quente?” “Eu posso ajudá-lo”, disse Tolinho, “venha comigo que você matará sua sede.” Ele o levou à adega do rei, e o homem se debruçou sobre os barris e bebeu tanto que até ficou com dor nos quadris, e antes de o dia terminar ele tinha bebido todo o vinho que havia na adega. Tolinho foi cobrar a mão da noiva, mas o rei estava aborrecido porque um rapaz maltratado, a quem todos chamavam de Tolinho, ia levar sua filha embora, e impôs uma nova condição: antes, ele teria de encontrar um homem que fosse capaz de comer uma montanha de pão. Tolinho voltou novamente à floresta e, no local onde ficava a árvore que ele tinha cortado, estava sentado um homem, apertando a barriga com um cinto e fazendo uma cara terrível, que disse: “Eu comi uma fornada inteira de pães, mas de nada adiantou para aplacar a minha imensa fome, sinto que a minha barriga está vazia e tenho de apertar o cinto se não quiser morrer de fome”. Ao ouvir isso, Tolinho disse, animado: “Levante-se e venha comigo que irá se fartar de comida". Ele o levou ao rei, que havia reunido toda a farinha que havia no reino e mandado assar uma enorme montanha de pão, e o homem da floresta se pôs diante dela e em um dia e uma noite a montanha tinha desaparecido. Tolinho exigiu novamente sua noiva, e uma vez mais o rei se esquivou e ordenou que, antes, ele lhe trouxesse um barco que pudesse deslizar na água e na terra, e aí poderia se casar com a princesa. De novo Tolinho foi até a floresta e ali encontrou o velhinho grisalho a quem um dia dera seu bolo, e este disse: "Eu bebi e comi por você e também vou lhe arrumar o barco, e faço tudo isso porque você foi caridoso comigo". Então ele lhe deu o barco que deslizava na terra e na água e, ao vê-lo, o rei teve de dar a mão da filha em casamento. O casamento foi celebrado e ele herdou o reino e viveu feliz com sua esposa por muito tempo.

65.

mil peles

Era uma vez um rei casado com a mulher mais bela do mundo, cujos cabelos eram de puro ouro. Eles tinham uma filha tão bonita quanto a mãe e cujos cabelos eram igualmente dourados. Certo dia, a rainha caiu doente e, pressentindo que iria morrer, chamou o rei e fez com que ele lhe prometesse que, após sua morte, ele não se casaria com ninguém que não fosse tão bonita quanto ela e que não tivesse cabelos igualmente dourados. Assim que o rei fez essa promessa, ela fechou os olhos e morreu. O rei ficou de tal modo entristecido que nem lhe ocorria ter uma segunda esposa. Seus conselheiros, no entanto, acabaram por convencê-lo a se casar novamente, e então foram despachados mensageiros a todas as princesas. Não havia, no entanto, nenhuma que se igualasse em beleza à sua falecida esposa, e cabelos dourados iguais àqueles não existiam em canto algum deste mundo. Certo dia, o rei deteve o olhar sobre a filha e se deu conta do quanto ela se parecia com a mãe, e que tinha os mesmos cabelos dourados. Ele então concluiu que nunca acharia alguém no mundo que fosse tão bela, e, tomado de uma paixão avassaladora por ela, decidiu se casar com a própria filha, e não tardou a comunicar seu intento aos conselheiros e à princesa. Os conselheiros fizeram de tudo para que desistisse da ideia, mas em vão. A princesa, por sua vez, ficou horrorizada com tamanha heresia, mas, como era esperta, disse ao rei que antes de tudo ele teria de mandar confeccionar três vestidos para ela; um teria de ser tão dourado quanto o próprio sol; outro, tão alvo quanto a própria lua; e o último, tão cintilante quanto as estrelas. Além do mais, ela exigiu um manto que fosse composto por inúmeras peles de animais diferentes, e todos os bichos do reino deveriam fornecer um pedaço de sua pele para isso. O rei estava de tal modo possuído pela paixão que ordenou que todo o reino se pusesse a trabalhar para satisfazer o desejo da princesa, e que seus caçadores caçassem todos os animais e lhes arrancassem a pele para que o manto pudesse ser confeccionado. Não demorou muito até que o rei tivesse reunido todas as coisas e as levasse à princesa. Esta então lhe disse que se casaria com ele no dia seguinte. Nesta noite, no entanto, ela reuniu os presentes que recebera do rei, seu noivo, que eram um anel, uma pequena roca e uma minúscula bobina, tudo de ouro. Ela guardou os três vestidos dentro de uma noz, então pretejou o rosto e as mãos com fuligem, cobriu-se com o manto de mil peles e abandonou o castelo. Caminhou durante toda a noite até chegar a uma imensa floresta. Sentindo-se segura e estando exausta pelo esforço, enfiou-se dentro de uma árvore oca e adormeceu.

Já era dia alto e ela ainda dormia quando o rei, seu noivo, caçava por ali. Como os cães ficassem farejando em torno da árvore, ele determinou que seus caçadores averiguassem que bicho estava escondido na árvore. Estes voltaram, dizendo que havia um animal estranho como nunca tinham visto igual em toda a vida deles, que tinha o corpo recoberto por uma grossa camada de pelos de todos os tipos de animais e que no momento estava adormecido. O rei então determinou que prendessem o bicho e o amarrassem à carruagem. Quando os caçadores o puxaram para fora, viram que se tratava de uma jovem. Eles então a amarraram na parte traseira da carruagem e a levaram junto para o castelo. "Mil Peles", disseram, "você vai trabalhar na cozinha, pode trazer lenha e água e varrer as cinzas." Eles então a acomodaram num minúsculo cômodo debaixo da escada, onde a luz do dia jamais chegava. "Ali você pode morar e dormir." Ela foi mandada para a cozinha, para ajudar o cozinheiro. Tinha de depenar galinhas, atiçar o fogo, lavar as hortaliças e realizar tudo quanto era serviço desagradável. Como era muito caprichosa, o cozinheiro gostou dela e muitas vezes a chamava à noite para lhe dar de comer uns restos do jantar. Antes que o rei fosse dormir, no entanto, ela precisava subir aos aposentos para tirar as botas dele, e quando ela removia um pé o rei lhe jogava aquela bota na cabeça.

Assim, durante longo tempo, Mil Peles viveu uma vida miserável. Pobrezinha dessa jovem, o que seria dela? Certa ocasião, foi anunciado que haveria um baile no castelo. Mil Peles pensou que essa talvez fosse a chance de rever seu amado noivo. Falou com o cozinheiro e pediu-lhe que a deixasse subir só um pouquinho, para que ela pudesse, escondida atrás da porta, admirar o esplendor da festa. "Pode ir", disse o cozinheiro, "mas não fique fora mais de meia hora, pois ainda precisa varrer as cinzas esta noite." Mil Peles então pegou sua lamparina e foi até seu cômodo, onde removeu toda a fuligem que lhe cobria o rosto e as mãos, revelando uma beleza tão resplandecente quanto as flores da primavera. Então, tirou o manto de peles, abriu a noz e tirou de dentro o vestido que brilhava feito o sol. Quando estava toda arrumada, foi até o salão, onde todos abriam caminho para ela acreditando tratar-se de uma elegante princesa. O rei logo lhe estendeu a mão para dançar e, enquanto deslizavam pelo salão, ele ficou pensando no quanto essa jovem princesa desconhecida se parecia com sua querida noiva. E quanto mais ele a olhava, tanto mais parecida a achava, a ponto de ficar praticamente convencido de que se tratava da mesma pessoa. Então decidiu que, ao final da dança, perguntaria a ela. No entanto, mal a música cessou, ela fez uma reverência para o rei e desapareceu antes que ele pudesse esboçar qualquer gesto. Ele então mandou inquirir as sentinelas, mas ninguém vira a princesa saindo do castelo. Ela tinha corrido de volta a seu cubículo, tirara o vestido, pintara o rosto e as mãos de preto e voltara a se cobrir com o manto de peles. Em seguida, voltara à cozinha e estava prestes a varrer as cinzas quando o cozinheiro disse: "Deixe isso para amanhã, eu também quero dar uma olhada na dança, assuma o meu lugar e prepare a sopa do rei, mas tome cuidado para que não caia nenhum fio de cabelo no caldo, pois se isso acontecer eu não lhe darei mais nada para comer". Mil Peles preparou uma sopa de pão e, depois de verter o líquido num prato, depositou nele o anel de ouro que o rei certa vez lhe dera de presente. Ao final do baile, o rei mandou que lhe trouxessem a sopa, que sorveu inteira, pensando que nunca tinha experimentado caldo mais gostoso. Quando terminou, encontrou o anel no fundo do prato e, ao examiná-lo de perto, viu que se tratava de sua aliança de noivado. Ele então ficou pasmo, sem saber como o anel poderia ter ido parar ali, e então mandou chamar o cozinheiro. Este logo ficou bravo com Mil Peles: "Com certeza você deixou cair um fio de cabelo dentro do caldo; se isso for verdade, você vai apanhar". Quando o cozinheiro chegou, no entanto, o rei lhe perguntou quem havia preparado a sopa, pois esta estivera melhor que das outras vezes. O cozinheiro teve de admitir que a façanha fora obra de Mil Peles, e o rei então ordenou que ele mandasse a jovem à sua presença. "Quem é você e o que faz em meu castelo? Onde conseguiu o anel que estava dentro da minha sopa?", perguntou o rei. Mas ela respondeu: "Sou apenas uma pobre criança, órfã de pai e mãe, não tenho nada e não sirvo para coisa alguma a não ser para que me joguem botas na cabeça, e também não sei nada sobre o anel". E com isso ela saiu da sala.

Tempos depois, um novo baile foi realizado. Mil Peles pediu novamente ao cozinheiro que a deixasse espiar o salão.

Este consentiu, contanto que ela prometesse não se demorar mais de meia hora, para chegar a tempo de preparar a sopa do rei. Mil Peles então correu para seu pequeno cômodo, lavou-se e vestiu o vestido de lua, que estava mais claro e reluzente que neve recém-caída. Quando adentrou o salão, a dança estava começando e o rei logo lhe estendeu a mão, e os dois dançaram juntos. O rei já não tinha dúvida alguma de que se tratava de sua noiva, pois não havia ninguém no mundo com tais cabelos dourados. Ao final da dança, no entanto, a princesa já estava fora do salão, e todos os esforços do rei para localizá-la se mostraram inúteis — e ele não pudera trocar uma palavra sequer com ela. Agora, ela era novamente Mil Peles e, pretejada no rosto e nas mãos, estava a postos na cozinha preparando a sopa de pão do rei, enquanto o cozinheiro tinha subido para assistir às danças. Quando a sopa ficou pronta, ela pôs a roca dourada dentro dela. O rei sorveu a sopa, que lhe pareceu ainda mais apetitosa, e quando encontrou a roca dourada ficou ainda mais surpreso, pois tratava-se de um objeto que ele certa vez dera de presente à noiva. Primeiro, mandou chamar o cozinheiro, depois Mil Peles, mas esta afirmou novamente nada saber a respeito, e que estava ali apenas para receber botas na cabeça.

O rei pela terceira vez realizou um baile, na esperança de que sua noiva voltasse a aparecer, e aí ele certamente a seguraria. Mil Peles pediu novamente ao cozinheiro que a deixasse subir para ver a festa, mas ele a repreendeu, dizendo: "Você é uma bruxa, fica colocando coisas na sopa, e sabe prepará-la melhor que eu". Mas, como ela implorasse e prometesse se comportar, ele concordou que ela se afastasse da cozinha por meia hora. Ela então pôs seu vestido de estrelas, que brilhava como as estrelas na noite, subiu e dançou com o rei, que achou que nunca a havia visto tão linda quanto naquela noite. Durante a dança, o rei, que tinha determinado que a dança se estendesse além do tempo normal, sorrateiramente enfiou um anel no dedo dela. Ainda assim, não conseguiu retê-la, nem sequer trocar uma palavra com ela, pois assim que terminou a dança ela se enfiou entre os presentes e tinha sumido antes que ele se virasse. A princesa correu para seu pequeno cômodo e, como estivera fora mais de meia hora, tirou rapidamente a roupa e, na pressa, não se pintou direito, acabando por esquecer-se de pintar um dos dedos. Quando chegou à cozinha, o cozinheiro já tinha saído, e ela mais que depressa preparou a sopa de pão, e dessa vez pôs a bobina dourada dentro do prato. Tal como ocorrera com o anel e a roca, o rei também encontrou a bobina dourada e agora teve certeza absoluta de que sua noiva estava por perto, pois ninguém mais poderia ter recebido aqueles presentes. Mil Peles foi chamada à sua presença e, quando tentava se safar de novo dando um salto para escapar dali, o rei vislumbrou o dedo branco de sua mão e segurou-a por ele. Então ele viu o anel, e mais que depressa arrancou o manto de cima dela, o que fez aparecer uma cascata de cabelos dourados, e o rei então confirmou que ali estava sua adorada noiva. O cozinheiro foi generosamente gratificado, o casamento foi realizado e os dois viveram felizes até morrerem.

66.

vapt-vupt-zum

Era uma vez um rei que tinha se perdido enquanto caçava. De repente, apareceu um homenzinho branco à sua frente: "Senhor rei, se me der a mão de sua filha caçula, eu o ajudo a sair da floresta". Amedrontado, o rei concordou e o homenzinho então mostrou a ele o caminho certo. Ao despedir-se, disse: "Em oito dias, virei buscar a minha noiva". De volta ao castelo, o rei estava muito triste pela promessa que fizera, pois a filha caçula era justamente sua preferida. As princesas notaram a tristeza do pai e perguntaram o que o preocupava. Ele então confessou ter prometido dar em casamento a mais nova de suas filhas para um pequenino homem branco da floresta, e que este viria buscá-la dentro de oito dias. Elas, no entanto, o tranquilizaram, dizendo que dariam um jeito de enganar o homenzinho. Quando chegou o dia, elas vestiram a filha de um pastor de vacas com as roupas da princesa, sentaram-na no quarto desta, dando a seguinte ordem à jovem: "Quando alguém vier para buscá-la, você vai junto!", e em seguida saíram do castelo. Assim que tinham saído, uma raposa entrou no castelo e disse à moça: "Sente-se sobre a minha áspera cauda e vapt-vupt-zum!, vamos embora para a floresta!". A moça sentou-se sobre a cauda da raposa e esta a levou até a floresta. Quando chegaram a um lindo campo relvado, onde o sol brilhava espalhando luz e calor, a raposa disse à jovem: "Agora apeie e cate meus piolhos!". A moça obedeceu, a raposa deitou a cabeça no colo dela e, enquanto catava os piolhos, a moça disse: "Ontem, neste mesmo horário, estava ainda mais bonito na floresta!". "Mas como você chegou até a floresta?", perguntou a raposa. "Ora, eu estava ajudando meu pai a pastorear as vacas." "Então você não é a princesa! Sente-se sobre a minha áspera cauda e vapt-vupt-zum!, de volta para o castelo!" A raposa a levou de volta e disse ao rei: "O senhor me enganou, esta é a filha de um pastor de vacas; em oito dias virei novamente buscar a sua verdadeira filha". No oitavo dia, porém, as princesas vestiram a filha de um pastor de gansos com roupas suntuosas, sentaram-na no quarto e foram embora. Então a raposa chegou e disse: "Sente-se sobre a minha áspera cauda e, vapt-vupt-zum!, vamos embora para a floresta!". Quando chegaram ao ensolarado campo relvado, a raposa disse novamente: "Apeie agora e venha catar meus piolhos!". Enquanto catava os piolhos, a moça suspirou e disse: "Onde estarão os meus gansos agora?". "O que você sabe sobre gansos?" "Ora, todo dia eu levava os gansos para o campo, junto com meu pai." "Então você não é a filha do rei! Sente-se sobre a minha áspera cauda e, vapt-vupt-zum!, de volta para o castelo!" A raposa a levou de volta e disse ao rei: "O senhor me enganou de novo, esta é a filha de um pastor de gansos. Em oito dias eu voltarei mais uma vez, e se não me entregar a sua filha verdadeira o senhor se dará muito mal". O rei ficou com medo e, quando a raposa voltou, ele entregou-lhe a princesa. "Sente-se sobre a minha áspera cauda e, vapt-vupt-zum!, vamos embora para a floresta." Ela teve de cavalgar sobre a cauda da raposa, e quando chegaram ao lugar iluminado pelo sol esta disse à jovem: "Agora apeie e cate meus piolhos!". Mas quando a raposa deitou a cabeça no colo da princesa, esta começou a chorar e disse: "Sou a filha de um rei e tenho de catar os piolhos de uma raposa!

Se eu estivesse em casa sentada no meu quarto, poderia ver as flores no jardim!". A raposa, agora convencida de que estava com a noiva certa, transformou-se novamente no pequenino homem branco. Este agora era o seu esposo, ela teria de morar com ele numa pequena cabana, e cozinhar e costurar para ele, e isso durou um bom tempo. O homenzinho, por sua vez, fazia de tudo para agradá-la.

Certo dia, ele disse à princesa: "Eu tenho de sair, mas logo três pombos brancos virão voando baixo, rente ao solo. Você deve capturar o pombo do meio e, quando o tiver nas mãos, cortar a cabeça dele imediatamente. Mas tome muito cuidado para não apanhar um pombo que não seja o do meio, pois isso causaria uma grande desgraça". O pequenino homem então se foi e, ao cabo de pouco tempo, a princesa viu três pombos que se aproximavam voando baixo. Ela ficou bem atenta, agarrou o pombo do meio, empunhou uma faca e cortou a cabeça dele. Assim que o pombo caiu no chão, um belo e jovem príncipe surgiu na frente dela e lhe disse: "Uma fada jogou um feitiço em mim; eu perderia a minha forma durante sete anos, e depois, transformado num pombo, eu passaria pela minha esposa, voando entre dois outros pombos, e ela teria que me agarrar e cortar a minha cabeça. Caso ela não me pegasse, ou pegasse o pombo errado, e eu tivesse passado por ela, tudo estaria perdido e não haveria mais salvação. Por isso lhe pedi que ficasse muito atenta, pois eu sou o pequenino homem branco, e você é minha esposa". Isso deixou a princesa muito feliz, e, juntos, eles foram morar com o pai dela, e quando este morreu eles herdaram o reino.

67.

o rei e o leão

Um príncipe disse à sua noiva: "Tome este anel e o meu retrato para se lembrar de mim e me ser fiel. Meu pai está muito doente e mandou me chamar, pois quer me ver antes de morrer. Quando eu me tornar rei, venho buscar você". Dito isso, partiu em seu cavalo e encontrou o rei à beira da morte. O rei pediu ao príncipe que se casasse com certa princesa, depois que ele morresse. O príncipe estava tão abalado e gostava tanto do pai que concordou sem pensar, e logo em seguida o rei fechou os olhos e morreu. Depois de ser nomeado rei e quando o período de luto passou, ele teve de manter sua promessa e pediu outra princesa em casamento, e esta aceitou. Enquanto isso, a primeira noiva ficou sabendo que o príncipe estava fazendo a corte à outra e quase morreu de tanto sofrer. O pai quis saber por que ela andava tão triste e prometeu realizar qualquer desejo seu. Então a princesa pensou um pouco e pediu que lhe trouxessem onze moças que fossem idênticas a ela em tamanho e medidas. O rei mandou buscar as donzelas por todo o reino e, assim que elas foram reunidas, a princesa as vestiu, bem como a si própria, como caçadores, de modo que as doze ficaram perfeitamente iguais. Em seguida, cavalgou até o rei, seu antigo noivo, e pediu que ele desse a ela e às outras o emprego de caçador. O rei não a reconheceu e, por serem elas pessoas tão bonitas, aceitou seu pedido com prazer e as empregou em sua corte.

Acontece que o rei tinha um leão, de quem não se podia esconder nada e que sabia de tudo o que se passava secretamente na corte. Certa noite ele disse ao rei: “Você acha que tem doze caçadores, mas eles são um bando de moças”. Como o rei não quis acreditar o leão prosseguiu: “Mande espalhar ervilhas na antessala; os homens têm passos pesados e quando passarem por elas nenhuma irá se mover, mas as meninas andam com cuidado e arrastam os pés, e por isso as ervilhas vão rolar sob seus pés”. A ideia agradou ao rei. Porém, um mordomo seu que gostava dos caçadores tinha ouvido toda a conversa e correu até elas, dizendo: “O leão está achando que vocês são meninas e quer espalhar ervilhas para testá-las”. A princesa ordenou às donzelas que fossem vigorosas e pisassem nas ervilhas com força. Pela manhã, depois de ter mandado espalhar as ervilhas, o rei mandou chamar os doze caçadores, cujo andar era tão seguro e forte que nenhuma ervilha se moveu. À noite, o rei acusou o leão de ter mentido para ele, e o leão disse: “É que elas disfarçaram, mas mande colocar doze rocas na antessala e elas vão se alegrar, coisa que um homem jamais faria”. Mais uma vez o rei acatou o conselho do leão e mandou instalar as rocas. Mas o mordomo revelou o plano aos caçadores e a princesa ordenou que as onze donzelas nem sequer olhassem para as rocas. Assim elas fizeram e o rei não quis mais acreditar no leão. Ele estava gostando cada vez mais de seus caçadores e toda vez que saía à caça eles tinham de segui-lo. Certa vez, quando estavam na floresta, chegou a notícia de que a noiva do príncipe estava a caminho e em breve estaria lá. Ao ouvir isso, a verdadeira noiva desmaiou. Mas o rei, pensando que alguma coisa atingira seu querido caçador, correu em seu auxílio. Quando tirou sua luva, avistou o anel que tinha dado à primeira noiva, e quando viu o retrato pendurado num cordão ao redor de seu pescoço, ele a reconheceu. Então, logo mandou dizer à outra noiva que retornasse a seu reino porque ele já tinha uma esposa, e quando se encontra a chave velha não se necessita de uma nova. O casamento foi celebrado e, como o leão não mentira, este voltou a cair nas graças do rei.

68.

o jardim de inverno e de verão

Era uma vez um comerciante que visitaria uma feira e, antes de viajar, perguntou às três filhas o que gostariam que ele lhes trouxesse de presente. A mais velha disse: "Um lindo vestido"; "Um belo par de sapatos", disse a segunda; "Uma rosa", pediu a terceira. Conseguir uma rosa era algo tremendamente difícil, pois estavam em meio ao inverno. No entanto, como a mais jovem também era a mais bela e gostava imensamente de flores, o pai disse que não pouparia esforços para atender ao pedido dela.

O comerciante agora já estava a caminho de volta para casa. Levava um maravilhoso vestido para a filha mais velha, um par de lindos sapatos para a do meio, mas a rosa para a caçula ele não conseguira. Ao entrar em um jardim e pedir uma rosa, riram-se dele, perguntando-lhe se acreditava que as rosas floresciam na neve. Ele se entristeceu e, justo quando se perguntava se não conseguiria levar presente algum para sua filha preferida, chegou a um castelo em cuja frente havia um jardim dividido em duas estações: metade inverno, metade verão. No lado do verão, vicejavam as mais belas flores de todos os tamanhos, enquanto no lado do inverno as árvores não tinham folhas e uma grossa camada de neve cobria o chão. O comerciante apeou do cavalo e, ao ver um arbusto coberto de rosas no lado do verão, ficou exultante, aproximou-se, colheu uma flor e se pôs novamente a caminho. Havia já cavalgado um bom pedaço quando ouviu algo correndo atrás dele, resfolegante. Quando se virou, viu uma grande fera preta, que bradou: "Ou você me devolve a minha rosa, ou eu o mato; ou você me devolve a minha rosa, ou eu o mato!". O comerciante então respondeu: "Eu lhe peço, por favor, deixe-me levar a rosa, é um pedido especial de minha filha, ela é a mais linda do mundo". "Se é assim, tudo bem, mas, em troca, prometa que me concederá a mão dessa filha em casamento!". Para se livrar logo da fera, o comerciante disse que concordava, pensando consigo mesmo que isso jamais aconteceria, que ela acabaria não aparecendo para exigir o cumprimento da promessa. A fera, no entanto, ainda gritou atrás dele: "Em oito dias, quero estar com a minha noiva".

O comerciante trouxe às filhas o que cada uma havia pedido e todas ficaram muito felizes, sobretudo a mais jovem em relação à rosa. Oito dias depois, quando as três irmãs estavam sentadas juntas à mesa, ouviram passos pesados subindo a escada e, ao chegar à porta, alguém chamar: "Abram! Abram!". Elas então abriram a porta e levaram um baita susto ao se depararem com uma enorme fera preta: "Como a minha noiva não veio, e o tempo se esgotou, eu vim pessoalmente buscá-la". Nisso, aproximou-se da irmã mais jovem e a agarrou. Esta começou a gritar, mas foi em vão, ela teve de ir com a fera, e quando o comerciante voltou para casa sua filha mais querida havia sido raptada. A fera preta, no entanto, carregou a jovem para seu castelo, onde tudo era maravilhoso, havia uma orquestra que se pôs a tocar e lá fora, no jardim, era metade verão e metade inverno. A fera era extremamente gentil e fazia de tudo para agradá-la. Faziam as refeições juntos e a jovem tinha de cansar a fera, senão ela não comia. A moça foi se acostumando com a fera e passou a se sentir segura com ela até que começou realmente a gostar dela. Certa vez, lhe disse: "Estou com um pressentimento horrível, não sei direito, é como se meu pai estivesse doente, ou uma de minhas irmãs, ah, se eu pudesse vê-los ao menos mais uma vez!". A fera então a levou até um espelho e disse: "Veja aí dentro", e, quando ela olhou para o espelho, era como se estivesse de volta à sua casa; ela viu a sala e o pai, que estava doente de verdade, padecendo de desgosto, culpando-se por ter permitido que a filha fosse raptada por um bicho selvagem, que talvez a tivesse devorado. Ah, se ele soubesse como ela passava bem não ficaria tão desconsolado. Ela também viu as duas irmãs sentadas junto à cama do pai, chorando. Isso tudo a deixou de coração partido, e ela então pediu à fera que a deixasse visitar a família, nem que fosse por poucos dias. A fera não queria concordar, mas vendo a aflição da jovem acabou ficando com pena e consentiu: "Vá ver o seu pai, mas prometa que estará de volta em oito dias". Ela prometeu e, enquanto se afastava, a fera ainda chamou: "Só não fique fora mais de oito dias".

Quando a jovem chegou em casa, o pai ficou muito feliz por poder vê-la de novo, mas a doença e a tristeza já o haviam consumido a ponto de ele não conseguir se restabelecer, acabando por morrer após alguns dias. Ela ficou de tal modo entristecida que não conseguia pensar em mais nada, logo depois o pai foi enterrado e ela acompanhou o cadáver. No enterro, as irmãs choraram juntas e se consolaram mutuamente, e quando por fim ela pensou de novo na querida fera já haviam se passado bem mais de oito dias. Ela então ficou aflita, achando que também a fera tinha ficado doente, e logo se pôs a caminho do castelo. Ao chegar, tudo era silêncio e desolação. A orquestra já não tocava, e tudo estava recoberto por fitas pretas de luto. No jardim, reinava o inverno dos dois lados e a neve encobria tudo. Ela se pôs a procurar a fera, mas ela havia sumido, e por mais que procurasse, não conseguia achá-la em lugar nenhum. Um sentimento de duplo luto se apoderou da jovem, e ela não encontrava consolo.

Quando um dia, em sua tristeza, resolveu perambular pelo jardim, viu uma pilha de cabeças de repolho, mas elas já estavam velhas e apodrecidas. Mexeu na pilha e, quando tinha virado algumas cabeças, viu sua querida fera deitada debaixo da pilha, aparentemente morta. Mais que depressa, ela foi buscar água e se pôs a molhar a fera incessantemente. De repente, esta se levantou de um salto e se transformou em um belo príncipe. Então foi celebrado o casamento dos dois, e a orquestra voltou a tocar, o lado do verão do jardim se recompôs em esplendor, as fitas pretas foram removidas e eles viveram juntos e felizes para sempre.

69.

jorinda e joringel

Era uma vez um velho castelo que ficava no meio de uma densa floresta, no qual morava uma velha, completamente sozinha, que era feiticeira. Durante o dia ela se transformava numa gata ou numa coruja e à noite assumia a forma humana. Ela tinha o poder de atrair animais selvagens e pássaros, para depois abatê-los e cozinhá-los e assá-los. Se alguém se aproximasse a menos de cem passos de distância do castelo, ficava paralisado e não conseguia sair do lugar até ser libertado por ela, mas se uma donzela entrasse nesse perímetro ela a transformava num pássaro, prendia-a num cesto e guardava-o num dos aposentos do castelo. Ela guardava cerca de sete mil desses cestos com pássaros raros no castelo.

Havia uma donzela que se chamava Jorinda. Era mais bela do que todas as outras moças e estava comprometida com um jovem muito bonito chamado Joringel. Eles estavam noivos e os dois se divertiam muito um com o outro. Para poderem conversar a sós, resolveram passear na floresta. "Cuidado para não se aproximar muito do castelo!", advertiu Joringel. Era uma tarde muito agradável, o sol brilhava entre os troncos das árvores, iluminando o verde escuro da floresta, e a rolinha arrulhava melancólica, pousada no alto da velha faia.

Jorinda chorava de vez em quando. Sentou-se sob os raios de sol e se queixou. Joringel também se queixava. Estavam tão tristes que parecia até que iriam morrer. Olharam ao redor, mas estavam confusos e não sabiam mais o caminho de casa. O sol ainda aparecia pela metade sobre a montanha e a outra metade já tinha se posto. Joringel olhou entre os arbustos e, ao ver que o velho muro do castelo estava bem perto, levou um susto e ficou apavorado. Jorinda cantava:

"Meu passarinho de coleira vermelhinha
Está muito triste, triste, triste,
Canta a morte da pombinha,
Triste, triste, Trilili! Trilili!"

Joringel procurou por Jorinda. Ela tinha sido transformada em rouxinol e cantava "Trilili! Trilili". Uma coruja da noite com olhos em brasa voou três vezes a seu redor e por três vezes gritou uu, uu, uu! Joringel já não podia mais se mexer, estava lá como uma pedra, sem poder chorar, falar ou mover a mão ou o pé. Agora o sol tinha se posto. A coruja voou para um arbusto e logo em seguida uma velha corcunda saiu dele, amarelada e magra, grandes olhos vermelhos, nariz torto cuja ponta alcançava o queixo. Resmungando, ela apanhou o rouxinol e o levou embora. Joringel não podia falar nada nem sair do lugar. O rouxinol sumiu e finalmente a velha retornou e disse, com voz abafada: "Olá, Zaquiel! Quando amanhã a lua iluminar o cestinho, desate, Zaquiel, em boa hora!". Assim, Joringel foi libertado. Então caiu de joelhos aos pés da bruxa e implorou que lhe devolvesse sua Jorinda, mas ela disse que ele jamais a teria de volta e foi embora. Ele chamou, chorou, lamentou, mas foi em vão. "Ai! O que vai ser de mim?" Joringel partiu e acabou chegando a uma aldeia desconhecida, em que passou longo tempo cuidando das ovelhas. Muitas vezes andou em torno do castelo, mas sem se aproximar demais. Até que uma noite sonhou que encontrou uma flor vermelha cor de sangue em cujo miolo havia uma pérola grande e linda. Ele colheu a flor e foi com ela ao castelo. Tudo o que ele tocava com a flor libertava-se de seu feitiço. Ele também sonhou que com isso recuperava sua Jorinda. Quando acordou pela manhã, começou a vasculhar por vales e montanhas atrás de uma flor daquelas. Procurou até o nono dia, quando, de manhãzinha, encontrou uma flor vermelho-sangue. Bem no meio dela havia uma grande gota de orvalho, do tamanho da mais linda pérola. Colheu a flor e caminhou noite e dia até o castelo. Quando estava a cem passos do castelo, ele não só não ficou petrificado como conseguiu seguir até o portão. Feliz, encostou a flor no portão, que se abriu. Entrou e no pátio apurou os ouvidos para saber de onde vinha o canto dos pássaros. Finalmente ouviu. Andou e encontrou o aposento. A feiticeira estava ali dentro, alimentando os pássaros presos nos sete mil cestos. Ao ver Joringel, ficou muito brava e, aos gritos, lançou veneno e bile contra ele, mas sem conseguir se aproximar do rapaz a uma distância menor que dois passos. Ele não se virou para ela e foi abrir os cestos com os pássaros. Mas havia centenas de rouxinóis. Como iria encontrar sua Jorinda? Enquanto procurava, viu que a velha estava escondendo um cesto e saindo pela porta. Num salto, foi até ela e tocou o cesto e a velha com a flor. Agora ela perdera seus poderes, e Jorinda estava ali, tão linda como antes, e o abraçou. Depois Joringel ainda desfez o feitiço e transformou os outros pássaros em donzelas; então seguiu para casa com sua Jorinda e os dois viveram felizes por muito tempo.

70.

o okerlo

Uma rainha colocou sua filha num berço de ouro e jogou-o no mar. O berço não afundou, mas flutuou até uma ilha em que viviam comedores de gente. Quando o berço estava se aproximando da ilha, a mulher do devorador de gente estava justo na praia e, ao ver a criança, uma linda menina, decidiu criá-la para um dia seu filho se casar com ela. Mas ela tomou muito cuidado para esconder bem a menina de seu marido, o velho Okerlo, pois se ele a visse iria devorá-la com pele e cabelo.

Quando a menina finalmente cresceu, deveria se casar com o jovem Okerlo, mas ela não gostava dele e chorava o dia inteiro. Um dia, quando estava sentada na praia, um príncipe veio nadando, e ela gostou dele e ele dela e eles noivaram. Mas, naquele instante, a velha devoradora de gente apareceu e, furiosa ao ver o príncipe com a noiva de seu filho, logo o capturou: "Espere só, você será o assado do casamento do meu filho!".

O jovem príncipe, a menina e os três filhos de Okerlo dormiam juntos no mesmo quarto; um dia, ao anoitecer, o velho Okerlo sentiu vontade de comer carne humana e disse: "Mulher, não quero esperar até o casamento, me sirva o príncipe agora!". Mas a menina ouviu tudo pela parede, levantou rapidamente, tirou a coroa de ouro da cabeça de um dos filhos do Okerlo e a colocou na cabeça do príncipe. A velha devoradora de gente se aproximou e, como estava escuro, tateou as cabeças e pegou aquele que estava sem coroa, levando-o ao marido, que o devorou no mesmo instante. Mas a menina estava apavorada e pensou: "Quando amanhecer, vão descobrir tudo e acabar com a gente". Então, ela se levantou discretamente e pegou uma bota de milhas, uma vara mágica e um bolo que tinha um feijão que dava resposta a tudo que se perguntasse.

Então, ela partiu com o príncipe e os dois calçaram a bota de milhas, vencendo uma milha a cada passo. Depois perguntaram ao feijão:

"Feijão, você está aí?".

"Sim", respondeu o feijão, "estou aqui, mas se apressem que a devoradora está vindo atrás de vocês com a outra bota de milhas que ficou lá!" Então, a menina pegou a varinha mágica e se transformou num cisne, e o príncipe, num lago em que o cisne nadava. A devoradora de gente chegou e tentou atrair o cisne para a margem, mas, como não conseguiu fazer isso sozinha, voltou para casa contrariada. A menina e o príncipe continuaram seu caminho.

"Feijão, você está aí?"

"Sim", respondeu o feijão, "estou aqui, mas a velha já está voltando, o devorador revelou como ela foi enganada." A menina então pegou a varinha mágica e transformou-se e ao príncipe numa nuvem de poeira, que a senhora Okerlo não conseguiu atravessar e, assim, se viu obrigada a recuar, e eles seguiram adiante.

"Feijão, você está aí?"

"Sim", respondeu o feijão, "estou aqui, mas vejo a senhora Okerlo voltando mais uma vez, e ela está dando passos largos." A menina então pegou a varinha mágica pela terceira vez e se transformou numa roseira, e o príncipe, numa abelha. Então a velha devoradora chegou e, como não os reconheceu nessa forma, foi embora novamente.

Acontece que, sozinhos, eles não conseguiam mais recuperar a forma humana, porque a menina, apavorada, acabara jogando a varinha muito longe. Mas eles já haviam se afastado tanto que a roseira agora estava no meio de um jardim que pertencia à mãe da menina. A abelha ficava pousada na rosa e quem ousasse colhê-la levava uma ferroada. Um dia, a própria rainha foi ao jardim e, quando viu a bela flor, ficou tão encantada que quis colhê-la. Mas a abelhinha veio e espetou o ferrão em sua mão com tanta força que ela deixou a rosa no pé; porém, uma parte já havia sido arrancada. Então ela viu que havia sangue saindo do caule e mandou chamar uma fada para que desfizesse o feitiço da flor. A rainha logo reconheceu a filha e ficou muito feliz e animada. Foi celebrado um casamento com muitos convidados, que chegaram em trajes pomposos; mil luzes flamejavam no salão, a música não parou e todos dançaram até o dia amanhecer.

"Você também estava no casamento?"

"Sim, estava sim:

"Meu adereço de cabeça era de manteiga e aí ele derreteu quando saí no sol.

"Meu vestido era de teias de aranha e passei por uns espinhos que as arrancaram. Meus sapatos eram de vidro e eles se partiram em dois quando pisei numa pedra."

71.

a princesa pele de rato

Um rei tinha três filhas e, querendo saber qual delas gostava mais dele, mandou chamá-las para perguntar. A mais velha respondeu que gostava mais dele do que de todo o reino. A filha do meio respondeu que gostava mais dele do que de todas as pedras preciosas e pérolas do mundo. A terceira, porém, disse que gostava mais dele do que do sal. Indignado por sua filha ter comparado seu amor a uma coisa tão ínfima, o rei entregou-a ao criado e mandou que ele a levasse à floresta e a matasse. Quando estavam na floresta, a princesa implorou ao criado que a deixasse com vida. Como ele era fiel a ela e jamais a mataria, ofereceu-se para seguir com ela e fazer tudo o que ela pedisse. Mas a princesa não pediu nada além de um traje de pele de rato e, quando ele o trouxe, ela o vestiu e partiu. Seguiu diretamente até a corte de um rei vizinho e, passando-se por homem, ofereceu-se para trabalhar para ele. O rei concordou e ela deveria servi-lo tirando-lhe as botas à noite; e toda vez que ela o fazia, ele as atirava em sua cabeça. Certa vez, ele perguntou-lhe de onde vinha. "Do país no qual as pessoas não jogam as botas na cabeça dos outros." O rei tornou-se mais gentil e um dia os outros criados lhe trouxeram um anel. Pele de Rato o perdera, e eles, considerando-o caro demais, concluíram que ela o devia ter roubado. O rei mandou chamar Pele de Rato e perguntou de onde vinha aquele anel. Pele de Rato, sem ter mais como se esconder, tirou a pele de rato e seus cabelos dourados se soltaram; e ela era tão linda, mas tão linda, que o rei foi logo tirando a coroa e colocando-a na cabeça dela, e tornando-a sua esposa.

O pai de Pele de Rato também foi convidado para o casamento e, pensando que a filha já estivesse morta há tempos, não a reconheceu. Todos os pratos que lhe eram servidos à mesa estavam sem sal e, irritado, ele se queixou: "Prefiro não viver a comer tal comida!". Assim que ele acabou de dizer isso, a rainha disse a ele: "Agora o senhor não quer viver sem sal, mas já mandou que me matassem porque eu disse que gostava mais do senhor do que do sal!". Nesse momento, ele reconheceu a filha e a beijou pedindo perdão. Para ele, reencontrá-la valeu muito mais do que o reino e todas as pedras preciosas do mundo.

72.

a pera não quer cair

O patrão quer sacudir a árvore,
a pera não quer cair,
o patrão manda a cabra
sacudir a pera,
mas a cabra não sacode
e a pera não cai.

O patrão então manda o cachorro
morder a cabra,
o cachorro não morde a cabra,
a cabra não sacode a árvore
e a pera não cai.

O patrão manda o bastão
bater no cachorro,
o bastão não bate no cachorro,
o cachorro não morde a cabra,
a cabra não sacode a árvore
e a pera não cai.

O patrão manda o fogo
queimar o bastão,
o fogo não queima o bastão,
o bastão não bate no cachorro,
o cachorro não morde a cabra,
a cabra não sacode a árvore
e a pera não cai.

O patrão manda a água
apagar o fogo,
a água não apaga o fogo,
o fogo não queima o bastão,
o bastão não bate no cachorro,
o cachorro não morde a cabra,
a cabra não sacode a árvore
e a pera não cai.

O patrão manda o bezerro
beber a água,
o bezerro não bebe a água,
a água não apaga o fogo,
o fogo não queima o bastão,
o bastão não bate no cachorro,
o cachorro não morde a cabra,
a cabra não sacode a árvore
e a pera não cai.

O patrão manda o açougueiro
abater o bezerro,
o açougueiro não abate o bezerro,
o bezerro não bebe a água,
a água não apaga o fogo,
o fogo não queima o bastão,
o bastão não bate no cachorro,

o cachorro não morde a cabra,
a cabra não sacode a árvore
e a pera não cai.

O patrão manda o carrasco
enforcar o açougueiro,
o carrasco quer enforcar o açougueiro,
o açougueiro quer abater o bezerro,
o bezerro quer beber a água,
a água quer apagar o fogo,
o fogo quer queimar o bastão,
o bastão quer bater no cachorro,
o cachorro quer morder a cabra,
a cabra quer sacudir a árvore
e a pera quer cair.

73.

o castelo assassino

Era uma vez um sapateiro que tinha três filhas. Certa vez, quando o sapateiro estava ausente de casa, chegou um cavalheiro muito bem-vestido e em uma linda carruagem, o que fazia supor que ele era muito rico. O cavalheiro se apaixonou por uma das lindas filhas, que pensou que tinha tirado a sorte grande por ter sido escolhida por um cavalheiro rico desses, e não impôs nenhuma dificuldade para viajar com ele. Ao cair da noite, durante a viagem, ele perguntou:

> "A lua está tão clara,
> meus cavalinhos correm tão rápido,
> minha querida adorada não se arrepende de nada?"

"Não, por que me arrependeria? Sei que em sua companhia estou bem protegida", mas por dentro ela sentia um certo medo. Quando estavam cruzando uma imensa floresta, ela perguntou se já estavam perto. "Sim", disse ele, "está vendo aquela luzinha lá ao longe? É o meu castelo." Finalmente chegaram e tudo parecia muito lindo.

No dia seguinte, ele disse a ela que tinha de viajar por uns dias, para tratar de negócios importantes, mas que lhe deixaria todas as chaves, para que ela pudesse visitar o castelo inteiro e ver por si mesma a riqueza de que dispunha. Quando ele tinha ido embora, ela começou a visitar todos os cômodos do castelo, e achou tudo tão bonito que se sentiu plenamente satisfeita. Ao chegar a um porão, encontrou lá dentro uma velha senhora limpando tripas. "Olá, vovozinha, o que está fazendo aí?" "Estou limpando tripas, minha jovem, amanhã será a vez de limpar as suas!" A jovem se assustou a ponto de deixar cair o molho de chaves que tinha nas mãos dentro de uma bacia cheia de sangue, que seria difícil de remover das chaves. "Agora a sua morte é certa", disse a velha senhora, "pois o meu patrão verá que você esteve no compartimento do castelo em que não é permitida a presença de pessoa alguma, exceto ele e eu."

(É preciso deixar claro que as duas irmãs mais velhas haviam sido mortas desse mesmo modo.)

Como nesse momento uma carroça carregada de feno deixava o castelo, a velha senhora disse à jovem que o único jeito de ela se manter viva seria fugindo dali, escondida debaixo do feno, o que ela prontamente fez. Nesse meio-tempo, o dono do castelo chegou em casa e perguntou onde estava a senhorita. "Ah", disse a velha senhora, "como eu não tinha mais nenhum serviço e amanhã seria a vez dela mesmo, eu já a matei hoje, aqui está um cacho de seus cabelos, e o coração, como também o sangue ainda quente, todo o restante os cachorros já comeram, e eu estou limpando as tripas." O patrão ficou em silêncio com a notícia da morte da jovem.

A carroça, nesse meio-tempo, chegou a seu destino, um castelo das proximidades, ao qual o feno seria vendido. A jovem saiu da carroça e contou sua história, então lhe disseram que podia ficar por ali por uns tempos. Passado algum tempo, o dono desse castelo convidou todos os nobres da região para uma grande festa. O rosto e as roupas da jovem foram mudados de modo que ela não pudesse ser reconhecida, já que o dono do Castelo Assassino também fora convidado.

Tendo chegado todos os convidados, cada qual tinha de contar uma história. Quando foi a vez da senhorita, ela contou o que lhe sucedera, fazendo com que o coração do senhor Conde se enchesse de medo e ele tentasse sair à força dali. Mas o bom proprietário do castelo já tomara providências para que a justiça jogasse o nefasto conde na prisão, para que seu castelo fosse destruído e todos os seus bens passassem para a propriedade da senhorita, que, depois de algum tempo, se casou com o filho do proprietário do castelo em que ela fora tão bem recebida, e com quem viveu feliz desde então.

74.

joão-cascata e gaspar-cascata

Um rei não queria que sua filha se casasse e mandou construir para ela uma casa no meio da floresta, em que deveria morar na maior solidão com suas donzelas e não poderia ver mais ninguém. Perto da casa havia uma fonte com propriedades mágicas onde a princesa costumava beber água, e o resultado foi que ela deu à luz dois príncipes idênticos um ao outro, que receberam o nome de João-Cascata e Gaspar-Cascata. Seu avô, o velho rei, fez com que aprendessem a caçar e eles cresceram e tornaram-se rapazes altos e bonitos. Então chegou o tempo em que deveriam sair pelo mundo, e antes de partirem cada qual recebeu uma estrela prateada, um cavalo e um cachorro. Primeiro chegaram a uma floresta em que avistaram dois coelhos e logo se prepararam para atirar, mas os coelhos pediram clemência e se ofereceram para servirem de criados, alegando que poderiam ser úteis, socorrendo-os quando corressem perigo. Os dois irmãos deixaram-se convencer e os levaram como criados. Não demorou e apareceram dois ursos e, quando os irmãos apontaram as armas para eles, também pediram clemência e prometeram lhes servir fielmente, o que fez que a comitiva aumentasse. Então, os irmãos chegaram a uma bifurcação e disseram: “Vamos nos separar. Um segue o caminho da direita e o outro, o da esquerda!". Antes disso, espetaram suas facas numa árvore que havia na bifurcação e, por seu estado, ficariam sabendo se o outro estava bem e se ainda estava vivo. Depois se beijaram em despedida e partiram cavalgando.

João-Cascata chegou a uma aldeia onde tudo estava quieto e triste porque a princesa seria dada em sacrifício a um dragão que devastara toda a região e não podia ser acalmado de outra forma. Havia sido anunciado que quem arriscasse a vida e matasse o dragão receberia a mão da princesa em casamento, mas ninguém se apresentara. Tentaram também enganar o monstro, mandando a camareira da princesa em seu lugar, mas o dragão logo a reconhecera e não aceitara. João-Cascata pensou: "Você tem de colocar sua sorte à prova, talvez você consiga". E, com seus acompanhantes, pôs-se a caminho do ninho do dragão. A luta foi violenta, o monstro cuspia fogo e chamas e incendiou tudo ao redor, de modo que João-Cascata certamente teria sufocado, não fosse o coelho, o cachorro e o urso pisotearem o mato abafando o fogo. Então João-Cascata decepou as sete cabeças do dragão e a seguir cortou as línguas, as quais guardou consigo. Depois disso ficou tão cansado que se deitou ali mesmo onde estava e adormeceu. Enquanto ele dormia, o cocheiro da princesa apareceu e, ao ver o rapaz ali deitado, rodeado pelas sete cabeças do dragão, logo pensou em se aproveitar da situação. Fincou a espada em João-Cascata e após matá-lo partiu levando as sete cabeças. Depois se apresentou ao rei e, alegando ter matado o monstro, mostrou as sete cabeças como prova e recebeu a mão da princesa.

Os animais de João-Cascata, que também acabaram dormindo depois da luta, retornaram e encontraram seu senhor morto. Então viram que as formigas cujo formigueiro havia sido pisoteado durante a luta estavam tratando de seus mortos, passando neles a seiva de um carvalho que havia ali perto e que logo os fez voltar à vida. O urso foi buscar um pouco da seiva e passou-a em João-Cascata, que assim se recuperou e logo estava vigoroso e saudável. Ele pensou na princesa por quem lutara e correu para a aldeia, onde o casamento dela com o cocheiro estava sendo celebrado e as pessoas diziam que este havia matado o dragão de sete cabeças. O cachorro e o urso seguiram para o castelo, onde a princesa amarrou um assado e vinho em torno do pescoço deles e mandou seus criados os seguirem para convidar o dono à festa do casamento. João-Cascata chegou ao casamento bem na hora em que estavam entrando com a bandeja com as sete cabeças do dragão que o cocheiro levara consigo. João-Cascata tirou as sete línguas do bolso, colocou-as ao lado das cabeças e, assim, foi reconhecido como o verdadeiro caçador do dragão; ele se casou com a princesa e o cocheiro foi banido.

Pouco tempo depois, ele saiu em uma caçada e perseguiu um corço com galhada prateada, mas não conseguiu alcançá-lo até encontrar uma velha, que o transformou em pedra juntamente com seu cachorro, seu cavalo e seu urso. Nesse meio-tempo, Gaspar-Cascata encontrou a árvore em que estavam espetadas as facas e viu que a faca do irmão estava enferrujada. Na mesma hora, decidiu ir atrás dele e cavalgou até chegar ao castelo em que vivia a esposa de João-Cascata. Mas, como ele era idêntico ao irmão, ela pensou que fosse seu marido, alegrou-se por ele estar de volta e insistiu que ele ficasse com ela. Gaspar-Cascata continuou procurando o irmão, encontrou-o petrificado junto com sua comitiva e logo obrigou a velha a desfazer o feitiço. Então os dois irmãos partiram em seus cavalos e no caminho combinaram que aquele que a princesa abraçasse primeiro é que seria seu marido, e ela abraçou João-Cascata.

75.

pássaro fênix

Certa vez, um homem rico estava passeando na beira de um rio quando avistou uma caixinha flutuante. Ele pegou a caixinha e, ao abrir a tampa, encontrou uma criancinha dentro, que levou para casa para criar. O administrador, porém, não suportava a criança; um dia levou-a consigo em uma canoa rio abaixo e, quando estava no meio do rio, saltou para fora e deixou a criança sozinha na canoa à deriva. A canoa seguiu até chegar a um moinho, onde o moleiro teve piedade da criança e resgatou-a, levou-a para casa e a educou. Um dia o administrador foi até a casa do moleiro e, reconhecendo o jovem, levou-o novamente consigo. Depois deu-lhe uma carta para que ele entregasse à sua mulher, e na carta estava escrito: "Mate imediatamente o portador desta carta". No caminho, o jovem encontrou um velho, que lhe disse: "Quero ver essa carta que está na sua mão!". Ele pegou a carta, virou-a e logo a devolveu ao menino, mas agora nela estava escrito: "Case imediatamente a nossa filha com o portador desta carta!". Dito e feito, e quando o administrador soube ficou furioso e disse: "Vamos com calma. Antes que eu permita que se case com minha filha, você terá de trazer três penas do pássaro Fênix".

O rapaz se pôs a caminho atrás do pássaro Fênix e no mesmo lugar na floresta encontrou o mesmo velho, que lhe disse: "Siga adiante o dia todo e ao anoitecer você encontrará uma árvore em que duas pombas estarão sentadas, e elas lhe dirão o que fazer!". À noite, quando chegou à árvore, ele encontrou as duas pombas. Uma delas disse: "Quem quer encontrar o pássaro Fênix deve caminhar um dia inteiro, e à noite chegará a um portão que estará trancado". A outra pomba disse: "Debaixo dessa árvore há uma chave de ouro que abrirá o portão". O rapaz encontrou a chave e com ela abriu o portão. Atrás do portão havia dois homens sentados, e um deles disse: "Quem procura o pássaro Fênix terá de percorrer um longo caminho, atravessar a montanha até finalmente chegar ao castelo".

Ao final do terceiro dia ele chegou ao castelo, onde encontrou uma jovem criada vestida de branco, que perguntou: "O que quer aqui?". "Ah, eu gostaria de pegar três penas do pássaro Fênix." "Você está correndo o risco de morrer, porque o pássaro Fênix iria devorá-lo com pele e cabelo assim que você tocasse em suas penas. Mas vou ver se consigo ajudá-lo a pegar as três penas, ele vem todos os dias aqui para que eu o penteie com um pente fino. Esconda-se aqui, debaixo da mesa redonda coberta com a toalha."

Nisso, o pássaro Fênix chegou em casa e, sentando-se sobre a mesa, disse: "Sinto cheiro, sinto cheiro de carne humana!". "Como? Não está vendo que não tem ninguém aqui?" "Me penteie", disse o pássaro Fênix.

A jovem criada de branco penteou o pássaro e ele adormeceu. Quando estava dormindo pesado, ela puxou uma pena e a jogou debaixo da mesa. Ele acordou, perguntando: "Por que está puxando minha pena? Sonhei que uma pessoa se aproximou e me arrancou uma pena". Ela o acalmou e fez o mesmo uma segunda e uma terceira vez. Assim que estava com as três penas, o jovem foi para casa e finalmente pôde se casar com sua noiva.

76.

o cravo

Existiu um rei que não pretendia se casar, mas que um dia, quando estava à janela olhando as pessoas irem à igreja, viu uma moça de tamanha beleza que no mesmo instante abdicou de sua intenção, mandou chamar a moça e a pediu em casamento. Passado um ano, ela deu à luz um príncipe, e o rei, que não sabia quem convidar para padrinho, disse: "O primeiro que eu encontrar, seja quem for, eu convidarei para ser padrinho". Ele saiu e a primeira pessoa que encontrou foi um velho pobre. O pobre velho aceitou o convite, mas exigiu levar a criança à igreja sozinho e, ainda, que a igreja estivesse fechada e que ninguém assistisse. As condições foram aceitas. Acontece que o rei tinha um jardineiro que era curioso e mau e, quando o velho estava levando a criança para a igreja, ele entrou sorrateiro e se escondeu entre os bancos. Então, ele viu o velho levar a criança até o altar, benzê-la e, como se tivesse poderes secretos, concedeu-lhe a dádiva de que se realizasse tudo aquilo que ela desejasse. O jardineiro malvado logo pensou nas vantagens que teria se pegasse a criança para si. Quando a rainha estava passeando no jardim com a criança no colo, ele a arrancou de seus braços, lambuzou a boca da rainha com o sangue de uma galinha abatida e procurou o rei, dizendo que a tinha visto matar a criança no jardim e devorá-la. O rei mandou trancafiar a rainha na prisão e o jardineiro despachou a criança para longe com um guarda florestal que morava na floresta e que deveria criá-la. O príncipe aprendeu a caçar e o guarda florestal tinha uma filha muito bonita chamada Lisa; as duas crianças gostavam muito uma da outra e, um dia, Lisa revelou ao menino que ele era príncipe e que tudo que ele desejasse aconteceria. Pouco tempo depois, o jardineiro foi até lá fazer uma visita; assim que o viu, o príncipe transformou-o num *poodle* e, sua querida Lisa, num cravo que ele espetou na lapela. O cachorro, porém, tinha de andar a seu lado e, assim, seguiram rumo ao castelo do pai, onde o príncipe começou a trabalhar como caçador. Ele logo passou a ser muito querido porque, diferentemente dos outros caçadores, conseguia atirar em muitos animais selvagens; bastava que o desejasse para que o animal aparecesse a sua frente. Ele não cobrava nada por seus serviços, apenas um quarto só para si, que sempre mantinha trancado, e também fazia questão de cuidar de sua própria comida. Seus companheiros começaram a estranhar o fato de ele trabalhar de graça, até que um deles resolveu olhar pelo buraco da fechadura e viu o jovem caçador sentado diante de uma mesa fartamente servida, e a seu lado uma bela moça, e ambos pareciam bem contentes. A comida tinha sido desejada pelo príncipe, e a moça era sua querida Lisa, que ele fazia voltar à sua forma natural sempre que podia estar sozinho em sua companhia, mas quando ele saía ela voltava a ser um cravo e ficava dentro de um copo com água. Pensando que ele possuía muitas riquezas, os outros caçadores invadiram seu quarto quando ele estava fora, caçando, e não encontraram nada além do cravo diante da janela. Por ser o cravo tão bonito, levaram-no para o rei, que gostou tanto dele que pediu ao caçador para ficar com ele. O caçador, porém, não quis entregá-lo por nenhum dinheiro deste mundo, porque era sua querida Lisa. Mas, como o rei insistiu muito, ele acabou revelando toda a verdade e também que era filho do rei. Quando ouviu isso o rei ficou muito feliz, a rainha foi libertada da prisão e a fiel Lisa casou-se com o príncipe. Como castigo, o jardineiro desalmado continuou vivendo como cachorro e sempre era chutado debaixo da mesa pelos criados.

77.

o marceneiro e o torneiro

Um marceneiro e um torneiro deveriam construir cada um sua obra-prima. O marceneiro fez uma mesa que sabia nadar e o torneiro fez asas com as quais se podia voar. Como todos diziam que a obra-prima do marceneiro havia sido mais bem-sucedida, o torneiro pegou suas asas, vestiu-as e voou para longe do reino, saindo pela manhã e voando até o anoitecer.

No reino morava um jovem príncipe, que o viu voando e pediu-lhe emprestado seu par de asas, dizendo que ele seria bem recompensado por isso. O príncipe então vestiu as asas e voou até chegar a outro reino, em que havia uma torre iluminada por muitas luzes. Ele pousou na terra e perguntou o que era aquilo, e responderam-lhe que ali morava a princesa mais linda do mundo. Então ele ficou muito curioso e, assim que anoiteceu, voou para dentro da torre por uma janela aberta. Depois de passarem pouco tempo juntos, o príncipe e a princesa foram descobertos e condenados a morrer na fogueira.

Mas o príncipe levou as asas com ele e, quando as chamas já estavam para alcançá-los, prendeu-as no corpo e fugiu com a princesa para sua terra, onde pousou; como todos estavam tristes, sentindo sua falta, ele se identificou e foi nomeado rei.

Passado um tempo, o pai da princesa sequestrada mandou anunciar que quem lhe trouxesse a filha de volta receberia metade de seu reino como recompensa. Ao saber disso, o príncipe preparou um exército e levou ele mesmo a princesa de volta ao pai, obrigando-o assim a cumprir o que prometera.

78.

o velho avô e o neto

Era uma vez um homem que, de tão velho, mal podia andar. Seus joelhos tremiam, ele não via ou ouvia muita coisa e já não tinha nenhum dente na boca. Quando se sentava à mesa para comer, tremia tanto que entornava a sopa sobre a toalha, e um pouco de líquido lhe ficava saindo dos cantos da boca. O filho do velho e a nora sentiam tanto nojo que o forçavam a se sentar num cantinho atrás do fogão para comer, e punham sua comida em uma tigela de barro que mal dava para saciar a fome do pobre. Ele ficava ali sentado, triste, olhando para a mesa com os olhos úmidos. Certa vez, suas mãos trêmulas não conseguiram segurar a tigela, que caiu no chão e se espatifou. A nora o repreendeu rudemente, mas ele só suspirou, sem esboçar qualquer reação. Então lhe compraram uma tigela de madeira bem barata, e esse passou a ser seu prato. Certo dia, quando estavam sentados fazendo a refeição, o pequeno neto de quatro anos, que estava sentado no chão, começou a juntar tabuinhas de madeira. "Mas o que você está fazendo?", perguntou o pai do menino. "Ah", respondeu a criança, "estou montando uma tigelinha, para papai e mamãe comerem nela quando eu for grande." O filho e a nora do velho então se entreolharam, começaram a chorar, imediatamente foram buscar o velho avô para que se sentasse à mesa com eles, e, daquele momento em diante, ele passou a comer sempre com eles, e eles não diziam uma palavra quando ele entornava um pouco de comida.

79.

a ninfa das águas

Era uma vez um irmãozinho e uma irmãzinha que estavam brincando perto de um poço e, em meio à brincadeira, acabaram caindo dentro do buraco. No fundo do poço vivia uma ninfa, que disse: "Ah, peguei vocês, agora vão ficar bem bonzinhos e trabalhar para mim!". À menina, a ninfa entregou um maço de linho sujo e embaralhado para fiar, e ela tinha de carregar água para encher um grande barril; ao menino, deu um machado sem fio e ordenou-lhe que derrubasse uma árvore. E eles não tinham nada para comer, exceto uma broa velha e dura. As crianças esperaram até que, num domingo, a ninfa fosse à igreja, e então fugiram dali. Quando a missa tinha terminado e a ninfa viu que os passarinhos haviam fugido da gaiola, ela se pôs ao encalço deles, a passos largos. Mas as crianças conseguiram vê-la de longe, e a menina então jogou uma escova atrás de si, que formou uma enorme montanha de escovas com vários milhares de pontas, por sobre a qual a ninfa teria de passar com enorme esforço. Quando as crianças viram que ela tinha conseguido escalar a montanha de escovas e vinha novamente ao encalço deles, o menino jogou um pente atrás de si, que formou uma enorme montanha de pentes, com milhares e milhares de dentes. Mas a ninfa foi se segurando nos dentes e conseguiu passar por sobre a montanha de pentes. A menina então jogou um espelho para trás, que formou uma montanha de espelhos tão lisa, mas tão lisa, que seria impossível a ninfa conseguir escalá-la. A ninfa então pensou: "Vou correndo para casa buscar o meu machado para destruir a montanha de espelhos", mas quando ela voltou e terminou de destruir a montanha de espelhos as crianças já estavam fora de seu alcance. A ninfa das águas não teve escolha a não ser voltar para seu poço.

80.

a morte da galinha

Era uma vez uma galinha e um galo que, juntos, mudaram-se para a Montanha das Nogueiras, onde viviam felizes comendo nozes o dia inteiro. Certa ocasião, a galinha achou uma noz tão grande que não conseguiu engoli-la, e esta ficou entalada em sua goela de maneira tão firme que ela ficou com medo de sufocar, e então se pôs a gritar: "Galo, eu lhe peço, corra o mais que puder e traga água, senão vou sufocar". O galo saiu em disparada até o poço, ao qual disse: "Fonte, você deve me dar da sua água, a galinha está sufocando por ter engolido uma noz muito grande". O poço respondeu: "Primeiro vá correndo até a noiva e peça a ela para lhe dar um corte de seda vermelha". O galo correu até a noiva: "Noiva, você deve me dar um corte de seda vermelha; a seda vermelha darei ao poço, que me dará água, a água darei à galinha que está lá deitada, sufocando com uma enorme noz entalada na garganta". A noiva então respondeu: "Primeiro vá correndo buscar a minha grinalda, que ficou presa no ramo de um salgueiro". O galo então correu até o salgueiro, puxou a grinalda do galho e a levou até a noiva, que lhe deu a seda vermelha, que ele levou ao poço, que lhe deu água por ela. O galo então saiu correndo com a água para salvar a galinha, mas quando chegou ela lá jazia, morta, sufocada pela noz. O galo ficou tão triste que se pôs a gritar a mais não poder. Então vieram todos os bichos para prantear a morte da galinha, e seis camundongos construíram uma pequena carroça para levá-la até o cemitério. Quando a carroça ficou pronta, os camundongos se atrelaram a ela, e o galo ficou a cargo das rédeas. No caminho, a raposa se aproximou: "Para onde está indo, galo?". "Vou enterrar a minha galinha." "Posso ir junto?"

"Pode, mas fique atrás na carroça, nos cantinhos,
Pois na frente assustará meus cavalinhos."

A raposa então subiu na carroça, depois vieram o lobo, o urso, a rena, o leão e todos os animais da floresta. O cortejo seguiu em frente, até chegar a um riacho. "Como vamos atravessar?", perguntou o galo. Havia ali um talo de palha, que disse: "Vou me colocar atravessado, e vocês passam por cima de mim"; mas, quando os seis camundongos começaram a cruzar o riacho, o talo de palha vergou-se e caiu na água, e junto com ele os seis camundongos, que se afogaram. A essa altura, a dificuldade parecia insuperável, quando um pedaço de carvão chegou e disse: "Eu tenho tamanho suficiente, vou me deitar sobre o riacho e vocês passam por cima de mim". O carvão se posicionou, mas infelizmente tocou a água, aí chispou, apagou-se e morreu. Uma pedra, ao ver a cena, quis ajudar o galo e se deitou sobre a água. O galo então se pôs a puxar a carroça ele mesmo. Mas, quando tinha praticamente conseguido completar a travessia e o corpo da galinha morta já estava em terra firme, ele pôs-se a ajudar os outros animais a atravessar o riacho, mas o peso era demasiado e a carroça caiu para trás, e todo mundo caiu dentro da água e se afogou. O galo, agora totalmente sozinho com a galinha morta, cavou uma sepultura para ela ali mesmo. Ao terminar, juntou um montinho de terra sobre ela, sentou-se sobre o torrão e se deixou ficar, consumido pela tristeza, até morrer também. E assim estava tudo morto.

81.

o ferreiro e o diabo

Era uma vez um Ferreiro que vivia esbanjando dinheiro e festejando muito, e passados alguns anos ele acabou sem nenhum tostão no bolso. "Para que vou ficar me torturando neste mundo?", pensou, e entrou na floresta atrás de uma árvore para se enforcar. Assim que enfiou o pescoço no laço, um homem com uma longa barba branca e um livro grande nas mãos surgiu de trás da árvore. "Ouça, Ferreiro", disse ele, "escreva seu nome no grande livro e você passará muito bem durante dez anos, mas passado esse tempo eu virei buscá-lo e você será meu." "Quem é você?", perguntou o Ferreiro. "Sou o Diabo." "O que você consegue fazer?" "Consigo ficar tão alto quanto um pinheiro e tão pequeno quanto um ratinho." "Então faça isso para eu ver", disse o Ferreiro, e o Diabo ficou do tamanho de um pinheiro e em seguida do tamanho de um rato. "Está certo, me passe o livro que vou me inscrever", disse o Ferreiro. Depois de ele assinar, o Diabo disse: "Vá para casa e encontrará baús e caixas cheias, e, por não ter dificultado as coisas, eu lhe farei uma visita durante esse tempo". O Ferreiro voltou para casa e todos os bolsos, baús e caixas estavam repletos de moedas de ouro; ele podia gastar quanto quisesse que elas nunca se esgotavam ou diminuíam. Assim, retomou sua vida de prazeres, convidava seus amigos e era a pessoa mais feliz do mundo. Depois de alguns anos o Diabo apareceu, como prometido, viu como andavam seus negócios e ao se despedir deu-lhe de presente uma sacola de couro, dizendo que quem entrasse nela não poderia mais sair, só sairia quando o Ferreiro autorizasse. O Ferreiro divertiu-se bastante com o Diabo, mas passados dez anos este voltou e disse: "O tempo passou e agora você é meu, prepare-se para viajar". "Está certo", disse o Ferreiro, e pendurou sua sacola de couro nas costas e partiu com o Diabo. Quando chegaram à floresta, ao lugar em que ele iria se enforcar, ele disse: "Tenho de ter certeza de que você é mesmo o Diabo, então fique alto como um pinheiro e pequeno como um rato". O Diabo concordou e, assim que se transformou num rato, o Ferreiro o prendeu na sacola, depois cortou um galho de uma árvore e espancou a sacola sem parar. O Diabo gritava de dar dó, corria de um lado ao outro dentro da sacola, mas de nada adiantava, não conseguia sair de jeito nenhum. Finalmente, o Ferreiro disse que iria soltá-lo se, em troca, ele lhe desse a página em que estava escrito seu nome. O Diabo se recusou, mas por fim teve de concordar; então arrancou a página do livro e voltou para o inferno, furioso por ter sido enganado e ainda por cima por ter apanhado.

O Ferreiro também voltou para sua serralheria e continuou gozando a vida enquanto Deus quis, até que finalmente adoeceu e, percebendo que iria morrer logo, pediu que colocassem junto a ele em seu caixão dois pregos afiados e compridos e um martelo, o que de fato foi feito. Quando morreu e chegou à porta do céu, ele bateu, mas o apóstolo Pedro não quis abrir, por ele ter vivido mancomunado com o Diabo. Ao ouvir isso, o Ferreiro deu meia-volta e foi até a porta do inferno. Mas o Diabo também se recusou a deixá-lo entrar, alegando que não o queria ali e que ele só iria causar confusão. O Ferreiro, muito bravo, começou a fazer tanto barulho diante do portão do inferno que um diabinho ficou curioso e abriu um pouquinho o portão para poder ver o que ele estava aprontando, mas o Ferreiro agarrou seu nariz e o pregou no portão com um dos pregos que levava consigo. O diabinho começou a berrar feito um leão na relva e acabou atraindo outro diabinho ao portão, que também espichou a cabeça para fora; o Ferreiro, que estava alerta, capturou mais esse pela orelha e o pregou ao lado do primeiro. Os dois começaram a fazer tamanha gritaria que o velho Diabo foi ver pessoalmente o que estava se passando. Quando viu os dois diabinhos pregados no portão, ficou tão enfurecido com tal maldade que começou a chorar; e, saltando de um lado para o outro, resolveu correr até o céu e procurar o bom Deus para lhe pedir que aceitasse o Ferreiro ali, que desse um jeito e fizesse o que estava querendo, porque ele estava pregando os diabinhos pelo nariz e pela orelha e que ele, o Diabo, não era mais o dono do inferno. Se o bom Deus e o apóstolo Pedro quisessem se livrar do Diabo, teriam de aceitar o Ferreiro no céu, onde ele está até agora, sentado na maior paz, mas como foi que os dois diabinhos se soltaram eu não sei dizer.

82.

as três irmãs

Era uma vez um rei rico, e era tão rico que acreditava que sua fortuna não acabaria jamais, então vivia esbanjando sua riqueza, jogava em tabuleiro de ouro e, no boliche, usava bolas de prata. Passado um tempo vivendo assim, sua fortuna começou a diminuir a ponto de ele penhorar uma propriedade após outra e castelo após castelo, até um dia não lhe restar mais nada além de um velho castelo na floresta. Foi para lá que ele se mudou com a rainha e as três princesas, e eles passaram a viver uma vida miserável, comendo apenas batatas, que eram servidas à mesa todos os dias. Certa vez, o rei quis sair à caça para ver se apanhava um coelho, então encheu os bolsos de batatas e saiu. Perto dali, porém, havia uma grande floresta na qual ninguém tinha coragem de entrar, porque corriam boatos de que ali viviam animais terríveis, como ursos que devoravam gente, águias que furavam os olhos das pessoas, lobos, leões e outros bichos medonhos. Mas o rei não se importava e foi entrando na floresta sem sentir um pingo de medo. De início ele não viu nada, havia árvores imensas e tudo estava quieto. Depois de algum tempo andando por ali, sentiu fome e sentou-se debaixo de uma árvore para comer suas batatas, quando um urso apareceu e correu em sua direção, rosnando: "Como ousa sentar debaixo da minha árvore de mel? Você vai pagar caro por isso". Assustado, o rei deu suas batatas ao urso, na tentativa de acalmá-lo. O urso começou a falar: "Não gosto das suas batatas, quero comer você e você não tem como escapar, a não ser que em troca me dê sua filha mais velha, e se fizer isso ainda lhe dou cinquenta quilos de ouro". Temendo ser devorado pelo urso, o rei disse que ele poderia tê-la, contanto que o deixasse em paz. Então o urso apontou-lhe o caminho de volta e ainda disse, rosnando: "Em sete dias, irei buscar a minha noiva".

Mas o rei foi para casa calmo, pensando que o urso não conseguiria passar pelo buraco da fechadura, e obviamente ele não deixaria nada além disso aberto. Assim, mandou trancar todos os portões do castelo e içar as pontes levadiças e disse à filha que não se preocupasse. Mas, para que ela ficasse verdadeiramente segura contra o noivo-urso, mandou que ficasse escondida no quarto no alto da torre até que se passassem os sete dias. Na manhã do sétimo dia, bem cedinho, quando todos ainda dormiam, uma esplêndida carruagem puxada por seis cavalos e rodeada por muitos cavaleiros em trajes dourados foi até o castelo, e quando estava em frente a ele as pontes levadiças baixaram sozinhas e as fechaduras se abriram sem nenhuma chave. O carro seguiu para o pátio e um príncipe belo e jovem desembarcou. Quando o rei acordou com o barulho e olhou pela janela, viu que o príncipe já havia tirado sua filha mais velha do quartinho trancado na torre e a embarcara na carruagem, e só teve tempo de gritar atrás dela:

"Adeus, moça audaz,
Case-se com o urso voraz!"

Ela ainda acenou para ele do carro com um lencinho branco e partiram para a floresta encantada como que atrelados ao vento. O rei, porém, sentia o coração pesado por ter entregado a filha a um urso e, de tão triste, chorou ao longo de três dias com a rainha. Mas no quarto dia, depois de ter chorado tudo que tinha para chorar e, pensando que a situação não tinha jeito, que ele não tinha como mudar o acontecido, desceu para o pátio, onde encontrou uma caixa de ébano, bem difícil de erguer de tão pesada. Então, logo se lembrou da promessa do urso e, ao abrir a caixa, viu que dentro dela havia cinquenta quilos de puro ouro reluzente.

Ao ver o ouro, o rei se consolou e recuperou suas propriedades e castelos, e começou a viver a mesma vida esbanjadora de antes. Isso durou tanto quanto os cinquenta quilos de ouro, e assim que estes acabaram ele precisou penhorar tudo de novo e voltar a viver no castelo da floresta e comer batatas. O rei possuía um falcão e o levou com ele ao campo para caçar, a fim de comer algo melhor. O falcão voou em direção à floresta encantada, onde o rei não mais ousava entrar, mas, mal ele se aproximou, uma águia saiu à caça do falcão, que fugiu em direção ao rei. Este tentou afastar a águia com uma lança, mas ela pegou a lança e a partiu como se fosse de junco e em seguida esmagou o falcão com apenas uma das garras, pois a outra ela fincou no ombro do rei, gritando: "Por que você está perturbando meu espaço aéreo? Você vai morrer por causa disso, a não ser que me dê a sua segunda filha em casamento!". O rei respondeu: "Sim, pode ficar com ela, mas o que vai me dar em troca?". "Cem quilos de ouro", disse a águia, "e voltarei em sete semanas para buscá-la." Então ela soltou o rei e voou para a floresta.

O rei ficou muito abalado por ter vendido a segunda filha a um animal selvagem e não teve coragem de contar a ela. Seis semanas se passaram e, na sétima, a filha foi até o gramado em frente ao castelo para lavar seu lençol, quando de repente apareceu um esplêndido comboio de belos cavaleiros e à frente seguia o mais belo de todos, que saltou do cavalo dizendo:

"Suba aqui, moça que não teme o perigo,
noiva de águia, venha comigo."

E, antes que a princesa pudesse responder, ele a puxou para cima do cavalo e disparou com ela floresta adentro, como se fosse um pássaro voando: adeus! adeus!

No castelo, esperaram pela princesa por muito tempo, mas ela não chegava e não chegava, até que o rei finalmente revelou que certa vez, quando estava em apuros, prometera dar a filha a uma águia e agora esta devia ter vindo buscá-la. Quando a tristeza do rei havia passado um pouco, ele se lembrou da promessa da águia e saiu para o gramado em frente ao castelo, onde encontrou dois ovos de ouro, cada um pesando cinquenta quilos. "Quem tem ouro é piedoso", pensou, e então afastou todos os pensamentos sombrios da cabeça! Assim, voltou a viver uma vida de prazeres e fez tanto até que os cem quilos de ouro se esgotaram, e quando isso aconteceu ele retornou ao castelo da floresta, onde a princesa que restou tinha de cozinhar as batatas.

O rei não queria mais caçar coelhos na floresta e pássaros no ar, mas bem que comeria um peixe. Então a princesa teve de costurar uma rede, que ele levou até um lago não muito distante da floresta. Chegando lá, encontrou uma balsa, onde subiu e de onde lançou a rede e, de uma só vez, apanhou uma porção de lindas carpas com manchas vermelhas. Quando, porém, quis levá-las para a margem, não conseguiu soltar a balsa, fizesse o que fizesse. Então uma enorme baleia emergiu e disse, bufando: "Por que está pescando os meus subordinados? Isso vai lhe custar a vida!". Ela então abriu a boca, como se quisesse engolir o rei com balsa e tudo. Ao ver a goela medonha, o rei perdeu toda a coragem e então, lembrando-se da terceira filha, gritou: "Deixe-me viver e em troca lhe darei minha filha mais nova". "Por mim", resmungou a baleia, "se for assim, também lhe darei uma recompensa. Não tenho ouro, porque não é bom para mim, mas o fundo do meu lago está forrado de pérolas, e eu vou lhe dar três sacas cheias até a boca: na sétima lua buscarei a minha noiva." Dito isso, a baleia voltou a submergir.

O rei foi até a margem e seguiu para casa com suas carpas, mas, quando elas foram assadas, ele não quis comer nenhuma; e, quando olhava para a filha, a única que ainda lhe restava e a mais bela e mais amável de todas, sentiu como se mil facas estivessem retalhando seu coração. Assim, passaram-se seis meses, e a rainha e a princesa não sabiam o que faltava ao rei, que durante todo esse tempo andava com semblante bastante triste. Na sétima lua, a princesa estava no pátio junto ao poço enchendo um copo de água, quando surgiu uma carruagem atrelada a seis cavalos brancos e conduzida por pessoas totalmente prateadas, e dela desembarcou um príncipe, tão belo como jamais em sua vida ela havia visto, que lhe pediu um copo de água. No momento em que ela lhe estendeu o copo que estava em suas mãos, ele a envolveu e a colocou na carruagem, e então saíram portão afora e atravessaram o campo em direção ao lago.

"Adeus, moça audaz,
siga em frente, bela noiva da baleia voraz!"

A rainha, que estava à janela, ainda pôde ver a carruagem se afastando ao longe; e, quando não viu a filha, sentiu um peso no coração e saiu chamando e procurando por ela por toda a parte, mas não se via nem se ouvia a princesa em canto algum. Quando se deu conta do acontecido, a rainha começou a chorar. O rei, então, finalmente lhe contou que uma baleia viera buscar a filha e que ele tivera de prometê-la em casamento e por isso é que andava tão triste. Querendo consolar a esposa, o rei contou da grande riqueza que eles receberiam em troca, mas a rainha não quis saber de nada daquilo e disse que sua única filha valia muito mais para ela do que todos os tesouros do mundo. Enquanto o príncipe-baleia roubava a princesa, seus criados levaram para dentro do castelo três sacas, que o rei encontrou diante da porta e, ao abri-las, viu que estavam repletas de enormes pérolas, do tamanho de ervilhas gigantes. Assim, de repente, ele ficou rico, mais rico que nunca. Então resgatou suas propriedades e castelos, mas não retomou a vida extravagante. Ao contrário, passou a ser reservado e econômico e, quando pensava em como as três filhas queridas estariam passando junto aos animais ferozes, que àquela altura talvez até já as tivessem devorado, perdia todo o ânimo.

A rainha, por sua vez, estava inconsolável e chorava mais lágrimas por sua filha do que as pérolas que a baleia havia deixado em troca. Enfim, foi ficando mais calma e depois de um tempo voltou a ficar muito alegre, porque deu à luz um menino e, como Deus a presenteou tão inesperadamente, ele foi chamado de Reinaldo, a criança milagrosa. O menino cresceu e ficou grande e forte, e a rainha sempre lhe contava das suas três irmãs, que estavam sendo mantidas em cativeiro por três animais selvagens em uma floresta mágica. Ao completar dezesseis anos, ele pediu ao rei armadura e espada; quando os recebeu, quis sair em busca de aventura e, após receber a bênção dos pais, partiu.

Reinaldo seguiu diretamente para a floresta encantada e não tinha outra coisa em mente a não ser procurar as irmãs. De início, vagou por muito tempo pela mata, sem encontrar pessoa ou animal algum. Porém, passados três dias, ele viu uma jovem sentada diante de uma caverna, brincando com um filhote de urso, e em seu colo havia outro urso, bem pequeno. Reinaldo então pensou: “Só pode ser a minha irmã mais velha”. Então deixou o cavalo para trás, foi até ela e disse: “Querida irmã, sou seu irmão, Reinaldo, e vim visitá-la”. A princesa olhou para o rapaz e, como ele era a cara do pai, não duvidou de suas palavras e disse, assustada: “Amado irmão, se tiver amor à vida, corra e fuja daqui o mais rápido que puder, porque se o meu marido, o urso, voltar e vir você ele vai devorá-lo sem piedade". Mas Reinaldo retrucou: "Não tenho medo e não vou sair do seu lado até saber como está passando". Ao ver que ele não sairia dali, a princesa o levou para dentro da caverna, que era escura como uma toca de urso. De um lado havia um monte de folhas e feno, em que dormiam o velho urso e os filhos, mas do outro havia uma cama esplêndida, vermelha e cravejada de ouro, que pertencia à princesa. Ela mandou que o irmão se escondesse debaixo da cama e deu-lhe algo para comer. Não demorou para que o urso voltasse para casa. "Sinto cheiro, sinto cheiro de carne humana", disse ele, e logo quis enfiar a cabeça enorme debaixo da cama. Mas a princesa gritou: "Fique calmo, quem iria entrar aqui?". "Encontrei um cavalo na floresta e o devorei", rosnou o urso, com o focinho ainda manchado de sangue, "esse cavalo pertencia a uma pessoa, de quem estou sentindo o cheiro agora", e novamente tentou se enfiar debaixo da cama. Então a princesa lhe deu um pontapé no estômago que fez com que ele virasse uma cambalhota para trás, voltasse para sua cama e adormecesse com a pata na boca.

A cada sete dias o urso assumia a forma humana e se transformava num belo príncipe; sua toca, num belo castelo, e os animais da floresta, em seus criados. Foi num desses dias que buscara a princesa. Belas damas a tinham recebido em frente ao castelo, houvera uma festa magnífica e ela adormecera feliz, mas ao acordar estava deitada numa toca escura de urso e seu marido havia se transformado num urso que rosnava a seus pés, e apenas a cama e tudo o que ela havia tocado ficaram como antes, em seu estado natural. Assim, ela passava seis dias sofrendo, mas no sétimo se consolava e, como não envelhecia, pois somente o sétimo dia contava como tempo passado, estava satisfeita com a vida. Ela dera ao seu marido dois filhos príncipes, que também eram ursos durante seis dias e no sétimo assumiam a forma humana. Ela sempre supria sua cama de palha com os mais deliciosos pratos, bolos e frutas, com o que passava a semana toda, e o urso lhe era obediente e fazia o que ela mandava.

Quando Reinaldo acordou, encontrava-se deitado numa cama de seda e criados vieram ajudá-lo a vestir os mais pomposos trajes, pois esse era justamente o sétimo dia. A irmã dele, acompanhada de dois belos príncipes e de seu cunhado urso, entrou e todos comemoraram sua chegada. Tudo correu às mil maravilhas e o dia foi repleto de alegrias e prazeres. À noite, a princesa disse a ele: "Querido irmão, você tem de partir, porque quando amanhecer o meu marido vai voltar a ser urso e, se encontrar você aqui, não conseguirá lutar contra seus instintos e vai devorá-lo". Então o príncipe urso apareceu e deu a ele três pelos de urso, dizendo: "Se estiver em perigo, esfregue estes pelos e eu virei em sua ajuda". Depois se despediram, e Reinaldo embarcou num carro atrelado a seis cavalos pretos e partiu. Seguiram por paus e pedras, morro acima, morro abaixo, atravessando desertos e florestas, passaram por ninhos e sebes, sem descanso nem parada, até o amanhecer, e quando o céu começou a ficar acinzentado Reinaldo de repente se viu deitado na terra e a carruagem e os cavalos haviam desaparecido, e quando o crepúsculo tingiu o céu de vermelho ele avistou, galopando ao longe, seis formigas puxando uma casca de noz.

Reinaldo percebeu que ainda estava na floresta encantada e quis ir atrás de sua segunda irmã. Mais uma vez vagou solitário durante três dias, mas no quarto dia ouviu uma grande águia voando acima da floresta e em seguida pousando em seu ninho. Reinaldo se escondeu nos arbustos e esperou até que ela saísse voando dali novamente e, passadas sete horas, de fato ela voltou a subir ao céu. Reinaldo então saiu do esconderijo e, diante da árvore, chamou: "Querida irmã, se estiver aí em cima, deixe-me ouvir a sua voz, sou Reinaldo, seu irmão, e vim visitá-la". Então ele ouviu alguém gritando para baixo: "Você é Reinaldo, meu amado irmão que eu ainda não vi? Venha e suba até aqui". Reinaldo quis subir na árvore, mas o tronco era muito grosso e liso, em vão ele tentou por três vezes, então uma escada de seda caiu do alto e ele logo subiu no ninho da águia, que era forte e seguro, como se fosse uma varanda em uma tília. Sua irmã estava sentada debaixo de um toldo de seda cor-de-rosa e em seu colo havia um ovo de águia, que ela mantinha quente para chocar. Eles se beijaram, alegres, mas depois de um tempo a princesa disse: "Agora, amado irmão, você tem de ir embora, porque se meu marido-águia pegá-lo aqui, fura seus olhos e come o seu coração, como fez com os três criados que entraram na floresta à sua procura". Reinaldo respondeu: "Não, eu vou ficar aqui até que seu marido se transforme". "Isso só acontecerá daqui a seis semanas, se você aguentar, esconda-se no oco da árvore que eu vou dar um jeito de lhe mandar comida todos os dias." Reinaldo arrastou-se para dentro da árvore; todos os dias a princesa lhe mandava a comida e, quando a águia voava, ele subia e ficava com ela. Depois de seis semanas, ocorreu a transformação e Reinaldo acordou numa cama, como a de seu cunhado-urso; tudo era mais esplêndido ainda e ele conviveu sete dias na maior alegria com o príncipe-águia. Na sétima noite, eles se despediram, e a águia entregou-lhe três penas, dizendo: "Quando estiver em apuros, esfregue estas penas e eu virei ajudá-lo". Depois, ela mandou alguns criados seguirem com ele para lhe ensinar o caminho. Quando amanheceu, eles haviam sumido e Reinaldo encontrava-se sozinho no alto de um penhasco, no meio de um devastado descampado.

Reinaldo olhou a seu redor e ao longe avistou o espelho d'água de um grande lago, em que brilhavam os primeiros raios de sol. Ele achou que sua terceira irmã deveria estar ali. Então começou a descer, atravessando arbustos e passando por fendas nas rochas. Fez isso durante três dias e às vezes perdia o lago de vista, mas no quarto dia conseguiu chegar lá. Ele então se pôs à margem do lago e chamou: "Querida irmã, se estiver aí, deixe que eu ouça sua voz, sou Reinaldo, seu irmão, e vim visitá-la". Mas ninguém respondeu e tudo era silêncio. Ele jogou farelo de pão na água e disse aos peixes: "Queridos peixes, nadem até a minha irmã e digam que Reinaldo, o filho milagroso, está aqui e quer vê-la". Mas as carpas com manchas vermelhas foram atrás do pão e não prestaram atenção em suas palavras. Então ele avistou uma balsa e logo despiu a armadura, embarcou nela levando consigo apenas a espada e começou a remar. Remou por algum tempo até avistar uma chaminé saindo da água, feita de cristal da montanha, de onde subia um aroma bem agradável. Reinaldo remou até lá, pensando que ali embaixo certamente morava sua irmã, e então se enfiou pela chaminé e escorregou para baixo. A princesa levou um enorme susto ao ver, de repente, duas pernas balançando na chaminé, mas logo surgiu um homem inteiro, que se apresentou como sendo seu irmão. Ela ficou muito feliz em vê-lo, mas logo disse, preocupada: "A baleia ouviu falar que você viria atrás de mim e se queixou, dizendo que, se o encontrar quando estiver na forma de baleia, em sua gula, não poderá evitar devorá-lo, e que quebrará minha casa de cristal, fazendo com que eu também morra afogada na enchente". "Você não pode me esconder enquanto isso, até chegar o dia em que passe o feitiço?". "Não dá, não está vendo que as paredes são todas de cristal e transparentes?". Mas então ela pensou e pensou, até que se lembrou do quarto de madeira, e a seguir dispôs a madeira de um jeito tão especial que não era possível ver nada do lado de fora, e ali dentro ela escondeu a criança milagrosa. Logo em seguida, a baleia chegou e a princesa começou a tremer feito folhagem de álamo. A baleia nadou algumas vezes ao redor da casa de cristal e, quando viu um pedacinho da roupa de Reinaldo aparecendo fora da madeira, bateu com a cauda, resfolegou com força e, se tivesse visto mais, certamente teria estilhaçado a casa. Ela aparecia uma vez por dia e nadava ao redor da casa, até que no sétimo mês o feitiço se desfez. Então, Reinaldo se viu num castelo que superava o castelo da águia em esplendor e que ficava no meio de uma bela ilha. Assim, ele passou um mês inteiro com a irmã e o cunhado na maior alegria, mas quando o mês chegou ao fim a baleia entregou a ele três escamas e disse: "Se estiver em perigo, esfregue estas escamas e eu virei em sua ajuda". Em seguida, mandou que o levassem até a margem, onde ele encontrou a sua armadura.

A criança milagrosa tinha atravessado o descampado durante sete dias e dormido sete noites em céu aberto, quando avistou um castelo com um portão de aço que tinha uma imponente fechadura. Diante dele, um touro negro com olhos em brasa vigiava a entrada. Reinaldo atacou o touro, desferindo-lhe um poderoso golpe no pescoço, mas este era de aço e a espada quebrou como se fosse vidro. Ele quis espetá-lo com a lança, mas esta dobrou-se como palha e o touro o apanhou com os chifres e o jogou pelos ares com tanta força que ele foi parar nos galhos de uma árvore. Então, Reinaldo se lembrou dos três pelos do urso e os esfregou entre as mãos, e no mesmo instante um urso apareceu e lutou contra o touro até dilacerá-lo. Mas da barriga do touro saiu um pássaro, que voou bem alto com muita rapidez. Reinaldo então esfregou as três penas da águia e no mesmo instante uma poderosa águia apareceu no céu e perseguiu o pássaro, que estava justamente fugindo para o lago. A águia despencou sobre ele e o despedaçou. Mas Reinaldo viu que ele ainda deixou cair um ovo de ouro na água. Então ele esfregou as três escamas e logo uma baleia apareceu, pegou o ovo e o cuspiu para a terra. Reinaldo pegou o ovo, quebrou-o numa pedra e encontrou dentro dele uma pequena chave, que abria o portão de aço. Bastou tocar o portão com a chave para que este se abrisse. Reinaldo entrou, as maçanetas das outras portas foram se abrindo à sua frente e, passando por sete portas, ele atravessou sete salas maravilhosamente iluminadas, e na última sala deparou com uma donzela dormindo na cama. A donzela era tão linda que ele ficou totalmente deslumbrado com sua beleza e em vão tentou acordá-la, mas seu sono era tão profundo que parecia até que ela estava morta. Então, em sua raiva ele golpeou um quadro negro ao lado da cama e nesse instante ela acordou, mas logo voltou a dormir. Em seguida, ele pegou o quadro e o jogou no chão de pedra, quebrando-o em mil pedaços. Quando isso aconteceu, a donzela abriu os olhos e o encanto se desfez. Ela era a irmã dos três cunhados de Reinaldo e, por ter se recusado a se casar com um perverso feiticeiro, este a condenara ao sono eterno e transformara seus irmãos em animais selvagens, e isso deveria durar enquanto o quadro negro estivesse intacto.

Reinaldo levou a donzela para fora do castelo e, quando chegou ao portão, seus cunhados surgiram dos três lados montados em cavalos. Eles também estavam livres do encantamento, traziam consigo as esposas e filhos, e a mulher do príncipe-águia já chocara o ovo e levava no colo uma linda menina. Então, seguiram todos para a casa do velho rei e da rainha, e a criança milagrosa levou as três irmãs para casa e logo se casou com a bela donzela. Assim, a alegria e o prazer transbordaram por todos os cantos. E o gato para casa voltou, e minha história acabou.

83.

a menina pobre

Era uma vez uma menina muito pobre. O pai e a mãe haviam morrido e ela não tinha mais casa para morar, nem uma cama para dormir. Não tinha nada neste mundo, exceto as roupas do corpo e um pedacinho de pão que recebera de uma alma piedosa. Apesar de tudo, ela era religiosa e piedosa. Enquanto andava a esmo, cruzou com um homem muito pobre, que tanto implorou por comida que ela lhe deu seu pedacinho de pão. Seguindo em frente, ela se deparou com uma criança, que disse: "Estou com tanto frio na cabeça, por favor, dê-me algo com que eu possa cobri-la". A menina então tirou sua touca e a deu à criança. Mais à frente, deparou-se com outra criança, que não tinha camiseta, e ela então lhe deu a sua. Em seguida, outra criança lhe pediu uma saia, e a menina prontamente lhe deu a sua. Finalmente, quando já era noite, a menina chegou a uma floresta. Ali, outra criança se aproximou e lhe pediu uma camisola, e a piedosa menina pensou: "A noite já está escura, eu posso muito bem dar minha camisola", e a deu para ela. Então, de repente, começaram a cair estrelas do céu, que se transformavam em sólidas moedas de prata, e ela, apesar de ter entregue sua camisola, reparou que estava, sim, vestindo uma, mas essa era uma peça do mais fino linho. Ela então juntou as moedas e tornou-se rica para o resto de sua vida.

84.

a sogra

Era uma vez uma rainha cuja sogra era extremamente malvada. Certa ocasião, quando o rei tinha saído de viagem, a velha rainha mandou aprisionar a nora em um porão mofado, juntamente com os dois netos. Um dia, ela pensou: "Estou com muita vontade de devorar uma das crianças". Chamou então o cozinheiro e ordenou-lhe que descesse ao porão para buscar um dos meninos, para matá-lo e prepará-lo para o jantar.

"Com que molho?", perguntou o cozinheiro. "Ao molho pardo", respondeu a velha rainha.

O cozinheiro então desceu ao porão e disse à jovem rainha: "Ai, senhora, a velha rainha quer que eu mate e cozinhe um dos seus filhos para o jantar de hoje". Isso deixou a jovem rainha apavorada, e ela disse: "Será que não podemos pegar um porquinho, e você o prepara como ela lhe pediu e diz a ela que se trata de um dos meus filhos?".

O cozinheiro assim o fez e serviu à mesa o porquinho ao molho pardo. "Esta é uma das crianças", disse, e a velha rainha comeu tudo com um grande apetite.

Algum tempo depois, a velha rainha pensou: "Achei a carne da criança tão saborosa que vou comer também a segunda", e chamou o cozinheiro, exigindo que ele fosse ao porão para matar o segundo neto.

"Com que molho devo prepará-lo?" "Ah, ao molho branco", respondeu ela.

O cozinheiro desceu ao porão e disse: "Ah, a velha rainha me pediu para matar também o seu segundo filho, o mais novo, para que ela possa comê-lo". A jovem rainha então disse: "Pegue um leitão e o prepare como ela lhe ordenou".

O cozinheiro assim o fez e então serviu a carne ao molho branco, e a velha rainha comeu com apetite ainda mais voraz.

Finalmente, a velha pensou: "Agora que as crianças estão na minha barriga, vou comer também a minha nora". Então, chamou novamente o cozinheiro e ordenou que dessa vez ele preparasse um prato com a jovem rainha.

[FRAGMENTO: Na terceira vez, o cozinheiro sacrificou uma corça. Mas agora a jovem rainha sentia dificuldades para evitar que as crianças gritassem e que a velha pudesse ouvi-los e, assim, descobrir que ainda estavam vivos, e assim por diante.]

85.

fragmentos

a. flor da neve

A jovem filha de uma rainha se chamava Flor da Neve, porque era branca como a neve e porque nascera durante o inverno. Certo dia, tendo sua mãe adoecido, a jovem foi à floresta para colher ervas medicinais. Ao passar por debaixo de uma árvore enorme, um enxame de abelhas saiu de dentro dela e lhe cobriu o corpo inteiro, da cabeça aos pés. Mas as abelhas não a picaram e nem a machucaram; em vez disso, depositaram mel sobre os lábios da jovem, cujo corpo inteiro brilhava, irradiando enorme beleza.

b. a princesa que tinha um piolho

Era uma vez uma princesa tão limpa que certamente era a mais limpa de todo o mundo. Jamais se via nela qualquer traço de sujeira ou outra impureza. Certa vez, encontraram um piolho na cabeça dela, o que foi considerado um milagre, e por isso não quiseram matá-lo; em vez disso, decidiram nutri-lo com leite. Isso foi feito e o piolho acabou crescendo tanto que ficou do tamanho de um novilho. Quando o piolho morreu, a princesa mandou fazer um vestido da pele dele. Quando um pretendente vinha pedi-la em casamento, ela impunha a condição de ele adivinhar de que animal era a pele do vestido que trajava. Como nenhum pretendente conseguisse adivinhar, ninguém conseguia sua mão. Finalmente, um belo príncipe adivinhou o segredo da seguinte forma.

c. do príncipe joão

De suas andanças repletas de anseios e nostalgia, de seus desejos e de sua imaginação fértil, do castelo vermelho, das inúmeras dolorosas provações, até que a visão da linda princesa do sol lhe fosse concedida.

d. a boa atadura

Duas irmãs que eram costureiras nada tinham herdado, salvo uma velha e boa atadura que fazia dinheiro, do qual viviam além do que recebiam por suas costuras. Uma irmã era muito esperta e a outra, muito burra.

Certo dia, quando a mais velha tinha ido à igreja, um judeu* se aproximou da irmã burra e disse: "Vendo ou troco nova atadura por atadura velha, a senhora não tem nenhum negócio para fazer?". A irmã burra então buscou sua atadura e a trocou por uma nova do judeu, e este sabia exatamente o valor dessa velha atadura.

Quando a irmã mais esperta chegou em casa, declarou: "Estamos indo muito mal com as nossas costuras, tenho de conseguir um pouco de dinheiro. Onde está a nossa atadura?". "Fiz algo muito melhor", disse a burra, "enquanto você estava fora, eu troquei a atadura velha por uma novinha em folha [...]."

(Mais tarde, o judeu vira cachorro, as duas jovens viram galinhas, mas as galinhas finalmente se tornam pessoas e trucidam o cachorro.)

* Sobre os personagens judeus nos contos dos irmãos Grimm, ver o comentário de Marcus Mazzari no posfácio. [N. E.]

86.

a raposa e os gansos

Certa vez, a raposa chegou a um gramado em que havia um bando de gansos belos e gordos. Então ela disse, rindo: "Opa, parece até que eu vim porque vocês chamaram, vocês estão tão bem reunidos, posso comer um atrás do outro". Os gansos grasnaram de horror e se levantaram implorando pela vida, mas a raposa respondeu: "Não existe piedade, vocês têm de morrer". Por fim, um deles fez um apelo comovente: "Se temos de perder nossa jovem e vigorosa vida, conceda-nos ao menos uma única graça e permita que façamos uma oração para não morrermos em pecado. Depois disso, ficaremos em fila para que você possa escolher sempre o mais gordo". "Está bem", respondeu a raposa, "não custa aceitar um pedido piedoso, podem rezar que eu espero." Então, o primeiro começou a fazer uma oração bem longa: "Gui!, Gui!", e, como ele não terminava nunca, o segundo nem esperou chegar sua vez e também começou: "Gui!, Gui!" (e quando todos tivessem acabado de rezar, o conto deveria prosseguir, mas eles ainda continuam rezando).

algumas curiosidades sobre as crenças infantis

Na edição original do tomo I, Jacob e Wilhelm Grimm adicionaram um apêndice explicando cinco crenças comuns entre as crianças da época.

i. Quando uma irmãzinha ou um irmãozinho pergunta de onde eles vieram, os pais respondem que os pescaram de dentro do poço. Geralmente há no mesmo local um poço ao qual se faz referência específica. Assim, quando as crianças olham para dentro do poço e veem o reflexo delas, acreditam ainda mais na história. Também se diz que um anjo as trouxe, e que junto trouxe os doces que a criança recebe em seu batismo, ou antes, geralmente ervilhas de açúcar coloridas. Outra coisa que se diz é que a cegonha pesca as crianças da água e as carrega em seu bico vermelho, e por isso as pessoas cantam uma música para chamar a cegonha:

> Cegonha, Perna comprida
> Traga uma criança para minha mãe
> Se deixá-la no jardim de casa
> Ela será paciente,
> Se deitá-la na escada
> Ela terá um bom peso

ii. Quando se queima papel, é preciso prestar atenção em como as fagulhas sobem na noite e desaparecem uma após a outra, principalmente a última fagulha. Se diz: essas são as pessoas que estão saindo da igreja, e a última fagulha é o tocador de sinos.

iii. Quando as crianças piscam os olhos de sono à noite, tentando manter-se acordadas, dizem que o Homem da Areia [Sandmännchen] está chegando.

iv. Pão fresco de milho novo é chamado de "pão de coelho", e o coelho o assou na floresta. Quando a montanha está coberta de névoa, é porque o coelho está cozinhando e a fumaça de sua cozinha cobre a montanha.

v. Quando está nevando, dizem que a coberta de Deus rasgou, ou que a Senhora Holle está fazendo a cama.

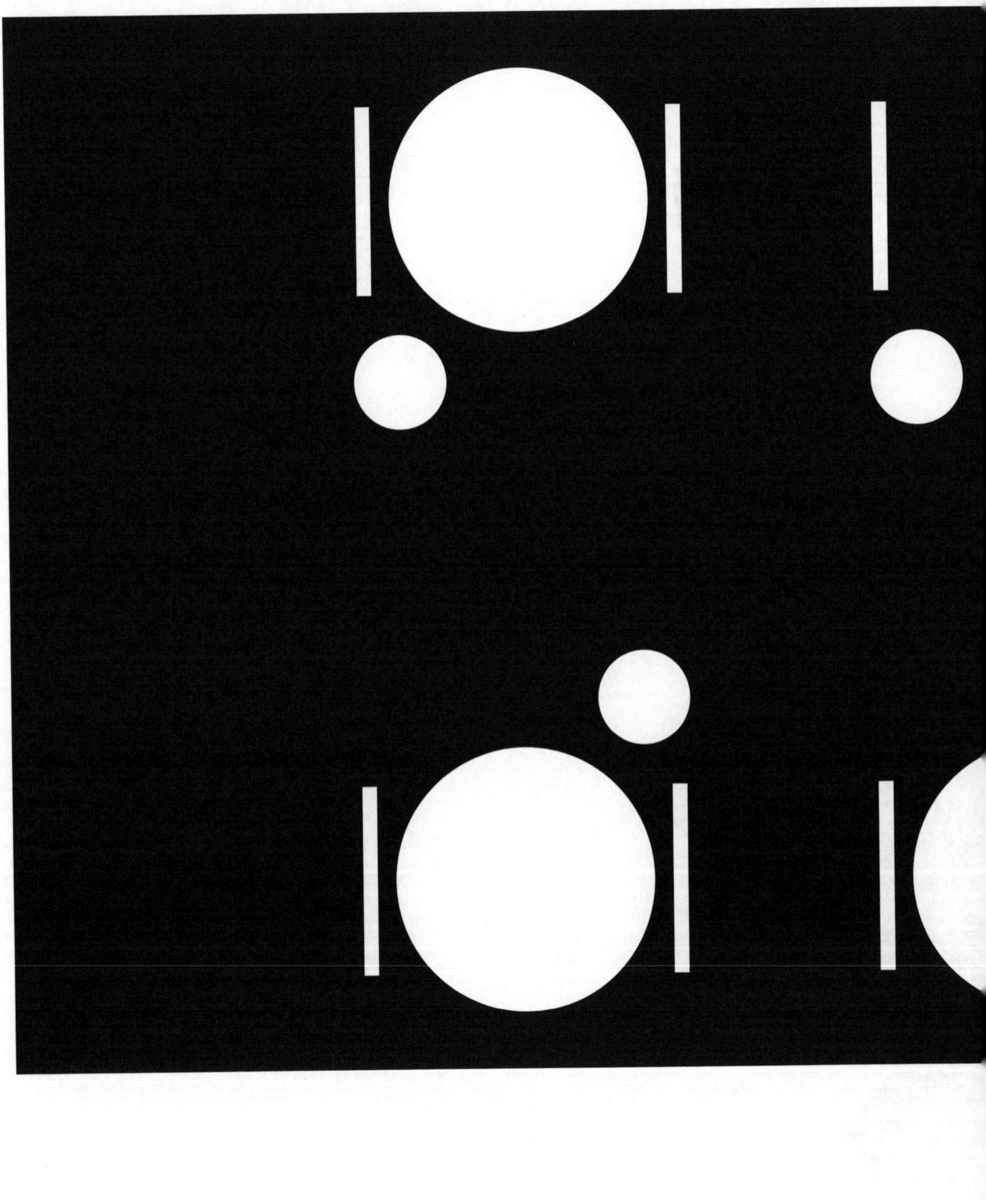

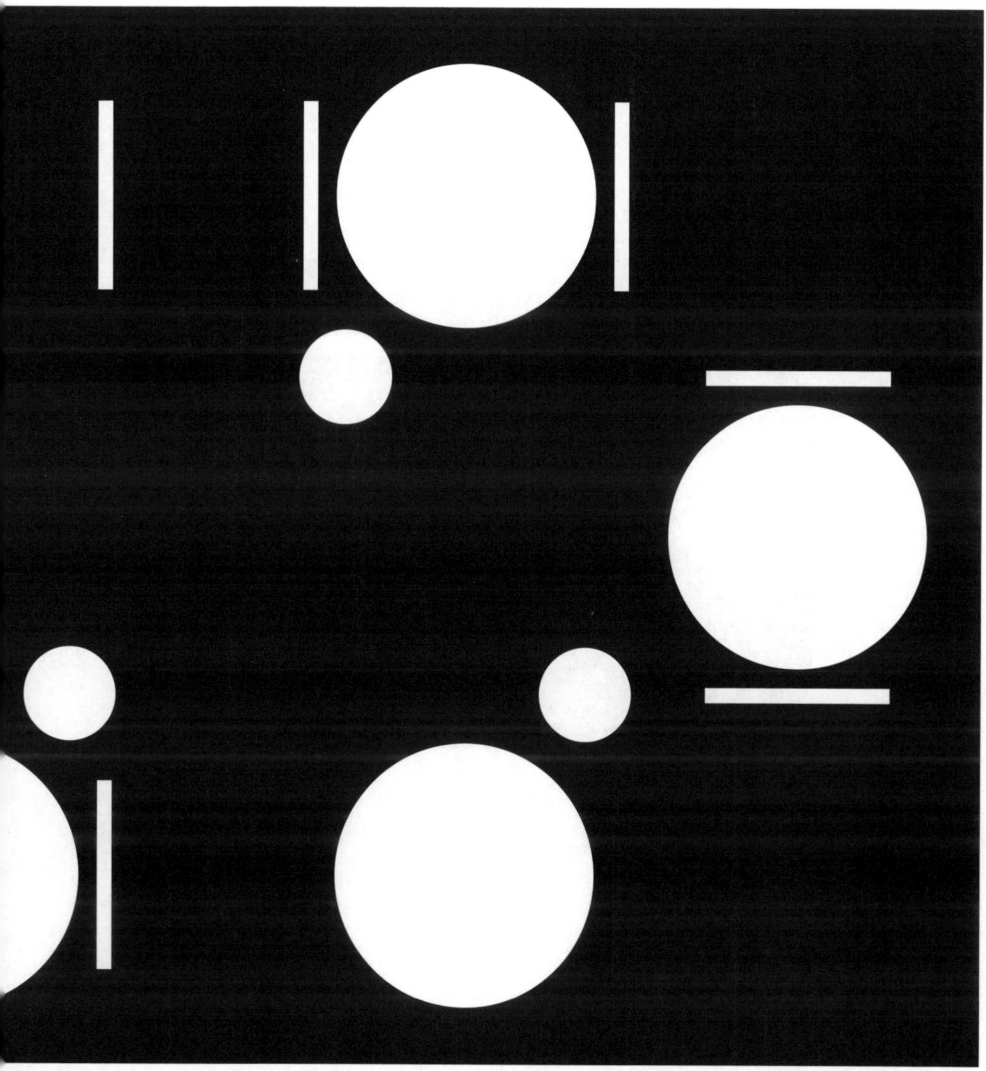

II.

sumário

tomo II.

1.

o pobre e o rico

Há muito tempo, quando o bom Deus ainda circulava entre os homens na Terra, certa vez, Ele se sentiu muito cansado antes que pudesse chegar a uma hospedaria, e já estava para anoitecer. Então, no caminho Ele encontrou duas casas, uma defronte à outra, uma delas grande e bonita, a outra pequena e de aspecto pobre, sendo, respectivamente, uma de um homem rico e a outra, de um homem pobre. Deus Nosso Senhor pensou: "Acho que não serei um fardo para o rico", e assim bateu à porta da casa deste. O rico então abriu a janela e perguntou-lhe o que queria. "Um abrigo para dormir." O rico o examinou da cabeça aos pés e, como o bom Deus estava usando roupas simples e não aparentava ter muito dinheiro no bolso, o rico sacudiu a cabeça e disse: "Não posso acolhê-lo porque meus quartos estão repletos de sementes e, se eu tivesse que hospedar alguém que batesse à minha porta, eu mesmo teria de sair. Melhor procurar abrigo em outro lugar". Dito isso, bateu a janela e deixou o bom Deus do lado de fora. Então, o bom Deus virou-lhe as costas, dirigiu-se à casa do outro lado da rua e bateu à porta. Mal havia batido, o pobre abriu a portinha e convidou o viajante a entrar e a pernoitar, dizendo: "Já escureceu e hoje você não vai poder seguir adiante". Isso agradou ao bom Deus e Ele entrou. A mulher do pobre estendeu-lhe a mão, desejou boas-vindas, e disse que ficasse à vontade e que não tinham muito a oferecer, mas que o que tinham era de coração. Então, pôs batatas no fogo e enquanto estas cozinhavam ordenhou a cabra para que também pudessem ter um pouco de leite. Quando a mesa estava posta, o bom Deus sentou-se com eles para comer e Ele apreciou muito aquela comida simples por estar em boa companhia. Depois, na hora de dormir, a mulher chamou o marido discretamente e disse: "Olhe, querido, vamos juntar palha para dormirmos esta noite e para que o pobre viajante possa dormir em nossa cama, pois ele passou o dia caminhando e deve estar muito cansado". O homem aceitou a sugestão de coração e disse ao bom Deus que, se não achasse incômodo, deitasse em sua cama para descansar os membros cansados. O bom Deus não queria tirar o leito dos dois velhinhos, mas eles fizeram questão e insistiram até que Ele acabou se deitando na cama. Depois o casal juntou a palha em um canto para dormir. Na manhã seguinte, eles se levantaram cedo e preparam um magro café da manhã. Quando os raios de sol entraram pela janela e o bom Deus se levantou, sentou-se para comer com eles, para em seguida prosseguir sua jornada. Mas, quando estava diante da porta, disse: "Por terem sido tão piedosos e devotos, eu lhes concedo três desejos, que irei realizar". O pobre homem respondeu: "Mas o que eu poderia desejar além da eterna bem-aventurança e que nós dois, enquanto estivermos vivos, gozemos de boa saúde e que tenhamos o essencial, o pão nosso de cada dia? Não me ocorre um terceiro desejo". O bom Deus então disse: "Você não gostaria de ter uma casa nova no lugar da velha?". O homem respondeu que, se fosse possível, sim, bem que gostaria. No mesmo instante, Deus realizou seus desejos e transformou a casa velha numa casa nova em folha e depois partiu.

O sol já estava alto quando o rico acordou e, ao olhar pela janela, viu que no lugar da velha cabana havia uma bela casa nova. Ele então arregalou os olhos e chamou a mulher: "Olhe, mulher, como isso pode ter acontecido? Ontem havia ali um barraco caindo aos pedaços onde hoje está essa bela casa. Corra lá para saber como isso aconteceu". Então a mulher foi até lá e perguntou, e o homem pobre respondeu: "Ontem à noite um viajante pediu para passar a noite aqui, e hoje de manhã, ao se despedir, realizou três desejos nossos: a eterna bem-aventurança, saúde na vida e o pão de todos os dias, e, no lugar do nosso velho barraco, uma bela casa nova". A mulher do rico correu para casa para contar ao marido o que ouvira e ele disse: "Quero me rasgar de raiva, ai, se eu soubesse disso! O viajante procurou abrigo aqui também, mas eu o mandei embora". "Corra", disse a mulher, "monte em seu cavalo que o homem não deve estar longe, você tem de alcançá-lo para pedir que ele também realize três desejos seus."

O homem rico montou no cavalo, alcançou o bom Deus e então falou com Ele de maneira educada e amável, desculpou-se, pedindo que não o levasse a mal por não ter lhe dado abrigo, mas é que na verdade Ele havia ido embora enquanto ainda estava procurando a chave da porta. Quando voltasse, o viajante deveria se abrigar em sua casa. "Sim", disse o bom Deus, "farei isso se um dia eu voltar." O rico então perguntou se Ele também poderia fazer três pedidos, igual a seu vizinho. "Sim", respondeu o bom Deus, "pode, sim, mas não será nada bom para você, é melhor não pedir nada." O rico, porém, achou que conseguiria pedir uma coisa boa se tivesse a garantia de que ela seria realizada. Então o bom Deus falou: "Cavalgue para casa e três pedidos seus serão realizados".

Tendo conseguido o que queria, o rico voltou para casa pensando no que pedir. Enquanto pensava, deixou a rédea cair e o cavalo começou a saltar, perturbando seus pensamentos a ponto de ele não poder se concentrar. Irritado com o cavalo, ele disse, impaciente: "Queria que você quebrasse o pescoço!", e, assim que terminou de falar, plump, o cavalo caiu morto no chão, sem se mexer mais. Com isso, o primeiro desejo tinha sido realizado. Por ser avarento, o homem não quis deixar a sela para trás; retirou-a do animal com a faca, pendurou-a nas costas e então seguiu a pé para casa. Ele se consolou pensando que ainda lhe restavam dois desejos. Continuou andando pela areia e, quando o sol do meio-dia ardia quente, sentiu muito calor e ficou mal-humorado porque a sela estava apertando suas costas e ele ainda não sabia bem o que desejar. Então veio-lhe o pensamento de que sua mulher estava em casa passando bem, sentada na sala fresca, comendo do bom e do melhor. Esse pensamento deixou-o profundamente irritado e, sem querer, ele disse: "Queria que ela estivesse sentada em casa numa sela e não conseguisse descer, em vez de eu ter de carregar esta sela nas costas". Assim que terminou de dizer tais palavras, a sela que carregava nas costas desapareceu e ele percebeu que seu segundo desejo se realizara. Foi então que sentiu ainda mais calor e começou a correr, louco para chegar em casa, ficar sozinho e se concentrar para pensar em uma coisa grandiosa como último desejo. Quando chegou em casa e abriu a porta, encontrou a mulher no meio da sala sentada na sela, lamentando-se e gritando que não conseguia descer. Então ele disse: "Pois se dê por satisfeita, porque vou pedir todos os tesouros do mundo para você, apenas fique aí sentada". Mas ela retrucou: "De que me adiantam todos os tesouros do mundo se estou sentada nesta sela? Foi você que desejou que eu estivesse aqui e agora terá de me tirar". Querendo ou não, ele teve de gastar o último desejo para que ela pudesse descer da sela, e o desejo se realizou. Portanto, não conseguiu nada além de aborrecimento, cansaço e a perda de um cavalo. O casal pobre, por sua vez, viveu satisfeito, em paz e piedoso até o fim de sua abençoada vida.

2.

a cotovia cantante e saltitante

Era uma vez um homem que planejou fazer uma grande viagem e, ao se despedir, perguntou às três filhas o que elas queriam que ele lhes trouxesse de presente. A mais velha pediu pérolas, a segunda, diamantes, mas a terceira disse: "Querido pai, eu desejo uma cotovia cantante e saltitante". O pai então disse: "Sim, se eu conseguir uma, será sua"; beijou as três e partiu. Quando estava no caminho de volta, levava consigo as pérolas e os diamantes para as filhas mais velhas; já a cotovia cantante e saltitante para a mais nova ele tinha procurado a troco de nada em todos os lugares por onde passara, e lamentava porque sua filha mais nova era justamente a preferida. Então, seu caminho o levou pela floresta, e no meio dela ele deparou com um castelo grandioso, perto do qual havia uma árvore. No topo da árvore, uma cotovia saltitava e cantava. "Ei, você apareceu em boa hora!", disse ele e, alegre, chamou o criado para que subisse e apanhasse o passarinho. Mas, assim que ele se aproximou, um leão que estava embaixo da árvore deu um salto, sacudiu-se e urrou tão forte que a copa chegou a tremer: "Vou devorar aquele que quiser roubar minha cotovia cantante e saltitante!". O homem revidou: "Não sabia que o pássaro era seu. Será que posso comprá-lo, então?". "Não!", respondeu o leão, "não tem nada que lhe possa salvar, a não ser que prometa me entregar a primeira coisa que encontrar quando chegar em casa. Se fizer isso, eu pouparei sua vida e ainda darei a cotovia de presente para sua filha." Mas o homem não quis aceitar a proposta e disse: "A primeira pode ser minha filha mais nova, é ela que mais gosta de mim e sempre vem ao meu encontro quando chego em casa". Mas o criado, sentindo muito medo, disse: "Poderia ser também o gato ou um cachorro!". Assim, o homem deixou-se convencer e, com o coração apertado, pegou a cotovia cantante e saltitante e prometeu ao leão entregar a ele aquilo que encontrasse primeiro ao chegar em casa.

Ao chegar em casa, a primeira coisa que encontrou foi ninguém menos que sua filha mais nova e mais querida. Ela veio correndo em sua direção, beijou o pai e, quando viu que ele lhe trouxera a cotovia cantante e saltitante, ficou mais feliz ainda. Mas o pai não conseguiu se alegrar e começou a chorar, dizendo: "Ai, que dor, minha filha mais querida, paguei caro por esse passarinho, tive de prometê-la a um leão, que vai dilacerar e devorar você assim que estiver com ele". Então, o pai contou a ela tudo o que havia acontecido e pediu-lhe que não fosse ao encontro do leão, acontecesse o que acontecesse. Mas ela o consolou, dizendo: "Querido pai, o senhor prometeu e tem de cumprir sua promessa; vou até lá acalmar o leão e conseguirei voltar para casa sã e salva". Na manhã seguinte, ela pediu ao pai que lhe indicasse o caminho, despediu-se e, conformada, entrou na floresta. Acontece que o leão era um príncipe encantado, que durante o dia era leão, assim como todos os seus, que tinham sido transformados em leões, mas à noite eles recuperavam sua forma natural. Quando ela chegou, ele foi muito gentil e eles logo se casaram, e à noite ele se transformou num belo príncipe. Eles ficavam acordados à noite e dormiam durante o dia, e assim passaram muito tempo vivendo felizes. Um dia, o príncipe disse a ela: "Amanhã haverá uma festa na casa de seu pai, pois sua irmã mais velha vai se casar; se você quiser ir, meus leões irão levá-la até lá". Ela então disse que gostaria de rever o pai e foi à festa, conduzida pelos leões. Todos ficaram muito felizes quando a viram, pois pensaram que ela estivesse morta há tempos, que tivesse sido dilacerada pelo leão. Ela contou como sua vida com o leão era boa e ficou na companhia do pai durante toda a festa de casamento, mas depois voltou para a floresta. Quando a segunda filha foi se casar e a convidou novamente para a festa, ela disse ao leão: "Dessa vez eu não quero ir sozinha, você tem de vir comigo!". Mas o leão não queria e disse que era muito perigoso para ele; explicou que, se um raio de qualquer tipo de luz o atingisse, ele se transformaria em uma pomba e teria de ficar voando entre os pombos por sete anos. Mas ela não lhe deu sossego e disse que iria cuidar de protegê-lo de qualquer raio de luz. Então, seguiram juntos para o casamento e levaram consigo seu filho pequeno. Ela pediu que uma das salas fosse tão fortemente vedada com paredes grossas e fortes que nenhum raio de luz pudesse penetrá-la, e ele deveria ficar ali quando as luzes da cerimônia do casamento fossem acesas. Acontece que a porta, que era de madeira nova, empenou e ficou com uma pequena fresta, que ninguém percebeu. O casamento foi celebrado com pompa, e quando o cortejo voltou da igreja e passou, com muitas tochas e luzes, diante da porta da sala onde estava o príncipe, um raio bem, bem fininho penetrou o local e, assim que atingiu o príncipe, ele se transformou. Quando a princesa entrou para procurá-lo, encontrou apenas uma pomba branca, que lhe disse: "Durante sete anos terei de sair voando pelo mundo, mas a cada sete passos vou deixar cair uma gota de sangue e uma pena branca, que lhe indicarão o caminho; se você me seguir, poderá quebrar o feitiço".

Assim, a pomba saiu voando porta afora e a princesa foi atrás, e a cada sete passos uma gotinha de sangue e uma peninha branca caíam, indicando o caminho. Ela seguiu mundo afora, sem olhar para os lados e sem descanso, até se passarem quase sete anos. Então, ela ficou muito contente, pensando que em breve estariam livres, mas ainda faltava muito para isso. Certa vez, enquanto caminhava, nenhuma peninha caiu, tampouco uma gotinha de sangue, e quando ela olhou para cima a pomba havia desaparecido. Por achar que nenhum humano poderia ajudá-la, ela subiu até o Sol e disse: "Você, que entra por todas as frestas e brilha sobre todos os picos, não viu uma pomba voando por aí?". "Não", respondeu o Sol, "não vi pomba alguma, mas vou lhe dar de presente esta caixinha, que você deverá abrir quando estiver em apuros." A princesa agradeceu ao Sol e continuou caminhando até anoitecer e a Lua brilhar no céu, então, perguntou a ela: "Você, que brilha a noite toda, por todos os campos e florestas, por acaso não viu uma pomba branca voando?". "Não", respondeu a Lua, "não vi, não, mas vou lhe dar este ovo, que você deverá quebrar se estiver em apuros." Ela agradeceu à Lua e seguiu adiante, até que o Vento da Noite começasse a soprar, então, perguntou a ele: "Você, que sopra por todas as árvores e passa por todas as folhinhas, por acaso não viu uma pomba branca voando?". "Não", respondeu o Vento da Noite, "não vi, não, mas vou perguntar aos outros três ventos, talvez eles a tenham visto." O Vento Leste e o Vento Noroeste vieram e disseram que não tinham visto nada, mas o Vento Sul disse: "Eu vi a pomba branca, ela voou para o mar vermelho e lá voltou a se transformar em leão, pois sete anos se passaram, e o leão está lá, lutando com um dragão, mas o dragão é uma princesa enfeitiçada". O Vento da Noite então disse: "Vou lhe dar um conselho. Vá até o mar vermelho e na margem direita encontrará grandes varas; conte-as, corte a décima primeira e golpeie o dragão com ela, assim o leão poderá domá-lo e ambos voltarão a ter a forma humana. Depois, olhe ao redor e avistará o pássaro Garra pousado à beira do mar vermelho; monte em suas costas e leve o príncipe com você; o pássaro vai atravessar o mar e levá-los para casa. Carregue com você esta noz e, quando estiver no meio do mar, deixe-a cair que logo uma grande nogueira irá crescer para fora da água, e nela o pássaro Garra poderá descansar, pois, se por acaso não puder descansar, ele não terá forças para fazer a travessia com vocês, e se você esquecer de jogar a noz, ele irá arremessá-los no mar".

Ela se pôs a caminho e encontrou tudo do jeito que o Vento da Noite descrevera. Então, cortou a vara, com a qual golpeou o dragão, e logo o leão conseguiu domá-lo e os dois voltaram a ter a forma humana. Assim que a princesa que antes era um dragão se viu livre, pegou a mão do príncipe e montou no pássaro Garra, partindo com ele, de modo que a pobre viajante ficou para trás, novamente abandonada. Mas ela disse: "Vou andar tão longe quanto o vento sopra e andar por tanto tempo quanto o galo canta, até encontrá-lo". E saiu caminhando, percorrendo caminhos muito, muito longos, até finalmente chegar ao castelo onde os dois viviam juntos. Ali, ficou sabendo que em breve haveria uma festa, em que eles se casariam. Então, ela pediu ajuda a Deus e pegou a caixinha que o Sol lhe dera e dentro dela havia um vestido, tão brilhante como o próprio Sol. Ela tirou o vestido da caixa, vestiu-o e subiu até o castelo, e todos olharam para ela, inclusive a noiva. Esta gostou tanto do vestido que pensou até em usá-lo como vestido de noiva; assim, perguntou se ele não estaria à venda. "Por nada e por dinheiro nenhum no mundo, só por carne e sangue." A noiva perguntou o que ela queria dizer com isso, e ela respondeu: "Deixe-me passar esta noite no quarto onde o príncipe dorme". De início, a noiva não quis aceitar, mas desejava tanto o vestido que acabou concordando; o camareiro, porém, deveria dar ao príncipe uma bebida, para que adormecesse. À noite, quando ele já dormia, ela foi levada ao quarto; então, sentou-se na beirada da cama e disse: "Segui você por sete anos, estive com o Sol, com a Lua e com os Ventos perguntando por você, ajudei-o a combater o dragão. Será que você quer me esquecer completamente?". Mas o príncipe estava dormindo tão profundamente que o som que ouvia era para ele apenas um vento lá fora balançando os pinheiros. Assim que amanheceu, a princesa foi novamente conduzida para fora do quarto e teve de entregar à noiva o vestido dourado. Vendo que de nada adiantara tudo aquilo, ficou muito triste, sentou-se no gramado do lado de fora do castelo e começou a chorar. Enquanto estava ali sentada, lembrou-se do ovo que a Lua havia lhe dado; então, quebrou o ovo e, ai!, de dentro dele surgiu uma galinha com doze pintinhos, todos de ouro, que saíram por ali piando e logo correram para se abrigar debaixo das asas da mãe. Não havia nada mais lindo no mundo de se ver. Então, ela se levantou e foi tocando a galinha à sua frente pelo gramado até que finalmente a noiva olhou pela janela. A noiva gostou tanto da pequena criatura que logo desceu e perguntou-lhe se não queria vendê-la. "Por nada e por dinheiro nenhum no mundo, só por carne e sangue. Deixe que eu passe mais uma noite no quarto do príncipe." A noiva concordou e pensou em enganá-la como na noite anterior, mas o príncipe, quando foi dormir, perguntou ao camareiro o que eram aquele murmúrio e aquele farfalho que ouvira na noite anterior. O camareiro então contou tudo: que lhe havia dado uma bebida para dormir, porque uma pobre menina dormira secretamente em seu quarto, e que nessa noite ele deveria lhe dar outra vez a bebida. O príncipe então disse: "Derrame a bebida ao lado da cama". À noite, ela foi novamente conduzida ao quarto e, quando recomeçou a contar as coisas tristes que tinham acontecido, ele logo reconheceu a voz de sua amada esposa e levantou-se de um salto, dizendo: "Agora o encanto se quebrou, parecia que eu estava num sonho. A princesa me enfeitiçou para que eu esquecesse você, mas Deus me ajudou em boa hora". Assim, naquela mesma noite, os dois saíram escondidos do castelo, pois temiam o pai da princesa, que era feiticeiro, e montaram no pássaro Garra. Este fez a travessia com eles pelo mar vermelho e, quando chegaram no meio do trajeto, ela deixou cair a noz. Imediatamente uma enorme nogueira surgiu, onde o pássaro descansou. Depois, ele os levou para casa e ali encontraram sua criança, que estava crescida e bela, e viveram felizes até o fim da vida.

3.

a pastora de gansos

Era uma vez uma velha rainha, cujo marido tinha morrido havia muitos anos e que tinha uma bela filha. Quando a jovem atingiu certa idade, foi prometida ao filho do rei de uma terra distante. Ao chegar o dia em que a jovem deveria partir para se casar com o jovem príncipe, a velha rainha pôs em sua bagagem ricos utensílios e joias valiosas: ouro e prata, taças, pedras preciosas e tudo o mais que fazia parte do dote de uma noiva real, pois ela amava a filha de todo o coração. Também lhe deu como companhia uma camareira, que deveria acompanhá-la e entregá-la ao noivo. Cada uma recebeu um cavalo, mas o cavalo da princesa se chamava Falada e sabia falar. Quando chegou a hora da despedida, a velha rainha foi a seu quarto, empunhou uma faquinha e cortou seus dedos para que sangrassem, e então tomou de um paninho branco e deixou que três gotinhas de sangue caíssem sobre ele. Em seguida, entregou o paninho à filha, dizendo: "Querida filha, guarde essas gotas bem guardadas, você vai precisar delas durante a viagem".

As duas se despediram cheias de pesar, e a filha da rainha enfiou o paninho no corpete, montou seu cavalo e se pôs a caminho do castelo do noivo. Quando já haviam cavalgado uma hora, ela começou a sentir muita sede e chamou a camareira, dizendo: “Apeie e vá buscar água para mim naquele riacho, com a minha caneca, que está sob seus cuidados; estou com muita sede”. “Ah, se está com sede”, disse a camareira, “apeie você mesma, deite-se na beirada do riacho e beba ali mesmo a sua água, eu não quero ser sua criada.” Como estava com muita sede, a filha da rainha apeou de seu cavalo, debruçou-se sobre o riacho e bebeu, e não pôde usar sua caneca dourada para isso. Então exclamou: “Oh, Deus!”, e as três gotinhas de sangue disseram: “Se sua mãe visse isso, ficaria de coração partido”. Mas a jovem noiva real era modesta, não disse nada e voltou a montar seu cavalo. Assim seguiram adiante por diversas milhas; o dia estava quente, o sol ardia, e logo a jovem noiva estava novamente com sede. Como se aproximassem de um córrego, ela chamou novamente a camareira: “Apeie e me dê de beber com a minha caneca dourada!”, pois já havia esquecido as maldosas palavras da camareira. Mas a camareira retrucou, de modo ainda mais arrogante: “Quer beber? Pois faça isso sozinha, eu não quero ser sua criada”. A filha do rei então desmontou do cavalo, debruçou-se sobre a água corrente e, chorando, exclamou: “Oh, Deus!”, e as gotas de sangue disseram: “Se sua mãe visse isso, ficaria de coração partido”. Então, quando ela se debruçou um pouco mais, o paninho com as três gotas caiu do corpete na água e foi levado pela correnteza, sem que ela, em seu grande medo, se desse conta disso. Mas a camareira viu tudo e ficou satisfeita, pois agora teria mais poder sobre a noiva, que, pelo fato de ter perdido o paninho com as gotas de sangue, tornara-se mais fraca. Quando a jovem quis subir de novo em seu cavalo, que se chamava Falada, a camareira disse: “Sou eu quem deve montar o Falada; você deve montar meu pangaré”, e a jovem noiva não teve jeito a não ser obedecer. A camareira ainda lhe ordenou que tirasse suas vestes reais e as substituísse pelas roupas simples dela e, por fim, ela teve que prometer, tendo o céu por testemunha, que quando chegassem à corte real ela nada diria sobre o que havia sucedido. Se ela não tivesse feito esse juramento, teria sido morta no mesmo instante. Mas Falada viu tudo que aconteceu e não se esqueceria disso.

A camareira agora montava Falada, e a verdadeira noiva, o cavalo velho, e assim seguiram viagem até que finalmente chegaram ao castelo real. Todos ficaram muito alegres com a chegada, e o filho do rei foi ao encontro delas, ajudou a camareira a apear, pois achava que ela era sua noiva, e a conduziu escada acima para dentro do castelo, enquanto a verdadeira filha do rei teve de ficar no pátio. O velho rei, no entanto, que a observava pela janela, ficou intrigado com a delicada beleza da jovem, e então se dirigiu aos aposentos reais e perguntou à noiva quem era aquela jovem lá embaixo que viera com ela. "Ah, eu a encontrei no caminho e trouxe comigo como companhia, dê a essa criada algo para fazer, para que não fique ociosa." Mas o velho rei não tinha serviço nenhum para a jovem fazer, exceto algo que lhe ocorreu: "Tem aí um rapazinho que cuida dos gansos, ela pode ajudá-lo nisso!". O garoto se chamava Conradinho, e a verdadeira noiva teria de ajudá-lo a pastorear os gansos.

Logo a falsa noiva disse ao jovem príncipe: "Amado noivo, eu lhe peço, faça-me um favor!". Ele respondeu: "Com todo prazer". "Chame o esfolador e peça-lhe que corte a cabeça do cavalo no qual cheguei, pois ele me incomodou muito durante a viagem." A verdade, no entanto, era que a camareira temia que o cavalo se pusesse a falar e revelasse o jeito como ela tratara a filha do rei. O pedido da camareira foi atendido e chegou o dia em que o fiel Falada seria sacrificado. O fato chegou aos ouvidos da filha do rei, que, em segredo, prometeu ao esfolador algumas moedas de ouro se ele lhe fizesse um serviço. Havia na cidade um enorme pórtico escuro, pelo qual ela e o pastor de gansos tinham de passar de manhã e à tarde, e ela queria que o esfolador pregasse a cabeça de Falada no pórtico, para que tivesse a chance de poder vê-lo novamente. O ajudante do esfolador prometeu fazer isso e, quando tinha terminado o serviço, pregou a cabeça do cavalo no pórtico.

Na manhã seguinte, quando a filha do rei e Conradinho tocavam os gansos da cidade para o campo, ela disse, ao atravessar o pórtico:

> "Oh, Falada, que aí estás pendurado."

E a cabeça respondeu:

> "Oh, jovem rainha, que aí estás passando,
> se a sua mãe visse isso,
> ficaria de coração partido!"

Ela então prosseguiu em seu caminho, em silêncio, deixando a cidade para trás e tocando os gansos para o campo. Quando tinham chegado ao pasto, ela se sentou e começou a soltar os cabelos, que eram lindamente prateados. Conradinho os viu e, admirado com o brilho deles, quis arrancar alguns fios da cabeça da jovem. Ela então disse:

> "Sopre! Sopre, Ventinho!
> Leve embora o chapéu do Conradinho
> e deixe que ele corra atrás dele até que eu tenha
> trançado e arrumado em coroa os meus cabelos
> e tenha posto de novo a minha touquinha."

Então, soprou um vento tão forte que arrancou o chapéu de Conradinho e o levou para longe, e o rapaz se pôs a correr atrás dele. Quando finalmente voltou, ela já tinha terminado de se pentear e já estava de touca, e ele não conseguiu nenhum fio de cabelo. Conradinho ficou bravo e não falou mais com ela, e eles ficaram pastoreando os gansos em silêncio até de noite, quando tocaram os gansos de volta para o castelo.

Na manhã seguinte, quando atravessaram novamente o pórtico escuro, a jovem declarou:

"Oh, Falada, que aí estás pendurado."

E a cabeça respondeu:

"Oh, jovem rainha, que aí estás passando,
se a sua mãe visse isso,
ficaria de coração partido!"

Quando chegaram ao pasto, ela se sentou novamente na relva e começou a pentear os cabelos. Conradinho correu até ela e quis agarrá-los, mas ela disse, rapidamente:

"Sopre! Sopre, Ventinho!
Leve embora o chapéu do Conradinho
e deixe que ele corra atrás dele até que eu tenha
trançado e arrumado em coroa os meus cabelos
e tenha posto de novo a minha touquinha."

O vento então soprou e levou embora o chapéu de Conradinho, que saiu correndo atrás dele. Quando o rapaz voltou, ela já tinha terminado de arrumar os cabelos e recolocara a touca, de modo que ele não conseguiu um único fio de cabelo. E eles ficaram ali pastoreando os gansos até o anoitecer.

À noite, no entanto, quando já estavam de volta ao castelo, Conradinho foi até o rei e disse: "Não quero mais pastorear os gansos com essa menina". "Mas por que não?", perguntou o velho rei. "Ah, ela fica me perturbando o dia inteiro." O velho rei então pediu que ele lhe contasse o que ela fazia, que tanto o irritava. Conradinho respondeu: "De manhã, quando atravessamos o pórtico escuro com os gansos, tem lá pendurada a cabeça de um cavalo, com o qual ela fala:

"Oh, Falada, que aí estás pendurado!"

E a cabeça então responde:

"Oh, jovem rainha, que aí estás passando,
se a sua mãe visse isso,
ficaria de coração partido!"

E Conradinho também contou o que sucedia quando estavam no pasto, e como ele tinha de ficar correndo atrás de seu chapéu.

O velho rei, no entanto, determinou que no dia seguinte ele pastoreasse os gansos normalmente. De manhã cedo, o rei se escondeu atrás do pórtico escuro e presenciou o diálogo da jovem com a cabeça de Falada. Depois, seguiu-os rumo ao pasto, escondendo-se atrás de um arbusto. Então ele viu com seus próprios olhos como o menino e a menina levaram os gansos para o campo, e como logo depois ela se sentou e soltou os cabelos trançados, que brilhavam intensamente, e depois disse:

"Sopre! Sopre, Ventinho!
Leve embora o chapéu do Conradinho
e deixe que ele corra atrás dele até que eu tenha
trançado e arrumado em coroa os meus cabelos
e tenha posto de novo a minha touquinha."

Então, uma rajada de vento levou o chapéu de Conradinho para longe, e ele saiu correndo atrás. A jovem então começou a pentear e a trançar seus cabelos, enquanto o rei a observava, escondido. Em seguida, ele voltou para o castelo sem ser visto. Quando, à noite, os jovens voltaram com os gansos, ele a chamou de lado e perguntou-lhe por que enganava todos desse jeito. "Isso eu não posso contar, pois prometi, tendo o céu por testemunha, que manteria segredo, do contrário teria perdido a vida." Mas o velho rei não a deixou em paz e finalmente disse: "Se não pode contar para mim, talvez possa contar para o fogão ladrilhado". "Ah, sim, farei isso, sim", respondeu a jovem. Ela então se enfiou dentro do fogão e, lá dentro, abriu seu coração, revelando as agruras pelas quais passara e como fora enganada pela malvada camareira. Ocorre que o fogão tinha um buraco em cima, e por ali o velho rei, à espreita, ouviu o que tinha acontecido com ela, palavra por palavra. Então, ficou tudo bem e a jovem logo foi vestida com roupas reais e a beleza dela parecia uma maravilha. O velho rei mandou chamar o filho e lhe revelou que ele estava com a noiva errada, que esta era uma camareira malvada, que a verdadeira estava aqui, disfarçada de pastora de gansos. O jovem príncipe se encheu de alegria ao constatar a beleza e a virtude de sua verdadeira noiva. Um grande banquete foi organizado, para o qual foram convidados todas as pessoas e os bons amigos. O jovem noivo sentou-se à cabeceira da mesa, tendo, de um lado, a filha do rei e, do outro, a camareira, que, ofuscada, não reconheceu a jovem filha do rei por causa do brilho da indumentária e das joias. Quando todos haviam comido e bebido, e estavam muito bem-humorados, o velho rei propôs uma charada à camareira: o que deveria ser feito com alguém que tivesse enganado seu senhor de modo tal e tal, e, tendo relatado todo o ocorrido, perguntou à falsa noiva: "Que sentença merece tal criatura?". A falsa noiva então respondeu: "Ela não merece nada melhor do que ser enfiada nua dentro de um barril com pregos pontudos na parte de dentro, à frente do qual sejam atrelados dois cavalos brancos, que arrastem a carga de ruela em ruela até que a traidora esteja morta!". "Essa criatura é você", declarou o velho rei, "e você acaba de decidir a sua sentença. Assim será feito." Então cumpriu-se o veredito; o jovem príncipe se casou com sua noiva legítima e ambos governaram o reino em paz e grande felicidade.

4.

o jovem gigante

Um camponês tinha um filho que era do tamanho de um polegar e não crescia, e durante vários anos seu tamanho não aumentou um único milímetro. Certa vez, o camponês quis arar o campo, e o pequeno disse: "Papai, quero ir com você". "Não", disse o pai, "fique aqui, pois lá fora você não presta para nada, e eu poderia perdê-lo." Então o Pequeno Polegar começou a chorar tanto que, para ter sossego, o pai acabou levando-o. Colocou o Polegar no bolso, e no campo o tirou e o pôs sentado dentro de um sulco de terra recém-aberto. Enquanto o Polegar estava ali, apareceu por cima da montanha um gigante. "Está vendo aquele grandalhão?", perguntou o pai, querendo assustar o pequeno para que lhe obedecesse, "ele vai pegar você!" Mas o gigante tinha pernas compridas e, depois de dar mais alguns passos, já estava pertinho do sulco na terra e então tirou o Pequeno Polegar de lá e o levou embora. O pai ficou paralisado de susto, sem conseguir dizer uma palavra, e pensou que tivesse perdido seu filho e que não o veria nunca mais.

O gigante, porém, levou o pequeno consigo e o deixou mamar em seu peito, e o Pequeno Polegar cresceu e ficou grande e forte como um gigante. Passados dois anos, o gigante o levou para a floresta para testá-lo e disse: "Tire um tronco daí!". O garoto já era tão forte que arrancou da terra uma árvore jovem com as raízes. Mas o gigante achou que o menino ainda precisava melhorar, e novamente levou-o consigo, amamentou-o por mais dois anos, e, quando o levou para a floresta para testá-lo, ele arrancou uma árvore muito maior. Mas isso não foi o suficiente para o gigante, que o amamentou por mais dois anos, e depois voltou com ele à floresta e disse: "Agora arranque um tronco de verdade!". O garoto arrancou da terra, com um grande estrondo, o maior carvalho que havia por ali, e achou muita graça nisso. Ao ver tal proeza, o velho gigante disse: "Agora, sim, você aprendeu o seu ofício", e o levou de volta para o campo de onde o tinha pego. Seu pai estava arando, e o jovem gigante foi em sua direção e disse: "Veja, pai, o que aconteceu, sou o seu filho". O camponês se assustou e respondeu: "Não, você não é o meu filho, afaste-se de mim". "Sou o seu filho, sim, deixe-me arar, eu sei arar tão bem quanto o senhor." "Não, você não é o meu filho, você também não sabe arar, vá embora!" Como o pai estava com medo daquele homenzarrão, soltou o arado, afastou-se e se sentou à margem do campo. O jovem pegou o arreio e quis arar, mas apertou o arado com uma das mãos com tal força que o fincou profundamente na terra. O camponês não aguentou ver aquilo e exclamou: "Se você quiser arar, não pode apertar com tanta força assim, do contrário a terra não ficará bem sulcada". Então, o garoto desatrelou os cavalos, atrelou-se ao arado e disse: "Vá para casa, pai, e diga para a mãe cozinhar um bom prato bem cheio; enquanto isso, vou arar o campo". O camponês foi para casa e deu o recado à mulher, que cozinhou uma bela refeição. O garoto, por sua vez, arou sozinho dois acres de terra e depois ainda atrelou o rastelo em si e fez todo o trabalho com dois rastelos ao mesmo tempo. Quando terminou, foi até a floresta, arrancou dois carvalhos, colocou-os nos ombros, prendeu um rastelo em cada ponta, na frente e atrás, e também um cavalo em cada lado, e carregou tudo para casa como se fosse um fardo de palha. Quando chegou em casa, sua mãe não o reconheceu e perguntou: "Quem é esse homem assustadoramente grande?". O camponês disse: "É nosso filho". "Não, esse não é nosso filho de jeito nenhum, não tivemos nenhum filho desse tamanho, o nosso era baixinho. Vá embora, nós não queremos você!"

Em silêncio, o rapaz levou os cavalos para o estábulo, deu-lhes aveia e feno e pôs tudo em ordem. Quando terminou, foi para a sala, sentou-se no banco e disse: "Mãe, agora estou com fome, a comida já está pronta?". Ela respondeu que sim, porque não teve coragem de contestá-lo, e trouxe duas tigelas grandes, mas grandes mesmo, bem cheias, que dariam para alimentar ela e seu marido por oito dias. Mas o jovem comeu tudo sozinho e perguntou se havia mais. "Não", disse ela, "é tudo que temos." "Mas isso foi só um aperitivo, preciso de mais comida." Então ela pôs no fogo uma panela enorme com porco e, quando este estava cozido, trouxe-a para a sala. "Opa, aqui tem mais um pouquinho", disse ele e comeu tudo, mas ainda não era o suficiente. Então, ele disse: "Pai, estou vendo que na sua casa vou passar fome. Veja se me arranja uma barra de ferro, que seja tão resistente que eu não consiga quebrá-la sobre o meu joelho, então seguirei o meu caminho". O camponês, feliz, atrelou seus dois cavalos a uma carroça, foi até o ferreiro e arranjou uma barra de tal tamanho e grossura que os cavalos mal conseguiram puxá-la. O rapaz segurou a barra sobre o joelho e crac!, quebrou-a no meio como uma fava de feijão. O pai atrelou quatro cavalos e buscou outra barra, de tal tamanho e grossura que os quatro cavalos mal conseguiram puxá-la. O rapaz a pegou também e a quebrou ao meio sobre o joelho, jogou as duas partes no chão e disse: "Pai, esta barra não presta, o senhor precisa atrelar mais cavalos e arranjar uma barra mais resistente". Então, o pai atrelou oito cavalos e buscou uma barra de tal tamanho e grossura que os oito cavalos mal conseguiram puxá-la. Quando o filho pegou a barra, já quebrou um pedaço dela em numa das pontas e disse: "Pai, vejo que o senhor não consegue me arranjar uma barra, vou embora assim mesmo".

Então, ele partiu e passou a se apresentar como aprendiz de ferreiro. Chegou a um vilarejo, onde morava um ferreiro mesquinho, que não dava nada a ninguém e queria tudo para si; o rapaz foi falar com ele na ferraria e perguntou-lhe se não precisava de um aprendiz. "Sim", disse o ferreiro, olhando para ele e pensando: "Parece um rapaz trabalhador, vai forjar bem e ganhar o seu pão". "Quanto você quer ganhar de salário?" "Nada", respondeu o rapaz, "só quero, a cada catorze dias, quando os outros aprendizes ganharem o seu salário, lhe dar dois golpes, que o senhor vai ter de aguentar." Isso deixou o pão-duro feliz da vida, achando que assim economizaria muito dinheiro. Na manhã seguinte, o novo aprendiz seria o primeiro a forjar, mas, quando o mestre trouxe a barra incandescente e o rapaz deu a primeira batida, o ferro voou longe e a bigorna afundou no solo de tal maneira que ninguém conseguiu tirá-la dali. O pão-duro ficou bravo e disse: "Que coisa! Não preciso de você! Você bate com muita força. O que quer por aquela forjada?". "Não quero nada, além de lhe dar um pequeno golpe", respondeu o rapaz, que levantou o pé e deu um chute que fez o ferreiro voar por cima de quatro cargas de feno. A seguir, ele pegou como bastão a barra mais grossa de ferro da ferraria e continuou seu caminho. Depois de um tempo, chegou num departamento público e perguntou ao oficial de justiça se este não precisava de um empregado. "Sim", disse o oficial, ele precisava de um, e como o jovem tinha a aparência de um rapaz trabalhador, que sabia das coisas, perguntou-lhe quanto ele queria de salário por ano. De novo o rapaz disse que não queria nada de salário, mas que a cada ano queria dar três golpes, que o oficial teria de aguentar. O oficial de justiça ficou satisfeito, porque também era pão-duro. Na manhã seguinte, os empregados deveriam ir buscar lenha. Todos os outros já tinham se levantado, mas ele continuava na cama. Um deles o chamou: "Levante, já está na hora, queremos ir buscar lenha, e você deve vir junto". "Bolas", respondeu ele, grosseiro e emburrado, "vão vocês, eu vou voltar antes de todos vocês juntos mesmo." Então, os outros foram contar ao oficial de justiça que o empregado ainda estava na cama e não queria ir buscar lenha. O oficial de justiça mandou acordá-lo e ordenou-lhe que atrelasse os cavalos. O empregado disse, como da vez anterior: "Vão vocês, eu vou voltar mesmo antes de todos vocês juntos". E ficou mais duas horas na cama até finalmente se levantar, mas primeiro buscou duas sacas de ervilhas no sótão, cozinhou-as e comeu-as com toda a tranquilidade, e, após terminar, atrelou os cavalos e foi para a floresta. Não longe da floresta havia um caminho estreito por onde ele tinha de passar; primeiro, guiou a carroça para a frente, em seguida fez os cavalos pararem quietos, foi para trás da carroça, catou árvores e galhos, e amontoou tudo de tal jeito que nenhum cavalo poderia passar por ali. Quando chegou perto da floresta, os outros estavam voltando para casa com as carroças carregadas, e ele disse: "Podem ir, mas vou chegar antes de vocês". Ele entrou só um pouco na mata, arrancou duas das maiores árvores da terra, colocou-as em cima da carroça e deu meia-volta. Quando chegou ao amontoado de árvores e galhos que tinha feito, os outros ainda estavam parados lá, sem conseguir passar, então ele disse: "Estão vendo? Se tivessem ficado comigo, vocês chegariam em casa na mesma hora que eu e poderiam ter dormido uma hora a mais". Então, ele quis prosseguir, mas seus quatro cavalos não conseguiam passar por causa do amontoado de árvores; então ele os desatrelou, deitou-os em cima da carroça, atrelou a carroça em si mesmo e, ufa!, atravessou com tudo, e isso foi tão fácil que ele parecia estar carregando penas. Quando chegou do outro lado, disse aos outros: "Estão vendo? Consegui atravessar antes de vocês", e foi embora, enquanto os demais tiveram de ficar. Chegando em casa, pegou uma árvore na mão, mostrou-a para o oficial de justiça e disse: "Não é um belo pedaço de madeira?". O oficial de justiça disse para sua mulher: "O empregado é bom e, ainda que durma muito, chega antes do que os outros".

Assim, ele trabalhou durante um ano para o oficial de justiça; quando o ano passou e os outros empregados receberam seu salário, ele disse que estava na hora de ele também receber seu pagamento. O oficial ficou com medo de ganhar os golpes e pediu encarecidamente que ele deixasse para lá essa história de golpes e assumisse o trabalho de oficial, enquanto ele se tornaria o empregado. "Não", disse ele. "Não quero ser oficial de justiça, eu sou empregado e assim quero continuar, mas quero o que me foi prometido." O oficial se ofereceu para lhe dar o que quisesse, mas de nada adiantou, pois o empregado disse "não" para todas as propostas. Sem saber o que fazer, o oficial pediu catorze dias para pensar a respeito, e o empregado concordou. O oficial reuniu todos os seus escrivães, que deveriam pensar e lhe dar um conselho; eles pensaram durante um bom tempo, e finalmente disseram que o certo seria dar cabo da vida do empregado; o oficial deveria mandar trazer e colocar enormes pedras de moinho ao redor do poço no pátio, mandar o empregado descer e limpar o poço, e assim que ele estivesse lá embaixo jogariam as pedras em sua cabeça. O conselho agradou ao oficial de justiça, de modo que tudo foi arrumado e pedras enormes foram colocadas perto do poço. Quando o empregado estava lá dentro, eles empurraram as pedras, que caíram com tanta força na água que esta espirrou para o alto. Aí tiveram certeza de que a cabeça do empregado tinha sido esmagada, mas ele gritou: "Espantem as galinhas de perto do poço, elas estão ciscando na areia e jogando milho nos meus olhos; assim não consigo enxergar". O oficial de justiça fez "Xô! Xô!", como se estivesse espantando as galinhas. Quando o empregado terminou a limpeza, subiu e disse: "Vejam, estou usando um belo colar", e eram as pedras de moinho que ele estava usando ao redor do pescoço. Quando o oficial viu isso, ficou com medo outra vez, pois o empregado queria seu pagamento. Então, pediu mais catorze dias para pensar e reuniu os escrivães, que lhe deram o conselho de mandar o empregado para o moinho enfeitiçado e moer o milho à noite, pois ninguém tinha saído vivo de lá. A sugestão agradou ao oficial, que chamou o rapaz na mesma noite e lhe disse para levar oito fardos até o moinho e moê-los durante a noite, pois estavam precisando muito do milho.

O empregado foi até o sótão, colocou dois fardos no bolso direito, dois no esquerdo, levou quatro numa sacola de través, metade nas costas, metade no peito, e foi carregado desse jeito até o moinho enfeitiçado. Mas o moleiro lhe disse que de dia ele certamente poderia moer o milho, mas não à noite, porque então o moinho ficava enfeitiçado, e quem entrara à noite ali fora encontrado morto na manhã seguinte. O rapaz disse: “Eu vou aguentar, vá embora e deite-se na cama”. A seguir ele entrou, pôs o milho no lugar e, quando eram quase onze horas, foi para a saleta do moinho e se sentou num banco. Depois de um tempo sentado, a porta se abriu de repente e uma mesa grande, mas muito grande mesmo, entrou na saleta e serviu-se de vinho, de carne assada e de muita comida deliciosa, tudo sozinha, pois não havia lá outra pessoa para servi-la. Depois as cadeiras se colocaram à mesa, mas ninguém apareceu, até que o rapaz viu dedos que manuseavam os garfos e as facas e serviam os pratos com comida, mas não conseguiu ver nada além disso. Como estava faminto e viu a comida, ele também se sentou à mesa e comeu junto com os outros e com bom apetite. Quando ficou satisfeito e os demais também tinham esvaziado seus pratos, ele ouviu com clareza todas as velas sendo apagadas, e quando tudo estava um breu ele recebeu algo parecido com um tapa na cara; então, disse: “Se receber mais um desses, eu também vou distribuir tapas!”, e quando recebeu o segundo tapa também começou a bater. Assim foi a noite inteira; ele não se deixou assustar e bateu sem perdão ao seu redor; quando o dia amanheceu, tudo terminou. Ao se levantar, o moleiro foi ver como o rapaz estava e ficou admirado de encontrá-lo vivo. O rapaz disse: "Ganhei uns tapas na orelha, mas também distribuí vários, e me fartei de comida". O moleiro ficou contente, e disse que agora o moinho estava salvo, e que gostaria de lhe dar uma boa quantia de dinheiro como recompensa. Porém o rapaz disse: "Dinheiro não quero, tenho o bastante". Ele pôs sua farinha nas costas, foi para casa e disse ao oficial de justiça que tinha feito o trabalho, e que agora queria seu pagamento. Ao ouvir isso, o oficial ficou apavorado e sem saber o que fazer, andando de um lado para o outro na sala até as gotas de suor escorrerem em sua testa. Ele abriu a janela para respirar um pouco de ar puro e, antes que percebesse, o empregado lhe deu um chute que o fez voar pela janela, tão longe que ninguém conseguiu mais vê-lo. Em seguida, o empregado disse para a mulher do oficial que agora ela precisava receber o outro golpe, mas ela replicou: "Ah, não, eu não vou aguentar", e também abriu uma janela, porque as gotas de suor lhe escorriam na testa. Então, o rapaz lhe deu um chute que também a fez voar para fora, e muito mais alto do que o marido; este gritou para ela: "Venha para perto de mim!", mas ela respondeu: "Não, venha você aqui, eu não consigo ir aí!", e eles flutuavam lá no alto, e nenhum dos dois conseguia chegar perto um do outro, e se eles ainda estão lá pairando eu não sei; o jovem gigante, porém, tomou seu bastão de ferro na mão e continuou seu caminho.

5.

o gnomo

Era uma vez um rei muito rico que tinha três filhas que diariamente saíam para passear no jardim do castelo. O rei, grande apreciador de todos os tipos de árvore bonita, amava uma delas em especial, a ponto de condenar quem apanhasse uma de suas maçãs a ficar cem braças debaixo da terra. Quando chegou o outono, as maçãs se tornaram vermelhas como sangue. Todos os dias as três filhas se punham sob a árvore para ver se o vento derrubara alguma fruta no chão, mas jamais em toda a vida haviam encontrado uma, e a árvore estava tão carregada que parecia até que iria quebrar, com seus galhos pendendo até o chão. Isso fez a filha caçula ficar com muita vontade de provar uma maçã e certo dia ela disse à irmã: “Nosso pai gosta demais de nós para nos condenar. Acho que ele só diz isso para pessoas desconhecidas”. Então, ela colheu uma maçã bem polpuda e saltou para a frente das irmãs, dizendo: “Ai, experimentem, queridas irmãs, em toda a minha vida jamais comi algo tão delicioso”. Assim, as duas outras filhas do rei também morderam a maçã e as três foram tragadas pela terra, tão fundo que galo nenhum cantou procurando por elas.

Na hora do almoço, o rei quis chamá-las à mesa, mas não conseguiu encontrá-las. Em vão ele as procurou por todos os lados, por todo o castelo e no jardim. Muito entristecido, mandou anunciar pelo país inteiro que aquele que lhe trouxesse de volta suas filhas poderia se casar com uma delas. Assim, muitos jovens saíram a campo, reunindo forças e empenho à procura delas, porque todos gostavam muito das meninas, que eram muito amáveis com as pessoas, além de serem muito bonitas. Entre eles havia três jovens caçadores que, depois de caminhar durante oito dias, chegaram a um grande castelo com belos quartos e, numa das salas, havia uma mesa posta com alimentos que ainda estavam quentes e fumegavam. Mas em parte alguma do castelo se via ou se ouvia a voz de alguém. Eles esperaram durante a metade de um dia e os alimentos ainda permaneciam quentes e fumegantes. Então, começaram a sentir tanta fome que se sentaram à mesa e comeram com grande apetite. Os três combinaram de ficar morando naquele castelo e, por isso, sortearam um entre eles, que deveria permanecer ali enquanto os dois outros sairiam à procura das princesas. Assim fizeram, e o mais velho foi o primeiro a ser sorteado. No dia seguinte, os dois mais novos saíram para a busca e o mais velho ficou em casa. Por volta da hora do almoço surgiu no castelo um homenzinho, que pediu um pedaço de pão. O mais velho pegou o pão que encontrara por ali, cortou uma fatia e quis dá-la ao homem. Mas, quando entregou a fatia ao homenzinho, este a deixou cair e pediu ao rapaz que a apanhasse e a desse a ele. O rapaz já ia fazer isso mesmo e, enquanto se abaixava, o homenzinho pegou um pedaço de pau, agarrou o jovem pelos cabelos e deu-lhe uma surra daquelas. No dia seguinte, o irmão do meio ficou em casa e não teve sorte melhor. Quando os dois outros voltaram à noite para casa, o mais velho perguntou: "Então, como foi o dia?". "Ruim, muito ruim." Então o mais velho e o do meio lamentaram o acontecido, mas não disseram nada ao mais novo, porque não o aturavam e sempre o chamavam de João Bobão, pois não era particularmente esperto.

No terceiro dia, o mais novo ficou em casa, e o homenzinho voltou a aparecer, pedindo um pedaço de pão. E, assim que o jovem lhe entregou o pão, deixou-o cair novamente e pediu que ele tivesse a bondade de apanhá-lo. Mas João retrucou: "Como? Não pode apanhar o pão você mesmo? Você se esforça tão pouco pelo pão de cada dia, então também não merece comê-lo". O homenzinho ficou furioso e disse que o rapaz deveria fazê-lo. Mas João, que não era nem um pouco preguiçoso, pegou o maldito homenzinho e deu-lhe uma surra daquelas. O homenzinho gritava alto e pedia: "Pare, pare, me solte que eu lhe conto onde estão as filhas do rei". Ao ouvir isso, João parou de bater; então, o homenzinho lhe contou que era um gnomo, que existiam mais de mil como ele, e que o jovem deveria acompanhá-lo, para que ele mostrasse onde estavam as filhas do rei. Mostrou-lhe um poço muito fundo, que estava seco. Disse também que sabia que seus irmãos não queriam o bem dele e que, se quisesse libertar as filhas do rei, deveria fazê-lo sozinho. Apesar de os outros dois também quererem resgatar as filhas do rei, não queriam se esforçar ou correr perigo para isso. Para salvá-las, ele teria de se sentar dentro de um cesto grande, com uma faca de carniceiro e um sino, e deixar-se descer para dentro do poço. Lá embaixo ele encontraria três quartos, e em cada um deles estava uma das filhas, obrigada a coçar a cabeça de um dragão de muitas cabeças, que ele deveria decepar. Assim que terminou de falar, o gnomo desapareceu. Ao anoitecer, os dois irmãos voltaram e perguntaram ao mais novo como tinha passado o dia. Ele respondeu: "Até que bem", e contou que não encontrara vivalma até a hora do almoço; então, tinha aparecido um homenzinho pedindo um pedaço de pão e, quando ele o dera a ele, o homenzinho havia deixado cair o pão e pedira que ele o apanhasse; e, como ele não quis fazer isso, o homenzinho havia feito ameaças, o que ele achara muito injusto e, por isso, tinha dado uma surra no homenzinho, e aí este acabara lhe contando onde estavam as filhas do rei. Os dois irmãos ficaram verde-amarelos de raiva. Na manhã seguinte, os irmãos foram juntos até a beira do poço e sortearam quem entraria primeiro no cesto. O primeiro sorteado foi o mais velho, que teria de se sentar no cesto, levando consigo a faca e o sino. Então ele disse: "Se eu tocar o sino, vocês me puxem para cima na mesma hora". Ainda não estava lá embaixo quando tocou o sino e os irmãos o puxaram de volta. Então, o irmão do meio se sentou no cesto e fez a mesma coisa. Até que chegou a vez do mais novo, que se deixou baixar até o fim. Ao descer do cesto, ele pegou a faca, foi de mansinho até a primeira porta e ouviu o dragão roncando bem alto. Então abriu a porta devagarzinho e deparou-se com uma das filhas do rei, que estava fazendo cafuné em nove cabeças de dragão pousadas em seu colo. Ele pegou a faca e num só golpe decepou as nove cabeças. A filha do rei pulou de alegria em seu pescoço e o beijou, agradecida; em seguida ela pegou uma joia que trazia ao peito, feita de ouro velho, e a pendurou no jovem caçador. A seguir ele foi até onde estava a segunda filha do rei, que estava fazendo cafuné num dragão de sete cabeças, e ele também a libertou. Depois ainda libertou a mais nova, que era obrigada a coçar um dragão de quatro cabeças. As três irmãs se abraçaram e se beijaram sem parar de tanta alegria. Então o irmão mais novo tocou o sino bem alto, até que fosse ouvido lá em cima, embarcou uma princesa atrás da outra no cesto e esperou até que as três tivessem sido içadas. Quando chegou sua vez de entrar no cesto, ele se lembrou das palavras do gnomo, que seus irmãos não queriam seu bem. Assim, pegou uma pedra grande que encontrou no chão e a colocou no cesto. Quando o cesto havia sido içado até a metade da altura do poço, os irmãos traiçoeiros cortaram a corda, fazendo com que o cesto com a pedra despencasse para o fundo, e com isso pensaram que ele havia morrido. Eles então partiram com as filhas do rei e obrigaram-nas a prometer que diriam ao pai que os dois irmãos mais velhos as tinham salvado.

Quando encontraram o rei, cada um deles recebeu uma filha em casamento.

Enquanto isso, o caçula andava aflito de um lado a outro pelos três quartos, achando que iria morrer, quando avistou uma flauta pendurada na parede e pensou: por que você está pendurada aí? Aqui não é possível ficar tranquilo e simplesmente sair tocando uma flauta. Ele também olhou para as cabeças dos dragões, e então disse: "Vocês também não podem me ajudar!". Continuou andando de um lado a outro, e fez isso tantas vezes que o chão de terra chegou a ficar liso. Pensando mais um tanto, resolveu tirar a flauta da parede e soprá-la um pouco. E de repente, a cada nota que ele soprava, um gnomo surgia à sua frente. Ele soprou até que toda a sala ficasse lotada de gnomos. Todos perguntaram qual era seu desejo e ele respondeu que desejava voltar para cima, para a luz do dia. Então cada um deles agarrou um de seus fios de cabelo e voaram com ele para fora do poço. Assim que estava lá no alto, ele correu para o castelo do rei, onde, justamente naquele dia, seria celebrado o casamento de uma das filhas. Ele então entrou no salão em que o rei estava sentado com as três filhas. Assim que as meninas olharam para ele, caíram desmaiadas. O rei ficou furioso e foi logo mandando colocar o rapaz atrás das grades, porque pensou que ele tivesse feito algum mal às filhas. Mas, quando voltaram a si, elas pediram ao pai que o libertasse. O rei quis saber por que, mas elas responderam que não podiam dizer. O pai, então, disse a elas que nesse caso contassem ao forno o que acontecera, e saiu para ficar ouvindo através da porta. Então mandou enforcar os dois irmãos e ao mais novo deu a mão da filha mais nova. Aí eu calcei um par de sapatos de vidro, mas topei com eles numa pedra e, clinc, eles se quebraram.

6.

o rei da montanha dourada

Era uma vez um comerciante que tinha dois filhos, um menino e uma menina, que eram pequenos e ainda não sabiam andar. Dois navios seus, carregados de mercadorias preciosas, deixaram o porto, e toda a fortuna do comerciante estava a bordo. Quando ele pensava que lucraria muito dinheiro com a carga, chegou a notícia de que os dois navios tinham afundado. Agora, em vez de ser um homem rico, ele era pobre e não tinha mais nada além de um pedaço de terra perto da cidade. Para afastar um pouco o pensamento de seu infortúnio, ele resolveu vistoriar suas terras. Quando andava para lá e para cá, surgiu de repente a seu lado um homenzinho preto, e este lhe perguntou por que ele estava tão triste e o que o afligia tanto. O comerciante respondeu: "Eu até lhe contaria, se você pudesse me ajudar". "Quem sabe", disse o homenzinho preto, "conte logo, talvez eu o ajude." O comerciante então contou que toda a sua fortuna havia afundado no mar e que ele não tinha mais nada além daquele pedaço de terra. "Não se atormente", disse o homenzinho, "se me prometer que daqui a doze anos trará para este mesmo lugar a primeira coisa que tocar em sua perna quando chegar em casa, você receberá todo o dinheiro que quiser." O comerciante pensou que isso seria fácil — o que mais, além de seu cachorro, poderia tocar em sua perna? Em seu pequeno filho ele não pensou. Assim, ele respondeu que sim, deu ao homenzinho preto a promessa por escrito com sua assinatura e carimbo e voltou para casa.

Quando chegou em casa, seu pequeno filho ficou tão contente por vê-lo que, apoiando-se em um banco, caminhou oscilante até o pai e se agarrou à perna dele. O pai se assustou ao se dar conta da promessa que fizera, mas, como ainda não tinha visto dinheiro nenhum, pensou que tudo não passara de uma brincadeira do homenzinho. Cerca de um mês depois, quando juntava alguns utensílios velhos de estanho que estavam no sótão para vender, ele deparou com uma grande pilha de dinheiro. Ele ficou imensamente feliz ao ver o dinheiro, adquiriu mercadorias de novo, tornou-se um comerciante ainda mais próspero que antes e deixou que a vida seguisse seu curso. Enquanto isso, o menino cresceu e se tornou uma pessoa muito decente. Quanto mais se aproximava o término dos doze anos, no entanto, mais receoso ficava o comerciante, tanto que o medo transparecia em seu rosto. O filho certa vez lhe perguntou o que estava acontecendo; o pai não quis dizer nada, mas o jovem tanto insistiu que ele acabou contando que, sem saber, havia prometido dá-lo a um homenzinho preto em troca de muito dinheiro; que dera a esse homenzinho a promessa por escrito, assinada e com seu carimbo, e que ao cabo de doze anos ele teria de cumprir a promessa e entregá-lo. O filho então disse: "Pai, não fique tão aflito, no final tudo dará certo, o homenzinho preto não tem nenhum poder sobre mim".

O filho então pediu a bênção ao padre e, quando chegou a hora, seguiu com o pai até as terras. Lá chegando, desenhou um círculo no chão e ficou parado dentro dele, junto com o pai. Então o homenzinho preto apareceu e disse ao pai: "Você trouxe o que me prometeu?". O pai ficou em silêncio, mas o filho disse: "O que quer aqui?", e o homenzinho preto respondeu: "Meu negócio é com seu pai, não com você". O filho então retrucou: "Você trapaceou e enganou meu pai, passe para cá a assinatura dele". "Não", respondeu o homenzinho preto, "não abrirei mão do meu direito." Ficaram ali discutindo por um longo tempo até que finalmente chegaram a um acordo: o filho, por não pertencer ao inimigo jurado nem pertencer mais ao pai, deveria embarcar num barquinho que estava ancorado junto a um riacho; o pai deveria empurrar o barquinho rio abaixo com o pé e, a partir dali, o destino do filho estaria por conta das águas. O filho se despediu do pai e sentou-se no barquinho, que o pai então empurrou com o próprio pé. Mas o barquinho deu uma virada, ficando com o casco para cima, e o deque dentro da água. O pai, acreditando que o filho se fora, voltou para casa, enlutado pela perda.

O barquinho, no entanto, não afundou. Em vez disso, seguiu placidamente rio abaixo, levando o jovem com segurança dentro dele. Navegou assim por um bom tempo, até por fim encalhar em uma margem desconhecida. Ao desembarcar, o jovem viu um bonito castelo à sua frente e seguiu naquela direção. Ao entrar no castelo, no entanto, este parecia amaldiçoado e totalmente vazio, até que ele chegou a um quarto, onde havia uma cobra. A cobra, na verdade, era uma princesa enfeitiçada, que ficou feliz ao vê-lo e lhe disse: "Finalmente chegou meu salvador, espero há doze anos por você; este reino está enfeitiçado e você precisa libertá-lo. Hoje à noite chegarão doze homens pretos enfeitados com correntes, eles perguntarão o que você está fazendo aqui, você deverá ficar completamente em silêncio, sem dizer absolutamente nada, e deverá deixar que façam o que quiserem com você; eles irão torturá-lo, espancá-lo e espetá-lo, deixe tudo acontecer, mas não fale nada; à meia-noite, eles terão de ir embora. Na segunda noite, aparecerão outros doze, e na terceira, vinte e quatro, que irão cortar fora a sua cabeça, mas à meia-noite os poderes deles se acabarão e, se você suportar tudo até lá sem dizer palavra, eu serei libertada e virei ao seu encontro, ficarei ao seu lado levando a água da vida, com a qual o esfregarei, e você voltará à vida e será saudável como antes". Ele então respondeu: "Com prazer irei libertá-la", e tudo aconteceu exatamente como ela dissera: os homens pretos não conseguiram arrancar dele uma palavra que fosse e, na terceira noite, a cobra se transformou em uma linda princesa que, por meio da água da vida, fez com que ele voltasse da morte. Ela então caiu nos braços dele e o beijou. O castelo era todo júbilo e alegria, o casamento deles foi celebrado e ele se tornou o rei da Montanha Dourada.

Assim viveram juntos e felizes, e a rainha lhe deu um belo príncipe. Oito anos já tinham se passado quando ele se lembrou de seu pai e, saudoso, desejou poder visitá-lo. A rainha não quis deixá-lo ir, dizendo: "Eu sei que este será o meu infortúnio", mas ele não a deixou em paz até que ela concordasse com a viagem. Na despedida ela lhe deu um anel e disse: "Leve consigo este anel e coloque-o no dedo, e aonde quer que você deseje ir, no mesmo instante será transportado para lá. Mas você precisa me prometer que não irá usá-lo para me tirar daqui e me transportar para onde está o seu pai". Ele prometeu, enfiou o anel no dedo e desejou estar em sua pátria, em frente à cidade onde o pai vivia. Prontamente ele se viu em frente à cidade, mas não dentro dela. Quando se aproximou do portal, os guardas não quiseram deixá-lo entrar, pois ele estava vestido de maneira muito estranha e suntuosa. Ele seguiu então até uma colina onde um pastor cuidava de seu rebanho, trocou suas roupas pelas vestes velhas do pastor e, assim, entrou na cidade sem ser perturbado. Quando chegou à casa do pai anunciando ser seu filho, este respondeu que não acreditava nele, que de fato tivera um filho, mas este morrera havia muito tempo, mas que, como podia ver que ele era um pobre pastor necessitado, queria lhe dar um prato de comida. O pastor então disse aos pais: "Eu realmente sou seu filho; vocês não sabem da existência de alguma marca em meu corpo que faria com que me reconhecessem?".

"Sim", disse a mãe, "nosso filho tinha uma verruga debaixo do braço direito." Então, ele arregaçou a manga direita e eles viram a verruga e por fim se convenceram de que ele era realmente seu filho. Nisso, ele contou que era o rei da Montanha Dourada, que sua esposa era uma rainha e que os dois tinham um lindo príncipe de sete anos. O pai então disse: "Nem hoje, nem nunca isso seria verdade, que belo rei você deve ser, andando vestido em andrajos como um pastor". O filho ficou indignado, girou seu anel sem pensar na promessa que fizera e desejou que os dois, sua esposa e seu príncipe, estivessem a seu lado. Num piscar de olhos, os dois ali estavam, e a rainha reclamou, chorou e disse que ele quebrara sua promessa e a fizera infeliz, mas, já que estava ali, tinha que se dar por satisfeita. Mas ela tinha um plano malvado em mente.

A seguir ele levou a esposa para fora da cidade e, no campo, mostrou a ela o rio de onde o barquinho tinha sido empurrado, dizendo: "Estou cansado, sente-se, eu gostaria de me deitar um pouco em seu colo". Ele então deitou a cabeça no colo da esposa e ela brincou um pouco com seus cabelos, até que ele adormeceu. Assim que viu que ele dormia, a rainha tirou-lhe o anel do dedo e também retirou o próprio pé, que estava debaixo dele, deixando lá apenas um dos sapatos que usava. Então pegou o príncipe e desejou que estivessem novamente em seu reino. Assim que o jovem rei acordou, percebeu que estava completamente abandonado, que sua esposa tinha desaparecido levando o príncipe, e que também já não usava o anel. Somente um dos sapatos tinha restado como símbolo. "Voltar para a casa de seus pais você não pode, pois eles pensarão que você é um bruxo. Você juntará suas coisas e seguirá em frente, até chegar ao seu reino", pensou ele. Assim ele seguiu, acabando por chegar a uma montanha onde três gigantes tentavam dividir a herança que o pai lhes deixara. Ao vê-lo passar, chamaram-no, dizendo que as pessoas pequenas tinham uma mente inteligente e que ele deveria repartir a herança. Esta consistia, em primeiro lugar, numa espada que, quando empunhada por alguém que dissesse "Que caiam todas as cabeças, menos a minha", todas as cabeças cairiam por terra; em segundo lugar, num casacão que deixava invisível quem o vestisse; e, em terceiro, num par de botas que levaria a pessoa que as calçasse para onde ela quisesse. Ele então disse que os gigantes deveriam lhe dar as três peças para que pudesse testá-las e constatar que estavam todas em bom estado. Eles lhe entregaram o casacão, que ele vestiu desejando ser uma mosca, e prontamente se transformou numa mosca. "O casacão funciona", disse, "agora me passem a espada." "Não", disseram os gigantes, "essa não lhe entregaremos, pois, se você dissesse 'Que caiam todas as cabeças, menos a minha!', nossas cabeças cairiam e você continuaria com a sua"; mas concordaram em entregá-la se ele a testasse com as árvores, e ele o fez, e a espada também mostrou estar em bom estado. Agora ele quis testar as botas, mas eles responderam: "Não, nós não podemos entregá-las a você, pois, se você desejasse estar no alto da montanha, nós continuaríamos aqui embaixo e ficaríamos sem nada". "Não, isto eu não faria", disse ele, e os gigantes concordaram em lhe entregar também as botas. Assim que ele estava com as três peças, desejou estar na Montanha Dourada e prontamente se viu lá; os gigantes tinham desaparecido, e portanto a herança havia sido distribuída. Assim que ele se aproximou do castelo, ouviu o som de violinos e flautas e as pessoas lhe disseram que sua esposa estava festejando seu casamento com outro príncipe. Ele então vestiu o casacão, transformou-se numa mosca, entrou no castelo e ficou atrás da esposa, sem que ninguém o visse. Quando serviram um pedaço de carne a ela, ele o pegou e comeu; quando encheram o copo dela de vinho, ele pegou o copo e bebeu o vinho; eles sempre lhe serviam, mas ela nunca tinha nada no prato. Ela ficou envergonhada, levantou-se e, chorando, foi para seus aposentos, e ele a seguiu; ela então disse a si mesma: "Ou estou possuída pelo diabo, ou o meu salvador nunca apareceu!". Ele então lhe deu dois bons tapas na orelha, dizendo: "Seu salvador nunca apareceu? Ele está sobre você, sua traidora! Eu merecia isso de você?". Depois ele seguiu para o salão e anunciou que o casamento estava cancelado, pois ele havia retornado, e então foi ridicularizado pelos reis, príncipes e ministros ali presentes. Ele pronunciou palavras curtas e perguntou se eles sairiam dali ou não. Em vez de sair, eles tentaram capturá-lo, mas ele empunhou sua espada e disse: "Que caiam todas as cabeças, menos a minha!". Então o chão se cobriu de cabeças ensanguentadas e ele voltou a ser o rei da Montanha Dourada.

7.

corvo

Era uma vez uma mãe que tinha uma filha pequena, ainda de colo. Certa vez a criança estava irrequieta, e, por mais que a mãe falasse com ela e tentasse acalmá-la, não adiantava nada. A mãe ficou impaciente e, como havia corvos voando em volta da casa, ela abriu a janela e disse: "Eu queria que você fosse um corvo e voasse para longe; assim eu teria sossego". Assim que ela disse essas palavras, a criança se transformou num corvo e voou dos braços da mãe pela janela afora. O corvo voou para longe, sem que ninguém conseguisse segui-lo, voou para uma floresta escura e lá ficou. Um dia, um homem chegou a essa floresta e, ao ouvir o corvo chamando, passou a seguir a voz; quando ele se aproximou, o corvo disse: "Eu fui enfeitiçado e, de nascimento, sou filha de uma rainha. Você pode me libertar".

"Como posso fazer isso?", perguntou ele. Ela respondeu: "Vá até aquela casa, lá dentro há uma velha senhora que vai lhe oferecer comida e bebida, mas você não pode aceitar nada, pois se beber estará bebendo um sonífero e aí não poderá me libertar. No jardim atrás da casa há um grande cavalete de curtume, você deve subir nele e esperar por mim. À tarde, às duas horas, chegarei numa carruagem puxada por quatro cavalos brancos. Se você não estiver acordado, se estiver dormindo, não serei libertada". O homem disse que faria tudo como devia, mas o corvo falou: "Ah, já posso até ver, você não vai conseguir me salvar, você vai aceitar algo daquela mulher".

Então o homem prometeu mais uma vez que não tocaria em nada, nem na comida, nem na bebida. Mas, quando ele entrou na casa, a velha senhora se aproximou e disse: "Ei, como você está abatido, venha recuperar suas forças, coma e beba alguma coisa". "Não", disse o homem, "eu não quero comer nem beber." Mas ela não o deixou em paz e disse: "Se não quiser comer, ao menos tome um gole do copo; uma vez só é o mesmo que nenhuma", até que ele se deixou convencer e tomou um gole. À tarde, por volta das duas horas, ele saiu para o jardim e foi até o cavalete de curtume, com a intenção de esperar pelo corvo. Mas, enquanto estava lá de pé, de repente sentiu-se muito cansado. Ele não queria se deitar, mas, como já não aguentava mais, teve de se deitar um pouquinho. Ele só queria ficar deitado, sem adormecer. Mas, assim que se deitou, seus olhos se fecharam e ele caiu no sono; dormiu tão profundamente que nada no mundo teria podido acordá-lo.

Às duas horas, o corvo chegou numa carruagem puxada por quatro cavalos brancos; ele já estava muito triste e disse: "Eu já sei que aquele homem está dormindo!". Quando chegou ao jardim, lá estava o homem, adormecido sobre o cavalete de curtume; então, o corvo se aproximou, desceu da carruagem, sacudiu-o e chamou-o, mas ele não acordava de jeito nenhum. O corvo, porém, ficou tanto tempo chamando que finalmente conseguiu tirá-lo do sono. Então, lhe disse: "Vejo bem que você não vai poder me salvar aqui agora, mas amanhã virei novamente, a carruagem terá quatro cavalos marrons, mas você não pode aceitar nada daquela senhora, nem comida, nem bebida", ao que ele respondeu: "Não, certamente não". Mas o corvo disse: "Ah! Sei muito bem que você vai acabar aceitando alguma coisa!". No dia seguinte, à hora do almoço, a velha senhora se aproximou e disse que ele não estava comendo nem bebendo nada; o que tinha acontecido? Então ele disse: "Não, eu não quero comer nem beber nada". Ela, no entanto, colocou a comida e a bebida na frente dele, de modo que o aroma foi subindo e convencendo-o a provar, fazendo com que ele novamente tomasse um gole. Por volta de duas horas, o homem foi até o jardim e subiu no cavalete de curtume, com a intenção de esperar pelo corvo; mas de novo sentiu-se tão cansado que seus membros não mais o sustentavam, e ficou sem saber o que fazer, mas precisava se deitar e dormir um pouco. Quando o corvo apareceu com os quatro cavalos marrons, novamente ficou muito triste e disse: "Já sei que ele está dormindo!". E, quando chegou até o homem, este estava deitado e dormia profundamente. O corvo então desceu da carruagem, sacudiu-o e tentou acordá-lo; mas isso foi ainda mais difícil que no dia anterior, até que por fim ele acordou.

Então o corvo disse: "Já vi que você não pode me salvar. Amanhã à tarde, às duas horas, virei mais uma vez, mas será a última; meus cavalos serão pretos, e eu também estarei todo de preto, mas você não pode aceitar nada daquela velha senhora, nem comida, nem bebida". E ele respondeu: "Não, certamente não". O corvo, no entanto, disse: "Ah, sei muito bem, você vai aceitar alguma coisa!". No dia seguinte a velha senhora apareceu e disse que o homem não estava comendo nem bebendo nada, por que isso? Ele respondeu: "Não, não quero comer, nem beber". Ela, no entanto, disse que ele deveria ao menos experimentar e ver como aquilo era gostoso, e que ele não devia morrer de fome. Então ele se deixou convencer, e novamente bebeu um pouco. Quando chegou a hora, ele foi para o cavalete de curtume no jardim e esperou pela princesa, e novamente ficou tão cansado que não conseguiu se manter acordado, e se deitou e adormeceu tão profundamente como se fosse uma pedra.

Às duas horas apareceu o corvo, com a carruagem preta puxada por quatro cavalos pretos, e tudo estava preto; o pássaro estava muito triste e disse: "Eu já sei que ele está dormindo e não pode me salvar". Quando se aproximou do homem, este estava deitado e dormia profundamente. O corvo o sacudiu e o chamou, mas não conseguiu acordá-lo. Então colocou um pão ao lado do homem, e deste ele poderia comer o quanto quisesse que o pão não acabaria; também deixou um pedaço de carne, da qual ele poderia comer o quanto quisesse que a carne não acabaria; e, em terceiro lugar, uma garrafa de vinho, da qual ele poderia beber o quanto quisesse que o vinho não acabaria. Então ela tirou do dedo um anel de ouro, que tinha seu nome gravado, e colocou-o no dedo do homem, e, por fim, colocou uma carta a seu lado, relatando quais coisas a princesa lhe tinha dado, e na carta também constava o seguinte: "Vejo que aqui você não vai poder me salvar, mas, se ainda quiser fazê-lo, vá até o castelo dourado de Stromberg, lá você vai conseguir, disso eu tenho certeza". E, depois de ter dado tudo isso a ele, ela sentou-se em sua carruagem e partiu em direção ao castelo dourado de Stromberg.

Quando o homem acordou e percebeu que havia dormido, ficou muito triste e disse: "Agora a princesa já deve ter passado com a carruagem, e eu não a salvei!". Então seus olhos viram as coisas que estavam a seu lado, e ele leu a carta na qual estava escrito o que sucedera. Então se pôs a caminho e quis ir até o castelo dourado de Stromberg, mas não sabia onde ficava. Depois de muito ter andado por todos os lugares, o homem foi parar numa floresta escura, e durante catorze dias ficou andando na floresta sem conseguir encontrar a saída. Então anoiteceu novamente, e ele estava tão cansado que se encostou em um arbusto e adormeceu. No dia seguinte, continuou andando, e à noite, quando quis se encostar outra vez num arbusto, ele ouviu lamentos e uivos tão fortes que não conseguiu pegar no sono.

Quando chegou a hora em que as pessoas costumam acender as lamparinas, ele viu uma luz tremeluzindo ao longe e foi em sua direção. Assim, chegou até uma casa que lhe pareceu muito pequena, pois na frente dela havia um gigante. O homem pensou consigo: "Entro ou não entro na casa? Se entrar, talvez eu morra, mas mesmo assim vou entrar". Quando ele se aproximou da casa, o gigante o viu e disse: "Que bom que você veio, faz tempo que não como nada, agora quero engoli-lo de jantar". "Esqueça isso", disse o homem, "se você quer comer, eu trouxe algumas coisas." "Sendo assim, então você está salvo", disse o gigante. Os dois entraram na casa, sentaram-se à mesa, o homem desembrulhou o pão, o vinho e a carne, que não acabavam, e os dois comeram à vontade, até ficarem bem satisfeitos.

Em seguida, o homem disse para o gigante: "Você pode me dizer onde fica o castelo dourado de Stromberg?". O gigante respondeu: "Eu vou olhar no meu mapa, nele estão todas as cidades, todos os vilarejos e todas as casas". Então, ele buscou o mapa que havia na sala e procurou o castelo, mas não conseguiu encontrá-lo. "Não faz mal", disse, "num armário lá em cima eu tenho mais alguns mapas, vou ver se consigo localizar o castelo." Então eles procuraram, mas não conseguiram achar o castelo. O homem quis continuar sua viagem, mas o gigante lhe disse que aguardasse mais alguns dias, pois ele tinha um irmão que havia saído para buscar comida, e quando este voltasse poderiam olhar seus mapas, afinal eram bons mapas, e certamente assim encontrariam o castelo.

O homem resolveu esperar; quando o irmão do gigante voltou para casa, disse que não tinha certeza, mas achava que o castelo dourado de Stromberg aparecia em seu mapa. Os três fizeram uma farta refeição, e depois o segundo gigante saiu da mesa e disse: "Agora vou procurar no meu mapa", mas neste também não havia nenhum castelo. Então ele disse que ainda havia um quarto cheio de mapas, em algum deles encontrariam o castelo. Ele trouxe os mapas, e eles procuraram de novo e finalmente encontraram o castelo dourado de Stromberg, que, no entanto, estava a uma distância de vários milhares de quilômetros. "E como será que posso chegar até lá?", perguntou o homem. "Ah", disse o gigante, "tenho duas horas livres; vou levar você até perto do castelo, e aí preciso voltar para casa e amamentar a criança que nós temos."

Então o gigante levou o homem a uma distância de umas cem horas do castelo e disse: "Agora tenho de voltar, o resto do caminho você pode percorrer sozinho". "Ah, sim", disse o homem, "vou fazer isso." Quando iam se despedir, o homem disse: "Vamos primeiro comer até ficarmos satisfeitos"; depois disso, o gigante despediu-se e foi para casa. O homem continuou sua viagem dia e noite, até que finalmente chegou ao castelo dourado de Stromberg. Este, porém, ficava sobre uma montanha de vidro, e lá em cima ele viu passar a princesa encantada; ele queria subir até ela, mas sempre escorregava. Então ficou muito triste e disse para si mesmo: "É melhor construir uma cabana para mim; comida e bebida eu já tenho". Ficou na cabana durante um ano inteiro, e todos os dias via a princesa passando lá em cima, mas não conseguia chegar até ela.

Certo dia, ele ouviu três gigantes batendo uns nos outros e gritou para eles: "Que Deus esteja com vocês!". Ao ouvir isso, os gigantes pararam de brigar, mas, como não viram ninguém, voltaram a lutar violentamente. Então ele disse outra vez: "Que Deus esteja com vocês!"; eles pararam, olharam em volta, mas, como não viram ninguém, voltaram a brigar. Então ele disse pela terceira vez: "Que Deus esteja com vocês!", e pensou: "Preciso ver o que os três pretendem fazer", e foi até eles e perguntou por que estavam batendo assim uns nos outros. Então um dos gigantes disse que havia encontrado um bastão, e que quando batia numa porta com esse bastão a porta se abria; o outro gigante contou que havia encontrado um manto, e que quando vestia o manto ficava invisível; já o terceiro contou que havia capturado um cavalo, e que com ele se podia subir a montanha de vidro.

Então o homem disse: "Por essas três coisas eu quero lhes dar algo em troca; dinheiro eu não tenho, mas tenho pertences ainda mais valiosos. Quero, porém, experimentar suas coisas para ver se vocês falaram a verdade". Os gigantes deixaram que ele montasse o cavalo, cobriram-no com o manto e lhe deram o bastão; quando ele estava com tudo, eles já não podiam vê-lo, e ele bateu bastante neles e bradou: "E aí, estão satisfeitos?", e cavalgou montanha acima. Ao chegar no castelo, o homem viu que estava fechado, então bateu na porta com o bastão e ela se abriu; ele entrou e subiu a escada que levava ao salão. Lá estava a princesa, e ela tinha diante de si um caldeirão dourado cheio de vinho; ela não conseguia vê-lo, pois ele estava com o manto. E, quando ele se aproximou, tirou do dedo o anel que ela tinha lhe dado e jogou-o no caldeirão, fazendo-o soar.

Então ela disse: "Este é o meu anel, portanto o homem que vai me libertar deve também estar aqui". Procuraram por todo o castelo, mas não conseguiram achá-lo. Ele, porém, tinha saído, subido no cavalo e tirado o manto. Quando chegaram ao portão, viram-no e deram gritos de alegria; ele desceu do cavalo e tomou a princesa nos braços, e ela o beijou e disse: "Agora você me libertou". Assim celebraram seu casamento e viveram felizes um com o outro.

8.

a esperta filha do camponês

Era uma vez um pobre camponês que não tinha terras, somente uma pequena casinha e uma única filha, que lhe disse: "Deveríamos pedir ao senhor rei que nos desse um pedacinho de terra que pudéssemos cultivar". Como o rei ficou sabendo do estado de penúria dos dois, ele os presenteou com um pedaço de terra, que a jovem e o pai araram e no qual iriam cultivar milho e outras coisas do gênero. Quando tinham quase terminado de arar a terra, encontraram um almofariz de puro ouro. "Filha", disse o pai para a jovem, "como o senhor rei foi tão misericordioso conosco e nos deu este pedaço de terra, precisamos devolver este almofariz a ele." A filha, no entanto, não concordou, e retrucou: "Pai, se nós temos o almofariz e não temos o pilão, também precisaremos encontrar o pilão, por isso, o melhor a fazer é ficarmos bem quietinhos". Mas o pai não quis obedecer e levou o almofariz ao rei, dizendo tê-lo encontrado na terra que recebera dele. O rei pegou o almofariz e perguntou se ele não tinha encontrado mais nada. Como o camponês dissesse que não, o rei determinou que o camponês desse um jeito de encontrar também o pilão. O camponês disse que eles não o tinham achado, mas isso não o ajudou muito, foi como se proferisse palavras no vento. O rei mandou jogá-lo na prisão, dizendo que ele deveria ficar lá até que o pilão fosse encontrado. Os criados, que tinham de lhe levar diariamente pão e água e outras coisas que normalmente se recebe na prisão, escutavam como ele se lamentava em altos brados: "Ai, se eu tivesse escutado a minha filha, ai!, ai!, se eu tivesse escutado a minha filha!". Os criados então foram ao rei e lhe contaram que o camponês ficava gritando: "Ai, se eu tivesse escutado a minha filha!", e que ele não queria comer nem beber nada. O rei então pediu aos criados que trouxessem o camponês à sua presença, e então lhe perguntou por que ele ficava gritando: "Ai, se eu tivesse escutado a minha filha!". "O que foi, afinal, que a sua filha lhe disse?" "Ela me disse que eu não deveria lhe trazer o almofariz, senão também teria de encontrar o pilão." "Se você tem uma filha tão esperta, peça a ela que venha até aqui." Assim, a jovem teve de comparecer perante o rei, que lhe disse que, se ela era realmente tão esperta, ele lhe proporia uma charada; se ela conseguisse desvendá-la, ele se casaria com ela. A jovem então respondeu que sim, que aceitava o desafio. Assim falou o rei: "Venha até mim sem roupa, mas não nua; não a cavalo, nem guiada por um; não pelo caminho, mas também não fora dele; quando conseguir isso, eu a desposarei". A jovem se foi e se despiu até ficar completamente nua, de modo que não estava vestida; depois sentou-se em uma grande rede de pescar e se envolveu com ela, e assim não estava nua; em seguida alugou um burrico e amarrou a rede de pescar em seu rabo, pelo qual ele deveria arrastá-la, de modo que ela não estava a cavalo, nem sendo guiada por um; e o burro teve de arrastá-la pelo trilho do caminho, de forma que ela somente tocasse a terra com os dedões, e assim ela não estava seguindo pelo caminho, mas também não estava fora dele. Quando a jovem apareceu dessa maneira diante do rei, este disse que ela tinha solucionado a charada e que tudo estava consumado. Então ele libertou o pai dela da prisão, desposou-a e confiou a ela todo o seu reino.

Vários anos se passaram até que, certo dia, quando o rei quis sair em cortejo, havia camponeses parados em frente ao castelo. Eles tinham vendido lenha, alguns tinham vindo em carros de bois e outros, em carroças puxadas por cavalos. Um dos camponeses possuía três cavalos, um dos quais era uma égua que acabara de ter cria. O potrinho recém-nascido se distanciou da mãe, indo deitar-se em frente a um dos carros no qual havia dois bois atrelados, deitando-se entre eles. Quando os camponeses dessas duas carroças se juntaram, começaram a brigar, a arremessar coisas um no outro e a esbravejar. O camponês com os dois bois queria ficar com o pequeno potro, dizendo que era cria de sua junta de bois, mas o outro afirmava que não, que o potro era cria de sua parelha de cavalos e que, portanto, era seu. O caso foi levado ao rei, que deu o veredicto: o potro deveria ficar ali onde havia se deitado. Assim, o camponês dos bois acabou ficando com o animal, mesmo não sendo seu. O outro então se foi, chorando e lamentando a perda do potro. Ocorre que ele ouvira falar que a senhora rainha era uma pessoa muito benevolente, pois também ela um dia fora uma pobre camponesa. Assim, ele foi até ela e perguntou-lhe se não podia ajudá-lo a recuperar seu potro. Ela respondeu que o ajudaria, contanto que ele prometesse não delatá-la, e então lhe disse o que fazer: “Amanhã cedo, quando o rei estiver ocupado com o desfile da guarda, você deve parar no meio da estrada pela qual ele passará, pegar uma rede de pesca bem grande e jogá-la como se estivesse pescando, e deve continuar pescando e esvaziando a rede como se ela estivesse repleta de peixes”. E ela também lhe disse o que ele deveria responder quando o rei o interrogasse. Assim, no dia seguinte, lá estava o camponês pescando no meio do caminho seco. Quando o rei se aproximou e viu aquilo, mandou seu mensageiro perguntar ao doido o que ele estava fazendo. Ele então respondeu: “Estou pescando”. O mensageiro perguntou como é que ele poderia estar pescando se ali não havia água. O camponês replicou: "Da mesma forma que uma junta de bois pode ter um potro, eu posso pescar em um lugar seco". O mensageiro então levou a resposta ao rei, que requisitou a presença do camponês e lhe disse: "Esta ideia não pode ter vindo de você. Quem lhe disse para fazer isto?". Ele deveria dar o nome da pessoa imediatamente. O camponês não quis responder e só dizia: "Deus me livre!", e que ele mesmo tivera a ideia. Eles então o amarraram a um feixe de palha, bateram nele e o pressionaram até que ele finalmente revelou que quem lhe dera a ideia fora a rainha. Quando o rei chegou em casa, disse para a mulher: "Por que você é tão falsa comigo? Eu não a quero mais como minha esposa, seu tempo acabou, volte para o lugar de onde veio, para a sua casinha de camponesa". Mas ele lhe permitiu uma coisa: a esposa poderia levar consigo o que ela mais amava e o que lhe fosse mais caro, e isso seria sua despedida. Ela disse: "Sim, querido esposo, se esta é a sua ordem, eu obedecerei", e então o abraçou e o beijou e disse que queria se despedir adequadamente dele. Ela então mandou vir uma forte poção de sonífero e foi brindar sua despedida com o rei. Enquanto ela mal encostou na taça, o rei bebeu um grande gole da poção e não tardou a cair num sono profundo. Quando estava segura de que ele dormia, a rainha chamou um criado, pegou um belo pano de linho branco e envolveu o rei nele. O criado então o carregou até uma carruagem que estava parada em frente ao castelo, e assim ela dirigiu a carroça e o levou à sua antiga casinha. Lá chegando, ela pôs o rei sobre sua pequena cama, onde ele dormiu profundamente dia e noite. Quando finalmente acordou, ele olhou em volta e disse: "Meu Deus! Onde estou?". Chamou seus criados, mas nenhum estava presente. Então, sua mulher se aproximou da cama e disse: "Querido rei, o senhor determinou que eu trouxesse comigo o que eu mais amava e o que me era mais caro em todo o castelo, só que eu não tenho nada que me seja mais caro e que eu mais ame do que o senhor, assim, eu o trouxe comigo". O rei então respondeu: “Minha querida esposa, você deve ser minha e eu devo ser seu”, e a levou novamente consigo para seu castelo real, onde eles renovaram seus votos de casamento, e onde devem estar vivendo até hoje.

9.

o gênio na garrafa

Um homem mandou o filho para a universidade e, depois que este passou por vários cursos, o pai não tinha mais como bancar os estudos, então pediu-lhe que voltasse e disse: "Você sabe que o nosso patrimônio se esgotou e que eu não posso mais fazer nada por você". Então o filho respondeu: "Querido pai, não se preocupe, se assim são as coisas, eu vou ficar com o senhor e ganhar dinheiro cortando e empilhando lenha". O pai, que era um prestador de serviços e ganhava seu pão dessa maneira, disse: "Meu filho, isso vai ser muito difícil para você; além do mais eu tenho apenas uma ferramenta e não posso comprar outra para você". O filho então disse: "Ah, o vizinho certamente lhe emprestará uma". Então, o pai conseguiu uma ferramenta emprestada e os dois seguiram juntos para cortar lenha. Trabalharam até a hora do almoço, quando o pai disse: "Vamos descansar um pouco e comer nosso lanche, que depois o trabalho rende melhor". O estudante pegou seu lanche e disse ao pai que iria dar uma volta para procurar ninhos de pássaros. "Deixe de ser exibido", disse o pai, "fique por aqui, senão vai se cansar e depois não conseguirá fazer mais nada." Mas o filho andou pela floresta e, enquanto comia seu pão, procurava por ninhos, até que chegou num carvalho enorme e perigoso, no qual intensificou sua busca. De repente, ouviu uma voz que saía da raiz, pedindo num tom abafado: “Deixe-me sair daqui! Deixe-me sair daqui!”. Ele tentou descobrir de onde vinha a voz e perguntou: “Onde você está?”. E a voz voltou a pedir: “Deixe-me sair! Deixe-me sair!”. “Sim, mas eu não estou vendo nada, onde você está?”, perguntou o estudante. “Aqui, na raiz do carvalho.” Então ele se pôs a procurar, até que encontrou uma garrafa de vidro numa pequena toca, de onde vinha a voz. Ele segurou a garrafa contra a luz e dentro dela havia um ser que parecia um sapo, mas o ser continuou falando: “Tire a tampa”. O estudante obedeceu e, assim que tirou a tampa, um sujeito de tamanho descomunal saiu da garrafa e disse: “Você sabe qual será sua recompensa por ter me libertado daqui?”. “Não”, respondeu o estudante. “Então vou lhe dizer: como recompensa, eu tenho de quebrar o seu pescoço.” “Não”, retrucou o estudante, “para mim as coisas não devem se passar assim, você devia ter me dito isso antes, se eu soubesse não teria libertado você da garrafa. Acho que devemos consultar mais pessoas.” “Mais pessoas para cá, mais pessoas para lá, você tem de receber sua merecida recompensa; é fácil deduzir que eu não estava preso ali por glória e sim por castigo; por acaso sabe o meu nome?” “Não”, respondeu o estudante, “não sei, não.” Então o gênio disse: “Eu sou o poderoso Mercúrio e tenho de quebrar o seu pescoço”. “Não, não será assim do jeito que você quer, tente outra. Primeiro eu preciso ver se você consegue entrar de novo na garrafa, do contrário jamais vou acreditar que você saiu daí de dentro; se eu puder vê-lo entrar nela, me entregarei a você.” O gênio concordou e começou a entrar pelo gargalo da garrafa; quando estava lá dentro, o estudante voltou a tampá-la e o gênio ficou novamente preso. Então o gênio pediu que o soltasse de novo. “Não”, respondeu o estudante, “quem quis acabar com a minha vida eu não posso e não vou libertar jamais.” O gênio então disse: “Vou lhe recompensar tanto que nada irá lhe faltar em toda a sua vida”. “Você iria me enganar, como fez da primeira vez", retrucou o estudante. "Não", respondeu o gênio, "não vou lhe fazer mal algum." Então o estudante acabou cedendo e abriu a tampa novamente, e o gênio saiu da garrafa. "Agora eu quero recompensá-lo", disse o gênio, "tome aqui este esparadrapo. Se você passá-lo de um lado sobre uma ferida, ela ficará curada no mesmo instante, e se passá-lo do outro lado em aço ou ferro, este se transformará em prata." O estudante quis logo testar o esparadrapo, então fez um talho na árvore, em seguida colocou o esparadrapo por cima e na mesma hora ela se curou. O estudante agradeceu ao gênio, o gênio também agradeceu pela libertação, e ambos se despediram. O estudante foi ao encontro do pai, que já tinha retomado o trabalho e reclamou por ele ter demorado a voltar: "Eu não disse que você não ia fazer nada?". "Vou recuperar o tempo perdido", respondeu o estudante. "Ah, vai, sim, com essa ferramenta", respondeu o pai, furioso. "Pai, o que quer que eu faça primeiro?" "Derrube aquela árvore." O estudante então puxou seu esparadrapo, passou-o em seu machado e, depois de dar apenas alguns golpes, a lâmina estava torta e tinha perdido o corte, porque havia se transformado em prata. "Olhe aqui, pai, essa ferramenta que o senhor me deu, ela ficou toda entortada." "Ora! O que você fez?", exclamou o pai, mais irritado ainda. "Agora vou ter de pagar por ela. Desse jeito, com sua ajuda você vai acabar me levando à ruína." O filho então replicou: "Não fique bravo, pai, eu vou pagar pela ferramenta". "É mesmo, seu metido a besta? E como você vai pagar se não tem nada além do que eu lhe dou? Aí está o resultado do espírito de estudante que lhe subiu à cabeça. Não entende coisa alguma de cortar lenha." O filho então tentou convencer o pai a tirar uma folga e este respondeu que ele tomasse juízo. Mas o estudante não lhe deu sossego e disse que não poderia voltar sozinho para casa sem o pai. O filho levou o machado consigo, mas o pai era velho e não conseguiu perceber que ele se transformara em prata. Quando chegaram em casa, o pai disse: “Agora, leve o machado e veja quanto querem cobrar por ele”. O estudante, porém, levou o machado à cidade para mostrá-lo ao ourives e perguntou quanto pagaria por ele. Ao ver o machado, o ourives respondeu que não era suficientemente rico para poder comprá-lo. O estudante então disse que ele lhe desse o quanto pudesse, que lhe emprestaria o restante. O ourives então pagou trezentas moedas de prata e pegou emprestadas mais cem. Com isso, o estudante voltou para casa e disse ao pai: “Eu trouxe dinheiro. Agora, pergunte ao homem quanto ele quer pelo machado”. “Eu já sei quanto ele quer”, respondeu o pai, “ele está pedindo uma moeda de prata e seis.” “Então dê a ele duas moedas de prata e doze, que é o dobro e deve bastar.” O estudante então deu ao pai cem moedas de prata, disse que nada lhe faltaria para o resto da vida e contou-lhe tudo que acontecera. Com as outras trezentas moedas de prata ele concluiu seus estudos. Com seu esparadrapo, ele também pôde curar as feridas das pessoas e tornou-se, assim, o médico mais famoso do mundo.

10.

os três passarinhos

Há uns mil anos ou mais, viviam aqui no reino inúmeros pequenos reis. Um deles morava na montanha de Keuterberg e gostava muito de caçar. Certa vez, quando partiu com seus caçadores do castelo, três meninas cuidavam das vacas ao pé da montanha e, ao verem o rei acompanhado de muitas pessoas, a mais velha disse às outras duas, apontando para o rei: "Olhem! Olhem! Se eu não me casar com este, não vou querer nenhum outro". A segunda menina respondeu, do outro lado da montanha, apontando o acompanhante da direita: "Olhem! Olhem! Se eu não me casar com este, não vou querer nenhum outro". A menina mais nova respondeu, apontando o acompanhante da esquerda: "Olhem! Olhem! Se eu não me casar com este, não vou querer nenhum outro". Os dois que tinham sido apontados eram ministros do rei. O rei ouviu tudo o que elas disseram e quando, no dia seguinte, retornou da caçada mandou chamar as três meninas e perguntou-lhes o que haviam dito no dia anterior ao pé da montanha. Como elas não quiseram responder, o rei perguntou à mais velha se ela gostaria de tê-lo como esposo. Sim, respondeu ela, e os dois ministros fizeram a mesma pergunta às duas irmãs, pois as três eram bonitas e bem-apessoadas, especialmente a que se tornou rainha, que tinha os cabelos como o linho.

As duas irmãs não engravidavam e certa vez, quando o rei teve de viajar, ele pediu que visitassem a rainha para que esta as encorajasse, porque ela estava justamente esperando um bebê. Ela deu à luz um pequeno menino, que trouxe ao mundo uma estrela bem vermelha. Então as irmãs combinaram entre si de jogar o belo menino na água. Assim que o jogaram (acho até que foi no rio Weser), um passarinho subiu voando e cantando:

"O passarinho quer saber:
Menino corajoso, é você?"

Ao ouvirem aquilo, as duas sentiram muito medo e trataram de sair logo dali. Quando o rei voltou para casa, elas lhe disseram que a rainha tinha dado à luz um cachorro. O rei então disse: "O que Deus faz está bem-feito".

Mas havia um pescador que morava à beira do rio que tirou o pequeno menino ainda com vida da água e, como sua mulher não tinha filhos, ele o pegou para criar. Passado um ano, o rei voltou a viajar e a rainha deu à luz mais um menino. As duas irmãs falsas também o jogaram na água. E novamente um passarinho voou para o alto cantando:

"O passarinho quer saber:
Menino corajoso, é você?"

Quando o rei voltou para casa, elas lhe disseram que a rainha tinha novamente dado à luz um cachorro. O rei então disse de novo: "O que Deus faz está bem-feito". Mas também esse menino o pescador tirou da água e o pegou para criar.

O rei então partiu mais uma vez em viagem e a rainha deu à luz uma menininha. As irmãs malvadas também a jogaram na água. Novamente o passarinho voou para o alto e cantou:

“O passarinho quer saber:
Menina corajosa, é você?”

Quando o rei voltou para casa, elas lhe disseram que a rainha tinha dado à luz uma gata. O rei então ficou furioso e mandou a mulher para a prisão, onde ela permaneceu durante muitos anos.

Nesse meio-tempo, as crianças cresceram e um dia o mais velho saiu para pescar com outros meninos. Mas eles não o queriam por perto e disseram: “Siga seu caminho, bastardo!”. Muito abalado, ele perguntou ao pescador se isso era verdade. Então este lhe contou que certa vez estava pescando e que o tirou da água. Assim, o menino disse ao pescador que queria ir embora e procurar o pai. O pescador lhe pediu que ficasse, mas ele insistiu tanto que o pai acabou cedendo. Assim, o menino se pôs a caminho e andou durante vários dias seguidos. Finalmente chegou a um leito de rio imenso, à margem do qual uma velha pescava. “Boa tarde, mãe”, disse o rapaz. “Muito obrigada”, respondeu a velhinha. “Você deve passar aí muito tempo até pescar um peixe, não é?” “E você deve procurar por muito tempo, até encontrar o seu pai. Como é que vai atravessar o rio?”, perguntou a mulher. “Pois é, Deus é que sabe.” Então a velha colocou o rapaz nas costas e atravessou o rio com ele, e ele procurou por muito tempo e não conseguia encontrar o pai.

Passado um ano, o segundo filho saiu à procura do irmão. Chegou ao rio imenso e com ele se passou o mesmo que com o irmão. Restava apenas a filha em casa, e ela lamentava tanto a ausência dos irmãos que finalmente pediu ao pescador que a deixasse sair em busca deles. Então ela também chegou à margem do imenso rio e, ao encontrar a velha, disse: “Boa tarde, mãe!”. “Muito obrigada”, respondeu a velha. “Que Deus a ajude na pescaria.” A velha ficou tão satisfeita ao ouvir tais palavras que atravessou a menina e ainda lhe deu uma varinha, dizendo: “Siga sempre adiante nesse caminho, minha filha, e quando passar por um grande cão preto fique calma e tenha coragem; passe por ele sem rir e sem olhar para ele. Depois, você vai passar por um castelo cuja entrada estará aberta. Deixe a varinha cair na soleira, atravesse todo o castelo e saia diretamente do outro lado. Ali há um velho poço em que nasceu uma árvore grande e onde há um pássaro pendurado numa gaiola. Pegue o pássaro, pegue também um copo d'água do poço e volte com ambos pelo mesmo caminho da ida. Volte a pegar também a varinha da soleira e, quando passar novamente pelo cachorro, bata na cara dele. Mas cuide para acertá-lo e em seguida volte aqui para se encontrar comigo". A menina encontrou tudo exatamente como a velha descrevera e, no caminho de volta, topou com os dois irmãos, que haviam percorrido meio mundo para se encontrar. Juntos, os três seguiram até o cachorro preto, que estava no caminho. Ela bateu na cara dele e ele se transformou num lindo príncipe e também os acompanhou até o grande rio. Ali encontraram a velha, que ficou muito contente que todos estivessem ali de volta, e ela atravessou todos para a outra margem e em seguida partiu, porque também tinha sido libertada. Os outros voltaram para a casa do velho pescador; estavam felizes por terem se reencontrado e penduraram a gaiola com o pássaro na parede.

O segundo filho, porém, não aguentou ficar muito tempo em casa, de modo que pegou seu arco e suas flechas e saiu para caçar. Quando se cansou, sentou-se com sua flauta e tocou um pouquinho. O rei, que também estava caçando por ali, ouviu-o tocar e, seguindo o som, encontrou o menino e indagou: "Quem autorizou você a caçar aqui?". "Ah, ninguém." "De que família você vem?" "Sou filho do pescador." "Mas o pescador não tem filhos." "Se não quer acreditar em mim, venha comigo." Foi o que o rei fez; quando chegou, perguntou ao pescador, que então lhe revelou toda a história. Naquele momento, o passarinho da gaiola começou a cantar:

"A mãe está sozinha,
confinada na prisão!
Ó sangue nobre do rei!
Esses são seus filhos.
As duas irmãs falsas
fizeram mal às crianças,
jogaram-nas no fundo do rio
e o pescador as encontrou."

Ao ouvir isso, todos se assustaram e o rei levou o passarinho, o pescador e as três crianças com ele até o castelo e mandou abrir a prisão, libertando sua mulher. Esta, porém, adoecera e estava muito mal. A filha então lhe deu da água do poço para beber, ela se recuperou e ficou boa. As duas irmãs malvadas foram queimadas e a filha libertou o príncipe.

11.

a água da vida

Era uma vez um rei que estava doente, e ninguém acreditava que ele fosse escapar da morte. Ele tinha três filhos, que estavam muito tristes com isso; eles desceram até o jardim do castelo e, enquanto choravam, um velho se aproximou e perguntou qual era o motivo da tristeza. Eles lhe contaram que o pai estava tão doente que provavelmente morreria e que não havia nada que remediasse a situação. Então o velho disse: “Eu sei de um remédio, é a água da vida; se ele beber dela ficará bom; mas é difícil achar a tal água”. O filho mais velho então disse: “Vou dar um jeito de achá-la”, e foi até o rei doente e pediu-lhe permissão para sair e procurar a água da vida, o único remédio que poderia curá-lo. “Não”, disse o rei, “os perigos são muito grandes, prefiro morrer.” Mas o filho insistiu tanto que finalmente o rei concordou; em seu íntimo, porém, o príncipe pensava: “Se eu trouxer a água, serei o predileto de meu pai e herdarei o reino”.

Ele iniciou a viagem e, quando já tinha passado algum tempo cavalgando, deparou-se com um anão no caminho, que se dirigiu a ele, dizendo: “Para onde você está indo com tanta pressa?”. “Seu baixote”, disse o príncipe com arrogância, “isto não é da sua conta”, e continuou cavalgando. O homenzinho ficou furioso e jogou um feitiço no príncipe;

este continuou cavalgando até chegar num desfiladeiro, e, quanto mais avançava, mais estreito ficava o caminho, as montanhas iam se juntando, até que o caminho ficou tão estreito que ele não podia seguir em frente, e também não conseguia dar meia-volta com o cavalo, e tampouco conseguia descer do cavalo, e teve de ficar lá, preso. Nesse meio-tempo, o rei doente ficou à espera dele, mas o príncipe não chegava. O segundo príncipe disse: "Então agora parto eu para procurar a água", e pensou: "Isso vai ser bom para mim, se ele morrer, eu herdo o reino". O rei primeiramente não quis deixar o filho partir, mas por fim deu sua permissão. O príncipe seguiu pelo mesmo caminho e encontrou o mesmo anão, que também fez com que ele parasse e lhe perguntou: "Para onde você está indo com tanta pressa?". "Seu baixote", disse o príncipe, "isso não é da sua conta", e continuou cavalgando, orgulhoso. Então o anão rogou-lhe uma praga, e, como o outro, ele chegou a um desfiladeiro e não conseguia nem avançar, nem retroceder. É o que acontece com os arrogantes.

Como o segundo príncipe não voltava, o mais novo disse que partiria para buscar a água, e finalmente o rei teve de deixar que ele também partisse. Quando ele encontrou o anão no caminho, este perguntou: "Para onde você está indo com tanta pressa?", e o príncipe respondeu: "Estou procurando a água da vida, pois meu pai está prestes a morrer". "Mas você sabe onde procurar?" "Não", disse o príncipe. "Então eu vou lhe contar, já que você me respondeu educadamente. Ela brota de uma fonte que fica num castelo encantado, e para que você chegue até ela eu lhe darei uma vara de ferro e dois pedaços de pão; com a vara, bata três vezes no portal de ferro na entrada do castelo, e ele irá se abrir; dentro estarão dois leões, que abrirão a boca, mas, se você lhes jogar o pão na goela, eles vão sossegar; em seguida, você deve se apressar e buscar a água da vida antes que batam doze horas, senão o portal se fechará novamente e você ficará preso lá dentro."

O príncipe agradeceu e pegou a vara e o pão. Quando chegou lá, tudo estava do jeito que o anão contara.

Quando os leões tinham sossegado, o príncipe entrou no castelo e chegou a um grande e belo salão, onde havia príncipes encantados; ele retirou os anéis deles e depois pegou uma espada e um pão que lá encontrou. Ele continuou e chegou a um quarto onde estava uma princesa. Ela ficou feliz ao vê-lo, beijou-o e disse que ele a havia libertado e que ele receberia todo o reino dela, e dentro de um ano ele deveria voltar e celebrar o casamento de ambos. A princesa também lhe disse onde estava a fonte com a água da vida, e que ele deveria se apressar e buscar a água antes de bater meia-noite. Ele continuou andando e finalmente chegou a um quarto onde havia uma bela cama recém-arrumada, e, como estava cansado, decidiu repousar um pouco. Assim, ele se deitou e adormeceu; quando acordou, o relógio batia quinze para as doze. Ele pulou da cama assustado, correu até a fonte, encheu a caneca que ali estava e tratou de ir embora rapidamente. No momento em que ele estava passando pelo portal de ferro, bateram doze horas, e o portal se fechou com tamanha força que ele perdeu um pedaço do calcanhar.

Ele estava feliz por ter conseguido a água da vida e, a caminho de casa, encontrou novamente o anão. Quando este viu a espada e o pão, disse: “Você ganhou um grande bem: com essa espada, será capaz de derrotar exércitos inteiros; já o pão nunca vai acabar”. Então o príncipe pensou: “Não quero voltar para meu pai sem meus irmãos”, e disse: “Querido anão, você poderia me dizer onde estão meus dois irmãos? Eles vieram antes de mim para procurar a água da vida e nunca voltaram”. “Eles estão presos entre duas montanhas”, contou o anão, “joguei um feitiço neles por terem sido tão arrogantes.” Então o príncipe pediu tanto que o anão libertou os dois, mas advertiu: “Tome muito cuidado com eles, eles têm um coração mau”.

Quando os irmãos apareceram, o príncipe ficou muito feliz e lhes contou tudo o que tinha acontecido com ele: que havia encontrado a água da vida, que estava levando consigo uma caneca cheia dessa água, que salvara uma linda princesa e que ela estava a esperar por ele um ano, e que depois seria celebrado seu casamento e ele receberia um vasto reino. Eles então partiram a cavalo e chegaram a um país onde grassavam a fome e a guerra, e seu rei já acreditava que pereceria naquela desgraça toda. O príncipe foi até ele e lhe deu o pão, com o qual o rei alimentou e saciou todo o seu reino, e depois o príncipe lhe deu a espada, e com ela o rei derrotou os exércitos inimigos, e agora ele podia viver em paz e tranquilidade. Então o príncipe pegou de volta seu pão e sua espada, e os três irmãos continuaram a viagem a cavalo. Passaram ainda por dois países onde grassavam a fome e a guerra, e o príncipe sempre dava seu pão e sua espada aos reis, salvando assim um total de três reinos. Então eles subiram num navio e viajaram pelo mar. Durante a viagem, os dois irmãos mais velhos conversaram um com o outro: “Foi nosso irmão mais novo que achou a água, e não nós. O pai vai passar para ele o reino que deveria ser nosso. Ele está roubando nossa fortuna”. Então, vingativos, eles combinaram que iriam dar um fim nele. Esperaram até que o caçula estivesse dormindo profundamente, tiraram a água da vida da caneca, guardando-a em outro recipiente, e na caneca colocaram água salobra do mar.

Quando chegaram em casa, o filho mais jovem levou sua caneca até o rei doente, para que este bebesse dela e ficasse bom. Mas, assim que o rei tinha bebido um pouco da água salobra do mar, ficou ainda mais doente. Quando ele reclamou, os dois filhos mais velhos logo acusaram o caçula, dizendo que ele queria envenenar o pai, que tinham sido eles que haviam encontrado e trazido a verdadeira água da vida, e deram-lhe a água para beber. Assim que o rei bebeu daquela água, percebeu que a doença o abandonava, e sentiu-se tão forte e saudável como na juventude. Os dois filhos mais velhos foram até o irmão caçula e debocharam dele: "Então, quer dizer que você encontrou a água da vida? Você teve o trabalho e nós recebemos a recompensa. Você deveria ter ficado mais atento; nós tiramos a água de você enquanto você dormia, quando estávamos no mar. Dentro de um ano, um de nós irá buscar a sua linda princesa; mas tome cuidado e não conte nada para nosso pai, ele não vai acreditar em você, e se você disser uma palavra vai perder a vida; já se ficar calado, vai viver".

Mas o velho rei estava furioso com o caçula, e acreditava que este desejava sua morte. Então reuniu toda a corte e anunciou o veredito: que o filho deveria ser morto secretamente com um tiro. Certo dia, quando o príncipe, sem saber de nada, saiu para caçar, o caçador do rei teve de acompanhá-lo. Lá longe, quando estavam sozinhos na floresta, o príncipe, vendo que o caçador parecia muito triste, perguntou: "Querido caçador, o que lhe falta?", e o caçador respondeu: "Não posso lhe dizer, mas deveria, sim, dizê-lo". Então o príncipe disse: "Pode falar sem medo, o que quer que seja, vou perdoá-lo". "Ah", disse o caçador, "tenho ordens do rei para matar você com um tiro." O príncipe, assustado, disse: "Querido caçador, deixe-me viver, eu lhe darei minhas roupas reais e ficarei com suas roupas ruins". O caçador disse: "Farei isso com prazer, eu não teria conseguido atirar em você de qualquer forma". O caçador ficou com as roupas do príncipe, e o príncipe pegou as roupas do caçador e entrou na floresta.

Depois de algum tempo, chegaram ao castelo do velho rei três carruagens carregadas de presentes de ouro e pedras preciosas, que deveriam ser entregues ao príncipe mais novo. Elas tinham sido enviadas pelos três reis aos quais o príncipe tinha emprestado sua espada e seu pão, fazendo com que eles derrotassem seus inimigos e alimentassem seu país. Isso causou forte emoção ao rei; ele pensou que talvez seu filho caçula fosse inocente e disse a seu povo: "Ah! Se ele ainda estivesse vivo, me arrependo muito de ter mandado matá-lo". "Então acabei agindo certo", disse o caçador, "eu não consegui atirar nele" — e contou ao rei o que havia acontecido. O rei ficou feliz e mandou anunciar a todos os reinos que seu filho deveria voltar e que seria recebido de braços abertos.

Nesse meio-tempo, a princesa mandou construir na frente de seu castelo uma rua brilhante de ouro, e disse para seus guardas que a pessoa certa era a que viria cavalgando diretamente sobre a rua, e que eles deveriam deixá-la entrar; quem, no entanto, viesse cavalgando fora da rua não era a pessoa certa, e eles não deveriam deixá-la entrar. Quando o prazo estava perto de terminar, o filho mais velho pensou que deveria se apressar para ir até a princesa e se apresentar como aquele que a libertara, e que então ele a receberia como esposa, juntamente com o reino. Assim, ele partiu, e quando chegou ao castelo e viu aquela linda rua dourada pensou: "Ah, seria muita pena cavalgar sobre essa rua", e, desviando o cavalo para a direita, cavalgou ladeando a rua. Quando ele chegou ao portal, porém, os guardas lhe disseram que não era a pessoa certa e que deveria ir embora.

Pouco tempo depois, o segundo príncipe se pôs a caminho; e, quando ele chegou à rua dourada e o cavalo colocou a pata sobre ela, ele pensou: "Ah, seria muita pena pisar nessa rua, poderia ficar uma marca"; então desviou o cavalo para a esquerda e cavalgou ladeando a rua. Quando chegou diante do portal, os guardas disseram que ele não era a pessoa certa e deveria ir embora. Depois que um ano se passou, o terceiro filho decidiu sair da floresta e cavalgar até sua amada, para a seu lado esquecer todos os dissabores. Ele se pôs a caminho e pensava o tempo todo somente nela; não via a hora de estar perto dela e nem viu a rua dourada. Seu cavalo andou bem no meio da rua, e, quando ele chegou ao portal, este foi aberto e a princesa o recebeu com muita alegria, dizendo que ele era seu libertador e o senhor do reino, e o casamento foi celebrado com grande felicidade. E, quando a festa terminou, ela lhe contou que o pai o tinha perdoado e estava esperando por ele. Então ele cavalgou até o castelo do pai e lhe contou tudo que havia acontecido: como seus irmãos o tinham enganado e ele tivera que ficar quieto. O velho rei quis castigar os dois, mas eles haviam partido e tomado um navio, e não voltaram nunca mais.

12.

doutor sabe-tudo

Era uma vez um pobre camponês que se chamava Caranguejo, que foi até a cidade levando uma carga de lenha puxada por dois bois e a vendeu a um doutor por duas moedas de prata. O doutor efetuou o pagamento justo quando estava sentado à mesa, e o camponês viu como ele passava bem, com boa comida e bebida, e pensou, entristecido, que também gostaria de ter sido doutor. Assim, o camponês ficou mais um tempo ali parado até que resolveu perguntar se ele também não poderia virar doutor. “Claro que sim”, respondeu o doutor, “é fácil. Primeiramente, compre um livro do abecê, um destes aqui, que têm um galo dentro como marcador. Em seguida, transforme sua carroça e os dois bois em dinheiro e arranje trajes e tudo mais que um doutor possui. Em terceiro lugar, mande fazer uma placa com as palavras ‘Doutor Sabe-Tudo’ e pregue-a diante de sua porta.” O camponês fez tudo conforme lhe foi dito. Depois de ele ter praticado por um tempo, mas não tanto assim, um senhorio muito rico teve seu dinheiro roubado. Então ficou sabendo do doutor Sabe-Tudo, que morava na aldeia tal e tal, e que saberia dizer o paradeiro do dinheiro. Assim, o senhor mandou atrelar sua carruagem, seguiu até a aldeia e, parando diante da casa, perguntou se ele era o doutor Sabe-Tudo. “Sim, sou eu.” “Venha comigo para recuperar meu dinheiro que foi roubado." "Claro, mas devo levar minha mulher, Grete." O senhor concordou, convidou os dois a embarcarem na carruagem e partiu. Quando finalmente chegaram à propriedade do senhor, a mesa estava posta e ele antes deveria comer com o camponês. "Sim, mas a mulher Grete também", disse ele, e sentou-se com ela à mesa. Quando o primeiro criado entrou com uma travessa de boa comida, o camponês cutucou a mulher e disse: "Grete, este foi o primeiro", querendo dizer que aquele era o primeiro a servir o primeiro prato. O criado, porém, pensou que ele estivesse querendo dizer que ele era o primeiro ladrão e, como ele de fato era, ficou com medo e disse aos comparsas, que estavam lá fora: "O doutor sabe de tudo; nos demos mal, ele disse que eu era o primeiro". O segundo criado nem quis entrar, mas precisava fazê-lo. Quando finalmente entrou com sua travessa, o camponês cutucou a mulher e disse: "Grete, este é o segundo". O criado também ficou com medo e tratou de sair dali. Com o terceiro criado não foi diferente, e o camponês voltou a dizer: "Grete, este é o terceiro". O quarto criado deveria levar uma travessa tampada e, nesse momento, o senhorio pediu ao doutor que demonstrasse sua arte e adivinhasse o que havia dentro da travessa — eram caranguejos. O camponês olhou para a travessa e, sem saber o que fazer, disse: "Pobre de mim, Caranguejo!". Ao ouvir isso, o senhorio gritou: "Ele sabe tudo mesmo. Com certeza saberá quem está com o meu dinheiro".

O criado, porém, estava morrendo de medo e piscou para o doutor, chamando-o para conversar ali fora. Assim que os dois saíram, os criados confessaram que tinham roubado o dinheiro e que estavam dispostos a devolvê-lo e, além disso, lhe dar uma boa quantia se ele não os denunciasse, pois nesse caso seriam enforcados. Eles então o levaram ao local em que estava escondido o dinheiro. Satisfeito com esse acordo, o doutor voltou para dentro e disse: "Senhor, vou consultar meu livro para saber o paradeiro do dinheiro".

O quinto criado se escondeu dentro do forno a fim de escutar se o doutor sabia de mais alguma coisa. O doutor abriu e folheou seu livro do abecê para um lado e para o outro em busca do galo marcador e, como não o encontrava, disse: “Você está aí dentro e tem de aparecer”. Ao ouvir isso, o criado que estava dentro do forno pensou que o camponês estivesse falando dele e pulou para fora assustado, dizendo: “O homem sabe tudo!”. Assim o doutor Sabe-Tudo mostrou onde estava o dinheiro, mas não revelou quem o havia roubado, ganhando uma recompensa grande de ambos os lados e tornando-se, assim, um homem muito famoso.

13.

o príncipe sapo

Era uma vez um rei que tinha três filhas e em cuja propriedade havia um poço de água límpida. Em uma tarde ensolarada de verão, a filha mais velha desceu e tirou um copo de água do poço, mas, quando olhou para a água no copo contra a luz do sol, viu que estava turva. Espantada, ela pensou em devolver a água ao poço, mas nesse instante um sapo se mexeu dentro do copo, espichou a cabeça para fora da água, saltou até a beira do poço e lhe disse:

"Quando aceitar ser minha amada,
bem, bem clara deixarei a água."

"Ugh! Quem é que vai querer ser a amada de um sapo asqueroso?", exclamou a princesa e saiu correndo dali. Ela contou às irmãs que lá embaixo no poço havia encontrado um sapo estranho que estava fazendo a água ficar turva. Curiosa, a segunda irmã desceu até o poço, tirou um copo de água e este também estava tão turvo que ela não quis bebê-la. Mas o sapo, que novamente estava sentado à beira do poço, disse:

"Quando aceitar ser minha amada,
bem, bem clara deixarei a água."

"Era só o que me faltava", retrucou a princesa e fugiu correndo. Finalmente a terceira desceu até o poço, tirou um copo de água, e com ela não foi diferente, e o sapo lhe disse:

"Quando aceitar ser minha amada,
bem, bem clara deixarei a água."

"Sim! Quero ser sua amada", disse a princesa, "deixe minha água limpa." Ela pensou: "O que tem de mais dizer isso para agradá-lo?". Um sapo tão tolo nunca poderia ser meu amado, mesmo. O sapo, por sua vez, voltou a pular no poço e, quando ela tirou a água pela segunda vez, esta estava tão límpida que o sol brilhou alegremente através dela. A princesa então bebeu a valer e depois levou água para as irmãs, dizendo: "Como vocês foram tolas temendo o sapo".

Depois disso a princesa não se lembrou mais do caso e, à noite, deitou-se na cama, feliz. Após um tempinho deitada, sem ter ainda adormecido, ela ouviu alguém rastejando atrás da porta e em seguida cantando:

"Abra a porta! Abra a porta!
Filha mais nova do rei,
não se lembra do que me disse
quando estava junto ao poço,
que serias minha amada
se eu limpasse sua água?"

"Ai! É o meu amado, o sapo", disse a princesa, "e, já que prometi, vou abrir a porta para ele." Assim, ela se levantou, abriu um pouco a porta e voltou a se deitar na cama. O sapo saiu pulando atrás dela, subiu na cama num salto e ficou lá deitado, junto a seus pés. Quando a noite passou e amanheceu, ele desceu da cama e foi embora. Na noite seguinte, quando a princesa estava novamente deitada, o sapo voltou a rastejar atrás da porta e a cantar. A princesa abriu a porta para ele, que ficou junto a seus pés até amanhecer o dia. Na terceira noite, o sapo voltou. "Esta será a última vez que abro a porta para você", disse a princesa, "daqui para a frente isso não vai acontecer mais." Ele então saltou debaixo do travesseiro dela e ela adormeceu. Quando a princesa acordou, pensando que o sapo já devia ter saltado para fora, encontrou um belo príncipe à sua frente, que lhe contou que havia sido enfeitiçado e que ela o salvara por ter prometido ser sua amada. Então os dois foram até o rei, este lhes deu a bênção e assim eles festejaram o casamento. As duas irmãs, porém, ficaram muito chateadas de não terem aceitado ser a amada do sapo.

14.

o irmão fuliginoso do diabo

Um soldado saído do exército não tinha como se sustentar e já não sabia mais o que fazer. Pôs-se a caminhar e entrou na floresta e, depois de ter andado por algum tempo, deparou-se com um homenzinho que, na verdade, era o Diabo. O homenzinho disse a ele: "O que está lhe faltando? Você está com uma cara tão triste!". O soldado respondeu: "Estou com fome e não tenho dinheiro". E o Diabo disse: "Se você morar na minha casa e for meu criado, terá o suficiente pelo resto da vida; você tem de me servir durante sete anos, depois disso será livre novamente. Mas lhe digo uma coisa: você não vai poder se lavar, se pentear, se barbear, cortar as unhas, cortar os cabelos ou limpar os olhos". O soldado respondeu: "Está bem, que assim seja!", e acompanhou o homenzinho, que o levou diretamente para o inferno. Lá, disse-lhe o que ele devia fazer: atiçar o fogo sob os caldeirões onde estavam os homens maus, os assados do inferno; manter a casa em ordem; levar a sujeira varrida para trás da porta e sempre cuidar para que tudo estivesse organizado; mas ele não deveria jamais olhar para dentro dos caldeirões, senão se daria mal. O soldado disse: "Está bem, cuidarei de tudo". Então o Diabo saiu para suas andanças, e o soldado pegou no batente: atiçou o fogo, varreu o chão e jogou a sujeira varrida para trás da porta. Quando o velho Diabo voltou e viu que estava tudo bem, ficou satisfeito e saiu mais uma vez. O soldado então olhou em volta com mais atenção e viu todos aqueles caldeirões espalhados pelo inferno com um fogo poderoso embaixo deles, e podia-se ouvir como lá dentro as coisas cozinhavam e fritavam. Ele daria tudo para olhar lá dentro, mas isso lhe fora estritamente proibido; por fim ele não conseguiu mais se conter, foi até o primeiro caldeirão, levantou a tampa um pouquinho e olhou para dentro. Lá estava seu antigo sargento: "Aha! Espertalhão", disse ele, "é aqui que eu o encontro! Você me pegou e agora eu peguei você!", e deixou a tampa cair rapidamente, atiçou o fogo e colocou ainda mais lenha. Depois foi até o segundo caldeirão, levantou um pouco a tampa e olhou para dentro. Lá estava seu subtenente: "Aha! Espertalhão, é aqui que eu o encontro! Você me pegou, agora eu peguei você!", abaixou a tampa e pegou mais um pedaço de lenha para aumentar bastante o fogo. Então ele quis ver quem estava no terceiro caldeirão, e não era ninguém menos que seu general: "Aha! Espertalhão, é aqui que eu o encontro! Você me pegou, agora eu peguei você!", buscou o fole e fez com que o fogo do inferno queimasse ainda mais forte debaixo do caldeirão. E assim o soldado prestou serviço no inferno durante sete anos; não se lavou, não se penteou, não se barbeou, não cortou as unhas, não cortou o cabelo e não enxaguou os olhos. Os sete anos passaram tão rápido que ele tinha a impressão de que não haviam sido mais que seis meses. E, quando o tempo terminara, o Diabo veio e lhe disse: "Então, João, o que você fez?". "Eu aticei o fogo debaixo dos caldeirões, varri e coloquei a sujeira atrás da porta." "Mas você também olhou dentro dos caldeirões; a sua sorte é que você ainda colocou mais lenha, senão a sua vida estaria perdida. Agora o seu tempo aqui acabou, você quer voltar para casa?" "Sim", disse o soldado, "eu gostaria muito de ver o que o meu pai anda fazendo em casa." Então o Diabo disse: "Para você receber o pagamento merecido, pegue a sua sacola, encha-a com a sujeira varrida e leve-a para casa. Vá sem se lavar e sem se pentear, com os cabelos e a barba compridos, com unhas não cortadas e com olhos embaçados, e quando lhe perguntarem de onde você veio você deve dizer: do inferno; e quando lhe perguntarem quem você é, você deve dizer: o irmão fuliginoso do Diabo, que é também o meu rei". O soldado ficou quieto, não disse nada e fez o que o Diabo dissera, mas não estava nada satisfeito com seu pagamento.

Quando ele estava novamente no mundo, dentro da floresta, tirou a sacola das costas para esvaziá-la; mas, quando a abriu, a sujeira tinha se transformado em ouro puro. Ao ver isso, ele ficou muito contente e entrou na cidade. O dono da estalagem estava diante de sua propriedade e, ao ver o soldado se aproximando, assustou-se, pois João estava com uma aparência terrível, pior que um espantalho, e ele perguntou: "De onde você vem?". "Do inferno." "Quem é você?" "O irmão fuliginoso do Diabo, que é também o meu rei." O dono da estalagem não queria que ele entrasse, mas, quando João lhe mostrou o ouro, foi até a porta e a abriu pessoalmente, deixando-o entrar. João recebeu o melhor quarto e foi muito bem servido; comeu e bebeu até se fartar, mas não se lavou e não se penteou, como o Diabo lhe havia ordenado, e por fim recolheu-se para dormir. O dono da estalagem, porém, não conseguia pensar em outra coisa; a sacola cheia de ouro estava diante de seus olhos e não lhe dava sossego. Assim, durante a noite, ele foi até quarto de João e a furtou.

Na manhã seguinte, quando João se levantou e quis pagar ao dono da estalagem para continuar a viagem, percebeu que sua mochila havia sumido. Mas ele logo se acalmou, lembrando-se de que tinha sido infeliz sem ter culpa, deu meia-volta e foi direto para o inferno; lá, queixou-se ao Diabo, pedindo-lhe que o ajudasse. O Diabo disse: "Sente-se, vou lavar, pentear e barbear você, cortar o seu cabelo e as suas unhas, e vou limpar os seus olhos". Quando tinha terminado, ele deu a João novamente a sacola cheia de sujeira varrida e disse: “Vá até lá e diga ao dono da hospedaria que ele deve devolver o seu ouro, senão eu vou até lá buscá-lo e ele vai ficar em seu lugar”. João assim o fez e disse ao dono da estalagem: “Você roubou o meu ouro, se não o devolver, vai para o inferno em meu lugar e vai ter uma aparência como a minha”. O dono da estalagem então devolveu o ouro, acrescentando mais um pouco e pedindo que ele guardasse segredo sobre o acontecido. João agora era um homem rico.

João se pôs a caminho da casa de seu pai, comprou um jaleco de linho barato e ficou perambulando, fazendo música, pois isso ele havia aprendido com o Diabo quando estava no inferno. Havia, porém, um velho rei naquele país e João teve de tocar para ele. O rei ficou tão feliz ao ouvir a música que prometeu dar a João a mão da filha mais velha em casamento. Mas, quando esta ouviu que teria de se casar com um rapaz tão ordinário, de jaleco branco, ela disse: “Prefiro mil vezes me afogar a fazer isso”. Então o rei concedeu a João a mão da princesa mais nova, que concordou, por amor ao pai. Assim, o irmão fuliginoso do Diabo recebeu a filha do rei como esposa e, quando o velho rei morreu, recebeu também o reino todo.

15.

o diabo da farda verde

Era uma vez três irmãos, e o mais novo sempre era rejeitado pelos dois mais velhos. Quando estes decidiram sair mundo afora, disseram ao caçula: "Não precisamos de você, pode seguir seu caminho sozinho". Assim, deixaram-no, e ele então se pôs a caminho totalmente só. Ao se aproximar de uma imensa campina, o rapaz percebeu o quanto estava faminto. Havia um círculo de árvores perto dali, onde ele se sentou e começou a chorar. De repente, ele escutou um rugido e, quando olhou para cima, deu de cara com o Diabo, que trajava uma farda verde e ostentava um casco de cavalo no lugar de um dos pés. O Diabo então disse: "O que é que o aflige, por que você está chorando?". Ele então se lamentou, relatando ao Diabo a situação de penúria em que se encontrava: "Meus irmãos me rejeitaram". O Diabo respondeu: "Eu o ajudarei. Vista esta farda verde, os bolsos dela estão sempre repletos de dinheiro. Você pode dispor desse dinheiro sempre que quiser, mas com uma condição: por sete anos você não deve se lavar, nem pentear os cabelos, nem rezar. Se morrer durante esses sete anos, você pertencerá a mim; se viver, no entanto, estará livre e será rico pelo resto da vida". A necessidade impeliu o rapaz a aceitar a oferta do Diabo. Este então tirou a farda verde e ele a vestiu, e assim que enfiou as mãos nos bolsos percebeu que estavam cheios de dinheiro.

Assim, ele seguiu mundo afora com sua farda verde. O primeiro ano foi bom, tudo o que desejava ele podia pagar com seu dinheiro, e ainda tinha uma aparência bastante humana. O segundo ano foi pior; seus cabelos tinham crescido tanto que já não era possível reconhecê-lo, e, por causa de sua aparência repugnante, ninguém queria lhe dar hospedagem. Quanto mais o tempo passava, pior se tornava seu aspecto. Mas, por todos os lugares por onde andava, ele dava muito dinheiro aos pobres, para que rezassem por ele e pedissem para que ele não morresse nesses sete anos e assim não caísse nas mãos do Diabo. No quarto ano, ele chegou a uma estalagem, cujo proprietário também não quis acolhê-lo. O rapaz então tirou um maço de dinheiro dos bolsos e pagou adiantado, e assim finalmente conseguiu um quarto. À noite, ele ouviu no quarto ao lado alguém se lamentando em altos brados. Ele foi até lá e se deparou com um velho, que, ao vê-lo, disse-lhe para ir embora, pois ele não poderia ajudá-lo mesmo. O jovem então perguntou o que havia acontecido. O velho respondeu que não tinha dinheiro e que devia uma grande soma ao proprietário da estalagem, que o mandara prender até que ele pagasse a conta. O rapaz da farda verde então disse: “Se isso é tudo, dinheiro eu tenho o suficiente, vou pagar a sua conta”, e então libertou o prisioneiro.

O velho, que tinha três lindas filhas, disse ao rapaz que ele deveria acompanhá-lo e que, como retribuição, poderia desposar uma das jovens. No entanto, quando chegaram à casa do velho e a filha mais velha o viu, ela gritou que jamais se casaria com alguém tão horroroso, que tinha perdido a forma humana e que mais se parecia com um urso. A segunda também se negou, dizendo que preferia sair pelo vasto mundo. A mais nova, porém, disse: “Querido pai, por você ter feito uma promessa e por ele tê-lo ajudado num momento de necessidade, eu também lhe serei obediente”. O rapaz da farda verde então tirou um anel do dedo, quebrou-o ao meio, deu uma metade a ela e ficou com a outra. Na metade que deu à jovem, ele escreveu seu nome e na sua metade escreveu o nome dela, dizendo que ela deveria guardar bem a metade do anel. Ele ficou algum tempo por lá e depois disse: "Agora preciso me despedir, ficarei fora por três anos e, durante esse período, você deverá me ser fiel. Findo o prazo, eu voltarei e então celebraremos o nosso casamento. Mas, se eu não voltar no prazo de três anos, você estará livre, pois eu terei morrido. Mas reze por mim, para que Deus me presenteie com a vida".

Durante os três anos, as irmãs mais velhas caçoaram à vontade da mais nova, dizendo que ela teria de desposar um urso, que ela não era capaz de conseguir nem um ser humano de verdade. A jovem, no entanto, ficava calada, pensando que lhe cabia obedecer ao pai, que o que tivesse que ser, seria. Enquanto isso, o rapaz da farda verde andava pelo mundo e com frequência enfiava as mãos nos bolsos e comprava para a noiva o que de mais belo seus olhos avistassem; não praticava o mal, mas fazia o bem onde podia, e dava dinheiro aos pobres, pedindo que rezassem por ele. Deus então lhe concedeu a graça de deixar passar os três anos restantes mantendo-o vivo e saudável. Passado esse tempo, ele voltou à campina e sentou-se debaixo do círculo de árvores. Então ouviu novamente um tremendo rugido, e o Diabo surgiu, venenoso e grunhindo; ele atirou no chão a velha farda do rapaz e exigiu de volta a sua verde. O rapaz então retirou feliz a farda verde e a entregou ao Diabo. Finalmente ele estava livre e rico para sempre. Então seguiu para casa, lavou-se e se arrumou, e depois partiu para se encontrar com sua noiva. Ao chegar ao portão, encontrou o pai dela, cumprimentou-o e declarou ser o noivo da filha. O velho não o reconheceu e não quis acreditar nele. O rapaz então entrou na casa para falar com a noiva, que também não quis acreditar nele. Ele a seguir perguntou se ela ainda tinha a metade do anel. Ela disse que sim e foi buscá-la. Ele então tirou sua metade e a encostou na segunda metade, e as duas se encaixaram perfeitamente, e estava claro que ele não poderia ser ninguém mais a não ser seu noivo. E, como ela agora viu que se tratava de um belo homem, ficou muito feliz e se enamorou dele. Então foi celebrado o casamento. As duas irmãs mais velhas, porém, ficaram furiosas pelo fato de terem perdido sua chance e, no dia do casamento, uma delas se afogou e a outra se enforcou. À noite, ouviu-se um tremendo rosnado, seguido de batidas na porta. Quando o noivo abriu a porta, viu o Diabo na farda verde, que lhe disse: "Está vendo? Agora consegui duas almas no lugar da sua!".

16.

o rei da sebe e o urso

Certa vez, durante um verão, o urso e o lobo estavam passeando no bosque, quando o urso ouviu o lindo canto de um pássaro e perguntou: "Irmão lobo, que pássaro é esse que canta tão bonito?". "É o rei dos pássaros, diante de quem devemos nos curvar", respondeu o lobo. Mas, na verdade, tratava-se do rei da sebe. "Se é assim, quero ver também seu palácio real. Ande, me leve até lá", respondeu o urso. "Não é assim como você está pensando", retrucou o lobo, "primeiro você tem de esperar a rainha chegar." Pouco depois, apareceram a rainha e o rei, trazendo comida no bico para alimentar os filhotes. O urso logo quis ir atrás deles, mas puxou-o e disse: "Não. Antes você tem de esperar eles irem embora". Assim eles olharam bem para o buraco onde estava o ninho e saíram. Mas o urso não tinha sossego, queria porque queria ver o palácio real e não demorou a voltar lá. O rei e a rainha não estavam em casa e ele olhou o ninho e viu cinco ou seis filhotes ali dentro. "É este o palácio real?", indagou, "que palácio mais miserável! E vocês também não são filhos de rei, vocês são filhos ilegítimos." Ao ouvirem isso, os filhotes do rei ficaram muito bravos e gritaram: "Não somos, não, nossos pais são pessoas honestas, urso, você vai ver só!". Assustados, o urso e o lobo se afastaram e se esconderam em suas tocas.

Mas os filhotes do rei não paravam de chamar e de gritar e, quando os pais voltaram com mais comida, eles ameaçaram: “Não vamos mais comer perninhas de moscas e morreremos de fome se não ficar acertado se somos ou não filhos legítimos, porque o urso veio aqui e nos ofendeu”. O velho rei então disse: “Fiquem tranquilos, isso não vai ficar assim, vou acertar as contas com ele agora mesmo”. Em seguida ele voou com a mulher até o urso e gritou para dentro da toca: “Oh, urso que urra, você ofendeu os meus filhos e isso vai lhe custar caro, vamos acertar esse assunto numa guerra sangrenta”. Assim, o urso foi desafiado a lutar numa guerra e, para tanto, convocou todos os quadrúpedes: boi, burro, corço, veado e todos os que há na terra. O rei da sebe, por sua vez, chamou todos os que voam pelo ar, e não apenas os pássaros grandes e pequenos, como também mosquitos, vespas, abelhas e moscas tiveram de se apresentar.

Quando a guerra estava para começar, o rei da sebe despachou um batedor para descobrir quem era o comandante em chefe do inimigo. O mosquito, que era especialmente astuto, zuniu até o bosque onde o inimigo se reunia e pousou embaixo de uma folha da árvore sob a qual era feito o discurso de incitamento. Lá estava o urso, chamando a raposa para se apresentar: “Raposa, você é a mais esperta entre os animais, você deverá ser o nosso comandante e nos guiar. Qual será o sinal entre nós?”. Ao que a raposa respondeu: “Eu tenho uma bela cauda longa e cheia, que parece um penacho vermelho; se eu estiver com a cauda empinada, a coisa está indo bem para o nosso lado e vocês devem marchar para o ataque; caso ela esteja abaixada, comecem a bater imediatamente em retirada”. Depois de ouvir isso, o mosquito voltou para casa e revelou ao rei da sebe, tintim por tintim, tudo o que ouvira.

Quando amanheceu e finalmente a batalha deveria iniciar, uh!, os animais quadrúpedes se aproximaram compactados, fazendo com que a terra até tremesse. Já o rei da sebe surgiu com seu exército pelo ar, que zunia, zumbia e gritava tão alto que chegava a dar medo. De ambos os lados, eles correram para se enfrentar. Acontece que o rei da sebe despachou a vespa com a missão de picar o rabo da raposa, nem que para isso empregasse todas as forças de sua vida. Quando a raposa recebeu a primeira picada, contraiu uma das pernas até levantá-la, mas conseguiu aguentar e manteve a cauda em riste. Na segunda picada, porém, ela teve de baixar a cauda durante um momento e, na terceira, não teve como se conter e, uivando, pôs o rabo entre as pernas. Ao verem o rabo recolhido, os animais pensaram que tudo estivesse perdido e começaram a bater em retirada, cada qual para sua toca, e assim os pássaros venceram a batalha.

Então o rei da sebe e sua esposa voltaram para casa e disseram aos filhos: "Crianças, alegrem-se, comam e bebam com toda vontade, porque nós ganhamos a guerra". Mas os filhotes responderam: "Não comeremos nada antes que o urso venha até o nosso ninho se desculpar pessoalmente e dizer que somos filhos legítimos". O rei da sebe então voou até a toca do urso e gritou: "Oh, urso que urra, você deverá comparecer diante do meu ninho para se desculpar e dizer que eles são filhos legítimos, se não quiser que as suas costelas sejam pisoteadas". O urso surgiu rastejante e, morrendo de medo, foi se desculpar, e então os filhotes do rei se reuniram e comeram e beberam e se divertiram até altas horas da noite.

17.

o mingau doce

Era uma vez uma pobre menina devota que vivia sozinha com a mãe e elas não tinham mais o que comer. Então a menina saiu de casa e entrou na floresta, onde encontrou uma velha que já sabia de seu sofrimento e por isso lhe deu uma panelinha, para qual ela deveria dizer: "Cozinhe, panelinha!", e a panelinha cozinharia um delicioso mingau; e, quando ela dissesse: "Pare, panelinha", a panelinha não mais cozinharia. A menina levou a panelinha para a mãe e dali em diante elas passaram a se alimentar de mingau o quanto quisessem e saíram da miséria. Um dia, a menina saiu de casa e a mãe disse à panela: "Cozinhe, panelinha!", e aí a panela começou a cozinhar e ela se fartou de mingau. Mas, quando ela quis que a panela parasse, não soube dizer as palavras. Assim, a panelinha cozinhou sem parar, o mingau transbordou pelas bordas, a panela continuou a cozinhar, o mingau foi invadindo a cozinha e enchendo a casa e depois a outra casa, depois a rua, como se quisesse saciar a fome de todo o mundo, e se tornou um grande problema e ninguém sabia o que fazer. Finalmente, quando restava apenas uma casa sem mingau, a menina voltou e disse as palavras: "Pare, panelinha!", e ela parou de cozinhar, e quando quiseram voltar e passar pela cidade, elas tiveram de abrir caminho comendo.

18.

os animais fiéis

Era uma vez um homem que não tinha muito dinheiro e que, com o pouco que lhe restava, partiu mundo afora. Ele chegou a uma vila onde os meninos estavam correndo juntos, gritando e fazendo barulho, e perguntou: "O que estão fazendo, meninos?". "Temos um rato, que tem de dançar para nós, olhe como é divertido! Como saltita!" Mas o homem sentiu pena do bichinho e disse: "Se soltarem o rato, meninos, eu lhes dou algum dinheiro". Então ele deu dinheiro aos meninos e eles soltaram o rato, que correu o mais rápido que pôde para dentro de um buraco. O homem seguiu seu caminho e chegou em outra vila, onde os meninos tinham capturado um macaco que tinha de dançar e fazer cambalhotas; eles riam e não deixavam o animal em paz. Então o homem também lhes deu dinheiro para que soltassem o macaco. Depois disso ele passou por uma terceira vila, em que os meninos brincavam com um urso, fazendo com que ele dançasse, e, se o animal rosnasse enquanto dançava, eles bem que mereciam. O homem também comprou a liberdade do urso, que ficou feliz em poder voltar a andar em suas quatro patas e tratou de ir embora.

Acontece que, com isso, o homem gastou o pouco dinheiro que tinha e acabou ficando sem nenhum tostão no bolso. Então, ele disse para si mesmo: "O rei tem tanto dinheiro guardado em seu cofre do qual ele nem precisa, vou pegar um pouco, assim não vou morrer de fome, e devolvo logo que puder". Então ele foi até o cofre do rei e pegou um pouco do dinheiro, mas, quando estava saindo de fininho, foi apanhado pelos guardas da realeza. Eles o acusaram de ladrão e levaram-no ao tribunal, e ele foi condenado a ser trancafiado em uma caixa e ser jogado na água à deriva. A tampa da caixa estava cheia de buracos para que nela pudesse entrar ar e, em seu interior, também colocaram um jarro de água e um pedaço de pão. Quando estava boiando na água e morrendo de medo, ele ouviu um barulho de arranhadas, roídas e fungadas na fechadura e, de repente, a fechadura abriu, a tampa saltou para o alto e lá estavam o rato, o macaco e o urso, que tinham feito tudo para salvá-lo porque queriam retribuir a ajuda. Agora não sabiam mais o que fazer e, enquanto estavam se aconselhando uns com os outros, eles avistaram uma pedra branca que parecia ser um ovo redondo se aproximando. O urso então disse: "Chegou em boa hora, é uma pedra mágica; quem se apropriar dela poderá desejar o que quiser". O homem então tomou a pedra nas mãos e desejou um castelo com jardim e estábulo e, mal acabou de falar, já estava num castelo com jardim e estábulo, e tudo era tão belo e vistoso que ele não parava de se surpreender.

Passado um tempo, uns mascates passaram por ali: "Vejam só que castelo esplêndido está ali, onde antes, quando passamos da última vez, só havia um monte de areia ruim". Curiosos, eles resolveram entrar para saber como o homem fizera para construir um castelo com tanta rapidez. Ele então revelou: "Não fui eu que fiz isso, foi a minha pedra mágica". "Que pedra?", eles quiseram saber. Então o homem foi buscar a pedra e a mostrou aos mascates. Eles ficaram com muita vontade de possuí-la e perguntaram se ela não estaria à venda e também lhe ofereceram boas mercadorias em troca. O homem ficou tentado pelas mercadorias e, como o coração é inconstante, deixou-se convencer e pensou que as belas mercadorias tinham mais valor do que sua pedra mágica e acabou entregando-a eles. Mal ela saiu de suas mãos, toda a sua sorte desapareceu, e lá estava ele novamente dentro do caixote trancado, flutuando no rio com um jarro de água e um pedaço de pão. Ao verem seu infortúnio, os fiéis animais, o rato, o macaco e o urso, foram novamente ajudá-lo, mas não conseguiram abrir a fechadura porque estava mais firme do que antes. Então o urso disse: "Temos de recuperar a pedra mágica, ou não vai ter jeito". Como os mascates ainda estavam morando no castelo, os animais foram juntos até lá e, enquanto se aproximavam, o urso disse: "Rato, vá até lá e olhe pela fechadura para ver o que pode ser feito; você é pequeno, em você ninguém vai reparar". O rato concordou, mas logo voltou e disse: "Não vai ser possível, eu vi que a pedra está pendurada debaixo do espelho, amarrada numa fita vermelha, sendo vigiada de um lado e de outro por um par de gatos enormes com olhos de fogo". Os outros então disseram: "Volte lá e espere até que o senhorio vá para a cama e adormeça, então entre de fininho por algum buraco, depois suba na cama dele, belisque-o no nariz e arranque o cabelo dele". O rato voltou lá e fez o que os outros mandaram, e o senhorio acordou, esfregou o nariz e disse, irritado: "Esses gatos não prestam, estão deixando os ratos entrarem e arrancarem o meu cabelo", e baniu os dois gatos de lá. Assim, o rato venceu a disputa.

Na noite seguinte, quando o senhorio estava novamente dormindo, o rato voltou a entrar e se pôs a roer a fita vermelha em que a pedra estava amarrada, até que ela se rompeu e a pedra caiu. Então ele a prendeu em volta do pescoço e a arrastou até a porta de entrada. Mas o pobre pequeno rato ficou muito bravo e disse ao macaco, que já esperava de prontidão: "Agora, veja se tira a pedra de lá com a sua pata!". Isso não foi nada difícil para o macaco; ele carregou a pedra e assim eles seguiram juntos até o rio. Chegando lá, o macaco perguntou: "Agora, como vamos chegar até o caixote que está no rio?", e o urso respondeu: "Isso é fácil; eu vou nadando até lá, macaco, você vai nas minhas costas, mas segure-se em mim com as mãos e leve a pedra na boca, e você, ratinho, pode vir sentado na minha orelha direita". Fizeram exatamente isso e seguiram nadando rio abaixo. Passado um tempo, o urso achou que estavam quietos demais e resolveu perguntar: "Escute, macaco, nós somos bons amigos, não somos?". O macaco, porém, não respondeu e continuou em silêncio. "Ei!", insistiu o urso, "não vai responder? Quem não responde não é bom sujeito!". Ao ouvir isso, o macaco abriu a boca para responder e deixou a pedra cair na água, dizendo: "Eu não podia responder porque estava com a pedra na boca, e agora ela caiu na água por sua culpa". "Calma", respondeu o urso, "vamos dar um jeito de resolver isso." Então eles se aconselharam entre si e chamaram os sapos, salamandras e insetos que viviam na beira do rio e disseram a eles: "Está vindo um inimigo poderoso, tratem de juntar muitas pedras para que possamos construir um muro e proteger vocês". Assustados, os animais se apressaram para pegar pedras de todos os lados, até que surgiu um sapo velho e gordo lá do fundo com a pedra amarrada com uma fita vermelha na boca. Ao ver isso, o urso disse: "Conseguimos o que queríamos", e pegou a carga do sapo, disse aos animais que estava tudo bem e se despediu rapidamente. Em seguida, eles desceram o rio até o homem no caixote e abriram a tampa com a ajuda da pedra. Já não era sem tempo, porque ele já havia consumido todo o pão e bebido a água, e estava praticamente sufocado. Assim que ele pegou a pedra nas mãos, desejou ficar novamente limpo e saudável, e voltar para seu belo castelo com um bom jardim e estábulo. Ali ele viveu feliz, e os três animais continuaram junto dele e passaram bem durante toda a vida.

19.

contos sobre a rã

i. Uma criança estava sentada no chão em frente à porta de casa e a seu lado havia uma tigelinha com leite e restos de pão, da qual comia. Então, surgiu uma rã, que afundou a cabecinha na tigela e começou a comer junto com ela. No dia seguinte ela veio de novo, e continuou vindo nos próximos dias. A criança não se incomodou, mas quando viu que a rã só bebia o leite e sempre deixava o pão, ela pegou a colherzinha e bateu um pouco na cabeça da rã, dizendo: "Coisa, coma também o pão!". A criança crescia forte e bonita, mas a mãe, que naquele momento estava atrás dela e viu a rã, saiu à caça desta e a matou a pauladas. Desse momento em diante, a criança começou a emagrecer até que acabou morrendo.

ii. Uma menina órfã estava fiando junto ao muro da cidade, quando viu uma rã se aproximar. Então ela estendeu a seu lado um pano de seda azul, que as rãs adoram e em que elas costumam subir. Assim que a rã avistou o pano, fez meia-volta e depois retornou, trazendo uma pequena coroa de ouro, que colocou em cima do pano, e foi embora. A menina pegou a coroa, que cintilava e era tecida em ouro. Não demorou para a rã voltar e, ao ver que a coroa não estava mais lá, rastejou até o muro e começou a bater a cabecinha contra ele enquanto teve forças, até finalmente cair morta. Se a menina tivesse deixado a coroa onde estava, possivelmente a rã teria trazido ainda mais tesouros de sua toca.

iii. (A rã chama:) "Uu! Uu!" (A criança diz:) "Apareça" (A rã sai da toca e a criança pergunta sobre sua irmãzinha:) "Você não viu a meiazinha vermelha?" (Rã:) "Não, não vi, não: e você? Uu! Uu!"

20.

o pobre jovem moleiro e o gatinho

Era uma vez três jovens moleiros que trabalhavam no moinho em que vivia somente um velho moleiro sem mulher nem filhos. Depois de terem trabalhado para ele alguns anos, ele lhes disse: "Quero que saiam pelo mundo e eu darei o moinho àquele que me trouxer o melhor cavalo". O terceiro dos rapazes, porém, era ainda um servo muito jovem, e os outros o tomavam por tolo e não achavam que ele tivesse direito ao moinho. De fato, nem ele próprio o almejava! Assim, os três partiram e, quando chegaram à aldeia, os dois disseram a João Tolo: "Você pode ficar aqui, até porque nunca vai conseguir arrumar um cavalo!". Mas, ainda assim, João seguiu com eles e ao anoitecer eles chegaram a uma caverna, onde se abrigaram para passar a noite. Os dois espertos esperaram até que João Tolo adormecesse e se levantaram e foram embora, deixando Joãozinho para trás e achando que tinham feito a melhor coisa. "Sim, mas vocês vão se dar mal!" Quando amanheceu e João se levantou, olhou à sua volta e viu que estava deitado numa caverna profunda: "Meu Deus! Onde estou?". Ele então tratou de escalar as paredes para sair da caverna e entrou na floresta, pensando em como iria conseguir um cavalo. Enquanto pensava e caminhava, encontrou um gatinho malhado, que lhe perguntou: "João, aonde você quer ir?". "Ai ai, você não vai poder me ajudar." "Eu sei bem qual é o seu desejo", disse o gatinho, "você está atrás de um belo cavalo; venha comigo e seja meu criado fiel durante sete anos que lhe darei o mais belo dos cavalos que você já viu em toda a sua vida." Assim, o gatinho o levou até seu pequeno castelo encantado, onde ele ficou incumbido de talhar a lenha todos os dias e para tanto recebeu um machado, uma cunha, um serrote de prata e uma marreta de cobre. Então o rapaz ficou trabalhando ali e recebia boa comida e bebida, mas não via ninguém além do gatinho malhado. Certa vez este ordenou, entregando-lhe uma foice de prata e uma pedra de amolar de ouro: "Vá capinar a minha campina e seque a grama", e pediu que lhe devolvesse as ferramentas depois de usá-las. João fez o serviço e depois, quando foi entregar a foice, a pedra de amolar e a grama, ele perguntou se não poderia receber o pagamento. "Não", respondeu o gato, "antes você ainda tem de fazer um trabalho para mim; ali há sucata de prata e talhadeira e esquadro também de prata, e tudo mais que você precisar. Quero que construa uma pequena casa para mim." João se pôs a construir a casa e, depois que terminou, disse que havia feito tudo, mas que não recebera cavalo algum. Os sete anos se passaram como se fosse meio ano. O gato perguntou se ele queria ver seus cavalos. João respondeu que sim e ele então abriu a casinha e, assim que a porta se abriu, havia lá doze cavalos orgulhosos, ah!, e tão escovados e viçosos que o coração em seu peito se alegrou. Depois o gato lhe deu comida e bebida e disse: "Agora vá para casa, não vou lhe dar o seu cavalo agora, mas em três dias lhe procuro e levarei o animal para você". Então João foi para casa e o gato mostrou-lhe o caminho até o moinho. Porém, ele não lhe deu roupas novas e João teve de vestir suas roupas antigas, que, agora, passados sete anos, estavam curtas e esgarçadas. Quando finalmente chegou em casa, os dois outros já haviam voltado, cada um deles com um cavalo, porém um era cego e o outro, manco.

Eles lhe perguntaram: "João, onde está o seu cavalo?". "Virá daqui a três dias." Os outros riram e disseram: "João, de onde é que vai vir esse cavalo? Não vai prestar". João entrou em casa, mas o moleiro não permitiu que ele se sentasse à mesa, porque estava muito maltrapilho, alegando que sentiria vergonha se alguém aparecesse e o visse daquele jeito. Então deram-lhe um pouco de comida e mandaram que comesse do lado de fora, e à noite, quando foram dormir, os dois não quiseram que ele se deitasse na cama e ele acabou tendo de rastejar para dentro da casinha dos gansos e dormir num montinho de palha. Pela manhã, quando acordou, os três dias já haviam se passado e surgiu uma carruagem puxada por seis cavalos que brilhavam tanto, ah!, como era bonito de se ver, e um criado ainda puxava um sétimo, que era para o pobre jovem moleiro. Da carruagem, porém, desceu uma bela princesa, que entrou no moinho, e a princesa era o gatinho malhado a quem João servira durante sete anos. Ela perguntou ao moleiro onde estava o terceiro rapaz, o mais jovem, ao que o moleiro respondeu: "Não o deixamos entrar aqui porque estava muito maltrapilho. Ele está lá fora com os gansos". A princesa pediu que o chamassem imediatamente. Então foram chamar o rapaz e ele teve de juntar seus trapinhos para se cobrir; o criado lhe deu roupas vistosas e ele se lavou e as vestiu, e quando estava pronto nenhum rei poderia parecer mais belo. Em seguida, a princesa quis ver os cavalos que os outros irmãos tinham trazido, e um era cego e o outro, manco. Então ela mandou o criado trazer o sétimo cavalo. Ao ver o cavalo, o moleiro disse que jamais um desses havia pisado em seu terreno. "Este é para o terceiro jovem moleiro", explicou a princesa. "Então ele deverá ficar com o moinho", disse o moleiro. A princesa, porém, disse-lhe que ficasse com o cavalo e também com o moinho, pegou o fiel João, embarcou-o em sua carruagem e partiu com ele. Primeiramente foram até a casinha que ele construíra com as ferramentas de prata, que agora se transformara num grande castelo, e dentro dele tudo era de ouro e prata, e então ela se casou com ele e ele ficou tão rico, mas tão rico, que tinha dinheiro para toda a vida. Por isso, ninguém nunca deve dizer que um tolo não pode se dar bem.

21.

os corvos

Um soldado honesto conseguiu ganhar e economizar algum dinheiro por ter se esforçado no trabalho e não gastar nos bares, como os outros faziam. Mas dois de seus companheiros, que na verdade não eram pessoas boas, pretendiam roubar seu dinheiro, então agiam com ele de maneira muito simpática. Um dia lhe disseram: "Ei, o que estamos fazendo aqui na cidade? Estamos trancados dentro dela como numa prisão, logo alguém como você, que poderia ganhar um bom dinheiro em casa e viver bem". Insistiram tanto com essa conversa que o soldado acabou concordando e aceitou partir com eles. Os outros dois, porém, não tinham nada na cabeça além de roubar o dinheiro dele assim que estivessem fora da cidade. Depois de terem percorrido certa distância, os dois disseram: "Temos de virar à direita, se quisermos chegar à fronteira". "Ei! Deus me livre, por aí voltaremos à cidade, precisamos seguir à esquerda." "Deixe de ser arrogante", gritaram os dois e logo partiram para a agressão; bateram até ele cair ao chão e roubaram o dinheiro de seus bolsos. Como se não bastasse, ainda lhe furaram os olhos e o arrastaram até a forca, onde o amarraram. Deixaram-no ali e voltaram para a cidade com o dinheiro roubado.

O pobre cego, porém, não sabia que estava preso num lugar tão ruim e, tateando ao redor, percebeu que estava amarrado debaixo de uma viga de madeira. Pensando ser uma cruz, ele disse: "Ao menos fizeram a bondade de me amarrar debaixo de uma cruz e Deus está comigo", e começou a rezar para Deus. Quando estava quase anoitecendo, ele ouviu um bater de asas. Mas eram apenas corvos, que pousaram na viga. Depois ele ouviu um deles dizer: "Irmã, o que há de novidade? Sim, se as pessoas soubessem o que sabemos! A filha do rei está doente e o velho rei prometeu a mão dela a quem curá-la, mas ninguém consegue fazê-lo porque ela só vai sarar se a rã que fica ali no lago for queimada e ela tomar água com suas cinzas". Então o segundo corvo disse: "Sim, se as pessoas soubessem o que sabemos! Hoje à noite, cairá um orvalho do céu que é um santo remédio; se um cego esfregar os olhos com ele, voltará a enxergar". Então o terceiro também falou: "Sim, se as pessoas soubessem o que sabemos! A rã só poderá ajudar uma pessoa e o orvalho umas poucas, mas a cidade está em apuros porque todos os poços secaram e ninguém sabe que a grande pedra quadrada do mercado tem de ser removida e que, se cavarem bem ali, a melhor das águas irá brotar". Depois de terem dito isso, ele ouviu um novo bater de asas, e os três corvos partiram voando. Então ele tratou de se livrar logo das amarras, depois abaixou-se e cortou uns talinhos de grama e passou nos olhos o orvalho que havia caído neles. Assim que voltou a enxergar, viu a Lua e as estrelas no céu, e viu também que estava ao lado de uma forca. Então procurou cacos e com eles reuniu o quanto pôde do precioso orvalho, e em seguida foi até o lago, mexeu na água e capturou a rã. Depois ele a queimou até restarem apenas cinzas e levou-as até a corte do rei. Então deu as cinzas com água para a filha do rei tomar e, quando ela sarou, pediu a mão dela, conforme a promessa do rei. Mas, por estar usando roupas velhas, ele não agradara ao rei, e este, na esperança de se livrar dele, disse que quem quisesse se casar com sua filha teria antes de encontrar água para a cidade. Mas ele foi até o mercado e pediu que as pessoas removessem a pedra quadrada do lugar e cavoucassem bem ali, para encontrar água. Feito isso, não demorou a surgir uma bela fonte com água em abundância. O rei então não teve mais como evitar dar a mão da filha, e ele se casou com a princesa e viveu um casamento feliz.

Certa vez, quando passeava pelo campo, deparou-se com os antigos companheiros que outrora o haviam tratado tão mal. Os dois não o reconheceram; ele, porém, reconheceu-os no mesmo instante e os abordou, dizendo: "Vejam, sou seu antigo companheiro, de quem vocês tão vergonhosamente furaram os olhos, mas por sorte o bom Deus me fez prosperar". Os dois se jogaram a seus pés pedindo perdão, e, como ele tinha um bom coração, sentiu compaixão e deu-lhes roupas e comida e levou-os consigo. Depois contou tudo que tinha lhe acontecido e como conseguiu chegar onde estava. Assim que ouviram essa revelação, os dois ficaram animados, pensando também em se sentar uma noite debaixo da forca, para ver se escutavam algo de bom. Quando estavam sentados debaixo da forca, não demoraram a ouvir um bater de asas sobre suas cabeças, e os três corvos apareceram. Um corvo disse ao outro: "Ouçam, irmãs, alguém deve ter nos escutado, porque a princesa sarou, a rã desapareceu do lago, um cego voltou a enxergar e na cidade cavaram um poço e encontraram água. Venham, vamos procurá-lo, quem sabe o encontramos". Então voaram para baixo e encontraram os dois, e antes que estes pudessem fazer alguma coisa, os corvos já tinham pousado sobre suas cabeças, picando e furando os olhos, e continuaram a picar-lhes o rosto até que estivessem mortos. Então eles ficaram ali, deitados debaixo da forca. Passados alguns dias, como não retornassem, o antigo companheiro começou a se perguntar por onde eles andavam, e saiu à procura deles. Porém, não encontrou nada além de seus cadáveres, que ele tirou de perto da forca e enterrou numa cova.

22.

hans, meu ouriço

Era uma vez um rico camponês que não tivera filhos com sua mulher. Muitas vezes, quando ia à cidade em companhia de outros camponeses, estes zombavam dele e perguntavam por que ele não tinha filhos. Certa vez, tendo ficado muito bravo, chegou em casa e disse para a mulher: "Eu quero um filho, nem que seja em forma de ouriço". Sua mulher então deu à luz uma criança que era ouriço na parte de cima do corpo e menino na parte de baixo. Quando ela viu a criança, assustou-se e disse: "Está vendo? Você nos amaldiçoou!". O homem respondeu: "Não adianta dizer isso agora; de qualquer forma, o menino precisa ser batizado, mas não podemos convidar ninguém para ser padrinho dele". Sua mulher respondeu: "Também não podemos batizá-lo com outro nome que não seja Hans, Meu Ouriço". Depois do batismo, o pastor disse ao casal: "Por causa dos espinhos, ele não pode dormir em uma cama normal". Decidiram então deitar Hans, Meu Ouriço sobre um feixe de palha atrás do fogão a lenha. Ele também não podia mamar em sua mãe, pois iria feri-la com seus espinhos. Assim, permaneceu ali atrás do fogão a lenha por oito anos, e o pai, cansado dele, pensava que seria muito bom se ele morresse, mas ele não morria, só ficava ali deitado. Certa vez, o camponês, sabendo que havia uma feira na cidade, quis ir até lá e perguntou à mulher o que ela gostaria que ele lhe trouxesse. "Um pouco de carne e alguns pãezinhos, coisas para a casa", respondeu ela. Ele então perguntou à criada se ela queria algo, e ela respondeu que queria um par de tamancos e umas meias-calças bem grossas. Finalmente, ele também disse: "Hans, Meu Ouriço, o que você gostaria que eu lhe trouxesse?". "Paizinho", este respondeu, "gostaria que me trouxesse uma gaita de foles." Quando o camponês voltou para casa, deu à mulher o que havia trazido para ela, carne e pãezinhos, a seguir deu à empregada os tamancos e as meias-calças grossas e, por fim, foi até o feixe de palha atrás do fogão e entregou a Hans, Meu Ouriço a gaita de foles. Segurando a gaita de foles, Hans, Meu Ouriço então disse: "Paizinho, vá até o ferreiro e peça para ele ferrar o meu galo, depois vou sair cavalgando nele para nunca mais voltar". O pai ficou contente ao ouvir que se livraria do filho e mandou pôr ferraduras no galo. Feito isso, Hans, Meu Ouriço montou no galo e se pôs a galope, levando consigo alguns porcos e asnos, que ele queria criar no meio da floresta. Ao chegar lá, o galo teve de alçar voo e subir com ele até uma árvore bem alta; e lá ele ficou sentado criando burros e porcos, e ficou sentado por longos anos até que sua criação ficasse bem grande, e o pai não teve mais nenhuma notícia dele.

Lá em cima, na árvore, ele assoprava sua gaita de foles, produzindo lindos acordes. Certo dia, um rei que tinha se perdido na floresta passou por ali e, ao ouvir a música, quis saber o que seria aquilo e mandou seu criado descobrir de onde vinha o som. O criado olhou em volta, mas nada viu a não ser um bichinho sentado na árvore; parecia um galo sobre o qual estava montado um ouriço, que fazia a música. O rei então mandou o criado perguntar ao bichinho por que ele estava sentado lá em cima, e se ele conhecia o caminho que levava ao reino. Hans, Meu Ouriço desceu da árvore e disse que mostraria o caminho se o rei lhe prometesse, por escrito, que a primeira coisa que encontrasse ao chegar à sua corte real pertenceria a ele, Hans, Meu Ouriço. O rei então pensou que seria fácil, afinal, Hans, Meu Ouriço não entendia nada e, assim, ele podia escrever o que quisesse. O rei então molhou a pena na tinta, escreveu algo e, quando tinha terminado, Hans, Meu Ouriço mostrou-lhe o caminho, e ele conseguiu chegar são e salvo em casa. Sua filha, ao vê-lo de longe, ficou tão feliz que correu ao seu encontro e o beijou. Ele pensou em Hans, Meu Ouriço e contou a ela o que lhe sucedera, que ele tivera de prometer por escrito a uma criatura muito estranha, que cavalgava um galo e produzia belos acordes, que ela poderia ficar com o que cruzasse primeiro o caminho do rei quando este chegasse em casa; ele, no entanto, escrevera exatamente o contrário, que a criatura não ficaria com aquilo, já que Hans, Meu Ouriço não sabia ler mesmo. A princesa ficou feliz com isso e disse que era melhor assim, senão ela nunca mais poderia voltar para casa.

Enquanto isso, Hans, Meu Ouriço cuidava de sua criação de porcos e asnos; estava sempre feliz e ficava sentado na árvore, tocando sua gaita de foles. Acontece que outro rei, com seus serviçais e mensageiros, também se embrenhara nessa imensa floresta e igualmente se perdera, já não sabendo como voltar para o castelo, uma vez que a floresta era muito grande. Quando ouviu de longe os lindos acordes, ele disse a um de seus mensageiros que estava intrigado com aquilo, e ordenou-lhe que fosse investigar de onde vinha o som. O mensageiro foi até o local debaixo da árvore e, olhando para cima, deparou-se com o galo ali sentado e, montado nele, Hans, Meu Ouriço. Perguntou-lhe então o que fazia sentado ali em cima. “Estou cuidando dos meus porcos e dos meus asnos; o que você deseja?” O mensageiro contou que eles haviam se perdido, que não sabiam como voltar ao reino, e perguntou se ele por acaso não queria lhes ensinar o caminho. Hans, Meu Ouriço então desceu da árvore com o galo e disse ao velho rei que lhe mostraria o caminho, com a condição de que este lhe entregasse a primeira coisa que encontrasse ao voltar para seu castelo. O rei concordou, assinando um documento no qual prometia que Hans, Meu Ouriço teria exatamente aquilo que pedira. Feito isso, Hans, Meu Ouriço cavalgou na frente com seu galo e mostrou o caminho ao rei, que assim conseguiu voltar feliz para seu castelo. Quando o rei chegou ao pátio do castelo, todos ficaram muito alegres com seu regresso. Acontece que ele tinha uma única filha, que era muito linda. Ao vê-lo, ela o abraçou e beijou, feliz por ter seu velho pai de volta. Ela também perguntou-lhe por onde andara durante tanto tempo. Ele então lhe contou o ocorrido, que tinha se perdido e que quase não conseguira voltar, mas que, ao passar por uma enorme floresta, topara com um ser que era meio ouriço, meio gente, que cavalgava um galo e que tocava lindas músicas, e que o ajudara a sair dali e lhe mostrara o caminho. Em contrapartida, ele lhe prometera entregar a primeira coisa que lhe viesse ao encontro ao adentrar sua propriedade real, e que fora a filha, e que ele sentia muito por isso. Mas ela prometeu que iria com o estranho, por amor a seu velho pai.

Hans, Meu Ouriço, no entanto, continuava cuidando de seus porcos, e seus porcos tinham mais porcos, e estes também tinham mais porcos. Havia tantos porcos que a floresta ficou repleta deles. Hans, Meu Ouriço então mandou avisar seu pai que esvaziassem e arrumassem todos os chiqueiros do vilarejo, pois ele estava voltando com uma vara tão grande de porcos que todos poderiam abater quantos animais quisessem. Seu pai ficou angustiado ao ouvir isso, pois pensava que Hans, Meu Ouriço morrera havia muito tempo. Hans, Meu Ouriço então montou sobre o seu galo, tocou os porcos à sua frente para o vilarejo e mandou proceder ao abate: ah! Houve então uma grande matança e a carne foi talhada aos golpes, e o barulho era tão alto que podia ser ouvido à distância de duas horas dali. Depois disso, Hans, Meu Ouriço disse ao pai: “Paizinho, peço que mande novamente ferrar o meu galo para que eu possa ir embora daqui para nunca mais voltar, até o fim de minha vida". O pai assim fez, e ficou feliz porque Hans Meu Ouriço nunca mais voltaria.

Hans, Meu Ouriço partiu dali e seguiu para o primeiro reino. O rei de lá havia ordenado que, se chegasse alguém montado num galo e trazendo consigo uma gaita de foles, todos se pusessem a atirar nele, açoitá-lo e golpeá-lo com lanças, para que ele não conseguisse entrar no castelo. Quando Hans, Meu Ouriço se aproximou do castelo, atacaram-no com baionetas, mas ele esporeou o galo, voou por sobre o portão, sentou-se no parapeito da janela do rei e bradou que este lhe desse aquilo que havia prometido, ou ele tiraria a vida de ambos, pai e filha. O rei então convenceu a filha a ir com Hans, Meu Ouriço, salvando assim a vida de todos. Ela então se vestiu de branco, o pai entregou-lhe uma carruagem com seis cavalos, os melhores criados do castelo, além de dinheiro e de bens. Ela sentou-se dentro da carruagem, e Hans, Meu Ouriço sentou-se ao lado dela, com seu galo e sua gaita de foles; eles se despediram e se puseram em marcha, e o rei imaginou que jamais tornaria a vê-los. Mas não foi isso que aconteceu, pois, quando tinham se distanciado um pouco da cidade, Hans, Meu Ouriço tirou as roupas da princesa e pôs-se a espetá-la com seus espinhos, até que ela ficasse totalmente ensanguentada, e disse a ela: "Este é o pagamento pela falsidade de vocês; volte para casa, eu não a quero", e com isso despachou-a para o castelo, e ela ficou malfalada pelo resto da vida.

Hans, Meu Ouriço então continuou viagem montado em seu galo e com sua gaita de foles, em direção à segunda corte real, a cujo rei também mostrara o caminho de volta. Este, por sua vez, ordenara a seus guardas que, se chegasse alguém como Hans, Meu Ouriço, deveriam apresentar as armas a ele, dar-lhe passagem livre, saudá-lo com vivas e levá-lo diretamente para o castelo. Quando a princesa o viu, ficou assustada com o aspecto incomum dele, mas logo pensou que não poderia ser diferente, pois havia prometido ao pai. Ela então deu-lhe as boas-vindas, levou-o até a mesa real e sentou-se a seu lado, e comeram e beberam. Quando já era noite e quiseram ir dormir, ela ficou com muito medo dos espinhos dele. Hans, Meu Ouriço, no entanto, disse-lhe que não precisava ter medo, que nada de ruim lhe aconteceria, e pediu ao velho rei que convocasse quatro homens para montar guarda em frente ao quarto, e que eles deveriam fazer uma grande fogueira. Quando entrasse no quarto e estivesse prestes a se deitar, ele sairia de sua pele de ouriço e a deixaria no chão em frente ao leito. Os homens então deveriam entrar rapidamente, jogar a pele no fogo e ficar ali até que ela tivesse sido totalmente devorada pelas chamas. Quando o relógio bateu onze horas, ele entrou no quarto e se desvencilhou da pele de ouriço, deixando-a cair em frente à cama. Os homens então entraram, recolheram-na rapidamente e em seguida a lançaram ao fogo. Quando o fogo acabou de consumir a pele, Hans, Meu Ouriço ficou livre dela e se encontrava deitado na cama, em forma humana perfeita, mas preto como carvão, como se tivesse sido carbonizado. O rei então mandou vir seu médico, que o lavou e tratou com bons unguentos e o recobriu de preciosos bálsamos. Hans, Meu Ouriço então ficou branco e era um homem jovem e belo. Ao vê-lo, a princesa ficou exultante, e, na manhã seguinte, eles se levantaram felizes, comeram e beberam, o casamento foi celebrado e Hans, Meu Ouriço herdou o reino do velho rei.

Passados vários anos, Hans foi com a esposa visitar o pai, declarando ser o filho dele. O pai, no entanto, disse que não tinha nenhum filho, que havia tido um, mas que este nascera com espinhos, como um ouriço, e que tinha saído pelo mundo afora. Então Hans, Meu Ouriço se deu a conhecer e o velho pai ficou feliz e seguiu com o filho para ir viver no reino dele.

23.

a mortalha

Havia uma mãe que tinha um filho de sete anos. Ele era belo e ela o amava mais do que tudo no mundo. De repente, ele morreu. A mãe ficou inconsolável e chorava dia e noite, sem parar. Mas, não muito tempo depois do enterro do filho, ele começou a surgir à noite nos lugares em que costumava ficar, onde comia e brincava e, se a mãe chorava, ele chorava também. Sempre que o dia amanhecia, o jovem desaparecia. Como a mãe não conseguisse parar de chorar, ele apareceu certa noite, vestido com a mortalha branca com a qual fora posto no caixão, e usando a pequena coroa que lhe recobrira a cabeça. Sentando-se aos pés da mãe na cama, disse-lhe: "Ah, mãe, você tem de parar de chorar, do contrário eu não consigo adormecer dentro do meu caixão, pois a minha mortalha nunca fica seca de tantas lágrimas suas que caem sobre ela". A mãe se assustou ao ouvir aquilo e parou de chorar. Na noite seguinte, o filho surgiu novamente, tendo nas mãos uma pequena lâmpada, e disse à mãe: "Está vendo?, agora minha mortalha está quase seca e eu posso repousar em paz em minha sepultura". A mãe então recomendou a Deus seu sofrimento e passou a suportá-lo pacientemente e em silêncio. E o filho nunca mais apareceu, pois estava dormindo em sua pequena cama debaixo da terra.

24.

o judeu entre os espinhos

Um camponês tinha um servo muito leal e esforçado, que fazia três anos servia o dono sem receber salário. O servo por fim se deu conta de que não queria trabalhar de graça, então foi até seu senhor e disse: "Todo esse tempo eu o servi com determinação e honestidade, então estou confiante de que o senhor me dará agora aquilo a que tenho direito pelas leis de Deus". O camponês era avarento e sabia que o servo tinha uma alma ingênua, de modo que pegou três centavos e os deu ao servo, um centavo para cada ano; com isso ele estaria pago. O servo acreditou ter em mãos um grande bem, e pensou: "Por que deveria eu me amargar trabalhando por mais tempo? Agora estou em condições de cuidar de mim e sair despreocupadamente pelo mundo afora". Ele enfiou sua imensa fortuna na mochila e partiu feliz, caminhando por morros e vales.

Cantando e dançando, chegou a uma campina, onde se deparou com um homenzinho, que lhe perguntou qual era o motivo de tanta alegria. "Ah, mas o que eu deveria lamentar? Tenho saúde e um monte de dinheiro; não preciso me preocupar com nada, economizei o salário de três anos, que agora é todo meu." "Quanto dinheiro você tem?", perguntou o homenzinho. "Três centavos inteiros", disse o servo. O homenzinho retrucou: "Por favor, dê-me os seus três centavos, sou um homem pobre". O servo tinha boa índole, ficou com dó e deu o dinheiro ao homenzinho. Este então disse: "Por você ter um coração puro, agora tem direito a satisfazer três desejos, um para cada centavo; assim, você terá aquilo que a sua alma anseia". Isso agradou ao servo, que preferia ter coisas a ter dinheiro, e ele disse: "Em primeiro lugar, desejo uma zarabatana que atinja tudo aquilo que eu apontar; em segundo lugar, uma rabeca que faça dançar sem parar todos aqueles que me ouvirem tocar; e, em terceiro lugar, desejo que ninguém consiga recusar um pedido meu". O homenzinho disse: "Você receberá tudo isso", e, depois de lhe dar a rabeca e a zarabatana, seguiu seu caminho.

Meu servo, no entanto, se antes estava feliz, agora se julgava dez vezes mais feliz. Pouco tempo depois, deparou-se com um velho judeu. Ali havia uma árvore, e no galho mais alto dela havia uma pequena cotovia que cantava e cantava. "Oh, milagre de Deus, do que não é capaz um animalzinho desses, eu daria muito para tê-lo", disse o judeu. "Se for só isso, logo ele estará aqui embaixo", disse o servo, que mirou com a zarabatana e atirou na cotovia de raspão, fazendo com que caísse da árvore, "vá até lá e apanhe-a do chão." Mas ela havia caído bem fundo no meio de um espinheiro que ficava embaixo da árvore, e o judeu se embrenhou nos arbustos espinhentos. Quando ele estava no meio do espinheiro, meu servo pegou a rabeca e começou a tocar; o judeu começou a dançar e não conseguia parar, pulava cada vez mais alto, e os espinhos foram furando suas roupas, rasgando-as em farrapos, e o arranharam e feriram, e ele sangrava por todo o corpo. "Pelo amor de Deus", gritou o judeu, "pare de tocar a rabeca, o que foi que eu fiz de errado?" Você já enganou demais as pessoas, pensou o jocoso servo, então isto não é uma injustiça. E ele tocou uma nova música. Então o judeu começou a suplicar e prometeu lhe dar dinheiro, contanto que ele parasse. Mas o dinheiro não era suficiente para o servo, e ele continuou tocando, até que o judeu lhe fez a promessa de pagar cem florins, quantia que estava em sua bolsa e que ele tinha acabado de extorquir de um cristão. Quando meu servo viu aquele dinheiro todo, disse: "Sob essa condição, tudo bem", pegou a bolsa e parou de tocar. Então seguiu seu caminho, tranquilo e feliz.

Com dificuldade, o judeu se desvencilhou dos arbustos; estava quase nu, e num estado lastimável. Então pensou em como poderia se vingar, e rogou as maiores pragas contra o jovem. Por fim, foi até o juiz e deu queixa de que tinha sido assaltado por um malfeitor, e que este levara seu dinheiro e que havia batido tanto nele que dava pena; disse, ainda, que o indivíduo que tinha feito isso carregava uma zarabatana nas costas e uma rabeca pendurada no pescoço. O juiz enviou seus mensageiros e meirinhos para procurar o servo onde pudessem, e este logo foi encontrado e trazido para o tribunal. O judeu o acusou de ter roubado seu dinheiro, então o servo disse: "Não, você me deu o dinheiro porque eu toquei rabeca para você", mas o juiz não quis se alongar e condenou meu servo à morte na forca. Quando este já estava com o pé na escada e com a corda no pescoço, disse: "Senhor juiz, conceda-me um último desejo!". "Contanto que não seja a sua vida, o seu desejo será concedido." "Não, não vou pedir pela minha vida, só quero tocar mais uma vez a minha rabeca." Então o judeu gritou: "Não, Deus nos proteja! Não permitam que ele toque! Não permitam que ele toque!". Mas o tribunal lhe concedeu o desejo e assim deveria ser, e, além disso, eles não poderiam negar o pedido, pois ele tinha o dom de que ninguém podia recusar um pedido dele. Então o judeu gritou: "Peço que me amarrem, pelo amor de Deus!". Mas meu servo pegou sua rabeca e tocou o primeiro acorde, e todos começaram a balançar e a se mover: o juiz, o escrivão e os asseclas; e ninguém conseguia amarrar o judeu. O servo tocou o segundo acorde, e o carrasco soltou-o e começou a dançar também, e quando o servo passou a tocar a música inteira todos estavam dançando, o tribunal e o judeu na frente, e todas as pessoas que estavam no mercado para assistir ao julgamento. No início, a dança estava engraçada, mas, como a música e a dança não terminavam nunca, todos começaram a gritar e a pedir que ele parasse de tocar. Mas ele só parou quando o juiz não apenas lhe concedeu a vida como também prometeu que ele poderia ficar com os cem florins. Ele ainda gritou para o judeu: “Seu espertalhão, confesse de onde você tirou o dinheiro, senão não paro de tocar”. “Eu o furtei, eu o furtei, e você o conseguiu honestamente”, gritou o judeu, e todos escutaram. Então nosso servo deixou a rabeca quieta, e o canalha foi enforcado em seu lugar.

25.

o caçador experiente

Era uma vez um jovem rapaz que estudou para ser serralheiro e um dia disse ao pai que queria sair pelo mundo para tentar a sorte. O pai disse que sim, que ficaria feliz com isso, e deu-lhe algum dinheiro para a viagem. Assim, ele partiu e, de um momento para o outro, não quis mais seguir carreira porque o ofício de serralheiro não lhe agradava mais, mas se interessou pela caça. Então encontrou em seu caminho um caçador usando trajes verdes, que quis saber de onde vinha e para onde ia. O rapaz contou que era serralheiro, mas que não gostava mais do ofício, que estava com vontade de se tornar caçador, e perguntou se ele não queria lhe ensinar a caçar. "Ah, claro, se quiser me acompanhar." O rapaz então seguiu com o caçador e passou muitos anos trabalhando com ele e aprendendo a caçar. Quando, um dia, quis partir para novamente tentar a sorte, o caçador não lhe deu nada em pagamento, a não ser uma arma de sopro, que, no entanto, quando usada, tinha a propriedade de acertar infalivelmente o alvo. Assim, ele partiu e chegou a uma imensa floresta, da qual, mesmo depois de caminhar um dia inteiro, não viu o fim. Quando a noite chegou, ele se abrigou no alto de uma grande árvore para se proteger de animais ferozes. Por volta da meia-noite, avistou uma pequena luz ao longe, então fixou o olho nela e reparou bem onde ela estava. Mas antes ainda pegou seu chapéu e o jogou na direção da luz, para marcar o caminho e em seguida ir atrás dela quando descesse da árvore. Depois desceu e foi até o chapéu, colocou-o na cabeça e seguiu sempre em frente. Quanto mais andava, mais a luz aumentava, e quando chegou perto viu que ela era uma enorme fogueira e que havia três gigantes sentados em volta dela, comendo e segurando diante da boca grandes pedaços de carne que assaram no fogo. Então ele pegou sua arma de sopro e atirou, arrancando o pedaço de carne da frente da boca do primeiro, pouco antes de ele a morder, e fez o mesmo com o segundo. Os gigantes falaram entre eles: “Opa! Esse deve ser um atirador afiado, que consegue atirar em algo diante da nossa boca; se ele se aproximasse, nós bem que gostaríamos de empregá-lo”. O caçador, porém, atirou também no pedaço de carne diante da boca do terceiro gigante e então eles gritaram: “Quem é você? Venha para cá se sentar e comer conosco”. Então o rapaz se apresentou, dizendo que era caçador profissional e que, onde quer que mirasse sua arma de sopro, acertaria na mosca. Os gigantes então disseram que, se ele os acompanhasse, teria do bom e do melhor, e contaram-lhe que diante da floresta havia um grande lago e atrás dele havia uma torre, e que nessa torre havia uma bela princesa que eles gostariam de sequestrar. “Sim”, disse ele, “farei isso rapidamente.” Eles prosseguiram: “Mas há um porém: mora ali um cãozinho que logo começa a latir toda vez que alguém se aproxima, e assim que ele late, toda a corte acorda imediatamente, por isso não conseguimos entrar. Você se encarrega de matar o cãozinho?”. “Sim”, respondeu ele, “faço isso brincando.” Em seguida, ele se sentou num barco e atravessou as águas e, assim que chegou à margem, o cãozinho apareceu correndo e quando quis latir ele o matou atirando com sua arma de sopro. Os gigantes se alegraram ao ver isso e acharam que a princesa já estava ganha. O caçador, porém, pediu que esperassem do lado de fora até que ele os chamasse. Então entrou no castelo, onde tudo estava em silêncio e todos dormiam. Abriu o primeiro aposento e havia lá um sabre pendurado na parede feito de pura prata e, nele, uma estrela dourada com o nome do rei. Ao lado havia uma mesa com uma carta lacrada, que ele abriu, e nela estava escrito que aquele que possuísse o sabre poderia tirar a vida de qualquer um que surgisse à frente. Ele então tirou o sabre da parede, chamou os gigantes e disse-lhes que deveriam vir, mas que ele não conseguia abrir bem a porta, e que havia um buraco pelo qual deveriam passar rastejando. O primeiro gigante rastejou pelo buraco e, assim que a cabeça dele estava dentro do aposento, o caçador pegou o sabre, cortou-a e o puxou para dentro. Depois ele chamou o segundo, de quem também cortou a cabeça e puxou para dentro. Finalmente chamou o terceiro e disse que eles já estavam com a princesa; este também rastejou para dentro do aposento e com ele não foi diferente do que acontecera com os dois outros, e assim o caçador libertou a princesa dos gigantes. Depois tapou o buraco, seguiu adiante e chegou ao aposento em que a princesa estava dormindo, e ela era tão bela que ele ficou a seu lado a contemplá-la, com a respiração suspensa. Quando olhou ao redor, viu um par de pantufas embaixo da cama, a do pé direito com o nome do rei e uma estrela, e a do pé esquerdo com o nome dela e uma estrela. Ela também usava um lenço de seda bordada em ouro em torno do pescoço, em que no lado direito lia-se o nome de seu pai e, no esquerdo, o dela, escritos em letras douradas. Então o caçador pegou uma tesoura e cortou a parte direita do lenço e enfiou-a em sua mochila, e em seguida pegou a pantufa do pé direito, com o nome do rei, e também guardou-a. A princesa continuava adormecida, envolta em sua camisola, e ele também cortou um pedacinho da camisola e guardou-a com as outras coisas. Fez tudo sem tocá-la. Depois ele foi embora e deixou-a dormindo e, quando chegou ao local em que estavam os gigantes, resolveu cortar suas três línguas e também guardou-as na mochila. Feito isso, pretendia ir para casa para mostrar tudo ao pai.

O rei, porém, quando acordou e se deparou com os três gigantes mortos, foi até o quarto da filha, acordou-a e perguntou a ela quem poderia ter tirado a vida dos três gigantes. Ela respondeu: "Querido pai, eu não sei, porque estava dormindo". Quando a princesa se levantou e quis calçar suas pantufas, a do pé direito havia sumido; quando ela olhou seu lenço, percebeu que faltava a parte da direita, e quando observou sua camisola viu que faltava um pedacinho. O rei reuniu toda a corte, soldados e todos que lá estavam, e perguntou quem tinha matado os gigantes. Ele tinha um capitão caolho, um homem muito feio, que alegou ter sido ele. Então o velho rei disse que, em razão de tal feito, ele poderia se casar com a princesa. Mas a princesa retrucou: "Querido pai, se for para me casar com ele, prefiro partir pelo mundo afora, o mais longe que as minhas pernas me levarem". O pai então disse que, se ela não queria se casar com ele, deveria tirar os trajes reais e partir vestindo roupas de camponesa, e disse ainda que ela deveria procurar um ceramista e começar um comércio comum de louças. Assim, ela despiu suas roupas reais, procurou um ceramista e ali pegou emprestadas algumas peças, com a promessa de pagar por elas depois que as vendesse naquela noite. Então o rei mandou que ela se sentasse com as cerâmicas num canto e as vendesse, e depois deu ordem para que algumas carroças passassem por cima das peças, de modo a estilhaçá-las em mil pedaços. Assim que a princesa acabou de arrumar a mercadoria na rua, as carroças apareceram e passaram por cima, quebrando tudo em muitos cacos. Então ela começou a chorar e disse: "Meu Deus! Como vou pagar o ceramista?". O rei tinha a intenção de, com isso, forçá-la a se casar com o capitão, mas, em vez disso, ela voltou a procurar o ceramista e perguntou se ele queria fazer um novo empréstimo. Ele respondeu que não, que ela primeiro pagasse pelo anterior. Então a princesa procurou o pai e, aos gritos, disse que queria partir pelo mundo afora. O pai respondeu que ela deveria ir à floresta, onde ele mandaria construir uma casinha para ela, e lá ela deveria passar o resto da vida cozinhando para todo mundo, mas não poderia aceitar dinheiro algum em troca. Assim, ele mandou construir a casinha na floresta e diante da porta afixou uma placa em que estava escrito: "Hoje de graça, amanhã por dinheiro". Ali ela ficou por um bom tempo, e a notícia de que havia uma donzela que cozinhava de graça, escrita numa placa na porta, se espalhou pelo mundo. A notícia também chegou aos ouvidos do caçador, que pensou: "Oba! Isso é para mim, que sou pobre e não tenho dinheiro". Assim, ele pegou sua arma de sopro e sua mochila, onde ainda estava guardado tudo o que ele havia recolhido no castelo como prova, e embrenhou-se na floresta. Logo encontrou a casinha com a placa: "Hoje de graça, amanhã por dinheiro". Levando pendurado junto ao corpo o sabre com que cortara a cabeça dos três gigantes, ele entrou na casinha e deixou-se servir de comida. Ele se alegrou com a moça bonita, que na realidade era linda. Ela perguntou de onde ele vinha e para onde ia, e ele respondeu: "Estou viajando pelo mundo". Então a moça perguntou onde ele conseguira aquela espada, pois nela estava escrito o nome de seu pai! Ele perguntou se ela era a filha do rei. "Sim", respondeu ela. "Com esse sabre eu decepei as cabeças de três gigantes", e para provar isso ele tirou as línguas de dentro da mochila e mostrou também a pantufa, o pedaço do lenço e o pedaço da camisola. Ela se encheu de alegria e disse que ele a havia libertado. Então seguiram juntos até o velho rei, e a princesa levou-o até a sala e disse que fora ele quem de fato a havia libertado dos gigantes. Quando o rei viu as provas, não teve dúvidas, e gostou dele e entregou-lhe a mão de sua filha, o que deixou a princesa muito feliz. Depois, eles o trajaram como se fosse um nobre desconhecido e o rei mandou preparar um banquete. Quando estavam à mesa, o capitão sentou-se do lado esquerdo da princesa, e do lado direito estava o caçador, e o capitão pensou que ele fosse um nobre desconhecido que estivesse de visita. Depois de terem comido e bebido, o rei perguntou ao capitão que resposta daria à seguinte suposição: “Se alguém alegasse ter matado três gigantes e lhe perguntassem onde estavam suas línguas, e ele de fato constatasse que estas faltavam, qual seria a explicação?”. O capitão respondeu: “Que eles não tinham língua”. “Ora!”, retrucou o rei, “todos os seres têm língua”, e em seguida perguntou-lhe qual punição ele achava que tal pessoa merecia. Ao que o capitão respondeu: “Este merece ser rasgado em pedaços”. O rei então disse que ele mesmo tinha pronunciado sua própria sentença, e assim o capitão foi preso e despedaçado em quatro. Já a princesa casou-se com o caçador, que trouxe o pai e a mãe para viverem felizes na companhia do filho, que herdou o reino após a morte do velho rei.

26.

o mangual do céu

Certa vez, um camponês partiu com bois para lavrar a terra, e, quando chegou ao campo, os chifres dos dois animais começaram a crescer sem parar, e cresceram tanto que quando quis voltar para casa eles estavam tão grandes que não passavam pela porteira. Para sua grande sorte, bem naquela hora caminhava por ali um açougueiro, que ficou com os animais; em troca eles combinaram que ele deveria levar ao açougueiro um saco de canola, e que este lhe pagaria um centavo por grão contado: é isso que eu considero um ótimo negócio! O camponês então partiu levando o saco de canola, mas um grãozinho caiu no caminho. O açougueiro pagou conforme combinado, e, quando o camponês voltou para casa, o grãozinho havia crescido e se transformara numa árvore que chegava até o céu. "Opa!", pensou o camponês, "já que a oportunidade se apresentou, você precisa ir lá no alto ver o que os anjos fazem e olhar nos olhos deles". Assim, ele escalou a árvore e viu que os anjos ficavam debulhando aveia lá em cima, e ficou a observá-los. Passado um tempo, ele percebeu que a árvore estava balançando e, ao olhar para baixo, viu que alguém estava querendo derrubá-la. Se eu cair daqui do alto não será nada bom, pensou, e na emergência não lhe ocorreu outra coisa a não ser tirar de um anjo a aveia que havia ali aos montes e com ela trançar uma corda, e depois ainda pegar uma enxada e um mangual que estavam jogados ali no céu e descer pela corda. Mas, quando chegou à terra, ele foi parar justo num buraco bem profundo, e foi uma grande sorte ter trazido a enxada, porque ele esculpiu uma escada, e o mangual serviu como prova de tudo o que havia acontecido.

27.

os dois filhos do rei

Era uma vez um rei que tinha um filho pequeno, em cujo horóscopo estava escrito que ele seria morto por um veado aos dezesseis anos. Então, quando o príncipe cresceu, certo dia, os caçadores saíram em sua companhia para uma caçada. Na floresta, o príncipe se afastou dos outros e, de repente, viu um veado imenso no qual quis atirar, mas não conseguiu acertar. Por fim o veado tinha corrido durante tanto tempo na sua frente que já estavam fora da floresta. De repente, no lugar do veado, um homem grande e alto estava parado à sua frente e disse: “Ainda bem que peguei você, já arruinei seis pares de patins de vidro correndo atrás de você, sem conseguir”. Ele levou o príncipe consigo e arrastou-o através de um lago enorme até um grande castelo real. Lá, o príncipe teve de se sentar junto à mesa e comer algo. Após a refeição, o rei disse: “Tenho três filhas, e você deverá velar a mais velha por uma noite, das nove da noite até as seis da manhã, e eu virei toda vez que o relógio badalar e chamarei; se você não me responder, amanhã será um homem morto; se, porém, você me der uma resposta, deverá tomá-la como esposa”. Quando os dois jovens entraram no quarto de dormir, havia lá um Cristóvão de pedra. A filha do rei disse a Cristóvão: “A partir das nove horas, meu pai virá de hora em hora, até quando baterem três horas. Quando ele vier, responda no lugar do príncipe". O Cristóvão de pedra aquiesceu com a cabeça rapidamente e depois a cada vez foi diminuindo a velocidade, até finalmente parar. Na manhã seguinte, o rei disse ao príncipe: "Você fez um bom trabalho, mas não posso lhe ceder a minha filha, você precisará velar a minha segunda filha por mais uma noite, e então pensarei mais uma vez se você poderá se casar com a minha filha mais velha. Mas virei pessoalmente a cada hora; se eu chamar, me responda, e, se eu chamar e você não responder, o seu sangue correrá para mim". Os dois foram para o quarto de dormir, e lá havia um Cristóvão de pedra ainda maior, a quem a filha do rei disse: "Se meu pai chamar, você deve lhe responder". O grande Cristóvão de pedra aquiesceu com a cabeça rapidamente e depois a cada vez foi diminuindo a velocidade, até finalmente parar. O príncipe, por sua vez, deitou-se na soleira da porta, colocou a mão debaixo da cabeça e adormeceu. Na manhã seguinte, o rei lhe disse: "Você fez um bom trabalho, mas ainda não posso lhe ceder a minha filha. Você deve velar mais uma noite pela minha filha caçula. E pensarei se você poderá ter a minha segunda filha como esposa, mas virei a cada hora pessoalmente; se eu chamar e você não responder, seu sangue correrá para mim". Os jovens foram juntos para o quarto de dormir, e lá havia um Cristóvão de pedra ainda maior e mais alto. A filha do rei disse a ele: "Quando meu pai chamar, você deve lhe responder!". O grande e alto Cristóvão de pedra aquiesceu com a cabeça por uma boa meia hora, até finalmente parar. O príncipe deitou-se na soleira da porta e adormeceu. Na manhã seguinte, o rei lhe disse: "Você velou bem, mas ainda não posso lhe ceder a minha filha. Ali tenho uma grande floresta, que você deverá desmatar hoje, das seis horas da manhã até as seis da tarde; aí então pensarei melhor a respeito do assunto". E deu-lhe um machado, uma cunha e uma picareta, todos de vidro, para realizar o trabalho. Quando o príncipe chegou na mata, deu uma machadada e o machado se partiu, então ele pegou a cunha e bateu nela com a picareta, e a cunha encurtou e ficou pequena como uma pedra. Isso o deixou muito angustiado, pois ele pensou que agora iria morrer, e então sentou-se e começou a chorar. Por volta do meio-dia, o rei disse: "Meninas, uma de vocês precisa levar algo para ele comer". "Não", disseram as duas mais velhas, "não queremos lhe levar nada. Ela, a que foi velada a última noite, pode lhe levar algo." Então a caçula precisou sair e levar algo para o príncipe comer. Quando ela chegou à floresta, perguntou-lhe como estava. Ele respondeu que não estava nada bem. Então ela lhe disse para se aproximar e comer algo. "Não", disse o príncipe, ele não conseguiria comer, pois iria morrer e por isso não queria comer. Ela o consolou com belas palavras e pediu que ao menos tentasse. Finalmente ele se aproximou e comeu. Após ele ter comido um pouco, ela disse: "Para você pensar em outra coisa, vou lhe fazer um pouco de cafuné". E ela lhe fez cafuné, e com isso ele ficou sonolento e adormeceu. Então ela pegou seu pano, fez nele um nó e o bateu três vezes no chão, dizendo: "Trabalhadores, venham para fora!". Imediatamente surgiram da terra muitos e muitos anõezinhos, que perguntaram quais eram as ordens da filha do rei. Ela disse: "Daqui a três horas, a grande floresta precisará ser desmatada e sua madeira, empilhada!". Então os anõezinhos chamaram todos os parentes deles para que os ajudassem no trabalho. Eles começaram logo e, passadas as três horas, tinham terminado o trabalho. Então foram até a filha do rei e contaram isso a ela. A moça pegou seu pano branco e disse: "Trabalhadores, para casa!", e eles sumiram imediatamente. Ao acordar, o príncipe ficou feliz da vida, mas ela lhe disse: "Quando baterem seis horas, volte para casa!". Ele obedeceu e o rei perguntou: "Desmatou a floresta?". "Sim", respondeu o príncipe. Quando estavam todos sentados à mesa, o rei disse: "Ainda não posso lhe dar a mão da minha filha, você precisa fazer algo por ela". O príncipe perguntou o que era. "Tenho um grande lago", disse o rei, "amanhã você deve ir para lá tirar a lama dele, para que fique brilhante como um espelho, e ele também deverá estar cheio de peixes de todos os tipos." Na manhã seguinte, o rei lhe deu uma pá de vidro e disse: "Às seis horas, o trabalho deverá estar terminado". Então o príncipe se foi e, quando chegou ao lago, enfiou a pá na lama e ela quebrou. Ele então usou a enxada, e ela arrebentou. Outra vez ele ficou muito angustiado. Ao meio-dia, a filha do rei levou-lhe o almoço e perguntou como ele estava. O príncipe disse que estava mal, e que provavelmente perderia a cabeça. "Oh!", disse ela, ele deveria vir e comer algo para espairecer um pouco. "Não", disse ele, ele não conseguiria comer, pois estava muito triste. Mas ela o consolou outra vez, até ele se aproximar dela e comer algo. E ela de novo lhe fez cafuné, e ele adormeceu. Então ela pegou seu pano, fez nele um nó e o bateu três vezes no chão, dizendo: "Trabalhadores, venham para fora!". Logo muitos e muitos anõezinhos surgiram da terra e todos perguntaram qual era seu desejo, e ela lhes disse. Então os anõezinhos chamaram seus parentes para que ajudassem e em duas horas tudo estava terminado. Eles voltaram à filha do rei e disseram: "Fizemos o que você nos ordenou". Então ela pegou o pano, bateu novamente três vezes no chão e disse: "Trabalhadores, para casa!". E todos foram embora.

Quando o príncipe acordou, o trabalho no lago estava feito. Antes de ir embora, a filha do rei lhe disse para ir para casa quando batessem seis horas. Assim que ele chegou em casa, o rei lhe perguntou: "O lago está pronto?". "Sim", disse o príncipe. Quando estavam sentados à mesa, o rei disse: "Você terminou o trabalho no lago, mas ainda não posso lhe ceder a minha filha, você ainda precisa fazer algo". "O quê?", perguntou o príncipe. O rei disse que possuía uma montanha muito grande, e que lá havia muitos arbustos espinhosos que deveriam ser arrancados. E, no topo da montanha, ele deveria construir um castelo bem grande, que deveria ser tão lindo quanto uma pessoa pudesse imaginar, e que deveria conter todos os utensílios de uma casa e tudo que fizesse parte de um castelo. Quando o príncipe se levantou na manhã seguinte, o rei deu-lhe um machado e uma furadeira de vidro. Às seis horas ele deveria estar com tudo pronto. Assim que o príncipe cortou o primeiro arbusto cheio de espinhos com o machado, ele se fez curto e pequeno e os pedacinhos voaram por todos os lados, e a furadeira também se partiu. Novamente ele ficou muito angustiado e esperou que sua amada viesse ajudá-lo na sua desgraça. Por volta do meio-dia ela apareceu, levando-lhe algo para comer. Ele foi em sua direção e lhe contou tudo, e comeu um pouco; então deixou que ela lhe fizesse cafuné e adormeceu novamente. Ela pegou seu pano com o nó, bateu no chão e disse: "Trabalhadores, venham para fora!". E novamente surgiram muitos anõezinhos da terra e lhe perguntaram o que desejava. Ela disse: "Em três horas vocês precisam cortar todos os arbustos espinhosos, e lá no topo da montanha deverá ser construído um castelo tão bonito como jamais se viu outro igual". Os anõezinhos foram para lá e chamaram seus parentes para que os ajudassem. Quando a hora chegou, tudo estava pronto. Então eles foram até a filha do rei e lhe fizeram um relato. E a filha do rei pegou o pano, bateu três vezes no chão e disse: "Trabalhadores, para casa!". Todos eles logo foram embora, e o príncipe, ao acordar e ver tudo pronto, ficou feliz como um passarinho nas alturas. Quando bateram seis horas, eles foram juntos para casa e o rei perguntou: "O castelo está pronto?". "Sim", disse o príncipe. Quando estavam sentados à mesa, o rei disse: "Não posso lhe dar a mão da minha filha caçula, enquanto as duas mais velhas não se casarem". O príncipe e a filha do rei ficaram muito angustiados, e o príncipe não sabia mais o que fazer. E, quando veio a noite, ele fugiu com ela. Passado algum tempo, a filha do rei se virou e viu o seu pai vindo atrás deles. "Oh", disse ela, "o que vamos fazer? Meu pai está no nosso encalço e vai chegar até nós. Vou transformar você num arbusto espinhoso e a mim, numa rosa. No meio do arbusto vou estar segura." Quando o pai chegou aonde eles estavam, lá havia um arbusto espinhoso com uma rosa no meio. Ele quis colher a rosa, mas um espinho o picou no dedo e ele precisou ir para casa. Então a mulher dele perguntou por que não havia trazido a filha, e ele disse que só tinha visto um arbusto espinhoso e uma rosa. Então a rainha disse: "Se apenas você tivesse colhido a rosa, o arbusto teria vindo junto". E o rei saiu de novo para buscar a rosa. Mas os dois já haviam atravessado os campos e estavam longe, e o rei continuou atrás deles. Quando a filha se virou e viu o pai, exclamou: "Oh! Como vamos fazer agora? Vou transformar você numa igreja e a mim, num padre. Vou ficar no púlpito e fazer um sermão". Quando o rei chegou aonde eles estavam, havia uma igreja e um padre fazendo um sermão. E o rei ouviu o sermão, depois foi para casa e contou tudo para a mulher. "Você deveria ter trazido o padre", disse ela, "a igreja teria vindo por si só. É isso que dá mandar você para resolver as coisas. Acho que vou ter que ir eu mesma." Quando a rainha já estava a caminho fazia um certo tempo e viu os dois ao longe, a filha do rei virou-se e, vendo sua mãe chegando, disse: "Ai, ai, agora veio minha mãe. Vou te transformar em um lago e a mim, em um peixe". Quando a mãe chegou onde eles estavam, lá havia um grande lago, e no meio dele um peixe saltava por todos os lados e olhava com a cabeça fora da água, parecendo bem alegre. A mãe ficou muito brava e bebeu toda a água do lago para pegar o peixe de qualquer jeito. Mas começou a passar tão mal que teve de vomitar a água inteira. E então, ela disse: "Estou vendo que aqui não posso fazer mais nada". A seguir a rainha deu três nozes para a filha e disse: "Com estas nozes você conseguirá ajuda em momentos de muita necessidade". E com isso os jovens partiram juntos outra vez. Já tinham andado umas dez horas quando chegaram ao castelo em que o príncipe nascera e em cuja vizinhança havia um vilarejo. Quando chegaram lá, o príncipe disse: "Fique aqui, minha amada, que primeiro quero ir ao castelo e então virei com carruagens e empregados para lhe buscar". Quando ele chegou ao castelo, todos ficaram muito alegres por terem o príncipe de volta, e ele contou que tinha uma noiva que estava no vilarejo, e que deveriam ir até lá com as carruagens para buscá-la. Logo atrelaram os cavalos, e vários empregados se sentaram na carruagem, e quando o príncipe quis tomar seu lugar, a mãe lhe deu um beijo que o fez esquecer tudo que tinha acontecido e o que ele estava indo fazer. Sua mãe então ordenou que desatrelassem os cavalos, e todos voltaram para casa. Mas a menina estava esperando e esperando na vila, pensando que o príncipe iria buscá-la, mas ninguém apareceu. Então a filha do rei foi trabalhar no moinho que pertencia ao castelo. Todas as tardes ela precisava sentar à beira da água e limpar potes. Certa vez a rainha saiu do castelo para passear à beira da água. Ela viu a aplicada moça ali e disse: "Mas que moça mais diligente. Ela me agrada muito!". Todos olharam para a moça, mas ninguém a reconheceu. Passou-se um longo tempo e ela continuava trabalhando honesta e fielmente para o moleiro. Nesse meio-tempo, a rainha encontrou uma esposa para seu filho, vinda de terras longínquas. Quando a noiva chegou, os dois logo deveriam se casar. Tantas pessoas se juntaram para ver o casal que a moça também pediu ao moleiro para ir à igreja. "Vá lá!", disse o moleiro. Mas, antes de ir, a moça abriu uma das nozes, dentro da qual havia um lindo vestido. Ela o vestiu e foi à igreja, e ficou bem perto do altar. De repente, o noivo e a noiva chegaram e sentaram-se em frente ao altar, e quando o padre quis lhes dar a bênção a noiva olhou para o lado e viu a moça. Imediatamente ela se levantou e disse que não iria comparecer ao casamento até possuir um vestido tão lindo quanto o daquela moça. Então foram para casa e mandaram perguntar à moça se ela venderia o vestido. Não, vender ela não venderia, mas a noiva poderia fazer por merecer. Então perguntaram-lhe o que ela quis dizer com isso. Ela respondeu que, se pudesse dormir aquela noite na soleira da porta do príncipe, então de bom grado a noiva poderia ter o vestido. E a noiva concordou! Assim, os empregados tiveram de preparar uma bebida sonífera para o príncipe, e a moça se deitou na soleira da porta; ela chorou e, noite adentro, contou que tinha desmatado toda a floresta por ele, tirado a lama do lago e construído o castelo para ele; e que então o transformara num arbusto espinhoso, depois numa igreja e por fim num lago, mas ele a tinha esquecido tão depressa... O príncipe, porém, não ouviu nada, apenas os empregados tinham acordado e ouvido tudo, mas não sabiam o que aquilo significava. Na manhã seguinte, quando todos se levantaram, a noiva vestiu o vestido e foi com o noivo para a igreja. Enquanto isso, a moça abriu a segunda noz, dentro da qual havia um vestido mais bonito ainda. Ela o vestiu, foi para a igreja e sentou-se perto do altar, e tudo se desenrolou como da outra vez: a moça deitou-se na soleira da porta do príncipe, cujos empregados deveriam lhe dar uma bebida sonífera. Mas a bebida do príncipe não continha sonífero algum, e ele se deitou e ficou acordado na cama. A moça do moinho chorou de novo e contou tudo que tinha feito. O príncipe ouviu tudo, ficou muito angustiado e, de repente, lembrou-se de tudo o que acontecera no passado. Então quis ir até ela, mas sua mãe havia trancado a porta. Na manhã seguinte, porém, foi imediatamente ao encontro da amada e lhe contou tudo o que tinha lhe acontecido, para que ela não ficasse brava por ele tê-la esquecido por tanto tempo. A filha do rei então abriu a terceira noz, dentro da qual havia o mais lindo vestido que se possa imaginar. Ela o vestiu e foi com o noivo para a igreja. Muitas crianças se aproximaram, deram flores a eles e colocaram fitas coloridas a seus pés, e os dois foram abençoados e tiveram um casamento muito feliz, mas a mãe falsa e a outra noiva tiveram de ir embora. E o último que contou essa história ainda está com a boca quente.

28.

o alfaiatezinho esperto

Era uma vez uma princesa tremendamente orgulhosa. Quando surgia um pretendente, ela o submetia a uma charada. Se ele não conseguisse decifrar a charada, era ridicularizado e retirado dali. Ela também mandou anunciar que quem adivinhasse o enigma se tornaria seu esposo, fosse quem fosse o homem. Havia três alfaiates trabalhando juntos; os dois mais velhos disseram que haviam executado inúmeros pontos de costura complicados e que sempre tinham acertado o alvo, de modo que não poderiam errar, e era de se esperar que no caso da princesa acontecesse o mesmo. O terceiro, no entanto, era um alfaiatezinho inútil, que não dominava nem seu próprio ofício. Os outros dois então disseram a ele: "Trate de ficar em casa; com esse pouquinho de juízo que você tem não chegaria longe mesmo". Mas o alfaiatezinho não deixou que os dois o embromassem e respondeu que já estava decidido e que nada neste mundo poderia demovê-lo da ideia.

Os três então se fizeram anunciar à princesa, pedindo que ela lhes apresentasse sua charada e dizendo que haviam chegado as pessoas certas, cuja habilidade era tão refinada que se poderia enfiá-la pelo buraco de uma agulha. A princesa então disse: "Eu tenho dois fios de cabelo na cabeça, de que cor são eles?". "Se for só isso", respondeu o primeiro, "só podem ser preto e branco, como alcaravia e sal." A princesa retrucou: "Resposta errada, que responda o segundo". O segundo então disse: "Se não são preto e branco, então são marrom e vermelho, como o tecido do casaco de festa do meu pai". "Resposta errada", replicou a princesa, "que responda o terceiro; posso ver na cara dele que ele deve saber." O alfaiatezinho então deu um passo à frente e disse: "A princesa tem um fio de cabelo prateado e um fio de cabelo dourado na cabeça, e essas são as duas cores". Ao ouvir isso, a princesa ficou pálida e quase caiu de susto, pois o alfaiatezinho acertara a resposta, e até então ela tinha certeza de que não havia ninguém no mundo que conseguisse acertar. Quando finalmente recuperou o controle, ela disse: "Mas você ainda não me conquistou, você precisa fazer mais uma coisa. Lá embaixo, no estábulo, encontra-se um urso, e você deve passar a noite com ele; se quando eu me levantar amanhã você ainda estiver vivo, então me casarei com você". Na verdade, a princesa achava que isso bastaria para ela se livrar do alfaiatezinho, pois o urso não deixara viva pessoa alguma em quem tivesse botado as patas. O alfaiatezinho disse, satisfeito: "Esta prova eu também vencerei".

Ao cair da noite, meu alfaiatezinho foi levado até o estábulo. O urso logo quis cair sobre ele e dar-lhe suas boas-vindas por meio de umas boas patadas. "Devagar, devagar", disse o alfaiatezinho, "eu já sei como acalmar você." Então, com toda a calma do mundo, ele tirou do bolso algumas nozes, mordeu as cascas e comeu as sementes. Ao ver isso, o urso ficou com vontade de comer e também quis nozes. O alfaiatezinho enfiou a mão no bolso e estendeu-lhe um punhado delas; só que não eram nozes e sim seixos. O urso enfiou-as na boca, mas não conseguiu tirar nada de dentro delas, por mais que as mordesse. "Ei, que besta quadrada que eu sou", pensou, "não consigo nem quebrar umas nozes com os dentes", e pediu ao alfaiatezinho: "Quebre essas nozes para mim". "Está vendo que tipo de besta você é?", disse o alfaiatezinho, "tem essa boca grande e não consegue nem quebrar uma pequena noz dessas." Então ele pegou os seixos e, habilidoso, em vez de um seixo, enfiou na boca uma noz e croc!, a casca se rompeu. "Tenho de tentar de novo", disse o urso, "vendo assim, quero dizer, tenho de conseguir também." O alfaiatezinho então lhe deu novamente alguns seixos, que o urso enfiou na boca e se pôs a morder com toda a força que conseguiu reunir; mas ninguém seria bobo de acreditar que ele conseguiria! Em seguida, o alfaiatezinho sacou de um violino que levava debaixo do casaco e começou a tocar. Ao ouvir a música, o urso não conseguiu se controlar e se pôs a dançar. Depois que tinha dançado um tempinho, ele se agradou tanto daquela coisa, que disse ao alfaiatezinho: "Escute, é difícil tocar violino?". "Que nada, veja, com a mão esquerda eu posiciono os dedos e com a direita fricciono o arco e pronto, aí é só alegria, lai larai larai lala!" "Você não quer me ensinar?", perguntou o urso, "eu também gostaria de saber tocar violino desse jeito; assim eu poderia dançar a hora que bem entendesse." "Será um prazer", disse o alfaiatezinho, "se quer mesmo aprender; mas deixe-me ver essas garras, elas são compridas demais, tenho de apará-las um pouco." Então ele pegou um torninho, sobre o qual o urso colocou as garras, só que as aparafusou. A seguir, disse: "Agora espere até eu voltar com a tesoura", e deixou o urso ali rosnando o quanto quis, deitou-se no canto sobre um feixe de palha e adormeceu.

A princesa, ouvindo durante aquela noite os colossais rugidos do urso, pensou que ele estivesse se divertindo e que do alfaiatezinho provavelmente não sobraria muita coisa. Na manhã seguinte, ela acordou muito bem-disposta, mas quando foi espiar o estábulo deparou com o alfaiatezinho todo prosa parado à sua frente, e saudável como um peixe dentro da água. Ela então não teve mais argumentos, pois havia feito sua promessa em público. O rei então mandou vir uma carruagem, na qual ela teve de entrar com o alfaiatezinho para serem conduzidos à igreja e se casarem. Quando tinham entrado no veículo, os dois outros alfaiates, traiçoeiros e invejosos da sorte do alfaiatezinho, foram até o estábulo e desparafusaram o urso, soltando-o. Cheio de raiva, este então se pôs ao encalço da carruagem. A princesa, ao ouvir os rugidos da fera, ficou com medo e disse ao alfaiatezinho: "Ai! O urso está atrás de nós e quer a sua cabeça". O alfaiatezinho, no entanto, estava preparado, ficou de ponta-cabeça, pôs os pés para fora da carruagem e bradou: "Está vendo o torninho? Ou você se arranca daqui ou vai ser preso a ele de novo". Quando viu isso, o urso deu meia-volta e pôs sebo nas canelas. Meu alfaiatezinho então seguiu tranquilamente para a igreja, a princesa lhe foi entregue em casamento e os dois viveram juntos, felizes, feito cotovias no prado. Quem não acreditar nessa história vai ter de pagar uma moeda de prata.

29.

a luz do sol revelará

Um alfaiate viajava pelo mundo exercendo seu ofício, mas houve uma época em que não conseguia trabalho, e a miséria era tamanha que não lhe restava nenhum trocado. Foi quando ele encontrou um judeu em seu caminho e, pensando que este tivesse muito dinheiro, expulsou Deus do coração e atacou o homem, dizendo: "Me passe o dinheiro, senão, espanco você até a morte!". Ao que o judeu respondeu: "Me deixe com vida, não tenho dinheiro, não possuo nada além de oito moedas de bronze". Mas o alfaiate disse: "Você tem dinheiro, sim, pode passar para cá!" e, usando de violência, bateu tanto nele até quase matá-lo. Quando o judeu estava para morrer, pronunciou suas últimas palavras: "A luz do sol revelará!", e morreu. O alfaiate vasculhou seus bolsos, mas não encontrou nada além de oito vinténs, conforme o judeu havia afirmado. Então ele juntou suas coisas, escondeu o corpo atrás de um arbusto e seguiu exercendo seu ofício. Após passar muito tempo viajando, ele conseguiu emprego numa cidade com um mestre que tinha uma bela filha, por quem ele se apaixonou e com quem acabou se casando e vivendo um casamento bom e feliz.

Depois de muito tempo, quando eles já tinham dois filhos, o sogro e a sogra do alfaiate morreram e os jovens tiveram de cuidar da casa sozinhos. Certa manhã, ele estava sentado à mesa, na frente da janela, e a mulher lhe trouxe o café. No momento em que ele o despejou no copo para beber, o sol incidiu sobre ele, produzindo reflexos que iam de um lado ao outro no alto da parede e faziam círculos. O alfaiate olhou para o alto e disse: "Sim, ele está tentando trazer à luz e não consegue!". A mulher então perguntou: "Ei, marido, o que foi? O que você quer dizer com isso?". Ele respondeu: "Isso eu não posso lhe contar". Mas ela insistiu: "Se você me ama, tem de me dizer", e deu sua palavra de honra que ninguém jamais ficaria sabendo e não o deixou em paz. Assim, o alfaiate acabou contando que muitos anos antes, quando estava peregrinando sem dinheiro algum no bolso, ele matara um judeu, cujas últimas palavras tinham sido: "A luz do sol revelará". E que, ainda havia pouco, o sol havia tentado trazer isso à luz e por isso estava produzindo reflexos na parede e fazendo círculos, mas não conseguira. Em seguida, ele voltou a pedir à mulher que não contasse aquilo a ninguém, senão ele correria risco de morte, e ela prometeu que não contaria. Mas quando ele se sentou para trabalhar, ela foi até a casa da madrinha e contou-lhe a história, com a condição de que jamais revelasse a ninguém. Antes que tivessem se passado três dias, porém, toda a cidade já sabia e o alfaiate foi a julgamento e condenado. Assim, de fato, a luz do sol revelou.

30.

a luz azul

Era uma vez um rei que tinha um soldado como criado e, quando este envelheceu e não tinha mais serventia, ele o mandou embora sem lhe dar nada. Então o soldado, triste e sem saber como se sustentar, caminhou por um longo dia e, ao anoitecer, chegou a uma floresta. Depois de ter caminhado um tempinho, ele avistou uma luz e ao se aproximar dela chegou a uma pequena casa, na qual morava uma velha bruxa. Ele pediu para pernoitar ali e solicitou um pouco de comida e de bebida, mas de início ela negou, até que disse finalmente: "Vou acolhê-lo por compaixão, mas amanhã você deverá replantar todo o meu jardim". O soldado prometeu que o faria e foi acolhido. No dia seguinte, ele trabalhou no jardim da bruxa até o anoitecer, e então ela quis que ele fosse embora, mas ele pediu: "Estou tão cansado, me deixe passar mais uma noite aqui". Ela não queria, mas acabou concordando, com a condição de que ele cortasse toda a lenha no dia seguinte. O soldado passou o segundo dia cortando a lenha e, ao anoitecer, havia trabalhado tanto que não tinha forças para partir, então pediu novamente a ela para passar mais uma noite ali. Em troca, no dia seguinte ele teria de ir buscar a luz azul no poço. Então a bruxa levou-o até um poço e amarrou-o a uma longa corda, pela qual ela o baixou.

Quando o soldado estava lá embaixo, encontrou a luz azul e fez sinal para que ela o puxasse novamente para cima. Ela o puxou para o alto, mas quando ele estava na beira do poço, tão perto que dava para os dois se darem as mãos, a bruxa na verdade pretendia pegar a luz e deixá-lo cair no poço. Ele, porém, percebeu suas más intenções e disse: "Não vou lhe entregar a luz azul antes de estar com os dois pés pisando no chão". Furiosa, a bruxa empurrou o soldado com luz e tudo para dentro do poço e foi embora. Lá estava o soldado no fundo do poço escuro, no meio de um lamaçal úmido, triste por ver seu fim se aproximar, quando seu cachimbo, ainda com tabaco pela metade, caiu em suas mãos e ele pensou: Vou fumá-lo até o fim como um último prazer. Então ele o acendeu com a luz azul e começou a fumar. Depois de a fumaça ter se espalhado um pouco, surgiu um homenzinho preto, que perguntou: "Senhor, o que ordena? Tenho de atender todos os seus desejos". "Antes de mais nada, me ajude a sair do poço." Então o homenzinho pegou-o pela mão e levou-o para fora do poço, e eles levaram junto a luz azul. Ao chegarem lá em cima, o soldado ordenou: "Agora, mate a bruxa para mim". O homenzinho fez isso e a seguir entregou-lhe todo o ouro e os tesouros da bruxa, que o soldado levou embora consigo. Depois o homenzinho disse: "Se precisar de mim, acenda o seu cachimbo com a luz azul". Então o soldado partiu para a cidade e hospedou-se na melhor hospedaria, onde mandou que lhe confeccionassem belos trajes e preparassem um quarto com tudo do bom e do melhor. Quando o soldado ficou pronto, chamou o homenzinho e disse: "O rei me baniu e deixou que eu morresse de fome porque eu não conseguia mais lhe ser útil, agora quero que traga a filha do rei aqui hoje à noite para me servir e fazer o que eu mandar". O homenzinho respondeu: "Isso é perigoso". Ainda assim, ele obedeceu: tirou a filha do rei de sua cama enquanto ela dormia e levou-a ao soldado, a quem ela deveria obedecer, fazendo tudo o que ele quisesse. Ao amanhecer, antes de o galo cantar, o homenzinho levou-a de volta para casa. Quando ela se levantou, contou ao pai o seguinte: "Esta noite tive um sonho estranho, como se eu tivesse sido levada embora e me tornado a camareira de um soldado, e precisasse servi-lo". Então disse o rei: "Encha o bolso de ervilhas e faça um furo nele; se o sonho for verdade, as ervilhas cairão e deixarão um rastro no caminho". Ela fez o que o pai mandou, mas o homenzinho ouvira o que o rei havia ordenado. Quando anoiteceu e o soldado lhe disse para buscar novamente a filha do rei, ele encheu a cidade de ervilhas, de modo que as poucas que caíram do bolso dela não deixaram um rastro e na manhã seguinte as pessoas tiveram ervilhas para escolher durante o dia todo. A princesa contou novamente ao rei o que acontecera e ele disse: "Fique com um pé de sapato e o esconda secretamente onde você estiver". O homenzinho também ouviu esse plano e, quando o soldado pediu-lhe que buscasse a filha do rei, ele respondeu: "Agora não posso mais ajudá-lo, você terá muito azar na hora em que descobrirem". Mas o soldado fez questão de ter seu desejo realizado. "Então trate de sair daqui logo cedo", disse o homenzinho, "assim que eu a tiver levado de volta."

A princesa ficou então com um pé de sapato e escondeu-o na cama do soldado. Na manhã seguinte, quando ela estava novamente com o pai, este mandou vasculhar toda a cidade atrás do sapato, que acabou sendo encontrado com o soldado. Ele já tinha dado o fora dali, mas logo foi alcançado e trancafiado numa prisão segura. Agora estava preso, atado a correntes e, na correria da fuga, deixou para trás seus melhores bens, a luz azul e o ouro, e não lhe restava nada além de um ducado. Enquanto estava junto à janela de sua cela, entristecido, ele avistou um colega que passava, chamou-o e disse: "Se você me trouxer a pequena trouxa que deixei na hospedaria, eu lhe dou um ducado". O colega fez o que ele pediu e levou para ele a luz azul e o ouro por um ducado. Assim que o prisioneiro acendeu seu cachimbo, o homenzinho apareceu e disse: “Não tenha medo, vá a julgamento tranquilo e deixe acontecer o que tiver de acontecer, mas leve com você a luz azul”. Então o soldado foi julgado e condenado à forca. Ao ser levado para fora, ele pediu ao rei um favor. “Qual seria?”, o rei quis saber. “Que eu possa fumar o meu cachimbo no caminho.” “Por mim, pode fumar até três, se quiser”, respondeu o rei. Então ele puxou o cachimbo e acendeu-o com a pequena chama da luz azul, e lá estava o homenzinho à sua frente. “Mate todos”, disse o soldado, “e corte o rei em três pedaços.” O homenzinho saiu matando todo mundo à sua volta e o rei se deitou a seus pés, pedindo piedade; e, para poupar apenas sua vida, entregou o reino e sua filha como esposa ao soldado.

31.

a criança teimosa

Era uma vez uma criança teimosa que nunca obedecia à mãe.* Isso não agradou ao bom Deus e então a criança adoeceu; nenhum médico conseguiu ajudá-la e logo ela estava no leito de morte. Quando foi enterrada e cobriram-na com terra, de repente um bracinho saía da terra e se erguia para o alto, e quando voltavam a baixá-lo e o cobriam de terra fresca de nada adiantava, logo ele voltava a se erguer. Então, a mãe teve de ir pessoalmente ao túmulo para bater com a varinha no bracinho, e só quando ela o fez a criança se recolheu e finalmente teve descanso debaixo da terra.

* Um simples conto para educar crianças, assim como "O velho avô e o neto" (tomo I, conto 78) e "As moedas furtadas" (tomo I, conto 7). A mão que sai do túmulo é uma crença comum não só em relação a ladrões, mas também a pessoas que colheram de árvores proibidas e àquelas que assassinaram o pai. É também uma variação da ideia de que as flores ou os bilhetinhos que saem da cova indicam a culpa ou a inocência do enterrado. Há também a crença e a lenda de que, uma vez enterrado, quem bateu nos próprios pais ficará com a mão para fora da terra. [N.A.]

32.

os três cirurgiões de campanha

Três cirurgiões viajavam pelo mundo, pensando serem bem qualificados na prática de seu ofício, e hospedaram-se numa estalagem para pernoitar. O dono da estalagem perguntou-lhes de onde vinham e para onde iam. “Seguimos pelo mundo exercendo nosso ofício.” “Opa! Me mostrem então o que sabem.” O primeiro respondeu que iria cortar fora a própria mão e voltar a remediá-la na manhã seguinte. O segundo disse que iria arrancar o coração e remediá-lo na manhã seguinte. O terceiro disse que iria arrancar os olhos e remediá-los na manhã seguinte. Acontece que eles tinham uma pomada que ao ser passada numa ferida curava tudo, e o frasco com a pomada ficava sempre com eles. Então eles cortaram a mão, o coração e os olhos e, conforme haviam dito, colocaram-nos num prato e os entregaram ao dono da estalagem, que por sua vez os entregou a uma moça, que deveria guardá-los no armário em segurança. Mas a moça tinha uma paixão secreta, um soldado. Quando o dono, os três cirurgiões e todas as outras pessoas da estalagem estavam dormindo, ele apareceu e pediu algo para comer. Então a moça abriu o armário, de onde tirou alguma coisa para ele comer, e de tão apaixonada que estava, esqueceu de fechar a porta do armário e sentou-se com o amado à mesa, onde ficaram conversando. Enquanto a moça estava ali sentada, feliz da vida e sem pensar em nenhuma desgraça, um gato entrou sorrateiramente e, encontrando o armário aberto, pegou a mão, o coração e os olhos dos cirurgiões e fugiu correndo com eles. Depois que o soldado comeu e a moça quis guardar a louça no armário, ela viu que o prato que o patrão lhe entregara para guardar estava vazio. Então ela disse, assustada: “Ai! O que vou fazer agora? Pobre de mim! A mão sumiu, o coração e os olhos sumiram também, o que vai acontecer comigo amanhã de manhã?”. O soldado perguntou: “Calma, eu vou ajudá-la. Dê-me uma faca afiada; tem um ladrão pendurado na forca, vou cortar a mão dele; qual mão era?”. “A direita.” Então a moça entregou-lhe uma faca afiada e ele foi até a forca, decepou a mão direita do pobre pecador e a levou para ela. Em seguida, capturou o gato e arrancou seus olhos. Agora só faltava o coração. “Vocês não têm porcos abatidos guardados no porão?” “Sim”, respondeu ela. “Isso vai servir”, disse o soldado, que desceu até o porão e trouxe de lá um coração de um porco e o entregou à moça. Ela colocou tudo no prato e guardou no armário e, depois de se despedir de seu amado, deitou-se tranquilamente na cama.

Pela manhã, quando os cirurgiões se levantaram, pediram para a moça levar-lhes o prato em que estavam a mão, o coração e os olhos. Ela tirou o prato que estava no armário e o primeiro cirurgião pegou a mão do ladrão, besuntou-a com sua pomada e logo ela aderiu a seu braço; o segundo pegou os olhos do gato e colocou-os no lugar; e o terceiro fixou em seu peito o coração de porco. O dono da estalagem, que ficara do lado admirando o trabalho deles, disse que jamais havia visto algo parecido e que iria indicá-los e recomendá-los a todos. Então eles pagaram a conta e seguiram viagem.

No caminho, o cirurgião que estava com o coração de porco nem ficava perto deles, mas sempre corria para um canto e ficava ali cheirando, como fazem os porcos. Em vão, os outros tentavam detê-lo, segurando-o pelo casaco, mas de nada adiantava: ele se soltava e corria para onde havia a maior sujeira. O segundo também se comportava de modo estranho, esfregava os olhos e dizia: "Amigos, o que é isso? Esses olhos não são os meus, eu não estou enxergando nada, me conduzam para que eu não caia". Assim eles avançaram com dificuldade até o anoitecer, quando chegaram a outra estalagem. Juntos, foram até o bar e no canto havia um homem rico, sentado diante de uma mesa contando dinheiro. O cirurgião que estava com a mão do ladrão rodeou-o, contraiu-se algumas vezes e finalmente, quando o homem se virou, enfiou a mão dentro do monte de dinheiro e furtou uma mão cheia. Ao ver isso, o outro disse: "Amigo, o que está fazendo? Você não pode roubar, tenha vergonha nessa cara". "Ai", disse ele, "não tenho culpa, a minha mão fica pulsando e aí eu preciso pegar, quer queira, quer não." Depois eles foram dormir e, quando estavam deitados, a escuridão era tão grande que não se via a mão diante dos olhos. De repente, o que tinha os olhos de gato levantou-se e acordou os outros, dizendo: "Irmãos, olhem lá, vocês estão vendo os ratinhos brancos correndo ali?". Os dois sentaram-se na cama, mas não conseguiram ver nada. Então, ele disse: "Tem uma coisa errada conosco, não recebemos o que é nosso. Precisamos voltar à outra estalagem, o dono nos enganou". Então, eles foram para lá na manhã seguinte e disseram para o dono que não tinham recebido o que era deles, que um ficara com uma mão de ladrão, o outro, com olhos de gato, e o terceiro, com um coração de porco. O dono da estalagem disse que isso só poderia ser por culpa da moça e foi atrás dela, mas, assim que ela viu os três chegando, saiu pelo portão dos fundos e não voltou mais. Então, os três lhe disseram que ele devia lhes dar muito dinheiro, senão destruiriam tudo em sua casa. Assim, ele lhes deu o que possuía e o que conseguiu juntar, e os três partiram. O dinheiro era suficiente para toda a vida, mas eles prefeririam ter seus próprios órgãos.

33.

o indolente e o esforçado

Era uma vez dois rapazes artesãos que saíram para viajar juntos e prometeram ficar sempre um ao lado do outro. Mas, quando chegaram a uma cidade grande, um deles foi indolente com o outro e, esquecendo-se da promessa, deixou-o para trás e partiu sozinho, indo aqui e ali e onde fosse mais divertido, era onde preferia estar. O outro aproveitou o tempo e trabalhou duro e depois seguiu viagem. Então, certa noite, sem perceber ele passou por uma forca, mas viu que no chão havia alguém pobre e descamisado deitado dormindo e, como tudo estava iluminado pelas estrelas, ele reconheceu seu antigo companheiro. Então, ele se deitou ao lado dele, cobriu-o com seu casaco e adormeceu. Mas não demorou para que fosse acordado por duas vozes que conversavam. Eram dois corvos, que estavam sentados no alto da forca. Um deles disse: "Deus alimenta!", e o outro: "Faça por merecer!", e depois dessas palavras um deles caiu no chão de tão fraco, e o outro ficou lá sentado, esperou amanhecer, foi caçar minhocas e água e refrescou-o e despertou-o da morte. Ao verem isso, os dois rapazes ficaram surpresos e perguntaram ao corvo por que o outro estava tão mal e doente, então disse o corvo doente: "Porque eu não quis fazer nada e achava que o alimento caía do céu". Os dois partiram rumo à próxima vila levando os dois corvos; um deles era animado, procurava sua comida e todas as manhãs tomava banho e se limpava com o bico, enquanto o outro andava pelos cantos, era rabugento e estava sempre com aspecto desgrenhado. Passado um tempo, a filha do hospedeiro, uma menina bonita, afeiçoou-se ao corvo esforçado e pegou-o no colo, acariciou-o com as mãos e finalmente o apertou uma vez junto ao rosto, beijando-o com prazer. O pássaro caiu no chão, rolou, agitou as asas e transformou-se num belo rapaz. Então ele contou que o outro corvo era seu irmão e que os dois tinham ofendido o pai, que por isso os amaldiçoara dizendo: “Voem por aí como corvos até o dia em que uma bela moça queira beijá-los voluntariamente”. Assim, um deles tinha sido libertado, mas ninguém quis saber do outro e ele morreu corvo. O irmão indolente tomou para si a lição, passou a ser esforçado e ordeiro e se manteve ao lado de seu companheiro.

34.

os três artesãos

Era uma vez três artesãos que combinaram de sempre sair juntos pelo mundo e irem trabalhar em uma cidade. Mas chegou um tempo em que não conseguiam mais ganhar dinheiro algum e ficaram muito mal, sem nada, até que um deles disse: "O que vamos fazer? Não dá mais para permanecermos juntos. Esta será a última cidade em que vamos entrar e, se não arrumarmos trabalho, vamos combinar com o hospedeiro que escreveremos para ele dizendo onde estamos, e assim poderemos ter notícias uns dos outros e aí nos separaremos". Os outros dois também acharam que isso seria o melhor a se fazer. Enquanto eles ainda estavam conversando, chegou um homem ricamente vestido, que lhes perguntou quem eram. "Somos artesãos, estamos à procura de trabalho e até agora conseguimos nos manter unidos, mas, como não estamos mais encontrando emprego, vamos ter de nos separar." "Ora, não é necessário", disse o homem, "se fizerem o que eu disser, não lhes faltará dinheiro nem trabalho. Sim, vocês se tornarão senhores abastados e andarão em carruagens." Ao que um deles replicou: "Se isso não prejudicar nossa alma, nem nossa bem-aventurança, faremos o trato". "Não", respondeu o homem, "não ficarei em posse de vocês." Acontece que o outro artesão olhou para seus pés e, ao ver uma pata de cavalo e um pé humano, não se deixou convencer. O Diabo, porém, disse: "Fiquem tranquilos que não quero vocês, mas sim outra alma, que já é metade minha e que agora deverá ficar completa". Sentindo-se seguros, eles acabaram concordando e o Diabo lhes disse quais eram suas exigências. O primeiro artesão somente poderia responder a qualquer pergunta com "Nós três", o segundo com "Pelo dinheiro" e o terceiro com "É justo assim!". Eles deveriam sempre responder assim, um depois do outro, e não poderiam falar nenhuma palavra mais; e, caso transgredissem a ordem, seu dinheiro desapareceria no mesmo instante; porém, enquanto obedecessem, seus bolsos estariam sempre cheios. Logo de cara ele também lhes deu o que aguentassem carregar e mandou que procurassem uma certa hospedaria. Quando lá entraram, o hospedeiro perguntou-lhes: "Gostariam de comer algo?". O primeiro respondeu: "Nós três". "Sim", replicou o hospedeiro, "é o que eu quis dizer." O segundo: "Pelo dinheiro". "Isso é óbvio", disse o hospedeiro. "É justo assim!", disse o terceiro. "Sim, bem justo." Então ele serviu-os de comida e bebida boa e atendeu-os muito bem, e depois do almoço era preciso fazer o pagamento, e o hospedeiro trouxe a conta para o primeiro artesão, que disse: "Nós três"; o segundo: "Por dinheiro"; e o terceiro: "É justo assim!". "Claro que é justo", disse o hospedeiro, "os três pagam, e sem dinheiro não posso servir nada." Mas eles pagaram até além do que estava sendo cobrado. Ao verem isso, os outros hóspedes disseram: "Esses aí não devem ser muito bons da cabeça". "De fato", disse o hospedeiro, "não são nada espertos!" Assim, eles permaneceram hospedados lá por um período sem falar palavra alguma a não ser: "Nós três", "Pelo dinheiro" e "É justo assim!". Mas eles viam e sabiam de tudo o que se passava por ali. Aconteceu que um dia apareceu um grande comerciante trazendo consigo muito dinheiro, e ele disse: "Senhor hospedeiro, gostaria de guardar o meu dinheiro, pois temo que esses artesãos loucos queiram roubá-lo". O hospedeiro atendeu ao pedido e, ao carregar o saco para dentro, percebeu que estava carregado de ouro; então, deu um quarto no porão para os artesãos e instalou o comerciante num quarto especial, no andar de cima. À meia-noite, pensando que todos estivessem dormindo, o hospedeiro e sua mulher subiram até o quarto com um porrete de madeira e mataram o rico comerciante a pauladas. Depois de terem cometido o assassinato, eles se deitaram novamente e foram dormir. Pela manhã houve um grande alvoroço, pois o comerciante estava morto em sua cama, boiando em seu próprio sangue. Os hóspedes se reuniram às pressas e o hospedeiro disse a eles: "Isso foi obra dos três artesãos doidos". Os hóspedes concordaram: "Não pode ter sido mais ninguém". Então o hospedeiro mandou chamá-los e perguntou: "Foram vocês que mataram o comerciante?". "Nós três", respondeu o primeiro; "Pelo dinheiro", disse o segundo, e "É justo assim!", disse o terceiro. "Ouviram só?", disse o hospedeiro, "eles estão confessando." Então os artesãos foram levados à prisão para serem julgados. Ao perceberem que a coisa estava ficando tão séria, eles sentiram medo, mas à noite o Diabo apareceu e disse: "Aguentem firme só mais um dia e não desperdicem a sorte, garanto que não tocarão em um único fio do cabelo de vocês". Na manhã seguinte, eles foram levados a julgamento e o juiz perguntou: "Vocês são os assassinos?". "Nós três." "Por que mataram o comerciante?" "Pelo dinheiro." "Mas que vilões", disse o juiz, "não temeram o pecado?" "É justo assim!" "Vocês assumiram que mataram e ainda por cima estão sendo teimosos. Que sejam mortos imediatamente!", disse o juiz. Assim, eles foram conduzidos para fora e o hospedeiro teve de acompanhá-los. Quando foram pegos pelos assistentes dos algozes e estavam sendo levados até o andaime, onde o carrasco já aguardava com a espada empunhada, uma carruagem surgiu, puxada por quatro raposas vermelhas como sangue, e aproximou-se com tanta velocidade que saíam faíscas das pedras, mas da janela alguém acenava com um pano branco. E o carrasco disse: "Aí vem piedade", e do carro também se ouvia: "Piedade! Piedade!" Então o Diabo desembarcou aparentando ser um senhor distinto, vistosamente vestido, e disse: "Vocês três são inocentes. Podem falar agora, contem o que vocês viram e ouviram". Então o mais velho disse, apontando para o hospedeiro: "Nós não matamos o comerciante; o assassino está ali. Se vocês querem provas, olhem no porão dele, lá estão pendurados muitos outros que ele matou". Então o juiz mandou os assistentes dos algozes irem até o porão, onde de fato encontraram o que fora dito, e quando relataram o que viram ao juiz, este mandou que levassem o hospedeiro ao andaime para que fosse decapitado. O Diabo então disse para os três: "Agora eu tenho a alma que queria ter e vocês estão livres e terão dinheiro por toda a vida".

35.

o casamento celestial

Era uma vez um pobre filho de fazendeiros, que ouviu o padre na igreja dizendo: "Quem quiser ir para o céu deverá seguir sempre em frente". Ele então saiu, seguindo sempre em frente, atravessando montanhas e vales. Finalmente acabou parando no meio da igreja de uma cidade grande, onde estava sendo celebrada a missa. Ao ver tanto esplendor, ele pensou ter chegado ao céu e sentou-se, feliz. Quando a missa acabou, o sacristão convidou-o a sair da igreja. "Não", disse ele, "não vou sair, estou feliz de estar no céu." O sacristão então foi até o padre e disse-lhe que havia um menino na igreja que não queria sair dali porque acreditava estar no reino do céu. O padre disse: "Se for assim, vamos ficar com ele", e foi até o menino e perguntou-lhe se também estaria disposto a trabalhar. O menino respondeu que sim, que estava acostumado a trabalhar, mas que não sairia de lá. Assim, ele ficou na igreja; e quando viu que as pessoas iam até a imagem entalhada em madeira da Virgem Maria com o Menino Jesus, pensou que se tratasse do bom Deus e disse: "Mas como você está magro, bom Deus! Como as pessoas podem deixar você passar fome desse jeito? Eu vou lhe trazer metade da minha comida todos os dias!". E, assim, todos os dias ele levava metade de sua comida para a imagem e esta de fato passou a comer. Depois de algumas semanas, as pessoas começaram a perceber que a imagem estava encorpando, tornando-se gorda e forte, e ficaram muito surpresas. O padre também não conseguia entender o porquê e resolveu permanecer na igreja para seguir o menino, e então o viu repartindo seu pão com a mãe de Deus. Um dia, ele caiu doente e teve de ficar oito dias de cama; mas, assim que se levantou, pegou a comida, e o padre, que o seguiu, o viu levando a comida e ouviu-o dizer: "Bom Deus, não leve a mal por eu ter ficado tanto tempo sem trazer comida, mas é que estive doente e não pude me levantar". A imagem respondeu: "Não tem problema, eu vi a sua boa vontade e isso já basta para mim, e no domingo que vem você deve vir a mim para o casamento". O menino ficou feliz da vida e o padre pediu-lhe que perguntasse à imagem se ele também poderia ir. "Não", respondeu a imagem, "você sozinho." Mas o padre quis antes prepará-lo e dar-lhe a ceia; o pequeno ficou satisfeito e no domingo seguinte, quando foram lhe servir a ceia, caiu morto e foi ao eterno casamento.

36.

o nariz comprido

Era uma vez três velhos soldados, tão velhos que não tinham mais forças para lutar e por isso foram afastados pelo rei; e, como não receberam nenhuma pensão, não tinham como viver e foram obrigados a mendigar. Então viajaram por uma grande floresta, da qual não conseguiam achar o fim, e quando anoiteceu dois se deitaram para dormir e o terceiro ficou de guarda para que eles não fossem devorados por animais selvagens. Quando dois haviam adormecido e o outro montava guarda, apareceu um homenzinho vestido de vermelho, que perguntou: "Quem está aí?". "Um bom amigo", respondeu o soldado. "Que bom amigo?" "Três velhos soldados dispensados, que não têm nada de que viver." Então o homenzinho disse ao soldado para se aproximar, porque iria lhe dar um presente e que, se cuidasse bem dele, teria o bastante para toda a vida. Então o soldado se aproximou e o velho deu-lhe um casaco surrado, dizendo que, quando ele o vestisse, tudo que desejasse se realizaria, porém não deveria contar nada a seus camaradas até o amanhecer. Quando amanheceu e estes acordaram, ele contou o que havia acontecido; eles continuaram a viagem até a noite seguinte e, quando se deitaram para dormir, o segundo teve de se manter acordado e ficar de sentinela. Então o homenzinho vermelho apareceu e perguntou: "Quem está aí?". "Um bom amigo." "Que bom amigo?" "Três velhos soldados dispensados." Então o homenzinho presenteou-o com uma sacola velha, que nunca estaria sem dinheiro, não importava quanto lhe fosse tirado; mas só pela manhã ele poderia contar isso para seus camaradas. Então eles caminharam pelo terceiro dia através da floresta e, à noite, o terceiro soldado teve de montar guarda. O homenzinho vermelho apareceu também para ele e perguntou: "Quem está aí?". "Um bom amigo", respondeu o soldado. "Que bom amigo?" "Três velhos soldados dispensados." Então o homenzinho vermelho deu a ele uma corneta, dizendo que, quando a tocasse, o povo todo iria se reunir. De manhã, como cada um dos soldados tinha seu presente, o primeiro vestiu o casaco e desejou que estivessem fora da floresta, o que aconteceu imediatamente. Eles foram até uma taberna e pediram a melhor comida e bebida que o taberneiro pudesse oferecer; quando terminaram, o soldado que tinha a sacola pagou tudo sem pedir desconto algum.

Quando se cansaram de viajar, o soldado da sacola disse para o do casaco: "Eu queria que você nos desejasse um castelo. Dinheiro nós temos o bastante, poderemos viver como nobres". E ele desejou um castelo, e eis que surgiu um, com todos os acessórios. Quando já tinham vivido lá por um tempo, ele desejou uma carruagem com três cavalos brancos, pois queriam viajar para outro reino e se apresentar como três príncipes. Então partiram com um grande séquito de criados de modo que tudo parecia bem principesco. Foram até um rei que tinha uma única filha e, ao chegarem, anunciaram-se, e logo foram convidados à mesa e para o pernoite. Tudo estava muito agradável e, depois de terem comido e bebido, começaram a jogar cartas, o que a princesa adorava. Ela jogou com o soldado que tinha a sacola e, apesar de ganhar dele o tempo todo, notou que a sacola não se esvaziava, e então percebeu que aquela deveria ser uma sacola mágica. Assim, disse para o soldado que ele parecia estar acalorado por causa do jogo e que deveria tomar alguma coisa, e deu-lhe vinho para beber, mas colocou um sonífero no copo. Ele adormeceu assim que o tomou; ela pegou a sacola, foi para seu quarto, costurou outra sacola igualzinha, pôs um pouco de dinheiro dentro e colocou-a no lugar da sacola velha.

Na manhã seguinte, os três continuaram sua viagem e, quando o soldado tinha gasto o pouco dinheiro que havia e enfiou a mão dentro da sacola, esta estava vazia, e vazia permaneceu. Aí ele gritou: "Aquela princesa falsa trocou minha sacola, agora somos pobretões!". Porém, o soldado do casaco disse: "Não se preocupe, vou fazê-la retornar já". Ele vestiu o casaco, desejou ir até o quarto da princesa e, uma vez lá, viu-a contando o dinheiro que tirava sem parar da sacola. Quando ela o viu, gritou que havia um ladrão no quarto, e gritou tão alto que toda a corte veio correndo para pegá-lo. O soldado pulou apressado para fora da janela, deixando seu casaco pendurado, de modo que agora este também estava perdido. Quando os três se encontraram, não tinham mais nada além da corneta, então o soldado a quem ela pertencia disse: "Eu vou ajudar, nós vamos começar uma guerra", e juntou tantos soldados e cavalarias que era impossível contá-los. Depois enviou uma mensagem ao rei, dizendo-lhe que, se não devolvesse a sacola e o casaco, não sobraria pedra sobre pedra de seu castelo. O rei falou com a filha, pedindo que ela devolvesse os pertences antes de tal desgraça cair sobre eles, mas ela nem escutou e disse que antes queria ainda tentar algo. Então ela se vestiu como uma moça pobre, pendurou uma cesta no braço e saiu para o acampamento para vender bebida, e a criada teve de ir junto. Quando estava no meio do acampamento, a princesa entoou um canto tão lindo que todo o exército correu para fora das tendas, inclusive o soldado da corneta, em cuja tenda, a um sinal dela, a criada entrou, sorrateira, pegou a corneta e correu para o castelo. Depois, a princesa voltou para casa, e agora tinha tudo, e os três camaradas foram obrigados a mendigar outra vez.

Partiram, e o soldado que tinha sido dono da sacola disse: "Querem saber? Não podemos ficar sempre juntos, vão vocês por lá, que eu vou por aqui". Então ele partiu sozinho, chegou numa floresta e, por estar cansado, deitou-se debaixo de uma árvore para dormir. Quando acordou e olhou para cima, viu que havia dormido debaixo de uma bela macieira, cheia de deliciosas maçãs. De tanta fome, pegou uma e a comeu, e depois mais uma. Então seu nariz começou a crescer e crescer, e ficou tão comprido que ele não conseguia mais se levantar, e cresceu por entre a floresta e por mais sessenta milhas adiante. Seus camaradas também estavam correndo o mundo e sempre o procuravam, porque achavam que era melhor, sim, estar em companhia, mas não conseguiam encontrá-lo. De repente, um deles tropeçou e pisou em algo macio. Epa! O que será isso?, pensou, e a coisa se mexeu e era um nariz. Então disseram que iriam acompanhar o nariz, e finalmente chegaram à floresta onde estava o amigo, deitado sem poder se mexer nem se erguer. Eles pegaram uma vara e em volta dela enrolaram o nariz, e quiseram levantá-la e levá-lo embora, mas era muito pesado. Então procuraram um burro na floresta, e nele montaram o soldado com o nariz comprido em cima de dois paus e guiaram-no pelo caminho e, quando tinham andado um trechinho mais para a frente, estava tão pesado que tiveram de parar para descansar. E enquanto descansavam viram uma árvore ao lado deles, cheia de belas peras. E detrás da pereira apareceu o homenzinho vermelho, que disse para o narigudo comer uma pera que assim o nariz iria cair. Ele então comeu uma pera e logo o nariz comprido caiu, e voltou ao tamanho de antes. Então o homenzinho disse para o soldado colher maçãs e peras e pulverizá-las. Para quem ele desse o pó de maçã, o nariz cresceria e, para quem ele desse o pó de pera, o nariz cairia. "Viaje como médico e dê maçãs e também o pó de maçã à princesa, que o nariz dela vai crescer vinte vezes mais do que o seu. Mas se segure firme." Então o soldado colheu maçãs, foi para o castelo do rei, apresentou-se como ajudante de jardineiro e contou que tinha consigo uma espécie de maçã que não crescia naquelas terras. Quando a princesa ouviu isso, pediu ao pai que lhe comprasse algumas dessas maçãs, e o rei disse: "Compre quantas quiser". A princesa comprou e comeu uma, que estava tão gostosa que ela achou que em toda a vida nunca havia comido uma maçã tão gostosa, e comeu mais uma. Depois disso, o médico se foi. O nariz dela começou a crescer, e cresceu tanto que ela não conseguia se levantar da poltrona sem cair. O nariz cresceu sessenta cúbitos em volta da mesa, sessenta vezes em volta do armário, e depois pela janela, cem cúbitos em volta do castelo, e mais vinte milhas para fora da cidade. E lá estava a princesa, prostrada, sem poder se mexer e nem se levantar, e nenhum médico sabia como ajudar. O velho rei mandou anunciar que, se houvesse um forasteiro que pudesse ajudar sua filha, este ganharia muito dinheiro. Era exatamente por isso que o velho soldado esperava. Ele se apresentou como médico e disse que, "se fosse a vontade de Deus, ele poderia ajudar". Depois deu o pó de maçã para a princesa, e o nariz dela cresceu mais e ficou ainda maior; à noitinha, ele deu o pó de pera, e o nariz ficou um pouco menor, mas só um pouco. No dia seguinte, deu novamente o pó de maçã para deixá-la com muito medo e para castigá-la, e o nariz cresceu outra vez, mais do que tinha diminuído no dia anterior. Finalmente ele disse: "Digníssima princesa, a senhora deve ter furtado algo e, se não devolver, nenhum conselho ajudará". Ao que ela respondeu: "Não sei de nada". "É certeza, do contrário meu pó teria tido efeito; se não devolver, a senhora morrerá por causa do nariz comprido." Então o velho rei disse: "Devolva a sacola, o casaco e a corneta que você pegou, senão o seu nariz nunca irá diminuir". A criada teve de buscar as três peças e entregá-las, o soldado deu o pó das peras para a princesa, o nariz caiu e foram necessários duzentos e cinquenta homens para despedaçá-lo. E ele foi embora com a sacola, o casaco e a corneta para se encontrar com seus camaradas, e eles desejaram voltar para seu castelo, onde ainda devem estar, vivendo e cuidando da casa.

37.

a velha na floresta

Certa vez uma pobre criada estava atravessando uma grande floresta com seus patrões e, quando estavam no meio da mata, surgiram ladrões que mataram quem encontraram pela frente. Todos morreram, menos a menina, que saltara da carruagem e se escondera atrás de uma árvore. Depois que os ladrões fugiram com o roubo, ela saiu de trás da árvore, começou a chorar amargamente e disse: “O que eu, uma pobre menina, vou fazer agora? Estou perdida na floresta, não há nenhuma casa por aqui e desse jeito vou morrer de fome!”. Então saiu andando em busca de um caminho, mas, como não encontrou nenhum até o anoitecer, sentou-se debaixo de uma árvore, entregou-se a Deus e decidiu não sair de lá, acontecesse o que acontecesse. Porém, depois de estar sentada ali por um tempinho, uma pombinha branca desceu voando trazendo uma pequena chave de ouro no bico, que colocou na mão da menina, dizendo: “Está vendo aquela árvore grande? Há uma pequena fechadura ali que você pode abrir com esta chave, e você encontrará bastante comida e não passará mais fome”. Então a menina foi até a árvore, destrancou-a e encontrou leite numa pequena tigela e pão branco para esfarelar, que comeu até ficar satisfeita. Depois de ter matado a fome, ela disse: “Agora é a hora em que as galinhas voltam para o galinheiro, eu estou tão cansada que também poderia me deitar na minha cama!". Então a pombinha surgiu novamente com outra pequena chave dourada no bico e disse: "Destranque aquela árvore ali e você encontrará uma cama". Ela destrancou a árvore, onde encontrou uma bela caminha macia, rezou para que o bom Deus a protegesse, deitou-se e adormeceu. Pela manhã, a pombinha surgiu pela terceira vez e, trazendo novamente uma pequena chave, disse: "Destranque aquela árvore ali e você encontrará roupas", e, quando ela o fez, encontrou roupas adornadas com ouro e joias, tão belas como nenhuma princesa possuía. Assim, a menina passou algum tempo vivendo por ali, e todos os dias a pombinha vinha e cuidava de tudo que precisasse, e ela tinha uma vida calma e boa.

Um dia, a pombinha veio e disse: "Quer fazer uma coisa boa por mim?". "Sim, de coração", respondeu a menina. Então a pombinha disse: "Quero levá-la até uma casinha, em que você deverá entrar e onde encontrará uma velha sentada junto ao fogão, que vai cumprimentá-la. Mas não responda a ela por nada nesse mundo, faça ela o que for, e siga na direção da mão direita dela. Você encontrará uma porta, que deverá abrir, e chegará num quarto em que haverá uma infinidade de anéis de todos os tipos em cima da mesa, entre eles alguns esplêndidos, com pedras brilhantes, mas não pegue nenhum desses, procure apenas um bem simples, que deve estar no meio deles, e traga-o para mim o mais rápido que puder". Assim, a menina foi até a casinha e encontrou a velha, que, ao vê-la, arregalou os olhos e disse: "Bom dia, minha filha". A menina não respondeu e dirigiu-se à porta do quarto: "Ei, aonde pensa que vai?", gritou a velha, querendo detê-la e segurando-a pela barra da saia. "Esta casa é minha e ninguém pode entrar aí sem a minha autorização." Mas a menina, permanecendo sempre calada, desvencilhou-se dela e entrou no quarto. Ali, encontrou uma quantidade descomunal de anéis que brilhavam e cintilavam diante de seus olhos, e pôs-se a procurar o anel simples, mas não o encontrava. Enquanto procurava, a menina viu a velha se esgueirando, tentando fugir com uma gaiola nas mãos; então ela avançou, tomou-lhe a gaiola e, ao abri-la, encontrou um passarinho com o anel no bico. Ela ficou feliz e saiu da casa com o passarinho, pensando que a pombinha apareceria para buscar o anel, mas ela não apareceu. Então ela recostou-se na árvore para esperar e, enquanto estava ali, teve a impressão de que a árvore estava ficando macia e flexível e que baixava seus galhos. De repente, os galhos envolveram a menina e eram dois braços, e quando ela se virou, viu que a árvore era um belo príncipe, que a abraçou e a beijou carinhosamente e disse: "Você me salvou. A velha é uma bruxa que tinha me transformado em árvore e, por algumas horas do dia, numa pomba branca, e enquanto ela estivesse com o anel eu não poderia voltar a ter a minha forma humana". Então seus criados e cavalos também foram libertados do encantamento, deixaram de ser árvores e puseram-se ao lado dele. E assim eles partiram para seu reino, onde se casaram e viveram felizes.

38.

os três irmãos

Era uma vez um homem que tinha três filhos e não possuía nada além da casa em que morava. Acontece que todos eles gostariam de ficar com a casa após a morte dele, mas o pai tinha afeto pelos três igualmente e não sabia como fazer para não magoar nenhum deles. Ele também não queria vender a casa, por ela ter pertencido a seus avós, do contrário até dividiria o dinheiro entre os filhos. Finalmente o homem teve uma ideia e então disse aos filhos: "Saiam pelo mundo para tentar a sorte e cada um aprenda uma profissão; quando voltarem, aquele que fizer o melhor trabalho deverá ficar com a casa".

Os filhos ficaram satisfeitos com a proposta, e o mais velho quis se tornar ferreiro de cavalos; o segundo, barbeiro, e o terceiro, mestre em esgrima. Então acertaram uma data em que deveriam voltar a se encontrar em casa e partiram. Aconteceu de cada um deles encontrar um mestre esforçado, com quem aprenderam ofícios justos. O ferreiro acabou incumbido de ferrar os cavalos do rei e pensou: "Agora não tem como dar errado, sou eu quem vai ficar com a casa". O barbeiro fazia a barba de muitos nobres e também pensava que a casa seria sua. O esgrimista levava alguns golpes, mas mordia os dentes e não se aborrecia com isso porque pensava: "Se você tiver medo de um golpe, nunca conseguirá ficar com a casa". Passado o tempo combinado, eles se encontraram em casa, mas não sabiam como definir a melhor ocasião de mostrar seu trabalho e sentaram-se juntos para discutir o assunto. Enquanto estavam ali sentados, um coelho surgiu correndo de repente pelo campo. "Opa", disse o barbeiro, "ele veio bem a calhar." Então pegou bacia e sabonete, foi fazendo espuma até o coelho se aproximar, depois ensaboou o bicho enquanto ele passava em disparada e barbeou-o também enquanto passava, fez nele um bigodinho e não cortou ou machucou um único fio dele. "Gostei", disse o pai, "se os outros não se esforçarem muito, a casa será sua." Pouco tempo depois, um homem passou correndo numa carroça em plena caçada. "Agora o senhor vai ver, pai, o que eu sei fazer", disse o ferreiro, que saltou atrás da carroça, arrancou as quatro ferraduras do cavalo, que galopava a toda velocidade, e trocou por novas enquanto o animal corria. "Você é mesmo muito bom", disse o pai, "faz seu trabalho tão bem quanto o seu irmão e eu não sei para quem dar a casa." Então, o terceiro filho disse: "Pai, permita que eu também demonstre minhas habilidades". Como estava começando a chover, ele puxou a espada e começou a dar golpes cruzados acima da cabeça, de modo que nenhuma gota caiu sobre ele. E, quando a chuva ficou mais e mais pesada até ficar tão forte que parecia que estava sendo jogada aos baldes do céu, ele golpeou cada vez mais rápido e permaneceu tão seco como se tivesse se abrigado embaixo de um telhado. Ao ver isso, o pai ficou admirado e disse: "Você mostrou ter maior habilidade, a casa será sua".

Os outros dois concordaram, satisfeitos, e, como eles haviam reconhecido suas habilidades e por se amarem muito, os três acabaram ficando juntos na casa, exercendo suas profissões; e, por terem estudado tanto e serem muito habilidosos, conseguiram ganhar um bom dinheiro. Assim, viveram felizes até a velhice e, quando um deles adoeceu e morreu, os outros dois ficaram tão tristes que também adoeceram e logo morreram. E, por terem sido tão habilidosos e se amarem tanto, os três foram enterrados juntos no mesmo túmulo.

39.

o diabo e sua avó

Em uma grande guerra, o rei pagava a seus soldados um soldo tão baixo que não dava para eles sobreviverem com o dinheiro. Três soldados então uniram-se e planejaram fugir. Um deles disse aos outros: "Se desertarmos e formos pegos, seremos condenados à forca; como vamos escapar?". Um dos outros respondeu: "Logo ali adiante existe um imenso milharal; se nos escondermos dentro dele ninguém nos achará, o senhor não entra ali". E foi o que fizeram. Durante dois dias e duas noites, esconderam-se no meio do milharal, mas ficaram com tanta fome que quase morreram, pois não podiam sair dali. Então disseram: "De que nos adiantou desertar, se agora vamos ter uma morte miserável no meio do milharal?". Nisso, um dragão flamejante sobrevoou o milharal e, vendo os três ali deitados, perguntou: "O que vocês três estão fazendo aí, no meio do milharal?". E eles responderam: "Somos soldados desertores, não tínhamos mais condições de sobreviver no exército com o soldo que nos pagavam e agora concluímos que vamos morrer de inanição aqui dentro, já que o exército está por todos os lados e nós não temos por onde escapar". "Se aceitarem me servir por sete anos", propôs o dragão, "eu atravessarei o exército com vocês e ninguém conseguirá pegá-los." "Não temos escolha", disseram eles, conformados com a opção. Então o dragão ergueu-os com suas garras, abrigou-os debaixo das asas e transportou-os com segurança pelos ares, atravessando as fileiras do exército. Depois depositou-os novamente em terra. Acontece que o dragão era o próprio Diabo, que lhes entregou um pequeno chicote, dizendo que bastava chicotearem o ar com ele para conseguirem tanto dinheiro quanto quisessem, e depois acrescentou: "Com isso vocês poderão ser grandes senhores e andar de carruagem, mas, passados sete anos, vocês me pertencerão", e entregou-lhes um livro, que todos tiveram de assinar. "Quando chegar a hora", disse o Diabo, "eu lhes proporei uma charada, e se vocês conseguirem decifrá-la estarão livres de minha posse." Dito isso, o dragão alçou voo, enquanto os três seguiram com seus chicotes e, tendo tanto dinheiro quanto poderiam desejar, encomendaram roupas finas de nobres e saíram mundo afora. Onde quer que se encontrassem, viviam em júbilo e magnificência, andavam a cavalo e de carruagem, comiam e bebiam do melhor, e os sete anos se passaram rapidamente. Quando o tempo deles já estava acabando, os soldados ficaram assustados e receosos; dois deles estavam bem angustiados, mas o terceiro encarava tudo com menos preocupação e disse: "Irmãos, não tenham medo, quem sabe não conseguimos decifrar a charada?". E quando estavam assim, juntos, uma velha senhora aproximou-se deles e perguntou por que estavam assim tão abatidos. "O que isso lhe interessa? A senhora não tem como nos ajudar mesmo." "Quem sabe, acho que deviam me contar." Então eles lhe contaram que haviam servido ao Diabo por quase sete anos, e que em troca ganharam rios de dinheiro, mas que haviam assinado um contrato segundo o qual, decorridos sete anos, passariam a pertencer ao Diabo, caso não conseguissem decifrar uma charada que ele lhes proporia. A velha senhora então disse: "Se querem que eu os ajude, um de vocês terá de entrar na floresta, onde encontrará um despenhadeiro que se parece com uma casinha". Os dois desanimados pensaram que isso não lhes serviria de nada e pararam em frente à floresta, mas o terceiro, jovial, embrenhou-se na mata e encontrou tudo aquilo que a mulher havia descrito. Dentro da casinha estava uma velhinha da idade da pedra que era a avó do Diabo, e que perguntou ao visitante de onde ele vinha e o que desejava. O soldado então contou-lhe em todos os detalhes e, como ele era uma pessoa muito bonita, ela ficou com pena e ergueu uma grande pedra. "Fique sentado bem quietinho debaixo da pedra; quando o dragão chegar, eu perguntarei a ele sobre a charada." À meia-noite, o dragão chegou e quis jantar. Sua avó pôs a mesa e serviu-lhe comida e bebida, ele ficou satisfeito, e os dois comeram e beberam juntos. Ela então perguntou-lhe como tinha sido o dia e quantas almas ele tinha conquistado. "Eu ainda tenho três soldados, eles me pertencem", respondeu ele. "Sim, três soldados", disse ela, "que ainda lhe podem escapar." O Diabo então respondeu, irônico: "Esses com certeza serão meus, eu lhes proporei uma charada que eles jamais decifrarão". "Que charada é essa?", ela quis saber. "Eu vou lhe contar: no grande mar do Norte encontra-se um macaco morto, este será o assado deles; e a costela de uma baleia, esta será a colher de prata; e a pata de um cavalo velho, esta será taça de vinho deles." Dito isso, o Diabo foi dormir. A velha avó levantou a pedra e, deixando sair o soldado, disse-lhe: "Espero que você tenha prestado atenção a tudo que foi dito". "Sim", respondeu ele, saindo rapidamente pela janela, por outro caminho, para que o Diabo não notasse a presença dele, e seguiu para se reunir aos dois companheiros. Quando os encontrou, contou-lhes o que havia escutado e que agora eles poderiam decifrar o que nenhuma outra alma tinha podido adivinhar. Então todos ficaram alegres e contentes e, bramindo o chicote, juntaram dinheiro em abundância. Quando os sete anos tinham se completado, o Diabo aproximou-se deles com o livro, apontou para as assinaturas e disse: "Agora vou levá-los comigo para o inferno, lá vocês receberão uma refeição e, se adivinharem que tipo de assado eu lhes servirei, poderão sair livres e eu deixarei que fiquem com o chicote". O primeiro soldado então começou: "No grande mar do Norte encontra-se um macaco morto, este deverá ser o assado". O Diabo ficou irritado, grunhiu, hm!, hm!, hm!, e perguntou ao segundo: "E o que usarão como colher?". E ele respondeu: "A costela de uma baleia será a nossa colher de prata". O Diabo fez uma careta e, resmungando de novo três vezes, hm!, hm!, hm!, disse ao terceiro: "E o que será a sua taça de vinho?". "A pata de um cavalo velho será a nossa taça de vinho." Então o Diabo alçou voo e foi embora dali, deixando-os em paz, já que não tinha mais nenhum poder sobre eles. Os três soldados ficaram com o chicote e com ele fizeram aparecer tanto dinheiro quanto quiseram, e viveram satisfeitos até o fim de suas vidas.

40.

fernando fiel e fernando infiel

Era uma vez um homem e uma mulher que, enquanto eram ricos, não tiveram nenhum filho, mas quando ficaram pobres tiveram um menino. No entanto, eles não conseguiram encontrar nenhum padrinho para ele; então o pai disse que tentaria achar um padrinho em outro lugar. Enquanto caminhava, encontrou outro homem pobre, que lhe perguntou para onde estava indo. Ele respondeu que estava à procura de um padrinho para o filho, pois como era muito pobre ninguém queria lhe fazer esse favor. "Oh", disse o homem pobre, "você é pobre e eu sou pobre. Quero ser o padrinho do seu filho, mas nada poderei dar a ele. Volte para casa e diga à parteira que ela vá à igreja e leve a criança." Quando todos chegaram à igreja, o mendigo já estava lá e deu ao menino o nome de Fernando Fiel.

Quando o pai estava saindo da igreja, o mendigo lhe disse: "Agora vá para casa, não posso lhe dar nada, da mesma forma você não tem que me dar nada". Mas ele deu uma chave para a parteira, dizendo que, ao chegar em casa, ela deveria entregar a chave ao pai, que teria de guardá-la até que o menino tivesse catorze anos, quando então este deveria ir até o campo onde havia um castelo em cuja porta a chave serviria, e tudo que estivesse no castelo lhe pertenceria. Quando o menino estava com sete anos e tinha crescido bastante, foi brincar com outros garotos, e cada um se vangloriava mais que o outro do quanto tinha ganhado do padrinho; o menino, no entanto, não podia dizer nada. Então ele chorou e, de volta à casa, perguntou ao pai: "Pai, eu realmente não ganhei nada do meu padrinho?". "Ah, sim", disse o pai, "você recebeu uma chave, que serve para abrir um castelo que haverá no campo, aí é só você ir até lá e abri-lo." Então o menino foi até lá, mas não era possível ver e ninguém tinha ouvido falar de castelo algum.

Sete anos mais tarde, quando estava com catorze anos, ele foi novamente até o local e lá estava o castelo no campo. Quando o abriu, não havia nada dentro dele além de um cavalo branco. O menino ficou muito feliz por ter um cavalo, montou nele e galopou de volta para perto de seu pai. "Agora também tenho um cavalo branco, e quero viajar", disse. Então partiu, e no caminho viu uma pena de escrever caída no chão. Num primeiro momento, pensou em apanhá-la, mas depois pensou: "Ah, você deve deixá-la aí; se precisar de uma pena, com certeza vai encontrá-la no lugar para o qual está indo". Estava prestes a continuar a viagem quando ouviu uma voz chamando atrás dele: "Fernando Fiel, leve-a com você". Ele olhou ao redor, mas não viu ninguém. Então retornou e pegou a pena do chão. Mais à frente, passou por um lago e, na margem, viu um peixe fora da água, ofegante. "Espere, querido peixe, vou ajudá-lo a voltar para a água", e pegou o peixe pelo rabo e jogou-o dentro do lago. Então o peixe colocou a cabeça para fora da água e disse: "Como você me ajudou a sair da lama, eu lhe darei uma flauta; quando estiver em apuros, toque a flauta e eu o ajudarei, e, se você deixar cair alguma coisa na água, é só tocar a flauta e eu a trarei de volta para você". Ele seguiu viagem, encontrando a seguir um homem, que lhe perguntou para onde estava indo. "Ah, vou até a próxima aldeia." Então, o homem perguntou qual era seu nome. "Fernando Fiel." "Sabe que eu tenho quase o mesmo nome?", disse o outro, "eu me chamo Fernando Infiel." E os dois continuaram juntos em direção à hospedaria da aldeia mais próxima.

O problema era que Fernando Infiel sabia tudo que o outro pensava e o que pretendia fazer; e ele ficava sabendo dessas coisas com ajuda das artes mais vis. Na hospedaria havia uma moça honesta, que tinha um rosto iluminado e belos modos. Ela se apaixonou por Fernando Fiel, pois ele era jovem e bonito, e perguntou-lhe para onde estava indo. "Ah, só estou viajando por aí", ele respondeu. Então ela disse que ele deveria ficar por lá, pois o rei daquelas terras precisava de um ajudante ou de um batedor, e que ele deveria passar a servi-lo. O rapaz respondeu que não podia simplesmente ir até o rei e oferecer seus préstimos. Então a moça disse: "Ah, vou fazer isso por você". E foi diretamente até o rei e disse-lhe que sabia de um excelente servo para ele. O rei gostou e pediu que lhe trouxessem Fernando Fiel, e quis fazer dele seu serviçal. O rapaz, no entanto, preferia ser batedor, pois onde estivesse seu cavalo ele também teria de estar, de modo que o rei fez dele um batedor. Quando Fernando Infiel ficou sabendo disso, disse para a jovem: "Você o ajudou e não ajudou a mim?". "Oh", respondeu ela, "vou ajudá-lo também." E ela pensou: "É melhor mantê-lo como amigo, pois ele não é de confiança". A moça então foi até o rei e disse que tinha um serviçal para ele, e o rei concordou em contratá-lo.

Acontece que todas as manhãs, quando Fernando Infiel ia até o rei, este sempre se lamentava e dizia: "Oh, se ao menos eu tivesse o meu amor aqui comigo". Fernando Infiel, no entanto, não gostava de Fernando Fiel, e assim, quando o rei se lamentou, ele disse: "O senhor tem um batedor, ordene que ele vá buscá-la, e, se ele não a trouxer, a cabeça dele terá que rolar". Então o rei mandou chamar Fernando Fiel e disse-lhe que ali ou acolá estava a moça que ele amava, e que ele deveria trazê-la até ele; do contrário, teria de morrer.

Fernando Fiel foi até seu cavalo branco no estábulo e lamentou-se, dizendo: "Oh, como sou infeliz!". Então alguém atrás dele perguntou: "Fernando Fiel, por que você está chorando?". Ele olhou ao redor, mas não viu ninguém, e continuou se lamentando: “Oh, meu querido cavalo branco, eu preciso abandoná-lo, e agora tenho de morrer”. Então alguém perguntou mais uma vez: “Fernando Fiel, por que você está chorando?”. Aí ele se deu conta de que era seu cavalinho branco que estava fazendo a pergunta. “Foi você que falou, meu querido cavalo branco? Você sabe falar?” E novamente disse: “Eu tenho que ir até um lugar ali ou acolá, e devo trazer a noiva; você pode me dizer como é que eu consigo fazer isso?”. E o pequeno cavalo branco respondeu: “Vá até o rei e diga-lhe que, se ele der o que você precisa, você a buscará. Você vai precisar de um navio cheio de carne e de um navio cheio de pão. Se você não der carne para os grandes gigantes da água, eles o farão em pedaços, e há grandes aves que bicarão os seus olhos se você não tiver pão para dar a elas”. Então o rei mandou todos os açougueiros do país fazerem abates e todos os padeiros do país assarem pão, para que os navios ficassem cheios. E, quando eles estavam cheios, o pequeno cavalo branco disse a Fernando Fiel: “Agora monte em mim e vá comigo até o navio, e quando os gigantes se aproximarem diga:

‘Calma, calma, meus queridos gigantinhos,
Pensei em vocês,
Trouxe algo para vocês!’

“E quando as aves chegarem, você deverá dizer novamente:

‘Calma, calma, minhas queridas avezinhas,
Pensei em vocês,
Trouxe algo para vocês!’

“Então os gigantes não lhe farão mal, e quando você chegar ao castelo eles irão ajudá-lo. Suba no castelo e leve alguns gigantes. A princesa estará ali deitada, dormindo; você não deve acordá-la; os gigantes devem carregá-la em sua cama até o navio”. Então tudo aconteceu como o pequeno cavalo branco havia falado. Fernando Fiel deu aos gigantes e às aves o que havia levado para eles, e isso deixou os gigantes dispostos a ajudá-lo e eles carregaram a princesa em sua cama até o navio, que logo zarpou em direção ao rei. E, assim que chegaram até o rei, a princesa disse que não poderia viver, que ela precisava ter seus escritos, que tinham ficado em seu castelo. Então, instigado por Fernando Infiel, o rei mandou chamar Fernando Fiel e ordenou-lhe que fosse buscar os escritos no castelo, do contrário ele morreria. O rapaz foi novamente até o estábulo e chorou, dizendo: "Oh, meu querido pequeno cavalo branco, agora tenho que partir de novo, como devo fazer isso?". Então o pequeno cavalo branco disse que ele deveria carregar os navios novamente, e tudo aconteceu da mesma forma como antes, e os gigantes e as aves ficaram satisfeitos e dóceis depois de receberem a comida. Quando chegaram ao castelo, o cavalo branco disse a Fernando Fiel que ele deveria simplesmente entrar e que os escritos estariam no quarto da princesa. Fernando Fiel entrou lá e apanhou as coisas. Quando chegou ao lago, deixou a pena de escrever cair dentro da água, e o cavalo branco disse: "Agora não posso mais ajudar você". Mas ele se lembrou de sua flauta e começou a tocá-la, e o peixe apareceu com a pena na boca e a entregou a ele. Assim o rapaz pôde levar os escritos até o castelo, e o casamento foi celebrado.

A rainha, no entanto, não amava o rei, porque ele não tinha nariz, e ela preferia muito mais amar Fernando Fiel. Então, certa vez, quando todos os ministros da corte estavam reunidos, a rainha disse que sabia fazer mágicas, que era capaz de cortar a cabeça de qualquer um e depois colocá-la no lugar de novo e que alguém deveria fazer o teste. Mas ninguém quis ser o primeiro, então Fernando Fiel, novamente instigado por Fernando Infiel, ofereceu-se; ela decepou a cabeça dele, depois a recolocou no lugar, e ele rapidamente se curou, apenas ficou parecendo que tinha um barbante vermelho em volta do pescoço. Então o rei disse a ela: "Minha filha, onde você aprendeu isso?". "Oh", disse ela, "eu conheço essa arte; quer que a experimente em você também?" "Oh, sim", ele respondeu. Então a rainha cortou a cabeça dele, mas não a colocou de volta, fingindo que não estava conseguindo, que a cabeça não parava no lugar. Então o rei foi enterrado e ela libertou Fernando Fiel.

O rapaz, no entanto, sempre montava seu cavalo branco. Certa vez, enquanto cavalgava, o cavalo lhe disse para ir até outro campo que ele lhe indicaria, e que quando lá chegasse deveria cavalgar três vezes por aquele campo. E, depois de ele ter feito isso, o cavalo branco apoiou-se nas patas traseiras e transformou-se num príncipe.

41.

o fogão de ferro

No tempo em que feitiços ainda faziam efeito, um príncipe foi enfeitiçado por uma bruxa e ficou preso dentro de um grande fogão de ferro no meio da floresta.* Ali ele passou muitos anos, sem que ninguém o pudesse libertar. Certa vez, uma princesa entrou na floresta, perdeu-se e não conseguiu encontrar o caminho de volta ao reino de seu pai. Ela perambulou pela floresta durante nove dias e acabou parando

* O conteúdo é similar aos contos "O príncipe Cisne" (tomo I, conto 59), "A cotovia cantante e saltitante" (tomo II, conto 2), "Os dois filhos do rei" (tomo II, conto 27) e ao belo conto "Pintosmauto", do *Pentamerone*, no qual a noiva fiel salva o rei que a esqueceu. A apresentação de uma noiva falsa, na tentativa de enganar o príncipe, já havia ocorrido em "Vapt-vupt-zum" (tomo I, conto 66).

O forno quente e em chamas, dentro do qual o príncipe é enfeitiçado, é sem dúvida alguma o inferno, o submundo, onde a temível morte se abriga, mas onde também se encontra a forja. Isso explica o modo de falar, como que proferindo um encantamento — contar um segredo para o fogão (nas outras lendas os segredos são contados para uma pedra ou para uma pilastra de pedra) ou fazer um pedido para o fogão, assim como os velhos juram pelo submundo, onde reside o justo juiz dos mortos. É por isso que a pastora de gansos (tomo II, conto 3) fala com o fogão e lhe revela aquilo que não poderia revelar à ninguém. A palavra alemã *Eisenofen*, que designa "fogão de ferro", é antiquada e não se refere tanto ao ferro, mas ao velho fogão de lenha com chaminé. [N. A.]

diante de um grande fogão de ferro. Então este perguntou: "De onde você vem e para onde vai?". Ao que ela respondeu: "Eu me perdi do reino do meu pai e não consigo achar o caminho de volta para casa". Então uma voz de dentro do fogão de ferro disse: "Eu vou ajudá-la a encontrar o caminho de casa em pouco tempo, se você der a sua palavra de que fará o que eu lhe pedir. Sou o filho de um rei mais poderoso que seu pai e quero me casar com você". Assustada, a princesa pensou: "Meu Deus, o que vou fazer casada com um fogão de ferro?". Mas, como queria muito encontrar o caminho da casa de seu pai, aceitou fazer o que ele estava pedindo. Ele, porém, disse: "Você deve voltar aqui trazendo uma faca e com ela raspar um buraco no ferro". Em seguida arranjou-lhe um acompanhante, que andou a seu lado em silêncio, mas levou-a de volta para casa em duas horas.

No castelo, o retorno da princesa foi só alegria, e o velho rei a abraçou e a beijou. Mas ela disse, muito aflita: "Querido pai, eu não teria conseguido sair da grande floresta selvagem se não tivesse encontrado um fogão de ferro, a quem tive de dar a minha palavra de que voltaria até ele para libertá-lo e que me casaria com ele". Ao ouvir isso, o velho rei se assustou tanto que quase desmaiou, pois tinha somente uma filha. Assim, depois de confabularem, resolveram mandar no lugar dela a filha do moleiro, que era bem bonita. Conduziram-na para lá, deram-lhe uma faca e mandaram que raspasse o fogão de ferro com ela. A moça passou vinte e quatro horas raspando o ferro, sem no entanto conseguir tirar nem uma mínima lasca. Quando clareou o dia, uma voz vinda de dentro do fogão de ferro disse: "Parece que lá fora vai raiar o dia". E ela respondeu: "A mim também parece, pensei ter ouvido o moinho do meu pai girando". "Quer dizer que você é a filha do moleiro, então volte logo para casa e mande a princesa vir aqui." Ela voltou e disse ao velho rei que o fogão de ferro não a queria, mas sim a filha do rei. O rei ficou muito assustado e a princesa começou a chorar. Mas havia ainda a filha do criador de porcos, ainda mais bela que a do moleiro, e iriam dar a ela um bom dinheiro para que fosse até o fogão de ferro no lugar da princesa. Então ela foi levada até lá e também passou vinte e quatro horas raspando, sem conseguir tirar nada dele. Quando amanheceu, uma voz vinda de dentro do fogão disse: "Parece que lá fora vai raiar o dia!". E ela respondeu: "A mim também parece, pensei ter ouvido o meu pai tocando a cornetinha". "Quer dizer que você é a filha do criador de porcos, então volte logo para casa e mande a princesa vir aqui. E diga a ela para se lembrar do que me prometeu, e que se ela não aparecer tudo irá ruir e desmoronar, e não restará pedra sobre pedra." Ao ouvir isso a princesa começou a chorar, mas não havia nada a fazer a não ser cumprir a promessa. Então ela se despediu do pai, pegou a faca e partiu rumo ao fogão de ferro. Assim que chegou, começou a raspar e o ferro começou a ceder e, passadas duas horas, já havia cavado um buraquinho nele. Então ela olhou para dentro e viu um príncipe tão belo, nossa!, ele brilhava tanto que lhe agradou no fundo de sua alma. Assim, a princesa continuou raspando até fazer um buraco muito grande, por onde ele conseguiu passar. Então ele disse: "Você é minha e eu sou seu, você é minha noiva e me salvou". Ela pediu para ir mais uma vez até a casa do pai e o príncipe permitiu, contanto que ela não falasse mais que três palavras com o pai e depois voltasse. Assim, ela partiu, mas falou mais que três palavras. Então o fogão de ferro desapareceu e foi para longe, atravessando montanhas de gelo e espadas afiadas, mas o príncipe estava livre, não mais preso dentro dele. A princesa, por sua vez, despediu-se do pai, pegou algum dinheiro, mas não muito, e voltou à floresta à procura do fogão de ferro, que, porém, não estava mais ali. Ela passou nove dias procurando e sua fome ficou tão grande que ela não sabia o que fazer, pois não tinha como sobreviver. E, quando anoiteceu, ela, temendo os animais selvagens, subiu numa pequena árvore e pensou em passar a noite ali em cima. Por volta da meia-noite, ela avistou uma luzinha ao longe e pensou: "Oba! Serei salva!"; desceu da árvore e seguiu a luzinha, mas foi rezando pelo caminho. Então chegou a uma velha casinha, rodeada de muito mato e diante da qual havia uma pequena pilha de lenha. Ela pensou: "Nossa! Onde vim parar?"; olhou pela janela e não viu nada além de rãs pequenas e gordas, e também uma mesa posta e, sobre ela, vinho e um assado, e pratos e copos de prata. Então ela criou coragem e bateu. Não demorou e a velha rã gorda disse:

"Pule, verde donzelinha,
pule feito cãozinho,
pule para lá e para cá!
E vá ver rapidinho
quem lá fora está."

Então uma pequena rã saiu saltando e abriu a porta. Quando a princesa entrou, todos lhe deram boas-vindas e ela teve de se sentar. "De onde você vem? Para onde vai?" Então ela contou tudo o que lhe acontecera e que, por ter desobedecido à recomendação de não falar mais que três palavras, o fogão e o príncipe haviam desaparecido. Agora ela estava disposta a atravessar montanhas e vales até encontrá-lo. Então a velha rã gorda disse:

"Pule, verde donzelinha,
pule feito cãozinho,
pule para lá e para cá!
E traga rapidinho
a caixa que no quarto está."

Então a pequena rã saiu pulando e voltou com a caixa. Depois deram à princesa de comer e de beber e acomodaram-na numa cama bem arrumada, que parecia feita de seda e veludo, onde ela se deitou e dormiu com a bênção de Deus.

Assim que o dia raiou, a princesa levantou-se e a rã velha tirou três agulhas da grande caixa e entregou-as a ela, dizendo que as levasse consigo. As agulhas lhe seriam úteis, pois ela teria de cruzar uma alta montanha de vidro e três espadas afiadas e atravessar um grande lago, e se conseguisse fazer tudo isso teria seu príncipe de volta. Em seguida a rã entregou-lhe três coisas com as quais ela deveria tomar o maior cuidado: três agulhas grandes, uma roda de arado e três nozes. Com isso, a princesa partiu. Quando chegou à montanha de vidro, que era lisa demais, ela enfiou as agulhas sob os pés e foi escalando e subindo até conseguir atravessá-la, e depois escondeu-as num lugar que teve o cuidado de marcar. A seguir, chegou às três espadas afiadas, então subiu na roda e rolou por cima delas. Finalmente foi parar num grande lago e, após atravessá-lo, chegou a um enorme e bonito castelo. Entrou e pediu emprego, alegando ser uma pobre criada e que gostaria de trabalhar ali. A princesa bem sabia, na verdade, que o príncipe, que ela libertara do fogão na vasta floresta, estava lá. Então ela foi admitida como assistente de cozinha em troca de um pequeno salário. O príncipe já tinha uma nova mulher a seu lado, com a qual pretendia se casar, pois pensava que a princesa tivesse morrido havia muito tempo. À noite, depois de terminar todo o serviço, a princesa encontrou no bolso as três nozes que a rã velha havia lhe dado. Abriu uma delas com os dentes para comer a semente, mas dentro havia um lindo vestido real. Quando a noiva ficou sabendo do vestido, foi até a princesa, perguntou sobre o vestido e logo quis comprá-lo, dizendo: "Não é um vestido para uma criada". Então ela disse que não queria vendê-lo, mas que o entregaria de graça se, em troca, pudesse dormir uma noite no quarto do príncipe, o noivo. Como o vestido era muito bonito e a noiva ainda não possuía um traje parecido com aquele, aceitou a proposta. Quando a noite chegou, ela disse ao noivo: "A louca da criada quer dormir no seu quarto". "Se você estiver feliz, eu também estou."

Mas a noiva serviu-lhe um copo de vinho, em que havia posto um sonífero. Quando os dois foram dormir no quarto, ele dormiu tão profundamente que a princesa não conseguiu acordá-lo. Mas ela passou a noite chorando e gritando: "Eu libertei você quando estava preso no fogão de ferro, no meio da floresta selvagem, você me salvou e eu também salvei você, atravessei um castelo enfeitiçado, subi uma montanha de vidro e passei por cima de três espadas afiadas e um grande lago, e agora que o encontrei, você não quer nem me ouvir". Os criados, sentados diante da porta do quarto, ouviram-na chorando a noite toda e, de manhã, contaram ao príncipe o que tinham ouvido. Na noite seguinte, depois de ter feito todo o serviço, ela mordeu a segunda noz e dentro encontrou um vestido ainda mais belo que o anterior, e quando a noiva o viu também logo quis comprá-lo. Mas a princesa não queria dinheiro e implorou para dormir mais uma vez no quarto do noivo. Novamente a noiva deu a ele um sonífero para beber e ele dormiu tão pesado que não podia ouvir nada. Mas a menina passou a noite chorando e gritando: "Eu libertei você quando estava preso no fogão de ferro, no meio da floresta selvagem, você me salvou e eu também salvei você, atravessei um castelo enfeitiçado, subi uma montanha de vidro e passei por cima de três espadas afiadas e um grande lago, e agora que o encontrei, você não quer nem me ouvir". Os criados, sentados diante da porta do quarto, ouviram-na chorando a noite toda e, de manhã, contaram ao príncipe o que tinham ouvido. Na terceira noite, depois do serviço, ela abriu a terceira noz e de dentro dela saiu um vestido mais maravilhoso ainda, de puro ouro. A noiva desejou-o no momento em que o viu, mas a menina disse que só o entregaria se pudesse dormir uma terceira noite no quarto do príncipe. Dessa vez o príncipe cuidou para não beber o sonífero e, quando ela começou a chorar e a gritar: "Querido amado, eu te libertei da floresta assustadora e selvagem e de um fogão de ferro, você me salvou e eu também salvei você", o príncipe levantou de um salto e disse: “Você é minha e eu sou seu”. Então naquela mesma noite os dois embarcaram numa carruagem, levando os vestidos da falsa noiva, e esta não conseguiu mais se levantar. No grande lago, tomaram um barco para a travessia e, quando chegaram às espadas afiadas, subiram na roda de arado, e atravessaram a montanha de vidro espetando as agulhas sob os pés. Assim, finalmente chegaram à velha casinha, mas quando entraram, ela se transformou num grande castelo e as rãs foram libertadas, e eram príncipes e princesas, que ficaram muito felizes. Ali foi celebrado o casamento e os dois ficaram vivendo no castelo, que era bem maior que o do pai da princesa. Como o velho rei se queixava de estar só, os dois partiram e o trouxeram para viver com eles, e assim ficaram com dois reinos e viveram uma boa união.

42.

a fiandeira preguiçosa

Um homem e uma mulher viviam numa aldeia. A mulher era tão preguiçosa que não queria trabalhar em nada, e o material que o homem lhe dava para trançar ela nunca acabava de fiar, e os fios que ela fazia não enrolavam na bobina e ela os deixava embaraçados, jogados pelo chão. Se o marido lhe dava uma bronca, a respondona dizia: "Como é que vou enrolar se não tenho bobina? Vá até a floresta e arrume uma". "Não seja por isso", disse o homem, "eu vou até a floresta buscar madeira para fazer bobinas." A mulher, com medo de que o marido arranjasse a madeira e entalhasse uma bobina, e que ela tivesse de tirar a lã e enrolá-la, começou a tecer de novo. Ela então pensou um pouco, teve uma boa ideia e, secretamente, seguiu o marido até a floresta. Quando ele subiu numa árvore para escolher a madeira para cortar, ela se escondeu debaixo dela, no meio dos arbustos, num lugar em que ele não conseguia vê-la, e gritou:

> "Quem corta madeira para fazer bobina padece.
> E quem usa a bobina apodrece!"

Ao ouvir a voz, o homem baixou o machado por um instante e pensou no que aquilo poderia significar. "Ei, não foi nada, apenas soou nos seus ouvidos. Deixe para lá, não se preocupe à toa", disse ele, e retomou o machado para cortar, mas novamente a voz vinda de baixo gritou:

"Quem corta madeira para fazer bobina padece.
E quem usa a bobina apodrece!"

Então, com medo e assustado, ele parou e ficou cismado, pensando o que aquilo poderia ser. Porém, passado um tempinho, ele se recompôs e voltou a erguer o machado uma terceira vez para desferir o golpe. Mas pela terceira vez a voz gritou:

"Quem corta madeira para fazer bobina padece.
E quem usa a bobina apodrece!"

Aquilo foi demais para o homem e ele perdeu a vontade de cortar madeira, então mais do que depressa desceu da árvore e tomou o rumo de casa. A mulher correu o mais rápido que pôde por outros caminhos para chegar em casa antes do marido e, quando ele entrou na sala, ela se fingiu de inocente, como se nada tivesse acontecido, e disse: "Então, conseguiu uma boa madeira para a bobina?". "Não", respondeu ele, "estou vendo que não é possível bobinar", e contou o que havia acontecido na floresta e a partir de então a deixou em paz.

Não demorou muito, porém, para que o homem voltasse a se incomodar com a desordem na casa, e um dia ele perdeu a paciência e disse: "Mulher, é uma vergonha toda essa linha fiada aí jogada em cima do tear". "Sabe de uma coisa?", disse a mulher, "já que afinal não temos uma bobina, fique no sótão e eu fico aqui embaixo, e aí eu jogo o novelo para você e você me devolve, e assim podemos trançar." "Pode ser", respondeu o homem, e os dois fizeram o que haviam combinado. Quando acabaram, ele disse: "Agora a linha está trançada, mas ainda precisa ser fervida". A mulher logo sentiu medo, mas mesmo assim respondeu: "Sim, vamos fervê-la amanhã, logo pela manhã", e começou a pensar em uma nova maneira de enganar o marido. Assim, na manhã seguinte ela levantou-se da cama bem cedo, acendeu o fogo e pôs o caldeirão sobre ele, mas dentro do caldeirão colocou um pelote de estopa em vez da linha e deixou ferver. Depois, foi até o marido, que ainda estava na cama, e disse: "Tenho de sair; e enquanto isso tome conta da linha que deixei no fogo dentro do caldeirão. Mas você deve fazer no tempo certo, preste atenção nisso, porque se o galo cantar e você não cuidar, ela vira estopa". O marido não se fez de rogado: logo saltou da cama para que nada se estragasse e foi para a cozinha o mais rápido que pôde. No entanto, quando se aproximou do caldeirão e olhou dentro dele, constatou horrorizado que ali não havia nada além de uma bola de estopa. Então ele ficou de bico calado, pensando que isso havia acontecido por culpa dele, por não ter cuidado direito da linha, e com isso passou a deixar a mulher sossegada, sem ter de fiar ou tecer.

43.

o leão e o sapo

Era uma vez um rei e uma rainha que tinham um filho e uma filha que se amavam de coração. O príncipe costumava sair sempre para caçar e às vezes passava um longo tempo fora, na floresta, mas em certa ocasião ele não voltou. A irmã chorou até quase ficar cega, e quando não aguentou mais, decidiu entrar na floresta à procura do irmão. Depois de ter percorrido longos caminhos pela mata, não conseguiu ir adiante de tão cansada, então olhou à sua volta e viu que a seu lado havia um leão muito amável e de ótima aparência. Ela então montou em suas costas e ele a levou embora, e sempre fazia carinho nela com a cauda e refrescava suas bochechas. Depois de terem percorrido um longo trecho da floresta, chegaram diante de uma caverna. O leão levou a princesa para dentro e ela não sentiu medo e tampouco quis descer, já que o leão era muito amável. Assim, atravessaram a caverna, que foi ficando cada vez mais escura até que não se via mais nada, mas, passado um tempinho, a luz do dia voltou e eles chegaram a um lindo jardim. Ali tudo era muito vicejante e brilhava ao sol, e bem no meio havia um luxuoso palácio. Ao chegarem diante do portão, o leão parou e a princesa desceu de suas costas. Então ele começou a falar: “Você deve morar nessa bela casa e me servir. Se fizer tudo o que eu lhe pedir, reverá o seu irmão”.

Assim, a princesa trabalhou para o leão e obedeceu a todas as ordens dele. Certa vez, ela foi passear no jardim e, apesar de lá ser um lugar muito bonito, sentia-se triste por estar tão sozinha e abandonada por todos. Ao andar de um lado para o outro, chegou em um lago, no meio do qual havia uma pequena ilha com uma tenda. Então ela viu que dentro da tenda havia um sapo verde, da cor da grama, e que no lugar de uma touca ele usava na cabeça uma folha de roseira. O sapo olhou para ela e perguntou: "Por que você está tão triste?". "Ai", respondeu ela, "e por que eu não deveria estar?", e queixou-se de sua sorte. Então o sapo disse, com simpatia: "Se precisar de alguma coisa, venha até mim, que eu a ajudarei com conselhos e ações". "Mas como vou poder lhe pagar?" "Não precisa me pagar nada", disse o sapo, "basta que me traga uma folha fresca de roseira todos os dias para cobrir a minha cabeça." Então a princesa voltou para o palácio um pouco consolada e, toda vez que o leão lhe pedia alguma coisa, ela corria até o lago, e o sapo logo saltava de um lado para o outro e trazia o que ela precisava. Um dia o leão disse: "Hoje à noite eu gostaria de comer um pastel de mosquitos, mas tem que estar muito bem preparado". A princesa achou que nunca conseguiria arrumar uma coisa dessas, o que era uma tarefa totalmente impossível, então correu para fora e se queixou ao sapo. Mas o sapo disse: "Não se preocupe, que eu farei o pastel de insetos para você". Dito isso, ele sentou-se, abriu a boca para a direita e para a esquerda, fechou-a e assim capturou os insetos de que precisava. Em seguida, saltou de um lado para o outro recolhendo gravetos e soprou para acender o fogo. Quando a lenha estava queimando, ele esticou a massa e colocou-a sobre as brasas, e não demorou duas horas para que o pastel estivesse pronto e tão bom quanto se pudesse desejar. Então o sapo disse para a menina: "Mas você só vai ganhar o pastel se me prometer que cortará a cabeça do leão assim que ele tiver adormecido, com uma espada que está escondida no fundo do seu quarto". "Não", disse ela, "não vou fazer isso, o leão sempre foi bondoso comigo." O sapo então disse: "Se não fizer isso, você jamais verá seu irmão de novo e, com isso, também não estará fazendo mal algum ao leão". A menina então tomou coragem, pegou o pastel e levou-o para o leão. "Está parecendo realmente delicioso", disse o leão, que o farejou um pouco, logo se pôs a mordê-lo e comeu-o por inteiro. Quando acabou, ele sentiu uma sonolência e, querendo dormir um pouco, disse à princesa: "Venha sentar-se perto de mim e coce um pouco atrás das minhas orelhas, até eu adormecer". Ela sentou-se ao lado dele e, enquanto coçava suas orelhas com a mão esquerda, com a direita tentava encontrar a espada que estava atrás da cama. Quando ele adormeceu, a princesa puxou a espada, fechou os olhos e, de um golpe, decepou a cabeça do leão. E, quando voltou a olhar, o leão havia desaparecido e seu amado irmão estava a seu lado. Beijando-a carinhosamente, ele disse: "Você me libertou, pois eu era o leão e fui enfeitiçado para ficar assim até que a mão de uma moça cortasse a cabeça do leão por amor a mim". Depois os dois foram juntos até o jardim para agradecer ao sapo, mas ao chegarem lá viram que ele saltava de um lado para o outro sem parar, recolhendo gravetos para acender uma fogueira. Quando o fogo estava bem alto, o sapo saltou dentro do fogo, que queimou por mais um instante e se apagou, e ali apareceu uma bela menina, que também tinha sido enfeitiçada e era a amada do príncipe. Então eles seguiram juntos para o castelo do velho rei e da senhora rainha, e uma grande cerimônia de casamento foi celebrada, e quem lá esteve não voltou para casa com fome.

44.

o soldado e o carpinteiro

Era uma vez dois carpinteiros, cujas casas eram geminadas. Cada um deles tinha um filho. As crianças estavam sempre juntas, brincando, e por isso receberam os apelidos de Faquinha e Garfinho, que também eram sempre postos lado a lado sobre a mesa. Quando ambos já estavam crescidos, continuavam não querendo se separar, mas um deles era valente e o outro, medroso; assim, um tornou-se soldado e o outro aprendeu o ofício de carpinteiro. Quando chegou a hora de o carpinteiro sair para exercer seu ofício itinerante, o soldado não quis se separar dele, de modo que resolveram viajar juntos. Ao chegarem a uma cidade, o carpinteiro encontrou trabalho numa carpintaria; como o soldado também queria ficar por lá, empregou-se como criado na carpintaria. Tudo estaria muito bem, não fosse o soldado tão preguiçoso, deixando-se ficar jogado sobre uma pele de urso o dia todo. Não demorou muito e ele foi despedido pelo mestre carpinteiro. O amigo, que lhe era leal, não quis se separar do soldado e por isso deixou o emprego e seguiu com ele. E assim tudo permaneceu igual; mal tinham arranjado algum trabalho, não demorava e o soldado era despedido por conta de sua preguiça, e, como o outro não queria ficar sem ele, os dois continuavam seguindo juntos. Certa ocasião, os dois chegaram a uma grande cidade, mas, como o soldado não quis mexer um dedo, à noite já havia sido despedido e eles precisaram partir ainda naquela noite. Então trilharam um caminho que os acabou levando a uma floresta grande e desconhecida. O medroso disse: “Eu não vou entrar aí, deve estar repleto de bruxas e fantasmas”. O soldado, no entanto, retrucou: “Ei, pare com isso, essa floresta aí não me mete medo!”, e tomou a frente. O medroso, como não queria se separar dele, foi junto. Não demorou muito para que se afastassem do caminho e vagueassem sem rumo por entre as árvores. Finalmente viram uma luz, em cuja direção seguiram, acabando por deparar-se com um belo castelo, que estava todo iluminado. Do lado de fora, havia um cachorro preto e, logo ao lado, dentro de um laguinho, nadava um cisne vermelho. Ao entrarem no castelo, no entanto, não viram gente em canto algum, até que chegaram à cozinha. Ali havia um gato cinza, sentado junto a uma panela cozinhando sobre o fogo. Eles seguiram adiante e encontravam diversos quartos maravilhosos, mas todos estavam vazios. Num deles, no entanto, havia uma mesa coberta e repleta de comida e bebida. Como eles estivessem com muita fome, sentaram-se à mesa e se deliciaram. Depois, o soldado disse: “Quando você acabar de comer e estiver satisfeito, deve ir dormir!”, e, abrindo a porta de um dos quartos, viu que ali havia duas lindas camas. Os dois então se deitaram, mas quando já estavam quase adormecendo, o medroso se deu conta de que ainda não tinham rezado. Ele levantou-se e, abrindo a porta de um armário que ficava rente à parede, viu que havia ali um crucifixo e dois livros de orações. Então acordou o soldado, que se levantou da cama, e ambos se ajoelharam em frente ao armário e disseram suas orações. Em seguida, adormeceram tranquilamente. Na manhã seguinte, o soldado recebeu um golpe tão forte que foi lançado ao alto. “Ei, por que está me batendo?”, gritou para o amigo. Mas este também fora golpeado e disse: “Por que você está me batendo? Eu não bati em você!”. O soldado então respondeu: “Isso dever ser um sinal de que devemos sair daqui". Quando saíram do quarto, viram que havia um desjejum preparado sobre a mesa, mas o medroso disse: "Antes de tocar a comida, vamos ver se achamos alguém por aqui". "Boa ideia", disse o soldado, "de todo modo, eu vou ficar achando que foi o gato que preparou a comida e que ele meteu as patas em tudo, e isso me tira o apetite."

Assim, esquadrinharam o castelo todo, de cima a baixo, mas não encontraram viva alma. O soldado então sugeriu: "Vamos dar uma olhada também no porão". Ao descerem a escada, depararam-se com uma velha senhora sentada em frente ao primeiro porão. Dirigindo-se a ela, disseram: "Bom dia! Foi a senhora que nos preparou aquela deliciosa refeição?". "Sim, meus filhos, fui eu. Estava bom?" Seguindo em frente, eles chegaram ao segundo porão, em frente ao qual se encontrava um jovem de catorze anos, que também cumprimentaram, mas que não respondeu. Finalmente chegaram ao terceiro porão, em frente ao qual encontrava-se uma menina de doze anos, que também se manteve em silêncio ante o cumprimento deles. Os dois continuaram andando por todos os porões, mas não encontraram mais ninguém. Ao voltarem, a menina tinha se levantado da cadeira, e eles lhe perguntaram: "Quer subir conosco?". Mas ela disse: "O cisne vermelho ainda está lá no lago?". "Sim, nós o vimos antes de entrar no castelo." "Isso é lamentável, então não posso ir com vocês." O jovem também estava de pé e, quando eles chegaram perto dele, perguntaram: "Você quer subir conosco?". Mas ele respondeu: "O cachorro preto ainda está no pátio?". "Sim, nós o vimos antes de entrar no castelo." "Isso é lamentável, então não posso ir com vocês." Ao se aproximarem da velha senhora, ela também tinha se posto de pé. "Mãezinha", disseram eles, "não quer subir conosco?" "O gato cinza ainda está lá em cima na cozinha?" "Sim, ele está no fogão preparando comida numa panela." "Isso é lamentável; se vocês não matarem o cisne vermelho, o cachorro preto e o gato cinza, nós não poderemos sair daqui do porão."

Quando os dois companheiros chegaram novamente à cozinha, quiseram acariciar o gato, mas este lhes lançou um olhar assustador e parecia totalmente selvagem. Restava um pequeno recinto em que eles ainda não haviam entrado. Ao abrir a porta, viram que o local estava vazio, a não ser por um arco com flechas, uma espada e uma torquês de ferro afixados na parede. Acima do arco e das flechas estava escrito: "Isto matará o cisne vermelho"; acima da espada: "Isto cortará a cabeça do cachorro preto", e acima da torquês: "Isto arrancará a cabeça do gato cinza". "Sabe de uma coisa", disse o medroso, "vamos embora daqui." O soldado, no entanto, disse: "Não, vamos procurar os bichos". Eles então retiraram as armas da parede e foram até a cozinha. Lá estavam juntos os três animais, o cisne, o cachorro e o gato, como se tivessem algo tenebroso em mente. Ao ver isso, o medroso saiu correndo; o soldado tentou encorajá-lo, mas ele falou que antes queria comer algo. Depois que estava satisfeito, disse: "Num dos quartos, vi algumas armaduras; quero primeiro vestir uma delas". Quando os dois estavam no quarto, ele pensou numa saída, então disse: "É melhor sairmos pela janela, o que nos importam esses bichos?". Mas, ao se aproximar da janela, viu que havia uma grossa grade de ferro em frente a ela. Agora já não lhe ocorria mais nada, então foi até onde estavam as armaduras e quis vestir uma delas, mas todas eram pesadas demais. Então o soldado disse: "Ei, deixe para lá, vamos assim do jeito que estamos". "Sim", disse o medroso, "se ao menos fôssemos em três." Quando tinha acabado de pronunciar essas palavras, uma pomba branca bateu as asas lá fora e se pôs a bicar a janela. O soldado abriu a janela, e a pomba, uma vez dentro do quarto, transformou-se num belo jovem, que disse: "Quero me juntar a vocês e ajudá-los", e pegou o arco e as flechas.

O medroso disse-lhe que seria melhor que ele próprio ficasse com o arco e as flechas, que depois de atirar estaria bom e o jovem poderia ir para onde bem entendesse, mas que eles, com suas armas, precisavam combater os bichos enfeitiçados bem de perto. O jovem entregou o arco e as flechas ao medroso e pegou a espada.

Então os três foram para a cozinha, onde os bichos ainda estavam reunidos, e o jovem ergueu a espada e cortou a cabeça do cachorro preto; o soldado matou o gato preto com a torquês, e o medroso ficou parado mais atrás e abateu o cisne vermelho com a flecha. No momento em que os três bichos caíram mortos no chão, a velha senhora e suas duas crianças vieram correndo do porão, berrando: "Vocês mataram nossos amigos mais queridos, vocês são traidores", e lançaram-se sobre os três, querendo assassiná-los. Mas os três as dominaram, matando-as com suas armas. De repente, começou a se formar um burburinho estranho, cada vez mais alto, vindo de todos os lados. O medroso disse: "Vamos enterrar os três corpos, afinal, eles eram cristãos, isso se vê pelo crucifixo". Assim, levaram os corpos para o pátio, cavaram três sepulturas e os depositaram nelas. Enquanto faziam isso, no entanto, o burburinho dentro do castelo ficava cada vez mais intenso e, quando tinham terminado o enterro, já dava para distinguir vozes, e uma delas bradou: "Onde estão? Onde estão?". E, como o belo jovem já não estava mais lá, eles ficaram com medo e saíram correndo. Quando tinham se afastado um pouco, o soldado disse: "Espere aí, não é justo termos saído correndo desse jeito; vamos voltar para ver o que está acontecendo". "Não", disse o medroso, "não quero ter nada a ver com essa feitiçaria toda, quero seguir em frente e procurar um trabalho honesto na cidade." O soldado, no entanto, não deu sossego ao companheiro até que este concordasse em acompanhá-lo. Quando se aproximaram do castelo, tudo estava cheio de vida: cavalos pulavam pelo pátio e criados corriam para lá e para cá. Eles então se identificaram como dois pobres operários e pediram algo para comer. Um homem dentre a multidão disse: "Sim, é só entrar, hoje todos serão agraciados". Eles foram conduzidos a um bonito recinto, onde lhes foi servida comida acompanhada de vinho. Quando tinham terminado de comer, perguntaram a eles se não tinham encontrado dois rapazes que haviam saído do castelo. "Não", disseram. Mas uma das pessoas da criadagem viu que eles tinham sangue nas mãos e perguntou de onde provinha aquele sangue. O soldado então respondeu: "Eu cortei o dedo". O criado, porém, contou o ocorrido ao castelão, que veio em pessoa para ver o que estava acontecendo. Tratava-se de ninguém menos que o belo jovem que se juntara a eles. Quando ele viu os dois, declarou: "São eles, os dois rapazes que libertaram o castelo!". O jovem então recebeu-os com alegria e contou a história toda: "No castelo trabalhava uma governanta que tinha dois filhos. Ela era uma bruxa disfarçada e, certa vez, ao ser repreendida pelo senhor do castelo, encheu-se de fúria e transformou em pedras tudo que tinha vida aqui dentro, menos outros três criados malignos, que também detinham poderes mágicos, sobre os quais ela não tinha tanto poder assim e só conseguiu transformar em animais, que, assim, foram levando a sua vida no castelo. Como ela os temesse, resolveu fugir com os filhos para o porão. Sobre mim, ela também só tinha poder suficiente para me transformar numa pomba branca, fora do castelo. Quando vocês dois entraram aqui, ela queria que matassem os animais para que ela fosse libertada e, como recompensa, planejou matar também vocês dois. Deus, no entanto, não permitiu que isso acontecesse, e agora o castelo está livre e as pedras voltaram à vida no mesmo instante em que a bruxa herege foi morta juntamente com os filhos. O ruído que vocês ouviram eram as primeiras palavras pronunciadas pelas pessoas que tinham sido libertadas do feitiço". Em seguida, o jovem encaminhou os dois companheiros ao senhor do castelo. Este tinha duas filhas lindas, com as quais os dois viajantes puderam se casar. E, assim, viveram felizes, como grandes cavaleiros, até o fim de seus dias.

45.

a bela catarina e pif, paf, poltrie

"Bom dia, pai Valente!" "Muito obrigado, Pif, Paf, Poltrie!" "Será que eu poderia receber a mão de sua filha em casamento?" "Ah, sim, se a mãe Ordenhala, o irmão Pimpão, a irmã Capim e a bela Catarina quiserem, aí pode ser."

"Então, onde está a mãe Ordenhala?"

"Tirando leite da vaca na estala."

"Bom dia, mãe Ordenhala!" "Muito obrigada, Pif, Paf, Poltrie!" "Será que eu poderia receber a mão de sua filha em casamento?" "Ah, sim, se o pai Valente, o irmão Pimpão, a irmã Capim e a bela Catarina quiserem, aí pode ser."

"Então onde está o irmão Pimpão?"

"Está cortando a lenha no porão."

"Bom dia, irmão Pimpão!" "Muito obrigado, Pif, Paf, Poltrie!" "Será que eu poderia receber a mão de sua irmã em casamento?" "Ah, sim, se o pai Valente, a mãe Ordenhala, a irmã Capim e a bela Catarina quiserem, aí pode ser."

"Então onde está a irmã Capim?"

"Colhendo ervas no jardim."

"Bom dia, irmã Capim!" "Muito obrigada, Pif, Paf, Poltrie!" "Será que eu poderia receber a mão de sua irmã em casamento?" "Ah, sim, se o pai Valente, a mãe Ordenhala, o irmão Pimpão e a bela Catarina quiserem, aí pode ser."

"Então onde está a bela Catarina?"

"Está no quarto contando suas moedinhas."

"Bom dia, bela Catarina!" "Muito obrigada, Pif, Paf, Poltrie!" "Aceita ser a minha querida?" "Ah, sim, se o pai Valente, a mãe Ordenhala, o irmão Pimpão e a irmã Capim quiserem, aí pode ser."

"Bela Catarina, de quanto é o seu dote?" "Tenho catorze centavos de ouro, devo dois terços de moeda de ouro, meio quilo de maçã, uma mancheia de avelã e outra mão de hortelã, e quer mais o quê: não é um lindo dote?"

"Pif, Paf, Poltrie, você trabalha com quê? Acaso é alfaiate?" "Muito melhor que isso!" "Sapateiro?" "Muito melhor que isso!" "Lavrador?" "Muito melhor que isso!" "Marceneiro?" "Muito melhor que isso!" "Ferreiro?" "Muito melhor que isso!" "Moleiro?" "Muito melhor que isso!" "Quem sabe, um vassoureiro?" "Sim! Não é uma belíssima profissão?"

46.

a raposa e o cavalo

Um camponês tinha um fiel cavalo que ficou velho e não já podia mais fazer suas tarefas. Então o dono não quis mais alimentá-lo e disse: "Evidentemente não preciso mais de você, a não ser que se mostre tão forte que seja capaz de me trazer um leão, aí eu manterei você, mas agora caia fora do meu estábulo!", e tocou-o dali para bem longe no campo. O cavalo, triste, entrou na floresta para se proteger um pouco do mau tempo. Ali encontrou uma raposa, que lhe perguntou: "Por que você anda tão cabisbaixo e solitário por aí?". "Ah", respondeu o cavalo, "avareza e lealdade não moram juntas na mesma casa. O meu dono esqueceu tudo o que fiz por ele durante todos esses anos e, como agora não consigo mais puxar tão bem o arado, não quer me dar mais comida e me expulsou de lá. Ele até disse que se eu tivesse forças para lhe trazer um leão ele ficaria comigo, mas ele bem sabe que eu não consigo." A raposa disse: "Eu vou ajudá-lo. Deite-se aqui e se estique como se estivesse morto". O cavalo fez o que a raposa disse e ela procurou o leão, cuja toca não era longe dali, e disse: "Ali fora tem um cavalo morto deitado, venha e você poderá ter uma farta refeição". O leão acompanhou a raposa e, quando estavam diante do cavalo, ela disse: "Sabe de uma coisa? Como aqui não está muito confortável, que tal se eu amarrá-lo a você? Aí poderá puxá-lo até a sua toca, onde poderá devorá-lo com toda a calma e tranquilidade". O leão gostou da ideia e ficou bem paradinho em frente ao cavalo, para que a raposa pudesse amarrá-lo nele. A raposa, porém, amarrou as patas do leão com o arreio do cavalo, e apertou e torceu com tamanha firmeza que não havia força que pudesse soltá-lo. Depois de terminar o serviço, ela bateu nas costas do cavalo e disse: "Eia, cavalo, eia!". O cavalo levantou-se num salto e saiu puxando o leão atrás de si. O leão começou a urrar tanto que os pássaros da floresta, assustados, levantaram voo, mas o cavalo deixou que ele urrasse e arrastou-o pelo campo até a porta da casa de seu dono. Quando o dono viu aquilo, pensou melhor e disse ao cavalo: "Você deve ficar comigo e ter tudo do bom e do melhor", e alimentou-o até o dia em que ele morreu.

47.

os sapatos gastos de tanto dançar

Era uma vez um rei que tinha doze filhas, uma mais bonita que a outra. Todas dormiam no mesmo quarto, em doze camas lado a lado; todas as noites, quando elas iam dormir, a porta do quarto era trancada à chave e mesmo assim todas as manhãs seus sapatos estavam gastos, e ninguém sabia por onde tinham andado e o que havia acontecido com elas. O rei então proclamou que quem descobrisse onde as princesas passavam a noite poderia escolher uma delas como esposa e herdar o trono depois que ele morresse. Quem, porém, se candidatasse e não descobrisse dentro de três dias e três noites perderia a vida. Não demorou para que um príncipe se apresentasse. Ele foi bem recebido e, à noite, levado ao antequarto das princesas, onde havia uma cama em que ele deveria ficar vigiando para descobrir onde elas iam. E, para que elas não fizessem nada escondido ou saíssem para outro lugar, a porta de seu quarto foi deixada aberta. O príncipe, porém, adormeceu, e quando acordou na manhã seguinte viu que as doze haviam saído, pois os sapatos estavam com buracos nas solas. O mesmo aconteceu na segunda e na terceira noite, e a cabeça do príncipe foi cortada. E, assim, muitos outros vieram e se arriscaram, mas todos acabaram perdendo a vida. Aconteceu que um pobre soldado, que fora ferido e não podia mais servir no exército, foi até a cidade onde vivia o rei. No caminho, encontrou uma velha, que lhe perguntou aonde queria ir. "Eu mesmo não sei bem", respondeu ele, "mas bem que teria vontade de me tornar rei e de descobrir o que as princesas fazem para estragar os sapatos." "Ora", disse a velha, "isso não é tão difícil assim, basta que você não tome o vinho que lhe servem à noite e finja que está dormindo profundamente." Em seguida, entregou-lhe um casaco e disse: "Ao usá-lo, você se tornará invisível e poderá seguir as doze". Após ouvir um conselho tão bom, o soldado resolveu fazer isso mesmo; tomou coragem e apresentou-se ao rei como pretendente. Ele foi tão bem recebido quanto os outros, e vestiram-no com trajes reais. À noite, chegou a hora de dormir e o soldado foi conduzido ao antequarto; e, quando estava para se deitar, a princesa mais velha ofereceu-lhe uma taça de vinho, mas ele o esvaziou discretamente, deitou-se e, após um tempinho, começou a roncar como se estivesse dormindo profundamente. As doze princesas riram ao ouvir o ronco, e a mais velha disse: "Esse também poderia ter poupado a vida!". Depois disso, elas se levantaram, abriram armários, caixas e caixotes e tiraram deles belos vestidos, arrumaram-se diante do espelho, pularam pelo quarto e ficaram animadas para dançar. Somente a mais nova disse: "Não sei por que vocês estão alegres, eu estou com a estranha sensação de que uma coisa ruim vai nos acontecer". "Deixe de ser boba", disse a mais velha, "você vive com medo; esqueceu quantos príncipes já estiveram aqui em vão? Eu nem precisava ter dado um sonífero para esse soldado, ele não iria acordar mesmo." Quando todas estavam arrumadas, aproximaram-se do soldado, mas este não se moveu. Então, quando pensaram estar bem seguras, a mais velha foi até sua própria cama e bateu nela. No mesmo instante a cama começou a afundar no chão e uma passagem secreta se abriu. O soldado viu por onde saíram as princesas, uma depois da outra, a mais velha na frente, de modo que, sem tempo a perder, levantou-se, vestiu o casaco e desceu atrás da mais nova. No meio da escada, ele pisou de leve na barra do vestido dela, que gritou, assustada: "Tem algo errado, estão puxando o meu vestido". "Deixe de tolice!", disse a mais velha, "você ficou enganchada em algum prego." Então elas continuaram descendo e, quando chegaram lá embaixo, estavam numa bela alameda, cujas árvores tinham folhas de prata, brilhantes e reluzentes. O soldado pensou em levar uma consigo como prova e quebrou um raminho, provocando um violento estalo da árvore. A princesa mais nova gritou outra vez: "Tem algo errado, vocês não ouviram o estalo? Isso nunca aconteceu antes". Ao que a mais velha retrucou: "São tiros comemorando que estamos quase conseguindo libertar nossos príncipes". Em seguida, chegaram a uma alameda em que as folhas das árvores eram de ouro e, por fim, numa terceira, onde eram de diamantes puros. De ambas o soldado arrebentou um raminho, provocando estalos que assustaram a mais nova, mas a mais velha insistiu que se tratava de tiros comemorativos. Então seguiram até chegar num grande lago onde havia doze barquinhos e, em cada um deles, um belo príncipe, à espera das doze; cada um pegou uma para si, mas o soldado embarcou com a mais nova, e o príncipe comentou: "Estou forte como sempre, mas hoje o barco está muito mais pesado e preciso remar o máximo que conseguir". "Só pode ser por causa do calor, eu também estou me sentindo estranha", comentou a princesa caçula. Na outra margem do lago havia um lindo castelo todo iluminado, de onde ecoava música de tambores e trompetes. Eles remaram para lá, entraram no castelo e cada príncipe dançou com sua princesa. Já o soldado, invisível, dançou junto com elas, e quando uma segurava uma taça de vinho, ele bebia esvaziando-a antes que ela a levasse à boca. Também isso assustou a irmã caçula, mas a mais velha sempre a silenciava. Elas dançaram até as três horas da madrugada, quando todos os sapatos ficaram com a sola furada, obrigando-as a parar. Os príncipes atravessaram-nas para o outro lado e dessa vez o soldado embarcou com a mais velha. Quando chegaram à outra margem, elas despediram-se de seus príncipes e prometeram retornar na noite seguinte. Ao chegarem à escada, o soldado tomou a dianteira e deitou-se na cama; quando as doze subiram, lentamente e com muito sono, de novo encontraram-no roncando e disseram: "Com esse estamos seguras". Então despiram e guardaram seus belos vestidos, colocaram os sapatos gastos debaixo da cama e deitaram-se. Na manhã seguinte o soldado não quis dizer nada, e sim rever o lugar encantado, de modo que voltou a acompanhá-las uma segunda e uma terceira vez, e tudo aconteceu como na primeira noite e elas dançaram até os sapatos furarem. Na terceira vez, ele ainda pegou uma taça como prova. Quando chegou a hora em que o soldado deveria responder onde as princesas iam toda noite, ele pegou os três ramos e a taça e apresentou-se diante do rei, enquanto as doze princesas ficaram atrás da porta para ouvir o que ele iria dizer. Quando o rei perguntou: "Onde foi que as minhas doze filhas estragaram os seus sapatos durante a noite?", ele respondeu: "Com doze príncipes num castelo subterrâneo", e contou tudo e ainda mostrou as provas. O rei então mandou chamar as filhas e perguntou-lhes se o soldado estava dizendo a verdade. Vendo que haviam sido denunciadas e que negar não levaria a nada, elas acabaram revelando tudo. O rei então perguntou qual das filhas ele escolheria para desposar. E ele respondeu: "Como já não sou mais tão jovem, escolho a mais velha". Assim, no mesmo dia celebrou-se o casamento e foi-lhe prometido o trono depois que o rei morresse. Os príncipes, porém, foram enfeitiçados por tantos dias quantas noites eles haviam passado dançando com as doze princesas.

48.

os seis criados

Era uma vez uma velha rainha que também era feiticeira. Ela tinha a filha mais linda do mundo, mas, sempre que chegava um pretendente, ele antes precisava dar conta de algumas tarefas. Caso não conseguisse executá-las, a rainha era inclemente: mandava que ele ficasse de joelhos para ser decapitado. Porém, havia o filho de um rei que desejava se casar com a filha da velha rainha, mas seu pai não queria permitir que ele fosse até o castelo, alegando que, se o fizesse, certamente não voltaria vivo para casa. Então o príncipe deitou-se e ficou doente, entre a vida e a morte, durante sete anos. Vendo que o filho estaria perdido de todo jeito, o rei disse: "Vá até lá então, quem sabe você tem sorte". O príncipe logo recuperou a saúde, levantou-se da cama e se pôs a caminho do castelo da velha rainha. Ele precisou atravessar uma floresta, e lá encontrou um homem deitado no chão, que era enorme de tão gordo, parecia uma pequena montanha. O homem chamou-o e perguntou-lhe se não queria que ele fosse seu criado. O príncipe respondeu: "O que eu posso fazer com alguém gordo desse jeito? Como foi que você chegou a esse ponto?". "Ah, isso não é nada, quando eu relaxo e solto o meu corpo, fico três mil vezes maior!" "Então venha comigo", disse o príncipe, e os dois seguiram juntos. Mais adiante, encontraram outro homem no chão, com o ouvido colado na grama. "O que está fazendo?", perguntou o príncipe. "Ah, estou escutando, pois consigo ouvir a grama crescendo e tudo o mais que se passa pelo mundo, por isso meu apelido é Bisbilhoteiro." "Então me diga, o que se passa na corte da velha rainha?" "Estão decepando a cabeça de um pretendente da princesa, posso ouvir o zunido da espada." "Venha comigo", disse o príncipe, e continuaram viagem, agora a três. Então eles encontraram um homem deitado que era muito comprido, tão comprido que tiveram de caminhar um bom trecho para chegar dos pés à cabeça dele. "Por que você é tão comprido?", quis saber o príncipe. "Ah", disse o homem, "quando me estico, fico três mil vezes mais comprido e mais alto que a maior montanha do mundo." "Venha comigo", disse o príncipe. Os quatro seguiram em frente e encontraram outro homem, que estava sentado com os olhos vendados. O príncipe perguntou: "Por que você está com os olhos cobertos por uma venda?". "Ah", respondeu o homem, "tudo o que eu enxergo com os meus olhos logo é destruído em mil pedaços, por isso não posso mantê-los descobertos." "Venha comigo", disse novamente o príncipe. Os cinco então seguiram viagem até toparem com um homem que estava deitado, em meio ao sol escaldante, tremendo de frio por todo o corpo, tanto que não conseguia parar quieto. O príncipe perguntou: "Como é possível que você esteja com frio nesse enorme calor que está fazendo?". "Ah", respondeu o homem, "quanto mais calor faz, mais frio eu passo; quanto mais faz frio, mais calor eu sinto, e no meio do gelo, aí é que eu não aguento mesmo de tanto calor; e no meio do fogo, eu quase morro de frio." "Venha comigo", disse o príncipe, e os seis puseram-se a caminho, e pouco depois encontraram um homem que estava parado olhando em torno de si por cima de todas as montanhas. "O que você está olhando?", perguntou o príncipe. E o homem respondeu: "Eu tenho os olhos tão claros que consigo enxergar por sobre montanhas e florestas e alcanço o mundo todo com o meu olhar". "Venha comigo", disse o príncipe ao homem, "alguém com essa capacidade eu ainda não tenho."

Os sete então seguiram para a cidade onde vivia a jovem linda e perigosa. Ao chegarem, o príncipe procurou a velha rainha e disse-lhe que queria se casar com a filha dela. E ela respondeu: "Claro, contanto que consiga dar conta das três tarefas que lhe darei. Depois de realizá-las a princesa será sua. A primeira tarefa é me trazer de volta um anel que deixei cair no Mar Vermelho". O príncipe respondeu: "Essa tarefa eu cumprirei", então chamou o criado dos olhos claros, e este olhou para dentro do mar até o fundo e viu o anel lá pousado, junto a uma pedra. Em seguida, veio o gordo, que aproximou a boca do mar e deixou que as ondas se derramassem dentro dela, e tanto bebeu do mar que este ficou seco feito uma campina; depois disso, o comprido se inclinou só um pouquinho e com a mão tirou o anel do fundo do mar. O príncipe então levou o anel para a velha rainha, que disse, espantada: "Sim, é de fato o anel correto; uma das tarefas você cumpriu, mas agora vem a segunda. Veja ali adiante, na campina em frente ao castelo; ali estão pastando trezentos bois gordos. Você deverá comer todos eles, com pele, pelos, ossos e chifres, e não pode convidar mais que uma única pessoa para ajudá-lo na comilança; lá embaixo, no porão, há trezentos barris de vinho que você deve beber junto e, se sobrar uma pequena mancha ou um pinguinho que seja, a sua vida estará terminada". O príncipe respondeu: "Essa tarefa eu levarei a cabo", e chamou o gordo para se sentar com ele, como seu convidado. Este comeu os trezentos bois, e não deixou sobrar um pelinho que fosse, e tomou o vinho diretamente dos barris, sem precisar de um copo. A velha rainha feiticeira ficou espantada e disse ao príncipe: "Ninguém até agora chegou tão longe; mas ainda falta a terceira tarefa", e, pensou consigo mesma, dessa ele não escaparia. "Hoje à noite levarei a minha filha aos seus aposentos e para os seus braços. Vocês devem ficar ali sentados juntos, mas fique bem alerta para não adormecer. Quando o relógio bater meia-noite, eu irei até lá e, se ela não estiver mais em seus braços, você estará perdido." O príncipe pensou que tão difícil assim a tarefa não era, que não fecharia os olhos por nada; no entanto, é sempre bom se precaver, e quando a jovem lhe foi levada ele chamou todos os criados à presença dele. O comprido teve de se enrolar em torno dela, e o gordo teve de permanecer de vigília em frente à porta, evitando que qualquer alma viva entrasse no quarto. Então ficaram sentados e a linda jovem não pronunciou uma palavra que fosse, mas o luar que entrava pela janela e brilhava sobre seu semblante permitiu que o príncipe visse a beleza resplandecente da jovem. Permaneceram todos juntos, vigilantes, até as onze horas, quando a feiticeira fez com que sentissem tanto sono que não pudessem se controlar. Todos adormeceram e dormiram até um quarto para a meia-noite e, quando acordaram, a princesa não estava mais lá, tinha sido levada pela velha feiticeira. O príncipe e seus criados se lamentaram, mas Bisbilhoteiro disse: "Fiquem quietos!", e prosseguiu, enquanto escutava: "Ela se encontra num rochedo a trezentas horas daqui e está se queixando de seu destino". O comprido então disse: "Eu quero ajudar", e alçou para o ar o criado dos olhos vendados, e num instante estavam os dois parados diante do rochedo encantado. O comprido removeu a venda do outro; mal este tinha olhado para a rocha, ela se desfez em mil pedaços, e o comprido retirou a princesa de suas profundezas e, em três minutos, voltou com ela para onde se encontrava o príncipe. À meia-noite em ponto, a velha rainha chegou ao quarto, acreditando que o príncipe certamente estaria sozinho e profundamente adormecido, mas encontrou-o disposto, segurando a princesa em seus braços. Ela não podia dizer mais nada, mas no fundo estava pesarosa. E a princesa também estava triste pelo fato de alguém ter conseguido ganhá-la. No dia seguinte, ela mandou reunir trezentos grandes feixes de madeira e disse ao príncipe que, embora ele tivesse cumprido as três tarefas, antes de poder se casar com ela alguém teria de se sentar em meio à madeira depois que tivessem ateado fogo aos feixes, e teria de sobreviver ao fogo. Com isso, ela pensou que, embora os criados fizessem tudo o que fosse possível por seu senhor, certamente nenhum se deixaria queimar na fogueira por ele; e o príncipe, por amor a ela, certamente optaria por sentar-se ele mesmo no fogo e, assim, ela estaria livre dele. Mas, quando os criados ouviram aquilo, disseram: "Todos nós já fizemos algo, só falta ainda o friorento", então pegaram-no e levaram-no para dentro dos feixes e depois acenderam a fogueira. As labaredas cresceram, enormes, e o fogo queimou por três dias seguidos até que não sobrou nenhuma madeira para queimar; e, quando finalmente se apagou, lá estava o friorento no meio das cinzas, que, tremendo feito vara verde, disse: "Nunca senti tanto frio na vida, se tivesse demorado mais, eu teria congelado".

Assim, a linda jovem teve de se casar com o príncipe. Mas, quando se dirigiam à igreja, a velha disse: "Não posso aceitar isso", e mandou seus guerreiros seguirem o cortejo com a ordem de destruir tudo o que encontrassem pela frente e trazer a filha de volta para casa. Bisbilhoteiro, no entanto, havia afiado os ouvidos e escutara tudo o que a velha dissera, então contou tudo ao gordo, que cuspiu uma ou duas vezes atrás da carruagem, de modo que se formou um imenso lago, no qual os guerreiros ficaram presos. Como eles não voltassem, a velha rainha enviou cavaleiros armados até os dentes atrás do cortejo. Mas Bisbilhoteiro ouviu-os chegando e soltou a venda dos olhos do outro criado. Este então olhou para os cavaleiros com olhos afiados e estes se quebraram como se fossem de vidro. Assim, o cortejo seguiu sem mais interrupções e, depois que o casal foi devidamente abençoado e o casamento realizado, os criados despediram-se a fim de perseguir cada qual sua sorte pelo mundo afora.

À meia hora do castelo havia um vilarejo, em frente ao qual um criador de porcos pastoreava sua manada. Quando se aproximaram dali, o príncipe disse à esposa: "Você sabe quem sou de verdade? Não sou príncipe coisa nenhuma, mas sim criador de porcos; aquele ali com o rebanho é meu pai, e nós dois agora vamos ter de ajudá-lo a cuidar dos porcos". Então ele se instalou com ela em uma hospedaria ali perto e, secretamente, pediu ao casal de hospedeiros que durante a noite sumissem com os trajes reais da esposa. Ao acordar na manhã seguinte, ela não tinha nada para vestir, e a esposa do hospedeiro então lhe deu um vestido e um par de meias de lã velhos, e ainda fez de conta que se tratava de um grande favor. Assim, a princesa acreditou que o príncipe era realmente um criador de porcos e, junto com ele, pôs-se a pastorear a manada. "Eu mereço isso por todo o meu orgulho", disse ela. Ao cabo de oito dias, a princesa já não aguentava mais aquele trabalho, pois seus pés estavam inteiramente feridos. Então algumas pessoas se aproximaram e lhe perguntaram se ela sabia quem de fato era seu marido. "Sim, ele é criador de porcos, saiu há pouco para comprar umas coisas." As pessoas então pediram à princesa que as acompanhasse e levaram-na para o castelo, e, quando ela entrou num grande salão, lá estava o príncipe, todo paramentado em trajes reais. Mas ela não o reconheceu, até ele abraçá-la e beijá-la, dizendo: "Eu sofri tanto por você, você também tinha que sofrer por mim". Assim, o casamento foi festejado com a devida pompa e circunstância, e aquele que contou a história gostaria de ter estado presente.

49.

a noiva preta e a noiva branca

Era uma vez uma mulher que estava caminhando pelo campo, cortando forragem, juntamente com a filha e a enteada, quando o querido Deus se aproximou delas, disfarçado de homem pobre, e perguntou: "Vocês podem me indicar o caminho para o vilarejo?". "Ah", respondeu a velha, "trate de encontrar o caminho você mesmo", ao que a filha acrescentou: "Se está preocupado em não achar o caminho, leve um guia com você". A enteada, porém, interveio: "Pobre homem, eu vou guiá-lo, venha comigo". Enraivecido com a mãe e a filha, Deus deu-lhes as costas e as amaldiçoou, fazendo com que elas ficassem pretas como a noite e feias como o pecado. Já com a pobre enteada Deus foi misericordioso e seguiu em sua companhia. Quando se aproximaram do vilarejo, ele a abençoou, dizendo: "Escolha três coisas, e eu as darei para você". Então a menina respondeu: "Eu gostaria muito de ser tão bela quanto o Sol", e nesse momento ela se tornou branca e linda como o dia. "Eu também gostaria de ter um bolso que nunca ficasse vazio." Deus concedeu-lhe também esse desejo, mas acrescentou: "Não se esqueça do mais importante, minha filha!". Ela então declarou: "Meu terceiro desejo é que, após a minha morte, eu tenha vida eterna no reino do céu". Tendo lhe concedido também esse último desejo, Deus despediu-se dela.

Quando a madrasta chegou em casa com a filha e viu que as duas tinham ficado pretas como carvão e feias, e que a enteada, pelo contrário, estava branca e linda, ela ficou com o coração ainda mais raivoso e só conseguia pensar em maneiras de machucá-la.

A enteada, porém, tinha um irmão chamado Reginer, que ela amava de todo o coração e a quem contou tudo o que lhe acontecera. O irmão então pintou um retrato da irmã e pendurou-o em sua sala, no castelo do rei onde ele servia como cocheiro, e todos os dias ele parava em frente ao retrato e agradecia a Deus pela sorte da irmã.

A esposa do rei a quem ele servia falecera havia pouco tempo; sua beleza era tal que não existia outra mulher que se comparasse a ela, e o rei estava em profundo luto. Os criados do castelo, que viam o cocheiro diariamente parado em frente ao belo retrato, invejavam o jovem, e por isso contaram o fato ao rei. Este pediu que lhe trouxessem o retrato e viu que a retratada era igual a sua falecida esposa, só que ainda mais bonita; então apaixonou-se perdidamente por ela e perguntou ao cocheiro quem era a moça do retrato. Quando este lhe disse que se tratava de sua irmã, o rei decidiu que nenhuma outra além dela poderia ser sua nova esposa. Ele então deu ao cocheiro carruagens e cavalos e esplêndidos trajes de ouro, e ordenou-lhe que fosse buscar a noiva que ele elegera. Quando o cocheiro chegou com as boas notícias, sua irmã ficou muito feliz. Já a preta ficou possessa de tanta inveja e disse para a mãe: "De que servem todos os seus poderes se você não consegue me proporcionar uma sorte dessas?", ao que a velha respondeu: "Fique tranquila que eu consigo reverter essa situação". Então, com suas bruxarias, embaçou de tal forma a visão do cocheiro que este ficou praticamente cego; e entupiu de tal modo os ouvidos da enteada branca que ela mal conseguia escutar. Então subiram todos na carruagem, primeiro a noiva em suas magníficas roupas reais, em seguida a madrasta e a filha, e o cocheiro sentou-se na boleia. Quando já viajavam havia algum tempo, o cocheiro chamou:

"Cubra-se, minha irmãzinha,
para que a chuva não a molhe,
para que o vento não a empoeire,
para que vá distinta e bela ao encontro do rei!"

A noiva perguntou: "O que disse o meu amado irmão?". "Ah", respondeu a madrasta, "ele disse para você tirar o seu vestido dourado e dá-lo à sua irmã." Ela então tirou o vestido e entregou-o à irmã preta, que, em troca, lhe deu seu desbotado vestido cinza. Assim seguiram adiante, e depois de um tempo o irmão chamou de novo:

"Cubra-se, minha irmãzinha,
para que a chuva não a molhe,
para que o vento não a empoeire,
para que vá distinta e bela ao encontro do rei!"

A noiva perguntou: "O que disse o meu amado irmão?". "Ah", respondeu a madrasta, "ele disse que você deveria tirar o seu chapéu dourado e entregá-lo à sua irmã." Assim, ela tirou o chapéu e o deu para a irmã preta, ficando ela mesma com os cabelos descobertos. Então seguiram mais um pouco, e novamente o irmão chamou:

"Cubra-se, minha irmãzinha,
para que a chuva não a molhe,
para que o vento não a empoeire,
para que vá distinta e bela ao encontro do rei!"

A noiva perguntou: "O que disse o meu amado irmão?". "Ah", respondeu a madrasta, "ele disse para você olhar para fora da carruagem por um instante." Mas eles estavam justamente cruzando uma ponte sobre um rio profundo, e quando a noiva se levantou e olhou pela janela, as duas pretas a empurraram para fora, e ela caiu na água e afundou. Mas, no mesmo instante, uma pata branca como a neve emergiu da água e nadou rio abaixo. O irmão, sem perceber nada disso, seguiu adiante, conduziu a carruagem até o pátio do castelo e levou a preta até o rei como sendo sua irmã, certo de que realmente era ela, pois estava com os olhos meio velados e viu o cintilar das vestes douradas da jovem. O rei, ao ver a feiura desmedida da noiva prometida, ficou furioso e ordenou que o cocheiro fosse jogado num fosso repleto de víboras e ninhos de cobras. A velha bruxa, no entanto, sabia como agradar ao rei e o enfeitiçou, cegando-o a ponto de ele aceitar as duas; e, como a feiura da noiva se tornou tolerável, ele acabou se casando com ela.

Certa noite, quando a noiva preta estava sentada no colo do rei, uma pata branca surgiu na cozinha, nadando pelo canal de drenagem, e disse para o jovem ajudante de cozinha:

"Moço, acenda o fogo,
Para que eu possa aquecer as minhas penas!"

O ajudante de cozinha assim o fez, acendendo o fogo, então a pata aproximou-se do fogão, sacudiu-se e começou a alisar as penas com o bico. Enquanto estava assim sentada, aquecendo-se comodamente, perguntou: "Como anda o meu irmão Reginer?". O ajudante de cozinha respondeu: "Ele está no fosso, com as víboras e as cobras.". Ela então perguntou: "E o que a bruxa preta faz na casa?". O ajudante de cozinha respondeu: "Ela está quentinha nos braços do rei.". A pata então disse: "Que Deus tenha piedade!", e saiu nadando para fora, pelo canal.

Na noite seguinte, a pata voltou e fez as mesmas perguntas, e na terceira noite foi a mesma coisa. O ajudante de cozinha não conseguia mais guardar segredo e resolveu contar tudo ao rei. Assim, na outra noite, o rei foi até a cozinha e, assim que a pata, vindo pelo canal de drenagem, mostrou a cabeça, ele desembainhou sua espada e cortou o pescoço dela, e ela então se transformou na jovem mais bela que já vira, que era idêntica ao retrato que o jovem cocheiro pintara. O rei ficou exultante e, como ela estivesse toda molhada, mandou que lhe trouxessem roupas suntuosas. Assim que se encontrava devidamente vestida, a jovem contou a ele todo o ocorrido e como as bruxas a tinham jogado no rio, e seu primeiro pedido foi que tirassem seu irmão do fosso repleto de cobras, o que foi feito na mesma hora. O rei então foi até o quarto onde se encontrava a velha bruxa e perguntou: "Que castigo merece aquela que fez isso e aquilo?", e narrou todos aqueles fatos. Isso deixou a velha meio confusa, e ela, sem se dar conta de nada, respondeu: "Merece ficar completamente nua para então ser enfiada dentro de um barril repleto de pregos, e que se amarre um cavalo em frente ao barril para puxá-lo por esse mundo afora". E tudo isso sucedeu a ela e a sua filha preta. O rei casou-se com a linda noiva e recompensou o leal irmão, tornando-o um homem rico e respeitado.

50.

o homem selvagem

Era uma vez um homem selvagem que estava enfeitiçado e atacou as plantações dos camponeses e os grãos, destruindo tudo.* Estes queixaram-se ao senhorio, alegando que não poderiam pagar o arrendamento em razão dos prejuízos. O senhorio então mandou reunir todos os caçadores da região e disse que quem conseguisse capturar o animal receberia uma boa recompensa. Um velho caçador apresentou-se, dizendo que pegari o animal, bastava que lhe dessem uma garrafa de aguardente, uma garrafa de vinho e uma garrafa de cerveja. Isso feito, o caçador resolveu montar guarda na beira do riacho onde o animal ia se lavar todos os dias. Enquanto o caçador estava escondido atrás de uma árvore, o animal apareceu e bebeu das três garrafas, lambeu os beiços e olhou ao redor para ver se via alguém. Depois, totalmente bêbado, deitou-se e adormeceu. O caçador então aproximou-se e amarrou as

* O interessante neste belo conto é que, na verdade, trata-se de uma versão masculina da personagem Gata Borralheira (tomo I, conto 21). Ressurgem neste conto as roupas esfarrapadas, motivo pelo qual, assim como em "Mil Peles" (tomo I, conto 65), o herói foi obrigado a dormir sozinho, assim como ressurge o trabalho cruel na cozinha. E ele também retorna, após viver como realeza, ao seu estado original, sendo reconhecido por uma marca não psicológica. [N. A.]

mãos e os pés dele, depois acordou-o e disse: "Venha comigo, homem selvagem, que todos os dias terá o que beber". Então ele levou-o ao castelo real, prendeu-o numa jaula e deixou-o ali, exposto, para que toda a corte pudesse ver o animal que ele havia caçado. Um dos filhos do fidalgo, que brincava ali perto e cuja bola caíra dentro da jaula, disse ao prisioneiro: "Homem selvagem, jogue a bola de volta para mim". Ao que o homem selvagem respondeu: "Você vai ter de vir buscar a sua bola aqui dentro". "Ah", respondeu a criança, "mas eu não tenho a chave." "Então veja se alcança a bolsa da sua mãe e roube a chave de lá." Assim, a criança destrancou a porta da jaula e o homem selvagem fugiu. A criança começou a gritar: "Oh, homem selvagem, fique aqui, senão vou apanhar". O homem selvagem então voltou, colocou o menino nas costas e saiu correndo com ele para dentro da floresta: o homem selvagem havia fugido e a criança tinha desaparecido! O homem selvagem vestiu o menino com uma roupa esfarrapada e mandou que fosse até os jardineiros no castelo do nobre da região, onde deveria perguntar se não estavam precisando de ajudante de jardineiro. Então este disse que, por ser o menino tão maltrapilho, os outros se recusariam a dormir a seu lado. O menino então respondeu que se deitaria na palha, e todas as manhãs se levantava cedo e ia para o jardim, onde o homem selvagem ia ao encontro dele e dizia: "Lave-se e penteie-se!", e o homem selvagem arrumava tão bem o jardim como seu patrão jardineiro nunca conseguira fazer. Todas as manhãs a princesa do castelo via o belo menino e então pediu ao jardineiro que mandasse o pequeno ajudante trazer-lhe um ramalhete de flores. Ela perguntou ao menino de que cidade ele vinha e ele respondeu que não sabia, e ela então deu-lhe uma mão cheia de moedas de ouro. Ao voltar, o menino entregou as moedas ao patrão e disse: "O que vou fazer com isso? Não me serve para nada". Quando teve de levar novo ramalhete de flores, a princesa deu-lhe um pato cheio de moedas de ouro, que ele novamente entregou ao patrão. Então, precisou levar um novo ramalhete, recebeu um ganso cheio de moedas de ouro e novamente o entregou ao patrão. E mais uma vez ele recebeu um ganso cheio de moedas de ouro, que entregou para o patrão. A princesa ficou pensando que ele tinha dinheiro, mas ele não tinha nada, e casou-se com ele em segredo. Os pais dela ficaram tão bravos que a mandaram prender na destilaria, onde a princesa teve de ganhar a vida fiando, enquanto ele tinha de ficar na cozinha, ajudando o cozinheiro a virar o assado, e sempre que podia roubava um pouco da carne e levava para a mulher.

Acontece que começou uma violenta guerra na Inglaterra, da qual o rei e todos os grandes senhores tiveram de tomar parte, e o jovem disse que também gostaria de ir; ele perguntou se não tinham mais um cavalo no estábulo e responderam que havia um, mas que só tinha três patas, que para ele estava mais do que bom. Ele montou o cavalo e, eia!, eia!, o cavalo passou à frente de todos. De repente, o homem selvagem veio ao encontro dele, uma montanha se abriu e dentro dela havia milhares de soldados e oficiais, e o homem selvagem também lhe deu lindas vestes e um belo cavalo. Então ele partiu com toda a tropa para a Inglaterra, onde o rei o recebeu com amabilidade e lhe pediu ajuda. Ele venceu a batalha e arrasou com todos os inimigos. O rei ficou extremamente agradecido e perguntou quem era ele afinal, e ele respondeu: "Não me pergunte isso porque não posso responder". Então o jovem deixou a Inglaterra com suas tropas e o homem selvagem veio novamente a seu encontro, todo o exército entrou de volta na montanha e ele voltou a montar seu cavalo de três patas. As pessoas então disseram: "Lá vem o Eia!, Eia! montando em seu cavalo de três patas", e perguntaram: "Você passou esse tempo dormindo no mato?". "É, se eu não tivesse ido na frente, as coisas não teriam corrido bem na Inglaterra!" E eles retrucaram: "Rapaz, fique quietinho, senão ainda levará um castigo do patrão". E assim o jovem voltou algumas vezes à guerra e ganhou todas as batalhas.

Mas ele sofreu um ferimento no braço e o rei cobriu sua ferida com uma atadura, recomendando-lhe que ficasse por ali. "Não, não vou ficar aqui com o senhor, e quem eu sou não lhe diz respeito", respondeu ele. Então o homem selvagem veio novamente a seu encontro e abrigou o exército dentro da montanha, e o jovem montou seu cavalo de três patas e voltou para casa. O povo riu dele, dizendo: "Lá vem o Eia!, Eia! montando seu cavalo de três patas. Você passou esse tempo dormindo no mato?". E ele respondeu: "Eu não dormi nada e agora toda a Inglaterra foi conquistada e estamos em paz verdadeira".

O rei então contou do belo cavaleiro que o ajudara, e o jovem disse ao rei: "Se eu não estivesse ao seu lado, as coisas não teriam acabado bem". Como o rei ameaçasse lhe dar uma surra, o jovem continuou: "Veja aqui, se não quer acreditar, meu braço servirá de prova".

Assim que ele mostrou o braço e o rei viu a ferida, este ficou profundamente impressionado e disse: "Talvez você seja o próprio Deus em pessoa ou um anjo que ele me enviou". Então pediu perdão ao jovem por tê-lo tratado de modo tão rude e presenteou-o com todos os seus bens. E, assim, o homem selvagem ficou livre, e de repente transformou-se num rei grisalho e explicou tudo o que acontecera, e a montanha transformou-se num palácio real e então o jovem levou a mulher com ele e ali eles viveram felizes até a morte.

51.

as três princesas pretas

A Indonésia foi cercada pelo inimigo, que se recusava a deixar a cidade se não recebesse seiscentas moedas de prata. Então mandaram anunciar com tambores que quem conseguisse reunir o dinheiro iria se tornar prefeito. Um pobre pescador estava pescando no mar com seu filho, e o inimigo apareceu, tomou-lhe o filho e pagou seiscentas moedas de prata por ele. O pai então foi à cidade e deu o dinheiro ao senhorio, e com isso o inimigo partiu e o pescador se tornou prefeito. Depois anunciaram que quem não o tratasse por "Senhor Prefeito" seria condenado à forca.

O filho conseguiu escapar do inimigo e chegou a uma grande floresta no alto de uma grande montanha. A montanha abriu-se e ele foi parar num grande castelo encantado no qual as cadeiras, mesas e bancos estavam todos adornados de preto. Então surgiram três princesas vestidas inteiramente de preto e somente no rosto se via um pouco de branco. Elas disseram a ele que não tivesse medo, que não lhe fariam mal algum e que ele poderia libertá-las. Então ele disse que o faria com prazer se soubesse como deveria proceder. Elas disseram que ele deveria passar um ano inteiro sem falar com elas e também sem olhar para elas; se tivesse um desejo, bastava dizê-lo, e se pudessem realizá-lo, elas o fariam. Depois de passar um tempo naquele lugar, o filho disse que gostaria de visitar o pai. Elas responderam que ele podia ir e que levasse uma sacola com ouro e vestisse tais trajes, mas retornasse dentro de oito dias.

Então ele foi içado para fora e logo estava na Indonésia. Porém, ele não conseguiu encontrar o pai em sua cabana e perguntou às pessoas aonde teria ido o pobre pescador. As pessoas preveniram-no de que não poderia dizer aquilo, porque assim seria enforcado. Ao encontrar o pai, ele disse: "Pescador, como chegou aí?". O pai respondeu: "Você não pode falar comigo desse jeito, se os senhorios souberem, mandarão enforcá-lo!". Mas ele não quis deixar isso para lá e por isso foi condenado à forca. Quando estava prestes a ser enforcado, ele pediu: "Ah, meus senhores, permitam que eu vá mais uma vez à velha cabana de pescador". Chegando lá, vestiu suas velhas roupas e quando voltou disse aos senhores: "Estão vendo agora? Não sou mesmo o filho do pobre pescador? Nesses trajes eu consegui o sustento de meu pai e de minha mãe". Então eles o reconheceram, pediram perdão e levaram-no para casa. Ali o filho contou tudo o que havia se passado com ele: que ele chegara a uma floresta no pico de uma montanha, que a montanha se abrira e que ele fora parar num castelo encantado onde tudo era enfeitado de preto e que apareceram três princesas pretas, somente com o rosto um pouco branco. Que elas tinham dito a ele que não sentisse medo, pois poderia libertá-las. Sua mãe, porém, disse que aquilo não podia ser coisa boa e recomendou que pegasse uma vela benta e pingasse cera quente em seus rostos.

Assim, o filho voltou para lá, apavorado. Ele pingou cera no rosto das princesas enquanto dormiam e elas ficaram brancas pela metade. As três levantaram-se num salto e gritaram: "Maldito cão, que o nosso sangue clame por vingança! Não nasceu nem nascerá ninguém nesse mundo que possa nos libertar! Temos ainda três irmãos, que estão presos a sete correntes, que vão dilacerá-lo!". Então houve tamanha gritaria por todo o castelo que o rapaz saltou pela janela e quebrou a perna. O castelo voltou a afundar no chão e a montanha voltou a se fechar, e ninguém mais soube onde ficava.

52.

knoist e seus três filhos

Um homem morava entre Werl e Soest e chamava-se Knoist. Ele tinha três filhos: um era cego, o outro, coxo, e o terceiro, completamente sem pelos. Um dia, eles estavam atravessando o campo, quando viram um coelho. O cego atirou em sua direção, o coxo apanhou-o, e o sem pelo guardou-o no bolso. Então chegaram a um imenso e todo-poderoso lago em que havia três barcos: um partiu correndo, o outro afundou, e o terceiro não tinha chão. Os três embarcaram no barco que não tinha chão. Então chegaram a uma imensa e todo-poderosa floresta. Dentro dela havia uma imensa e todo-poderosa árvore, e na árvore havia uma todo-poderosa e imensa capela, e na capela havia um sacristão de carvalho e um pastor de pinho que distribuíam a água benta com pauladas.

> Abençoado e feliz ficou
> quem da água benta escapou.

53.

a menina de brakel

Era uma vez uma menina que vivia na cidade de Brakel, que foi até a capela de Santa Anna, aos pés da montanha Hinnen, e, como ela quisesse muito um marido, e pensasse que não havia ninguém mais na capela, pôs-se a cantar:

> "Ó sagrada Santa Anna!
> Ajude-me a ir ao encontro de um homem,
> você o conhece muito bem,
> ele mora próximo ao portão Suttmer,
> seu cabelo é dourado,
> você o conhece muito bem!"

O sacristão, que estava parado atrás do altar e ouviu tudo, disse então com sua voz bastante áspera:

> "Você não o terá! Você não o terá!"

Mas a jovem achou que a criança Maria, que estava ao lado da mãe Anna, havia proferido essas palavras. Então ela ficou brava e bradou: "Psiu, sua criança burra! Fique quieta e deixe a sua mãe falar!".

54.

a criadagem

Para onde você vai?" "Para Walpe!" "Eu para Walpe, você para Walpe, vamos juntas então!"

"Você também tem marido? Como é o nome dele?" "Cham!" "Meu marido Cham, seu marido Cham; eu para Walpe, você para Walpe, vamos juntas então!"

"Você também tem um filho? Como é o nome dele?" "Arredio!" "Meu filho Arredio, seu filho Arredio; meu marido Cham, seu marido Cham; eu para Walpe, você para Walpe, vamos juntas então!"

"Você também tem um berço? Como se chama seu berço?" "Hipoberço!" "Meu berço Hipoberço, seu berço Hipoberço; meu filho Arredio, seu filho Arredio; meu marido Cham, seu marido Cham; eu para Walpe, você para Walpe, vamos juntas então!"

"Você também tem um criado? Como se chama seu criado?" "Benservil!" "Meu criado Benservil, seu criado Benservil; meu berço Hipoberço, seu berço Hipoberço; meu filho Arredio, seu filho Arredio; meu marido Cham, seu marido Cham; eu para Walpe, você para Walpe, vamos juntas então!"

55.

o cordeirinho e o peixinho

Era uma vez um irmãozinho e uma irmãzinha que se amavam muito. Mas sua mãe havia morrido e eles tinham uma madrasta que não era boa para eles e que secretamente lhes causava todo tipo de sofrimento. Aconteceu que os dois estavam brincando na relva em frente à casa, e na relva havia um lago que alcançava a lateral da casa. As crianças corriam por ali, brincando de pega-pega, e cantavam:

"Uni, duni, tê, deixa eu viver,
e eu te dou meu passarinho,
passarinho traz a palha,
a palha eu vou dar para a vaca,
a vaca vai me dar o leite,
o leite vou dar ao padeiro,
o padeiro vai me dar um bolo,
o bolo eu vou dar para o gato,
o gato vai caçar os ratos,
os ratos vou pendurar no fogo,
e depois vou cortar."

Cantavam numa roda e aquele em quem caísse a palavra "cortar" deveria sair correndo e os outros tinham de correr atrás para pegá-lo. Enquanto pulavam por ali felizes, a madrasta assistia a tudo da janela e se aborrecia. Como ela entendia de bruxaria, enfeitiçou os dois, transformando o irmãozinho num peixe, e a irmãzinha, num cordeiro. Então, entristecido, o peixinho ficava nadando de um lado para o outro no lago, e o cordeirinho, entristecido, andava de um lado para o outro na relva e não comia nada, nem um talinho sequer. Assim passou-se muito tempo até que um dia convidados desconhecidos chegaram no castelo. A falsa madrasta, pensando que aquela seria uma boa oportunidade, chamou o cozinheiro e disse a ele: "Vá buscar o cordeiro na relva para o abate, senão não teremos nada para oferecer às visitas". Então o cozinheiro foi até lá buscar o cordeirinho, levou-o até a cozinha, amarrou suas patinhas para espetá-lo com a faca, e o cordeirinho suportou tudo pacientemente. Ele puxou a faca e, enquanto a estava amolando na soleira da porta, viu que um peixinho nadava de um lado para o outro na água em frente à pedra de refluxo e olhava para cima, em sua direção. Era o irmãozinho: quando o peixinho viu que o cozinheiro estava levando o cordeirinho embora, saíra nadando pelo lago e o seguira até a casa. O cordeirinho, olhando para baixo, disse:

"Irmãozinho querido no fundo do lago!
Meu coração está muito apertado!
O cozinheiro afia a faca na pedra do chão
para depois fincá-la no meu coração!"

E o peixinho respondeu:

"Irmã querida nas alturas,
o meu coração está muito apertado
aqui no fundo do lago!"

Quando o cozinheiro percebeu que o cordeirinho sabia falar e que estava dizendo palavras tão tristes para o peixinho, ele ficou espantado e logo pensou que não deveria se tratar de um cordeiro de verdade, mas de um enfeitiçado pela mulher malvada que morava lá. Então disse: "Fique calmo, eu não vou abatê-lo", e pegou outro animal, preparou-o para os convidados e levou o cordeirinho à casa de uma boa camponesa, a quem contou tudo o que vira e ouvira. A camponesa, porém, havia sido a ama da irmãzinha e logo desconfiou quem poderia ser o cordeirinho. Assim, ela procurou uma mulher sábia, que benzeu o cordeirinho e o peixinho. Por causa da bênção, eles voltaram a ter a forma humana e depois disso ela os levou até uma casinha que ficava no meio de uma grande floresta, onde viveram felizes e em paz.

56.

a montanha semeli

Era uma vez dois irmãos, um rico e um pobre.* O rico, porém, não dava nada ao irmão, e este sobrevivia a duras penas do comércio de grãos; muitas vezes as coisas iam tão mal que ele não tinha nem pão para dar à mulher e aos filhos. Certa ocasião, ele estava andando com sua carroça pela floresta quando avistou a seu lado uma grande montanha careca e, como nunca a havia visto antes, parou, surpreso, para observá-la. Enquanto estava ali parado, surgiram doze enormes homens selvagens. Pensando que fossem ladrões, ele escondeu a carroça num arbusto, trepou numa árvore e esperou para ver o que iria acontecer. Os doze homens, então, aproximaram-se da montanha e chamaram: "Montanha Semsi!

* Curiosamente, essa história recolhida na região de Münster também aparece no conto "Die Dummburg" [O castelo Dummburg], na coletânea *Volcks-Sagen* [Contos populares], de Otmar, e corresponde exatamente ao conto oriental dos quarenta ladrões, no qual é notável que a montanha Sésamo lembra os nomes da montanha no conto alemão, Semsi e Semeli. Justamente esse nome de montanha é extremamente antigo na Alemanha, e de acordo com um atestado em Pistorius III, página 642, há uma montanha no município de Grabfeld chamada Semiles. Além disso, em uma canção suíça faz-se constante referência a uma montanha Semeli. Podemos associar *simel* à palavra suíça *sinbel*, que significa "redondo". [N. A.]

Montanha Semsi! Abre-te!". No mesmo instante a montanha careca abriu-se ao meio, os doze homens entraram nela e, assim que eles estavam lá dentro, ela voltou a se fechar. Não demorou muito, a montanha tornou a se abrir e os homens saíram, carregando pesados sacos nas costas. Quando todos tinham retornado à luz do dia, disseram: "Montanha Semsi! Montanha Semsi! Fecha-te!". A montanha então voltou a se fechar, não mais se via entrada alguma nela e os doze partiram. Depois que eles já estavam fora do alcance da vista, o homem pobre desceu da árvore, curioso para saber o que a montanha escondia. Assim, aproximou-se dela e disse: "Montanha Semsi! Montanha Semsi! Abre-te!", e ela se abriu diante dele. Ele então entrou montanha adentro e viu que toda ela era uma caverna cheia de ouro e prata e que no fundo havia montes de pérolas e pedras preciosas entornados como grãos. O homem pobre nem sabia por onde começar, ou se podia pegar alguma coisa do tesouro para si. Finalmente ele encheu os bolsos com ouro, mas deixou as pérolas e as pedras preciosas para trás. Depois de ter saído, ele também disse: "Montanha Semsi! Montanha Semsi! Fecha-te!", a montanha voltou a se fechar e ele então voltou para casa em sua carroça. Agora ele não precisava mais se preocupar e com seu ouro podia comprar pão e vinho para a mulher e para os filhos. Assim, passou a viver feliz e honestamente, dava para os pobres e fazia coisas boas para todos. Quando o ouro acabou, ele procurou o irmão, pegou emprestado dele o barril de grãos e voltou à montanha para buscar mais; porém, nem tocou nos tesouros mais valiosos. Quando quis buscar mais ouro pela terceira vez, novamente pegou emprestado o barril do irmão. Este, porém, havia tempo andava cobiçando sua fortuna e o belo lar que ele tinha arrumado, e não conseguia entender de onde vinha tamanha riqueza e o que ele fazia com o barril. Então, teve uma ideia astuciosa e pintou o fundo do barril com piche. E, quando o recebeu de volta, uma pepita de ouro havia ficado presa ali.

Imediatamente ele procurou o irmão e perguntou: "O que você mediu com o barril?". "Grãos e cevada", respondeu o outro. Então o irmão rico mostrou a pepita de ouro e ameaçou-o, dizendo que, se não dissesse a verdade, ele iria dar queixa no tribunal. Assim, o homem acabou revelando tudo o que havia acontecido e o irmão rico mandou logo atrelar a carroça e partiu pensando em trazer consigo os outros tesouros. Assim que chegou diante da montanha, ele chamou: "Montanha Semsi! Montanha Semsi! Abre-te!", e a montanha se abriu e ele entrou. Ali estavam todos os tesouros à sua frente e ele demorou a decidir qual pegaria primeiro, até que, finalmente, acabou pegando as pedras preciosas, tantas quanto aguentava carregar, e quis levá-las para fora. Então ele deu meia-volta, mas, como seu coração e sua mente estavam tomados por todos aqueles tesouros, ele acabou esquecendo o nome da montanha e chamou: "Montanha Semeli! Montanha Semeli! Abre-te!". Como, porém, este não era o nome correto da montanha, esta não se moveu e ele ficou preso dentro dela. Então ele sentiu medo, mas, quanto mais tentava lembrar, mais confusos ficavam seus pensamentos, de modo que todos os tesouros não lhe serviam para nada. Ao anoitecer, a montanha abriu-se e os doze ladrões entraram. Quando o viram, comemoraram felizes e disseram: "Pássaro, finalmente o capturamos, pensa que não percebemos que você entrou duas vezes na montanha? Não conseguimos capturá-lo, mas uma terceira vez você não vai sair daqui!". Então ele disse: "Não fui eu, foi o meu irmão!". Porém, de nada adiantou ele implorar por sua vida e, dissesse o que dissesse, eles lhe cortaram a cabeça.

57.

as crianças famintas

Era uma vez uma velha que se viu em tamanha pobreza com suas duas filhas que não lhe restava nem mais um pedacinho de pão para pôr na boca. Quando a fome se tornou insuportável e a mulher ficou totalmente fora de si e desesperada, ela procurou a filha mais velha e disse: "Tenho de matá-la, para que eu tenha algo para comer". A filha respondeu: "Ai, querida mãe, poupe a minha vida, vou sair e ver se consigo algo para comer sem mendigar". Então ela saiu e voltou com um pedacinho de pão, que elas repartiram para comer, mas era muito pouco para saciar a fome. Então a mãe abordou a outra filha: "Então agora é a sua vez!". Mas ela respondeu: "Ah, querida mãe, poupe a minha vida, vou sair e, desapercebida, buscar alguma coisa para comer em outro lugar". Assim, a filha saiu e voltou com dois pedacinhos de pão, que elas repartiram, mas era muito pouco para saciar a fome. De modo que, passadas algumas horas, a mãe disse a elas: "Vocês terão de morrer, senão iremos morrer de fome", ao que elas responderam: "Querida mãe, nós vamos deitar e dormir e não vamos levantar antes que amanheça o mais novo dia". Então elas se deitaram e dormiram um sono profundo do qual ninguém conseguiu acordá-las; já a mãe foi embora e ninguém sabe onde foi parar.

58.

o burrinho

Era uma vez um rei e uma rainha que eram muito ricos e tinham tudo o que desejavam, só não tinham filhos. A rainha lamentava-se noite e dia por isso, dizendo: "Sou como um campo sobre o qual nada cresce". Finalmente, Deus lhe concedeu essa graça e ela ficou grávida. No entanto, ao nascer, o bebê não se parecia com uma criança humana e sim com um jovem burrinho. Quando a rainha viu isso, suas lamentações e sua choradeira ficaram ainda mais fortes. Ela preferia ter ficado sem filho nenhum a parir um burro, então disse que deveriam pegá-lo e jogá-lo no rio, para que fosse devorado pelos peixes. Mas o rei respondeu: "Não, se Deus decidiu dá-lo a nós, então ele será meu filho e herdeiro, e após a minha morte deverá ocupar o trono e usar a coroa real". Assim, o burrinho cresceu, ganhou peso, e suas orelhas também ficaram bem compridas e retas. No mais, ele era de natureza alegre, pulava por ali, brincava e gostava especialmente de música, o que fez com que pedisse a um famoso músico itinerante: "Ensine-me a sua arte, para que eu possa tocar as notas tão bem quanto você". "Ah, prezado senhorzinho", respondeu o músico, "isso será difícil para você, seus dedos não foram feitos para isso, são grandes demais; temo que as cordas não aguentem." Mas de nada serviram os argumentos; o burrinho queria porque queria tocar alaúde. Assim, empenhou-se ao máximo, foi persistente e, no fim, acabou tocando melhor que o próprio mestre. Certo dia, quando estava passeando, pensativo, chegou a um poço. Ao olhar para dentro e deparar com sua imagem de burrinho refletida na água, ficou tão pesaroso que saiu de casa e se pôs a vagar pelo mundo, levando apenas um fiel companheiro. Assim, eles andaram por todos os lugares, indo parar em um reino governado por um velho rei que tinha somente uma filha, que era encantadoramente bela. O burrinho disse: "Vamos ficar aqui por uns tempos", bateu no portão e chamou: "Há um visitante aqui fora, abram, para que ele possa entrar". Mas, como nada acontecesse, ele sentou-se em frente ao portão, sacou seu alaúde e se pôs a tocar as cordas com os pés, produzindo uma linda melodia. O guardião do castelo arregalou os olhos, correu até o rei e disse: "Há um burrinho sentado lá fora em frente ao portão, ele está tocando alaúde de um modo sublime". "Ah, então deixe o músico entrar", respondeu o rei. Porém, quando entrou um burrinho, todos começaram a rir do tocador de alaúde. Decidiu-se que o burrinho deveria ir para baixo e comer junto com os criados, mas ele se recusou, dizendo: "Não sou um simples burrinho de estábulo, sou um burrinho muito respeitável". Os criados então disseram: "Se você é isso mesmo, então vá e fique junto com a soldadesca do castelo". "Não", respondeu ele, "quero sentar-me ao lado do rei". O rei riu e respondeu, de bom humor: "Sim, será assim como você quer, burrinho, venha e sente-se aqui comigo". Em seguida, o rei perguntou: "Burrinho, o que acha da minha filha?". O burrinho virou a cabeça, olhou para a jovem, anuiu com a cabeça e respondeu: "É linda, nunca vi uma moça tão bonita". "Então, sente-se também ao lado dela", disse o rei. "Faço isso com prazer", respondeu o burrinho, que sentou-se ao lado dela, comeu e soube se comportar de maneira muito fina e limpa. Quando o nobre animalzinho já estava havia um bom tempo na corte real, pensou consigo mesmo que aquilo tudo de nada lhe adiantava, que ele precisava voltar para casa e, cabisbaixo, aproximou-se do rei para apresentar suas despedidas. Mas o rei gostava muito do burrinho e replicou: "Burrinho, o que está acontecendo? Você parece mais azedo que um barril de vinagre, eu lhe darei o que desejar. Você quer ouro?". "Não", disse o animalzinho, balançando a cabeça. "Quer bens preciosos e joias?" "Não." "Quer a metade de meu reino?" "Oh, não!" O rei então disse: "Se ao menos eu soubesse como lhe agradar. Quer a minha bela filha como esposa?". "Ah, sim", respondeu o burrinho, que de repente ficara todo animado e feliz da vida, pois isso era exatamente o que ele desejava. Então foi celebrado um grandioso casamento.

À noite, a noiva e o noivo foram levados ao quarto, e o rei, querendo saber se o burrinho se comportaria direito, como um cavalheiro, mandou que um criado se escondesse lá dentro. Quando os dois chegaram ao quarto, o noivo pôs a tranca na porta, olhou em volta e, acreditando que estavam sozinhos, livrou-se de sua pelagem de burro e lá estava ele na forma de um jovem belo e nobre. Então disse: "Agora você pode ver quem sou e que mereço estar ao seu lado". A noiva ficou muito feliz, beijou o marido e o amou de todo o coração. Quando amanheceu, no entanto, ele se levantou de um salto, vestiu novamente sua pelagem de animal, e ninguém poderia imaginar quem se escondia por baixo dela. Logo o velho rei chegou e disse à filha: "Ei, estou vendo que o burrinho já acordou. Você deve estar triste por não ter se casado com um ser humano de verdade". "Ah, não", respondeu a filha, "eu gosto dele como se fosse o mais belo dos homens, e quero ficar com ele o resto da minha vida." O rei ficou confuso, mas o criado que se escondera no quarto se aproximou e revelou-lhe toda a verdade. O rei então disse: "Não pode ser!". "Então fique o senhor mesmo de guarda esta noite e verá com seus próprios olhos. E sabe o que mais, senhor rei? Tire a pele de lá e jogue-a no fogo, assim ele terá de se mostrar em sua verdadeira forma." "Bom conselho", respondeu o rei.

À noite, quando o casal já estava dormindo, o rei entrou sorrateiramente no quarto e, ao aproximar-se do leito, viu à luz da lua que ali dormia um belo jovem e que no chão, ao lado da cama, jazia a pelagem. Ele então tirou-a de lá, mandou que fizessem uma grande fogueira e jogassem a pelagem dentro das chamas, e ele mesmo não se afastou dali até que já não restava nada exceto cinzas. No entanto, como quisesse ver o que o espoliado faria, ficou acordado a noite toda, ouvindo com atenção atrás da porta. Quando o jovem acordou, à primeira luz do dia, levantou-se para vestir a pelagem, mas não conseguiu encontrá-la. Ele ficou muito assustado e, cheio de tristeza e medo, disse: "Agora preciso tratar de fugir daqui". Quando pôs os pés para fora do quarto, lá estava o rei, que disse: "Ei, meu filho, para onde vai com tanta pressa, o que tem em mente? Fique aqui, você é um homem tão belo, não quero que se vá. Eu lhe dou agora a metade do meu reino e, após a minha morte, você terá o restante". "Se é assim, é meu desejo que o que começou bem também termine bem. Ficarei aqui com vocês." O velho então entregou-lhe a metade do reino e, depois de um ano, quando ele havia falecido, o jovem recebeu o reino todo. E, após a morte do próprio pai, herdou mais um reino, e assim viveu rico e feliz.

59.

o filho ingrato

Era uma vez um homem que estava sentado com sua mulher à porta de casa e diante deles havia um frango assado, que pretendiam começar a comer. Mas, quando o homem viu que seu velho pai estava se aproximando da casa, mais que depressa levou o frango dali e o escondeu, pois não queria compartilhar sua comida com o pai. O velho chegou, tomou um trago e foi embora. O filho agora queria voltar a pôr o frango na mesa, mas quando foi pegar o assado, este se transformou num imenso sapo. O sapo pulou no rosto do homem, sentou-se e ali se deixou ficar. Sempre que alguém tentava arrancá-lo de lá, ele encarava o atrevido com um olhar venenoso, como se quisesse pular na cara dele. Assim, ninguém se atrevia a mexer com o sapo, e o filho ingrato tinha de alimentá-lo todos os dias, pois do contrário ele comeria seu rosto, e então ele andou para cima e para baixo mundo afora.

60.

a beterraba

Era uma vez dois irmãos que eram soldados, um pobre e o outro rico. O mais novo, querendo sair da pobreza, despiu o casaco de soldado e tornou-se lavrador. Então revolveu a terra e lavrou sua pequena roça, onde semeou beterrabas. As sementes germinaram e de uma delas cresceu uma beterraba que era tão grande e forte, e exageradamente gorda, e que não queria parar de crescer, a ponto de poder ser chamada de rainha das beterrabas, porque ninguém jamais vira igual e tampouco jamais verá. Por fim ela ficou tão grande que, sozinha, ocupava todo o espaço da carroça, e foram necessários dois bois para puxá-la e o lavrador não sabia o que fazer com ela, nem se ela era fruto de sua sorte ou de seu azar. Finalmente ele acabou pensando que, se a vendesse, ela lhe traria pouco dinheiro, e para comer as menores também serviriam, de modo que resolveu levá-la ao rei para homenageá-lo. Então colocou-a no carro, atrelou nele dois bois, levou-a ao castelo e a deu de presente ao rei. "Nossa!", disse o rei, "que tipo de coisa estranha é essa? Já vi muitas coisas esquisitas, mas uma aberração assim, nunca. De que sementes terá crescido? Ou será que isso só aconteceu para você, e você é que é um sortudo?" "Ah, não", respondeu o lavrador, "não sou sortudo, sou um pobre soldado que não podia mais se alimentar e por isso pendurou o casaco de soldado no prego e foi arar a terra. Eu tenho um irmão que é rico e que é conhecido de Vossa Majestade, mas eu, por não possuir nada, fui esquecido por todo mundo." O rei sentiu pena dele e disse: "Sua pobreza acabou, eu lhe darei tantos presentes que você se igualará em riqueza ao seu irmão". Então ele lhe deu uma boa quantia de ouro, lavouras, prados e rebanhos, e tornou-o tão rico que a riqueza de seu irmão não mais se igualava à sua. Quando este ficou sabendo de tudo que o irmão conseguira com uma única beterraba, ficou morto de inveja e pensou em também conseguir a mesma sorte para si. Mas, querendo fazer melhor ainda que o irmão, pegou ouro e cavalos e levou-os para o rei, pensando que este certamente iria retribuir com um presente muito mais valioso, pois, se o irmão ganhara tudo aquilo com uma beterraba, o que o rei não daria por coisas tão belas? O rei aceitou o presente e disse que não lhe ocorria presente melhor e mais extraordinário em retribuição do que a beterraba gigante. Assim, o irmão rico se viu obrigado a colocar a beterraba do irmão numa carroça e levá-la para casa. Lá chegando, ele não sabia em quem descarregar sua fúria e seu desgosto, até começar a ter ideias sórdidas e decidir matar o irmão. Então contratou matadores, que deveriam ficar de tocaia, e procurou-o, dizendo: "Querido irmão, sei onde há um tesouro escondido, quero pegá-lo e dividi-lo com você". O outro, sem pensar em maldade, concordou em acompanhá-lo. Mas, assim que saíram da casa, os matadores atacaram-no, amarraram-no e quiseram pendurá-lo no alto de uma árvore. Quando estavam prestes a fazê-lo, ouviram ao longe uma cantoria e batidas de cascos de cavalo, tomando tamanho susto que jogaram seu prisioneiro de cabeça dentro de um saco e o içaram para o alto de um galho, deixando-o ali dependurado. Ele, porém, ficou forçando o pano até que conseguiu abrir um buraco no saco por onde podia passar a cabeça. Já os matadores, estes trataram de fugir. Neste momento, passava a cavalo por aquele caminho um simples jovem estudante, que seguia pela floresta cantando sua música alegremente. Quando o homem lá no alto percebeu que havia alguém passando embaixo dele, chamou: "Salve, em boa hora!". O estudante olhou ao redor e, sem saber de onde vinha a voz, perguntou: "Quem me chama?". A resposta veio lá da copa: "Olhe para cima, estou aqui no alto, dentro do saco da sabedoria. Aprendi grandes coisas em pouco tempo; comparadas a ele, todas as escolas não passam de uma brisa, em pouco tempo terei aprendido tudo e quando descer serei o mais sábio dos homens. Conheço as constelações e o firmamento, o sopro de todos os ventos e a areia no mar, a cura das doenças, o poder das ervas, dos pássaros e das pedras. Se estivesse aqui dentro, você sentiria o esplendor que flui dele". Ao ouvir tudo isso, o estudante ficou surpreso e disse: "Bendita seja a hora em que encontrei você, será que eu também não poderia passar um tempinho no saco?". Lá do alto, o homem respondeu, fazendo-se de contrariado: "Por pouco tempo eu vou permitir, por suas boas palavras, mas você ainda terá de esperar por uma hora, ainda resta uma parte que preciso aprender primeiro". Depois de ter esperado um pouco, o estudante achou que o tempo estava demorando muito a passar e pediu para entrar logo no saco, já que sua sede de sabedoria era muito grande. O que estava no alto fez como se finalmente estivesse concordando e disse: "Para que eu possa sair da casa do saber, você terá de baixar o saco pela corda e, assim, poderá entrar nele". Então o estudante soltou a corda e desamarrou o saco, libertando-o, e disse: "Agora me puxe para o alto o mais rápido que puder", e quis entrar no saco. "Espere!", disse o outro, "assim não vai dar." Então puxou o jovem pela cabeça, enfiou-o de costas dentro do saco, que então ficou amarrado, e içou o pupilo da sabedoria pela corda para o alto da árvore, deixando-o balançando pelos ares. "Tudo bem aí, meu querido rapaz? Viu, você já deve estar sentindo a sabedoria chegando a você e tendo uma ótima experiência. Por isso, fique aí bem calminho, até se tornar mais esperto." Dito isso, montou o cavalo do estudante e partiu.

61.

o velho homem rejuvenescido

Nos tempos em que Nosso Senhor ainda andava sobre a terra, certa noite, em companhia de Pedro, ele chegou à casa de um ferreiro que, solicitamente, abrigou os dois. Acontece que um mendigo alquebrado também chegou à casa do ferreiro e pediu uma esmola. Pedro se compadeceu do homem e disse ao Senhor: "Meu Senhor e Mestre, se lhe aprouver, peço que cure este homem de seus tormentos, para que ele mesmo possa ganhar o seu pão de cada dia". Com sua fala mansa, o Senhor disse: "Ferreiro, empreste-me a sua forja e ponha carvão para esquentar, pois vou rejuvenescer este velho doente". O ferreiro prontamente atendeu ao pedido e São Pedro usou o fole para soprar o carvão, e quando o fogo brilhava, grande e alto, Nosso Senhor pegou o homenzinho e empurrou-o para dentro da fornalha, bem no meio das chamas vermelhas crepitantes. E o homenzinho ardia feito uma roseira e louvava a Deus, em alto e bom som. Em seguida, o Senhor aproximou-se do cocho de resfriamento, empurrou o homenzinho incandescente para dentro da água, de modo que a água o cobriu inteiramente, e, depois que ele achou que o homem já estava devidamente arrefecido, Ele o abençoou. Veja: com um salto o homenzinho pulou para fora do cocho, gracioso, todo aprumado e cheio de saúde, como se não tivesse mais que vinte anos. O ferreiro, que tinha prestado atenção a tudo, convidou todos para jantar. Ele tinha uma sogra que era velha, corcunda e meio cega. Esta aproximou-se do jovem e perguntou-lhe se o fogo o queimara muito. Ele respondeu: "Nunca me senti tão bem. Sentado em meio às brasas, me sentia como se estivesse sobre orvalho fresco".

Isso ficou martelando nos ouvidos da velha senhora a noite toda e, depois que o Senhor havia agradecido ao ferreiro e partido de novo pela estrada, de manhã bem cedo, este pensou que ele poderia rejuvenescer sua velha sogra. Afinal, prestara toda a atenção a tudo o que ocorrera, e o procedimento não fugia àquilo que ele estava acostumado em seu ofício. Então ele chamou a sogra e perguntou-lhe se ela também não gostaria de partir dali saltitante como uma jovem de dezoito anos. Ela respondeu: "Eu gostaria de todo o coração", porque ao jovem tudo sucedera com a maior suavidade. O ferreiro então preparou uma grande chama e empurrou a velha para dentro dela. A sogra se retorceu toda, soltando horrendos gritos agonizantes. "Fique quieta aí, por que está gritando e se contorcendo? Ainda nem aticei o fogo direito!", e, dizendo isso, ele usou o fole de novo para soprar o fogo, até que todas as vestes dela estivessem queimando, e aí a velha mulher começou a gritar desesperada. O ferreiro concluiu que algo estava dando errado, puxou a sogra para fora e jogou-a dentro do cocho de resfriamento. Aí mesmo que ela gritou mais ainda, e tão alto que lá em cima, na casa, a esposa do ferreiro e a nora dele, ouvindo isso, desceram correndo as escadas, deparando-se com a velha deitada dentro do cocho, chorando e se lamentando, toda encolhida, amarrotada, disforme, com aspecto de obra inacabada. As duas mulheres, ambas grávidas, ficaram tão horrorizadas que na mesma noite deram à luz dois meninos, que não tinham aspecto humano e sim de macaco, e que logo dispararam a correr para dentro do mato. E foi assim que surgiu a espécie dos macacos.

62.

os animais do senhor e do diabo

O Senhor Deus havia criado todos os animais e escolhera os lobos para lhe servirem de cães. Mas Ele se esquecera de criar a cabra. Então o Diabo aprumou-se, querendo criar também, e a seguir fez as cabras, que tinham belas caudas longas e finas. Quando elas iam pastar, costumavam ficar com os rabos presos nas sebes espinhentas, e o Diabo tinha de ficar entrando no espinheiro para desembaraçá-las, não sem grandes dificuldades. Isso acabou por irritá-lo e ele decidiu cortar fora o rabo de todas as cabras a dentadas, como ainda se pode ver hoje em dia pelos toquinhos de rabo que elas têm.

Agora ele deixava que elas fossem pastar sozinhas, mas ocorreu que o Senhor Deus estava assistindo e viu quando elas se puseram a devorar completamente uma árvore frutífera, depois acabaram com os nobres parreirais e ainda destruíram outras plantas delicadas. Isso O afligiu tanto que Ele, em sua bondade e misericórdia, convocou seus lobos para que se pusessem a estraçalhar as cabras que iam ali pastar. Quando o Diabo se deu conta disso, foi logo confrontar o Senhor: "As suas criaturas destruíram as minhas". E o Senhor respondeu: "Por que você tinha de criar coisas que causam danos?". O Diabo respondeu: "Eu fui compelido a fazer isso. Do mesmo modo como o meu pensamento é dirigido para o mal, aquilo que eu crio não poderia ser de outra natureza, e você vai me pagar caro pelos prejuízos". "Eu pagarei assim que as folhas caírem dos carvalhos, então venha e o seu dinheiro estará pronto e contado." Quando as folhas do carvalho já tinham caído, o Diabo chegou e exigiu o que lhe era devido. Mas o Senhor disse: "Ao lado da igreja de Constantinopla há um carvalho bem alto que ainda conserva todas as suas folhas!". Bramindo e praguejando, o Diabo se mandou dali, saindo à procura do carvalho. Vagou sem rumo pelos desertos durante seis meses antes de encontrá-lo, e quando voltou todos os carvalhos já estavam novamente cobertos de folhas verdes. Assim, ele não teve opção a não ser esquecer sua indenização e, cheio de raiva, arrancou fora os olhos de todas as cabras restantes, substituindo-os por seus próprios olhos.

É por isso que todas as cabras têm olhos de Diabo e tocos como rabo, e o Diabo gosta de assumir a forma delas.

63.

a viga do galo

Era uma vez um mágico que estava demonstrando seus prodígios em meio a uma multidão de gente e, entre eles, apresentou um galo que levantou uma viga bem pesada e a carregou como se fosse uma pluma. Mas havia uma menina que, depois de ter achado um trevo-de-quatro-folhas, ficara tão esperta que nenhum truque de ilusão lhe passava despercebido, e ela percebeu que a viga não era mais do que um talo de palha. Assim, ela gritou: "Ei, gente, não estão vendo que a viga que o galo está carregando não passa de um talo de palha?". Imediatamente o feitiço se desfez, as pessoas viram do que se tratava e enxotaram o mestre das bruxas com xingamentos e humilhações. Ele, porém, tomado de ódio, pensou: "Eu hei de me vingar". Passado um tempo, a menina ia casar e estava vestida de noiva, e em grande caravana cruzou o campo para chegar ao local onde ficava a igreja. De repente, chegaram a um riacho bem caudaloso e não havia ponte nem pinguela para atravessar. Ligeira, a noiva ergueu bem o vestido e quis atravessar pela água. Quando estava no meio dela, um homem a seu lado, que na verdade era o mágico, disse debochando: "Ei, onde é que estão os seus olhos para pensar que isto aqui é água?". Então ela abriu os olhos e viu que estava com a roupa levantada bem no meio de uma plantação de linho. Aí as pessoas também enxergaram e enxotaram-na em meio a xingamentos e gargalhadas.

64.

a velha mendiga

Era uma vez uma velha—você já deve ter visto uma velha pedindo esmola, não é? Essa velha também mendigava e toda vez que recebia alguma coisa dizia: "Deus lhe pague!". Um dia, ela se aproximou de uma porta onde um simpático jovem vagabundo estava se aquecendo perto do fogo. Ao vê-la tremendo diante da porta, o jovem convidou a pobre mendiga gentilmente: "Venha se aquecer, vovó". Ela se aproximou, mas chegou tão perto do fogo que seus velhos trapos começaram a queimar, sem que ela conseguisse impedir. O jovem ficou ali parado assistindo; ele poderia ter apagado o fogo, não? Ele bem que poderia ter apagado, não é verdade? E, se ele não tivesse água, deveria ter deixado toda a água do corpo sair chorando pelos olhos, e formaria dois lindos pequenos córregos para apagar o fogo.

65.

os três preguiçosos

Um rei tinha três filhos. Ele gostava igualmente dos três e não sabia a quem deixar o trono para assumir o reino depois de sua morte. Quando estava para morrer, ele os reuniu e disse: "Queridos filhos, eu pensei numa coisa que quero lhes contar: aquele que for mais preguiçoso entre vocês deverá herdar o meu trono". Então o mais velho disse: "Pai, então o trono será meu, porque sou tão preguiçoso que, se eu estiver deitado querendo dormir e uma gota cair em meus olhos, ficarei com preguiça de fechá-los para poder dormir". O segundo disse: "Pai, o reino será meu, porque sou tão preguiçoso que, quando estou sentado junto ao fogo para me aquecer, prefiro deixar meus calcanhares pegarem fogo a ter de encolher as pernas". O terceiro disse: "Pai, o reino será meu, porque sou tão preguiçoso que, se eu fosse enforcado e já estivesse com a corda no pescoço e colocassem uma faca na minha mão para que eu a cortasse, eu preferiria me deixar enforcar a erguer a mão até a corda". Ao ouvir isso, o pai disse: "Você será rei".

66.

a santa zelosa

Era uma vez uma virgem devota que fez votos a Deus de não se casar. Ela era lindíssima, e seu pai não aceitava seus votos e queria obrigá-la a se casar. No apuro, ela pediu a Deus que fizesse crescer barba em seu rosto, o que de fato aconteceu. Mas o rei ficou muito irritado e mandou pregarem a filha na cruz, e ela virou santa.

Aconteceu de um pobre menestrel ir à igreja onde estava sua imagem, diante da qual ele se ajoelhou e deixou a santa alegre por ser ele o primeiro a reconhecer sua inocência. E a imagem, adornada com pantufas douradas, deixou que uma delas se desprendesse e caísse para beneficiar o peregrino. Ele se curvou agradecido e pegou a dádiva.

Logo sentiram falta da pantufa dourada na igreja e todos foram interrogados, até que por fim ela acabou sendo encontrada na casa do pobre menestrel, que foi acusado de ser um ladrão perverso e levado à forca. No caminho, passaram pela igreja onde ficava a imagem presa na viga, e ele pediu autorização para entrar lá, para se despedir pela última vez com seu pequeno violino e compartilhar com sua benfeitora o sofrimento em seu coração. Isso lhe foi permitido. Mas, mal ele tocou a primeira nota, vejam só, a imagem deixou cair a segunda pantufa dourada, mostrando com isso que ele era inocente. Assim, o músico livrou-se do bando e dos grilhões e voltou feliz às ruas. A santa virgem, porém, se chamava Zelosa.*

* Apesar de não haver sentido adversativo na oração, a conjunção coordenativa "porém" existe no original. [N. E.]

67.

o conto maravilhoso da terra da cocanha

No tempo da terra da Cocanha, eu estive lá e vi Roma e a catedral do Papa penduradas num pequeno fio de seda e um homem sem pés ultrapassando um cavalo em disparada e um machado afiadíssimo derrubando uma ponte com golpes; vi um jovem burrico de nariz prateado correndo atrás de duas lebres velozes e um pé de tília bem grosso em que cresciam panquecas quentes, vi uma velha cabra magra carregando umas cem carroças de banha e sessenta de sal. Já chega de mentiras? Vi a terra ser sulcada sem cavalos ou bois e uma criança de um ano atirando pedras moleiras de Regensburgo até Trier, e de Trier para dentro de Estrasburgo; e um falcão nadando no Reno, coisa que tem todo o direito de fazer, e ouvi peixes fazendo uma gritaria que chegou a ressoar no céu e um doce mel correndo como se fosse água de um vale profundo para cima de uma montanha alta, umas histórias bem curiosas. Havia dois galos ceifando uma campina e vi dois mosquitos construindo uma ponte e dois pombos esfiapando um lobo, duas criancinhas arremessando duas cabritinhas, e também dois sapos sovando cereais. Vi dois ratos consagrando um bispo, dois gatos que arranhavam a língua de um urso. Aí uma lesma apareceu correndo e matou dois leões selvagens, e havia um barbeiro fazendo a barba de uma mulher e dois bebês acalentando a mãe. Vi dois estorninhos tirando um moinho da água e um velho pangaré que estava ali do lado e dizia: “Aí está bom”. E no pátio havia quatro cavalos que sovavam grãos com todas as forças e duas cabras que aqueciam o forno, e uma vaca vermelha empurrou o pão para dentro do fogão. Então um galo cantou: “Cocorocó!, a história chegou ao fim, cocorocó!”.

68.

o conto das mentiras

Quero contar uma coisa a vocês. Eu vi dois frangos assados voando — eles voavam bem rápido, com a barriga voltada para o céu, as costas para o inferno — e uma bigorna e uma pedra moleira flutuando no rio Reno, bem devagar e sem fazer barulho, e um sapo comendo uma pá de arado sobre o gelo para a Quaresma; havia três sujeitos que queriam pegar um coelho e usavam muletas e pernas de pau, um deles era surdo, o segundo cego e o terceiro mudo e o quarto não conseguia mover nenhum dos pés. Querem saber como isso foi acontecer? Primeiro o cego viu o coelho atravessando o campo, o mudo gritou alertando o paralítico e o paralítico o agarrou pela nuca. Um grupo quis velejar para a terra e içaram as velas contra o vento, e velejaram atravessando grandes lavouras e cruzaram uma montanha alta onde miseravelmente se afogaram. Um caranguejo deu uma coça num coelho e uma vaca subiu no telhado e ali se deitou; no campo as moscas são tão grandes como as cabras aqui.

69.

conto de enigma

Três mulheres haviam sido transformadas em flores e estavam no campo, mas uma delas podia voltar para casa à noite. Então, certa vez, quando estava para amanhecer e ela precisava voltar a se juntar às companheiras no campo e se transformar em flor, ela disse ao marido: “Se você for até o campo pela manhã e me colher, serei libertada e ficarei com você”. E foi o que aconteceu. Agora resta a questão: como o homem pode tê-la reconhecido, já que as três flores eram idênticas e não havia diferença entre elas? Resposta: como a mulher havia passado a noite dentro de casa e não no campo, não caiu orvalho sobre ela como acontecera com as outras duas, e assim o marido a reconheceu.

70.

a chave dourada

Durante um inverno, quando a neve estava muito alta, um pobre menino teve de sair de casa para buscar lenha com um trenó. Depois de ter recolhido a lenha e de tê-la empilhado, pensou em não voltar direto para casa e, antes, acender uma fogueira para se aquecer um pouco. Ele afastou a neve e, quando estava preparando o chão, encontrou uma chave dourada. Então pensou que ali onde encontrara a chave também deveria estar sua fechadura e continuou a cavar, até que encontrou uma caixinha de ferro. "Opa", pensou, "se a chave servir nela, com certeza vou encontrar coisas preciosas". Ele procurou, mas não havia nenhuma fechadura, até que finalmente achou um buraquinho bem pequeno e experimentou a chave. Ela encaixou direitinho e então ele virou a chave uma vez, e agora temos de esperar até ele terminar de abrir a caixinha para saber o que há lá dentro.

posfácio

marcus mazzari

o bicentenário de um clássico: poesia do maravilhoso em versão original

> O conto maravilhoso, que ainda hoje
> é o primeiro conselheiro das crianças
> porque foi outrora o primeiro
> da humanidade, continua a viver
> secretamente na narrativa. O primeiro
> e verdadeiro narrador é e permanece
> sendo o narrador de contos maravilhosos.
> —WALTER BENJAMIN, *O narrador*

Quando os jovens irmãos Jacob [1785-1863] e Wilhelm Grimm [1786-1859] trazem a público, em dezembro de 1812, um volume com 86 narrativas recolhidas na tradição oral, certamente não podiam imaginar que estava nascendo então uma das obras mais significativas não só da literatura, mas também de toda a cultura alemã. Três anos depois vêm a lume 70 novas narrativas e, em 1822, um terceiro volume de caráter filológico, pois enfeixando notas e comentários assim como variantes referentes ao material anteriormente publicado, isto é, os 156 textos representados na cuidadosa edição que aqui se oferece ao leitor brasileiro.

Mas a dedicação dos irmãos a esse projeto continua pelos anos e decênios subsequentes, até que em 1857 é publicada a última edição organizada por eles (mais propriamente por Wilhelm Grimm), com 211 das 240 peças que foram recolhidas no total e que iam sendo acrescentadas — por vezes também excluídas — de edição a edição. Quando surge, entretanto, essa edição definitiva, a obra já havia se consagrado plenamente na Alemanha e enveredava por uma carreira internacional não menos extraordinária, a partir de duas antologias traduzidas para o dinamarquês em 1816 e para o holandês em 1820. Presentes em praticamente todos os países do mundo, as narrativas dos irmãos Grimm ocupam hoje o primeiro lugar entre os livros alemães mais traduzidos, na frente do tão difundido *Manifesto comunista* [1848] de Marx e Engels, e sua importância para a constituição da identidade cultural alemã permite uma comparação até mesmo com a Bíblia de Lutero ou com o *Fausto* de J.W. Goethe.

A despeito, todavia, do êxito internacional que se abriu à coletânea de Jacob e Wilhelm Grimm, é digno de nota que a designação de gênero que atribuíram às suas narrativas não possua correspondência exata em nenhum dos inúmeros idiomas que as acolheram. Trata-se do substantivo neutro *Märchen*, forma diminutiva derivada da palavra *maere*, que no médio-alto-alemão (estágio da língua que vigorou entre aproximadamente 1050 e 1350) significava "notícia", "mensagem" ou "relato" associado a um acontecimento notável, que merecia permanecer registrado. *Märchen* se traduz geralmente por formas compostas — *fairy tales* (inglês), *contes de fées* (francês), *cuento de hadas* (espanhol), *fiaba popolare* (italiano) — ou então por termos que não guardam nenhuma relação com a etimologia do original alemão, como *sprookje* (holandês), *eventyr* (dinamarquês), *skazka* (russo). Em português temos "contos de fada", "contos da carochinha" ou ainda "contos maravilhosos", sendo que esta última possibilidade talvez seja a mais apropriada, pois se as histórias designadas por *Märchen* poucas vezes apresentam fadas ou carochas, não podem prescindir jamais da dimensão do "maravilhoso".

A coleção dos irmãos Grimm ostenta, no entanto, um título mais longo, *Kinder- und Hausmärchen*, o qual pode ser traduzido por "contos maravilhosos infantis e domésticos". O porquê dessa formulação é explicitado por Wilhelm Grimm, num ensaio de 1819 ("Sobre a essência do conto maravilhoso"), nos seguintes termos:

> Contos maravilhosos infantis são narrados para que em sua luz suave e pura os primeiros pensamentos, as primeiras forças do coração despertem e vicejem; uma vez, porém, que sua singela poesia, sua íntima verdade pode alegrar e instruir todo e qualquer ser humano e, ainda, uma vez que eles permanecem e são transmitidos adiante no círculo familiar, eles também são chamados de contos maravilhosos domésticos.

Mas se estas palavras de Wilhelm Grimm representam uma explanação isolada, que pouca consequência teve para a história do gênero, à própria coletânea coube o grande mérito de consolidar efetivamente no espaço linguístico alemão o conceito, até então pouco valorizado, de *Märchen*. Nesse processo, o conceito se associou de maneira tão inextricável ao nome Grimm que, já em pleno século XX, o crítico holandês André Jolles, em seu livro *Formas simples* [1930], define *Märchen* como "uma narrativa ou história da mesma espécie constituída pelos irmãos Grimm em seus *Contos maravilhosos infantis e domésticos*".

Não é difícil perceber, contudo, que estamos diante de uma definição circular, a qual não elucida o que vem a ser propriamente tal "espécie" narrativa estabelecida por Jacob e Wilhelm Grimm em sua coletânea. Uma possível resposta breve e simples a essa questão diria que se trata de histórias transmitidas oralmente, estruturadas por certas fórmulas recorrentes (como o "Era uma vez..." que abre algumas delas) e nas quais eventos maravilhosos se dão de maneira inteiramente natural. Pois aqui se tem de fato o elemento que distingue *Märchen* de uma legenda hagiográfica, por exemplo, em que um acontecimento maravilhoso desdobra profundo impacto sobre as personagens envolvidas, chegando a atuar assim enquanto verdadeiro milagre. Já nas narrativas dos Grimm, um sapo pode dirigir a palavra a uma princesa aflita, como em "O rei sapo ou o Henrique de ferro", ou uma outra princesa ("A Bela Adormecida") pode despertar de um sono centenário, após ser beijada pelo príncipe, sem que ninguém veja nisso nada de assombroso.

A naturalidade do maravilhoso mostra-se, portanto, como a verdadeira essência das narrativas enfeixadas neste volume. Outra de suas características fundamentais é a introdução, logo com a primeira frase, do herói ou de uma circunstância diretamente relacionada ao desafio a ser enfrentado e superado na história. E isso porque, em seu sentido mais autêntico, esses contos nos dão notícia da vitória de seres inocentes e frágeis — crianças, animais, jovens aflitos — sobre terríveis adversidades ou poderes malignos, encarnados por bruxas, ogros, adultos cruéis e desnaturados. Apresentam-nos um mundo em que os acontecimentos se desenvolvem no sentido de corresponder por fim ao nosso mais profundo sentimento de justiça e ética. Mas é precisamente esse sentido utópico que passa a ensejar, sobretudo a partir da publicação da coletânea dos irmãos Grimm, o emprego irônico do termo *Märchen* em outros contextos. É assim que, no início do *Manifesto comunista*, Marx e Engels postulam a necessidade de se fazer frente ao "conto maravilhoso" que, segundo os autores, teria se constituído em torno do "espectro do comunismo" — talvez já se aludindo a escabrosidades como o apetite da bruxa em "João e Maria" por tenras criancinhas ao forno. Permanecendo no plano político, vale assinalar que também os nazistas se apropriaram a seu modo do termo, imputando a muitos de seus opositores e vítimas a acusação de difundirem "contos maravilhosos de atrocidades" (*Greulmärchen*) com a finalidade de conspurcar a imagem do regime.

Incontáveis são os narradores e poetas alemães que incorporaram às suas obras referências e alusões aos contos maravilhosos, conforme fez Goethe — para citar em primeiro lugar o nome máximo dessa literatura — com a extraordinária narrativa "Da árvore de zimbro", anotada inicialmente, em dialeto baixo-alemão, pelo pintor romântico Philipp Otto Runge [1777-1810], e incluída pelos irmãos Grimm em sua coletânea. A história fala de uma mulher que assassina o seu pequeno enteado e o prepara, com requintes culinários, para a refeição do marido; mas os ossos do menino, recolhidos e depositados pela irmãzinha debaixo de uma árvore de zimbro, transformam-se num pássaro, que denuncia o infanticídio por meio de belíssima canção e acaba por recobrar a condição humana após a madrasta ser esmagada por uma pedra de moinho. Goethe conhecia essa história pela tradição oral e associou-a magistralmente à tragédia de Margarida, na pungente cena final da primeira parte do *Fausto*. No século XIX pode-se mencionar Heinrich Heine como um dos mais contumazes leitores da coletânea dos Grimm, o que transparece já no título de seu longo poema satírico, publicado em 1844, *Deutschland. Ein Wintermärchen* (*Alemanha. Um conto maravilhoso de inverno*) e explicita-se com admirável beleza no capítulo XIV dessa sátira.

Também para a literatura do século XX, a coletânea dos irmãos Grimm permanece uma referência de primeira grandeza. Bertolt Brecht, cuja peça *Terror e miséria do Terceiro Reich* trazia por título original *Alemanha, um conto maravilhoso de atrocidades* (*Deutschland — Ein Greulmärchen*), alude no poema "Oh Falada, que aí estás pendurado" à comovente narrativa "A pastora de gansos" (publicada em 1815) para denunciar a frieza e indiferença sociais através do cavalo falante Falada, que é morto e tem a cabeça decepada e pendurada na viela sombria de uma cidade. Pródiga em referências e alusões às narrativas dos irmãos Grimm é também a obra épica de Thomas Mann, começando com o seu romance de estreia, *Os Buddenbrooks* [1901], no qual estão presentes explícita e implicitamente, entre outras, as histórias "A Bela Adormecida", "O rei sapo ou o Henrique de ferro", "Rumpelstilzchen", "Rapunzel" e a história daquele "que sai pelo mundo para conhecer o medo", a qual se intitula na edição de 1812 "Bom jogo de boliche e de cartas". A presença dos Grimm possui intensidade ainda maior na obra épica de Günter Grass, cujo personagem mais célebre — o liliputiano Oskar Matzerath, que narra sua biografia no romance *O tambor de lata* [1959] — tem no Pequeno Polegar uma inspiração decisiva, segundo confessa o próprio autor no livro publicado em 2010, *Grimms Wörter. Eine Liebeserklärung* (*Palavras de Grimm — Uma declaração de amor*): "Ainda te lembras, Oskar, quão permanente foi o caminho que o Pequeno Polegar te apontou, quão resistente ele te fez, como te despachou para o que desse e viesse? Dize obrigado, Oskar, dize obrigado!". E lembremos ainda dois outros romances de Grass profundamente tributários da tradição dos contos maravilhosos: *O linguado* [1977], que desdobra em mais de seiscentas páginas a história "O pescador e sua mulher" (recolhida originalmente, tal qual "O pé de zimbro", em dialeto baixo-alemão pelo pintor Runge) e *A ratazana* [1986], em que Grass não apenas se vale de figuras como João e Maria, Branca de Neve, Rumpelstilzchen, Rapunzel, Gata Borralheira, Chapeuzinho Vermelho etc., como também transforma os próprios irmãos em personagens da trama romanesca, figurando Jacob enquanto ministro do Meio Ambiente e Wilhelm na condição de secretário de Estado.

Na mesma medida, contudo, em que constituem uma referência fundamental para poetas e prosadores, os contos maravilhosos ocupam lugar privilegiado também na teoria literária, em especial nas reflexões sobre o épico. Em seu primoroso ensaio "O narrador", Walter Benjamin vislumbra no gênero consolidado pelos irmãos Grimm uma célula primordial das formas literárias ligadas à tradição oral e popular. Com o postulado de que todos os autênticos representantes da arte da narrativa trazem dentro de si o narrador de contos maravilhosos, Benjamin levanta uma fecunda hipótese, que poderia ser pensada até mesmo à luz do universo ficcional das *Primeiras estórias* [1961] e de outras narrativas de Guimarães Rosa que colocam os personagens em sintonia anímica com a "voz da Natureza", resquício de uma dimensão temporal e espacial em que os animais, na formulação inicial de "Conversa de bois" (*Sagarana*), ainda conversavam entre si e com os homens, fato este "certo e indiscutível, pois que bem comprovado nos livros das fadas carochas". Seria o tempo da "poesia ingênua", lembrando a sugestão feita por Friedrich Schiller em seu tratado *Sobre poesia ingênua e sentimental* [1795], quando toda a Natureza, da perspectiva do conto maravilhoso, entrava em cumplicidade com o ser humano para ajudá-lo a prevalecer sobre as forças colossais que se lhe opunham — tempo, ainda, em que Odisseu percorre a sequência dos desafios narrados por Homero, como o encontro com a feiticeira Circe ou o ciclope Polifemo, episódios que não por acaso revelam fundas afinidades com a esfera do maravilhoso, o que pode ser exemplificado com a astúcia que o menino João põe à prova para, aliado à sua irmã Maria, derrotar a bruxa devoradora de criancinhas, conforme narrado no décimo quinto conto do tomo I desta antologia.

Na perspectiva articulada por Benjamin no ensaio em questão, o conto maravilhoso continua sendo o primeiro conselheiro das crianças, assim como em tempos remotos fora o primeiro conselheiro da humanidade, tendo-lhe ajudado a "desvencilhar-se do pesadelo que o mito depositara em seu peito". E prossegue o filósofo, aludindo a peças aqui representadas:

> Ele [o conto maravilhoso] mostra-nos, na figura do tolo, como a humanidade "se fez de tola" diante do mito; mostra-nos, na figura do irmão mais jovem, como suas chances aumentam com a distância do tempo mítico primordial; mostra-nos, na

figura daquele que saiu pelo mundo a fim de conhecer o medo, que as coisas que tememos são inteligíveis; mostra-nos, na figura do astuto, que as perguntas que o mito coloca são simplórias; mostra-nos, na figura dos animais que vêm em socorro da criança do conto maravilhoso, que a Natureza não se sente obrigada apenas em relação ao mito, mas que lhe é preferível saber-se reunida em torno do ser humano.

O empenho de Walter Benjamin em valorizar o papel afirmativo cumprido pelos contos maravilhosos e, mais ainda, em elucidar os seus vínculos com a tradição oral, anônima e popular, vai plenamente ao encontro dos esforços filológicos que Wilhelm e, sobretudo, Jacob Grimm desenvolveram em prol de sua coleção e do gênero *Märchen*. Na fecunda polêmica que travou com o poeta romântico Achim von Arnim (1781–1831) — que entre os anos de 1805 e 1808 publicou, em parceria com Clemens Brentano (1778–1842), uma compilação de canções populares da Idade Média até o século XVIII (*A tromba mágica do menino*) —, Jacob Grimm procurou apresentar os *Contos maravilhosos infantis e domésticos* como a mais genuína manifestação da "poesia da Natureza", criação espontânea de uma coletividade anônima. Esforçou-se igualmente em distinguir os contos populares (*Volksmärchen*), que coletara ao lado do irmão, dos artísticos (*Kunstmärchen*), os quais ostentariam vestígios nítidos da elaboração literária individual (como se verifica claramente em *fairy tales* de Oscar Wilde ou Hans Christian Andersen, para citar exemplos posteriores). Contos populares, ao contrário, possuem o seu *habitat* na tradição oral e, com frequência, iletrada, na qual ingressam diretamente da "alma do povo", conforme a expressão empregada por Jacob no espírito romântico então vigente. Por isso, esses contos exigiriam do compilador a mais estrita fidelidade, que Jacob exemplifica a Arnim mediante a seguinte imagem: se, ao quebrar um ovo, não é possível evitar que um pouco da clara fique na casca, fidelidade no sentido proposto seria preservar a gema intacta, da mesma maneira como o essencial da narrativa oral deve passar o mais incólume possível para a forma escrita.

No entanto, sabe-se hoje, sobretudo a partir de pesquisas desenvolvidas no século XX, que os irmãos Grimm não apenas deixaram bastante clara na casca do ovo, como também não mantiveram a "gema" das narrativas propriamente intacta. Na passagem da versão oral para a escrita houve certa elaboração estilística, houve trabalho de padronização e homogeneização, trechos fragmentários foram complementados, contradições abrandadas etc. Isso se deu, porém, de modo bem mais acentuado a partir da segunda edição dos *Contos maravilhosos infantis e domésticos* [1819] e, principalmente, mediante a intervenção de Wilhelm Grimm que, tornando-se responsável por essa e todas as futuras edições da coletânea, procurou cada vez mais moldar as narrativas — que ademais iam se revelando um grande sucesso entre o público infantil — à leitura das crianças, em primeiro lugar atenuando as passagens de cunho sexual mais explícito. Um exemplo: na edição de 1812, que subjaz a esta tradução, Rapunzel diz num belo dia à fada: "Sabe, senhora Gothel, as minhas roupas estão tão apertadas que não estão querendo servir mais em mim". Isso acontece após ter recebido secretamente inúmeras visitas do príncipe, alçado à torre pelas longas tranças da moça. Mas na edição de 1819, Wilhelm Grimm substitui esse nítido indício de gravidez (Rapunzel irá conceber um casal de gêmeos) por uma tênue alusão: "Sabe, senhora Gothel, vai ficando cada vez mais difícil para mim puxar a senhora aqui para cima do que alçar o jovem príncipe". E a continuação é a mesma em ambas as versões: "'Ah, menina maldita, o que sou obrigada a ouvir', disse a fada, fora de si, vendo que havia sido enganada. Então ela agarrou os lindos cabelos de Rapunzel, deu-lhe algumas palmadas com a mão esquerda e, com a direita, apanhou a tesoura e rip, rip, rip, os cabelos estavam cortados".

Tomando por ensejo essa substituição (ou "autocensura") pode-se afirmar com segurança que, entre as dezessete edições que os *Contos maravilhosos infantis e domésticos* conheceram durante a vida dos Grimm, a primeira — justamente a que o leitor brasileiro tem agora em mãos — é a que mais se aproxima da concepção de "poesia da Natureza" que Jacob atribuíra às narrativas coletadas, em sua maioria, na região do Hesse (onde fica Frankfurt sobre o rio Meno), ocupada na época, a exemplo de outros estados alemães, pelas tropas napoleônicas. Essa primeira edição, portanto, diferencia-se substancialmente, no que diz respeito ao teor cru e drástico de não poucas narrativas, das edições subsequentes organizadas por Wilhelm Grimm. Nesse aspecto, distingue-se igualmente de coletâneas anteriores, como as napolitanas de Giovanni Straparola (*As noites agradáveis*, 1550-53) e de Giambattista Basile (*Pentamerone*, 1634-36), a alemã de Johann Augustus Musäus (*Contos maravilhosos populares dos alemães*, 1782-86) ou a famosa coleção francesa de Charles Perrault (*Contos da mamãe gansa*, 1697), com a qual a obra dos Grimm — em grande parte por influência da imigração huguenote no século XVII — compartilha algumas das peças mais conhecidas: "Chapeuzinho Vermelho", "A Bela Adormecida", "As andanças do Pequeno Polegar", "O gato de botas" ou ainda "Barba-Azul", que Machado de Assis aproveita magistralmente no conto "O espelho", para caracterizar a terrível crise psicológica vivenciada pelo herói Jacobina.

Entre as pequenas obras-primas que o leitor tem aqui em mãos assomam em primeiro lugar as histórias mais genuinamente "maravilhosas", como "O rei sapo ou o Henrique de ferro", "A Gata Borralheira", "Branca de Neve", "O Amado Rolando", "Serve-te, mesinha", "A senhora Holle", também aquelas elaboradas por Goethe, Brecht e Günter Grass ("O pé de zimbro", "A pastora de gansos", "O pescador e sua mulher") e tantas mais. Várias outras são protagonizadas por animais e revelam afinidades com o domínio das fábulas: "Gato e rato em sociedade", "O gato de botas", "A raposa e os gansos", "O rei da sebe e o urso". Há também histórias que lembram a estrutura de uma legenda hagiográfica ("A protegida de Maria") e outras mais próximas do burlesco, como "O alfaiate valente", "Bom jogo de boliche e de cartas", "O Ferreiro e o Diabo" ou ainda, para mencionar outra peça que conduz a um inferno que não deve aterrorizar tanto as crianças, "O Diabo e seus três fios de cabelo dourado", com sua mensagem final de coragem: "Por isso, quem não teme o Diabo pode arrancar-lhe os cabelos e conquistar o mundo".

Mas é necessário ressaltar, acima de tudo, que o leitor encontrará todas essas narrativas em sua versão primordial, que muitas vezes diverge consideravelmente da forma sob a qual se tornaram famosas. Já o exemplo anterior da gravidez de Rapunzel ilustra a diferença, no tocante a motivos relacionados à sexualidade, entre a primeira edição e todas as demais, retrabalhadas por Wilhelm Grimm. E vale observar também que, logo na primeira história, o sapo não recobra a sua forma anterior de príncipe por meio de um beijo da bela filha do rei (conforme consta em todas as edições posteriores), mas sim após esta ser acometida por irrefreável acesso de fúria e arremessar o asqueroso bicho contra a parede, a fim de espatifá-lo.

Tão logo tenha percorrido as primeiras páginas deste volume, o leitor se verá num reino que talvez possa causar-lhe certo estranhamento, pois estará muito distante das imagens e versões mais amenas comumente associadas aos contos dos irmãos Grimm. Violências e atrocidades irão ao seu encontro sob as configurações mais variadas: crianças em extrema aflição — abandonadas, por exemplo, na floresta para morrerem de fome ou serem devoradas por feras —; meninas ou jovens mulheres submetidas a toda sorte de injustiças e perseguições (e mesmo ao desejo incestuoso do próprio pai, o rei que vê na filha a única beleza comparável à da falecida rainha, em "Mil Peles"); judeus expostos ao aviltamento e suplício públicos ("O judeu entre os espinhos" e, em forma atenuada, "A luz do sol revelará"), mostrando-se assim raízes remotas do antissemitismo que na Alemanha nacional-socialista se converteria em genocídio. Mas se essa esfera da violência é componente praticamente corriqueira do universo dos Grimm, em não poucas narrativas o leitor a encontrará sob formas extremadas, o que pode ser ilustrado com "A moça sem mãos", que tem os membros decepados pelo próprio pai e mais tarde é obrigada a vagar pela terra acompanhada apenas do filho recém-nascido. Ou ainda "Os doze irmãos", história que se abre com a determinação do rei de assassinar seus doze filhos após o nascimento de uma menina: tempos depois, buscando desencantar os irmãos transformados em corvos, a heroína é obrigada a suportar calada, durante longos anos, todos os sofrimentos infligidos pela maligna oponente, até a calúnia, punível com a morte na fogueira, de ter devorado os dois filhos recém-nascidos. E eis que a crueldade continua mesmo no momento final de se reparar a injustiça: "O que fazer com a velha malvada? Ela foi colocada num barril cheio de óleo e repleto de cobras venenosas, tendo de morrer uma morte horrível".

Que significado se poderia atribuir a semelhantes passagens? Desempenhariam elas o papel de valorizar tanto mais a mensagem positiva de emancipação que os contos maravilhosos querem transmitir às crianças? Ou a crueldade no fundo não é sentida enquanto tal, uma vez que, sem se destacar da dimensão do "maravilhoso", aparece igualmente impregnada da naturalidade que envolve todos os detalhes da história? Ou talvez não seja sentida porque o conto maravilhoso, como é característico de toda autêntica narrativa oral, não impinge ao leitor a disposição psíquica e anímica dos personagens que sofrem as provações e punições, permanecendo portanto a crueldade num plano meramente exterior? Questões como esta vêm suscitando, desde a publicação pioneira da coleção dos irmãos Grimm, as mais diversas interpretações, de cunho antropológico, literário, mitológico, pedagógico, psicanalítico, sociológico etc. E assim haverá certamente de continuar, o que permite dizer que novas descobertas estão à espera do leitor brasileiro nestes volumes que lhe descortinam 156 narrativas em sua versão primordial, a mais próxima da tradição oral em que nasceram e ganharam forma. Oferecendo-nos uma tradução acurada dos *Contos maravilhosos infantis e domésticos*, presta uma digna homenagem ao empenho com que Jacob e Wilhelm Grimm recolheram essas pequenas maravilhas da "poesia da Natureza" e, há duzentos anos, ofereceram-nas pela primeira vez aos alemães e aos demais povos do mundo.

índice alfabético

fábula: do verbo latino *fari*, "falar", como a sugerir que a fabulação é extensão natural da fala e, assim, tão elementar, diversa e escapadiça quanto esta; donde também falatório, rumor, diz que diz, mas também enredo, trama completa do que se tem para contar (*acta est fabula*, diziam mais uma vez os latinos, para pôr fim a uma encenação teatral); "narração inventada e composta de sucessos que nem são verdadeiros, nem verossímeis, mas com curiosa novidade admiráveis", define o padre Bluteau em seu *Vocabulário português e latino*; história para a infância, fora da medida da verdade, mas também história de deuses, heróis, gigantes, grei desmedida por definição; história sobre animais, para boi dormir, mas mesmo então todo cuidado é pouco, pois há sempre um lobo escondido (*lupus in fabula*) e, na verdade, "é de ti que trata a fábula", como adverte Horácio; patranha, prodígio, patrimônio; conto de intenção moral, mentira deslavada ou quem sabe apenas "mentirada gentil do que me falta", suspira Mário de Andrade em "Louvação da tarde"; início, como quer Valéry ao dizer, em diapasão bíblico, que "no início era a fábula"; ou destino, como quer Cortázar ao insinuar, no *Jogo da amarelinha*, que "tudo é escritura, quer dizer, fábula"; fábula dos poetas, das crianças, dos antigos, mas também dos filósofos, como sabe o Descartes do *Discurso do método* ("uma fábula") ou o Descartes do retrato que lhe pinta J.B. Weenix em 1647, segurando um calhamaço onde se entrelê um espantoso *Mundus est fabula*; ficção, não ficção e assim infinitamente; prosa, poesia, pensamento.

PROJETO EDITORIAL Samuel Titan Jr. / PROJETO GRÁFICO Raúl Loureiro

sobre os autores

Jacob e Wilhelm Grimm nasceram na cidade de Karlsruhe em 4 de janeiro de 1785 e 24 de fevereiro de 1786, respectivamente. Apesar da infância humilde, frequentaram o liceu Fridericianum e formaram-se na universidade de Marburg. Ali conheceram o professor Friedrich von Savigny, que lhes despertou o interesse pela filologia, pela literatura e pela história medieval alemã. Em 1805, Jacob acompanhou Savigny numa temporada de estudos em Paris; uma vez de volta à Alemanha e instalado em Kassel, começou, na companhia do irmão Wilhelm, a coletar contos populares. Em 1812, os irmãos Grimm publicaram o primeiro tomo resultante desse longo trabalho de coleta e pesquisa, sob o título de *Contos infantis e domésticos* (*Kinder- und Hausmärchen*); o segundo saiu pouco depois, em 1815. Em 1819, uma segunda edição incorporou novos materiais à coletânea; em 1857, a obra chegou a sua sétima edição.

Vivendo juntos por toda a vida, mesmo depois do casamento de Wilhelm, os irmãos seguiram adiante em seu trabalho de pesquisa sobre as antigas literaturas germânicas. Entre 1816 e 1818, publicaram uma grande coletânea de *Lendas alemãs* (*Deutsche Sagen*). Em 1829, Wilhelm lançou seu estudo sobre as lendas heroicas alemãs (*Die deutsche Heldensage*), ao passo que Jacob publicou o primeiro volume de sua *Mitologia germânica* (*Deutsche Mythologie*) em 1835.

Data igualmente desses longos anos em Kassel o início do trabalho de Jacob em sua *Gramática alemã*, iniciado em 1819 e concluído apenas em 1837. Nessa obra inovadora, em quatro volumes, o autor tentou discernir as linhas de força da evolução histórica da língua alemã por meio de uma abordagem histórica e comparatista de longeva influência nos estudos filológicos, fonéticos e etimológicos.

Em 1830, os dois irmãos transferiram-se para Göttingen, onde deram novo impulso aos estudos germânicos. Em 1837, porém, Jacob assinou um manifesto contra o novo monarca, que revogara autocraticamente a constituição promulgada por seu antecessor. Demitidos, os irmãos retornaram a Kassel, onde lançaram-se àquela que seria a última de suas grandes empreitadas em comum, iniciada em 1838 e prevista para durar dez anos: a redação de um dicionário histórico da língua alemã, em que cada verbete deveria expor a evolução de uma dada palavra ao longo do tempo.

A partir de 1840, continuaram o trabalho em Berlim, como membros da Academia de Ciências, a convite do rei Friedrich Wilhelm IV. O primeiro volume saiu apenas em 1854. Muito mais árdua do que haviam previsto, a tarefa tomou-lhes o resto da vida e só veio a ser completada em 1961, graças a várias gerações de estudiosos. O *Dicionário da Língua Alemã*, conhecido simplesmente como *Grimm*, vale até hoje como referência incontornável.

Wilhelm Grimm morreu em 16 de dezembro de 1859; Jacob Grimm faleceu em 20 de setembro de 1863, quando trabalhava no verbete *Fruta*.

sobre a tradutora

Christine Röhrig nasceu em São Paulo, em 1961. Tradutora de inúmeros dramaturgos alemães, dos clássicos aos contemporâneos, verteu para o português peças de J. W. von Goethe, F. Dürrenmatt, B. Brecht e Heiner Müller, entre muitos outros; além disso, coordenou a publicação do teatro completo de Brecht pela editora Paz & Terra, entre 1990 e 1996. Para o público infantil, escreveu as peças *O sorriso de Ana* (2009) e *Mozart apaga a luz* (2011). Atualmente, dedica-se a diversos projetos teatrais e atua como orientadora de estudos na Companhia Paideia de Teatro, em São Paulo.

A tradutora agradece o auxílio precioso de Margit Sandra Bugs, Ursula Wagner, Angelika Köhnke e Waltraud Haas-Bianchi.

sobre este livro

Contos infantis e domésticos, São Paulo, Editora 34, 2018 TÍTULO ORIGINAL *Kinder- und Hausmärchen*, 1812-1815 TRADUÇÃO © Christine Röhrig, 2018 PREPARAÇÃO Cacilda Guerra, Livia Deorsola REVISÃO Pedro Paulo da Silva, Malu Rangel, Nina Schipper, Livia Lima PROJETO GRÁFICO Raúl Loureiro PRODUÇÃO GRÁFICA Acássia Correia, Denise Pádua ESTA EDIÇÃO © Editora 34 Ltda., São Paulo; 1ª edição, 2018; 1ª reimpressão, 2020; 2ª reimpressão, 2023. A grafia foi atualizada segundo o Acordo Ortográfico da Língua Portuguesa de 1990, que entrou em vigor no Brasil em 2009.

GOETHE INSTITUT

A tradução deste livro teve o apoio do Instituto Goethe, financiado pelo Ministério das Relações Exteriores da República Federal da Alemanha.

cip—brasil. catalogação-na-fonte
(sindicato nacional dos editores de livros, r cip—brasil.
catalogação-na-fonte
(sindicato nacional dos editores de livros, rj, brasil)

grimm, irmãos
contos maravilhosos infantis e domésticos/jacob grimm
e wilhelm grimm; tradução de christine röhrig; posfácio
de marcus mazzari—são paulo: editora 34, 2018 (1ª edição);
2020 (1ª reimpressão); 2023 (2ª reimpressão);

624 p. (coleção fábula)

tradução de: kinder- und hausmärchen

isbn 978-85-7326-718-1

1. narrativa alemã. 2. literatura infantil e juvenil
alemã. i. grimm, jacob, 1785-1863. ii. grimm,
wilhelm, 1786-1859. iii. röhrig, christine. iv. mazzari,
marcus. v. título. vi. série.

cdd—833

tipologia walbaum e futura
papel offset 75 g/m²
impressão ipsis gráfica e editora, em junho de 2023
tiragem 4000

editora 34
editora 34 ltda. rua hungria, 592
jardim europa cep 01455-000
são paulo—sp brasil
tel/fax (11) 3811-6777
www.editora34.com.br

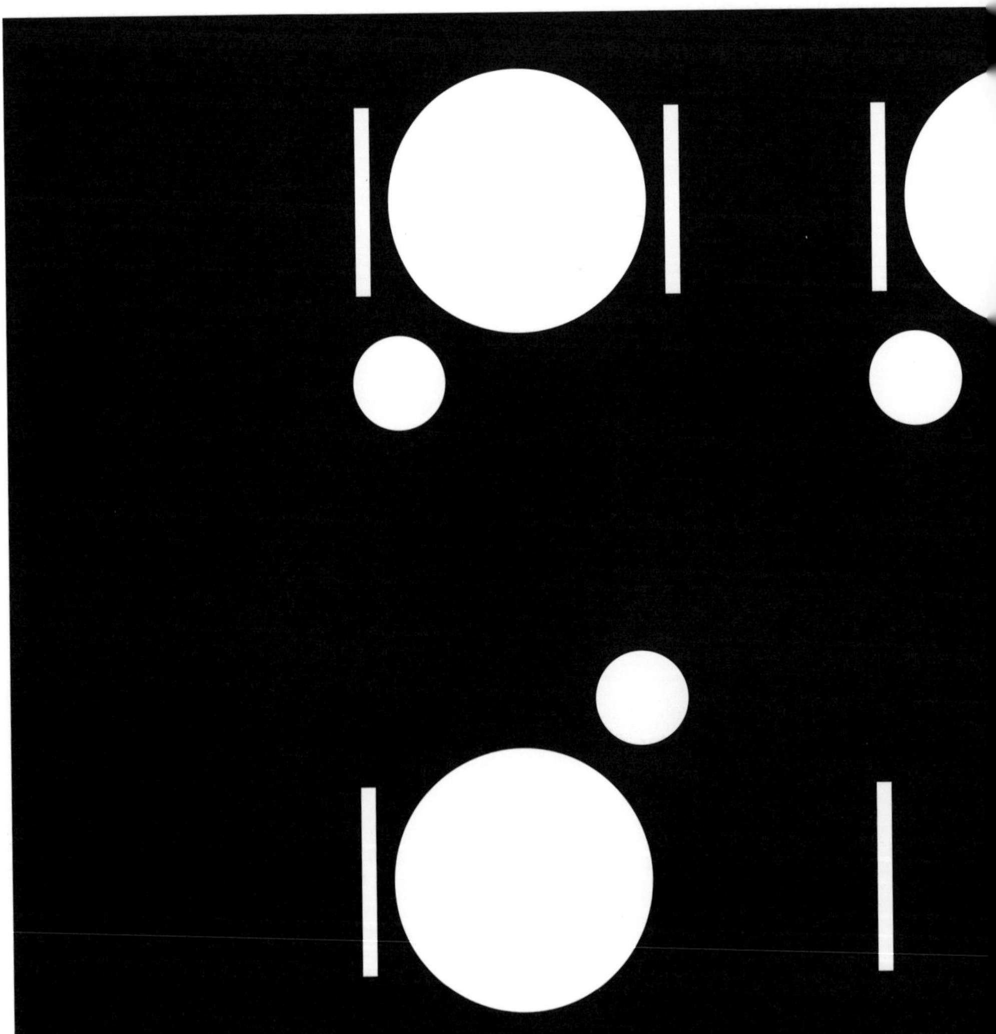